MINGUO TONGSU XIAOSHUO
DIANCANG WENKU

快活神仙传

民国通俗小说典藏文库·程瞻庐卷

程瞻庐◎著

中国文史出版社

"滑稽之雄" 程瞻庐

萧 遥

民国初年的文坛上，小说的创作呈现出欣欣向荣之气象，一时间，不同题材、不同风格、不同旨趣的作品层出不穷、洋洋大观。正统的文学史教材里，往往将旧派小说即章回体小说置于次之又次的地位，一笔带过而已，然而在当时的社会，这类小说的受众群体是相当广大的，其畅销程度远远超过了如今被奉为正朔的新文学。

旧派小说被排挤，有其自身的原因，也有时势的原因。一方面是因为旧派小说家大多依靠市场存身，为迎合世俗口味，作品中不可避免地会出现低俗下品的情节，加之这一作家群体水平参差、良莠不齐，时日愈久，而"内容愈杂，流品愈下，仅就文字而言，到后来也是庸俗浅陋，没有早先的'哀感顽艳''情文并茂'了。这也是旧派小说历史过程中必然产生的现象，预示着它的日趋没落，不能自拔"（范烟桥《民国旧派小说史略·概说》）；另一方面，"五四"新思潮挟风雷之势而起，要求以新的文学风貌来迎接新的文明，扬新必要抑旧，特别是旧风尚依然有相当数量的拥趸，为着警醒世人，必须予旧派以猛烈的打击，矫枉的同时未免过正。

事实上，有相当一部分旧派小说家是自尊自重，并且要求进步的，他们借着章回体小说的壳子，同样创作出号召民主共和、自由平等的作品。特别是以写世情世风、人间百态为主旨的社会小说，更是用或写实或讽喻的手法，活画出清末民初新旧思想激烈冲突下的一幕幕社会悲喜剧。其中的一位代表人物就是程瞻庐。

程瞻庐，名文棪，字观钦，又字瞻庐，号望云居士。苏州人。出生于1879年，即光绪五年，1943年因病去世，享寿六十四岁。如以1911年辛亥革命胜利，民国政府成立为界，其三十二岁之前身在晚清，之后三十二年身在民国，新旧两个时代刚好各占一半。关于程瞻庐的生平，于今所见资料甚稀，仅能从周瘦鹃、郑逸梅、严芙孙、赵苕狂等好友为其所作之小传或序言中窥见一二。程瞻庐生于光绪初年，其时仍以科举八股取士，程幼时即厌弃八股，喜读古文，旧学功底深厚。二十岁左右，程瞻庐考入官学。不久，清政府废除八股文，改考策论。比起僵化刻板的八股，策论更注重考生议论时政、建言献策的能力，程氏"每应书院试，辄前列"，"年二十四，入苏省高等学校，屡试第一，遂拔充该校中文学长"（赵苕狂《程瞻庐君传》），可见其与时俱进之能。毕业之后，曾执教于多所学校，兼课甚多。程瞻庐脾气随和，性格优容，国学功底深厚，又能为白话小说，加之他住在苏州十全街，因此大家赠他一个雅号曰"十全老人"。"十全老人"诸般皆善，唯不堪案牍阅卷之劳形，"每周删改之中文课卷，叠案可尺许"。恰值此时，其小说作品刊行于世，广受好评。先有《孝女蔡蕙弹词》刊于《小说月报》，其后又作《茶寮小史》正续编，迅速奠定了他在文坛的地位。说到《孝女蔡蕙弹词》，还有一则趣事。当年《小说月报》倡导新体弹词，程遂将《孝女蔡蕙弹词》寄去，主编恽铁樵粗读之后，便予以刊发，并寄去稿费。等到刊物出来，恽重读之后，"觉得情文并茂，大有箴风易俗的功用，认为前付的稿酬太菲薄了，于是亲写一信向瞻庐道歉，并补送稿酬数十元"（郑逸梅《民国旧派文艺期刊丛话》）。此事传为佳话，亦可见程氏文笔在当时是很受赞赏的。赵苕狂为其所作小传中也曾提及："恽铁樵君主任《小说月报》时，不轻赞许，独心折君所著之《孝女蔡蕙弹词》，谓为不朽之作。"有此谋生手段，程瞻庐遂弃教职，专职著文。应当说，程瞻庐为师还是很合格的，不然当其辞职之时，也不会有"校长挽留，诸生至有涕泣以尼其行者"之情状。此后他陆续在《红玫瑰》等杂志连载多部长篇小说，并发表短篇小说及小品随笔数百篇。值得一提的是，程瞻庐亦如张恨水、向恺然（平江不肖生）等一样，是被《红杂志》《红玫瑰》等刊物包下文章的。所谓包下文章，就是凡程瞻庐所写文章，均在该杂志发表，而杂志则为其提供丰厚的稿酬，足见当时程氏文章之风靡程度，以及杂志对程瞻庐的信任和推崇。须知包圆作品是有一定风险的，倘若作家不能保证质量，劣作频出，对于杂志的销量和声誉是有相当影响的。但是程瞻庐对得起这份信任，时人称其有"疾才"，不仅速度快、文笔佳，而且"字体端正，稿成，逐句加以朱圈，偶误，必细心挖补，故君稿非常清晰，终篇无涂改处也"（严芙孙《程瞻庐小传》），可见其创作态度。民国著名"补白大王"郑逸梅曾拟《花品》撰《稗品》，分别予四十八位小说家以二字考语，曰"或证其著作，或言其为人"，如"娇婉"之于周瘦鹃、"侠烈"之于向恺然、"名贵"之于袁克文等，对程瞻庐则以"洁净"二字相赠。

程瞻庐的写作风格，总体而言，为"幽默滑稽"四字，时人以"幽默笑匠""滑稽之雄"号之。周瘦鹃曾为其《众醉独醒》作序曰："吾友程子瞻庐，今之淳于、东方也。其所为文，多突梯滑稽之作，虽一极平凡事，而得君灵笔为之抒写，便觉诙谐入妙，读者每笑极至于泪泚，殆与卓别灵、罗克同其神话焉。"幽默与滑稽看似同义，其实是有差别的。有人曾这样解释："所谓幽默，乃是内容大于形式；所谓滑稽，则是形式大于内容。"形式大于内容，一般是指以反常规的夸张的行为、语言、做事方式，令人们当即意识到故事和人物的荒诞可笑，瞬间爆发出笑声；内容大于形式，则是将褒贬夹带于正常的叙事逻辑中，通过细节的描述对某一人物或现象进行戏谑或反讽，令人细品之后，心中了然，会心一笑，余味悠长。这两点，都要做到已属不易，都能做好更是难上加难，而程瞻庐恰好是其中的翘楚。

例如程瞻庐有一套仿《镜花缘》风格的小说作品，包括《滑头国》《健忘国》《小器国》等，写的是兄弟三人外出游历，一路之上的所见所闻。"滑头国"中无人不奸，无人不狡，店铺中挂了"童叟无欺"的牌匾，却是狠狠宰客，客人诘问之下，店家居然毫不讳言，并表示是客人读反了牌匾，其实是"欺无叟童"，无论老人儿童，一律欺之骗之。"健忘国"中人人记性极差，姓甚名谁、家乡何处、家中几口，等等等等，通通不记得，因此要将所有的信息记录下来，甚至包括妻子的身材相貌、穿着打扮乃至情夫是谁，都贴在身上，招摇过市，毫无顾忌。由于这几部作品规模较小，结构上虽不显其高明，其主旨也一目了然，在于讽刺当时社会见利忘义、不顾廉耻的种种怪现象，但其中情节的怪诞、语言的机变，足以令人捧腹。

茶寮，是程瞻庐作品中经常出现的一个重要场所，也是程瞻庐创作灵感的重要来源。"君得暇，啜茗于肆，闻茶博士之野谈，辄笔之于簿，君之细心又如此。"（严芙孙《程瞻庐小传》）颇有几分蒲松龄著《聊斋》的风范。茶寮酒肆是各色人等聚集之地，也是各类消息八卦的集散地。程瞻庐日常喜好到茶寮听书，并借机观风望俗，将世间百态、人情冷暖作为素材，一一写入小说。他的《茶寮小史》开篇第一句就是："小小一个茶寮，倒是人海的照妖镜、社会的写真箱。"书中借茶博士之口，将一众悭吝卑琐、有辱斯文的读书人刻画得穷形尽相。"提起那个老头儿，真恨得人牙痒痒的。他去年在这里喝了六十碗茶，临算账时，他只给我小洋四角。我说：'差得甚远，每碗茶三十文，六十碗茶该钱一千八百文。'他把脸儿一沉，说道：'我只喝你十六碗茶，

3

哪里有六十碗茶？'我揭账簿给他看，他说：'你把十六两字写颠倒了，却来硬要人家茶钱。'我与他理论，他竟摆出乡绅架子，把我狗血喷人般地一顿毒骂。……他昨天提起嗓子，喊算茶账，纯是装腔作势，叫作缺嘴咬蚤虱——有名无实。他把手插入袋内，假作摸钱钞的模样，直待人家全会了钞，他才把手伸出。要是人家不会钞，他便永远不会也不肯把手伸出，要他破费一文半文，比割他的头颅还要加倍痛苦。"程瞻庐脾气好，作文虽然尽多讽刺，但是语气并不峻切，而是不急不躁，不温不火，令人莞尔，不忍弃掷。

程瞻庐的另一代表作《唐祝文周四杰传》，以民间传说的"江南四大才子"为主角，至今仍为人津津乐道，据说很多影视作品也是以此书为底本进行改编的。四大才子虽然在历史上各有坎坷，周文宾甚至是杜撰出的人物，但传说中他们各自的风流韵事显然更是老百姓们喜闻乐见的。程瞻庐的这部小说摒弃了以往话本中明显不合逻辑的粗鄙段落，用自己特有的"绘声绘形""呼之欲出"的笔墨，将四大才子风流超逸又各具面貌的形象跃然纸上。唐伯虎的倜傥，祝枝山的老辣，文徵明的俊雅，周文宾的潇洒，栩栩如生，如在眼前。民国时期的《珊瑚》杂志曾刊登过一位读者的评论："长篇小说，总不离喜怒哀乐、悲欢离合，唯有程瞻庐的《唐祝文周四杰传》，却是一部纯粹的喜剧的小说。……瞻庐的小说，原是长于滑稽，这部纯粹的喜剧的小说，当然是他的拿手。全书一百回，处处都充满着幽默的笑料。"

程瞻庐的一生横跨清末与民国两个时期，亲身经历了辛亥革命这一重大历史变迁。新旧思潮的激烈冲突在他身上作用得非常明显。他自幼接受的是旧文化教育，一方面恪守传统道德，另一方面也见证了八股等糟粕对国家和知识分子的戕害，他的思想中有对变革的渴望和肯定。同时，晚清之后大力倡导的"西化"又令他恐慌并困惑，民国政府成立之后，各种蜂拥而起的新思潮、新现象令包括他在内的许多旧知识分子不由自主地抗拒，因此他的思想是十分矛盾的。以女子解放这一思潮为例，程瞻庐不赞成"女子无才便是德"这一说法，他认同男女都应该读书，都应该接受良好的教育，并且学有所成，报效国家；但是他并不支持女子接受西式教育，甚至对出洋的男子也颇有微词。他的作品中时常有对没有文化的老妈子的讽刺，对阻止女子读书的腐儒的不满，但也常见对留洋归来"怪模怪样"的男女的讽刺。他认同婚姻自由，反对包办，对于旧时姑表联姻等陋俗更是强烈不满，但同时又对过于自由浪漫的恋爱大加批判。他并不赞成妻子为去世的丈夫殉节，但又对真去殉节的女子啧啧赞叹。他鼓励女子放足，却又反对女子剪发……凡此种种，可见在那个特殊的过渡时期，从晚清走入民国的旧式知识分子的复杂心态。

总而言之，程瞻庐的小说在当时既有其进步性，也有一定的局限性；既体现了知识分子面对外忧内患的忧虑和担当，也表现出旧文人的保守和怯懦。这是由时代决定的，并不只是他个人的原因。从文学的角度，他的小说思路开阔，情节生动，可读性非常强，在"鸳鸯蝴蝶派"言情题材为主的作品中别具一格，在当时赢得了众多读者的青睐，在今天也依然有可供参考和借鉴的意义。

目　　录

1

4

第一回

涤尘垢温泉试浴
遇仙灵石屋闻歌

　　得耍耍，且耍耍，耍出一个好世界。任他暗里使机谋，任他背后弄奸诈，任他倒倒与颠颠，任他真真和假假，瞒不过我。众人害怕我不怕，算了吧，算了吧，禁不起我耍一耍。哪怕雀儿化作蛤，哪怕鹿儿变成马，黑幕重重都揭开，水落石出难抵赖。得耍耍，且耍耍，耍出一个好世界。

　　这支歌儿叫作《耍耍歌》。秋山人静，风起林柯，歌调儿高唱入云，和那叮叮的伐木声互相应答。唱的是谁？是黄山上一名樵子，一壁砍柴，一壁唱这歌儿。却不料唱者无心，听者有意，相距数十步外，有一位绅士打扮的游客，年龄约莫五旬左右，坐在一方青石上面，侧着头，拈着短髭，点头拨脑，听得津津有味。他方寸地暗暗思量，天下人真不可以皮相，这么一个乡僻樵夫，居然出口成章，抱有绝大的志愿，无论世人怎样倒倒颠颠、真真假假，只需他耍这一耍，便可以揭开黑幕重重，水落石出，耍出一个好世界来。唉，现在的世界浊乱达于极点了。我范公任救世有心，匡时无术，二十年来奔走四方，想出许多方法，准备替人民增进幸福，谁料徒劳无功，效果适得其反。近来意存消极，借着邀游山水，聊避人世喧哗，却想不到深山里面有这么一位善于耍耍的樵子哥哥，他唱的虽是几句俚歌，然而骨子里含有澄清海内的意思。这樵夫定有来历，定非凡人，既在这里邂逅相遇，万万不可失之交臂，待他砍柴完毕，不妨迎上前去，和他痛谈一回时局。他若有志救世，还得请他早早出山，施展他耍耍的手段，把那浊乱乾坤竭力地澄清一下、整理一下，岂不是好。

　　范公任一壁思想，一壁把那樵夫细细打量。见他三十上下的年纪，皮肤

1

黝黑，身材高大，两条胳膊肌肉坟起，比常人格外壮健，若不是听出他的歌中寓意，似这般的粗犷面目，谁也不知他是山中的奇士。

列位看官，世人鉴貌辨色，横不得一个成见。有了成见，便容易移转那观察的眼光。譬如眼前有一个衣衫落拓的文士，骤观之下，酸气可掬。人家心里以为不是三家村中的冬烘学究，便是土地堂里的测字先生，穷形极态，谁耐烦去瞅睬他。要是有人悄悄地报告道，这位先生非同小可，是赫赫有名的政治家和文学家，他的大名洋溢海内，大总统见了他都倒屣相迎，实在是了不得。只需有这一番报告，人家观察的眼光便无形地移转了。在先觉得他酸气可掬，现在只见他岸然道貌，很有些儒者气象。在先觉得他穷形极态，现在只见他精神充满，确是个富有政治头脑的人物。范公任观察那个樵夫，也存在着这般心理，只因他听了这支《耍耍歌》，认定樵夫是一个山林奇士，原有的观察眼光已被那成见所转移，觉得那樵夫的眉宇之间大有悲天悯人的气象，和寻常的粗犷乡人绝对不同，而且唱歌的声调激昂慷慨，比着荆卿易水之歌，委实不相上下。奇士，奇士，一定是个奇士。

待到夕阳冉冉下山，那樵夫把砍下的木柴束作两捆，正待挑着下山，范公任怎敢怠慢，抢步上前，兜头一揖，唤一声："志士，且请停步，在下有话动问。"

那樵夫把手一拱，忙问何事。

范公任道："志士志士，我听了你的歌曲，才知你是个有心人。"

樵夫笑道："心是人人都有的，没有了心，成什么人……"樵夫不懂什么叫作有心人，因此这般说法。

但是公任听了，以为深人绝没有浅话，却把"没有了心，成什么人"两句话细细咀嚼，越是咀嚼，越觉得其含有无穷的哲理。

樵夫见公任有些呆头呆脑，便不理会，挑起柴担，正待行走。公任又是兜头一揖，说："志士不须匆匆下山，歇下了柴担，和你细谈。"

樵夫道："先生有话快说，时候不早，别误了我的路程。"

公任道："志士尊姓大名，仙乡何处？"

樵夫道："我叫王小侉子，住在离这里三里外，小地名唤作吴村。先生动问做甚？"

公任又是一揖，道："王志士，我请你放下柴担，另把重大的担子挑起。"

小侉子道："先生可是出门去叫我挑行李，还是搬家叫我挑家用东西？我生就这副肩背，无论什么重大担子，件件般般挑得起。只是今天已晚，明天替你挑可好？"

公任道："志士，这一副重大担子不是行李，又不是家用东西，只是一副救世的担子。"

小侉子道："洒水的担子也挑得起，先生你可是要请客吗？"

公任道："志士，别取笑，这是一副挽救人心的担子。"

小侉子道："这又奇怪，怎么说是一副徽州人参的担子？徽州不出人参，先生别弄错了。"

公任道："志士，挽救人心者，挽救陷溺的人心也。当今之世，人心陷溺已深，志士不出，如苍生何！请以世道人心为重，早日出山，挽救颓风，则社会之福也。"

小侉子笑道："我是不识字的，先生怎能喃喃讷讷，向我掉起书袋来？谁有闲工夫和你这书呆子纠绕？"说罢拽起脚步便走。

公任追上扯住道："你既不识字，怎么编出这支很有意思的歌儿？你别装痴作呆，我认定你是个山中奇士，你休瞒我。"

小侉子被公任纠绕不清，忙道："这支歌儿不是我编的，是清风观里的道士教我的。"

公任道："清风观在哪里？这道士叫甚名字？"

小侉子道："清风观便在紫石峰下，那道士唤作水云。"

公任才放了樵夫，道声冒犯，由他挑担回去，自己流连了一番，看看日下虞渊，四山渐张黑幕，晚风撼树，仿佛虎啸龙吟，便不敢在这里久留，觅径下山，到他好友张晴川家里去歇宿。

编书的写到这里，须把范公任的来历补叙一下。范公任是杭州的一位名士，他很崇拜范文正公以天下为己任，因此便把"公任"两个字取为别号。他自从少年时代，便抱着宏愿，向那改良社会的轨道上进行，也曾捐资办过学校，也曾提倡过乡村演讲团，也曾组织过自治学会，也曾充当过国民改进会的会长。前清时代，也曾到过北京请愿立宪。民国时代，也曾奔走南北，呼吁和平。计算二十年来，他无日不把刷新社会为己任。但是，二十年后的社会比着二十年前益发黑暗，益发腐败，枉自牺牲着许多精神和金钱，效果适得其反。他灰心达于极点了，便把家务交付他夫人陆氏、儿子振亚掌管，自己专向山水胜处随意流连。黄山是他旧游之地，黄山隐士张晴川一向和公任交谊很深，只是志趣不同。公任是抱着积极思想的，以为天下事全仗人为，只要肯牺牲，没有办不好的。晴川的意思却不然，以为万恶社会，哪有刷新的希望，与其积极地奔走社会，饱受许多闷气，不如消极地休养林泉，领略无穷清福。

公任道："似这般地独善其身，不问人间休戚，只是一个自了汉，自己的人格果然不错，但是坐视着世道沦胥不去挽救，未免存心太忍。"

晴川笑道："现在的世道人心，除非神仙下凡，才能够挽救一下，要不然，无论你怎样大声疾呼，总唤不醒他们的迷梦。人生不过数十春秋，何苦气吁吁地干这劳而无功的事。进取不如退休，此地有大好山水，我劝你还是早早隐居的好……"

这都是十年前公任来游黄山的话，公任在当时总觉得晴川论调怪僻，未免仇世太深，所以晴川殷勤招隐，公任很不谓然，以为天下尚没有澄清，岂是我们从容退隐之时。自从经了许多挫折，才回想到晴川的话确有先见之明，我忙碌了许多年，除是装满了一肚子闷气，旁的好处一些都没有，游山旧约，万难蹉跎，因此他便践着晴川的旧约，重游黄山，勾留了十余天，渐渐和晴川志趣相同，论调归于一致。晴川所住的地方唤作汤口村，小筑园林，面山背水。不出户庭，便望见天都、紫石、莲华诸峰高插云间，峦翠扑人眉宇，好一个神仙境界。晴川挈带家眷，隐居有年，好在附近有数百亩山田，尽够他们一辈子过活。夫人杜氏，钗荆裙布。儿子稚川，由晴川亲自授课，十八岁年纪，居然淹博经史，旁通诸子百家之书，只不曾进过学校。晴川也无意令儿子进什么学校，以为时局这般浊乱，不是青年进取之时，免得好好的青年生生地给社会教坏了，倒不如做一个识字的村农，且耕且读，还不失我们隐士的风范。

这天，公任遇见了樵夫，回到晴川家里，似乎担着心事一般，口中喃喃自语，不住地念那"紫石峰水云道士"七个字。晴川父子听了奇怪，便问缘由，公任便把方才的所闻所见述了一遍。晴川笑道："公任兄，你到了世外桃源，依旧忘不了救世宏愿。他们山村樵夫，随意唱几支歌曲，有什么特别用意。纵然是清风庵里道人传授的，我想黄山一带的庵观寺院，大半住的庸僧俗道，哪里寻得出什么救世英雄来，劝你歇下了这条心，不要刻舟求剑吧。"

公任道："英雄没有，神仙是一定有的，但把这支歌儿细细研究，宛如一位陆地神仙，待向人间游戏三昧，点醒那许多痴顽。你从前也曾说过，目今的世界，除是神仙下凡，才能够挽救。清风观里的水云道士，安知不是一位神仙下凡。好在紫石峰离这里不远，我明天便想亲去奉访，要是那道士真个有些来历，便该拜求他早早出山，救济生灵的苦厄。"

晴川听了，不说什么。倒是他儿子稚川喜得手舞足蹈，说："范老伯明天去访仙，小侄可以陪着同去。小侄从前读过《神仙传》，只知道'神仙'两个字不过是古人的寓言罢了，现在我们山中既有一位善于耍耍的神仙，倒要去看他耍这一耍，究竟耍出些什么来。这般机会万难错过，范老伯，我陪着你同去。"

当下用过晚餐，一宿无话。到了来朝，稚川天未明便起身，只是在屋子里打转。少年人富于好奇心，听得神仙便在咫尺，恨不得立刻便去会面，好容易挨过了一夜，黎明便起，专候着公任同去访仙。公任尚没有起身，稚川便在屋子里打转，和热锅上蚂蚁一般。待到公任起身后，盥漱都毕，大家都用过了早餐，稚川便催着公任上路。晴川夫妇暗暗好笑，不在话下。且说稚川伴着公任，出了汤口村，径去访那紫石峰下的水云道士。稚川生长山间，道途熟悉，便道："范老伯，我们访仙，理该沐浴而往，从这里到紫石峰，一定道经汤泉，我们何不便在汤泉里洗个澡，庶几荡涤尘垢，好和仙灵相见。范老伯，你道可好不好？"

公任大喜道："我久慕汤泉名胜，只是没有试浴过一次。贤侄所说，实获我心。"

两人商议已定，约莫走了六七里山路，一路回环流水，声似鸣琴。公任听了不觉尘念都泯，道心渐起，抬头见十余步外有一石梁，正要问稚川是什么所在，稚川拍手道："这便是圣泉桥。下桥数步，便是汤泉，我们快到亭子里解衣去吧。"于是渡过石桥，同入解衣亭，解去了衣服，扶着栏杆，步着石级，径入汤池里面。这池子足够十余人同时洗澡，热气蒸腾，荡为薄雾。池水深处可以没腹，晶莹透彻，照见水底，下面布着一层淡红色的细沙。最奇怪的是池北另有一股冷泉，从石缝中涓涓流入，调和池里的温度。池东又有一石窍，把浴过的浊水流到外面。因此池子里终年数百人洗澡，却不曾藏垢纳污，依旧清澈见底。石壁上刊着"天下第一名泉"，又有"不浴心已清"五个擘窠大字，端的名不虚传，当得"圣泉"两字。两人洗澡已毕，休息亭中，觉得精神爽利，大有飘然欲仙之概。待到水痕已干，重披衣服，共出亭外，早听到清磬声声，飘越林外，原来那边便是紫云庵，所有僧众正在里面做功课。过了紫云庵，约莫数百步远近，一带竹林葱翠欲滴，人在竹林中行走，衣服都作绿色。

公任大喜道："神仙境界，何必蓬莱，料想清风观便在这里。"

稚川把手一指道："那边竹林尽处隐隐露出蛎粉墙垣，这便是清风观也。"

公任连连点头，果然是好个所在，这位水云道士住在这般的仙乡，红尘飞不到，享尽人间清福，哪得不令人艳羡。于是出了竹林，果有一所道院，门前悬着青地金字的匾额，"清风观"三字映入眼帘。两人走近山门，正在徘徊瞻眺的当儿，忽见一个十五六岁的道士，头发蓬松，衣衫垢敝，躲在山门旁边剥粽子吃。一壁吃，一壁兀自东张西望，宛如偷鸡贼上了摆渡船似的。公任肚里寻思，他莫非是水云仙师的徒弟，有了那位清风道骨的名师，便不该有一个尘容状的弟子，敢怕他不是水云仙师的徒弟吧。当下迎上几步，正待问讯，那小道士把手乱摇，似乎不敢和人家说话。公任肚里明白，偷来的锣鼓响不得，小道士手里的粽子定是偷来的，因此不敢和人家讲话，似这般不长进的道士，绝非水云仙师的徒弟。在这当儿，忽见一个满面烟容的老道士急匆匆地从里面走出，见了小道士，唤一声："水云你好，偷了我的粽子，却躲在山门外吃。"水云见了老道士，吓得衔着粽子，转身便逃。老道士立在山门口，恨恨地说道："这皮赖的小子，三天不偷东西吃，喉咙里便发痒，打也没用，骂也没用，除是把他撵出山门，再也没有旁的法子可想。"

公任上前问讯道："请问老法师，他便叫水云吗？"

老道士道："他便是水云，也是清风观合该倒运，收了他做徒弟。诵经、拜忏般般偷懒，只是偷东摸西，做那不肖的勾当。"

公任道："听得清风观另有一位仙风道骨的水云法师，可在这里？"

老道士道："这里只有贼头狗脑的水云，没有仙风道骨的水云，除却顽徒，更无第二个水云先生，别取笑吧。"说罢，打了几个哈欠，似乎烟瘾发作的模样，掩上山门，径向里面去了。

公任怔了片晌，好生失望。

稚川笑道："范老伯，回去吧，家父本来说这里只有庸僧俗道，没有神仙。你看这老道士鸠容鹄面，小道士贼头狗脑，有是师必有是徒，枉占了这个清静所在，我要替名山痛哭咧。范老伯，我们气吁吁地跑来访仙，遇见了这两个俗道，回去讲给家父听，只怕老人家的牙齿都要笑掉呢。"

公任没奈何，只得和稚川同寻归路，才从竹林里经过，只听得林子里有人唱道："得要要，且要要，要出一个好世界。"定睛看时，便是方才的水云。

公任道："小法师，你这支歌儿是自己编的，还是人家教授你的？"

水云瞪了公任一眼，笑道："这支歌儿便是我自己编的。"

公任兜头一揖道："小法师，你原来便是神仙化身，我范公任不辞跋涉，特来远访仙灵，好容易被我访到了。小法师，你既抱着救世的宏愿，伏乞垂悯众生颠倒，早早出山，施展你得耍耍且耍耍的法力。"

水云听了，不则一声，只是痴笑。

公任又是连连打躬，连连央恳他救济生民苦厄。

稚川道："范老伯，理他做甚，他哪里够得上做神仙，他只是一个无赖道士。这支歌儿他哪里编得出，一定是偷来的，他既会偷着粽子当作自己的点心，他岂不会偷着歌调当作自己的著作。"

水云拍手道："小先生，你敢是一位神仙，怎么被你猜个正着？这支歌儿果然不是我自己编的。"

公任道："不是小法师编的，是谁编的？"

水云道："说也奇怪，离此四五里，半山坳里有三间石屋，一向没有人住。那天我打从那边经过，忽然山雨飞来没法躲避，只得在石屋里暂躲片刻。忽听得石屋后面琅琅地唱起歌来，唱的正是这几句，唱了一遍又一遍，我听到耳熟，默默地记个烂熟。只是心里奇怪，石屋后面并没房屋，不过一块石壁，唱歌的究竟是什么人，怎么露天唱歌不怕大雨淋着身体？这阵雨约莫下了一点多钟，石屋后的歌声约莫也唱了一点多钟。待到雨声已绝，歌声也陡然停止，我再也忍耐不住，出了石屋，转到后面去探望，哪里有什么人影。我又走上山坡，登高四望，也不见有行人来往。那可奇怪极了，唱歌的不是仙灵，定是鬼怪，只有这支《耍耍歌》却被我偷得了，遇着无聊时，便依着他的调儿乱哼，也不知道里面是什么意思。人家问是谁编的，我便说是我自己编的。谁料瞒不过你这位小先生，却被你猜个正着。小先生，你替我包荒一二，遇着旁人，切莫道破，只说这支《耍耍歌》是清风观水云道士自己编的。"

稚川含笑点头，便和水云作别。当下两个人又是兴致勃勃，同往半山坳里去访那石屋。亏得随身带着些干粮，随时可以解饥，一路且行且谈。

公任道："莫怪世上抄袭家偷着他人著作占为己有，只这清风观里的小道士也会掠人之美，冒认《耍耍歌》的著作家，被你点破了，兀自请你守着秘密。你想可笑不可笑呢？"

稚川笑道："他既会偷师父的粽子，他岂不会偷人家的著作，偷儿伎俩，一偷而无不偷，世上的抄袭家，哪一个不是偷儿的变相呢？"

两人走了十余里路程，渐渐望见半山坳里的石屋。

稚川道："石屋来了，不知我们可有机缘和仙灵会面。"

公任道："我们的来意是为公而不为私的。人家访仙，希图自己得道飞升，这是私的；我们访仙，央求仙人去救济生灵苦厄，这是公的。仙人瞧这分上，断然不和我们匿面。"

说话时，已到石屋旁，这石屋果然依着石壁凿削而成。里面向南一张石床，左右两个石磴，石屋门口，这壁厢一棵老松，那壁厢一方磐石。两人进了石屋，确是一个清静所在，空山寥寂，四无行人。当下便在石床上并肩坐定，侧耳静听石屋后面可有什么歌声。候了良久，只是毫无动静。渐渐候到斜阳西下，带来的干粮都吃尽了。公任毫无倦意，稚川很有些不耐烦，便道："范老伯，敢怕这小道士说谎吧，我们枯坐了大半天，不见仙人的影踪，这里离家很远，又是很冷静的，万一遇见了……"

话没说完，蓦然间一声响亮，石屋门外来了一条大蟒蛇，伸着蛇舌，探头到石屋里来，好不可怕。稚川唤声不好，惊倒在石床上面。公任镇定了这颗心，巍然不动，仔细看时，哪里是蟒蛇，只是门外的一棵老松。公任唤醒了稚川说："贤侄别怕，这是仙人试你的心，把那龙鳞老松化作一条蟒蛇，只需镇定了心，那老松便复了本形，有什么可怕呢。"稚川半信半疑，只得傍着公任而坐，心头兀自忐忑不定，又坐了一会子，渐渐红日匿形，素月当空。

稚川道："今天是来不及回家了，在那石屋里度夜，好不怕人……"

蓦然间，门外刮起一阵腥风，一只斑斓猛虎伏在门口，扯开血盆大口，向着两人怒目相睁。公任忙抱住稚川道："贤侄别怕，有我在这里呢。"隔了一会儿，公任指着门外的磐石道："这也是仙人的一种游戏，试试凡人的心，门外的斑斓猛虎，只是一方磐石罢了。"稚川喘吁吁地说道："要没有范老伯陪着我，胆都吓碎了。"

在这当儿，又听得石屋后面，一阵放声大笑："咦咦咦，哈哈哈，好不快活，好不快活。"笑声完毕，石床前面竟多了一个影子，月光照处，分明是一个驼背老人。两人又惊又喜，不觉拜倒在地。

欲知后事，且阅下文。

第二回

身外现形电光一瞥
梦中徙宅日影半窗

"咦咦咦，哈哈哈，好不快活，好不快活。你们一老一少，路远迢迢，跑到这里来和地皮接吻。咦咦咦，哈哈哈，倒也好笑……"那驼背老人见他们跪伏在地，益发笑个不住。

公任连连叩头道："弟子们来访仙师，非为别事，为的是……"

驼背老人道："为的是央恳下山，救济生灵苦厄，你不说我已知晓。范公任、张稚川两位居士，快快请起，中华民国的礼节，是没有拜跪的，你们向我拜跪，便是背叛民国。咦咦咦，哈哈哈，倒也好笑。"

公任和稚川谢过仙师，各自起立，但见驼背老人在石床居中坐了，指着左右两个石磴，吩咐他们都坐了。两人遵命坐定，偷眼瞧那仙人的状貌，月光之下瞧不真切。但见他拄着拐杖，一副颤巍巍的光景，估量年纪当然不小。

驼背老人道："你们别估量我的年纪，我的年纪自己也算不清。咦咦咦，哈哈哈，倒也好笑。"

公任、稚川各各惊异，怎么我们肚里的念头，仙人都会知晓，但不知这位仙人姓甚名谁。正待启齿动问，驼背老人摇手道："别向我探问姓名，我的姓名自己也不曾知晓，我一生快活。咦咦咦，哈哈哈，你们只需唤我一声'快活神仙'便是了。"

公任道："仙人你既然窥破我们的肺腑，当然知道我们的来意，可能够悯念众生颠倒，早日出山，向世人指点迷津？"

快活神仙道："众生越是颠倒，我越是快活，说什么悯念两个字。"

公任道："仙人不悯念众生，难道任他们醉生梦死，不加援手吗？"

快活神仙道："咦咦咦，哈哈哈，倒也好笑。范居士，须知悯念众生是没有用的。众生颠倒，他们不自知其颠倒，你便向他们痛哭流涕也是枉然，落得扯开着笑口，咦咦咦，哈哈哈，笑这一阵，倒可以笑醒他们的迷梦。范居士，你二十年来奔走四方，牢抱着悲天悯人的主义，试问你悲悯的成绩究竟在哪里？悲悯不如快活，我要把众生从苦海里救起，除却快活，更无别法。咦咦咦，哈哈哈，好不快活，好不快活。"

公任诺诺连声，不敢置辩。稚川问道："仙人的快活和众生有什么关系，怎么可以把他们从苦海中救起？"

快活神仙道："小居士，不须盘问根由，到了那时自会知晓。"

稚川也不敢多问，只是肚里打算，仙人究竟是怎样一副面目，可惜夜色迷茫，认不真切。

快活神仙道："你们要知道我的真面目吗？知道了也是枉然。须知我在山时是这副面目，出山时便不是这副面目；今日是这副面目，昨日便不是这副面目；今生是这副面目，前生便不是这副面目。两位居士，我的现在面目，你们无须认识，且把我过去面目演给你们一看。咦咦咦，哈哈哈，电影来了，电影来了。"笑声甫毕，已不见了石床上的驼背老人，但见石壁上面放出一个车轮般大的光圈，正和现在的电影差不多。里面高堂华屋，气象轩昂，堂上高坐着一位贵人，头戴公侯冕旒，身穿蟒袍，足蹬粉底皂靴，约莫五旬年纪，只是额下无须。旁边纱帽红袍的公卿大夫不计其数，一一擎起酒杯，向那高坐的祝寿。高坐的意气飞扬，不可一世。在这当儿，忽然跑进几名家丁，形色仓皇，向着高坐的禀白什么要事。高坐的勃然大怒，旁边的公卿大夫个个都是怒形于色。旋见许多武夫拥着一个幅巾布氅的道人直入里面，那道人一手拄着藤杖，一手执着拂尘，向着高坐的指手画脚，似乎诉说他的罪状。高坐的益发暴跳如雷，指挥武夫，把那道人捆绑在地。道人将身一跃，绳索都断，重拄藤杖，再执拂尘，两袖拂空，倏忽不见，吓得堂上主宾个个面如土色。演到这里，霎时黑暗，仿佛电影掩幕的光景。才隔得一会子，石壁上车轮般的光圈重又进现，知道是第二幕电影来了。但见方才的道人面目依然，装束全改，头戴旧道冠，足蹑破朱履，身上披的却是一大张狗皮，踽踽往来，很是落拓。忽然尘沙大起，远远地来了许多红巾裹头的贼兵，拥着一员骑马的贼将，风驰电掣，渐行渐近。那贼将面目狰狞，吓得道上行人抱头鼠窜。唯有那道人毫无惧色，拦住贼兵，不放前行。贼将大怒，吩咐部下放箭，箭如雨至，却没有一箭射到道人身上。贼将益怒，亲自控弦，一箭向道人射去。道人不慌不忙，将手一摆，那支箭竟从半空中翻了一个筋斗，半途折还，射中了贼将的坐骑，一时马仰人翻，贼兵大乱。道人拍手大笑，将身一跃，不知去向……演到这里，幕又闭了。石壁上绝无所见，只有那个驼背老人依旧颤巍巍地在石床上坐着，放声笑道："咦咦咦，哈哈哈，过去的我便是这般面目，两位居士可理会得？"

稚川道："小子理会得。第一次表演的，便是戏弄魏忠贤的藤杖道人；第二次表演的，便是戏弄张献忠的狗皮道士。照此说来，藤杖道人便是狗皮道士，狗皮道士便是快活神仙。小子这般揣测，不知对呢不对？"

快活神仙道："小居士毕竟博览群书，这般揣测虽不中，不远矣。但有几句要话向你嘱咐，你这般的好学问，埋没深山终不是个道理，须知社会恶浊到这般地步，做了神仙尚不能袖手旁观，何况你是国民的一分子，怎好置之不闻不见？好在范居士一向热心济世，虽经挫折，此志不衰，你不妨随着范居士，以各处去游历一番。一者可以增长见识，二者可以替社会效力，三者你的锦绣前程、美满姻缘，都和游历大有关系。小居士切记在心，休得自误。"

稚川道："父母在，不远游，小子倘去游历，道理上恐说不过去。"

快活神仙道："咦咦咦，哈哈哈，这也可笑，两千年前的旧书袋，掉它做吗？"

公任道："仙人劝我们替社会效力，我们没有神通，怎能挽回恶浊的社会？我们所恳求的，只望仙人早早出山，普济众生。"

快活神仙道："你们出山以后，我当然也出山，你们救济不得的事，我当然可以救济得。"

公任、稚川听说大喜，忙拜谢了仙人。

快活神仙道："时候不早，你们今夜回去不得，便请在石屋子里屈留一宵，明天动身不迟。"

两人口中诺诺，心头打算，这阴森森的石屋子怎么可以过宿？

快活神仙把袖子在石床上一拂，道："来来来，石床上卧，比什么地方都温暖。咦咦咦，哈哈哈，好不快活，我去也，容再相见。"说时，离开了石床，竟走入石壁中去，霎时不见了形影。两人去扪石壁，毫无裂缝，不晓仙人怎样进去，两人没奈何，只得跨上石床去安睡。说也稀奇，哪里是石床，竟是一张温软无比的暖床，帷帐高悬，衾枕全备。两人一经卧倒，便已睡思沉沉，转瞬入梦。不知过了多少时刻，公任翻身醒来，旭日正照在玻璃窗上，透着艳艳的光辉，床头挂钟当当地连敲了八下，唤得一声奇怪，昨夜明明睡在石屋中的石床上面，怎么另换了一个所在？床上又不见了稚川，这是什么地方呢？拭目四观，哪里是石屋，竟是老友张晴川的住宅，当下伸着舌头，诧异不置。快活神仙的神通真大，石屋和这里相距二三十里之遥，他竟有缩地神方，不知不觉竟把我送回老友家里。又想稚川和我同睡在石床上，不知可曾归家，正待出房问讯，猛听得脚步声响，稚川首先进房，见了公任，嚷着："奇怪奇怪，范老伯也回来了。范老伯，昨宵明明和你同睡在石床上面，怎么一觉醒来，我却睡在自己房里的床上？究竟是怎样回来的，我告禀了爹爹妈妈，都是诧异不绝……"

晴川随后也进房道："公任兄，你们遇见了仙人，果然出神入化，不可思议。昨宵你们出门以后，直到夜间，不曾归家，我和山妻很是惦念。山妻恐你们遭着意外的事，准备遣人来寻觅，我说夜间寻访也是徒然，大约他们贪玩山景错了时刻，借着寺院里暂宿一宵，明天总该回来，要是明天不回，那便有些不妙了。我和山妻归寝以后，整夜地翻来覆去，只是睡不安稳，好容易朦胧入睡，猛听得房门敲得怪响，我们被这敲门声惊醒，忙问是谁，只听得稚川答道：'孩儿回来了'。我道：'昨夜你睡在何处？怎么今天才回？'稚川道：'说也奇怪，孩儿昨夜睡在石屋子里，一觉醒来，却又睡在自己家里。爹爹你开了门，我告诉你绝大的奇事。'当下我开了房门，稚川便把昨天的经过说了一遍，我夫妇俩没口子地唤着奇怪。你想稚川睡在三十里外的石屋里面，竟会送回自己卧房，人不知鬼不觉，大门依旧紧闭，怎样地飞了回来，真叫人不可思议。我见了稚川，便想及老友昨夜既和稚川一起睡，稚川既飞回家里，老友怎么样呢？稚川道：'范老伯一定也是不知不觉地飞了回来，要是不信，可向客房去探听动静。'因此我和稚川来探动静，果然不出稚川所料，老友也好好地睡在这里。"于是三个人互相讨论，都是称异不置。

公任道："晴川兄，你不信山中有仙人，现在还有何说？有这么一位神通广大的神仙，肯向红尘中救济世人，天下合该太平了。我本不能忘世，现在既有仙人暗中相助，我便取消了遨游名山之愿，依旧要到社会上去奔走。稍缓数日，便想出山，仙人吩咐我挈着稚侄同游，这事我不敢擅专，还得向贤夫妇请示，究竟做何办法？"

晴川道："这桩事小儿也曾向我谈起，有你范老伯挈带，我们夫妇俩没有什么放心不下。我向日教他做一个识字的村夫，本是一种有激之谈，现在仙人肯出山济世，时局该有太平的希望。小儿出去干些事业，也是青年应尽的责任，你可挈带他出门，我们断无不可。"

公任听了大喜，和晴川商议妥帖，暂缓数天，把稚川带回杭州小住，遇有什么公益事务，叫他帮同办理，可助自己一臂之力。将来自己要往哪里去，一定挈着稚川同行，勉励他进德修业，绝不放纵他荒僻邪侈。

晴川听了，很是满意，又到里面去和杜氏夫人说知。

杜氏道："我本来也有这思想，年轻的人毕竟要外出干些事业，怎好一辈子埋没山林，做一个无声无息的人。不比我们都是半百以外的年纪，瞧破一切，无求于世，终老在这里，也是分所当然。"

晴川道："我不放孩子出门，只没个可靠的人和他做伴。外间人情刁恶，世道浇漓，又加着连年争战，民不聊生，兵灾匪祸，遍地皆然。似这般的时局，叫孩子独自出门，怎么放心得下。现在好了，有我老友范公任负着完全责任，挈带孩子出门，也好使他在外面长些阅历。况且仙人也指点他出门游历，我的意思，早日替孩子准备行装，你道如何？"

杜氏道："范家伯伯肯挈带孩子出门，再好也没有，只是孩子去了，我们俩不免寂寞。"

晴川道："方才公任也说道，过了一年半载，依旧要挈着孩子到山间来小住。暂时分别，何必怅怅，你快替他准备行装，切莫误了行期。"

当下，夫妇商议妥帖，一星期后，便要遣发稚川出外游历。稚川见老子娘许他游历，怎不欢喜，自己把应用的书籍图画都拣在行囊里面。杜氏替儿子裁缝衣服，忙个不停。家中雇用的烧饭小厮唤作小张，虽有些呆气，做事却很勤奋。依着晴川主见，想打发小张陪伴稚川上路。稚川道："这是万万不可。一者小张走了，家中没人烧饭，便是另雇小厮，也没有这般忠实可靠，爹爹妈妈很有许多不便。二者小张生长山中，生性呆头呆脑，带着他出门，反而多添一累。孩儿横竖仗着范老伯保护，范老伯又是老于行旅的，爹爹有什么放心不下？"

晴川见他说得有理，便不叫小张跟去，单叫他料理行囊。谁料行囊里面累累赘赘地装了许多东西，打开看时，四五个葫芦，七八个北瓜，还有一个三尺长的大南瓜，忙问："这些累赘东西，谁给我装入的？"

小张道："这些都是我们园里的东西，是我给少爷装入的。"

稚川笑道："真是胡闹，出门人的东西愈少愈好，快快给我搬出去。"

小张道："少爷，我劝你还是带去的好，葫芦和北瓜，都是你爱玩的东西，这南瓜又是你爱吃的。离了我们园里，哪里有这般的好东西？"

稚川道："我们园里有这般东西，人家园里也有这般东西，你懂得什么？"

小张听了半信半疑，只好把葫芦、北瓜、南瓜尽行搬出。

稚川道："爹爹你看小张多么呆，叫他预备行囊，把那不适用的东西都装入了。似这般的蠢小厮，怎好带他出门……"

在这当儿，小张慌慌张张地跑来报告道："不好了，不好了，本村吕老头儿和对门赵瘌痢都在外面说什么村里有无数贼兵杀进来了，请老爷快快出去商议。"

晴川父子俩听说大惊，忙到外面。那时吕老头儿和赵瘌痢都在客堂里打转，喃喃地念着："不得了，不得了。"一见晴川父子，吕老头儿道："我们汤口村，自从六七十年前长毛闹过以后，直到如今，总是太平无事。现在不知哪里来的一队兵，说是入山剿匪的，到处骚扰，吓得鸡犬不宁。"

赵瘌痢道："说什么鸡犬不宁，简直是鸡犬无声。兵队到的所在，村里的鸡犬都被他们吃个净尽。现在又要到我们村里来了，本村的保正前来通知，说要择个宽敞的房屋，预备他们屯扎。我们村里有什么宽敞房屋，除是几处庵观寺院还可以借给他们歇宿。叵耐保正去和兵官接洽，兵官不答应，说兵士住不惯庵观寺院，须得拣选个宽敞的民房，把房主人赶去了，让他们歇宿。凡有房屋在十间以外的，限在两小时内，房主人立时搬去，腾出房屋，供兵队歇宿。因此我们惊慌无措，来和你老商量。这里的民房，只有你老的住宅和我们这几家比较略宽些。兵队到来，断难幸免，保正又是逼迫得紧，叫我们搬向哪里去呢？"

赵瘌痢道："保正说，房主人搬家，只许随身带一个小小包裹，其他一切东西都要留充公用。而且只许男子搬出，所有妇女须留在这里，供他们调情作乐。这般无法无天，任意骚扰，活该我们老百姓受罪，那便如何是好？"

晴川父子听了，面面相觑，想不出什么计较。公任也急得跺脚。杜氏得了风声，已在里面号啕痛哭起来。正在忙乱的当儿，外面又有人来报告道："吕先生、赵先生，不好了，许多兵队已到你们家里来了，你们的大姑娘、二姑娘都被兵队捉住，百般调戏，快快回来，想个方法才是。"吓得吕老头儿、赵瘌痢两人面如土色，转身便向外面奔去。

两人去不多时，便有一个军官，领着七八名灰色衣服的军人，一拥而入。都说："这里房屋好宽敞，我们可以组织司令部了。哪一个是房主人，快来问话。"

晴川上前道："我便是房主人。"

军官问道："你是房主人，姓甚名谁，家里有多少房屋、多少米粮、多少风鱼腊肉、多少大姑娘、多少婢仆人等，快快呈报上来。"

晴川道："老汉便是张晴川，早年瞧破世情，在这里隐居，布衣菜饭，仅供温饱。家里只有老夫妇和一个儿子、一名小厮。"

军官道："你们老小三口快快滚吧，小厮留在这里，给我们使唤。"

小张听了，吓得索索地抖，躲到壁角里去。

晴川气愤地说道："这是老汉自己的房屋，为什么要迁让？"

军官喝道："好个糊涂东西！咱们奉命剿匪，须有个驻扎地方，这个所在便是咱们的司令部，军务重地，闲人莫入，你这老王八还不给我快快地滚吗！"

晴川道："老汉在这里住了多年，前后一带村落都住的安分良民，哪里有什么匪类？"

军官大怒道："照这么说，你便是匪类的窝家。兵士们，快把这老王八拿住了，细细拷问。"

说时迟，那时快，早有两名兵士把晴川反接绑了。

稚川大哭道："要绑便绑我，莫难为我爹爹。"

军官又吩咐把稚川绑了。

杜氏哭喊道："我也不想活命了，要绑一起绑。"

军官冷笑道："谁许你们活命，快快一起绑了。"

全家三人都遭了无妄之灾。

公任义愤填膺，上前诘问道："你们是哪里来的兵队，怎么不问情由，闯入人家，行这野蛮举动？"

军官大喝道："放屁！你便是张姓窝藏的匪徒，快快捉住了，一起审问。"

于是兵士们又把公任捉住，那时只剩着一个没用的小厮，躲在壁角里发抖。

军官又喝道："快把小厮抓来问话。"兵士们又把小张推上前来，听候军官发落。

谁料小张蓦地里双眉倒竖，两目圆睁，喝一声："哪里来的混账军队，竟敢鱼肉良民，真好大胆。"说罢，扑地跪倒在地，连唤"小子不敢，将军饶命"。

欲知后事，且阅下文。

第三回

灶下养吓退小军阀
门外汉批驳太史公

扑地跪在地的是谁？不是小张，却是那个军官。说也稀奇，天不怕地不怕的军官，见了小张，竟似鼠子见了猫一般，连唤："小子不敢，将军饶命。"那时不但惊呆了晴川夫妇一干人，便是随来的几名丘八太爷，在先雄赳赳气昂昂，狐仗虎威，正待张牙舞爪，现在见老虎跪倒在地，那些随来的狐狸当然不能发展他们的手段，心里好生奇怪，咱们的营长莫非痴了，怎么见了一个人不像人鬼不像鬼的小厮，吓得这般屁滚尿流，究竟是什么道理？

小张喝道："该死该死，你还不把张老爷一干人释放吗，真好大胆！"

军官忙道："兵士们，快把这四位释放了。"

于是晴川夫妇、稚川、公任，都被兵士们一一松绑释放。他们暗自奇怪，万不料胆小如鼠的小张，在这患难当儿竟能呵斥军官，仗义救主。

小张又喝道："你还不向张老爷叩头谢罪吗？"

军官又向晴川连叩了几个头。晴川背转身子不去理会。

小张又喝道："不是叩头可以了事，结实地打几下嘴巴。一、二、三、四……"

军官便依着他喝的口令，左一下右一下，足足打了十余下嘴巴，打得脸都赤花了。

小张道："你再敢谎报剿匪，欺压良民吗？"

军官道："不敢。"

小张道："你再敢强占民房，滥用职权吗？"

军官道："不敢。"

小张道："那么饶恕你这一遭，快快率领部下退出村外三十里，永远不许再来。"

军官诺诺连声，又磕了几个头，才敢起立，率领着部下兵士，退出张姓住宅。所有闯入人家的兵队都跟着军官踉跄逃去，连退了三十里方才停步。那军官兀自神色仓皇，心头忐忑不定。

部下禀问道："请问长官，怎么见了一个小厮，吓得这般模样？"

军官道："胡说，关王庙里的周将军都不认识，敢是瞎了眼睛吗！亏得本营长苦苦哀求，才保全了咱们性命。要不然，他老人家钢刀一动，咱们还有命活吗！料想这村里的人家一定崇奉关王的，因此危急之际，有这位周将军出来显灵。"

部下听了半疑半信，只为他们所见的不过一个面目可憎的小子，怎么营长眼光中，却变了一位威灵显赫的周将军？知道事有诧异，便随着营长到别处去驻扎，再也不敢向那汤口村去问津。按下慢提。

再说晴川见小张喝退了军队，心中很是感激，连忙上前作揖道："小张，你原来有这么大的本领，人不可以貌相，我们屈你做小厮，端的有眼无珠。"谁料晴川向前作揖，小张只往后退，晴川进一步，小张退一步，退到墙下，那便无可再退了。说也稀奇，那墙壁顿起着神奇的作用，小张往后退，竟不受墙壁的阻隔，将身慢慢地嵌入墙壁以内，仿佛那墙壁比豆腐还要柔嫩。待到小张身入墙后，晴川面前但见那毫无裂缝的墙壁，却不见了小张，只听得墙后有人放声大笑道："咦咦咦，哈哈哈，好不快活，好不快活。"这笑声却不是小张的口音。

晴川连连道怪，莫名其妙。公任、稚川都已洞悉情由，便说："方才的小张，不是小张，却是快活神仙的化身，他老人家知道我们有难，到此解救，不肯露出他的真相，却变化着小张，舒展他的神通，把兵队吓退了。从此，我们村里仗着他老人家保护，再也不会起什么意外风波，这真是天大的喜事。"

晴川道："照这么说，方才的小张不是小张，是神仙。但是我们的小张又到哪里去了呢？"

当下把小张四处找寻，寻到厨房里，见柴堆里索索地抖动，忙去察看，不是小张是哪个。

晴川道："你躲在里面做甚？"

小张摇手道："老爷不要声张，他们听得了，便要把我捉去充当小厮，我死也不愿。"

晴川大笑道："外面的兵队早被你喝退了，怕他们做甚。"

小张听了，茫然不懂，直待大家说明了情由，小张才敢从柴堆里钻出。从此以后，汤口村一带人家都把小张当作义士看待，只为他喝退了军队，解救了一方灾厄，这般功劳非同小可。哪里知道兵队骚扰的时候，他只在柴堆里发抖，倘没有快活神仙来解围，他只好一辈子躲在柴堆里，怎敢出头。现在听得人家唤他一声义士，他竟老实不客气，居之不疑。"小张义士，小张义士"被人家叫得怪响，哪里知道这位小张义士是躲在柴堆里的义士，有其名而无其实，正和躲在床底下的革命伟人一般无二。这是后话，表过不提。

公任和稚川本拟即日动身，自从出了这个岔子，不免耽搁了日期。忽忽数日，听出军队早已去远，山中安然无惊，方才重订行期，克日就道。晴川夫妇见儿子远行，未免依依不舍。

稚川道："孩儿伏处山林，本非久计，难得范老伯肯挈带出门，又奉着快活神仙之命，理该在外面阅历一番，多少干些事业，一年半载，便须归省。此间有神仙保护，绝无意外之惊。爹爹妈妈大可安享清福，勿以游子为念。"当下洒泪作别，随着公任赴杭，道途跋涉，自有好几天路程。按下慢提。

且说公任的夫人陆氏坤秀住在杭州，和儿子振亚、媳妇江素娟同居。自从公任出门，忽忽已有数月，坤秀虽不免感受寂寞，好在书信时通，知道丈夫身子清健，游兴不衰，心中当然十分安慰。原来坤秀虽是个女流，性情却很倜傥，颇有些须眉气概。从前公任奔走社会，坤秀也陪着他奔走社会。公任办学校，坤秀也办一所女子小学校。公任提倡乡村演讲团，坤秀也组织一个女子进德会。公任发起一个自治学会，坤秀也设立一个家政改良会。杭州城里都称道公任夫妇是一对大热心家。可是坤秀锐意开通社会，牺牲精力不少，结果却博得谤书满箧，办了多年学校，校风尚算循良，不幸有一位住校的女教员怀孕在身，忽然在校里流产起来。外面得了这个消息，以讹传讹，不说女教员流产，只说是女学生在校里养私男。还有轻唇薄舌的说那俏皮话道："这女学校的教育，只是教那生育，女学校的学生，只是学那生产。"却被那好事文人听在耳朵里，便写着一副对联，黑夜里粘贴在女学校门上。上联是"教育教育"，下联是"学生学生"，表面上看来似乎堂皇冠冕，不落褒贬，一经细细研究，那便不堪设想了。这八字对联传播远近，大家当作笑话讲。坤秀所办的女学校便受了一个大大的打击，因此不免心灰意懒。更兼创办的家政改良会、女子进德会，只为广收会员，分子便不免复杂。其间有开妓院的鸨母，也是改良会里会员，又有和尚姘居的婆娘，也是进德会里的会员。好事文人知道了，又当作滑稽资料，写一副对联在那"家政改良会""女子进德会"两块铜招牌下面，分别张贴写的是"家政改良，越改越不良，夜夜改装充假母；妇女进德，愈进愈失德，朝朝进寺抱光郎"。坤秀知道了，气得一佛出世，二佛涅槃。从此对于地方公益十分消极，辞去了女校长、女会长的职务，只在自己家里主持家政。那时公任也受了许多刺激，心中愤愤不平，整日价长吁短叹。坤秀怕丈夫气坏了身子，撺掇他出外游历，借着山水陶情，免却许多烦恼。

公任这番遨游黄山，一半出于自动，一半也是听着夫人的劝告。公任的儿子振亚，年甫弱冠，文才很是敏捷，在那杭州城里可算得数一数二的青年小说家。他的作品很有高尚的思想，一篇《理想的杭州》、一篇《恐怖之夜》，都是很有价值的文字，一经《钱塘日报》披露以后，很博得一班知识阶级的美评，他的声名就此遍传杭郡。后来他见小说界的趋势愈趋愈下，专作那导淫的小说贻害社会，他便羞与为伍，轻易不肯发表什么著作。他的夫人江素娟才貌兼全，和他同庚二十，伉俪间爱情很厚，婆媳间又是和睦，融融洽洽，诟谇不生，可算幸福的家庭。

一天，振亚在书房里披阅《史记》，看得正自得神，忽然仆人传入一纸卡片，说有一位少年客人来拜访。振亚瞧那一张小小的卡片，蝇头密字，足足占了十行，中间一行印着"叶少少"三个字。左首有五行衔条，一是《蜉蝣月刊》编辑主任，二是《朝菌》半月刊特约撰述员，三是《蟪蛄》旬刊名誉记者，四是《彩云》三日刊基本投稿家，五是《琉璃》五日刊驻杭访员。右首四行字是他的别号和籍贯，益发噜噜苏苏，不成说话，写的是："别号蓁蓁，又号青青，又号飘飘，西子湖边人，钱塘苏小是乡亲，二十世纪青年小说家。"振亚想了一想，似乎脑筋里没有这么一个人，卡片上所列的许多月刊、旬刊名目，不但未经寓目，并且没有听得人家说过。料想此人一定是个喜出风头的少年，爹爹临动身时，吩咐我择交宜慎，不如回绝了他，免却许多纠葛。正待叮嘱仆人托言挡驾，却听得书房门外一阵脚步声，有人高唤着："振亚大文豪，怎么闭户著作，忘却倒徙迎宾，我叶少少竟做那不速之客，前来优乱你的文思了。"

振亚听了，又好气又好笑，原来是一位别字连篇的青年小说家，"倒屣"唤作"倒徙"，"扰乱"唤作"优乱"，开口见喉咙，他的才学便可想而知了。既已闯了进来，只得和他会面，便唤仆人把来宾引入，离座相迎。但见来人约莫二十多岁年纪，一副削肉脸，生得面目可憎，穿一件旧竹布长衫，衣袖上染有几搭墨污，表示他文字劳工的长绩。足蹑尖头的哔叽番鞋，鞋头已破，早经臭皮匠添着一层保障。脚上一双人造丝袜，七穿八裂，有好几处露出皮肉，倒是赤裸裸的写真主义。手里执着一柄折扇，执笏似的向振亚打了一躬，且笑且说道："大家都是文坛中的有名人物，虽未识面，彼此神交已久，早订定了文字因缘。振兄的大作，小弟在《钱塘日报》上早经读过。小弟的拙作散见在各报各杂志的，实在不可胜数，料想叶少少三个字，一定深深地印在足下脑膜上面。著作家相聚一室，这是千载而难逢，三生而有幸了。"说时不待振亚让座，竟在书案旁边一屁股坐下。

振亚好生纳闷，叶少少三个字，今日里才入耳朵，怎说早已深深地印在脑膜上面？听他谈话，文理欠通，架子却是十足，又不好当面得罪他，只得陪着他坐，说了几句久仰大名的套话。仆人泡了香茗，殷勤献客。

少少道："我的名望虽大，你的名望却也不小，文星聚会，总算有缘。要是我们合作一部小说，一定可以轰动社会，转移风气。"一壁说，一壁老实不客气，竟把案头的书卷乱翻，取了一本《史记》，便道，"这部小说是新出版的吗？"

振亚笑了一笑，不说什么。

少少道："未看内容，先看书名，原来这部小说唤作'史记'。这'史记'两个字题得不好，或者唤作'性史'，或者唤作'艳史'，那便来得动目了。"说时，随手揭开，恰是一篇《孔子世家》。瞧了数行道："不行不行，原来是文言的，现在文言小说不合世界潮流。林琴南的文言小说要算是好的了，到了现在尚且一落千丈，何况这部《史记》的文言又作得不大高明呢。"少少又看了看题目，呵呵大笑道，"不行不行，题目尚且有别字，文字便可想而知了。"

振亚听了一怔，忙问："别字在哪里？"

少少指着《孔子世家》的"家"字道："这不是一个别字吗？他要写孔子世界，却把'界'字误作'家'字，实在可发一笑。这部《史记》的著作人，文学程度一定不佳，大概是一个不见经传的无名小卒吧。"便把《史记》向案头一摞道，"这般毫无价值的作品，我们也不值得去批评，还是商议我们的正事。"

振亚暗想，世间竟有这般的妄人，胸无点墨，却要肆口批评，全不管人家齿冷。

少少又道："我们青年著作家，第一要眼光敏捷，无论什么书本到了我们眼里，须在数秒钟内品定这部书的好坏。兄弟便仗着这副眼光，占了许多便宜。凡是不适用的书一望便知，从来不曾误购，即如这本'孔子世界'的文言小说，便无购买的必要。须知现在最风行、最时髦的作品，不是荡子世界，定是淌牌世界，不是明星世界，定是模特儿世界。吾们青年著作家，须在这里面讨寻生活，才能够博着社会上的好评。这件事我们须得共同努力，谁耐烦研究什么不适用的违反潮流的别字连篇的'孔子世界'呢?"

振亚不说什么，只向他呆瞧。

少少又道："振兄，我叶少少在著作林中混了好多年，旁的不敢夸口，只是那经验上确乎有许多心得，凡人要在著作界中出名，万万不能走错了道路。青年小说家的参考书，只有《女学生秘史》《姨太太黑幕大观》《三十六个女拆白党的起居注》，这几种应用必备之书，一种都缺少不得。似你方才的这本'孔子世界'只好送给孔教会里去做消遣品，不是我们青年小说家应看的书。"

振亚故意称谢道："承教承教，听君一席话，胜读十年书。"

少少不知道振亚有意钝他，兀自很倨傲地说道："振兄，什么叫作胜读十年书，这话错了。须知'十年窗下读文章'这句老话，到今朝全不适用。从前考什么秀才举人，当然用得着十年读书。现在呢，我们小说家扬名四海，何须十年读书，五年也不消。不瞒振兄说，我叶少少三年以前，兀自在一爿石灰行里做徒弟，这时节搜肠索肚，暨家眷等，一应在内，也认不满六七百个字。亏得后来福至心灵，买几部时髦小说作读本，不满三年，果然被我在小说界中占得了地盘，才知道十年读书这句老话真是笨不可信。"

振亚道："兄弟是个笨伯，很相信十年读书这句话万万颠扑不破，而且十年读书，也不过得了些浅薄的知识，若要著书立说，非有三十年读书功夫不可。兄弟从前有几篇小说，曾在报纸上披露，不过偶尔遣兴，弄弄这玩意儿，万万谈不到著作两个字。近来深自悔恨，不该作这么无聊文字，妨碍自己的读书功课，因此闭户读书，不敢妄弄笔头，且待读满了三十年书，从事著作也不算迟。"

少少大笑道："岂有此理，岂有此理，必须读满了三十年书，才能讲到著作，那么青年小说家从何发生? 譬如五岁便读起书来，读满三十年，早已三十五岁了，到了那时，从事著作便算成名，也不能唤作青年小说家。振兄，看你面貌漂亮，不该道出这般顽固的话，不是当面骂你，人人都要读满三十年书，那便人人都化作了呆鹅，街上没有人行动，都躲在屋子里念书，还成什么世界呢? 振兄，我叶少少无事不登三宝殿，今天登门，和你的前程大有关系，管叫你名利双收，在那二十世纪文学史上，成就一位数一数二的青年

21

小说家。"

振亚笑道："兄弟没有这般的福分，也没有这般的奢望，这数一数二的青年小说家，还是足下自己去做吧。"

少少道："你莫非道我打趣吗？我是一片好意，特地来奉献这名利双收的秘诀，并不是打趣。"

振亚道："足下的好意，倒要请道其详。"

少少道："听我道来，小说家要在文坛上占着势力，团体不可不紧，有了团体，才能够竭力宣传，大放空气，在文学界占着重要的位置。现在我叶少少发起一个文社，唤作'少社'。一者我别号少少，这事由我发起，当然唤作少社。二者社中的分子，都须二十左右年纪的少年，年龄稍大的，一概拒绝。名实相'福'，该唤作少社……"

振亚暗暗记着，又念了一个别字了。

"振兄，现在的文坛被那些年龄老资格老的小说家弄坏了。他们倚老卖老，仗着交游广、门路熟，无论什么出版物，都被他们占据着。其实呢，老猫叫不出俏声音，这辈倚老卖老的小说家哪里做得出好东西，若要好作品，须向我们青年队里寻，这便叫作'绉'凤清于老凤声咧……"

振亚暗暗记着，又念了一个别字了。

"我创'辨'的少社……"

振亚暗暗记着，别字又来了一个。

"便是主张打倒这辈老作家的，他们的作品，总脱不了十八九世纪的思想。我们青年小说家，都是现在很出风头的时髦人物。少社成立，结一个大团体，其中分为两系：一是研究系，专门研究男女性交的大问题；一是交际系，专门交际男女淌牌，以便联络感情，侦探他们的大秘密。各人分系办事，准备'广'充我们的小说资料……"

振亚暗暗记着，别字又来了一个。

"我很费着一番苦心，定着这般的主张，已把办法详载在《蟋蚰》旬刊里面，不日便要实行，杭州一带的青年小说家都已赞成。振兄也是青年小说家的一分子，因此前来征求你的同意……"

振亚道："承蒙足下厚意，但是兄弟已声明在先，闭户读书时代，尚谈不到著作两个字，所以加入贵社，只好谨谢不敏。"

少少道："你莫这般固执不化，待我细细讲给你听，加入了少社，有十大利益、十大希望。外面想入少社的争先恐后，十分'诵'跃……"

振亚暗暗记着，又来了一个别字。

"敝社守着严格主义，不许滥'竿'……"

振亚暗暗记着，又是一个别字。

"可见少社里社员是很名贵的，只为足下在著作界上略有声名，因此上门来请求同意，这是千载难得的机会，足下幸勿自误。我先把十大利益讲给你听。什么叫作十大利益呢?"

正待讲将下去，忽见一名仆妇唤作王妈的闯入书房，气吁吁地说道："少爷快快进去，少奶奶陡然头晕，不知害了什么急症咧。"

振亚听说大惊，那位高谈十大利益的叶少少只好离座告别，振亚送过了这位恶客，便急急地去瞧他爱妻。

欲知后事，且阅下文。

第四回

驱除障碍娘子解围
迎合潮流商人弋利

却也奇怪，振亚气吁吁去瞧他的爱妻，江素娟却是笑盈盈地迎上前来，面上不见丝毫病容。振亚道："你的头晕平复了吗？恰才王妈来唤我，吃惊不小。素娟我爱，向来没有这个病症，怎么好端端头晕起来呢？"

素娟笑道："休说向来，便是现在我也没有这个病症。"

振亚怒道："那么王妈疯了，赤口白舌地咒人，说你犯了急症。这婆子实在可恶。"

素娟道："不干王妈的事，是我吩咐她这般说的。恰才听得书房里有客来，高谈阔论，声达户外，我只道是你的好友刘子荆到来，和你讨论学问，谈得这般起劲。我想听听他的谈论，多少有益，因此蹑着脚步，悄悄地来窃听，却又不是子荆的口音，我心里好生纳罕，知道你的好友是很少的，谁在里面抵掌狂谈呢？当下便在门帘缝里张这一张，果然是不认识的，但见他獐头鼠目，状貌不扬，全不像是个有学问的，便想折回，却听得他谈锋很健，旁若无人，不由得停了脚踪听个明白。谁料不听便休，听了时，淅沥索落好像落下了许多东西。"

振亚奇怪道："又不曾下雨，怎么淅沥索落地落下了许多东西？"

素娟笑道："这不是下雨，这是我的肌肉？我听得他识字无多，居然大言不惭，自命为青年著作家，不觉浑身的肌肉淅沥索落地落个满地。唉，肉麻煞了。亏你有这忍耐心，听他在书房里嚼蛆。要是换了我，不待他说完，早已打发他滚了。你的肌肉难道和我不同，不会肉麻，不会背脊上寒凛凛，不会起着浑身肌肉瘩子？"

振亚叹道："这也叫没法啊，和他初次会面，便是话不投机，也不好板着面孔下逐客令，只得尽着肉麻，尽着背脊上寒凛凛，尽着浑身肌肉瘩子，起了一身，又是一身。我爱我爱，这恶客纠缠不休，真个够我受用了。"

素娟道："我当时已知道你十分为难，知道你和恶客相对，真叫作挨一刻如一夏。后来又听得他诌出什么十大利益、十大希望，要是一桩桩一般般听他细细演讲，不知要讲到何时才休，那便活该你受罪了，我不来解围，谁来解围？因此回到里面，叮嘱王妈如是这般，才把那恶客逐去了，我的退兵法不是很灵验吗？"

振亚道："灵验虽然灵验，只是我受这一惊非同小可……"

夫妇俩讲话的当儿，范老太太从里面出来，忙问儿子道："你说什么受这一惊非同小可？"

振亚让他妈妈坐了，便把方才的经过述了一遍。

范老太太道："不信天下有这般狂妄的人，他叫什么名字呢？"

振亚道："他的名字正多咧，他叫叶少少，又叫叶萋萋，又叫叶青青，又叫叶飘飘。"

范老太太道："一个人怎么要有这许多名字？"

振亚道："他是热心投稿的，东也投稿，西也投稿，这家投了没效，便换个名字到别家去投。因此一年四季，别号时时变换，有这许多名字。"

范老太太道："从前有句老话，叫作'童生考到老阎王没处了'，现在没有童生了，便该说'投稿家投到老阎王没处了'。"

素娟奇怪道："婆婆，什么叫作童生考到老阎王没处了呢？"

范老太太道："你是从小便入学校的，没有经过科举时代，当然不知道这两句老话。从前科举时代，凡是入过考场提过考篮的士人都唤作童生，经学宪考取合格才唤作秀才。要不然，哪怕白发飘飘，儿孙满膝，依然是个老童生。"

素娟笑道："那不是应了一句'返老为童'的古话吗？"

范老太太道："这却有些分别，年龄大了，返到童年的模样，叫作返老为童。要似前清那辈老童生，自从提了考篮以后，忽忽数十年，年岁渐渐增高，童生的名称兀自不变，该叫作到老犹童，不该叫作返老为童。"

素娟点头道："原来有这般解释，但是童生老了，怎么阎王没处了呢？"

范老太太道："读书人有一种迷信，每逢考试榜上无名，不说自己的名字不好，只说自己的名字不大吉利。下一回考试，便把名字改换了，依旧榜上无名，又把来改换了。科举时代，三年之中要考两回，你想做老童生的三年之中换过两个名字，考了三十年便是二十个名字，考了六十年，便是四十个名字。待到天年将尽，阎罗王天子提起一支笔，在那生死簿上要把他的名字勾去，四十个都是他的名字，究竟哪一个是他的正身，惹得阎罗天子踌躇不决，没处下笔，这便叫作阎王没处了呢。现在科举废止了，又有那辈投稿家也是欢喜改换名字，而且一年四季，时时换名，比着童生换得更多更快，将来年龄老了，生死册上的名字一个人总有几千几百个化名，阎罗天子只怕益发无从下笔呢。"

振亚也笑道："妈妈，照你这么说，那辈投稿家倒很有长生不死的妙术，永远不会被阎罗天子勾去名字。"

范老太太笑道："要是阎罗天子提起如椽大笔，把几千几百个化名一个大圈统统勾去，那便完了。"

大家正在说笑的当儿，王妈送进一封书信，看那封皮，是公任寄来的家信，拆开了大家共看，却是公任报告在黄山遇仙的事，说仙人已在晴川家里小试神通，把殃民的军队吓退了。将来社会上有什么不平的事，得仙人从中相助，一定可以锄强扶弱，去暴安良。这位快活神仙，简直是社会上的救星，孽海中的慈航。我自从遇仙以后，顿然恢复了从前救世济人的观念，不日便要挈带稚川来杭小住，替同胞出一把力。好在仙人已满口应允，我们办不了的事，他老人家肯助一臂之力，任凭社会万恶，总可彻底澄清，把世人的恶念荡涤个一干二净……

看完了这封信，大家疑信参半，议论纷纷。

素娟道："古来相传的仙人，大都是厌弃尘俗、匿迹山林的，只听得有人山的仙人，没听得有出山的仙人。他既做了仙人，为什么要离却神仙洞府，到这红尘世界来管闲事，他不是成了一个多事的仙人吗？"

范老太太道："神仙之说，恍惚无凭，我向来不大相信，但是你公公书中既说得这么有凭有据，不见得是凭空捏造吧。本来这般社会，不是一二热心人可以挽救颓风。我常说上界神仙可惜不管闲事，要是管了闲事，那么世上的人怎敢怙恶不悛，干这种种丧天害理的事呢？现在有了这位多事的仙人从中出力，社会便有望了。但愿你公公书中的说话句句确实，我们杭州有这么一位多事仙人下降，一定可以干几桩大快人心的事。旁的不论，但看赵令娴女士所遭的种种不幸，我们明知其冤，却没法替她表白，要是有了仙人相助，那便可以是非大白咧。"

振亚道："赵令娴的遭遇煞是可怜，我去年作的那篇《恐怖之夜》，便是指着她说。果有这么一位仙人相助，岂但赵令娴个人之幸，便是杭州一带，也不会发生什么不平的事。我今年作的那篇《理想的杭州》，不是真个可以实现了吗。但有一说，爹爹信上纵然写得凿凿有据，仔细想来，也许他老人家游戏笔墨，作一篇寓言小说玩玩，只为快活神仙的一举一动很有小说的意味，除却小说里面，任凭踏破铁鞋，再也觅不到这么一位神通广大的仙人。我以为这封书信，只可当作小说读，完全不是事实。"

范老太太笑道："你也太拘泥了，小说和事实有什么分别呢？把小说的眼光去看事实，件件都是小说；把事实的眼光去看小说，般般都是事实。不能够强生分别，说离奇的是小说，平易的便是事实。譬如《西游记》和《封神榜》说的腾云驾雾，脚踏风火轮，以及顺风耳朵千里眼，可算是离奇光怪，达于极点，荒乎其唐，不可究诘的了。然而到了今朝，飞机便是腾云驾雾，火车汽车便是风火轮，长途电话便是顺风耳朵，望远镜便是千里眼，完全和小说中的理想差不多，可见从前的小说便是现在的事实。照此看来，小说和事实没有什么明显的界限，譬如我们三个人在这里谈话，明明是事实了，然而一经小说家记录出来便成了小说。你爹爹这封书信，说他是写的事实也好，说他是作的小说也好，横竖眼前的人物便是小说中的人物，眼前的家庭便是小说中的家庭，眼前的一举一动便是小说中的一举一动，究竟有没有这么一回事，且待你爹爹回来，自会知晓……"

过了数天，刘子荆忽然登门访友，见了振亚，便嚷着："振亚你好，振亚你好，多日不见，你却做了马桶脚边的福尔摩斯。这个很显赫的头衔替士林中增光不少，奉贺奉贺。"说罢，深深一揖。

振亚听了，莫名其天主堂和耶稣堂，忙道："这话怎么讲？"

子荆笑道："马桶脚边的福尔摩斯，便是熟悉人家的闺房秘史，一天到晚上过几次马桶，一晚到天明马桶脚边有什么秘密勾当，都瞒不过你这位福尔摩斯，自会原原本本地记录出来，介绍给观众知晓。"

振亚诧异道："岂有此理，我这几天内只是杜门不出，大门以外的事情都不知晓，怎能知晓人家的闺房秘密？"

子荆道："毋庸客气，你的本领真大得了不得。杭州城里有四个顶呱呱的福尔摩斯，你虽不是天字第一号，却是天字第二号。第一个福尔摩斯善于侦探人家裤子裆里的秘密，叫作裤子裆里的福尔摩斯叶蓁蓁。第二个便是你。第三个福尔摩斯善于侦探人家被头缝里的秘密，叫作被头缝里的福尔摩斯叶青青。第四个福尔摩斯善于侦探人家小房子里的秘密，叫作小房子里的福尔摩斯叶飘飘。这四个福尔摩斯，据说都是少社里的中坚分子，那少社的社长唤作叶少少，自称双料双双料的福尔摩斯，长江南北一等一的青年小说家。最近少社里面发行一种出版物，唤作《福尔摩斯风流探案》，据说这部书非同小可，是小说界中的霸王、小说界中的百胜将、小说界中的风流教主。执笔的便是你们四位大侦探家。振亚振亚，你这副侦探本领是从哪里学来的？亏你不厌不烦地躲在人家马桶脚边，料想倚马文章，定有特殊的色彩。"

振亚听罢，脸都涨红了，忙道："冤哉枉也，梦都没有做过，你的一席话究从哪里听来？"

子荆道："你不用慌，我们相知有素，知道你绝不会干这勾当，但是外面电杆木上，五色广告贴一个满街飞。你虽闭门不出，你的大名早已轰动了来来往往的人，大家都在那里议论你。有的说，范振亚很负时望，不该作这般诲淫小说。有的说，习俗移人，贤者不免，大概受了性交潮流的影响，不由自主吧。我听在耳朵里，觉得有碍你的名誉，便在电杆木上揭下一纸广告，特地送给你看，你究竟做何办法？"当下便从衣袋里取出这纸广告，授给振亚过目。

振亚看罢，恨恨地说道："可恶可恶，这是叶少少弄的鬼戏子。"

子荆道："你认识叶少少吗？"

振亚道："我不认识他，他却自己上门来访我。"便把那天叶少少上门纠绕的事报告一遍，又道，"他招我入少社，我已竭力拒绝，怎么擅自主张，竟把我的名字刊入广告里面呢？"

子荆道："你是个公子哥儿，全不知道外面的人情叵测。现在出版界的风气愈弄愈坏，凡有一种出版物发行，总是拉拢了许多撰述者来装幌子，任凭包脚布一般大小的报纸，也是噜噜苏苏，列着许多撰述者姓名，多或百余人，少亦数十人。有以资格定先后的，有以笔画定先后的，一味地大吹法螺，说是许多名家的结晶品，其实呢，只有少数不名家在那里摇旗呐喊罢了，所有报上列名的诸大名家不过装装幌子。道地的还写着一封拜求大著的书信，无论人家允与不允，便把姓名刊在报端；拆烂污的通知都不曾通知一声，便强拉做本刊的名誉编辑员。似这般假借名义，出版界中早已屡见不鲜。现在这位叶少少大文豪总算是格外道地的了，不惜脚步，登门请求。你虽没有应允，他的毡单角早已走到，不好说是十分冒昧，于是你的大名被他利用，遍贴在电杆木上，还给你加上了一个马桶脚边福尔摩斯的头衔，从此人家妇女上马桶，须得向四下里望这一望，可有这么一个臭侦探在那里窥探秘密。振亚振亚，你还是纯任自然呢，还是及早剖白？"

振亚道："要是没关紧要的出版物，把我姓名载在上面，那便由他们去登载，我只置之不理便了。现在他们编这诲淫小说，又给我加上一个恶毒不堪的头衔，和我的名誉大有关系，况且家父不日回家，知道了定然嗔怒，究竟怎样是好？"

子荆道："你不会上门找他，和他理论吗？"

振亚道："那天他来时，我没有询问他的住址，叫我哪里去找他？"

子荆道："既然没处找他，没奈何只得登报声明了。但是登报声明，须得赔贴一笔告白费，这也是你喜作小说的不好，要是你在小说界中没甚声名，那便没有人来假借你的名义装这幌子了。"

振亚道："算我倒霉，被人假借名义，加上龌龊头衔，又须赔贴这笔告白费。唉，人心鬼蜮，一至于此，除却快活神仙把他们惩戒一下，再没别法。"

子荆道："什么叫快活神仙？"

振亚便把公任的来信讲给子荆知晓，又道："我的意思认定是家父的寓言，但是家母深信为事实，究竟是寓言是事实，请你下一断语。"

子荆道："我们研究科学的人，绝对不信神仙。但是令尊家书中说得活灵活现，又不像是寓言。本来宇宙之大，无奇不有，西洋各国的科学知识要算是发达的了，然而常有许多不可思议的事出于科学范围以外，不能说合乎科学的是真实，不合科学的便是迷信。况且迷信两个字，不专指信仰神仙而言，便是笃信科学，也许是迷信，其间有一个先决问题，便是宇宙间究竟有没有神仙。宇宙间果有神仙，那么崇拜科学的是迷信；宇宙间果没有神仙，那么崇拜神仙的是迷信。现在好了，令尊回里以后，这个先决问题很容易解决了。我们不必先下断语，且待令尊回来以后再说。"

振亚点头道是。两人又闲谈了一会儿，子荆方才告辞而去。

且说那个自命双料双双料福尔摩斯的叶少少，异想天开，要编一部《福尔摩斯风流探案》，全书分作十二案，都是叙些枕席私情、床帏昵语。他和弄堂里书坊老板唤作邵大麻子的，一向狼狈为奸。一天，他和邵大麻子商议，说："这部风流探案出版以后，一定博着观众的热烈欢迎。只为现在时代是研究性交的时代，除却性交，竟无文章；除却性交，竟无学问；除却性交，竟无出神入化的好小说；除却性交，竟无惊天动地的大著作。我编这一部风流探案，穷年累月，很费着一番心血。旁的不敢夸口，这'形容尽致有声有色'八个字，实在可以当之无愧。包管男学校里的青年读了，任凭一等一的老实孩子，看了这部书，一颗心也要在腔子里蹿上落下。女学校里的青年读了，任凭一等一的守礼女郎，看了这部书，也要春心撩乱，痴想那黄莺作对、粉蝶成双。立着的男子看了这部书，包管顷刻弯着腰儿，和骂平儿的琏二爷一般。坐着的女郎看了这部书，包管饧着眼儿软洋洋四肢无力，和酒醉的杨妃一般。而且这部书出版以后，不但再版，三版无穷版，书坊老板可以大发横财。便是旁的营业，一定带起了不少。窑子里的生意一定发达；咸肉庄上一定挂着客满的牌子；旅馆里的茶房一定收入很多；毒门医生的门前一定人山人海；六○六的原料一定求多于供；山额夫人的节育器具一定利市三倍；五鞭壮阳、七鞭壮阳和那生殖灵、自殖自疗机，一定销路大增。可见这部书很有绝大的价值，表面上提倡性交，实际上振兴商业。我和你做这般投机的生涯，利益均沾，二一添作五，可好不好？"

叶少少说得天花乱坠，喜得邵大麻子粒粒麻斑都含着十分笑意，忙把这部《福尔摩斯风流探案》约略看了几页，确有八九分满意，只是嫌着作者的姓名不大响亮，不免有一二分失望，便和少少说道："大作果然不错，但是最好编辑人中间添上一位大名鼎鼎的，那便可以号召读者，销路益发畅旺了。"

少少道："你的意思想添上哪一位小说家呢？"

邵大麻子道："《恐怖之夜》的著作者范振亚是很有名望的青年小说家，青年男女大都喜读青年小说家的作品。这部书中加了范振亚的名字，多少总可增加几分魔力。"

少少道："这也不难，把他的名字加在里面，也不用通知他一声。好在出版界通例，凡属名誉编辑员，都不必征求本人的同意，用着强奸手段，随意加入便是了。"

邵大麻子道："要是寻常出版物，把他强拉在内当然不生问题。但是这部关系性交的大著作，很有许多人不大赞成，我们请他列名，合该征求他的同意。要不然，马马虎虎地把他列名其间，诚恐日后发生交涉，反而不妙。"

少少大笑道："老板，你过虑了，你看现在的社会，大概受着性交两个字的包围，怎说尚有反对性交的人？况且范振亚是个翩翩少年，一定赞成我这部大著作。凡属少年，都是性交的信徒，都是富于性交的研究性，都是发着一种性交的狂热。我们把他的名字加入，推举他做一位性交的著作者，他一定当作非常荣宠，只有欢迎，没有拒绝。他若拒绝，便不成其为青年小说家，而成为一只呆鹅了。既是老板不放心，我便去访问振亚一遭，多跑些脚步，也是编辑人应有的手续。"

邵大麻子笑道："既说脚步，又说手续，究竟你去访问振亚，借重尊脚呢，还是借重尊手?"

少少笑了一笑，不说什么，匆匆去访问振亚，这便是那天和振亚会面的话。依着少少意见，无论如何，总想把振亚硬拉在编辑人里面，无奈没有说明，却被娘子军从中解围，不得要领，废然而返。后来，见了邵大麻子，撒着弥天的谎，只说振亚欢欣鼓舞，极端赞成。于是便从宣传上着力，广刊告白，大吹法螺，竟给振亚加上了一个马桶脚边福尔摩斯的头衔。告白披露以后，果然有许多读者纷纷来付定金，作为预约。邵大麻子喜出望外，不待细说。那许多读者都知道这位青年小说家范振亚是文坛中后起之秀，作的小说刻画入微，情文并茂，只可惜他的作品不多，笔墨异常名贵。现在这部风流探案有他在里面执笔，而且以马桶脚边福尔摩斯自命，料想内容一定不恶。或者描写性交的地方，可以超过《金瓶梅》，胜过《肉蒲团》，也未可知。这人间罕有的奇书，无论如何，总得买一部来读读。男女都存着这般的思想，因此《风流探案》的预约期内，争先恐后，都去缴纳定金。谁料过了几天，各报封面登着范振亚启事的字样，大概说这部《风流探案》，鄙人并未加入编辑之列，完全冒名，和鄙人不相干涉，且鄙人对于海淫作品绝端反对，更无轻易执笔之理，事关名誉，不得不郑重声明云云。许多订户见了这段启事，才知上了大当，纷纷向邵大麻子索回定金，但是猫嘴里挖鳅，休想拿得到手。众人不肯甘休，大起冲突。

叶少少从中解劝说："诸位索还定金，想是见了范振亚这段启事，以为我们不该用这欺骗手段。其实这位范振亚先生确是编辑《风流探案》的中坚分子，他现在登这启事是另有作用的。他虽风流自喜，但是他的老子范公任性情十分顽固，对于他编辑这部小说老大不以为然。振亚没奈何，只得表面上登了这启事，否认列名，其实编辑方面，他依旧积极进行。诸位，如不信，待到出版以后细细研究，便知道本书的精华确是范振亚的得意笔墨。"众人听了，似乎言之有理，既然不肯缴还定金，也只索罢了。然而自从范振亚登了启事以后，《风流探案》的销路毕竟受了大大的打击。业已付款的订户当然无法取还，未曾付款的订户得了风声，就此中止。叶少少和邵大麻子在先计划，这部书可以销去五千份预约券，现在仅得半数，预约的顿然绝迹，就这半数预约券计算，虽然已得了许多盈余，但如没有范振亚打一下散场锣，盈余的数目绝不止此，这许多盈余明明断送在范振亚手里。邵大麻子抱怨着少少说："你既没有和振亚说得妥帖，胡乱把他列名，以致临时发生变端，营业上受这绝大影响。"

少少道："这是振亚亲口应允的，不该中途变卦，打碎我们的饭碗，此仇不报，等待何时？"

邵大麻子恨恨地说道："他爱惜自己名誉，不管旁人的营业影响，他越是爱惜名誉，我们越是要把他的名誉破坏。须知现在是拜金主义的世界，金钱的身份比着生身父母还高，影响我们赚钱，比着杀害我们的父母还要凶恶。这范振亚分明是我们不共戴天之敌，须得摆布他一番，才可以发泄这一口恶气。"

少少连连点头，便和邵大麻子商议摆布振亚之计。

欲知后事，且阅下文。

第五回

施压力半途退学
起暗潮中媾贻羞

　　自从《钱塘日报》封面登着范振亚启事的广告，人家见了，一半儿失望，一半儿不失望。失望的便是《风流探案》的订户，见这部小说并不是振亚的作品，当然失望了。不失望的便是振亚的亲戚朋友。在先可惜振亚这副好笔墨，不该撰述那猥亵文章，分明"淫词污了龙蛇字"，现在见了这段启事，知道振亚依旧是个高尚圣洁的青年，并没有这么一回事，当然不失望了。其中有一位赵令娴女士，为着这件事，倒累她赔却了许多眼泪。赵令娴和江素娟本是同学，两个志同道合、异常投契，可惜一菀一枯，遭际大不相同。素娟中学毕业，令娴距着毕业期限只欠半年，因家庭多故，蓦地里死却亲娘。她的老子赵益甫是一个顽固人物，素不赞成女孩儿家入校肄业。亏得赵太太注重教育，令娴才能够身入学校。哪知道为山九仞，功亏一篑，屈指毕业将近，赵太太偏偏得病死了。赵益甫借着料理家事的大题目，强迫令娴退学。令娴含泪央告道："女儿在校数年，成绩很不错，现在距着毕业年限只隔数月，待到行过毕业礼，学问上总算有了一个结束，女儿愿意在家庭操劳，也是理所当然。"

　　益甫大发雷霆，喃喃地说道："你读了几年书，便敢藐视尊长，不听教训，这学校还可以进得的吗？常听得人说，现在的女学生愈闹愈糟了，动不动便是非孝，便是讨父，便是社交公开，便是自由结婚。我听在耳朵里好不纳闷，只为你那死鬼母亲是喜欢你读书的，我便反对也是没有用。现在呢，你的母亲已死，家事没人料理，要是你再提着书包到学校里去上课，试问一切家事交给谁去掌管？你要读书，在家里也好读，我是秀才出身，四书五经读得烂熟，难道我不会教你？何必出了学费，听那识别字的教员先生讲什么不相干的教科书？令娴，劝你歇下了入校读书的念头吧，似这般的女学校，别说我没有钱给你做学费，便是有了钱，我也不容你去沾染这许多女学生习气。我眼里瞧见的女学生，十个里面寻不出一二个端庄稳重的女子。偏是不读书的，倒是个个端庄稳重，大贤大德。你若不信，但看你婶母何尝进过什么学校来，偏能主持家政，井井有序，待人接物，异常温和，亲戚邻里谁不道她一声贤妇。你那母亲在日，做人虽然不错，但是有一种骄傲的脾气，时时和我怄气，你母亲的性情远不如你婶母这般温柔，推原其故，皆因你母亲年轻时曾做过三年女学生，她的骄傲性质也许是女学校里养成的。所以我对于女学校深恶痛绝，我令你退学，只有顺从，更无商量余地。我们秀才门庭，这'在家从父'四个字万万忽视不得，退学退学，你愿意也要退学，不愿意也要退学！"

令娴见老子说得这般斩钉截铁，料想没法挽回，只得含着眼泪，到校长那边去声明退学。校长很是诧异，劝她挨到了毕业期限，莫使前功尽弃。令娴听了，惨然不语。校长道："莫非你遭着家变，学费缺乏，不能继续读书吗？这也不妨，我可以许你免费，培植你学问成就。"

令娴听了，只是呜呜啜泣。校长莫名其妙，连呼怪事。那时江素娟在旁，深知令娴的家世，便悄悄地把令娴的家庭情形告知校长。那位校长却是很热心的，亲自往访赵益甫，劝他不宜固执。益甫非但不听，反而语中带刺，说女学校的风气不好。校长叹了一口气，扭不转他的牛性子，也只索罢了。

素娟毕业以后，便赋于归，和范振亚成为夫妇，一双璧人，博得许多人称羡。

令娴退学以后，只在家里侍奉老子，整日价家务琐屑，烹饪缝纫，干些乏味的工作，倒还罢了。其间还有许多说不出的苦痛，除却素娟，旁的人都不知晓。素娟和令娴通信，总是百般劝慰，有时还亲自去访问令娴，劝她旷达一些，不宜悲伤过度。令娴惨凄凄地说道："妹子的苦衷，只有姊姊知晓，在这苦恼家庭度日如年。苦恼倒也罢了，又有许多防不胜防的事，吓得我魂飞魄散，总而言之，妹子命运太苦，合该受这磨折。近岁以来，觉得生趣索然，看破一切，只望早早到泉下去侍奉亲娘，完全我的清白。姊姊是妹子的知心，姊夫的笔墨又是名重一时，妹子死后，要借重姊夫的一支大笔，把妹子生平遭遇撰一部苦情小说，细细地描写一番，也好使一班读者知道现在女教堕落的时代，尚有一个清白自守、百折不磨的女子赵令娴，那么妹子在九泉下也是感恩不浅。"

素娟听了，不胜唏嘘，也赔贴了许多眼泪。后来振亚撰那篇《恐怖之

34

夜》，书中有人呼之欲出，便是暗指那薄命女郎赵令娴，只不曾揭破她的姓名罢了。

令娴见了这篇文字，暗暗自慰，她想有这么一位名重文坛的范振亚先生肯替我表扬清白，将来我便郁郁而死，我的苦衷定可以借重他的笔端曲折写出，完全我一生清白。

谁料传来一个可惊消息，是赵益甫的弟妇，赵谦甫的妻子。谦甫早年亡过了，杨氏在家守寡，依着她大伯度日。益甫对于弟妇总是赞不绝口，越是令人怀疑。原来赞有几等赞法，父母赞儿女好，儿女未必是好，或者溺爱不明。婆婆赞媳妇好，才是真好，只为婆婆对于媳妇往往吹毛求疵，赞是很难得的。换了公公赞媳妇好，赞在分寸上，人家却还相信，赞得过了分寸，就要惹起人家疑惑了。但看《红楼梦》中秦可卿死了，贾珍哭得泪人一般，公公哭媳妇哭得这般模样，便要惹那批评家说是史笔，说是作者深文。现在呢，杨氏是个寡妇，她的贤名却出在大伯口中，其中情形，明人不消细说。益甫又当着女儿说她婶母怎样温和，说她亡母怎样骄傲，令娴是个玲珑剔透的女郎，岂不知乃父的用意，只是她笃守着旧道德，明知乃父失言，却不敢和老子抗辩，唯有暗暗悲伤罢了。

一天，她偶然走入益甫房里，益甫正横在烟铺上吸烟，却见说范振亚编撰什么《风流探案》，用着全力去描写人家的中媾丑事。令娴暗暗唤一声苦也，我的苦衷，再也没有人替我表白了。我一向佩服振亚，只佩服他的思想高尚，笔墨纯洁。现在他的笔端已玷污了，我的一生清白，谁要他肮脏的笔墨替我表扬，我拼着含愤负屈而死，永远不想有人来替我表白。想到这里，愈想愈苦，忍不住点点痛泪沾湿衣襟。过了一天，她便写着一封书信寄给素娟，探听这事的虚实，比及素娟复信到来，才知道完全是子虚乌有，素娟又把报端的声明告白寄给她看。令娴又暗暗欢喜道："我本疑振亚先生必不肯自污文名，果然是人家冒名伪托的。那么我的一生清白史，依旧要仰仗振亚的生花妙笔替我描写咧……"

毕竟令娴有什么说不出的苦痛，但听赵益甫一番训女的话，口口声声只称赞令娴的婶母怎样温柔、怎样贤惠，那么赵姓的家庭状况便可略知一二了。原来令娴的婶母杨氏便和益甫对面躺着，令娴趑趄不前，心坎里跳个不住。杨氏笑道："令娴，你进来便了，我和你老子商量些家务，正大光明地在烟铺上谈话，你莫当作奇事，转错了念头。"

令娴道："侄女怎敢。"嘴里虽是这般说，心里老大不以为然。待到杨氏去后，令娴坐在益甫烟铺上，委婉地说："婶母和爹爹在烟铺上谈话，虽然正大光明，问心无他，但是被那佣妇人等瞧见了，不免在外面飞短流长，不说好话。婶母是个守节的寡妇，爹爹是个达礼的秀才，彼此都是爱惜名誉的人，似乎在那嫌疑上面须得注意一下。"

益甫听了，只是呼呼地吸烟，不来理会。等吸足了鸦片，放下烟枪，又取茶壶连吸几口茶，方才慢慢地说道："你是女孩儿家懂得什么呢，你婶母这几天内常发肝胃病，我请她躺下吸几口烟，也是合乎情理的事，难不成做了一家人，她有病痛，袖手旁观，不去替她疗治？"

令娴道："婶母有病，可以把烟盘送到她房里，她不会装，女儿可以替她装烟，似乎比着和爹爹同榻吸烟雅观一些。"

益甫搔了搔头颅，忽然引经据典地说道："我不喜你进学校，只为你读些都是离经叛道的教科书，却把中国四书五经都抛荒了。我讲给你听，《孟子》上说：'嫂溺则援之以手。'溺者出恭之谓也。嫂子上坑去出恭，蹲得两腿麻木，出恭完毕，一时站立不起，做小叔的理该上去搀扶一把，这便叫作嫂溺则援之以手。现在弟妇发病，做大伯的叫她躺在烟榻上吸这几口大烟，合乎天经地义，有什么不可呢？况且《诗经》上说'伯氏吹埙，仲氏吹篪'，这便是兄弟和睦的典故。不幸你叔父早岁身故，单留你那青年守寡的婶婶做个未亡人。我是明白大义的，见了你婶婶，便似见了你叔父一般。我和她同卧在一张烟铺上吸烟，叫作伯氏吹箫，婶氏也吹箫，恰和经训相合，又有什么妨碍呢？我生平熟读圣经贤传，你的叔父虽死，我的友爱之情依然如旧，久把你婶婶当作我的亲兄弟看待，休说你婶婶在我烟铺上偶尔躺躺不足为奇，便是和你婶婶在一张床上过夜，道理上也很说得过去。从来手足情深的，往往制着大被，兄弟们一起儿睡，不幸你叔父身死了，我不能够和他合被而眠，便把你婶婶权当你叔父，应那大被共眠的佳话，益发见得我手足情深，格外友爱。被窝里可质神明，可告天地，断然没有什么暧昧举动。这些事须得我们读圣贤书的秀才先生才办得到，要是换了学校里的男女青年，那便闹出笑话来了。所以为人在世，圣贤书是不可不读的，我今天的一篇教训，你须牢牢地记着，将来自然受用不浅咧……"

这一席话，听得令娴头疼脑涨，她想圣贤的经传上怎会有这许多荒唐说话，多分是爹爹欺我没有读过四书五经，信口乱谈，诡为自己解嘲罢了。

益甫悄悄和杨氏商议，说："以后你我有什么举动，须得避着这女孩子的眼，瞧不出她一点点年纪，说出话来竟和道学先生一般。瞧见你我同躺在一张烟铺上，她竟喃喃讷讷教训起老子来。亏得我是秀才先生，经书烂熟于胸中，随口引几句书，强词夺理，她才没得话说，你想这女孩子可笑不可笑呢？"

杨氏冷笑道："亏你做了老子，反而怕起女儿来，这真叫作反了反了。从前老法家庭，老子干的事，无论干得好干得不好，总不许儿女插嘴，要是插嘴，便是忤逆不孝，老大的嘴巴打下去，不怕儿女不磕头谢罪。现在你这位千金小姐非同小可，她是学堂里出身，顶呱呱的好学问，怎有你这瘪皮秀才的老子在她眼里。亏得我有主见，撺掇你逼她退学，总算运气，不过把老子教训一顿便罢了。要是再不退学，哼哼，女学生的架子还要老辣。你我的破绽被她瞧见了，休想一顿教训轻易发落，敢怕摇动铃珠，丁零零，丁零零，开一个驱父大会，你只好预备着滚蛋，再休想安安稳稳躺在屋子里吸烟。"

益甫连连点头道："好弟妇，你的说话千真万确。令娴这孩子果然再不能叫她进女学校，现在还容易约束，要是得了毕业文凭，自命中学毕业生，那便大模大样，益发没有尊长在眼里了。"

杨氏道："现在还容易约束，只怕不见得吧，要是你可以把她约束，她怎敢当着你面前挑我们的眼呢？"

益甫正待回答，忽听佣妇唤道："杨家大少爷来了。"

益甫忙到客堂相迎，那个十八九岁年纪的杨德麟迎面而来，向着益甫拱了一拱手，唤一声："赵老伯，你在府上，没有出门吗？我家姑母呢？"

益甫道："大约在房里。"德麟便急匆匆地直入里面。原来他便是杨氏的侄儿，姑侄都是自家人，当然可以直达内室。他到杨氏房里，须在令娴的房门口经过，脚步便放得慢了，门帘缝中，隐隐窥见令娴在房里做针黹，他把脑袋探入门帘里，嬉皮笑脸地唤了一声："令妹妹，你好认真啊。"

令娴放下针黹道："德哥可是来探望婶母的？婶母在那边房里呢。"

德麟道："令妹妹，你绣的什么花朵？久慕你的刺绣是很好的，待我来赏鉴赏鉴，也好广广眼界。"一壁说，一壁便想跨入房中。

令娴倏地站了起来，面如冰霜地说道："德哥止步，这里不是婶母的房，休得乱闯，惹人家说话。"

德麟讨了没趣，只得把那跨入的脚缩了出来，兀自野心不死，立在门帘外，良久不想走开，直待呀的一声，令娴把房门掩上，方才搭讪着走了，径到他姑母那边去。只见杨氏早在房门口相迎道："侄儿，你和谁兜搭，直到这时才来？"

德麟道："我和令妹妹讲话，她睬都不睬，眨了一个白眼，把房门都掩上了。"

杨氏道："不争气的孩子，你怎配和她讲话。她是女学生，你是钱铺子里的一个小伙，差得远咧。除非你是个学校里的漂亮男学生，才有和她攀谈的资格。可知道女学生的身份何等高贵，似你这般下贱的钱猢狲，莫怪要挨受她的白眼。你怎么这般不识相、不知趣，你受了怠慢，带累我脸上都不好看……"杨氏这几句话，故意立在房门外说的。

令娴听得明白，知道婶母袒护着侄儿，热嘲冷骂，有意使我难堪。想到这里，又惦念着亡过的亲娘，要是亲娘尚在尘世，我依然肄业学校里面，怎会听这不干不净的话。当下一阵心酸，不禁泪如雨下。

令娴在自己房里伤心，德麟早在他姑母房里窃窃私议。德麟道："姑母，我不信这么大的女郎兀自心如木石，全不识风情月意。我几次和她兜搭，她只冰冷着面孔不瞅不睬。姑母，你曾经当面许我这头亲事，凭你在里面撮合，总有八九分把握，照这情形，敢怕一分也没有。"

杨氏道："好侄儿，你歇下这条心吧，我从前本有和你撮合的意思，只因那死鬼在世时，抱定主张，须得拣个学校青年做女婿。你是生意人，当然不配做她的夫婿。后来死鬼伸腿去了，这丫头的亲事全仗大伯做主。大伯不论有什么事，总和我商议，我可以做得八九分的主，所以我说这头亲事，凭我撮合，总有八九分把握。后来和大伯提议亲事，大伯满口应允。谁料被丫头知道了，在她老子面前啼啼哭哭，说爹爹要强迫我配给杨德麟，我立刻便死。"

德麟奇怪道："令妹妹为什么这般地拒绝我呢？论着面貌，我虽不十分漂亮，却也不算十分丑陋。论着性情，我在女人面上的敷衍功夫要算一等。论着家产，还可以温饱，和这里恰是门当户对。论着才学，虽没有进过学校，但是粗浅的文字也看得明白，五更调、侉侉调一类小曲，也会诌得几支。杭州小报的歌曲栏中，也曾登过我的著作。现代青年小说家叶少少又是我的好友。我的才学总算不弱，和寻常的生意人大不相同。令妹妹为什么拒绝我呢？"

杨氏笑道："这是你一厢情愿，你看上了她，她却看不上你，也是徒然的。俗语说得好：'男想女，隔重山；女想男，隔重单。'"

德麟道："姑母，你瞧瞧我面孔，比从前清减了许多，实不相瞒，这相思病已害了多时。日间在钱铺子里做生意，一颗心蹿上落下，没个停顿，夜间睡在床上，左一翻身，右一翻身，锅子里翻饼也似的翻个不止。我前世和她不知结下了什么孽缘，自从遇见了她，失魂落魄，自己也不晓得什么是好。她对我越是冷淡，我的一颗心越是浸在酒鬈里似的，醉得不知所云。姑母，姑母，要是她决意拒绝我，那便没有办法了，只算爹妈白养我十八年，眼见不能久活在世，多则一年，少则半载，迟早总须在酆都城里做一名冤鬼。姑母，无论怎么样，你总该搭救我。"说时喉咙里做出凄惨的声音，竟在杨氏面前双膝跪下，连连叩头。慌得杨氏把他扶起了，叫他在旁边坐着，说万事总有个商议，切莫绝望。

德麟拭着眼皮，哽哽咽咽地说道："有什么希望呢？姑母不搭救我，这相思痨害得成了。"

杨氏笑道："现在男女知识开得早，十八岁没有老婆便要啼啼哭哭，死的活的在嘴里乱嘈。做姑母的二十三岁才出嫁，从没有你这般极形极态，嫁了一年，你的短命姑夫便伸腿去了。我从二十四岁上守寡，直守到现在三十六岁，苦守清明，冰清玉洁，把这条风月念头早已抛至九霄云外。夜间上床一觉睡到大天明，从没有你这般地左一翻身右一翻身，一夜翻个不停。唉，时世变了，十八岁的孩子便要害着相思痨，真是少见少闻。"

德麟道："侄儿怎好和姑母比，姑母是光绪年间出世的，侄儿是宣统年间出世的，当然姑母的知识开得迟，侄儿的知识开得早。"

杨氏道："这是什么讲究呢？"

德麟道："这叫作生在宣统，知识先通，男女秘密，个个先通。侄儿是宣统元年生的，侄儿合该比着姑母先通。"

杨氏笑道："你是哪里学得来的油嘴滑舌？"

德麟道："侄儿并不是油嘴滑舌。叶少少告诉我，新出版的《推背图》有这几句歌诀，是唐朝李淳风按下的风水，直到如今才验呢。"

杨氏道："你的知识先通，她的知识却不通，她也是宣统元年生的，只差着你两个月。李淳风按下的风水，为什么有验有不验呢？"

德麟道："令妹妹的知识不通，姑母须得寻些风月的说话，向她开导开导才是道理。"

杨氏道："亏你说得出，我是规规矩矩的寡妇，青年守节，冰清玉洁。大总统还赏给我一方匾额，怎好向着闺女说这风月的话？"

德麟道："姑母不肯说，怎能打动她的风月念头？"

杨氏道："她是爱看小说的，你不妨去买些风流小说送给她看，她的一颗心自然渐渐活动了。要是依旧不能打动她，你又惯会诌些五更调、侉侉调的，何妨多作几套歌曲送给她，诉说你的相思苦况，她若是怜才，这件事便容易撮合了。"

德麟道："要是她见了发怒，扯作了纸条儿，那便怎样？"

杨氏道："果然不能打动她，我自有道理，且待那时再和你说。总而言之，无论怎么样，那丫头总逃不出我的掌心。"

德麟央告道："好姑母，别卖关子，你再有什么好方法，请先说与我知晓，也好叫我早早安心，免得我这九曲肚肠弄得蛆痒难搔。"

杨氏笑了一笑，轻轻地说道："论起这条计较，不是我们规规矩矩寡妇干的。但是娘家只有你这一个宝贝儿子，要是你真个害着相思痨死了，断绝了娘家的羹饭，关系重大，不是耍的，叫我生前没脸儿见哥嫂，死后无颜见爹娘，没奈何只得和你定下这个计较。你附耳过来，我说给你听，但是千万守着秘密，别给旁的人知晓。"当下凑着德麟耳朵，唧唧哝哝，说了许多话。德麟大喜道："姑母这条计较才是神机妙算，听入耳朵里，早医可了相思病八九分。"

欲知后事，且阅下文。

第六回

剪刀落地祸起深闺
擂鼓喧天门敲半夜

一天，赵益甫气冲冲地跑入他弟妇杨氏房里，向着床沿上一屁股坐下。那时，杨氏正在房里午睡，睡眼迷离，见坐着的是大伯，一些儿不惊怪，依旧合着眼睛。转从湖色绉纱夹被里面，伸出一条小腿，向着大伯膝上一搁，兀自沉沉欲睡。

益甫胸头有许多话待要说出，又不敢扰乱她的清梦，只得暂时沉默。隔了片晌，毕竟捺不住这口闷气，不知不觉地一声长叹。杨氏正待入梦，被这声叹醒了，睁开倦眼，很诧异地问道："你为什么在我床头做这黄牛叹气？"

益甫道："不由我不叹气，实在是人心不古，道德堕落。"

杨氏见语中有因，在床上圈膝坐着，忙问益甫道："你说的是谁？"

益甫道："说出来你不要生气，你这位令侄太不长进，以后叫他不要到这里来走动。"

杨氏道："有什么不长进？"

益甫恨恨地说道："他这副油头滑脑，我实在看不上眼，他见了令娴，总是不怀着好意，歪嘴吹喇叭——一团邪气。令娴听得他声音，赶快躲在房里，他兀自不肯心死，在门缝里张张望望，馋嘴猫儿似的成什么模样。今天他益发可笑了，不知哪里觅得来的秘戏册子和那淫秽小说，从邮局里寄给令娴，还附着一封不怕肉麻的书信。令娴见了，气得要哭，一股脑儿都投在煤炉里烧掉。你从前替德麟做媒，我是无可无不可的，令娴执意不允，说他是一个不习上进的市侩。我当时以为令娴言之过甚，现在看来，这小妮子很有几分眼光。德麟这般举动，不像个好人家子弟，简直是淫棍行为，妄想败坏我们秀才家的门风。你见了他，不妨大大地教训一顿，使他心回意转，不到这里来走动。我们书香人家的闺女，不比路柳墙花可以随意轻薄，你合该教他快快习上进才是道理。"

杨氏笑道:"依你的意思,要怎样地教训他,才能够使他习上进?"

益甫道:"这也容易,你教他瓜田勿纳履,李下勿整冠,存一个嫌疑之心。你教他非礼勿视,非礼勿言,非礼勿听,非礼勿动,牢守着圣贤的训条。你教他爱惜名誉,尊重道德,须知钻穴隙相窥,逾墙相从,不是正人君子的行为。"

杨氏道:"这唠唠叨叨的许多书句,我怎能够记得?"

益甫道:"你不记得,我可以多教你几遍。你且听,瓜田勿纳履,李下勿整冠,非礼勿视,非礼勿言,非礼勿听,非礼勿动……"

杨氏伸着指头,连连刮她大伯的脸道:"算了吧,瓜田勿纳履,李下勿整冠,你怎么坐到我床上来?非礼勿视,非礼勿言,非礼勿听,非礼勿动,这几年来,专和我干这非礼行为,你秀才先生肚里的书卷专会教训别人,自己却般般都犯。"

益甫笑道:"不是这般说,我和你的秘密,外面人是不知道的。人家道着我,总说是一位读书明理的秀才。人家道着你,总说是一位冰清玉洁的孀妇。况且我已向城里的绅士竭力替你运动,联名上达政府,呈请旌扬节孝,大总统已赐下'松筠节操'的字样,不日便须替你悬匾。人家又谁知我们有这一般艳史呢?"

杨氏道:"那么德麟和令娴便有些不规不矩的事,只需和我们一样保守秘密,不叫外面人知晓,也不会败坏你秀才家的门风。"

益甫摇头道:"不行不行,男女同意,才能够秘密,他俩又何尝同意呢?令娴这妮子,性质是坚决的,要是德麟不知进退,和她厮缠不休,她板着面孔闹将起来,外面人知晓了,须不好听,我又没法止住她。"

杨氏道:"只需钳住了她的嘴,便没事了。"

益甫道:"她拒绝狂童,保全贞操,谁也不能说她不是,怎好钳住她的嘴?"

杨氏挽着她大伯的颈,唧唧哝哝,说了许多秘密话。益甫皱着眉道:"这件事却使不得,做老子的只有竭力保全女儿的贞操,哪有设计破坏女儿的贞操?我是曾读圣贤书的秀才,要是依着你的计较,似乎天理人情上都讲不过去。"

杨氏听着,没好气地躺在床上,哽哽咽咽似的在那里哭泣。益甫才慌了手脚,便跟着躺下,忙道:"有话总好商议,休得这般。"

杨氏使劲把他一推道："你是曾读圣贤书的秀才，赶快出房去，由我这苦命寡妇在房里悬梁高挂。"

益甫道："好弟妇，休得这般，方才的说话当不得真，容我从长计议。"

杨氏道："计议些什么，你是明白道理的，只知道保全女儿的贞操，不知道保全弟妇的名节。我总算上了你的当，枉把冰清玉洁的身子生生地被你玷污了，你自去做你的正人君子，你自去保护你的贞洁小姐，我再也没有颜面活在人世，只索早早死了，免得见了你们这位贞洁小姐，害我置身无地。"说罢，竟呜呜地哭了。这一哭，直哭得益甫心如刀割，于是赔着小心，替杨氏拭眼泪，又轻轻地说道："依着你的计划行事，你合该回嗔作喜了。"

杨氏听了，果然回嗔作喜，她得了益甫的同意，商定的计划便可以放胆做去。可怜令娴尚被他们瞒在鼓中，一些儿没有知晓。她自从那天谏父被拒以后，益甫和杨氏有什么鬼鬼祟祟，她只远而避之，因此益甫在杨氏房里定下什么计较，令娴完全不知。

忽忽数日，德麟绝迹不来，令娴暗暗自慰，多分这狂童自知没趣，断绝了野心。他既不来纠缠，我便可以省却许多防范。这天，益甫吸足了鸦片，吩咐令娴，说要到湖滨旅馆去访友，准备和友人饮酒看戏，今夜不及回家，门户一切你须留意，夜间早早闭户，早早安睡，才是道理。

益甫去后，令娴吃过晚饭，便令佣妇关闭大门，早去休息。佣妇王妈上了些年纪，自回房里，不久便入睡乡。屋子里静悄悄，只有杨氏和令娴两人。略说了几句闲话，杨氏连打了几个呵欠，自言自语道："今天怎么这般精神不济，九点钟还没有敲，便已呵欠连连，枕头上寄着信来。"

令娴道："婶母请先安睡，侄女略迟一刻也要去睡了。"

杨氏道："那么我先去睡了，你一个人冷清清的，还是早睡为妙。"说罢，径回房里，呀的一声，房门掩上了。

令娴注意火烛，便到厨房里去巡视一遍，又去看看大门可曾闩好，检查完毕，打从下房经过，听得鼻息声浓，知道王妈睡得正熟。回到自己房里，掩上了门，又落了门闩，趁着夜阑人静，且在灯下看一会儿书本，温温学校中的旧课。才看得几页，又觉心事如潮，一时汹涌上来，便掩卷出神。一者痛念亡母；二者想到老子和婶母的行为，煞是可虑；三者自己踽踽凉凉，没个知心贴意的人，又有恶少年前来纠绕，防不胜防，身世可怜。她沉闷了一会子，也有些睡意沉沉，解去裙子，折叠好了，搭上了衣架，行过了方便，洗一洗手。宽卸了衣服，只剩一身贴肉衫裤。正待上床安眠，蓦然间床后转出一个男子来，唤一声："令妹妹，我杨德麟恭候你多时了。"

令娴这一吓，非同小可，喊着："婶娘快来，房里有贼咧。"一壁喊，一壁返身而奔，拔去了门闩，拉那房门，再也拉不动。原来房门外的搭纽被人搭了。

德麟笑嘻嘻地说道："令妹妹，你别喊婶娘，喊破喉咙也是枉然，门外的搭纽便是她搭上的。她为着撮成我们的好事，才定下这个计较。今日里天缘凑巧，老伯又不在府上，你依从了我，有谁知晓？况且我和你迟早总得结为夫妇，今夜不过提早成那好事，你不算是失身。在我们生意场中，先行交易，择日开张，这是常有的事，不足为奇。来来来，今夜和你结了鱼水之欢，择日明媒正娶，白头到老，岂不是好？"

令娴气得玉容变色，气喘吁吁地说道："原来你们姑侄俩勾通了，欺侮我这琐琐女子。我赵令娴虽是个女流，却不肯干这没廉耻的事，你要强行非礼，宁死不从！"

德麟道："令妹妹，何苦来，今夜的事，除却你我和婶母，更没第四人知晓。要是大呼小喊惊醒了佣妇，传扬出去反而不美。况且你把我关闭在你房里，无论怎样，总洗刷不清你的贞洁。令妹妹，你总是个聪明人，不该这般固执，时候不早了，千金一刻，切莫辜负了良宵。"说时，色胆如天，待要上前来拥抱。

令娴见已危迫，便在妆台上取一柄利剪，向着自己咽喉便刺。在那间不容发的当儿，却被德麟一手拉住了令娴的手腕，一手夺取这柄剪刀，两个人扭扭扯扯，闹作一团。

杨氏在房门外探听动静，听得愈闹愈僵，不免捏着一把汗，暗想这小子怎么这般情急，我原定的计划，叫德麟躲在床后，须待丫头睡熟了，悄悄爬上床去，玷污了她，那便她要声张，也没颜面了。现在她没有睡，便想强迫她行事，难怪她要竭力抵拒……

房里面两个人夺取剪刀，毕竟德麟力强，被他夺下，顺手把剪刀撩在床底下，腾出空手，把令娴双腕捏住，在床沿上推推搡搡，几乎要被他推倒……

杨氏暗暗宽慰，毕竟德麟不弱，夺去了她的利器，那丫头便没法抵拒，宛比缴械的兵丁，要把她怎样便把她怎样。待到这么那么以后，看那丫头可能够在人前嘴硬，可能够在她老子面前假扮正经，专说人家的不是……又听得令娴且哭且喊，似乎已被德麟推倒在床上，床架震动，正在那里撕扭。杨氏却暗暗好笑，那丫头哭也没用，喊也没用，无论怎么样，总不能保全这清白身体……猛听得砰砰的几声，擂鼓喧天也似的响亮。杨氏大惊，暗想这时分，谁在外面敲门打户？这一敲门不打紧，德麟贼人心虚，慌了手脚，便不敢肆行强迫。

令娴乘这当儿，才得保全贞节，披上了衣服，忙喊着王妈快来。王妈的下房在大门侧面，被那外面的擂门声把她惊醒了，听得外面叫喊，又听得里面呼号。外面叫喊道："快快开门，赵老爷跌中了。"里面呼号道："王妈来啊，房门被人搭上了，快替我去了搭纽。"

王妈披衣下床，揉了揉眼睛，恨没个分身法，只得先去开那大门。

那时杨氏也慌了手脚，没奈何把房门上的搭纽去了，放出德麟，先使他从后门逃去。灯光之下，隐隐见德麟面上几条抓痕，涔涔地流下血来，多分是被令娴抓破的，也不及向他盘问。待他去后，赶紧闭上了后门。那时大门外几名轿夫已把益甫抱入里面，早已是跌得面目歪斜，身子不能动弹。问悉情由，才知他在酒楼上多饮了几杯酒，下落扶梯，一个头晕从半楼梯跌下，一时不能言语，分明是个中风之症，亏得酒楼主人和他认识，雇了轿儿送他回来。那时令娴哭得泪人儿一般，一半痛她老子中风，一半想到自己方才被人欺侮，险些儿落了圈套。

杨氏忙遣人延医赎药，忙了大半夜。益甫渐渐神志清楚，已能言语，令娴又不敢把德麟强迫的事告诉她老子，只怕病人听了烦闷。其实益甫哪里会烦闷，那夜的事，益甫早和杨氏秘密定议，有意托言去访友好，在外面躲过一夜，以便德麟成就好事。谁知好事没有成就，自己却得了这个中风之症，也是天网恢恢，疏而不漏。后来连请了著名医生，服药调理，精神虽复了原状，只是成了半身不遂，扶掖需人，不能自由行动。

令娴在这般的环境中度日，痛定思痛，毫无人生趣味。待要追随亡母于地下，又抛不下抱病的老父；待要苟延残喘，又想到那夜被侮情形，不禁切齿。更兼德麟图奸不遂，在外面散播流言，说令娴和他这么长那么短。人家听了，虽然有信有不信，但是传到令娴耳朵里，益发抱着绝大的苦痛，到了这时真是生死两难，度日如岁。有时江素娟前来探望，令娴觑个机会，才把那夜的恐怖告诉她知晓，又叮嘱素娟代守秘密，别给她父亲知晓了，加重他的病症。素娟听了，也不禁替着良友扼腕。这便是振亚所撰《恐怖之夜》的本事。这篇小说，描写很是深切，无论什么人读了，都要引起一种悲感。内容是写令娴拒奸的事，但是姓名不同，地点也不同，所以这篇小说虽然万口传诵，人家只道是振亚凭空构造的，却不知道杭州城里当真有这可怜女郎。

令娴也见过这篇文字，佩服振亚的一支笔，能把她的难言之隐一一从笔端达出。将来纵然郁郁而死，自己的贞操，振亚一定替她表白。因此，听得振亚编撰不良小说，不禁老大失望。后来听说振亚并没有编撰这部书，方才暗暗自慰，兀自希望他的生花妙笔替自己编撰一部清白史。

话既表明，再说邵大麻子因发售《风流探案》的预约券受了打击，和振亚结下仇恨。和叶少少商议，要摆布振亚，发泄这口毒气。也是合当有事，这天叶少少打从一家小酒店门前经过，忽听得里面有人唤道："少少先生，进来喝三杯酒。"少少举目看时，原来是他的酒友杨德麟一个人坐在里面小酌，便和德麟点了点头，踱入酒肆，和他对面坐下。酒保见是老主顾，忙来倒酒。德麟道："你这部《风流探案》编得怎么样了？"少少道："已编了十之七八，下月总可出版。"

德麟道："预约券销得多吗？"

少少道："依我计划，至少可销五千份。可这个马桶脚边福尔摩斯范振亚半路上变了卦，因此推销预约券上颇受了打击。"

德麟道："你说的范振亚，可是撰述那篇《恐怖之夜》的青年小说家吗？"

少少道："便是此人，只为他有了这篇杰作，在文学界上颇负盛名，我们才请他合作。谁料他心怀叵测，不肯合作到底，在那《钱塘日报》上登着启事，分明是宣布独立，亏得我们阵地坚固，只受了一半损失，要不然经他中途倒戈，还要全军覆没。"

德麟道："范振亚本来不是好人，休说你们恨他，便是我对于他，也是恨得牙痒痒的。"

少少道："你为什么恨他？"

德麟笑了一笑，只是不答。

少少暗思，我们要摆布振亚，正恨少个帮手，他既和振亚有仇，我们不妨和他合作。他现在不肯宣布原因，少停饮到半酣，用话去引他，定可以知道其间的秘密。当下彼此对酌，谈些闲话。

少少笑说道："我们编撰这部《风流探案》，最苦的是材料缺乏。这几个月来，我终日钻头觅缝，搜寻风流材料，那便为难了。试想被头缝里的作战计划，除却双方战事当局，更没有第三者参与其间。"

德麟笑道："你们何不组织一个被头缝里观战团，开往战地，那么材料便不愁缺乏了。"

少少笑道："我们只需有了孙行者的本领，摇身一变，变了一个跳虱，在被头缝里跳出跳进，那便好了。"

德麟大笑道："跳虱还不行，最好变个角虱，生长在战事区域里面，那么报告的战事消息益发来得正确了。"

少少道："我本来唤作被头缝里的福尔摩斯，又唤作裤子裆里的福尔摩斯。被头缝里的福尔摩斯，须有跳虱一般的本领，裤子裆里的福尔摩斯，须有角虱一般的本领。我要是能化身为跳虱，又化身为角虱，那这部《风流探案》益发可绝后空前，泄尽古往今来的秘密了。"

两人打趣了一回，又喝了几杯酒。

少少道："你不是常常说起亲戚赵姓家里有一个如花似玉的女郎，曾和你实地试验过的吗？你不妨把经过历史告我知晓，给我《风流探案》里添些资料，我可以赠你一纸预约券，横竖隐着你的姓名，外面人见了，不知道便是你的历史。我身边有铅笔，有日记册，请你从头演讲，我在这里笔录了。要是里面有新发明的秘诀，除是赠书以外，还有现金奉酬，甲等每条三角，乙等每条两角，丙等每条一角。你得了酬金，也可多喝几壶酒，岂不是好？"

德麟听了，待要开口，重又缩住。

少少道："你不用吞吞吐吐，这些事并不猥亵，这是多数学者认为很有研究价值的一个大问题。不瞒你说，我和敝局老板为着编辑这部《风流探案》，心思几乎用尽了。老板常向花柳场中走走，家里又有一妻一妾，他并不隐瞒，把生平的经验现身说法，无微不至，一一告诉我知晓，好收入探案里做材料。我还嫌着材料单薄，回到家里颟着我的老娘，要把从前父亲在世时怎样和她的秘密一一披露。老娘在先害羞不肯说，我道：'并不是和你老人家开玩笑，实在我做了小说家，全仗记载些男女秘密，才可以赚钱，才可以骗饭吃。'老娘才不敢隐瞒，把老子和她怎长那么短，老实向我宣布，好收入探案里做材料。我还嫌着老生常谈，没甚精彩。我有一个远房的姊姊，出嫁了七年，前前后后，换了九个正式丈夫，其他不正式的还不在内，她可算得一位老交际家了。我不惜工本，办了四色丰盛礼物，亲自登门，殷勤送礼。她问我为什么送这厚礼，我说，请姊姊收了礼物，把历年中的秘密，告我知晓，替我编的小说里添资料。她待要宣布，觉得不好意思，待要不宣布，又舍不得这四色礼物，沉吟了一会儿便道：'说便说给你知晓，但是不许把真名实姓写在书上。'我依允了她的要求，才能够饱听她的秘史。其间确有几桩特殊的动作，可收入探案里做材料。我还嫌着搜罗不广，因此想到足下和赵女士的一段艳史。自古道，妻不如妾，妾不如偷，你和赵女士怎样地偷偷摸摸，一定有许多新鲜花样，尚望不吝珠玉，源源赐教。将来编辑成书，出版界顿放光明，有益社会，其功非浅，自当计字酬金，不负足下的一番好意。"

德麟叹了一口气道："果然偷得到手，我又何必守着秘密，当然把此中的经过逐渐公开。只可惜没有偷得到手，画饼充饥，望梅止渴，毕竟当不得真。"

少少奇怪道："既没有偷到手，你为什么逢人夸张，说和赵女士有密切关系？"

那时，德麟已带了些醉意，醉后口直更不隐瞒，便把去年赵令娴拒奸的事从头诉说一遍。又说："范振亚撰的那篇《恐怖之夜》，便是我的情场失败史。谁要他多事，作这篇小说，揭破我的丑态，虽没有道及我的姓名，但是里面的事实明明指着我说。我每读一遍，怒气直冲，把他恨得牙痒痒的，总有一天咬下他一块肉，才能够发泄我这一口毒气。"

少少道："这也奇怪，你的秘密怎会给范振亚知晓？"

德麟道："令娴和振亚的女人江素娟是很要好的同学，这些说话，定是令娴告诉了素娟，素娟又去告诉了振亚，才有这篇《恐怖之夜》发表。我怀恨在心，因此在外面先把令娴的名誉破坏，只可惜我没有和振亚识面，又不知道他的举止行为，没法破坏他的名誉。"

少少道："原来你也怀恨着振亚，你我同心，振亚便是我们的公敌。我且问你，可有法子把赵令娴的照片偷出？"

德麟道："这也不难，只需央托我姑母，总有法子把令娴的照片偷出。"

少少笑道："那么这仇便报得成了。"

德麟道："怎样这仇便报得成呢？"

少少悄声地说道："我蓄计要破坏振亚的名誉已非一日，早从照相馆里觅得他的照片，借此设法摆布他，只为我家里藏着的男女爱情片子很多，也有勾颈相偎的，也有叠股同坐的。我要用一种移花接木的方法，把振亚照片上的头颅剪下，换在那爱情片子的男性头颈上，然后做了锌版，印在小报上再加上一段青年小说家的艳史，那么他的名誉便被我破坏了。但是爱情片子的女性小影大半都是青楼中人物，说他和妓女做这丑模样，这也寻常得很，还不能使他身败名裂，除非把女性照片上的面庞也换上一个人家闺女的小像，那便可以说他污人闺秀，加重他的罪名了。现在你可以偷出令娴的照片，再好也没有，事不宜迟，快快着手，管叫数天以后，振亚和令娴挽颈合摄的小影可以发现在报纸上面。男女双方，留此污点，再也洗刷不清，你我胸头这口气不是都发泄了吗……"

两人商议妥帖，照着计划进行。振亚在家里，怎知道有人在暗里算计。其时范公任带着张稚川早从黄山回来，和家人相见以后，杜氏开口第一句便道："你信中所说遇见神仙的事，究竟是寓言不是寓言？"

公任道："明明确有其事，怎说是寓言，而且稚川侄可以做得见证。"

杜氏笑指振亚道："那么你的预料竟失败了。"

振亚道："不信世上竟有这般的奇事。"

公任道："这还不奇，最奇怪的，那位快活神仙也到我们杭州来了。"

振亚便问："仙人在哪里？"

欲知后事，且阅下文。

第七回

菩提水秃驴使机谋
观音庵死狗充代表

公任和快活神仙只在黄山石屋见过一面，那时月色朦胧，认不清仙人的庐山真面，后来军队骚扰汤口村，小张忽露头角，喝退军官，这也是仙人的幻形，不是仙人的真相。这次和张稚川同往杭州，却绕道先赴南京，访他的好友蒋金门。旧雨多情，留他们小住旬日，所有金陵名胜，什么紫金山、玄武湖、明孝陵、雨花台，都曾游遍。那天，范公任、张稚川、蒋金门三人才从雨花台下来，道经一座小小庵堂，门额五个金字，唤作"送子观音庵"。庵堂门口停着许多车辆。公任道："今天是不是菩萨生辰，为什么这般热闹？"

金门道："这座庵堂本来是冷庙，不叫作送子观音庵，大概是土地堂之类，一年四季也没人去上庙烧香。后来，换了一个住持和尚，唤作海月，异想天开，把土地堂改作送子观音庵。老土地神像移在旁边，居中供奉着观世音菩萨。这么一改组，香火居然鼎盛，可见目今的世界正是女权当令，供奉着老土地，不能号召香客，换了女性的观世音菩萨，那便合着社会心理，冷庙变作了热庙。"

稚川道："观音庵不见得处处热闹。为什么这里香火独盛，其间一定另有原因。"

金门轻轻地说道："那个海月和尚生性狡猾，工于拍马，见了人家女眷，百般献媚，无微不至，外间很有许多不尴不尬的话，究属是虚是实，我也不敢断定。总而言之，那海月绝不是恪守戒律的和尚，妇女们听他甜言蜜语说得天花乱坠，上庙来烧香的，无论何日，络绎不绝。和舍间同居的朱秋槎娘子也是常到这里来烧香，只为嫁了三年，没有生男育女，便乞灵那位送子观音，备着香烛儿不知来了多少次，可是烧香半年，依旧不曾有什么梦熊消息。"

三人正站在庵门外窃窃私议，那时庵里走出一位少年，见了金门，唤一声："蒋先生可是从雨花台下来？为什么不到庵里来玩玩？"

那少年便是和金门同居的朱秋槎，正陪着他娘子到这里来烧香。朱娘子在里面求签，秋槎却在门口徘徊，遇见了蒋金门，因此出来招呼。

金门笑道："我们不求子息，无须入庵，但愿嫂夫人有求必应，一索得男，明年吃你的红蛋。"说罢，和秋槎拱手作别，便偕公任、稚川自回家里，不在话下。

忽忽过了数天，公任、稚川正坐在书房里剥落花生，做消闲果子吃，忽听得后面哭声大作。公任以为金门家里出了什么变故，正待探问消息，却见金门急匆匆地出来报告道："不好了，朱娘子上吊死了。"

公任忙问："哪个朱娘子？"

金门道："便是同居朱秋槎的娘子，那天和秋槎在送子观音庵门口相遇，这是他陪着娘子去烧香求子。昨天朱娘子又去烧香，秋槎因面粉公司中事忙，不曾陪伴同去。后来朱娘子烧香回来，面色惨淡，人家问她为什么这般颓丧，她只摇头不答。到了晚间，饭没有吃，便回房去睡，呜呜咽咽，哭了大半夜。今天早晨，朱太太去叩房门，问媳妇为什么夜半哭泣，却不听里面答应，房门敲得紧急，里面声息全无，没奈何，唤了佣妇破门而入。这一惊非同小可，朱娘子竟飘飘荡荡地挂在梁上，赶紧解下，早已气绝。朱太太痛念媳妇，不知她受了什么冤苦，寻这短见，因此放声大哭，一面遣人到面粉公司中去唤秋槎回来。他们夫妇俩爱情很笃，一旦遭这变故，不知要怎样地悲痛咧……"

说话时，秋槎早哭丧着脸从外面进来，见了金门，不及招呼，倏地向着公任双膝跪下，口称："范先生，你是神仙化身，有起死回生的本领，千万垂怜，救我内人一命。"

公任忙把秋槎扶起道："先生怎么把我当作神仙看待，我是凡夫俗子，又不懂医理，怎能救得尊嫂性命？"

秋槎连连磕头道："范先生，你不要瞒我，你便是神仙。方才我得了内人自缢消息，赶紧回家，半路上闪出一个驼背道人拦住我的去路，向我咦咦哈哈一阵大笑。我道：'你休得拦我，家中死了人，忙着要归去。'他道：'你不用慌，你的娘子合该有救，回去拜求范公任先生，他有仙丹，可以起死回生。'说罢，将身一闪，眨眼便不见了。我得了异人指点，因此急急回家，求你仙人救命。"

公任道："先生，你错过了机会，那位驼背道人便是黄山石屋里的快活神

51

仙，要把死人救活，除非去请他。怎么当面错过，却来求我，我又不是神仙。"

秋槎哪里肯信，坚持说公任是神仙，要不是神仙，怎会知晓路上的道人便是快活神仙，唯神仙能识神仙。路上的神仙已经当面错过，眼前的神仙却不能失之交臂。秋槎苦苦哀求，且说且哭。里面朱太太知道了，也是跪在公任面前，口里活神仙、老神仙地乱叫。

金门道："公任兄，你虽不是神仙，但是在石屋里曾和仙人相遇，多少总有些仙气，看他们母子俩跪着哀求，总得存一些恻隐之心。"

稚川道："范老伯，你虽不会医病，不妨试这一试。你不记得石屋里神仙叮嘱的话，我们救济不得的事，他老人家肯暗中帮助吗？"

公任受了众人包围，慌得没了主张。待要拒绝，他们怎肯罢休？待要答应，自己凭何本领去救活这已死的人？

"范公任，你不用慌，你衣袋里现藏着起死回生丸三粒，便可救活这已死的人，你放胆去医治便了。咦咦咦，哈哈哈……"

这几句话仿佛有人在公任耳边叮嘱，但闻其声，不见其人，而且声音是很细的，只有公任一人听得，他知道快活神仙果然来相助了。忙伸手到衣袋摸摸，果然有三粒黄豆般大小的东西，不是仙丹是什么。立时胆便壮了，忙说："你们定要我医治，没奈何只得小试其技了。"

母子俩听说大喜，忙从地上爬起，引领着公任进房。金门、稚川和着蒋姓的家眷都跟着进房，看公任施展手段。

公任瞧那床上横着的朱娘子，业已死去多时，便道："不妨不妨，我有丹丸三粒，用开水化了，灌入死者嘴里，包管有起死回生的功效。"说时，插手入袋里，取出三粒仙丹，很郑重地交给秋槎。谁知秋槎见了这三粒仙丹，唤一声："范先生，你敢是拿错了，这是三粒花生米呢。"

公任仔细一看，谁说不是三粒花生米，想到方才在书房里剥落花生吃，听得后面哭声大作，赶紧探问消息，便把已剥的三粒花生米放入袋内，何尝是什么仙丹呢？经着秋槎看破，不禁面红耳赤，作声不得。

毕竟稚川乖巧，忙向秋槎说道："你休多问，且把开水化了，再作道理。"

于是房里许多人都是暗暗诧异，开水冲花生米，如何可以融化，如何可以做得仙丹？正在怀疑的当儿，但见秋槎把花生米放在杯里，冲入半杯开水。说也稀奇，竟完全融化了，而且异香扑鼻，不愧仙家的丹丸，赶快灌入朱娘子嘴里，不到五分钟，肚里呜呜作响，已有了一线生机。秋槎又用着人工接

52

气法，口对着口，连连接气。那时朱娘子竟悠悠苏醒，睁眼见了丈夫，又哭得几乎晕去。

公任见仙丹已生了效，便和稚川退出房中，仍到外面书房里去坐。

稚川悄悄问道："范老伯，好大神通，竟把三粒花生米权作活命仙丹，却有起死回生的奇效。"

公任便把方才快活神仙附耳嘱咐的话述了一遍。

稚川吐了吐舌尖，惊异不置。

公任又道："我当时伸手在袋里摸索，其实摸着的是三粒花生米，只因有了仙人先入之言，便一时糊涂，算是仙丹。谁料花生米会生变化，一经开水冲化，果然变作仙丹，竟有那起死回生的功效。花生米可做仙丹，将来西瓜子、南瓜子都可以起死回生，算作夺命金丹了。"一壁说，一壁探手入袋里，忽又叫起奇怪来。

稚川忙问何事。公任从袋里摸出三粒花生米道："这又奇怪了，花生米依旧在袋里，那么方才取出的竟是仙丹，不是花生米了。为什么这仙丹竟和花生米一般模样呢？"

稚川笑道："仙人游戏神通，实在不可思议，安知现在的三粒花生米不是仙人葫芦的仙丹呢？"

公任道："是仙丹不是仙丹，吃了便知分晓。"当下便把花生米放在嘴里咀嚼，确是花生米的滋味，没有分毫仙丹气息。

过了一会子，金门怒气冲冲地走进来报告道："公任兄，反了反了，清平世界，竟有这般无恶不作的淫僧，明目张胆干这无法无天的事，这还了得，这还了得！"

公任、稚川忙问何事。

金门道："朱娘子苏醒以后，秋槎问她为什么寻这短见。朱娘子在先不肯说，后来再三盘问，方才水落石出。她昨天往送子观音庵烧香，叩祷已毕，海月陪着吃茶，见朱娘子没人相陪，便道：'奶奶在这里烧了半年的香，料想有求必应，得着菩萨的保佑。'朱娘子道：'我是来乞子息的，可恨烧香多次，依旧没有效验，大约我的来意不诚，因此不得菩萨的保佑。'海月笑道：'这不是菩萨不灵，也不是奶奶的来意不诚。大约奶奶没有求得菩萨的菩提种子水，因此没有恭喜的消息。'朱娘子便问菩提种子水怎样求法。海月道：'这是万应万验的仙水，奶奶要求此水，须在菩萨面前许下誓愿，饮了仙水，须得天天到庵里来烧香，无论风雨，不得间断，直待得了喜信，方才罢休。但是分娩以后，依旧要到庵里来还愿，烧满了三年的香，才算功德完满.'朱娘子急于得子，便依了海月的话，果然跪伏蒲团，许下这般的誓愿，拜罢起身，向海月索取菩提种子水。海月却把朱娘子引入一间禅室里面，便在玻璃瓶里倒出一杯菩提种子水，说道：'奶奶须得一口喝尽，喝得快生子也快.'朱娘子毕竟是个女流，捧着这杯水，毫不疑惑，咕嘟咕嘟一口气喝尽。谁料不喝犹可，喝了时天旋地转，咕咚一声，向后便倒。当时糊糊涂涂似醉似迷，直待清醒以后，却见海月和她睡在一个被窝里面。这一惊非同小可，明知着了道儿，赶快起身穿着衣服，又是羞惭又是愤恨，骂一声：'贼秃使这奸计，害得我好苦！'说时，泪如雨下。海月穿衣下床，撮着笑脸说道：'奶奶合该欢喜，不用悲伤，小僧见奶奶求子心切，舍给一点菩提种子水，替奶奶传个佛种。要是这一次无效，下次总有效验，求子秘诀，唯有这个方法最灵，只要奶奶依着佛前的誓愿，天天独自到小庵来烧香，小僧决计竭力效劳，直到奶奶有了喜信，方才罢休。况且奶奶和小僧同榻，彼此都守着秘密，外间人也不会知晓。自古道，三世修来睡在佛身边，奶奶是信佛的人，也该满怀欢喜.'朱娘子气得没话可说，离了送子观音庵，径回家里，越想越悲，自觉无颜和丈夫相会，因此下了这个短见。"

金门报告完毕，公任、稚川都是怒形于色，准备怂恿秋槎向官厅告发。金门道："告发不得，一经告发，这事便张扬出去，朱娘子益发无颜活在人世。还是一面严守秘密，一面遣人去惩治那淫僧。公任兄，你曾遇见异人，得有仙法，你既会把那死人救活，你也该会把淫僧处死。"

公任道："遇见异人则有之，传授仙法则未也。我是个无拳无勇的人，怎会把淫僧处死呢？"

金门道："你不须瞒我，要没有仙法，怎会把三粒花生米救活已死的人？"

公任又把方才仙人附耳的事述了一遍。

金门道："你既有仙人的帮助，怕他怎的，似这般的淫僧，再也不能容留在世，快快把他处死了，替社会上除去一害。"

公任正在犹豫不决的当儿，忽见门役很慌张地进来禀告道："外面有一个花子，牵着一头狗，上门来求布施。"

金门道："花子乞钱，何用通报，你给他几个铜子便够了。"

门役道："小的也曾给他铜子，他不要钱，只要化些东西给狗吃。"

金门道："你便盛些冷饭给他，何用大惊小怪。"

门役道："小的也曾给他冷饭，他说这狗子不喜欢吃冷饭，喜吃淫僧的肉，可有淫僧的肉舍给狗子吃。小的见他痴头痴脑，不去理他，他恃强要进门，因此进来通报。"

公任奇怪道："这花子话中有因，倒要见他一见。"

话没说完，早见一个鹑衣百结的瘸腿花子牵着一头白狗闯入书房，见了众人呵呵大笑道："你们要把淫僧处死，别人干不了，唯有我这皮条子会干。"说时，向那白狗说道，"你会干吗？会干连叫三声。"那白狗竟"汪汪汪"地连叫了三声。

金门把花子注视了片晌，便道："你这人好生面熟。"

花子笑道："不是面熟，怎会跑到这里来？那天我在花牌楼被车辆撞倒，多承你和一位姓朱的先生把我扶起，问我可曾跌痛了没有，还给我两毛钱十个铜子。"

金门道："不错不错，上月我和秋槎打从花牌楼经过，曾见车辆撞倒一个瘸腿的花子，挣扎不起，我们见了恻然，把花子扶起，我给他两毛钱，秋槎给他十个铜子，这是确有其事。"

花子道："为着你们结下了这个善缘，我特意地登门替朱娘子报仇雪恨。"

金门道："你有什么计策可以报仇雪恨？"

花子道："计策尽有，只是要屏退了不相干的人，才好秘密商议。"

金门把门役遣发在外，书房里只有四个人和一条狗。

花子道："朱先生夫妇也须同来商议。"

金门便把秋槎夫妇邀请到书房里面，商议复仇大计。

朱娘子兀自哭得泪人儿一般，说："此仇不报，无颜活在世上。"

花子道："奶奶不用哭泣，小可略试手段，一定可以替你报仇雪恨。"

朱娘子哭道："便是报仇雪恨，我也活不成了，这事张扬到外面去，叫我怎能做人。"

花子道："奶奶放心，小可惩治淫僧，绝不累及奶奶的声名。"

朱娘子才住了哭，看那花子怎样地用计。

花子嘱咐稚川道："先生，你可在门外巡哨，防有人来偷看，看破了须不是耍。"

稚川便出了书房，只在左近打转，所有仆妇人等都不许前来窥探。

那时，花子在书房里，把朱娘子上下打量了一遍，便道："奶奶要报这仇恨，今天须得再到观音庵去走一遭。"

朱娘子恨恨地说道："死也不去了，我受了侮辱，誓不再和淫僧会面。"

花子笑道："我也知道奶奶不肯去，但是你不肯去，可以推选一位代表去。"

秋槎道："谁做代表呢？"

花子道："代表尽有，小可牵着的皮条子，可以做得奶奶的代表。"

公任笑道："你别打趣，狗子可做得代表吗？"

花子正色答道："猪子可以做得代表，狗子当然也可以做得代表。皮条子，皮条子，我举你做奶奶的代表，不用什么运动投票的玩意儿，只用口头委任，你愿做奶奶的代表吗？"

那白狗竟把狗头连点了三点。

花子喝道："皮条子，你做了代表，责任重大，便该努力做些人模样，切莫藏头露尾，不脱你狗子的本相，起起起。"

说也奇怪，那白狗竟似人一般地立将起来。

花子又喝道："长长长，和奶奶一般长。"那白狗竟渐渐地长将起来，和朱娘子恰恰一般长短。

公任、秋槎看得呆了。朱娘子有些害怕，待要转身逃避，花子道："奶奶去不得，狗子代表要把奶奶做模范，奶奶怎么样，狗子也怎么样。"又喝道："变变变。"在这当儿，那白狗竟幻化了一个朱娘子，面貌依稀，身段仿佛。其间不同的便是身上的衣服，朱娘子穿的一件元色花缎旗袍，那只狗子穿着白色卫生绒的紧身衫裤。

花子道："奶奶，你要复仇，你身上的旗袍可肯舍给那狗子穿？须把狗子打扮得和奶奶一般模样。那么狗子烧香，淫僧只道是奶奶，不道是狗子了。"

朱娘子更不迟疑，卸下旗袍给狗子披上，系了纽扣。

公任、秋槎都说变得一般无二，淫僧见了断然上当。

花子笑道："穿上旗袍，狗子也变作了人，人要衣装，狗子也要衣装。可见奶奶和狗子，相差的只在一件旗袍咧。"又向朱娘子说道，"奶奶你且笑这一笑，我叫狗子依样效颦。"

朱娘子回眸一笑，狗子也回眸一笑，笑的姿态果然一般无二。

花子道："奶奶走上几步，我叫狗子也依样学步。"

朱娘子袅袅婷婷地走上几步，那白狗也学着这模样儿走，博得大家发笑。

花子道："不妙不妙，桩桩都学像了，只是狗子代表的一条尾巴在旗袍里面摇摇摆摆，不免露出了本相。也罢，待我移东补西，想一个方法才好。"花子说时，探手到旗袍里面，把白狗的尾巴用力摘下，呵一口热气，道一声

"变"，竟变了一条长尾蓬松的狐尾。花子取来围在狗子代表的颈里，笑道："围着狐尾益发漂亮，那么毫无缺点了。狗子代表，你快到送子观音庵去烧香，淫僧和你兜搭，你不要拒却，觑个机会咬下他的淫根来，我在雨花台上等你。"

狗子代表点了点头，当下袅袅婷婷走出书房。

花子拱了拱手道："我也要去了。"

公任忙问到哪里去，花子道："少顷和诸位在雨花台上相会，切勿失约。"说罢一拐一拐地去了。

书房里几个人都是惊异不置。

稚川闯将进来道："把戏玩得怎样了？怎么花子走了，朱娘子也走了……"说到这句，却见朱娘子依旧在里面坐着，心中好生惊异，敢是眼花不成，怎么去了一个朱娘子，又有一个朱娘子呢？

公任大笑道："贤侄，方才出去的究竟是不是朱娘子？"

稚川道："怎说不是，明明见她出去，穿了旗袍，围了狐尾，我向她招呼，她只把眼儿一瞟，睬都不睬，似乎是很骄傲的。"

公任拍手道："这便叫作狗眼看人低咧，狗子学做了人，当然大模大样，不把你瞧在眼里了。贤侄，你道她是人，她只是狗子代表。"当下便把方才所玩的把戏述了一遍。

稚川道："照这样说，那个花子竟是神仙化身，难道快活神仙以外，另有一位仙人不成？我们快到雨花台去，别错过了机会。"于是公任、稚川都到雨花台去，秋槎陪着他娘子回房休息，专候公任、稚川回来报告消息。

且说公任、稚川到了雨花台，四下寻觅，却不见那瘸腿花子，心中纳闷，不知那个狗子代表进了庵堂没有。徘徊了片晌，忽听得树林里有人唤道："咄，狗子，咬下淫根，咬个干净，速现本相，前来缴令。"

公任、稚川忙去看时，却见方才的瘸腿花子在草地上坐着。

稚川道："你何时到来，怎么我们找了多时，找不见你？"

花子笑道："我已来多时了，方才那个狗子代表已进了庵堂。海月含笑相迎，把它引入禅房里面，欲图非礼，在这紧要关头，我特地道这几句偈语，好使那狗子代表恢复本相。"

公任道："先生，你有这么大的神通，敢是神仙化身。在先朱秋槎在路上遇到了快活神仙，朱娘子方才有救，后来又有先生上门，替朱娘子报仇。先生和快活神仙一定相识，请问先生贵姓大名，仙乡何处？"

那花子把手一指道："狗子代表回来了。"

公任、稚川回头看时，但见那条白狗口衔着一段血淋淋的东西，蹿上山冈，直到两人面前，扑地一滚，便不动了。

公任、稚川仔细看时，地上横着一条没尾巴的死狗，蛆都生了，大约已死了多日，但是狗嘴里衔着的海月淫根兀自鲜血淋漓，还没有干。两人都很诧异，待要询问那个花子，早已不见了形影。但听得树梢头发出"咦咦咦，哈哈哈"的声音，唤着："范公任、张稚川，你们但知路上的驼背老人是我，却不知眼前的瘸腿花子也是我。我为着惩治淫僧，才把山上的一条死狗咒得活了变这戏法。现在淫僧伏诛，死狗也复了本相，你们可以回去了。"

公任央求道："请仙人现出真相，弟子等尚有事奉恳。"

又听得树梢头一阵大笑，且笑且说道："后会有期，我在杭州等你，你也该快快回里。杭州那边也有许多黑幕，专待我来揭破。再会吧……"说到这里，声音便渐渐地远了。

公任、稚川没奈何，只得取径回去，打从送子观音庵门口经过，却见黑压压地挤着许多人。大家窃窃私议，露着很惊讶的面色。有的说："这里出现了妖怪，好好的一个穿旗袍的妇人进庵，怎么变成了一条狗，活活地把淫僧咬死？"有的说："也是海月合该横死，要不把少妇引入禅房，怎会遭这惨祸。出事以后，我进禅房去看，但见那海月赤条条地死在床上，单单失去那小海月。床架上搭着一件旗袍，一条狗尾巴。可见海月动了淫心，才被那狗怪咬去淫根。"

公任、稚川暗暗称快，回到金门那边报告这事，不待细表。

过了一天，公任、稚川辞别金门，乘了火车，自宁到沪，自沪到杭。等回到家里，便把在南京遇仙的事告诉家人知晓。所以向他儿子振亚说，道是快活神仙已到杭州来了。

欲知后事，且阅下文。

第八回

移花接木换别人头颅
返本还原坏自己体面

邵大麻子家里开了一个秘密会议，邵大麻子做主席，出席的会员除裤子裆里福尔摩斯以外，还有两个圈子里的老弟兄，都是揎拳掳袖，拳头上觉得痒痒的，恨不得把范振亚按翻在地，打一个爽快。

邵大麻子道："这小子假扮正经，像煞有介事，其实存心不良，强占人家的闺女。现在证据落在人家手里，明天小报上便要披露他和赵令娴合摄一张软玉温香图，一男一女，光着上半截身体，勾颈搭背，实在不成了模样。这照片已被我做成锌版，印在明天小报上。诸君取了这份小报上门问罪，借着维持风化的大问题，打他几下也不为过。"

会员中有个绰号"小霸王"李成贵的，愤愤地说道："似这般的拆白党，合该打一个死，打出事来，拼吃着官司，有什么大不了的事。"

旁边有个"起码诸葛亮"沈发祥道："打出人命来，毕竟没趣，我有一个妙策，比着打他还凶。只需预在坑缸里拣选一个双料米田共，用粗草纸包着，藏在衣袖里，待到上门问罪，把拆白党双手握住，趁他张口叫喊，取出米田共塞住他的嘴，那个方法比打他还凶。"

于是，大家听了一致举手赞成。

沈发祥道："摆布他的方法虽然议定，但是明天小报上要没有这幅软玉温香图登出，我们无理取闹，难免失败。再者，我们登门问罪，他却匿不见面，这便怎样？"

叶少少道："软玉温香图明天一定见报，锌版已发给印刷所里去了，怎会不登？这是第一桩毋庸顾虑。至于登门问罪时，我也有方法诱他出见，只需如是这般，哪怕他不出来相见。"

当下计议已定，众人各鸟兽散。邵大麻子自言自语道："振亚振亚，到了明天，你便知我们的厉害，看你有什么面目在杭州居住……"

"你喃喃讷讷道的是什么？又不痴，又不呆，你和谁讲话……"说话的便是邵大麻子的老婆濮氏，见众人都走了，丈夫兀自在客堂里讲话，因此这般盘问。

邵大麻子道："我说的是小范，他把我的营业破坏，我便把他的名誉破坏。明天小报上印出他和情人光着身体、挽着头颈的照片，他的名誉便从此扫地了。"

濮氏笑道："他果然有这照片吗？"

邵大麻子笑道："我把别人的照片换上振亚和令娴的头颅，印在报纸上，便是他们俩果真有这一出秘戏。"

濮氏道："我可知道了，这张照片定是那天我要撕去的一张照片。"

邵大麻子笑道："被你一猜就着，这张照片你不许给人看，说是有关你妹妹的名誉。如今换上了两个头颅，便可以移花接木，叫他们剖白不清。"

濮氏道："你的手段也太辣手了，明明是自己干的丑事，却要弄这玄虚，移祸江东。"

邵大麻子笑道："你真是妇人的见识，我们商界中人，手段不辣，营业便不会发达。"

到了第二天早上，许多报贩子都候在武林小报馆门口，专候报纸出版。一经出版后，你也三十张，我也五十张，取了便走。

在那报馆附近一爿小茶寮里，许多报贩子纷纷地忙着折报。起码诸葛亮沈发祥恰从茶寮门口走过，买了一份报，揭张看时，果然有这一张模特儿插图，不及细看，便在怀中一纳，暗暗欢喜，证据已落在我手里，少停向小范寻衅，名正言顺，使他抵赖不得。当下便去找寻小霸王李成贵、裤子裆里的福尔摩斯叶少少，大家都会了面。李成贵在坑缸里挑选一个材料丰富的米田共，用荷叶包着，笼在袖子里面，立在范宅左边，预备下手。沈发祥登门去访振亚，叶少少也伏在左边，待到发祥和振亚争闹时，假意儿上前相劝，以便握住振亚的手腕，好使李成贵下手。

闭门家里坐的范振亚自从听得他老子讲那快活神仙以后，不觉起了许多感想。他想，可惜一时觅不到这位仙人，要是他老人家果然到了杭州，我便要去央恳他洗刷赵令娴的清名，把那杨氏和杨德麟惩戒一下。再者，他有起死回生的本领，现在我的好友刘子荆病倒在床，很是沉重，延医服药都无效验。子荆天性孝母，那天我去访病，他说："近日咯血愈剧，病体凶多吉少，一死不足惧，只痛我白头老母晚年遭此逆境，其何以堪。"说到这里，泪如雨下，我听了不禁心酸，又没法挽救他的沉疴。仙人仙人，你究竟在哪里，可能舍给一粒仙丹，救我好友的生命……

振亚正在默默祷告的当儿，仆人进来通报，说刘子荆那边打发人来，说病人危笃，要请少爷速即过去，有言嘱托。振亚听了大惊，忙问来人在哪里。

仆人道："来人便在门口，请少爷出去会见，他因忙着到别处去通信，不及进门了。"

振亚急于询问子荆的病状，匆匆出去相会，见了来人却是面不相识。

那人道："范先生，此处不便谈话，且到门外奉告。"

振亚哪知是计，跟着那人出门。走不上十余步路，那人突然止步道："范振亚，你认得我吗？我便是沈发祥，生平好侠仗义，专管人世不平的事。你枉读诗书，竟是个衣冠禽兽，强占人家的闺女，还要拍这男女模特儿照片，你可知罪吗？"

振亚听了诧异道："我和足下无怨无仇，怎么凭空造此谣言，肆意诬蔑？你敢是认错了人？我范振亚生平光明正大，不干这般没廉耻的勾当，你简直在那里说梦话。"

沈发祥连声冷笑道："你休想抵赖，今天《武林小报》上便登着这张照片，刊明范振亚、赵令娴软玉温香图，你自去看来。"说时掏出这份报给振亚过目。

振亚看报时，沈发祥在旁察看振亚的面色，只需他面色慌张，便把他当胸扭住。那左边埋伏的小霸王李成贵、裤子裆里福尔摩斯叶少少和沈发祥早有预约，但看沈发祥动手，他们便上来接应。沈发祥偷看振亚，竟是面不变色，见他看完了插图，再看下面的一段艳史，很镇静地说道："足下莫非有了神经病？报纸上的插图和我有什么干涉，却想借端敲诈。"

沈发祥道："报纸上的模特儿插图不是你和赵令娴吗？"

振亚道："放屁，上面写得明明白白，是邵大麻子、濮小妹的软玉温香图，你自去看来。"说时，便把报纸掷还了沈发祥。但见他揭开一看，唤声哎呀，莫非眼花不成？拭了拭眼睛，重新细看，上面的题眉明明是邵大麻子、濮小妹软玉温香图。再看这插图，一个男性的，脸上有些斑斑点点，迷花着一双色眼，极态横生；一个女性的，态度风骚，光着半个身子，舒着右腕，勾住男性的颈儿。男性舒着左腕，勾住女性的肩膀。亏得大家都有一条裤子做保障，要没有这保障品，不是唐宫秘戏图副本，定是喇嘛寺欢喜佛的雏形了。下面一段文字，是叫作《邵大麻子的艳史》，略说："《风流探案》发行者邵老板邵大麻子，生性风流，可称色中饿鬼。小姨濮小妹，年可二八，略有姿色。邵见之心醉，偷偷摸摸，竟成好事，近更异想天开，和濮小妹赤身相偎，摄成一影，名曰'软玉温香图'。闻说此图须印入《风流探案》，借以发表邵老板之风流成绩云……"

沈发祥读完这段文字，暗暗奇怪，这是邵老板自己开自己的玩笑，和范振亚有什么相干？懊悔方才鲁莽，取到了这份报，不曾读过一遍，以致闹出这个笑话。没奈何，只得向振亚拱一拱手，说道："得罪，得罪，果然不干足下的事，这是邵大麻子干的丑事，待我向他理论去。"说罢，返身便跑。

小霸王李成贵、裤子裆里福尔摩斯叶少少正在那里远远地窥望，准备沈发祥把振亚的胸脯扭住，便好动手。现在却见沈发祥高拱手低作揖，仿佛道歉的模样，却把两人看得呆了。待到沈发祥跑将回来，两人迎上去动问情由。沈发祥怒容满面地说道："我们向邵大麻子理论去，他不该掉这枪花，害我们丢脸。"

于是一路走，一路把《武林小报》给两人看。李成贵不认识字，叶少少见了这幅软玉温香图和艳史，老大奇怪。他想邵大麻子做就的锌版，我曾见过明明是振亚和令娴两个，怎么又另换了两个面孔呢？便是这段艳史，也是我起的底稿，怎么小报上披露的却变作了邵大麻子和濮小妹的艳史？究竟是谁弄的玄虚？倒要去请问那位邵老板，他敢是害了神经病，为什么另撰这段新闻，自己破坏自己的名誉？

三人闯到邵大麻子家里，却听得里面一片哭骂的声音，闹得落花流水。

濮老娘指着女婿邵大麻子的面皮，且指且骂道："你这黑良心的为什么印这活春宫，破坏我女儿的名誉？她是个黄花闺女，熟读闺门女训，见个陌生人都要面红，她今年一十八岁，花一般的年纪，雄苍蝇也不许嗅她一嗅，哪里会做出这般恶模样呢！我想定是你和下贱的小老婆不要面皮，拍出这般的春宫。你想移祸江东，偷着小妹的照片，把她的面庞剪了卜来，粘贴在上面，你存着狼心狗肺，有意破坏她的名誉。她已有了婆婆家，明年便要结婚。她的未婚夫陶巧生，是一个心高气傲的小哥儿，见了这张报，怎肯答应！你那黑良心的，害得人好苦啊！"

邵大麻子的小老婆也不是好惹的，忙道："濮太太，你别出口伤人，这照片上的赤膊女人，不是令爱千金是哪个？但看左乳旁边的一搭青记，便是一个绝好的证据。你说是我的照片，好在令爱小姐也在旁边，大家可以光着半个身子，当场试验，究竟谁的左乳旁边有这一搭青记。"

濮老娘忙问小妹道："不争气的女儿，你究竟有没有这桩事？"

濮小妹且哭且说道："冤枉死人咧，我哪里有这桩事，他存心要害我，不会在照片上面加上这一搭青记吗……"

在这哭闹声中，沈发祥一干人闯入。发祥唤一声："邵老板，你究竟是什么心思？自己拆自己的烂污，连累我们面上都不好看。"

李成贵从袖里取出这荷叶包道："邵老板，这荷叶包里的东西，究竟请谁享用？"

邵大麻子更不答话，把荷叶包夺取在手，向着叶少少嘴上一塞。少少不及躲闪，早已抹花了一张嘴，连连恶心，躲到天井角落，手掬着缸里的水，洗这一张臭嘴。

沈发祥忙问邵大麻子："为什么向少少寻仇？"

邵大麻子恨恨地说道："都是他做的鬼戏，锌版是他经手去做的，这段艳史也是他起的稿，却不料他大掉枪花，把我来挖苦，累我见不得人，又饱受着丈母娘一顿排揎。还有小姨子的未婚夫知晓了，不免要向我理论，叫我怎生对付？荷叶包裹的东西，不请他吃，请谁吃呢？"

叶少少掬水洗口，洗了良久，才洗去了桂花气息，心头说不出的冤苦，又没法向邵大麻子剖白，便一溜烟跑出大门，径到印刷所里，拉住了排字人，向他严重交涉。排字人不负责任，他说："印出的样张，你先生曾经校对过的，这是校勘人负责任，排字人不负责任。"

叶少少又向他讨底稿看，排字人道："校对完毕后，底稿早已抛去，唯有这块锌版尚在这里，你自己去看来，究竟是谁的面孔。我们却不知道。"

叶少少讨了这块锌版细看，又不禁连唤奇怪，锌版上的面庞，明明是邵老板和濮小妹，和今天报纸上印出的一般无二。还记得昨夜在这里看样张时，这幅软玉温香图明明是一个振亚、一个令娴，为什么只隔得一宵，返本还原，竟起了不可思议的变化？可惜那样张已觅不到了，要不然把来比较一下，怎么一副板子印成两种面貌？叶少少满腹狐疑，无法解决。

且说范公任那天清早出门，陪着张稚川同游葛岭，一路上山行走，忽然念及当年的葛仙翁，笑向稚川说道："贤侄和葛仙翁只差着一个姓，他也唤稚川，你也唤稚川。葛稚川、张稚川，可惜生不同时。"

稚川道："我们遇见的那位快活神仙，神通广大，和葛仙翁正差不多，可是到了杭州，又找不见他老人家。"

公任道："他到杭州，专为揭破人家的黑幕而来，现在杭州一带，黑幕重重，不知谁家的黑幕被这位老人家首先揭破呢。"

"首先揭破的，便是你们家里的黑幕，咦咦咦，哈哈哈……"这几句话破空而起，却又只闻其声，不见其人。

公任连连拱手道："原来仙人便在这里，弟子渴想久矣。请仙人出来相见。"

在这当儿，却见半空里飘飘荡荡，飞下一张小报。公任拾起看时，却是一张《武林小报》，这一看不打紧，直把公任气个半死。原来报上刊出的便是叶少少昨夜校过的样张，上面载着赵令娴、范振亚软玉温香图。以下一段文字，便是青年小说家的艳史，颠倒黑白，纯乎捏造之言，说得振亚直和狂且无异，令娴竟似荡女一般。公任捧着这份报纸，气得手都颤了。

稚川道："这事来得奇怪，小侄和振亚哥一见如故，情意相投，岂有堂堂七尺的男子肯干这非礼行为？小侄以为报纸上的说话，完全是子虚乌有。"

公任道："这段艳史算是人家造谣，但这裸体照片的面庞，确是小儿的肖影，难道他竟干这败坏名誉的事吗？"

又听得树梢头一阵大笑道："咦咦咦，哈哈哈，范居士的见识却不及这位小居士。自古道，知子莫如父，你有了这位少年老成的郎君，尚疑他有这不端行为吗？"

公任道："仙人的说话果然不错，但是旁人见了，怎知底细，小儿的名誉只怕从此扫地咧。"

树梢头又连唤道："放心放心，这是小报的样张，被我略试神通，把样张摄取到手，锌版上的面庞换了邵大麻子和濮小妹，一段艳史也化作了邵大麻子的艳史。今日出版的《武林小报》不是真本，是我的改本，破坏的不是令郎振亚的名誉，却是邵大麻子的名誉。只为邵大麻子和那诲淫小说家叶少少和令郎结下嫌恨，无中生有，张冠李戴，捏造艳史，贿通流氓，手持秽物，上门寻仇，要不是我弄这小小神通，令郎已受了他们的暗算。他们孽由自作，合该出这一场丑。流氓手中的秽物已孝敬了叶少少，即以其人之道，还治其人之身。这桩事干得爽快不爽快？"

公任听了，很是感激，再三央求，请仙人现出真相。树梢头却又悄然无声，公任拜伏在地说："仙人不和弟子觌面，弟子情愿长跪在这里，永不起立。"

稚川也随同跪着苦苦央求，隔了良久，树梢头兀自无声。

公任心头着急，要是长跪不起，被人瞧见了，成什么模样。在这当儿，却有一个烧香的乡妇，挂着朝山进香的黄布袋，正在那边经过，瞧见两人在树下跪着，便停止了脚步，连唤着："奇了奇了，你们可是上山进香的吗？自古道，入庙烧香，见佛磕头，这里庙也没有，佛也没有，直撅撅地跪在露天做甚？"

公任道："你懂得什么？我们在这里遇仙，合该在这里跪拜。"

那乡妇向四下里望了望，掩着嘴好笑道："遇仙遇仙，仙人在哪里？只有几棵大柳树，敢是遇见了柳树精吗。"

公任向乡妇瞅了一眼，不去睬她。那乡妇把公任打量了一遍，忽地叫将起来道："你不是城里的范先生吗？我认识你。"

公任道："你怎么认识我？"

那乡妇道："记得三年以前，你曾到我们村里来演说，劝我们及早改良，劝我们不要信奉仙佛，家家的小孩子都要进学堂读书。烧香念佛是无益的，既费工夫，又耗金钱，哪里有什么神仙活佛。人人都读了书，人人都能够明白道理，知识便一天一天地增长起来，求仙求佛，都是没知识人的举动，这是第一要改良的……你这一番演说，我听了虽然反对，但是至今还没有忘记。范先生，你是读过书的，你是很有知识的，你是明白道理的，你是劝我们不该信奉仙佛的，你今天带着一个少年，直撅撅地跪在露天做什么？我虽是个无知无识的愚妇人、不读书不明道理的乡间妇女，还懂得入庙烧香、见佛磕头，你们又不痴不呆，谁罚你们露天下跪，直撅撅地不敢起身？这也算是特别改良吗？"

公任饱受那乡妇一顿奚落，一时又没话可答。回想三年以前，自命知识开通，到乡村各处去演说，果然有这一派破除迷信的论调，今日里狭路相逢，却被她说得嘴响。没奈何只得搭讪着向稚川道："我们下山去吧，谁有闲工夫和她理论。"当下两人各从地上站起抖一抖灰尘，返身便走。走不到一二十步路，却听得那妇人大笑道："巴巴地求我相见，见了面又不认识我，忙着回去，可笑啊可笑，咦咦咦，哈哈哈。"

公任、稚川赶快回头，早已不见了方才的乡妇，原来又是快活神仙的变相，觌面相逢，失之交臂，只得怏怏回去。

公任见了陆氏和振亚夫妇，提起方才遇仙的事。

振亚大喜道："原来快活神仙果然来了，今天要没有他老人家暗暗相助，定遭不白之冤。可恨叶少少这辈小人，记着我登报声明的微嫌，竟定下这般

65

恶计。世道荆榛，遍地多是黑幕，倘有这许多的快活神仙，替世人一一地消灾解厄，才是好呢。"当下把流氓设计寻衅的事述了一遍。

公任也把拾得的一纸样张授给他们过目。陆氏和振亚夫妇，都是恨恨不已。

振亚道："赵令娴身处黑暗家庭，她的环境已属可怜，要是报纸上还有这般出乖露丑的图、颠倒黑白的话，一时又冤又愤，岂不要断送了她的性命？亏得快活神仙把这样张摄去，外面人都没有看见这冤诬的话，保全我的名誉还是小事，保全那可怜女郎的性命才是功德无量呢。"

江素娟细看那纸样张道："图上的面貌是令娴，身材却不是令娴，她是个苗条身材，哪有这般臃肿。"

振亚笑道："便是那个男子的身材也不像我，扛起着双肩，肋骨根根都出，定是截头换面，把我们的面庞配上别人的身体，才有这一双丑形。"

众人谈论的时候，外面传进一纸柬帖，原来赵益甫的弟妇杨氏，择期悬挂大总统特奖的匾额，大开宴会，还夹着一本节孝征文的启事，都是杭州的绅士具名，说得赵节妇竟是柏舟矢志、彤管流芳的人物。陆氏见了连连撇嘴道："亏他们不怕肉麻，竭力替那臭寡妇捧场，大总统的荣典只奖励这般人格堕落的妇女，民国时代还有公理可讲吗。"

公任道："公理敌不过金钱，有了金钱，什么事不可做？大总统的荣典可以出钱买来的，穷乡僻壤不知有多少孝子顺孙、节妇烈女，只为没有金钱，便没人替他们表扬。金钱万能，当然没有公理可讲。"

振亚道："爹爹到了那天，可有什么诗文送去？"

公任笑道："替这般人作诗文，那便诗文遭劫了。但是我和赵姓素通往来，十二月初一日赵姓悬匾，免不得去走一遭。"

振亚道："爹爹去时，儿和稚川弟可否随同前去？"

公任道："赵姓悬匾，铺张扬厉，宾客愈多愈妙，你们尽可同去。"

江素娟笑语丈夫道："似这般作伪的寡妇，乔模乔样，假扮正经，你又何必去参观呢？"

振亚道："我参观的宗旨，专为看这乔模乔样的寡妇，看她怎样地假扮正经。再者，那天所征诗文一定是很多的，也该浏览一遍，看他们怎样地竭力捧场。"

忽忽数天，早已是季冬首日，杭州的绅商纷纷都到赵姓那边去贺喜。公任只和稚川同去，振亚听得刘子荆病势垂危，要去照料一切，便不及分身到

66

赵姓去观礼。

　　且说赵益甫，自从得了中风之症，卧床一月，才能够勉强起身，只是行走的时候，须得有人用力搀扶，才能够蹒跚行动。在先是令娴搀扶的，只是女孩儿生长娇养，才扶得几步路，早已是娇喘吁吁，大有力不能胜的模样。益甫执意要雇用一个粗使的婢女，专供搀扶的职役。

　　杨氏道："大伯你要雇用搀扶的人，雇婢子不如雇小厮，小厮的气力总比婢子大一些，要抱便抱，要驮便驮，自然比着婢子加倍着力。"

　　益甫对于杨氏本来唯命是从，这件事当然通过了。

　　杨氏便唤荐头店里送小厮上门，由她代替大伯选择。今天送来一个不合适，为的是面黄肌瘦；过了一天，又送来一个也不合适，为的是举止粗蠢。选择了多天，才选定一个小厮，又是面目美秀，又是身体壮健，名字唤作小崽子，充作益甫的贴身童仆。

　　益甫很感激地说道："多谢弟妇操心，替我拣选这个小厮，日间扶持，很是得用。"

　　杨氏听到"得用"两个字，默默自念道："不但你得用，我也得用。你在日间得用，我却在夜间得用咧。"

　　欲知后事，且阅下文。

第九回

大开宴会孀妇慕虚荣
强合婚姻媒人说假话

征求赵节妇诗文的启事便是益甫的手笔，把弟妇说得三贞九烈，竟是近世罕有，倒也亏他念这脱空经，架这蜃楼海市。益甫的亲戚故旧大都是旧学先生，脱不了提倡贞节的观念，得了这份启事，很起劲地动起笔来。他们以为现值女教堕落的时代，自由解放，谬种流传，打破贞节，昌言无忌。不料杭州城里尚有这么一位青年守志的赵节妇做那中流砥柱，似这般有关名教的文字，我们合该多作几篇，表扬贞节，人有同情，快快动笔，别辜负了这个好题目啊。

果然不多几天，益甫家里送来的诗文各体咸备，都装在镜架里面，挂满四壁，可称大观。还有大总统特奖的四个字样，叫作"矢志柏舟"，早已制就一方蓝地金字的匾额，中间印着"荣典之玺"四字篆文。悬匾的一天，先把这方匾额安放在彩亭里面，雇着军乐队向前引导，八名轿夫抬着这座彩亭，向那附近街巷游行一周，然后抬回宅里，高高地悬上正梁。厅堂上铺设一新，招待着许多宾客。

杨氏心里异常快活。她想，我是一个臭寡妇，只为会运动，居然大总统也有匾额给我，博得人人称羡、个个赞扬，我的声名从此流芳百世。可笑世间多少呆鹅，丈夫死了，孤衾独宿，守着一辈子的寡，只落得睬都没人睬，理都没人理，真是不值得啊。

杨氏满腔得意，她的侄儿杨德麟也是打扮一新，在里面舒头探脑，向令娴痴笑。令娴别转了头，不去理他。德麟肚里忖量，也是你的运气好，那天《武林小报》上不曾登着你的照片，反而把邵大麻子的丑事披露，闹出一场风波，不知哪个促狭鬼和邵大麻子作对，掉这枪花呢。

那时宾朋渐渐齐集，纷纷向杨氏道贺。杨氏敛衽答礼，小崽子扶着益甫，向来宾致谢。

来宾道："赵老先生，尊府毕竟是诗礼门庭，和寻常人家不同。令弟妇饮冰茹蘗，葆守坚贞，仰蒙大总统玺书褒奖，彤史留芬。非但闾里之荣，抑亦邦家之庆，可贺可贺。"

益甫双眉一皱，凄婉着声调笑道："承蒙称奖，但是兄弟听了，益发起着手足之痛。可惜舍弟谦甫有才无命，撇却这位贤妇，早归泉壤，今日里触景伤情，不免想及泉下亡弟。"说时，掏出手巾，不住地擦那眼皮。

有人劝慰道："老先生不用悲伤，令弟虽然作古，但有令弟媳青年守志，百折不磨。今天举行的荣典，替泉下人增光不少，老先生合该转悲为喜。"

益甫又强作笑颜道："今天举行的荣典，果然一则以悲，一则以喜。悲的是舍弟早故，喜的便是舍弟媳守志不渝，替赵姓争许多光彩。不瞒列位说，世上寡妇尽多，但如舍弟妇这般地冰清玉洁，实在罕有。自从舍弟身故以后，舍弟妇哀毁逾分，终身只穿着淡素衣服，动用器物，凡是髹着红漆的摒弃不用，食物东西，凡是红烧的从不上口，至于红柿、红橘等水果，别说不愿意吃，连看都不愿一看……"

益甫这般说，小崽子肚里好笑，昨夜我替奶奶脱衣服，里面的卫生衫还是红色的，老爷不是当面说谎吗。

益甫又道："舍弟妇自做了未亡人，便守志深闺，不和男子见面。兄弟和舍弟妇虽然同居一宅，除却岁时令节、祭拜祖先时，轻易不得相见，别嫌明微，舍弟妇颇存一番苦心。"

众人听了，赞叹不绝。那边花厅上，嘤嘤嗡嗡，发着许多苍蝇钻纸的声音，早有许多诗翁读那镜架里的诗句。这一句声调铿锵，那一联对仗工整，都在那里细细批评。就中有一位黄阆仙先生，资格最老，大家都推他做诗坛祭酒。他将着一部花白胡须，把各体诗文细读一遍，便道："作得都很不错，可见杭州的文风至今兀自不弱。听说益甫搜集了这许多佳作，不日便须付印，编成一部《彤管扬芬录》出版，以后流播四方，赵节妇的苦节，诸同文的佳作，从此可以永垂不朽，这真是千载的机会啊。"

说时，恰逢范公任到来，黄阆仙道："公任，你的佳作怎么不见呢？"

公任道："说也惭愧，近年风尘奔走，早把诗学抛荒，因此不曾献丑。"

黄阆仙连连摇头道："这是欺人之谈，我们念书人无论怎样荒疏，这平平仄仄的玩意儿，好歹可胡诌几句。况且褒扬节妇的题目又是很阔大的，只需在《事类统编》'节妇类'中搜寻些典故，拼拼凑凑，也成了四首七律诗，一样可以编入《彤管扬芬录》，流传千古。你错过好机会，不贡献些著作，岂不大可惜哉？"又附在公任的耳朵说道，"你今天回去，赶快补作几首诗来，七律怕作，便作七绝，七绝怕作，便作五绝，明天送到这里，还来得及编入《彤管扬芬录》，你可知这个机会是很不容易相逢的。我辈诗人往往作了一辈子的诗，只因没有逢着好题目，以致不能传世。现在如赵节妇这般苦节清操，将来必传无疑，借她作题目，便是传世的题目。老夫怕你不省得，特地向你进这一番忠告，也好使你有几首诗附着赵节妇流传后世，这叫作附骥尾而名益显啊。"

公任听了，又好气又好笑，不便和他辩驳，只是随口敷衍道："承蒙关切，感激之至。"说罢，便和稚川到别处去散步，免得听他絮聒不休。

待到坐席以后，铺啜声中，大家都在那里赞叹赵节妇的清节。公任、稚川都是深知赵姓的内幕，不禁暗暗好笑。酒阑席散，外面惊天动地的军乐奏将起来，奏乐声中，抬进一座四平八稳的彩亭。门外许多瞧热闹的都纷纷拥挤到里面，瞻仰这悬匾盛典。霎时间隆隆炮响，早有四名仆人从彩亭中捧出这方匾额，同上梯子，高高悬挂在厅堂中央，"矢志柏舟"四个斗大的金字，照眼生明，好不荣耀。匾额上披着红绸，插着金花，益发来得轩冕气概。那时仆妇王妈把赵寡妇扶入厅堂，先向这方匾额规规矩矩地三鞠躬，酬谢大总统特别奖励之恩，然后再向来宾鞠躬致敬，居然容貌端庄，不失大家风度。许多瞧热闹的闲杂人等见了也都赞叹，毕竟知诗达礼的贤妇，一举一动，与众不同。

就中忽有人喊将起来道："咦，怎么匾额上的金字，笔笔活动起来呢？"

大家举首看时，果然这四个金字仿佛电影里的字幕，一闪一动，大霎眼睛。这一笔长了出来，那一笔缩了下去，光线四射，笔笔活动，耀得人眼花缭乱，几乎分不清点画来。

那时人人道怪，个个称奇，猜不出是什么道理。闪动了一会子方才停止。大家又惊呼道："奇哉怪哉，怎么四个金字倒有三个走了样呢？"

原来"矢志柏舟"四个字，只有第二个"志"字不曾走样。第一个"矢"字，原本不出头，现在竟钻出头来，变了一个"失"字。第三个"柏"字，原本木字偏旁，现在缺了两笔，却把偏旁的一撇顶在一竖上面，变了一个"伯"字。第四个"舟"字，下面一只脚伸长一些，中间一画没有了，移在左角，成了一画一撇，变了一个"身"字。方才明明是"矢志柏舟"，现在竟成了"失志伯身"。笔画虽然相差得无多，但是意义却大不相同了。众人一时喧闹起来，都说道："其中定有原因，怎么叫作'失志伯身'？倒要请教这位赵老先生。"

但是益甫见着匾额上换了字样，吓得面色如土，几乎一跤栽倒在地。小厮子只道老爷发病，把他抱上炕床。

令娴得信，慌得什么似的，替她老子不住地按摩胸脯。

赵寡妇在那悬匾的当儿，宛比面上装金，何等得意。到了匾额上金字活动，佣妇们还在旁边恭维道："奶奶的守节，真个惊天动地，非比等闲，但看匾额上的金字，闪电也似的活动，金光万道，多么好看，一定有神明帮助，替奶奶表扬苦节。"

赵寡妇毕竟怀着鬼胎，心坎里七上八下，不知是祸是福。等变了字样，众人喧闹，这一吓非同小可，面红耳赤，恨没个地洞可钻。耳边众议沸腾。

"什么叫作'失志伯身'，敢是失志在大伯身上？料想不是吧，她和大伯异常客气，平日里别嫌明微，不大见面，怎会干这苟且的事……"

"赵老先生是个正人君子，一副道学家面孔，方才谈到亡过多年的谦甫，兀自手足情深，异常凄婉，料想不肯和那孀居的弟妇干这暧昧……"

众人疑信参半，私相议论。

但是赵寡妇听了，便觉若嘲若讽，语语都揭着她的痛疮。待要躲入里面，内堂又有许多女宾，不是乡绅太太，定是大家闺秀，都用着大红柬帖请她们前来参观这悬匾盛典。不料求荣反辱，匾额上换着字样，又有什么面目和她们相见……

众人嘈乱声中，却见人丛里跑出一个癞痢和尚，拍着双手，放声大笑。众人奇怪忙问："出家人有什么好笑？"

那和尚道："在家人的黑幕被出家人揭破了，怎不好笑？诸位，也是你们有眼福，山僧索性多事，献一套小小的戏法，请诸位赏鉴赏鉴。"说时，把手一抬，大袖子放出一道银光，直射到这方匾额上，白漫漫遮蔽了字样。这方匾额便似影戏场中的银幕一般，才一眨眼，上面影影绰绰便有人物出现。但见一张大床居中摆设，罗帷深掩，银钩低垂，床前放着一双男鞋、一双女鞋，不问而知，这其间定有一对鸳鸯好梦未破咧。蓦然间一团黑影滚向床前，转眼便幻化了一个少年，面目枯瘦，气象愁惨，在床前徘徊了多时，不禁捶胸痛哭。

众人见了，都不认识这少年的幻影是谁。黄阆仙忽然失声惊呼道："这是死了多年的赵谦甫啊，他是益甫的兄弟，赵节妇的丈夫，怎么在匾额上现起

71

形来呢？"

扁额上的死鬼赵谦甫哭了一会子，忽然痛极晕倒，化了一阵青烟，霎时不见。这时节罗帐揭开，银钩挂起，被窝里一对鸳鸯都在那里穿衣，兀自并坐床头，脸偎着脸儿，做出很亲热的模样……

众人都发一声喊道："男的不是赵益甫吗？女的不是赵节妇吗？原来他们俩干的好事，兀自掩人耳目，工于作伪，轰动城厢，上什么混账的扁额……"

那和尚高唤道："诸位退后几步，这扁额又要起变化了。"慌得众人都往后退。和尚把衣袖一拂，幻影都无，依旧是一方扁额，依旧是"矢志柏舟"四个金字。猛听得一声响亮，这方扁额竟无端爆裂，四分五裂地落将下来。亏得众人退后，不曾打痛。偏有一个不知进退的少年，躲避略迟，被那破裂的木块打个正着，打得头破血流，好好的一身华服，淋淋漓漓地沾着许多血渍。那人是谁，便是杨氏的侄儿杨德麟。

大家见这和尚来得古怪，都不知道他的来历。唯有范公任猜他定是快活神仙的化身，那时怎敢怠慢，抢步上前，拉住了他的布衲，唤一声："老神仙，你这游戏神通，端的大快人心……"

"咦，公任说什么话，老夫既不是神仙，又不会什么游戏神通……"

公任停睛细看，连忙释手，原来拉住的不是方才的和尚，却是那位老诗人黄阆仙先生。再一看那和尚，早已不知去向，但听得梁上发出"咦咦咦，哈哈哈"的歌声道：

> 咦咦咦，不要说起，人心变幻，愈变愈奇。
> 偷汉子的寡妇，大总统玺书奖励，真个岂有此理。
>
> 哈哈哈，闹出笑话，求荣反辱，枉使奸诈，
> 戳破了猪尿脬，只落得人人笑骂，笑骂由他笑骂。

歌罢，余音绕梁，只是不见人面。

那时，赵寡妇掩着面逃返卧室，赵益甫自言自语道："名誉扫地，奈何奈何。"

许多来宾一窝蜂地赶到花厅里面，把那壁上挂的镜架尽行打破。

黄阆仙首先提议："所有诗文快快自行撕掉了，不要遗留只字，给他们刊入《彤管扬芬录》，污辱了我等的笔墨。"

众人都道阆翁的见解不错，要是刊入《扬芬录》，不是扬芬，竟是遗臭了，还是撕去为妙。霎时间一阵哧哧的响，纸片撕得满地。撕毕正待出门，忽见那个头破血流的杨德麟直撅撅跪在庭心，两手左右开弓，自己打自己的嘴巴。且打且说道："莫打莫打，我照实招供便是了。"当下把图奸不遂、捏造谣言的罪状，一一向众宣布，宣布完毕，兀自痛打嘴巴，一边打，一边求饶。众人笑道："德麟，你自己打着自己，何必连连求饶？"

德麟道："我两只手不由自己做主，饶了我吧，饶了我吧。"

众人便请赵令娴出外询问情由。令娴当着大众，便把德麟的种种阴谋完全披露，其间婶母和德麟勾通的事略为隐秘，这是为尊者讳的意思。众人听了愤愤不平，都把德麟唾骂，骂他是人面兽心，合该有这恶报。众人对于令娴十分敬佩，都说清者自清，浑者自浑。有那赵杨氏这般地自堕人格，又有赵令娴那般地独守坚贞，这真算得出污泥而不染，濯青涟而自洁了。我们合该把女士的坚贞形之笔墨、播之声歌，替一班女学界提倡旧道德，才算是有关名教的文字，要是方才那个有名无实的臭寡妇，我们便深悔一时孟浪，误作了诗文，因此撕个干净，不叫污辱我们的笔墨……"

快活神仙的一番游戏，居然是非大白。杨德麟到这地步，似有人把他释放，才从地上爬起，抱头鼠窜，自回家里。众人也都一哄而散，纷纷传说，都道这个和尚来得古怪，莫非济公活佛化身。唯有公任、稚川肚里明白，不是快活神仙，更有哪个？今天的事，干得多么爽快。

稚川道："可惜这位神仙，忽有忽无，令人不可捉摸。方才范老伯去扯住他，怎么又被他走脱。"

公任道："方才拉住的明明是和尚的破衲，怎么一眨眼便变了黄阆仙，这般怪事，真是世间罕有。"

两人一路行走，且行且语。到了家里，稚川到房中去休憩，公任径入内室，把经过的事讲给家人知晓。直喜得陆氏、江素娟两人心花怒放，不住地唤着活神仙、活神仙，我们杭州有了他老人家使弄神通，社会上哪有不平的事。

公任道："振亚到刘宅去，可曾回来？"

江素娟道："还没有回来，听说子荆的病势很重，医生都回绝了，看来早晚便要生变。"

陆氏道："子荆的家事是很复杂的。子荆一死，家庭中便要发生冲突，可惜子荆这么一个品学兼优的人物，生平又是很孝顺他的老娘，不料天道无知，恶人在世善遭殃，只落得这般遭遇。"

江素娟道："可惜这位快活神仙，忽出忽没，无处寻觅，要是觅见了他，请他去把子荆救好了，救得子荆，便是救得子荆的老娘。要不然，子荆一死，他的老娘也不能活在世上。"

正在议论的当儿，却见振亚很快活地跑来报告说道："好了好了，子荆病体痊愈了。"

公任道："怎么病在垂危的人一时好得这么快？敢又是快活神仙施展的本领？"

振亚道："不错不错，这位快活神仙端的神通广大，要没有他老人家前来援手，子荆早已一瞑不视了。"于是便把快活神仙援救的事如是这般报告一遍。如是这般里面，毕竟说的什么话，在下须得从头说起，以清眉目。

且说旧式婚姻，全凭着父母之命、媒妁之言，不必征求子女的同意，其间不知制成了多少怨偶咧。要是把旧式婚姻中的缺憾夫妻一一记载无遗，便可以成为一部数千万言的婚姻血泪史。著者没有许多闲暇，把人间的缺憾夫妻一一描写。现在提笔记录的，便是许多怨偶中间的一分子。男的唤作刘心葵，女的唤作金静芬。古人道得好，媒人口，没量斗。可见旧式婚姻中的媒人，大都是吹牛皮的祖师、宣传队的队长、制造空气厂的著名技师。

当那刘心葵和金静芬议婚时代，男宅的媒人到女宅去撮合，说得心葵人才出众，家产富有，而做人又很和气，无论遇见什么人，总是满面春风，有说有笑。休说接待宾客处处周到，便是对付下人，也都和颜悦色，不肯摆那少爷的架子。家里雇用的仆妇人等，都说这位少爷分明是一尊欢喜佛，一年四季，从来不曾见他发过一回脾气。不比那些搭架子的少爷，动不动便发摽劲，呼奴喝婢，作威作福。

金静芬的母亲听到这里，十分合意，暗暗自念道："阿弥陀佛，这才是我的女婿咧。我家静芬是娇养惯的，很容易发脾气，有脾气的女儿全仗嫁个没脾气的丈夫，那么女儿发脾气时，女婿便会柔声下气，百般赔罪。夫妇俩一刚一柔，自然不会发生口角。"

女宅的媒人到男宅去拉拢，把静芬的德行说得天花乱坠，那位小姐面貌是很美丽的，针黹手工般般精通。而且性情又是很温和的，见了人异常谦逊，彬彬有礼，不愧是诗礼人家的千金。在家时不声不响，专在闺房中勤做女工。她有两位嫂嫂，对小姑赞不绝口，说小姑的德行竟是千中难遇一，百中难得双，从来不曾见她搬唇弄舌，做出尖嘴姑娘的行为。

心葵的母亲听到这里，也是异常满意，暗暗自念道："有这般的德行，那才是我的媳妇咧。我儿心葵的性子是很暴躁的，动不动便和人家吵闹，一言不合，跳得八丈的高，全在娶个性质温柔的媳妇，对于丈夫千依百顺，才能够不生冲突。要不然，夫妇俩都是使性的，一朝牙齿高低，彼此都不肯相让，岂不要闹出事来吗？"

刘、金两姓的婚姻，凭着男媒女妁，调动三寸不烂之舌，哄得两姓尊长心花怒放，果然一说便成。直到成亲以后，才知道媒人的话全是空中楼阁，竟无半点着落，夫妇俩不免老大地失望。

心葵见这位新娘，竟是很难说话的，一言不中听，便板着脸，噘着嘴，把眼一瞟，把颈一扭，不是摔东西，定是赌气不吃饭，全没有半点怜香惜玉的意思，架子十足，一副老官脾气。见了新人，也不软语温存，只是呼来喝去，令人难堪，心中便十二分不起劲。过得三朝，渐渐意见参商。过得七朝，渐渐言语龃龉。过得半个月，动不动便乌眼鸡似的，早已决斗了两三次。挨到一个月，仇人相见，分外眼红，休说不肯同居一室，便是见了面也都别转了头，分明变作了七世的冤家，彼此都把媒人骂了又咒、咒了又骂。骂她贪赚媒人钱，捏造谣言，专在里面捣鬼。咒她嘴上害个大疔疮，吃不成年夜饭，身死以后，堕入拔舌地狱，转世投胎做牛做马，永远不得人身。

但是那些媒人一方面被心葵、静芬咒骂，一方面又捧着大红帖子，信口开河，替旁的人家撮合去了。

静芬自恨遇人不良，嫁这纨绔子弟。归宁以后，向老娘呜呜咽咽，哭诉那一个月中所受的苦痛，哭得和泪人儿一般。

金太太忙去找媒人理论，媒人完全不负责任，说什么"新人进了房，媒人的责任早已脱卸，小夫妇和睦不和睦，这是另一问题，和媒人有什么相干"。

金太太不得要领，废然而返，只好待女婿上门请安时，把他训斥一顿，也好平一平女儿胸头的气。

谁料刘心葵绝迹不上丈母的门。静芬归宁几个月，刘姓付之不瞅不睬，也没人来接取回去。静芬益发愤恨，把银牙咬得嘎嘎地响，拼着一辈子活守寡，再也不愿踏上刘姓的阶石。

从此以后，夫妇俩虽没有经过离婚的手续，实际上却和离婚无异。但是静芬已有了身孕，十月满足，生下一个孩子，这便是书中的刘子荆。

金太太疼爱女儿，当然也疼爱外孙，女儿是她的肉，外孙是她的肉上肉。

一切抚养费用完全出于金姓，只不过儿子媳妇心中总有些不以为然罢了。

那时，刘心葵已另娶了一个小老婆，十分宠爱，也生下一个孩子，唤作子楚。由着静芬娘儿俩在娘家过活，从来不曾通过消息。忽忽十年，金太太不幸去世，静芬带着子荆再也不能住在娘家，看她哥哥嫂嫂的冷面，只得搬将出去，另行租赁几间房屋居住。好在自己略有些积蓄，差堪度日，加以终日勤做女工，供给子荆读书的资本。

子荆美秀而文，读书又很认真，二十岁左右，早已大学毕业，名重一时，本校的校长庞静生很赏识他，把女儿玉秀许给他做妻子。玉秀也是大学毕业生，男学士和女学士订婚，一时传为佳话。

子荆堕地以来，从没有和生身老子见面，待到成婚时节，发出的请帖却是刘心葵出面，上写月之某日为长男子荆授室字样。依着金静芬的主张，请帖上万万不肯由刘心葵出面。她说：“儿子是我千辛万苦抚育成长的，这负心人完全不关痛痒，怎管我们娘儿俩的死活？现在儿子争气，择日成亲，又不曾破费他的分文，谁要他跑来做这现成主婚人？请帖上没人出面，便该由做娘的具名。”

子荆是深明道理的，再三苦谏，静芬只是不听。子荆长跪哀求道：“儿子侥幸成立，不日娶妻，要是知有母而不知有父，便和禽兽无异。走到人前，挨受唾骂，叫儿子何以为人？请帖上面万万不能除却父亲的名字，否则儿子情愿终身不娶，免得开罪名教。”

静芬没奈何，只得应允了，但是心中毕竟有些不甘。

刘心葵的家产，二十年来早已挥霍殆尽。小老婆已死了，儿子子楚又因溺爱过甚，不求上进，专和流氓光棍做伴，在外面赌钱喝酒。现在刘心葵听得子荆择日成亲，发出的请帖又是他出名，不觉暗暗快活道：“子荆虽不是我抚养长成的，毕竟是我的亲生儿子。这一顿喜酒落得朝南坐了，喝个痛快。”当下带着子楚径上大门。看门的不认识是谁，上前动问姓名。心葵勃然大怒，劈手一下巴掌，喝道：“狗奴才眼睛瞎了，连老太爷都不认识，该死该死！”说时，昂昂然带着子楚直达中堂，高唤着：“哪一个是我的长男子荆，你的生身老子来了。”

子荆听得呼唤的声音，知道上门的便是老父。可怜他自出母胎，足足二十一年，还不识老子面长面短，当下抢步到心葵面前，唤一声：“爹爹在上，孩儿拜见。”

说时迟，那时快，屏门后转出这位刘太太静芬女士，一把拖住子荆道：

76

"快快起来，你拜这负心人做甚？他把我们娘儿俩弃如土芥，二十余年不通音讯，今天倒亏他有这颜面来相见。"说罢号啕大哭。

欲知后事，且阅下文。

第十回

失庄折无意得仙丹
捧茶杯有心买痛泪

刘心葵怒气直冲，喝道："不识羞耻的婆娘，你敢冲撞我吗？儿子做亲，生身老子不登门，却叫谁来做主婚人？嘿，你敢是存着野心，拒绝亲夫，硬把不相干的汉子拖来做那儿子的老子吗？"

刘太太听得心葵这般污蔑她，捺不住胸头恶气，一个头拳猛向心葵撞来。幸亏子荆拦得快，不曾撞个满怀。那时许多亲戚争来劝解，拖拖扯扯，好容易把一对怨偶分开了，说："明天便是令郎的吉期，老夫妇俩吵吵闹闹，怕不惹人家笑话。"

子荆又跪在老子娘面前，说："两位大人倘不息怒，儿子只好长跪在这里，绝不起立。"

刘太太疼爱儿子，只得长叹一声，自回房里去淌泪。

子荆又把老子和子楚引入书房里，整顿酒肴，安排床榻，款待十分殷勤。

到了来日，贺者纷纷登门，都向心葵道喜，心葵扬扬得意。刘太太却是满腔懊恼。新夫妇结婚拜见翁姑，免不得请出这一对意见参商的老夫妇登堂受礼。刘太太对于新媳妇兀自客气，立着受礼。刘心葵自言自语道："儿媳见礼，哪有不坐之礼？"便大马金刀般地坐在椅子上，动都不动，受着儿媳妇参拜。

刘太太心头气闷，可怜我苦苦地把儿子抚养长成，倒被那负心人搭足架子，占尽便宜，真叫人见了又恨又恼。

见礼完毕，又听得心葵提高嗓子在那里呵斥仆人，奴才长奴才短地骂不绝口，骂得仆人头疼脑涨，敢怒而不敢言。

许多来宾个个乱摇着头，在那里窃窃私议道："一向不知道子荆尚有老子，怎么蓦地里跑出一个面目可憎的老厌物来，当着众人，搭这松香架子，

78

真个又好气，又好笑。"

就中有一位新文化老爷，把司的克在地上一碰道："二十世纪新主义的词典里面，再也觅不出老子两个字。据我看来，老子没有承认的必要，新家庭中，哪有时代落伍者的位置，我们合该摇动着家庭革命的旗帜，呐喊着非孝非孝。"却被一位道学先生听得，又老大不以为然，一边抽着旱烟，一边掉那书袋道："天下无不是的父母，是可忍也，孰不可忍也……"

不表众人谈论，且说心葵乘着儿子新婚，足足吃了几天的酒，仗着醉意，便发酒风，嘴里夹七夹八，不是骂老婆另有情人，定是骂儿子瞧不起生身老父。

刘太太听着哭哭啼啼，来和心葵拼命。那时急坏了一对小夫妇。子荆劝住心葵，玉秀劝住刘太太，如是这般，也不知闹过多少次。更兼那不长进的子楚，时时偷着东西，到赌场里去赌钱。

子荆知道老子回护幼弟，又不敢声张，好好的家庭，被他们父子俩闹一个六缸水浑。那时子荆在本地担任教务，每月入款约有二百余金。心葵着儿子按月津贴百元，以报生身老父之恩。子荆不敢不依，只是跪求着老子带领幼弟，在外面另立门户，免得和母亲住在一起，天天起着冲突。

在先心葵不答应，说儿子驱逐生身老父，还当了得？子荆再三哀求，情愿在按月百元以外，另加二十元，作为老父赁屋之用。心葵才回嗔作喜道："瞧这按月二十元分上，便和你马马虎虎地过去。"

待到心葵和子楚搬出以后，刘太太觉得耳根清净。但是耳根清净，敌不过心头疼痛，想到儿子按月的入款倒被负心人攫去了大半，说什么报答生身老父之恩。他有什么恩呢？便吩咐子荆休得给他一文钱。

子荆道："银钱事小，气恼事大，爹爹那边不送些赡养费，便不免天天来寻气恼。万一气坏了妈妈，怎么是好？"

刘太太见儿子这般说，只索罢了。每逢提起心葵，总是喃喃地咒骂，愿这负心人早日死了，那便一干二净。要不然眼见一大卷的钞票送给这负心人受用，实在一百二十分不愿。

子荆在教育界上很负着重誉。那位庞玉秀女士也在学校里担任功课。刘太太见了一对佳儿佳媳，便有烦恼，也变成了欢喜。

子荆性情豪爽，疏财仗义，得来的薪水，除却供给堂上甘旨以外，随手散给贫民，从来不省得什么叫作积蓄。有时到学校里去领薪俸，等到回家，却是空空两手。玉秀问他钱在哪里，他却含笑说道："路见急难之人，早已倾囊相助了。"玉秀绝不责备丈夫,只是沉吟道:"公公那边的家用万万拖欠不得,防他上门来吵闹,只好把我赚来的学校薪水送给他老人家吧。"如是者已不止一次。

谁料为善不得好报,子荆服务省立各学校,担任的钟点太多,劳心过甚,遂得了咯血之症。在先还瞒着老娘,后来病势加增,甚至卧床不起。

刘太太知道了,不禁绞肠断肚地悲痛。延医服药,花去了无数的金钱,只是不见功效。学校里面请人代课,进款不免受了打击。玉秀日间出外上课,晚间回来侍奉病人。当着婆婆,只说病体略松,背着婆婆,不免偷弹珠泪。在那愁云惨雾中,不识相的刘心葵又天天上门来索家用。刘太太愤极痛骂道:"你这负心人,简直是狼心狗肺,儿子害得重病,你不着急,反而向他索钱,不是索钱,竟是索他的命了。"

心葵听说大怒,扭住刘太太伸手便打。病势沉重的子荆听得老子娘大起冲突,唤声不好,眼睛向上一眨,立时晕去。玉秀放声大哭,佣妇高喊道:"老爷太太不要闹了,少爷晕过去了!"

刘太太撇却心葵,哭哭啼啼地去看儿子。

心葵大声喝道:"你别把儿子的病挟制我,便是儿子死了,我的一份家用依旧不得缺少分文。"说罢,恨恨而去。

那时,范振亚恰去探病,听得里面哭声大作,不觉大惊道:"子荆休矣。"等到了里面,才知道子荆一时晕去,现在已苏醒。

刘太太含着眼泪,向振亚诉说满腔冤苦,说:"这负心人不管儿子的死活,儿子病到这般,兀自声势汹汹来向儿子逼取家用,他还有良心吗?"又说,"我们的家事,瞒不过贤侄。二十年前,刘姓自有一份好好的家私,可恨负心人任意浪用,家业败尽。我的婆婆也是被他气死。直到如今,一贫如洗,我们母子俩被他抛弃了二十多年。现在听得儿子成立了,便来倚傍儿子,整日价抽着大烟,百事不管,放纵他幼子喝酒赌钱,堕入下流。万一我那子荆有什么三长两短,老身也不想活命了。"说到这里,哽哽咽咽,泪如雨下。

振亚见了惨然,免不得说了许多慰藉的话,然后走入房里,探视好友的病状。

玉秀见了振亚,鞠躬让座。振亚见她玉容上泪痕未干,煞是可怜,忙在床前一张椅子上坐定,揭帐看时,数日不见子荆,又添了几分憔悴,凄然相对,只是劝他格外珍重。

子荆道:"兄弟处这环境,病势有增无减,一死不足惧,只痛我白头老母。"

振亚忙道："你别说这消极的话，吉人天相，断无妨碍。至于老伯那边的家用，暂时可由小弟代垫，免得登门索取，又起风潮。朋友有通财之谊，患难时代不出些力，要那朋友何用？"说时，便数着一百二十块钱的钞票，放在子荆枕边。子荆好生感激，自此以后，每隔三五天，振亚常到子荆那边来问疾。

子荆有时病体略松，有时病体又重，三好两歹，总没有起床的希望。却被叶少少探悉情由，所以那天引诱振亚出门，便假托着子荆病重，以便坠其术中。此是第八回书中的事，表过不提。

那天范公任、张稚川去参观赵节妇悬匾典礼，振亚本待同去，蓦地里刘姓那里的佣妇前来报告，说："我家少爷病势陡变，只剩着一丝微气，奉着太太的命，前来请范少爷过去商议。"

振亚得报大惊，忙命佣妇先回，自己随后便到。当下和江素娟商议道："子荆一有变端，身后萧条，这番前去须得多带些银钱，以备缓急之用。"

素娟道："做朋友的正该如此，你要带多少钱去，我总表示赞成。"

振亚便带着一个五百元的钱庄存折，匆促出门，恨不得一口气便跑到子荆家里，趁他一息尚在，和他作最后一度的相见。可恨脚乱步忙，越是性急，越是走不快。出了这条巷子，正待转弯，忽然斜刺里钻出一个十余龄的小厮，向他肩下一挤，便急匆匆地向前跑去。振亚见他跑得可疑，忙伸手到怀里摸这庄折。谁知摸一个空，暗想那小厮不是好人，攫了我的庄折去了。向前看时，却见那小厮在数十步外站着不走，手里捧着一件东西，在那里细看，这东西便是他攫得的庄折。

振亚悄没声息，蹑步上前，把他扭住，喝一声："大胆的偷儿，干的好事！"那小厮便把庄折向地上一摺道："我只道是钞票，谁稀罕你这个没有用的东西。"说罢，把身一摔，竟被他摔去了，拔脚便跑。

振亚忙从地上拾起这个庄折，依旧套在壳子里，抽出看时，果然是原物，并没有被他调换，唤声侥幸，把庄折套好了，纳入怀里。也不去追捕那小厮，径往刘姓家中，尚望和子荆见一面。踏进大门，唤声不妙，但见佣妇人等正忙着焚化纸锭，里面哭声喧天。

振亚凄然堕泪道："迟来一步，竟是人天永隔，可怜可怜。"急性走入子荆房里，只见子荆直僵僵躺在床上。刘太太已哭得晕去，玉秀一边痛哭，一边兀自替她婆婆揉胸脯。子荆的丈人庞静生也在那里拭泪，单单不见子荆的生身老父刘心葵。

振亚道："哭也无益，还是早早商量后事的好。"

庞静生道："方才邀请足下前来商议，便是商议小婿身后之事。小婿撇着白头老母、红颜少妇，陡然一瞑不视。死者已矣，生者奈何。刘心葵又太忍心，没钱使用时，天天上门来索取家用。等到小婿病在垂危、几次催他来商议后事，他竟绝迹不至。便是他肯来时，也属无用，他只会伸手索钱，旁的事他都不管。现在小婿身后萧条，毫无储蓄，一切养生送死的计划，除却你我从中出力，谁肯出力呢？"

振亚道："老伯不须担忧。养生一方面，请老伯负着责任；送死一方面，全在小侄身上。《论语》云：'朋友死，无所归，曰于我殡。'圣人早有此语。小侄知道子荆兄病在不救，现在带得庄折一个在此，且把衣衾棺木制备了，旁的事再做计议。"当下从怀里取出庄折，去了折套，把折子拽开，正待送给静生过目，蓦然见折子的页里夹着一个小小的纸包，上面写有几行字。振亚看了一遍，不禁欢呼道："想是子荆兄命不该绝，才有这位神通广大的快活神仙来援手，恭喜恭喜！"

静生奇怪道："足下说些什么？小婿明明死了，怎说命不该绝？"

振亚忙把小纸包授给静生过目，上写着"起死回生丸"五个字，旁边有两行小字道："此丸有起死回生的功效，但须寻得山东汉子的一副痛泪，调和同服，才有不可思议的奇功，否则有丸无泪，依然无效。"

静生忙问："这丸药是从哪里得来的？"

振亚便把快活神仙幻化作小厮，假意攫去庄折，把丸药夹入庄折里面的事述了一遍。

静生沉吟不语，似乎不大相信。那时，刘太太和玉秀女士闻这奇事，都停止了哭声，讨取这起死回生丸，快快救活那已死的子荆。

静生道："上面写着要用山东汉子的眼泪调和同服。丸药有了，山东汉子的眼泪哪里去寻找呢？我只听得使徒信心会中的教徒可把眼泪治病，没听得山东汉子的眼泪可以医活死人。"

佣妇在旁插嘴道："巷口有一个开饼店的山东汉子，和我认识的，待我向他募化几点眼泪，救我少爷一命。"当下便取着一只杯子，匆匆出门。

振亚恐怕佣妇不善措辞，便藏好了庄折，也跟着佣妇同去。到了巷口，那个山东汉子正在那里做饼。佣妇搭讪着上前，央求他可能行个善心，舍给几点眼泪。

82

山东汉子奇怪道："老妈子说什么话，我们开的是饼店，不是眼泪店，怎有眼泪舍给你？"

佣妇道："只为我家少爷死了，须得山东汉子的眼泪才救得活。你肯行这方便，我们自有酬报，你要多少钱一点眼泪，请你说明便是了。"

山东汉子笑道："这也笑话，眼泪怎可以出钱购买，便是我肯卖给你，我的眼泪也不由我自己做主。"

振亚道："你的说话也不错，一个人没有悲苦，断然不会掉下泪来。但是想后思前，总有许多可痛之处，请你把生平最悲苦的事想这一想，倘能够眼泪滚滚而下，我们一定送你大大的一笔钱，不叫你浪抛这许多眼泪。你若不信，我有钞票在这里，只要你掉泪，我们便付钱，钱泪两交，绝不食言。"说时，取出一张钞票，执在手里，说道，"这是十块钱，只买你眼泪四五点，你别错过了好机会。"

山东汉子见了钞票，怎不心动，便道："先生既这么说，待我试验一下子，不知有没有眼泪掉下，我自己也没有把握。"当下闭目凝神，专把悲苦的事从头想起。

佣妇托着杯子，承接在他颔下，恐怕宝贵的眼泪掉落在地上。

山东汉子搜肠刮肚，只想那悲苦的事。想到当初老子出外当兵，死在战地，草草地掩埋了，不能够尸骨还乡，好不惨伤，想到这里不禁鼻子里略略作酸，两眼水汪汪似乎要淌下泪来。

佣妇见他愁眉苦脸，知道这宝贵眼泪快要下来了，便把茶杯凑近他的面颊。冰冷的杯子向他肌肤上一碰，山东汉子忽又失笑起来道："都是你性急，经这一碰，把我的眼泪碰回去了。"只得重又闭目凝神，再把苦况细想。想来想去，只是不能赚这两行眼泪出眶。

在这当儿，突然间庞静生赶来呼唤道："振亚振亚，快快回去，小婿果然复活了。"

振亚听说，喜出望外，忙问道："子荆兄怎么样死而复活？"

静生道："你出门不多时，便有一位山东客人特地送眼泪来，因此小婿复活了。"

振亚忙把钞票藏好，跟着静生同去。那个佣妇埋怨着山东汉子道："都是你没福，一时掉不下眼泪，要不然这十块钱早到你的手里了。"说罢转身便走。

山东汉子老大没趣，只怨着自己眼睛不争气，依旧做那大饼，不在话下。

且说振亚和静生回到刘宅，早已香烟缭绕，但见刘太太正在堂中焚香点烛，拜谢那位快活神仙冥冥默佑。

玉秀女士笑逐颜开地迎将出来道："好叫伯伯知晓，亏得神仙默佑，山东客人送泪来，拙夫果然复活了，现在病苦全失，正嚷着腹饥，准备吩咐佣妇去煮粥咧。"

振亚听罢，很欢喜地走入房中，却见房中坐着一位二十多岁的男子，不知是谁。床上的子荆不复直僵僵地躺着，已能倚着枕儿，坐在被窝里，面色和没病人一般，只是清瘦一些。忙道："恭喜恭喜，子荆兄果然复活了，神通广大的快活神仙，果有挽回造化的本领。"

子荆道："小弟幸获再生，全仗着快活神仙的神通广大。记得那天在府上谈及这位神仙，你尚抱着怀疑态度。我说宇宙之大，无奇不有，绝不是尊大人理想之谈。现在果然有这位神仙出现，把我搭救了。话虽如此，要没有历城方柳亭兄不远千里地送眼泪来，敢怕有了丸药，也不能救得小弟的生命。"

振亚知道房中坐的生客便是方柳亭，忙问："足下怎么知道这里需要一副山东客人的眼泪，不远千里送上门呢？"

方柳亭问过了振亚的姓名，便道："足下有所不知，小子是山东历城人。从小经营杂货，去年到贵处来采办杂货，偶不慎失足赌场，把携来的血本二百块钱输个干净，以致不得回乡。在那清波门外准备跳水自尽，却被刘先生撞见，一把拖住，忙问小子为什么要跳河。小子诉说情由，刘先生道：'些些小事，何必牺牲生命。'便把他才从学校里领得的薪水二百块钱完全给了小子，又把小子切实地劝诫一番，说：'小本经纪，全在谨慎，切莫贪赌，误了正事。'小子感激涕零，问明了刘先生的姓名住址，切记在心，预备报答。后来办货回乡，很有些利益，想到刘先生不是有钱的人，他把心血换来的金钱救了小子生命，小子合该这二百块钱还了他，方才于心稍安。这番到杭州，一来办货，二来奉还刘先生二百块钱。一路问信，问到这里，才知道刘先生恰恰身故，似这般的大恩人，迟来一步，便不及和他会面，叫小子怎不悲痛。当时见了刘先生的岳父庞静生，央求他老人家引入房里，抚了刘先生的遗尸，不禁放声大恸。老先生忽然付给小子一只饭碗，郑重嘱咐道：'你要哭，只管哭，请把眼泪滴在碗里，作为纪念品。'小子当时也不及细问，以为千里不同风，百里不同俗，也许杭州有这风俗，吊客的眼泪要受在碗里作为纪念品的，便捧着这只碗，大大地痛哭一场。老先生忽又把碗接去，说道：'够了够了，子荆的性命合该有救了。'小子听不明白，忙道：'已死的人，怎会有救？'老先生更不答话，便把纸包里的三粒丸药调入眼泪里面，灌入刘先生口中。说也稀奇，隔了五分钟，腹里便咕咕地响。又隔了五分钟，手足活动，便会开口。小子见了益发奇怪，赶紧动问情由。老先生说：'是仙人授给的丸药，该用山东客人的眼泪调和同服。正愁没处觅得这副眼泪，难得足下把眼泪送上大门，所以知道小婿的生命合该有救。'现在刘太太在堂中焚香点烛，拜谢仙人。小子也得去磕几个响头，谢谢这位救我恩人的快活神仙。"说罢真个整着衣襟，到堂中去行礼。

隔了一会子，佣妇端着薄粥送入房中，子荆果然喝了浅浅的一碗。三五天不进米粒，今日竟能喝粥。

振亚道："有了快活神仙弥补世间多少缺陷，似子荆兄这般的人本不该短命而死，毕竟天不亏人，自有救星来搭救。最奇怪的便是方柳亭先生，早不来迟不来，偏偏在我们需要眼泪的当儿，不远千里地送这副眼泪来。方才我备着十块钱的酬金，也买不到人家一点半点的泪。现在不费一钱，便有方先生很情愿地赔贴许多眼泪，全在以恩义相感，以至诚相动，不是金钱可以买得来的。要是金钱可以买泪，为什么富翁死了，抛却巨万家私，竟买不到子孙一点半点的泪呢？"

大家听了振亚的议论，频频嗟叹，方柳亭便把带来的二百块钱奉还子荆。

但是子荆哪里肯要，说："你这一副救我生命的眼泪，价值更在二百元以上，请你收回了银钱，算作眼泪的代价吧。"

方柳亭怎肯收回，定要子荆接受。振亚从中判断，叫子荆受了他一半，不负他的诚意。方柳亭方才欢喜而去，振亚也很得意地回到自己家里，见了公任，把这件事细细地报告一遍。直喜得公任心花怒放，也把今天赵姓悬匾的一段新闻讲给振亚知晓。

父子俩啧啧叹异，这位神仙同在一日干这两桩快心的事。一面幻化和尚，打破赵姓的黑幕，一面幻化小厮，搭救子荆的性命，实在神通广大，不可思议。但求快活神仙天天在社会上出现，那么世界便会好了。

这一天，振亚和稚川出外游玩。公任独自在书房中倚在藤床上看书，看的正是《史记·封禅书》，叙述秦皇、汉武求仙的事。公任自言自语道："一向看书，多被古人所愚，海上神仙，都言假托，灶中丹药，尽说荒唐。现在快活神仙明明确有其人，他的丹药曾经救活了两个人，都是目见耳闻，并不是子虚乌有。只有这位快活神仙的真相惝恍离奇，不可捉摸。忽而老人，忽而花子，忽而妇女，忽而和尚，便是当面遇见了也不相识。神仙神仙，你既和我有缘，何不以庐山真面向人？要是果得和他老人家常常见面，我情愿抛弃家室，跟着他老人家云游四方，干这许多救世济人的事。"想到这里，便觉有些昏昏沉沉，手倦抛书，正待入梦，猛听得房外步履声响，走进一位鹤发童颜的道装老者，笑容可掬地说道："范居士，你莫打盹，你认识我吗？"

公任连忙站起相迎，拭着眼睛问道："来者莫非是快活神仙吗？怎么又换了一副面目？"

快活神仙笑道："山人只有这一副面目，何曾改变，你从前当面不相认，这便是你眼光不同，我却不曾换过面目来。"

公任道："神仙打诳话了，你在黄山是一位驼背老者，到了杭州幻化得更多了，怎说不曾换过面目？"

快活神仙道："这是你的眼光不正确，以貌取人，失之子羽。你要认识我，在骨相不在皮相。"

公任道："现在得和神仙会面，再也不能失之交臂，你老人家到哪里去，弟子便跟你到哪里去。"

快活神仙道："你跟我去做甚？"

公任道："跟着你老人家，专做些救世济人的事。"

快活神仙大笑道："咦咦咦，哈哈哈，你要救世济人，无奈世上有许多和你作对的恶魔，打又打不过他，除又除不掉他，便是我神仙也有三分惧他。"

公任奇怪道："难道世上的恶魔这般地厉害，你神通广大的神仙兀自怕他？"

快活神仙道："你若不信，我引领你到魔窟里去参观一下。"

公任大喜道："倘蒙挈带，异常欣幸，也好见所未见，闻所未闻。"

快活神仙道："我不能明目张胆地引领你到魔窟里去，恐被恶魔窥破，你的性命难保。你要进魔窟，只可躲在我衣袖子里。"

公任大惊道："神仙的袖子有多么大，可以容得弟子藏身？"

神仙道："说大便大，说小便小，你若不信，请尝试之。"说时，把那长袖一拂，仿佛有吸力的一般。

公任不知不觉，竟被神仙收入衣袖子里。但听得耳朵边一阵风声呼呼地作响，知道神仙一定在那里腾云驾雾。那时袖子里暗无天日，伸手不见五指头，公任不禁喊起苦来。

欲知后事，且阅下文。

第十一回

无量斗作怪兴妖
没耻丸移情易性

快活神仙听得公任喊苦声音，便问："范居士好好躲在我袖子里，为什么大呼小叫？"

公任道："神仙袖子里虽然宽大，毕竟不是个栖身之所，又暗又黑，行动又不得自由。"

快活神仙道："你要不受拘束，合该在自己家里享福，既经躲在我袖子里，你的自由权便剥夺了。但看世上那些依草附木的人，躲在权贵袖子里度日子，任凭怎么黑暗，也只好忍气吞声，怎敢喊一个苦字。"

公任道："这是神仙讽世之言，弟子不是依草附木的人，神仙也不是权贵，实在袖子里闷得慌，多少给我些光明。"

快活神仙道："你要得些光明，待我在袖子上穿几个窟窿，再在里面弄些玩意儿，包管你不气闷。"

话才说完，公任眼前便透露着光明，两旁竟是六扇玻璃明窗，仿佛坐着头等火车。里面有桌子，有沙发，可坐可倚。桌上摆列几色时鲜果品、精良干点、热腾腾的一杯咖啡，盘子里几根雪茄，上面还夹着一匣火柴。又有一本书摊在面前，便是自己方才看的《史记·封禅书》。心中老大奇怪，原来神仙的袖子里这般舒服，便划着火柴，点着雪茄，一边吸烟，一边看书。却听得神仙嘱咐道："范居士，注意火烛，烧破了我的袖子，须不是耍。"

那时风声愈紧，仿佛龙吟虎啸。公任偷从玻璃窗里窥望外面，但见白茫茫一片无情水，不知在哪一个海洋上面飞行，觉得有些心胆动摇，便不敢向外面窥望，只是随意吃些东西，喝一杯咖啡，躺在沙发上，兀自读那《史记·封禅书》。约莫消遣了一点钟，有些精神疲倦，正待打一个盹，忽听得神仙唤道："范居士，切莫打盹，你既然央求我挈带，怎么到了这里，又是睡思沉沉？"

公任道："神仙，这里是什么所在，为什么风声也绝了？"

神仙道："现在已近魔窟了，不在海上了。我有要言嘱咐你，进了魔窟，我是有隐形术的，他们瞧不见我，当然也瞧不见衣袖中的你。但是，你只许钳住这张嘴，无论见了什么恐怖的事，万万不可失声惊呼。要是我不和你讲话，你便不得多问，切记切记。"

公任诺诺答应，又向玻璃窗外望了望，果然不见了方才白茫茫的海洋。但见乱山迭迭，古木森森，不知道到了什么荒僻所在。只因神仙告诫在先，不敢开口动问。隔了一会子，袖子里突然黑暗，好生惊讶。转瞬之间，忽有两盏电灯放光，依旧明如白昼，只是瞧那窗外风景，黑魆魆的一无所见，宛如火车进了隧道一个样子。肚里思量，大约已入了魔窟了。经过了五分钟光景，电灯自熄，窗外放进天光。探头望时，陡觉许多烟雾瘴气，里面隐隐有一座城郭，不知是海上蜃楼，还是罗刹鬼市，待到临近了这座城郭，便见城楼上有三个大字，唤作"芙蓉城"。聚着许多鸠形鹄面的工匠，正在那里修造城墙，飘飘荡荡地插着两面旗子，左右共十个字，叫作："重建烟霞国，再造芙蓉城。"进得城门，里面往来的人们个个都是骨瘦如柴，面无人色。

公任疑惑起来，莫非进了酆都城吗？要不然怎么往来的人们个个都似饥饿鬼一般呢？

在这当儿，猛听得啾啾鬼叫，都道："国王的令旨下了，我们黑籍人民又得沾受些皇恩雨露，快快跪听宣读吧。"一霎时这许多饿鬼黑压压地跪倒在地。但见远远地来了一个黑面妖魔，身穿皂罗袍，足蹬元缎靴，跨着一匹乌骓马，黑云滚滚似的纵马前来，勒住了鞍缰，取出令旨，朗朗宣读道：

烟霞国黑化大王令旨：本国缔造以来，饱经忧患，专以宣扬黑化推广黑籍为宗旨。在昔清朝道光之际，黑化区域，最为迅速。嗣经林则徐竭力反对，本国黑籍子民大受影响。适有天幸，得复旧观，隶明黑籍者，日有加增，黑化普及，指顾可待。不幸在光绪季年，敌党盛行拒毒之议，志在扑灭黑化，扫除黑籍，定以年限，须将本国夷为平地。经此打击，烟霞国灭亡在即，芙蓉城倾覆可虞。尔等黑籍群鬼，几将化为人身，与本国脱离关系。痛定思痛，曷胜愤慨。厥后冉冉十余年，清室倾覆，敌党势衰。本大王卷土重来，大有恢复旧观之望，用是克日重建烟霞国，再筑芙蓉城，传之永久，以覆庇尔子孙，本大王有厚望焉。

许多黑籍群鬼听罢宣旨，个个感激涕零，连呼着"烟霞国万岁""芙蓉城万岁""黑化大王万岁"。这许多呼声，都回旋在惨惨的阴风里面，听了毛骨悚然。

那时，黑面妖魔已拨转那匹乌骓马，回宫复旨。跪在地上的群鬼纷纷起立，挂着尺许长的鼻涕，连连打着呵欠，一哄而散。

公任觉得两旁的房屋都在那里移动，知道快活神仙站立许久，现又开步走了。心里思量，这般烟雾瘴气的所在，大约总在化外地方，我们中土虽然腐败，料想绝不至此。

过了一会儿，迎面见着一所高大的房屋，上面三个大字，唤作"黑籍会"，门前插着一面黑旗，旗子上面写着四个"征求委员"的白字，飘飘荡荡，好似一面招魂幡。进门以后，便见张贴着四张榜文，都是黑底白字，和盂兰盆会的孤魂榜相似。仔细看时，却是征求委员的分数表，榜文上写的是：

（一）魖字队队长黑大功先生征集会员成绩，一万二千三百四十五分

（二）魅字队队长黑大勋先生征集会员成绩，二万三千四百五十六分

（三）魍字队队长黑大道先生征集会员成绩，三万四千五百六十七分

（四）魑字队队长黑大德先生征集会员成绩，四万五千六百七十八分

会场里面拥挤着许多人，香烟人气，氤氲得不分明。男的也有，女的也有，老的也有，少的也有。仔细考察他们的面部，个个都是很有精神的活人，和那黑籍群鬼截然不同。

讲台上面，立着四个土头土脑的魔鬼，都在那里轮流演讲。每个魔鬼的讲题各各不同，都写在黑板上面：

（一）烟霞国卷土重来之缘起（黑大功先生讲）
（二）黑化普及之方针（黑大勋先生讲）

（三）推广黑籍之利益（黑大道先生讲）

（四）做人不如做鬼，吃白饭不如吃黑饭（黑大德先生讲）

那时正轮着黑大德先生演讲那第四个题目。

公任侧耳细听，但听得台上讲道："诸君啊，做人有什么趣味，还不如做鬼安逸。白饭有什么好吃，还不如黑饭滋味无穷。诸君一入黑籍，立地可以做鬼，一榻横陈，孤灯独对。一者可以增长精神，二者可以澄清思虑，三者可以供长夜之消遣，四者可以解尘世之烦忧。"

公任觉得这些说话没有可听的价值。但是台下噼噼啪啪一片掌声，竟博着听众热烈的欢迎。

公任寻思道："那些听众倒也奇怪，人揽不走，鬼揽直溜。没怪魑魅魍魉四队的队长征集得这许多队员咧。"想到这里，便下高兴往下听去。

快活神仙仿佛知道公任的意思，便带着公任退出会场，又到了一个所在。高大的房屋上三字匾额，唤作"造鬼厂"。公任探头窥望，吓出浑身冷汗。原来里面七纵八横，躺着一个个的活死人。旁边都是青面獠牙的魔鬼，各取着一根抽血的竹管，插入活死人的嘴里，用力抽个不住。说也奇怪，好好一个肥头胖耳的人，只消魔鬼抽这几抽，一眨眼便无血色，变成骨瘦如柴，和死尸无异，只多着一口气。抽血管里抽出的血液，都把来贮入缸里。一个大大的庭院，排列着大大小小的缸，约莫有千余只。每只缸里满满地都贮着鲜血。

公任触目伤心，不禁掉下泪来。猛听得一声响亮，半天云里飞下几万只燕子来，纷纷停止在缸口，饮那缸中的鲜血。这般恐怖地方，公任不忍再看。

快活神仙出了造鬼厂，重寻旧路，退出城关，离了魔窟，才和公任讲话道："范居士，你见了这般现状，做何感想？"

公任道："看了实在可怜，不觉下泪。这几万只燕子是从哪里飞来的？怎么要饮他们的血液？"

神仙道："这几万只燕子都是黑化大王的氤氲使者，散布人间，要吸尽我们同胞的血液。可怜我同胞们不知死活，瞧见了燕子巢，再也走不过去，只向里面直钻，很情愿地奉献这浑身血液，自戕生命。他们为什么不知死活呢？只因魑魅魍魉四队长在暗地里摇唇鼓舌，宣传黑化，不知不觉把同胞们揽入了鬼庙，还当作神仙境界。以致业经扫荡的烟霞国，到今朝重兴土木；业已打破的芙蓉城，到今朝恢复旧观。现在黑籍册子上一天天地增加花名，有军人、有学者、有资本家、有劳动家，男男女女，受了他们的煽惑，渐渐有趋

90

重黑化的倾向。眼看黑化大王卷土重来，好好的中原不知糟到什么地步。他们的魔力又很大，便是我快活神仙，也惧怕他们三分。"

公任道："黑化大王有什么魔力，为什么方才不曾遇见他？"

神仙道："我们怎敢和他见面，他有一件法宝，非常厉害，撞见了性命难活。"

公任道："什么法宝有这般的魔力？"

神仙道："他有一只小小的八角斗，其名唤作'无量斗'，要是把来祭在空中，任凭上界神仙，也得吸在里面，一霎时化作飞灰。"

公任道："小小的一只斗，不信这般厉害。"

神仙道："你别小瞧了这只无量斗，自从有了这只斗，其中已吸尽了万万生灵，上自王侯将相，下至贫民乞丐，都会从这斗眼里吸收进去。一经被吸，再休想有命活。而且不但吸人，便是田地房屋，以及金银珠宝等一切贵重东西，也会一股脑儿吸入里面，化作飞灰。所以黑化大王一只小小的斗，里面吸收的生命何止数千万条，里面吸收的财产何止数万万元。倘把这许多生命去抵御外侮，可成一等强国；倘把这许多财产去办实业，可成一等富邦。但是一入了无量斗，完全都化作了无用的飞灰。范居士，你想可痛不可痛呢？"

公任道："神仙既有援救众生的志愿，怎不显些神通把黑化大王打倒了？免得留在世上，贻害生灵。"

神仙道："谈何容易，谈何容易，山人打不破他的无量斗，再休想打得倒黑化大王。我现在正炼着几种法宝，待到修炼成功，便不怕他的无量斗厉害了。现在且别理论，妖魔的窟穴正多，我和你参观了一处，再到别处去。"说罢，又是呼呼的风声作响。

公任知道神仙又跨海去探魔，便不敢多问，在桌子上取些干点和水果吃了。自思今天的游历，可称绝后空前，别开生面，回去可以撰一篇《仙袂漫游记》，把这番经历的情形详细记述。但是人家见了绝不相信，只道我说的都是梦话，哪里知道这奇奇怪怪的情形都是确有其事，并非做梦呢。

快活神仙已猜出了公任的心思，便道："范居士，你别管什么梦不梦的，梦即是真，真即是梦。现在又到了一个所在，你须悄悄地瞧着，切莫作声。"

说时，袖子里电灯放光，便知道又进了一个魔窟。果然悄没声儿，只在沙发上静坐。比及外面透进天光，公任隔着玻璃窗浏览风景，迎面又是一座城郭，城门上五个大字，唤作"大伏国外城"。暗暗惊讶，这大伏国从来不见经传，不知属于五大洲哪一洲的。进得城门，但见道上往来的行人，男男女女，和中土人毫无异点，只是每家门上都钉着"大伏国化外顽民"的门牌。

公任默念，有了化外，必有化内，有了外城，必有内城。大约未进化的人民住在外城，已进化的人民住在内城，可见大伏国对于教化上面是很注意的。不知道这些化外顽民怎样地冥顽不灵，倒要视察一下。

公任正在这般想，快活神仙早把他引入一家屋子里。但见里面坐着一对白头夫妇，旁边侍立的一男一女，大概是儿子媳妇，都是彬彬有礼，陪着两位老人有说有笑。老头儿要吸烟，儿子忙不迭地去取烟袋。老婆子要喝茶，媳妇忙不迭地去取茶壶。

视察了片晌，没有露出什么野蛮的破绽。公任好生纳闷。那时，快活神仙已出了这家，另到了一个所在。却见一个少妇在里面做女工，态度很是幽娴贞静，全不见半点轻狂。那时门外走进一位年轻的男客，仿佛进门来寻找她的丈夫。那少妇停了女工，很有礼地招待那位男客，只有殷勤之意，而无猥亵之容。客人辞别，少妇依旧做女工，也没有露出什么野蛮的破绽。公任不禁起了绝大的希望，他想大伏国的化外顽民尚且这般彬彬有礼，要是受了教化，人格和道德不知怎样高尚呢。

正在这般想，快活神仙已把他引入一个所在，一座宫殿上写着"神圣之宫"四个金字，闪闪耀入眼帘。公任恭恭敬敬地在袖子里行一个鞠躬礼。今天仗着神仙之力，挈带我到圣殿上来瞻仰，怎不行个敬礼。进得大门，便见一方匾额，四个栲栳般大的金字叫作"人兽关头"。公任益发肃然起敬，原来此间研究的是人禽之别，瞧不出这小小国度，倒很有些道学先生的风气。进那仪门，旁边一副对联，上联"诸君何必做人，若要保持那人面人心，快到外城去"；下联"我辈不妨学狗，倘须练习些狗头狗脑，请入此门来"。

公任读到联语，不禁老大失望。待进了神圣殿，只见居中坐着一位狗头人身的神圣，身上一丝不挂，赤裸裸表示男子的真相。两只狗眼，射出凶恶的光焰。两旁站着许多魔鬼，个个狗头人身，都是一丝不挂，腰间只挂着一个葫芦。

公任暗暗叹了一口气，哪里有这般不顾羞耻的神圣。举首四顾，梁上悬着许多匾额，都是堂皇冠冕的字样，什么"文明极点"呢、"真实无伪"呢、"清白世界"呢、"无上神圣"呢。在这当儿，外面一片神圣的呼声愈逼愈近。那时两旁魔鬼吆喝着："化外顽民，快快来受教。"当先便有两个男子，一老一少，走上大殿，向着神圣跪拜。那位狗头神圣，开狗口，吐狗音，问那少年男子道："和你同来的是谁？"

少年道："便是家严。"

狗头神圣道："什么叫作家严？"

少年道："便是家大人。"

狗头神圣道："什么叫作家大人？"

少年道："便是在下的老子，在下早年丧母，亏得老子抚养至今，才能成立。他老人家为着儿子身上，受尽了多少艰难，费尽了多少心血。但是现在年老了，全仗着儿子侍奉甘旨。只恨在下命运不好，几次经商，总是折本，非但不能孝养老子，反而使他老人家终朝纳闷。因此伴着老子，前来叩求神圣，指示在下一个起家立业的方法，也好使他老人家无忧无虑，快快活活地度那桑榆晚景。"

那神圣呐一声喊道："呔，胡说！孝养两个字，是野蛮史上的过去名词，我们文明制度是极端反对的。可怜你执迷至此，牢守着旧习惯，甘心做那大伏国的化外顽民。"说时，便吩咐着鬼卒道，"给他一粒丧心丸，他便可以进化了。"

旁边一名鬼卒便从葫芦里倒出一粒灰色的丸药，给那少年吞下。

说也奇怪，少年吃了这一粒丸药，好好的面孔变成了狞鬼模样，忙从地上爬起，把他老子伸腿几脚，直踢出大殿以外。可怜他老子啼啼哭哭，出了这座神圣庙，自去做那化外顽民。唯有少年欢天喜地谢过了神圣，自向里面，入大伏国的国籍去了。

公任在袖子里参观，几乎气破了胸脯。

忽然有一个女子伏在大殿上啼啼哭哭。狗头神喝道："呔，女子为什么见了本神圣啼啼哭哭？"

那女子垂首至胸，待要启齿，又缩住了不说，仿佛含羞的模样。神圣又连连迫促，问她受了什么枉屈，快讲快讲。

女子羞怯怯地说道："小女子是个好人家的女儿，平生贞洁自守，从来不肯做那苟且的行为。谁料那天小女子正在房中洗澡，蓦地里跑来一个不相识的男子闯入房中，声称前来参观什么曲线美。小女子一时慌急，便大喊着捉贼，也不管浑身湿淋淋，忙把衣服穿上，惊动了邻近人家，纷纷前来救护，才把那男子吓跑了。小女子又羞又愤，欲待寻个短见，又被人监视着，自尽不得。没奈何，前来叩求神圣，可能把那私闯人家的恶少年擒住，大大地惩戒他一下子。谁料上了大殿，见神圣一丝不挂，羞得小女子抬头不起，只有哀哀啼哭。"

93

那神圣大喝道："冥顽不灵的女子，怎敢出言无状？你说的恶少年，有什么恶意？他是富于审美观念的美术家，他知道你有了这天然的曲线美，都被那万恶衣服埋没了你的好处，因此趁你洗澡的当儿，特地前来赏鉴赏鉴。还得借重他一支生花妙笔，把你的好处细细描写，也好使你的曲线美公诸同好，使你的芳誉在美术界上得一个重要位置。这是在你身上很有益的，你合该热烈欢迎，为什么喊起捉贼来？你冤枉人做贼，你的罪恶不小。现在本神圣指示你一条觉路，也好使你改过自新，涤去从前的罪恶。"说时，又吩咐鬼卒给她一粒没耻丸。一名鬼卒便从葫芦里倒出一粒没耻丸，给女子服下。那女子服了这粒丸药，嗖地从地上站起，立把上下衣服解脱得干干净净，光着身子，在大殿上跳舞了一下子。口中喃喃地念着南无净光王菩萨、南无模特儿菩萨，欢天喜地，径入里面去做那大伏国开化之民了。

公任在神仙袖子里暗暗叹气，那时大殿上尚有许多人来受那神圣的教，公任不想再去参看。

快活神仙知道他的意思，把他领入里面，穿过了那座神圣之宫，便是大伏国的内城。进得城门，公任向两旁一看，暗暗唤声不妙，怎么跑入裸国里来了。昔日大禹曾入裸国，只道是古代的神话，不料竟实有其地。但见道上行人，无论男的女的、老的少的、村的俏的，都是赤裸裸地来来往往，丝毫不觉得羞耻，遇着年轻貌美的女性模特儿，便有许多人环绕着，也有取着摄影机摄取女性真相的，也有提着一支笔跪在女性胯下替她写生的。

公任奇怪道："近人研究的模特儿写真，无非躲在屋子里描写曲线美，尚且不免惹人家议论。这里却愈闹愈不是了，公然在通衢大道演这怪剧。但不知这条道路是叫什么名字。"正在沉吟间，便见道路尽处，立着一个丁字式的木架，横写着"美术街"三个字，不禁暗暗好笑道："丑极不堪，何美之有？"

那时，又转入一条弄堂，仔细一看，益发不堪设想了。无数男女合作的模特儿都在那里活动，仿佛走入了唐宫秘戏的册子里面。可笑大伏国的进化人民，旁的教化没有进，只进那性的教化不瞒天日，公然练习《红楼梦》中傻大姐所说的妖精打架，一对对，一双双，皆大欢喜，分撒不清。

公任便不忍再看，合着眼睛，静坐在沙发上面，可恨许多淫浪的声音兀自钻入耳朵里面，索把双手掩住了耳朵，以便耳根清净。隔了一会子，放下双手，便听得呼呼的风声，知道已出了魔窟，又在那里飞渡海洋。待到风声平静，快活神仙忽又动问道："范居士，你遨游了大伏国，做何感想？"

公任道："兽欲横行，人道灭绝，不料宇宙间竟有这般不顾羞耻的国度。神仙神仙，你为什么不显些神通，改革他们的恶习呢?"

神仙大笑道："大伏国的伏字，本是半人半犬，提倡兽欲，无怪其然，我的神通，万万抵不过他们的魔力。但看小鬼们葫芦里的丸药何等厉害，吃了一粒丧心丸，孝子也变了逆子，吃了一粒没耻丸，贞女也变了淫女。他们葫芦里的丸药正多咧，还有什么反噬丸、阅墙丸、智昏药、卖国丸，都是……"

说到这里，快活神仙唤声："不好，我们走漏风声，许多魔鬼恶狠狠地追将来也。"

公任探头向玻璃窗外一望，果见许多狗头人身的魔鬼蜂拥上前，呐喊着不要放走了奸细。霎时间神仙的一只袖子震动不定。公任在里面跌跌撞撞，仿佛快火车出了轨道一般，一迭连声地唤着："苦也苦也。"天旋地转，哪里支撑得住，蓦地里一个筋斗，跌出神仙的袖子，一落千丈，不知落到什么所在。

欲知后事，且阅下文。

第十二回

写长函丧却佳人素志
刊新书变作公子黑臀

公任睁眼看时，不见神仙，也不见妖魔，依旧躺在自己书房里的藤榻上，一本《史记·封禅书》抛在榻旁。原来许多奇奇怪怪的事迹都是一场幻梦。一经回想，不觉好笑道："亏得是一场幻梦，要是确有其事，还成了什么世界。"

忽然听得嗡嗡，有人在耳边唱歌，只是瞧不见人。歌道：

> 一场幻梦，是真是假。假也是真，真也是假。梦里的世界，便是眼前的世界。请君冷眼看四方，定有鬼魔来幻化，才知道历历梦境，都是句句真话，鬼魔鬼魔，我神仙也打不过他。咦咦咦，哈哈哈。

过了几天，江素娟忽然含着双眶眼泪，来见公任说："公公可有什么法儿，央恳那位快活神仙替我妹妹治病。"

公任道："你妹妹好好地在上海读书，怎么害起病来？"

素娟道："说也奇怪，我那素芬妹妹是个很有志气的女子，在上海欧化女校读书，努力向学，全没有时髦女学生的习气。不但学问居全校之冠，便是她的品行也是一时无二。所以亲族人等都说她是前途很有希望的女青年。谁料她近来染了一种奇病，竟没法可以医治。"

公任道："上海医院很多，有本领的医生也不少，怎见得犯了奇病，便没法可以医治？"

素娟道："她害的病不是医生可以医治的，也不是什么外症内症，她身子依然很好。不知内容的人，再也瞧不出她害着病症。原来她害的便是上海不良妇女的时行病，现在名誉也破坏了，学校里也把她革退了。这种时行病，在那不长进的妇女犯了，本不足奇。所奇者素芬的志愿很高，家严家慈的家庭教育又好，她和我同胞姊妹，性质相同。有时和我会面，谈到现在女界的放浪行为，总是深恶痛绝。她说：'随波逐流，便是没骨气的人，自己抱定宗旨，无论环境怎样不良，总不能动摇我的素志。将来毕业后，一定要在女学界上做个出类拔萃的人物，替我们二万万女同胞吐气。'素芬既有这般的志愿，我一向很是佩服。每逢和她通信，总是研究些学问，从来没有什么不规则的说话。谁料她现在竟改变了志愿，牺牲人格，牺牲学问，做出许多不名誉的事来。我写信给她切切实实地规谏一下子。今日接到她的复信，直把我气个半死。这封书信的内容，完全不像素芬的吐属，但是上面的字迹，明明是素芬亲笔所写。为什么好好的一个女学生，先后竟判若两人呢？我本想把这封书付之丙丁，只为听得公公那天和我讲起的幻梦，说什么吃了魔鬼葫芦里的没耻丸，贞女也会变作淫女。素芬这番变志，莫非真个误吃了魔鬼葫芦里的没耻丸？要不然，她怎么写出这封不顾羞耻的书信呢？现在这里，请公公过目。"说时，取出素芬的复书，送给公任细看道：

　　娟姊爱鉴：我读了你这一封信，足足有四十八小时头疼脑涨，害我用尽了许多清醒头脑的方法，万应油、薄荷精等药品，忙不迭地在太阳穴里摩擦，才能够恢复原状。娟姊娟姊，你害得我好苦也。你信中唠唠叨叨的话，只可以向那三百年前躲在高楼上的不开化小姐们说法，或者对于你的话，尚有一听的价值，不该向着我们又活泼又开通的二十世纪新女子饶舌，你怎么这般地不漂亮啊！

　　娟姊娟姊，我试问你生在什么时代，要是你生在曹大家编《女诫》的时代，饱受着夫尊妇卑从一而终的教训，那么你写出这一封又陈腐又恶浊的书信，还不足为怪。现在你只比我大得一岁，彼此都在二十世纪新妇女舞台上竭力奋斗和活动。亏你道出这些不达时务的话，开口贞节，闭口贞节，二十世纪的人物，依旧是十七世纪的脑筋。

　　娟姊娟姊，你简直是被魔鬼摸了你的头脑啊！可怜你执迷到这般程度，我念着同胞分上，不得不向你说几句老实话。"贞节"两个字，到如今不值一文钱了。二十年前的教育家对于贞节便抱着怀疑的态度。那时的论调，似乎妇女能守贞节，固然是很好的，但是牺牲了贞节，也不见得有十二分坏处。这个时代，叫作研究妇女贞节的问题的时代。后来经了若干年，那些对于贞节抱着怀疑态度的已成了时代的落伍者。当时的论调，便有打破妇女贞节的观念，但是应否打破，以及打破到什么程序，也可当作一种问题。这个时代，叫作打破妇女贞节的时代。后来又经了若干年，直到现在，那些对于打破贞节当作一种重要问题的，又成了时代的落伍者，现在的论调，对于打破妇女贞节，不成为一种问题，该取断然的态度，说打破便打破，有什么犹豫不决？我们该把贞节两个字打得虚空粉碎，才见得彻底文明。素芬不才，专在打破贞节的工作上努力奋斗和活动，实行彻底文明的主义，推倒从一而终的谬说。从十也使得，从百也使得，只需畅遂我们生理上的要求，满足我们女性的欲望，要怎样便怎样。这是天赋我的自由权，父母都不能管我，何况你是个已经出嫁的姊姊呢。总而言之，我的身体，我自有处置和支配的权力。你向我唠唠叨叨，便是侮辱我的人格，遏止我的生理上的要求，妨碍我的女性的欲望。我可以向自由之神起诉，定你一个冥顽不灵的罪名。

娟姊娟姊，你究竟可被魔鬼摸了头颅吗？要是没有魔鬼作祟，好好的娟姊，为什么写这又陈腐又恶浊的书信呢？你信中说："道路传言，吾妹有不贞之谤，自爱若吾妹，度必守身如玉，断不肯自玷其清白之躯，或者传闻之失实乎。古人云：有则改之，无则加勉。愿吾妹深省此言也。"这几句之乎者也，闹得乌烟瘴气，还要卖弄笔头，隐约其词，含讥带讽。唉，娟姊错了，不贞两字，我竟可以直截痛快地承认，越是承认，越见得我的人格高尚。因为不贞两个字，是人类当然的动作，正和饥者思食、渴者思饮一个样子，你劝我守贞，便是劝我饥不必食，渴不必饮。试问天地间有这个道理吗？说什么"有则改之，无则加勉"，我可以光明正大地宣布几句肺腑话：似这般很正当的生理上的要求，很切实的女性的欲望，合该有则加勉，无则改之。不贞两个字，是新发明的一种女界福音，是妇女词典上一种极好的名词。只有承认，断无掩饰，说什么道路传闻失实，何尝失实，简直确有其事。而且道路传言，不如我自述的详尽。我在这三个月中，和异性缔合正当的性交，屈指计算，足有三打零一个。汽车夫也有，餐馆侍者也有，小白脸也有，彪形大汉也有。虽然比不得历史上的性交大家则天皇后和太平公主，但是我的年龄尚轻，前途正远，努力奋斗和活动的结果，一定可以超出这两位性交大家的成绩，将来性交史上，我江素芬占着重要的位置，不但江姓之荣，便是你已出嫁的姊姊，也得着许多光彩。

娟姊娟姊，我劝你及早回头，不要顽固到底。你倘有一线光明，便该把我给你的一封信，每天清早诵读数百遍，比着老婆子清早念经，小学生清早读书，功德万倍。你不要误认范振亚是你唯一的丈夫，可知道我辈的丈夫，恰似韩信将兵，多多益善。你是专喜掉书袋的，可记得古人有一句话，叫作"饮食男女，人之大欲存焉"。男女性交，既然和饮食一个样子，那么饮了黄酒，不妨再饮白酒，饮了白酒，不妨再饮东洋啤酒、西洋葡萄酒。吃了川菜，不妨再吃闽菜，吃了闽菜，不妨再吃广东消夜、西洋大餐。你在这两层上着想，便知从一而终的妇女，恰和饮了开水不饮茶，吃了馄饨不吃面，一样地拘执不化，白白地把天赋的自由权、女界应享的幸福，一股脑儿都牺牲了，何苦呢？何苦呢？

娟姊娟姊，你须猛省，要是范振亚不能满足你女性的欲望，畅遂你生理上的要求，及早努力，快快奋斗和活动，这是素芬一句忠实劝告的话，你听从了包管有无上的快乐。写到这里，我又要去奋斗和活动了。顺便祝你性育发达，和我一个样子。

妹素芬

公任看了这洋洋二千言的长信，在先哈哈大笑，后来转笑为怒，连连地拍着案子，只唤："岂有此理！"

那时，稚川和振亚从外面进来，问公任何事动怒。

素娟忙向丈夫说明缘由，且道："这封书是恰才寄来的，我看了一遍，气得双泪直流，又给婆婆过目。婆婆叹道：'我们女界的颜面，被她扫尽了。'气得横在榻上，不住地揉着胸脯。现在公公见了，也是大发雷霆。素芬这封书信，实在荒谬达于极点了。但是素芬终究不是这般的人，她骂我被魔鬼摸了头脑，我的头脑没有被鬼摸，敢是她却吃了魔鬼葫芦里的没耻丸咧。可怜我只有这一个妹子，她既迷惑到这般地步，总得想个方法救她一救，才是道理。料想旁的人没法挽救，只有央求这位快活神仙把她救出苦海。但恨仙踪恍惚无定，我要求他，却从哪里去访他呢？"

振亚便取了这封信，和稚川同看。一边看，一边皱眉，看完了这封信，

99

也想不出什么法子。

公任长叹道："江素芬受病已深，成了不治之症，便是快活神仙到来，只怕也无办法。"

猛听得书房门外唤声："快信。"接着便有一个身穿制服的邮差闯入书房，把一封信授给公任。

公任正忙着取图章加印，但是一转眼间，那个邮差便不见了。众人大喜道："又是这位快活神仙的化身，看来江素芬合该有救了。"

公任看这封信，是"范居士手启"五个字，写得龙蛇飞舞。启封看时，只有一张纸，疏疏落落地写着十句诗，写的是：

> 女教大破坏，佛云不可说。一个鬼葫芦，中有大魔力。若要我
> 拯救，须待一个月。警告范居士，祸患不可测。且管自家事，旁的
> 别着急。

公任读罢，呆了半晌，忙向振亚道："照着神仙诗句里的意思，我们家里又要发生什么祸殃，倒要留心防范才好。看来江素芬魔灾未满，大约一月以后，总有神仙来搭救。现在且别着急咧。"

按下范姓那边的事，且说叶少少和杨德麟又在一家酒铺子里谈话。那时酒客还没有上市，除却叶、杨两人，更没有第三个。

杨德麟道："你们编的这部《风流探案》，直到如今怎么还没有出版？听说邵大麻子为着这件事躲避他方，匿不见面，可是真的？"

叶少少皱着眉答道："怎说不真，也是我们合该倒霉。上一次制就的模特儿锌版，忽然会发生变化。要想摆布范振亚、赵令娴两人，反而把邵老板和濮小妹的秘密完全披露在小报上，累我冤遭不白，饱受侮辱。邵老板家里闹得落花流水，濮老娘和邵老板拼命，陶巧生和濮小妹离婚，枝节横生，闹个不了。后来我和邵老板会面，竭力声诉冤枉，说明其中变化，定有狐仙在那里作祟，并不是我做的鬼戏。邵老板兀自半信半疑，直到《风流探案》出版以后才知道我的预料竟是真实不虚。《风流探案》印出三千部，装订完毕，分向各处发行。谁料不到一星期，各地分销处都把原书退还，责备邵老板大拆烂污，不该把公子黑臀来蒙混充数。"

杨德麟道："什么公子黑臀，倒要请教。"

叶少少道："我当时也不明白，后来向一位秀才先生请教，才知道从前春

秋时代，有一位公子名唤黑臀。臀者，屁股之别名也。大约这位公子生就一个黑屁股，所以唤作黑臀，恰和小白脸绝端相反。"

杨德麟道："公子黑臀和《风流探案》有什么关系呢？"

叶少少道："要是没有关系，我们老板不会溜之乎也，我也不会穷极无柳……"

说别字的叶少少，把"聊"字读着"柳"字了。

"原来这部《风流探案》的内容，十成中有七八成专讲男女两性的动作，比着市上流行的《男女性史》《男女新性史》还来得热烈百倍。我们预料这部书一版以后，便须再版三版，以至无穷版，靠着这部书的版权，不但我和邵老板本身吃着不尽，便是将来叶、邵两姓的子子孙孙，也得靠着这部书的版权度日子，比着什么铁路、银行、煤矿、轮船公司的股单稳固万倍。可恨一时作怪，凡是热烈描写性欲的地方，都变作了公子黑臀，徒然牺牲了许多脑汁和成本，印成这三千部无用书籍，除了称斤论价当废纸用，其他更无办法。凡是购买预约券的，纷纷向邵老板索回书款。邵老板没有法子，只得把个脚底给他们看了。"

杨德麟道："我听了良久，依然是丈二长的和尚——摸不着头脑。什么叫作热烈描写性欲的地方都变作了公子黑臀？"

叶少少道："足下有所不知，凡是铅字的模型，一头有字，一头只有一个小黑块，中间空着一条槽，和屁股一般，其名唤作铅字屁股。有时排字匠稍不注意，把铅字倒插了印刷品上便不见字样，只见一个铅字屁股。我们出版的《风流探案》却亦作怪，初印时，我们曾经校对过的，字字清楚，并没有一个铅字屁股。叵耐发行以后，所有全书的精华模糊一片，都成了一个个的铅字屁股，都变了一个个公子的黑臀。人家买了这部书，所见的无非铅字屁股的影像、公子黑臀的化身，当然要发生交涉了。若没有狐仙在里面作祟，怎会起这重大的变化呢？"

杨德麟沉吟片晌道："哦，我知道了，狐仙是一定的，指使狐仙作祟的不是别人，便是范氏父子。"

叶少少忙问其故。杨德麟干了杯中的酒，从容说道："你记得那天赵姓悬匾的事，不是闹出很大的乱子吗？无端来了一个和尚，兴妖作怪，把我姑母家里闹得七颠八倒。范公任见了和尚，便唤神仙，可见那和尚便是狐仙化身。范公任若不和狐仙串通一气，怎么见了和尚便唤神仙？再者，刘子荆已经断气，范振亚得了什么仙丹，便把死人救活。范振亚不和狐仙串通一气，怎么仙丹会得到他手里？你想范氏父子可恶不可恶呢？仗着背后有狐仙保护，故意兴妖作怪，和我们百般为难。若不是范氏父子从中作祟，怎会领略木樨酱的滋味？若不是范氏父子从中作祟，我怎会打破头颅，饱吃巴掌？若不是范氏父子作祟，我姑母出这臭名声，赵益甫怎会气倒在床？你们邵老板怎会亡命在外，濮小妹的婚姻怎会打破？"

叶少少道："不错不错，一些也不错。狐仙和我们有什么仇恨，不该跟着我们作对，经你说破了才恍然大悟。哎呀，可恶的范氏父子呀，你们倚仗着勾通狐仙，竟敢在杭州兴妖作怪，这是左道惑众，罪大恶极。我们合该向官厅告发，剪除这社会之虫，替人民造福……"

说别字的叶少少把"蠹"字读作了"虫"字。但是物以类聚，杨德麟连忙和调道："这真是社会之虫，总得设法剪除他才是道理。要不然，他又要放出狐仙，四处去害人呢。"

跑堂的恰送酒来，听得狐仙两个字，便在旁边插嘴道："狐仙作怪，端的十分可怕。警察厅长温大人的公馆里，不是常常闹着狐仙吗？公馆里闹得七荤八素，温大人没有办法，遣人聘请江西龙虎山天师门下的法官前来捉妖，听说不日便要到杭州来了。"

叶少少眉头一皱，诡计便生。待到跑堂的去后，悄悄向杨德麟说道："温公馆里闹狐仙，闹了半载有余了，我们不妨去告发，只说这狐仙便是范氏父子指使来作祟的。范氏父子不除，社会断无太平的日子。这么一告发，范氏父子便不免吃一场官司，也可略解我们心头之恨。"

杨德麟连称妙计，当下又吃了一壶酒，付去酒账，才和叶少少作别，不在话下。

且说这位警察厅长温大人，官印效廉。但是，廉其名而不廉其实，杭州人背后议论，不唤他温效廉，却唤他温要钱，他的政绩便可想而知了。他膝下无儿，只有一女，闺名唤作翠芳，却是一个漂亮的女郎，芳龄二九，尚没有定亲。温效廉夫妇把女儿爱若掌珠，提高着择婿的眼光。一要官家子弟，二要财产殷实，三要面貌清秀，四要才具开展，五要品行端正。这五大条件是翠芳在十五岁时，向她母亲温太太提出的。温太太做了女儿的代表，笑向丈夫说道："瞧不出阿翠点点年纪，志愿倒是很大的，她定下如是这般的五大条件，一件都不可缺少，缺了一件，便不是她的丈夫。她说一辈子做闺女倒是小事，唯有条件万万不可让步。"

温效廉捋着短髭笑道："我们做官人家的女儿，合该有这般的志气。她提出的五大条件，我很赞成。但是前两条还得添上几句注解才好，官家子弟这一条，应添着最低限度须是督办和省长的子弟。财产殷实这一条，应添着最低限度须有七八百万家私，添了这两条注解，才算得是我十全十美的女婿。"

温太太连连点头，又把丈夫的说话传给女儿知晓。

翠芳笑道："爹爹不愧是老官僚，经他添上几句，益发来得周到。他真是我知心贴意的老子咧。"

这是三年以前的话，温效廉拭抹着眼睛，准备选择一个十全十美的女婿。在苒三年，兀自没有一个入选。喃喃自语道："横竖阿翠年龄尚轻，不妨慢慢地物色，总须合着这五大条件，才是我的快婿。"

这几句话被翠芳听得把嘴一噘，把脖子一扭，没好气地跑回房里，暗暗埋怨老子生性固执。这五大条件又不是生铁铸就，难道不可以通融办理吗。此一时，彼一时，三年前的市价和现在的市价不同。三年前标出的代价，叫作待价而沽，现在但求早早脱货，叫作沽之哉、沽之哉。急不及择的时代，便在条件上表示让步也是应该的，免得春花秋月，耽误了我的美貌红颜，当下把自己的意思告诉了母亲。

温太太又做了女儿的代表，向丈夫申诉情由。温效廉却固执己见，丝毫不肯让步。他说："从前择婿时，我不过区区一个县知事，尚且定下这般的条件。现在我做了堂堂省会的警察厅长，女以父贵，阿翠的身价也增高了不少，岂有择婿条件反而表示让步的道理？你们不须心焦，姻缘迟早，总是前生注定。无论怎样，总须合着条件才是女婿。"

温太太见丈夫这般固执，当然没有什么可说。但是翠芳心中，不免异常懊恼，按下慢表。

且说温厅长所办的警察厅，对于捉拿烟犯是很注意的，捉到便罚，罚了便放，放了又捉，捉了又罚。这是温效廉唯一的生财秘诀，罚金累累，纳入私囊，还有许多没收的烟膏，管叫他享用不尽。外面发出的布告，都是劝诫居民莫吸鸦片的官话，其实他在公馆里明目张胆地吸烟，好不逍遥自在。一天，他在一间静室里吸大烟，好好的一缸烟膏，开缸看时，黑的变成白的，竟是满满的一缸豆腐渣。在先只道是仆人偷换的，等盘诘仆人，叫起撞天的冤枉，都是死不承认。究竟是谁在那里恶作剧，兀自不得明白。

又过了几天，效廉躺在烟炕上，蒙眬欲睡。待睁眼看时，面前的一支陈年老枪忽然不翼而飞，四处找寻，哪有下落。效廉万分懊恼，这里没有闲杂人进门，怎么转眼之间，烟枪便会失踪，敢是出了妖魔？

说到这里，缩住不说，只为静室的楼上相传有仙老爷居住。每逢朔望，总去烧香点烛，他在楼下吸烟，连出了这两件奇事，便疑及仙老爷和他戏弄。正在怀疑间，温太太很慌张地跑来报告道："你的烟枪有下落了。"

效廉忙问："在哪里？"

温太太说道："说也奇怪，方才我去小便，揭开便桶，便发现了你的一支陈年老枪。"

欲知后事，且阅下文。

第十三回

遭鼠窃温厅长伤心
捉狐仙邹法师丢脸

这支陈年老枪是温氏的传家之宝。温效廉的老子握住这件宝贝，俾昼作夜，足足消磨了三十载光阴，传到儿子手里，总算是先人手泽，没有一天丢弃在脑后，现在偏生弄脏了，怎不恼恨。但见老妈子拎着这支烟枪，已黄花了半截。别的黄澄澄东西，温效廉见了多少，总得染指一些。唯有这半截烟枪上的黄金色彩，温效廉望而却步，忙掩着鼻子，恶狠狠地说道："该死该死，哪一个促狭鬼在暗里恶作剧，查明了重重究办。"

温太太连连摇手道："且别胡说，都是你得罪了仙老爷，每逢朔望不肯上楼去拈香，又在楼下设了烟炕，弄得屋子里都是烟雾瘴气。仙老爷是爱清净的，见了怎不恼怒，你快不要吵闹，上楼去磕几个头才是道理。"

温效廉本来有些疑鬼疑神，经着温太太这一番譬解，满腔怒气无形打消。果然整着衣冠，登楼拈香，向着虚空拜了几拜。从此不敢在楼下吸烟，把烟榻移设在书房后面，这一楼一底的两间房屋，除却朔望拈香，旁的日子，只是绝迹不至。那一支烟枪虽然弄脏了，但是四五十年的老枪，非此不能过瘾，哪里舍得把来抛弃了，只得胡乱一些，在清水里涤过几回，依旧放在烟盘里，供他吹箫之用。经了这一番惊扰，这消息早传至外面，温公馆里狐仙作祟，当作一桩里巷的新闻，百姓们都暗暗侥幸。原来天不怕地不怕的温要钱也会碰见了对头，吃这哑苦，但愿狐仙成日成夜地作祟，把瘟官结果了，也好替民间除却一害，百姓们背地里这般咒骂。

但是温效廉移榻以后，忽忽一两个月，安安稳稳，并没有什么变动，以为仙老爷不再作祟，很佩服温太太的主张不错。

一天，警厅里的稽查员提着皮包，到温效廉那边来交账。交的什么账，便是在燕子窠里收纳的陋规。原来温效廉在表面上雷厉风行地禁烟，其实城厢内外的燕子窠何止百数十家。每逢月底，温效廉秘密派出着几名心腹的稽查员挨家收取陋规。按照燕子窠的营业状况，定那陋规的多少，要是如数交纳，便允许燕子窠照常营业。要是分文短少，便立刻派着警察登门拿人，照私卖鸦片例科罪。那些燕子窠里的老板要保全自己的营业，只得忍痛纳贿，横竖羊毛出在羊身上，这笔损失依旧加在烟膏上面，瘟官要钱，不过许多瘾君子吃亏罢了。

稽查员收齐了陋规，并不在厅署里公开，只是提着皮包，悄悄地到温公馆里来交账。除却经手人的劳金以外，都入温效廉的私囊里面，按月平均计算，足有三千金左右。

温效廉兀自不知足，常向温太太说道："千里做官只为财，我的财源全靠在这笔陋规上面。偌大的杭州城，怎么私设的燕子窠只有这百数十家？毕竟杭州人不开通，只知道坐着吃白饭，不知道躺着吃黑饭。要是十个里面有八九个吃黑饭，那么十家里面便有八九家是燕子窠，那么我的收入比着现在至少也可以增出一千倍咧。"

温太太笑道："既这么说，你尽可多出几张布告，劝百姓们人人吸烟，岂不是好？"

温效廉道："布告是常常有的，里面的说话都是做的反面文章。杭州人也太老实了，官厅的布告，只可看反面，不可看正面。我说的禁止吸烟，便是奖励吸烟，要是他们悟出反面文章的用意，那便好了。"

这天温效廉收齐了许多陋规，把总数和上一个月比较，却溢出厂数百元，暗暗欢喜道："这燕子窠一定又添设了数家，杭州人还算聪明，猜破了布告上的反面文章，才有这般的成绩。但愿下一个月的陋规又比本月多收几成，才是好呢。"

那时一十八名稽查员交账完毕，各自退出。也有钞票，也有现洋，除去开销，净多三千五百八十元，一一包裹好了，总算大吉大利，宦囊里又添了资本，来朝存入银行生息。今天可来不及了，且权在铁箱里存顿一夜，可惜这只铁箱不是日夜银行，这一夜的利息只好忍痛牺牲了。待到来日，忙不迭地去开那铁箱，捧那纸包出来，便觉得这颗心怦怦地跳动。看那一包钞票，兀自方方的没有变动。但是一封封的银洋，昨天是很沉重的，怎么过一夜，银洋也会害着消瘦的病症，陡然轻了重量？打开看时，哪里是银洋，都变作了一封封的冥洋。再把那钞票打开看时，钞票依然是钞票，十元、五元依然是十元、五元，只可惜不是中国交通中南兴业等行的钞票，一例变了冥国银行的钞票，除却黄泉路上，竟没处可以兑现。

温效廉这一惊非同小可，铁箱上的钥匙是自己掌管的，再也不会落到旁人手里，怎么一夜工夫，阳世通用的钱钞都一齐变作了冥钞？再向钱箱里检点，只有一张朱书的黄纸，上面写着几句俚歌道：

> 人家吃黑饭，你却黑吃黑。只见银子白，不觉良心黑。区区狐大仙，弄些小幻术。银洋换冥洋，一千换十百。银票换冥票，二五换一十。我既无便宜，你也不损失。这般交换品，公平也算得。你若要兑现，且待两腿直。

温效廉读罢这几句俚歌，气得面如土色，一片声地喊着："不得了！不得了！"

温太太母女俩忙去问讯，温效廉气瘫在沙发上面，只把手指着胸窝道："我的一颗心被人挖去了。"

温太太诧异道："你别浑说，挖去了一颗心，怎会活命？"

温效廉道："我本来活不成了，金钱便是我的心，失去了金钱，便是挖去了我的心。"

翠芳道："爹爹失去了金钱，不妨传集侦探队，勒限破案。贼人的胆子太大了，警察厅长的金钱也敢来偷窃，这不是太岁头上动土吗！捉到了贼人，办他一个死罪，可好不好？"

温效廉道："旁的贼人捉得到，唯有这个贼人捉不得，可恨他良心比我更黑，偷天换日，把三千五百八十元现款换了三千五百八十元冥钞，你想可恨不可恨呢？"

说时手指着桌上的冥洋和冥国钞票，一只手只是索索地抖。温太太呆了半晌道："谁做这鬼戏，敢又是仙……"

温效廉道："仙什么，这是害人不浅的妖狐狸，我定要遣人到江西龙虎山延请张天师到来，割他的狐狸皮，剐他的狐狸肉，发泄我的胸头恶气。"

母女俩听了，赶快掩着耳朵。温太太道："都是你不信仙人，才闹得公馆里七颠八倒，你怎么又要得罪仙老爷了？"忙又合着掌向虚空祝告道："仙老爷，大人不计小人之过，他是个糊涂虫，胡言乱语，只算是放个臭屁。仙老爷，你瞧我分上，别和他认真。"

温效廉跺着脚道："天下怎有做贼的仙人，分明是一只妖狐狸，不把那妖精除掉，我们哪有太平的日子！"

翠芳也上前劝谏道："爹爹好没道理，怎么辱骂着仙老爷呢？你说仙人不做贼，不记得东方朔也偷着王母娘娘的蟠桃吗？这是仙人弄这游戏神通，故意和你开玩笑，我劝你还是到小楼上去多磕几个头。今天失了三千块钱，你便把仙人辱骂，要是仙人动了恼怒，再弄些神通，十万八万地被他收去，那么你多年的宦囊禁不起仙人小小播弄，便可以完全化作了冥洋和冥国钞票。那么你做了二十年官僚，下梢头只博得一个冥钞铺子的老板，这便怎么是好呢？爹爹对付仙人，只有哀求，断无硬干，还是快快去磕头赔罪的好……"

这几句话说得温效廉毛骨悚然。想到这番损失不过三千多块钱，自己的积蓄总数约莫有五六十万金，要是触怒了仙人，完全都收去了，那么多年的心血尽付流水，益发不堪回首。毕竟女儿有主见，利害关头，亏她指点，果然硬干不如哀求的好。当下又整着衣冠，上小楼去拈香，忍气吞声，向那做贼的仙人拜了几拜。经这一度谢罪以后，又安静了一个月。下一次稽查员交付的陋规，更不停留，便向中国银行去存放，以为没有事了。这一天，偶然去检点铁箱里的银行存款簿，这颗心又是怦地跳动。原来那存款簿也起了变化。好好的一本绿地金字的存款簿，却变作了黑底白字，上写着酆都银行存款簿，揭开看时，上写道：

今收到温效记名下存款洋二千九百九十九元整，八厘起息，自存款日扣至本人身死日止，本利一并发还，凭此为证。

酆都银行正行长史贵押
副行长史宁押

温效廉连唤着："岂有此理，岂有此理！"连忙遣仆人到中国银行里去调查存款。据说在半个月前，有人持簿，全数领去，存款簿已批销。问那领款的是什么样人，说是一个白须老者，不知姓甚名谁。

仆人回报以后，温效廉不得要领，不知那个白须老者究竟是人是妖。仔细思量，这个妖狐不除，将来的变幻更多。我温效廉枉用着许多搜刮手段，直接是做官，间接是替狐狸精做牛马。当下便抱定了延请张天师下山除妖的决心。又因妻女俩迷信过深，要是知道了，一定从中拦阻，便不敢向她们说知。只是悄悄地差遣干仆，备着重聘，到江西龙虎山去走一遭。张天师自高身价，怎肯亲自下山，只委派一员邹法官，不日便须到杭州来发展手段，捉拿妖怪。这个消息传出以后，温太太母女俩再三劝阻，已是无效。

温效廉只盼法官早早到来，以便斩草除根，不留后患。

这几天温公馆里益发闹得落花流水，一到夜间，碗盏纷飞，桌上拍得震天价响，臭夜壶忽然供在桌子上面，红马桶忽然匿在被窝中间。温效廉叫苦不迭，多分是妖狐知道法官将到杭州，故意和自己捣乱。

一天，温效廉气愤愤地走入上房，见了温太太和女儿，连嚷着："气死我也，原来兴妖作怪的种种举动，有人在暗地里做鬼。现在奸谋破露，我怎肯和他们甘休！"

母女俩听了，立时变色，忙问："这话怎么讲？"

温效廉从怀里掏出一封书信，向着桌子上一摞道："若不是有人告发，我只道妖狐真个和我寻仇。现在可明白了，原来有奸人在里面摆布。这两个奸人我怎肯轻轻放过！"

温太太大惊道："你说的奸人是谁呢"？

温效廉道："你看了书信，自会知晓。"

母女俩忙看这封书，却是赵益甫、叶少少、杨德麟三个具名，控告范公任父子纵狐害人，存心叵测，历举证据，凿凿可凭。公馆里狐仙作祟，便是范氏父子的主谋，乞把范氏父子捉拿到案，依法惩办。倘有不实，愿甘反坐。

温太太笑道："原来有这般事，既然有人告发，料想是不错的了。你可曾把他们捉拿到案呢？"

温效廉道："这两个奸人是我的仇敌，怎肯把他们放过，当然捉拿到案。"

翠芳道："既然拿住了，为什么不把他们绑赴刑场，一律枪决呢？"

温效廉道："好妮子，杀人不是容易的事，怎好马马虎虎把他们枪决。"

翠芳道："爹爹，你不是向我说过的吗，去年一个月中，经你宣布死刑的犯人共有一十三名。你还夸张你的威权无比，你说手操生杀之权，赫赫可畏，简直和小说上的尚方宝剑先斩后奏一般威武。"

温效廉道："这叫作此一时彼一时呢，去年是军事时代，警察厅长兼任戒严总司令，我有这权威，捉到了嫌疑犯，不必经什么司法官厅，不必有什么确凿证据，绑赴刑场，立付枪决，当然是很容易的。现在军事已平靖了，戒严令已取消了。那范氏父子又是杭州的绅士，虽经捉拿到案，我不能判断他们的罪名，还得备文送往司法官厅，审问虚实，才好定罪。"

翠芳道："定罪以后，可要立付枪决？"

温效廉摇头道："未必未必，经了司法手续，便有许多牵丝攀藤的事。什么律师辩护呢，不服上诉呢，若要办定死罪，难如登天，怎及我去年杀人的爽快。唉，戒严条例怎不延长一年呢？要是我依然充任戒严总司令，似这般的奸人，捉到便杀，还得没收他们的财产，赔偿我的两番损失。休说范氏父子两条狗命早已结果，便是把他们全家老少完全诛戮，我也说得到做得到的。现在可不能了，才把他们逮捕到案，已激起了地方上的公愤，说我滥用职权，非法逮捕。看来不能够私刑敲打，只得移解地方厅，按照司法程序办理。这封信便是铁据，具名的三个人当然要到法庭去做证。范氏父子毕竟难逃法网，只可惜不能够适用戒严条例，把他们立时枪决，泄我胸头这口恶气。"

正当谈话的当儿，仆人来回话，说："龙虎山邹法师到了，请大人出外相见。"

温效廉听说大喜，忙整衣冠，出外迎接。那位邹法师装道打扮，须眉皓白，约莫七旬左右年纪，带着一个十余龄的道童，见着温效廉打了一个问讯。温效廉很殷勤地把他迎入里面，推他上坐。邹法师也不谦让，大模大样地坐了。那个道童站在旁边伺候。

送过茶后，温效廉说了许多仰慕的话。又说："公馆里狐仙作祟，和本官做尽对头，不是偷盗金钱，定是毁坏物件。现在有人报告内幕，说这狐狸受了奸人的驱使，到处兴妖作怪，受害的已有数人。因此本官派遣警察，把那纵狐为害的奸人范公任、范振亚两名逮捕到案，移交法庭治罪。但是本官只会捉拿奸民，不会诛戮妖怪。仰仗大法师神通广大，特地聘请下山，替本官除这不法妖狐，自当从丰酬报。"

邹法师眨着眼睛，想了片晌，便道："温大人，你说狐狸有人指使，此话只怕未确。凡是兴妖作怪的狐狸，约有四种：一是天狐，二是地狐，三是人狐，四是物狐。天狐的魔力最大，会得呼风唤雨，腾云驾雾，非是天师亲自动手，不能把它收服。地狐懂得土遁之法，得土即逃，瞬息千里，也得天师门下的头等法官，和敝法师有同样本领的，才能够把他擒住。人狐能幻化为人，或男或女，声音态貌，一一逼真，但是只可蒙混凡夫俗子的眼光，却瞒不过敝法师，无论人狐怎样幻化，一经撞见了敝法师，只需把眼睛里两道神光向他注射，他便立刻在地上打滚，复还原形。物狐的魔术最为下等，它不能幻化为人，只会偷东摸西做那鸡鸣狗盗的勾当。贵公馆里的妖狐，便是敝法师所说的物狐。若要把它剪除，也不须敝法师亲自动手，只消吩咐道童，画一套符，念几句秘密咒语，便可以把物狐摄入瓶中，携回龙虎山，永远镇压。"

温效廉拱手道："承蒙大法师指示，足见道力无穷。但是大法师所说的物狐确乎有人指使的，纵狐害人的主犯现已捉拿到案，不日便须审出真情，宣布罪状。"

邹法师连连摇头道："断无此理，断无此理。那人既会役狐遣鬼，本领当然不弱，怎会被温大人捉住，其中怕有冤枉吧。不瞒温大人说，龙虎山上的天师真人，神通何等广大，也只懂得遣神召将，还不能够遣狐役鬼。那个姓范的不过是个凡夫俗子，江湖上既没有他的名声，我们道教中也没有知道他的姓氏，纵狐害人，料想他没有这般本领，敢是温大人把他误捉了。"

温效廉听了疑信参半，便道："纵狐害人一案且别理论，自有法官审问，真真假假，不久便会水落石出。现在最要紧的便是这只妖狐依然盘踞在小楼上面，这几天摔碗拍案，闹得益发厉害。恳求大法师早施法力，拿住了妖狐，待本官把他一刀两段，枭首示众。"

邹法师呵呵大笑道："温大人怎么说得这般容易，须知兴妖作怪的狐狸，不是人间的刀剑所能杀戮。天师真人有四把宝剑：一是诛仙剑，可以诛戮天狐；二是诛灵剑，可以诛戮地狐；三是诛妖剑，可以诛戮人狐；四是诛怪剑，可以诛戮物狐。照着敝法师的本领，捉住物狐，不费什么吹灰之力。但是捉住以后，须得带回龙虎山，请天师的诛怪剑把这孽障处决。温大人那边的刀剑只可以杀人，万万不可以诛怪。"

温效廉道："既这么说，便请大法师拿住了妖狐吧。"

邹法师又是呵呵大笑道："也没有这般容易，捉拿天狐，须得拜着九九八十一天的罗天大醮，才好下手。捉拿地狐，须得拜着七七四十九天的罗地大醮，才好下手。捉拿人狐，须得拜着五五二十五天的罗人大醮，才好下手。捉拿物狐，须得拜着三三九天的罗物大醮，才好下手。现在敝法师初到贵地，尚没有如法拜醮，怎好便把妖狐捉住。"

温效廉道："大法师既然这般吩咐，自当传齐道众，从明日起，连拜九天罗物大醮，但是那妖狐异常诡诈，它若闻风逃遁了，怎么是好？"

邹法师道："温大人不须着急，待敝法师带领道童，到那妖狐匿迹的所在查察一下，念几句咒语，贴一道符箓，宛似密布着天罗地网，妖狐便想逃走，再也逃走不脱。"

温效廉怎敢迟延，忙引导着邹法师和道童同上那座小楼。

邹法师仰着脑袋，四周望了一望，便道："这里妖气重重，确是狐狸的窠窟所在。这孽障使着隐身法，想躲避敝法师的目光，哪里躲避得过。"

温效廉道："我觉得一无所见。"

邹法师道："温大人休得见气，你是凡夫肉眼，当然瞧不见什么东西。敝法师目光如电物无遁形，早把孽障瞧得清清楚楚。"当下回头问那道童道，"你瞧见那孽障吗？"

道童道："瞧见这屋子里躲着三只妖狐，居中一只玉面狐狸，两旁的是金面狐狸和银面狐狸，都是目透凶光，向着温大人恶狠狠地瞅个不住。"

温效廉听说大惊，忙躲在邹法师背后，不敢作声。

邹法师道："温大人不用惊慌，有我们师徒俩在这里，妖狐何足惧哉？"又向道童吩咐道，"区区孽障，也不用我亲自动手，你的法术便足够把妖魔封锁在这里。"

道童忙向温效廉讨取文房四宝和那净水一杯，便念动几句叽里咕噜的真言，含着净水向四下里乱喷。又画了一纸七缠八绕的符篆，交付温效廉，贴在门上，把门紧闭以后，妖狐虽有通天本领，总逃不出这间屋子。

温效廉奉若神明，连连答应。等下了小楼，邹法师道："方才道童念动真言时，这三个孽障自知死期将近，都是抱头痛哭，又跪在敝法师身边，哀哀求饶。敝法师见了，虽有些不忍之心，但是可怜不足惜，过了九天，便要把它们收入净瓶里面，带回龙虎山，请出天师的诛怪剑，斩除妖孽。可怜它五百年的修炼，只因一念差误，便丧在霜锋之下。真叫作一失足成千古恨，再回头已百年身了。"

温效廉听了好生快活，一面整备筵席，替师徒俩洗尘，打扫一间客房，预备他们住宿；一面遣人到道院里面，传唤四十九名道众，来朝齐集公馆里打醮除妖。忙碌了半天，才回到上房，向妻女俩报告情形。

温太太道："我不信那法师有这般的本领，要是捉拿不成，恼恨了仙老爷，和我们寻仇起来，怎么是好？"

温效廉道："什么仙老爷，简直是兴妖作怪的臭狐狸！我已和邹法师说明，待到把妖狐杀却了，剥取狐狸皮，寄到公馆里来，给你们娘女俩围颈取暖，可好不好？"

翠芳摇手道："爹爹别浑话，仙老爷的皮，谁敢去剥，这班走江湖的道士不过大言欺人罢了。"

温效廉叹了一口气，不愿再和她俩辩论，当下自去抽烟。

忽忽过了一宵，夜间没有什么惊扰，深信师徒俩的法术果然真实不虚。

待到来朝，温效廉为着这天开始建醮，清早便即起身。那时厅堂上面，铺设得异常庄严，仙乐悠扬，旗幡招展，好一个大规模的道场。许多道众都已到齐，静待法师拜表，醮主拈香。等了良久，却不见那师徒俩出来。

温效廉只道是法师摆架子，不肯便出。又等了一会子，不见出来，便遣仆人到客房里去请法师起身。

仆人去不多时，慌慌张张地来禀告道："回大人话，昨天来的一师一徒，都被仙老爷捉住了。"

温效廉怒喝道："该死的奴才，怎么这般不明白，不说邹法师捉住了妖狐，反说妖狐捉住了邹法师？"

仆人道："好叫大人得知，师徒俩都是剥得赤条条的，捆绑在床上，大人如不信，自去查验，便知端的。"

温效廉听罢，吓得魂不附体。

欲知后事，且阅下文。

第十四回

肺肝如见吐露真实言
面目何存拆穿秘密戏

温效廉带着仆人，脚乱步忙，去瞧那龙虎山上下来的一师一徒。踏进房间，里面却是悄没声息。仆人指着向外的一张床道，"这不是老法师吗？"又指着打横的一张床道，"这不是小法师吗？"

温效廉问他们为什么这般狼狈。师徒俩扯开了嘴，只是作声不得，凑近看时，嘴里都紧塞着棉絮。连忙吩咐仆人，替他们挖去棉絮，松去捆绑。

邹法师和道童忙不迭地穿了衣服，满面含羞，向着温效廉拱手道："温大人府上的妖狐委实厉害，敝法师没法把他捉住。且待回山以后，恳求天师亲自出马，替温大人剪住此妖。"

温效廉道："大法师好好地睡在这里，怎会被妖狐捉住？"

邹法师道："昨夜睡梦中不知怎么来了两个妖魔，面如锅底，异常可怕，按住了敝法师的手脚，待要叫喊，却被他们把棉絮塞在嘴里，作声不得。又把敝法师上下衣服剥去，牢牢捆绑。缚了法师，又缚小徒，也是如法炮制。敝法师本来会念松绑咒，只消念动几句真言，立时便可松绑，但被妖魔塞住了嘴巴，没法念这咒语，因此才吃了半夜的亏。一不做，二不休，待敝法师回到龙虎山，禀明天师真人，央他老人家即日下山，一来替温大人除害，二来替敝法师复仇。此地不可久留，即行告别。"

温效廉道："大法师去后，要是那妖狐依旧作祟，这便怎么是好？"

邹法师道："妖狐被符咒禁在楼上，料想不能为害。"

温效廉摇头道："未必未必，要是妖狐依旧禁住在楼上，昨夜怎么会闹这乱子？大法师暂缓动身，且到楼上去看看动静，再做计较。"

邹法师面有难色，推托不去。但是温效廉怎肯依允，挽了师徒俩同上小楼，去看动静。

那时惊动了公馆里的眷属，都拥上小楼，来瞧热闹。上得楼梯，便知不妙。昨天的房门是锁着的，门上还粘上一张符篆。现在房门开得直洞洞的，锁也没有了，符也不见了，却见墙壁上粘着一纸布告，写的是：

照得妖道惑众，无非相诈相欺。今尔妖道遗孽，辄敢妄称天师。派遣法官捉怪，志在敛钱自肥。况敢大言不惭，仙人身上剥皮。仙人之皮难剥，剥尔自己之衣。师徒一丝不挂，浑似活剥田鸡。只好抱头鼠窜，即日逃归江西。

温效廉读罢跌脚道："妖狐猖獗到这般地步，怎么是好？"

温太太啐了一声道："你怎么出言无忌，敢把仙老爷辱骂。仙老爷神通广大，谅这龙虎山来的道人有多大能力，你不要惹祸遭殃吧。"

温效廉暗想不妙，我仗着邹法师做保障，才能觉着胆壮。现在邹法师的法术不灵，妖狐两个字万万唤不得了。忙道："太太的话很不错，我知罪了，仙老爷大度宽容，断然不和我为难。"

翠芳道："爹爹既然知罪，为什么不向仙老爷磕头服礼呢？"

温效廉怎敢怠慢，果然在楼上拜了几拜。拜罢抽身，找那邹法师讲话，早已不知去向了。

仆人说："邹法师读罢布告，面容失色，挈着道童，转身便走。料想他没有颜面在这里停留，赶回龙虎山去了。"

温效廉叹了一口气，由他自去，索性把公馆里的道场一齐解散了，很沉闷地在烟榻上抽烟。忽然仆役来报道："回大人话，天师真人亲自上门来捉妖了，请大人出外迎接。"

温效廉大喜道："合该这妖狐命尽禄绝，有他老人家亲自出马，这事便好办了。"一边这么说，一边整着衣襟，出外迎接，却见一位鹤发童颜的老仙翁，道家装束，手执着拂尘，从容不迫地进门，很有些仙风道骨。一见了温效廉，便道："厅长，你辛苦了，吃尽了许多亏儿，兀自在小楼上叩头服罪，殊不值得。"说罢哈哈大笑。

温效廉连连奉揖道："仙翁可是龙虎山下来的天师吗？"

道人道："什么天师地师，你不用多问，我只替你除去这魔障便是了。"

温效廉不敢多问，把道人迎入花厅，竭诚款待。又把邹法师捉妖无灵的话，向道人报告。

道人摇手道："不用报告，这些事山人都已知晓。他们的本领本来一钱不值，只是利用着千余年的迷信习惯，画几道七绕八曲的符篆，骗取人家的金钱罢了。看来龙虎山的气运不久便要消灭。休说天师门下的几个法官合该遭劫，便是那世袭天师的张真人，也不免变作了丧家之犬。"

温效廉大惊道："照这么说，仙翁便不是龙虎山下来的张真人了。请问贵姓大名，仙乡何处？"

道人道："你不用问我姓名，也不问我是真人假人，我是特地前来替你除害的。你须记着，我的除害方法，一不用念咒，二不用画符，三不用建醮。只需备一碗清水，管叫替你剪除这为鬼为蜮的东西，你毕竟愿意不愿意？"

温效廉道："倘能除去妖狐，感激不尽，自当从丰酬劳，绝不吝惜。"

道人大笑道："谁稀罕你宦囊里的龌龊东西。我不比龙虎山上的混账道人，把几纸鬼画符骗取人家白花花的银钱。但是魔障便替你除却了，你捉拿到官的范氏父子和这件案子毫无干系，你须先把他们释放了，再把挟嫌报告的几个人一个个捉拿到案，定他们诬告的罪名，我才好施展法术。"

温效廉毕竟是个老官僚，听了道人的话，很有几分疑惑。他想这道人既不是张天师，来路又不明，敢是范氏父子的羽党上门来说人情？我若把范氏父子放掉了，岂非中了他的诡计吗？且住，我有一个交换条件，要看他把妖狐捉住了，才能够释放范氏父子。想罢，正待启齿，那道人拍手大笑道："厅长你不须开口吧，我这里有无线电台，你的心思完全都被我知晓了。范氏父子都是正人君子，既没有妖术，又没有羽党，你可大大地误会了。山人一腔好意，不受你的酬劳，替你除这切肤之害，你却以小人之腹，度君子之心，提出什么交换条件。咦咦咦，哈哈哈，岂不可笑！"

这几句话，便露出快活神仙的马脚来了。但是阅者诸君知道是快活神仙，温效廉却不知道是快活神仙，但觉得那道人神通广大，怎么肚里的念头完全瞒不过他，可见他的法力更在张天师之上，便不由得一百二十分信仰。一面向道人赔罪，一面行文到司法官厅，说明范氏父子完全被人挟嫌，并无纵妖害人之事，挟嫌妄告的例当反坐定罪。

那司法官素和公任认识，本有替他昭雪的意思，得了温效廉的公文，立把范氏父子开释。赵益甫、叶少少、杨德麟三个人，害人不成，反而自害，判决了四等有期徒刑。赵益甫有钱赎罪，不过金钱和名誉上受些打击。杨德麟、叶少少是个穷光棍，拼着身子受罪，铁窗风雨，消遣光阴。叶少少再也不能在裤子裆里做那福尔摩斯了。这是后话，表过不提。

且说温效廉办完了公文，再来陪那位道人。却见道人已把几粒仙丹调入清水里面，叮嘱温效廉，召集公馆里上下人等都来喝一口清水。温效廉忙问道："仙翁捉妖，为什么要叫公馆里上下人等都喝清水？"

道人道："妖是妖，人是人，不喝清水，人也是妖，喝了清水，妖也是人。你要知道是妖是人，且待喝了清水，再辨分明。"

温效廉道："仙翁的说话，不易了解。"

道人道："少顷便能了解，暂且莫多谈，快把上下人等一齐唤将出来，好待我舒展法力。"

温效廉道："妇女们可要唤出来吗？"

道人道："无论是男是女，都要齐集，一个都缺少不得。"

温效廉无奈，转身入内，招呼上下人等都到外面花厅上去喝一口清水。

温太太第一个不答应，浓浓地吐了一口涎沫，骂一声："老糊涂，亏你做了堂堂的警察厅长，你办事越办越荒唐了。龙虎山下来的法师尚且被仙老爷捉住了，似这般没姓名的游方道士，有什么本领，怎敢前来惹祸遭殃。别信他的浑话，吩咐仆人把乱棒打他出去便是了。"

温效廉道："不行不行，他很有些本领，和寻常道士不同。"

翠芳道："有什么本领，敢怕是第二个剥得赤条条的邹法师吧。爹爹既不信，且叫他把妖怪捉给我看。"

温太太插嘴道："女儿错了，怎么不唤仙老爷？"

翠芳笑道："我果然说错了，他有本领捉住仙老爷，便立刻捉给我们看，不用装腔作势，把清水给我们吃。你想我们公馆里的太太小姐，何等身价，怎好抛头露面，去到游方道士的跟前喝一口清水？这不是来捉仙老爷，简直是和我们开玩笑了。这个名声传出去，你警察厅长的面子上很不好看的，我们娘女俩不是违拗你，实在是替你争面子。"

温效廉见女儿说得有理，不再相强，回到花厅，待向道人说明情由。

道人道："不必说了，你在里面的说话，自有耳报神报给我听。你们太太骂我游方道士，你们小姐要替你争面子，这几句话可对不对？"

温效廉伸一伸舌头，益发惊异不止。

道人道："警察厅长的太太小姐，身价自高，当然不肯出来喝清水。但是要替你除害，非得合宅上下人等一一齐集不可。也罢，给你令箭一支，你执在手里，再去传唤上下人等，无论什么人，都不敢违拗了。"

温效廉道："仙翁取笑了，你哪有什么令箭呢？不比在下做戒严总司令时，遇着重要事件，取出大令，便没有人敢违抗。"

道人笑道："我的令箭，和你的令箭不同，你的令箭只能为害，我的令箭却能除害。"当下便把手里的拂尘授给温效廉道，"这便是我的大令，你执在手中，传唤众人，便有奇效。"

温效廉接了拂尘，兀自疑信参半，重回到里面，传唤众人。说也稀奇，大家都没有话说，个个都依令奉行。

便是温太太和翠芳见了拂尘，也都肃静无哗，跟着温效廉同到花厅，很恭敬地站在女的一旁。

道人问道："公馆里上下人等都齐集了吗？"

温效廉向两旁看了一遍，便道："男的一方面，本人以外，账席刘省三、书记张小松，以及仆人四名、车夫两名，都在这里。只少着门役一名在外面守门，马弁一名在外面公干。女的一方面，太太和小姐以外，仆妇六名、婢女四名，都在这里，并无缺少。"

道人道："男的一方面，既少两名，你快把拂尘在手里乱舞，他们自会进来。"

温效廉便把拂尘乱舞，才舞得几下，那个门役老张气喘吁吁地走入花厅，在一旁站着。

温效廉道："你怎么知道我唤你进来？"

老张道："耳朵里听得大人传唤，因此进来。"

又舞了一会儿，那出外公干的马弁也是气喘吁吁地从外面进来，在一旁站着。那时花厅上面，两旁分站着男女，各各肃静无声，听候那道人施展法术。道人接取了温效廉手中的拂尘，插在衣领里，手托着一碗清水，向着大众宣言道："这一碗清水调和着三粒仙丹，其名唤作真实丹。这仙丹调在水里，虽然视之无色，尝之无味，完全和淡水一般。然而喝了下去，无论什么不可告人的秘密，都会忠实报告，一些儿没有虚伪。只为这里妖狐作祟一案愈闹愈大了，温厅长不知变在肘腋，却轻听奸人挟嫌妄报，累及无辜，倒惹那罪魁祸首在暗地里好笑。山人普济众生，最喜替社会揭破黑幕，打倒许多为鬼为蜮的恶人。诸君不喝真实水，万万不肯宣布自己的秘密。来来来，大家都来喝一口真实水，谁是罪魁，谁是祸首，过了十分钟，便见分明。按着两旁站立的次序，先男后女，大家都来喝一口水，快喝快喝。"

男的一旁，温效廉首先喝一口水，其余都依次喝了。女的一旁，温太太首先喝一口水，其余也依次喝了。无多时刻，一碗真实水喝个净尽。道人放下空碗，又捏取这柄拂尘在手，念着几句偈言道：

> 喝取真实水一口，便是人心大解剖。心府灵钥执在手，去其锁而解其纽。依实供招无差谬，方寸难作遁逃薮。咄，平日枉把心思斗，到了今朝要自首。自首自首快自首，此案毕竟谁之咎。

道人一边念那偈语，一边把拂尘左右招展。那两旁站立的男女，和此案没有关系的，喝了真实水，一些儿没有变动。唯有几个为鬼为蜮的人，肚里好生难过。许多阴谋诡计，潮水也似的涌上心头，仿佛有人执了钥匙，开他们心府的锁。肚里许多隐恶，恨不得当着大众，毫不掩饰，一一说那真实的话。只因这事关系非轻，所以话到口边，重又吞下。但是勉强吞下，那许多隐恶只在腔子里乱窜，依旧要冲破喉关，明白披露。

道人把手里的拂尘猛力几拂，这几拂很有力量，直把众人满肚的隐恶一一拂出了喉关。第一个温翠芳熬炼不住，指着她老子说道："都是你不好，今年择婿，明年择婿，把我花一般的年纪蹉跎过去。我是素性风流的，成日成夜地研究性欲，凡是男女间的秘密哪一件不知晓？你却是糊里糊涂，只道我年龄尚小，把我冷落在空闺，叫我怎么忍耐得住？"

温效廉大惊道："翠芳，你敢是疯了，怎么当着大众说这没羞耻的话。"

翠芳冷笑道："我不懂什么叫作没羞耻的事，我觉得做妇女的偷几个汉子，合乎天理人情，是极光明正大的事，说得到，做得到，上不瞒天，下不瞒地。你不替我早早许亲，我便自动地招两个临时丈夫玩耍玩耍，算不得什么一回事。"

温效廉怒道："放屁，谁是你的临时丈夫？"

道言未毕，忽有人拍着胸脯道："我便是你家小姐的临时丈夫。"

温效廉举眼看时，说话的便是那个马弁许得胜。又见站立在旁的书记张小松也把胸脯一拍道："我也是你家小姐的临时丈夫。"

温效廉那时再也按捺不住了，怒从心上起，恶向胆边生，揎拳捋袖，待和那两人寻仇。

道人忽把拂尘向温效廉一指道："事未分明，如何动手，只许静听，不许开口。"

说也稀奇，温效廉竟退立一旁，动都不动，响也不响，只是静听他们的口供。

119

翠芳道："不错不错，你们两个都是我的临时丈夫，也是我的临时父亲。"温太太忽然开口道："我也说老实话了，许得胜和张小松不但是女儿的临时丈夫，也是我的临时丈夫，不但是女儿的临时父亲，也是我的临时女婿。我们娘女俩合偷着两个汉子，和站岗的警察一般，一个落差，一个上差，春色平分，利益均沾，瞒上不瞒下。仆妇丫鬟都是通同一气，只有那死乌龟躺在烟炕上，一些儿没有知晓。"

旁边站立的仆妇婢女都道："太太讲得是，太太和小姐偷汉，只瞒着大人，不瞒着我们。"

温效廉听在耳朵里，不觉怒火焰焰地上升。待要把娘女俩打一顿，举不起这只手；待要把娘女俩骂一顿，开不出这张口。

翠芳道："妈妈和张小松有了暧昧，我看在眼里，好生不服气。我想妈妈有了一把年纪，兀自背着爹爹偷汉子，似我花朵般的年纪，却叫我空床独宿，道理上也讲不过去。因此我便唤那个马弁许得胜到我房里来陪伴。"

许得胜接口道："不错不错，小姐那夜唤我进房，我有些退退缩缩，不敢进来。小姐发着脾气，说你是我们公馆里的马弁，怎么不听我使唤。我没奈何只得进房。小姐说，你伺候我上马。我说马棚里的马怎好牵到小姐闺房里来。小姐便骂我笨虫，说此马不是那马，当下便逼着我揭开马桶盖，伺候小姐上马桶小解。到这时候，我才猜出小姐的意思。小姐要怎样，我便怎样。我日间伺候大人，夜间伺候小姐，竭力效劳，再也不敢偷懒。"

温效廉听了，又羞又愤，恨不得把马弁立付枪决，只是开口不得，动手不得，除却呆立静听，更无他法。

温太太接着说道："女儿偷马弁，在先我不知道，后来被我瞧见了，背地里教训女儿，说你是待字闺中的千金小姐，怎好干这苟且的事，被人家知晓了，你的名誉扫地。女儿回答说，娘既干得，女儿也干得。女儿干了名誉扫地，娘干了难道名誉不扫地吗？我被女儿这一驳，没话可说，只得马马虎虎地过去。但有一层，万一被那老头子知晓了，须不是耍。况且老头子吸烟的所在，离着上房是很近的，汉子出入，不大稳便。总得想一个调虎离山的方法，把老头子赶到别处去吸烟，那么我们娘女俩称心适意地偷汉，老头子便永远不会知晓。女儿眉头一皱，计上心来，说老头子是一个狡猾官僚，旁的诡计瞒不过他，只有借着兴妖作怪的狐仙，倒好摆布他一下。他常说小楼上有狐仙，最宜洁净，禁止闲杂人等上楼作践。我们不妨故意和他恶作剧，使他疑神疑鬼，不敢在这里吸烟，那便遂了我们的心了。娘女俩既定下这计较，便悄悄地把老头子的烟膏换了豆腐渣。这便是第一次和他开玩笑，依旧撵他不出。后来趁他躺在烟炕睡眼迷离的当儿，女儿舒展手段，悄悄地把一支陈年老枪丢在我的马桶里。老头子才慌了手脚，只道真个有狐仙在这里作怪，很情愿地把烟榻移入书房。我们的计划果然有了奇效。"

温效廉恍然大悟，原来没有狐仙，都是娘女俩合串的鬼戏。然而依旧动弹不得，只在静听那些很不愿听的话。

翠芳又接着说道："我们既把老子赶到书房里吸烟，母女寻欢，再也没有限制。可是过了几天，娘和我吃起醋来了。娘说陪伴你的是个年精力壮的马弁，陪伴我的只是一个文绉绉的书记生，这其间未免太不公平，定要逼着我把那临时丈夫彼此调换。我再三不肯，娘才想出一个警察调班的方法。这一夜许得胜在我房里站岗，张小松在娘房里站岗；下一夜许得胜调在娘的岗位里服务，张小松调在我的岗位里服务。如是这般，互相调换，娘女俩的醋潮总算调和了。但是又发生了闹饷问题，许得胜和张小松向我们娘女俩再三闹饷，说日间替大人当差，按月总得关饷，夜间替太太小姐当差，不能枵腹从公，至少也须发个双饷，遇着异常劳绩，还须颁发当号钱，我们才能够出一把死力，替太太小姐效劳。要不然，我们只好向太太、小姐辞差了。为着这个问题，我们娘女俩一不做二不休，又定下一个冥钞换现洋的计较。偷了铁箱上的钥匙，把老头子收来的陋规一股脑儿都偷了，却叫张小松写一纸俚歌。又假造一本鄮都银行存款簿，把这两番偷款的事都推托在狐仙身上。前后偷得现洋六千五百余元，都在我们娘女俩手里，预备发双饷的，预备发那异常劳绩的赏号钱。"

温效廉暗叫一声苦也，原来我很辛苦收来的陋规都被娘女俩偷去，做贴汉的使用。

温太太接着说道："偷了老头子的钱，暗地里去偷汉，这不是我们昧良心，也叫作悖入悖出，天理昭彰。只为老头子做了警察厅长，表面上禁人吸烟，暗地里却是奖人吸烟，收取了陋规，任凭燕子窠城厢遍设，造孽太大了。我们娘女俩偷他的金钱去贴汉，不是昧良心，却是替他减轻些罪恶。叵耐他不肯悔悟，瞒着我们遣人去聘请什么龙虎山的法师捉妖。我们在先吃了一吓，只道法师很有些法术，难免被他窥破了真相。不料那个混账法师到小楼上满口胡言，说什么真个有妖狐在楼上盘踞着。我们暗暗好笑，瞧破了法师没有本领，待他睡熟了，便打发许得胜、张小松两人，开着花脸，悄悄地越窗而入，把师徒俩剥去衣服，捆绑在床，大大羞辱他们一场。小楼上的六言布告，也是张小松的手笔。"

　　说到这里，那道人又把拂尘几拂唤一声："咄，事已分明，不用再说了。"

　　温太太便肃静无声，但是温效廉愈听愈恼，霎时间神经错乱，陡地便向门外奔出。

　　欲知后事，且阅下文。

第十五回

天网恢恢贪官逢末日
鬼声唧唧孝女觅救星

温效廉的精神苦痛，这番可真够他消受了。娘女俩吐露真实，句句都使他十二分难堪，待要掩耳，举不起手腕，待要躲避，移不动脚步，呆呆地听她们供状，比着犯人听那宣布死刑的判决书尤其手足无措。怒一回，恨一回，只因身子不得自由，怒欲发而不得发，恨欲泄而不得泄。一腔愤火，都提升在上部，把脑神经激得异常错乱。道人唤一声"咄"，温效廉手足陡然活动，可是身体虽能恢复原状，神经却不能恢复原状，拔开脚步，只向外跑。

那时，两旁男女也都如梦初醒。娘女俩唤声："哎呀，怎么我们不顾羞耻，把自己的丑事当众宣布呢？"仔细看时，已不见了那个道人。

许得胜和张小松一时都慌张起来，跪在娘女俩面前，说："这桩事可不得了，其中黑幕都被大人知晓，这道人轻轻把拂尘几拂，怎么把我们不可告人的秘密竟背书般地背将出来？太太和小姐毕竟是大人的自己妻女，奈何你们不得，我们在大人手下当差，奸情败露，大人怎肯饶恕。太太、小姐总得想个方法，救我们两条狗命。"说罢，叩头不止。

娘女俩到这地步，也没有了主张。见温效廉匆匆出门，料他一定不怀好意，想是到警厅里去传集骑巡队，到公馆里来捉人。虽然奈何我们不得，这两个临时丈夫毕竟难逃生命。三十六着走为上着，不如发给几个月恩饷，把他们遣散了吧。但这两个临时丈夫，都是我们很得力的卫队，一旦缴械遣散，娘子军未免太失势了。

正在踌躇不决的当儿，忽然有人上门报告，说："你们温大人发了疯了，在那闹市中横冲直撞，逢人便打。口口声声，只说你们为什么不吸烟，为什么不多设几家燕子窠。站岗的警察见他是厅长，不敢劝阻，他益发疯得厉害了。闯入中国银行里面，扭住行长说这便是酆都银行，他有大批的冥国钞票，要到这里来兑现。"

温太太得了这消息，陡然胆壮了几分，伸手搀那两名贴身卫队起立，说："你们不用缴械遣散了，老头子已害了失心疯，怕他怎的，料想他的警察厅长也做不成了。你们可奉着我的命令，带领几名仆人，到中国银行里把那疯子捉将回来，我自有道理。"

许得胜、张小松两人连连答应，果然领了两名干仆，随带绳索到中国银行里去捉拿疯子。

那时温效廉恰恰直瞪着两只眼睛，扭住行长的胸脯，喝一声："混账的行长，你有多大胆量，竟敢强占我的妻女，吞没我的存款！我奉着上界玉皇大帝的御旨，把你捉到森罗宝殿，从重治罪！"那位行长听着这一派胡言，简直莫名其妙，待要挣扎，又是挣扎不脱，许多行员纷纷上前劝阻。

温效廉只是夹七夹八地破口乱骂，大家为着他是警察厅长，又不敢得罪他。正在没做理会处，马弁许得胜挺身上前，说奉着太太之命，唤大人回去。

温效廉放却行长，返身便逃，连喊着："救命救命，太太唤我回去，一定要谋害亲夫，我可不得活了。"

许得胜一干人利用他神经错乱，追上前去，把他捉住了，用绳子反绑他的一双手，拖拖扯扯，拥着他走。

温效廉脚不点地，被他们押回公馆。两旁观众个个称快，都说天有眼睛，瘟官变作痴官了。

温效廉回到公馆里，兀自神志模糊，忽歌忽哭。见了温太太，尊一声玉皇大帝。见了温翠芳，唤一声公主娘娘。而且逢人便殴，遇物便摔，闹一个落花流水。

娘女俩利用这机会，便把温效廉幽禁在一间屋子里，不许他自动出入。一面遣人办了公文，到省长公署里去报病辞职，省署里便另委了一员厅长接任。这后任厅长倒是一位清官，自接篆以来，竭力革除积弊，改良警政，杭州人民口碑载道，不在话下。

温效廉幽禁以后，病势益发凶险，口中喃喃，常说冤魂来索命，不到十天，便即一命呜呼。死耗传出以后，害那杭州人民个个手痛。这是什么缘故呢？原来官长死了，他的政绩好坏，须看人民的手脚。要是人民个个脚痛，死的便是好官；要是人民个个手痛，死的便是瘟官。做官的只宜死在人民脚上，不宜死在人民手上。好官死了，人民如失父母，个个跺脚大哭。你也跺脚，我也跺脚，跺一个无体无歇，所以好官死了，人民个个脚痛。瘟官死了，人民如登衽席，个个拍手称快。你也拍手，我也拍手，拍一个无休无歇，所以瘟官死了，人民个个手痛。

温效廉死后，遗下偌大家私，供着妻女俩贴汉之用。他又没有子息，好容易承继了一个族中子弟，又是个挥金如土的败子。不上几年，五六十万家私都消耗在淫妇荡子身上，悖入悖出，天理昭然，一言表过，不在话下。

且说范公任父子被人挟嫌诬告，亏得和法官有旧，只在优待室里软禁了一夜，来日便释放回家，蓦地风波便归平静。

张稚川先得消息，迎着范氏父子回家，陆氏和素娟见了，都是喜形于色。

陆氏道："你那天被捕以后，我这颗心几乎急得粉碎。谁也都知道温效廉是个杀人不眨眼的魔王，被他捉去，终是凶多吉少。我当时便四处去奔走，托人设法，移交司法官厅。亏得戒严令业已取消，温效廉虽然骄横，也不能不顾着绅士的面子，移送司法。我奔走了半天，傍晚回家，媳妇报告，方才有人送信到这里，转眼已不见。拆开看时，只有四言八句，写的是：'无辜被捕，何须着急，转眼之间，水落石出，含笑归来，嫌疑尽释，贪吏殃民，鬼瞰其室。'这又是快活神仙的手笔。我和媳妇得了神仙的预告，知道你父子俩断没有意外之变，心头安慰了不少。现在你们果然无恙归来，真是喜从天降。那瘟官怎么样了？"

公任便遣稚川去探听，才知道温效廉已得了疯病，家中丑事闹得沸沸扬扬，道旁行人都说孽报孽报。

公任道："天网恢恢，疏而不漏，这快活神仙端的是上界的天使，专替人民除暴安良，出水火而登衽席。要没有他老人家大显神通，还成什么世界呢？"

素娟道："公公提起神仙，我又想起我妹妹来了。她在上海这般放浪无忌，仿佛吃了没耻丸，昧了本性。父母又没法禁止她，几次写信来，叫我央恳公公，陪伴着神仙到上海去走一遭。最好从速动身，也好使我妹妹早早恢复那本性。"

稚川道："范老伯到上海，小侄可以同去吗？"

公任道："到了那时，我可以挈带你去走走。只是现在时机尚早，仙人说过的，须待一月以后，他才肯去援救素芬。现在只有半个月，素芬的磨难未满，早去也是无益的。"

过了几天，赵令娴噙着双眶眼泪来见素娟。见面时便拜倒在地，口称："娟姊娟姊，搭救我父亲则个。"慌得素娟连忙把她扶起。

令娴道："娟姐，答应了我的请求，妹子才能站起。"

素娟道："只要愚姊办得到，总可出一把力，请起请起。"令娴方才站起了。

素娟和她挨肩坐着，动问情由。令娴道："家严近来身受的打击，娟姊想都知晓。那天悬挂赵节妇匾额，闹出多少笑话，家严的一生名誉从此扫地。其实呢，家严平日的行止，很是爱惜名誉。这桩事的内幕，都是我那婶婶不好。"

素娟道："听说那位假节妇，被神仙揭破黑幕以后，不久便失踪，可是真的？"

令娴道："她在先和家严有暧昧举动，后来家严病了，她便和那小厮勾搭。悬匾的后一天，她自知名誉破裂，再也不能假扮正经，便卷了许多的金珠钱钞，和小厮一起逃去。听说逃到上海，租一所房子，居然和小厮成为夫妇了。这是赵姓的不幸，娶了这不贞之妇，不但败坏家声，且累及家严的名誉，从此腾笑士林，变作终身之玷。"

素娟道："令娴妹妹，不要生气。你说尊大人平日爱惜名誉，这是你为尊者讳，为亲者讳，其间别有苦衷。但据愚姊看来，尊大人的行止，毕竟不像个端人正士。他既自取其咎，闹得身败名裂，合该闭门思过，希图晚节，还可以博得社会的谅解。不该迁怒到我公公和丈夫身上，串通杨德麟、叶少少挟嫌诬告，说什么纵狐害人。亏得天理昭彰，是非大白。要不然，温效廉素有屠户之称，屈杀几个人民，稀什么罕？我公公和丈夫怎有命活呢？"

令娴道："这件事并非家严主动，都是杨德麟、叶少少两个贼子，天天上门来走动，鬼鬼祟祟，和家严秘密商议。妹子见这情形，很有些疑惑，待他们去后，动问家严，这两个恶少跑来做什么。家严只是含糊其词，不肯直说。后来这件事闹破了，家严才告诉妹子知晓，但是事已至此，没法挽救。妹子很切实地苦谏了一下子，毕竟害人便是自害。家严和两个恶少，都定了诬告反坐的罪名，虽然家严得免囹圄之灾，但是金钱和精神都受了绝大的打击。这几天家严旧病发作，卧倒在床，口中喃喃，只是诉说自己的罪恶。有时昏迷不醒，仿佛鬼祟附在身上，自己痛打着嘴巴，打一下，骂一句，口口声声地骂着斯文败类、名教罪人。妹子见了，又是胆怯，又是肉痛。赵氏门中，只有我父女两人相依为命。族中子弟觊觎我们这份家私，巴不得家严早早弃世，好来夺取遗产。万一家严有了三长两短，妹子这口残喘，也不能久留人世。"说时，泪如雨下。

素娟见了恻然，便道："据你这么说，合该早早延医调理，好叫他灾退身安。"

令娴拭着眼泪答道："延医调理也是徒然，妹子煎好了药，捧到病榻旁边，家严立时面容变色，喝道：'斯文败类，名教罪人，你还想活命吗？'劈手便把药碗夺去，砸个粉碎。如是这般，已有了好多次。因此病势只有增重，不见轻减。妹子急得没法可想，只有痛哭。有时家严神志清楚，很惨痛地叮嘱妹道："我这病躯，倘没有仙人前来援救，只怕早晚便要弃世了。生平所做的罪恶历历都上心头，床前枕畔，时闻鬼声啾啾唧唧，似嘲似讽，令人十分难堪。方才我合眼时，恍惚有一位金甲神人，向我念动四句真言道：'只因冤魂纠绕，赢得气息奄奄，若要霍然病愈，须求快活神仙。'这四句分明指示我一条生路。我不认识快活神仙，听得范公任父子和那从黄山来的张稚川都是快活神仙的弟子，我懊悔误听小人之言，和范氏父子结下冤仇。但是范家媳妇江素娟女士和你很是莫逆的，你去央恳素娟，转告范氏父子，可能不念旧恶，替我设法觅到这位快活神仙，感恩不尽。"

素娟道："世上缺憾的事正多，都待这位老神仙前来救苦救难。不瞒令妹妹说，愚姊有一个胞妹，迷了本性，也是急于央恳这位老神仙去援手。老神仙许我们一月以后前去施救。尊大人和老神仙究竟有缘无缘，无从决断。有缘总可施救，无缘便没有法想了。"

令娴道："休管无缘有缘，你只替我向老神仙苦苦哀求，一定可以得着神仙的应允。"

素娟道："你原来不知底细，这位老神仙行踪无定，面目屡变。从前在尊府出现时，是一个和尚，近来在温公馆里出现，又变了一个道人。我家公公和丈夫虽然遇见了快活神仙好多次，但是当面总不相识。匆忙之际，何从寻访，只好待有相逢的机会，再替尊大人设法央恳便是了。"

令娴谢了素娟，只因家中有病人，不敢耽搁，便即匆匆别去。回到家中，向益甫报告一切。

益甫道："方才你出门时，又听得枕畔啾啾唧唧，有几个鬼魂在那里谈话。一个鬼魂道：'孝女出门去，邀请老神仙。神仙倘到来，我辈命难延。'又有一个鬼魂道：'不怕老神仙，只怕张稚川。稚川倘到来，我辈命便捐。'照此看来，找不到老神仙，便请那位张稚川先生前来，替我赶退魔鬼，也是好的。"

令娴道："既然有这一线生路，待女儿再去跑一趟，邀请那位张稚川先生……"

话没说完，很松脆的几下嘴巴，是益甫自己打着自己，且打且骂道："赵益甫，你是个衣冠禽兽，满口仁义道德，肚子里只藏着奸盗邪淫，到这地步，你尚想活命吗？你尚想邀请张稚川来驱逐我们吗？"

令娴瞧她老子的神气，两目直瞪，口吐白沫，分明又是邪鬼上身，只得喃喃祝告，我们绝不敢请张稚川上门，请鬼魂暂息雷霆。说也稀奇，益甫便不再胡言乱语，宛似鬼魂知道张稚川不来，暂时息怒的模样。令娴暗自思量，这些恶鬼既惧怕张稚川登门，稚川来了，一定可以驱逐恶鬼，使我爹爹灾退身安。我要是出门去恳请稚川，只怕鬼魂知道了，又和我爹爹为难。不如悄悄地写一封恳切书信，寄给素娟，叫她代求张稚川登门逐鬼，所有报酬唯力是视。料想素娟瞧我分上，定肯替我出力。当下定了主见，悄悄地写着一封书信，遣人送给素娟，按下慢表。

且说益甫的病，害得很是稀奇，一时清醒，一时糊涂。清醒时和寻常病人一般，糊涂时总是自己骂自己，自己打自己。可怜这两片面皮，一天总得挨打十七八次，颊上指痕历历可数。这天挨到傍晚，已挨打了好多次。令娴总是含泪哀求，请鬼魂手下留情。约莫上灯时分，益甫忽又神志清醒，笑容可掬地向令娴说道："我的救星动了，方才床头群鬼都是很惊慌地预备躲避，说什么张稚川快要来了。女儿你可吩咐佣妇打扫书房，请稚川歇宿，再向馆子里唤几色时鲜佳肴，款待这位救星。"

令娴听了，兀是疑信参半。只隔了一会儿，佣妇来报告，说："有位少年男子，自称姓张，特来探问老爷。"

益甫忙不迭地唤令娴去招待。稚川在悬匾的一天，曾经见过令娴，但是令娴却不认识稚川。相见之下，彼此都十分敬佩。

令娴见稚川一举一动，确是个诚恳少年，和那性情轻薄的杨德麟相去天壤。

稚川素知令娴是一位孝女，见她报告益甫的病况，泪容满面，悱恻可怜，望而知为天性中人，便很激昂地说道："女士方才寄来的一封书，句句都是血性语。在下看了，不禁替女士堕泪。尊大人有鬼魂缠绕，在下虽没有法术退这恶鬼，但是感于女士的一片好意，多少总得助女士一臂之力。"

令娴道："先生没有来时，那许多恶鬼已得了消息，啾啾唧唧，希图逃避，足见先生的大名足以吓破鬼胆。此番先生光降，家严得庆更生，自当从重酬报。"

稚川笑道："女士休得这般说，在下此来，并非贪图厚报，完全是被女士的孝心吸引而来。实不相瞒，在下只是一个念书人，何尝懂得什么退鬼之法。但是在下和快活神仙曾在黄山见面，仙人当面嘱咐，叫我们替社会救济苦厄，我们救济不得的事，他老人家肯在暗中帮助。在下此来，全仗着快活神仙做后盾，或者尊大人合该有救，也未可知。"

令娴听了，十分欣慰，便引着稚川到病榻旁边去探问。

益甫见了稚川，病体顿松却一半，当作活佛般看待，适馆授餐，十分优待。稚川连在赵宅住了三夜，益甫的病体果然一天天地渐臻佳境。恶鬼不来，呓语顿绝，脱离床榻，已能扶杖起立。见了稚川，总是千恩万谢，感激涕零。

稚川见益甫病体渐痊，便想辞别。益甫殷勤挽留，说："足下一去，只恐恶鬼重又到来。可能屈留几天，待我精神完全恢复以后，再行分别？"

稚川只得应允着再住三天，以待益甫恢复原状。日间和益甫谈谈文艺，很觉相得。晚饭以后，稚川总在书房中歇宿。又住了两天，益甫的身体果然又好了许多。待到最后一夜，益甫备着筵席酬谢稚川。一席酒设在益甫房里，请稚川上坐，父女俩打横相陪。

酒过数巡，益甫问稚川："是否久住在杭州？"

稚川道："小子侍奉家父隐居黄山，耕读以外，不问世事。后来承蒙神仙指示，叫小子须在外面干些事业，不宜埋没空山，叫小子跟着范老伯四处游历，一者可以增长见识，二者可替社会效力，三者小子的锦绣前程、美满……"稚川本要说"姻缘"两个字，只因令娴在座，似乎未便，便改了事业两个字道，"美满事业，都和游历大有关系。因此随着范老伯同到杭州来游学。承蒙范老伯殷勤教诲，学问和见识很有进步。范老伯不日要到上海替江素芬女士医治迷惑本性的病，范老伯不是医生，只为神仙肯暗中帮助，料想素芬的病合该有救。小子也须随着范老伯同去，长些见识。"

益甫道："江素芬女士害的是什么病症？"

稚川道："江女士所害的病很是诧异，大约吃了妖魔葫芦里的没耻丹，以致丧失本性。"

益甫忙问："什么叫作没耻丹？"

稚川不慌不忙，先把范公任随着神仙在梦中游历魔窟的事述了一遍。又谈到那位幽娴贞静的江素芬，忽而放浪无忌，人欲横流，不知羞耻为何，大概移情易性，定是鬼葫芦里的没耻丸作祟。"

益甫听了，好不惊异，很恳切地叮嘱令娴道："女儿听得吗，这没耻丸好生厉害，吃下肚里，贞姬也变作了淫女。不晓得这害人的魔鬼有没有在这里，你倒要仔细一下，莫误吃了鬼葫芦里的丸药。"

令娴正色答道："爹爹不是这般讲。自古道，苍蝇不叮没缝的蛋。做女子的果然贞洁自守，无瑕可指，怕什么鬼葫芦里的没耻丸？据女儿看来，江素芬的奇病，不见得全是魔鬼作祟，或者是自取其咎吧。"

稚川连连点头道："女士这番议论很有见地。素芬的病，虽然害得奇怪，但是魔鬼不会无因而至，一定有什么可乘之隙，朽木生蛀，空穴来风。女士说她自取其咎，确是至理名言。曾在前人笔记上见过一段贞女逐魔的故事，和女士方才的议论，恰恰可以互证。前清康熙年间，苏州上方山的五通神到处作祟，良家妇女略有几分姿色，往往被邪祟看上了，公然前来强行污辱。某姓女子正在房中刺绣，蓦地来了一个男子，自称五通神，向她百般调戏。女子向邪神哀求道：'我是待字的闺女，守身如璞，爱惜名誉，请尊神饶了我吧。你若爱美貌妇女，左邻有一个小寡妇，姿色胜我十倍，尊神为什么不到她那边去呢？'那邪神踌躇了片晌道：'她那边去不得，她是一个很有烈性的妇人，我怎敢近她？'那女子听到这一句，立时柳眉倒竖，杏眼圆睁，把搁手板在绣绷上一碰道：'她是很有烈性的妇人，我难道不是很有烈性的女子吗？'道言未了，那邪神向地上一滚，忽然灭迹。可见妇女们有一种磅礴天地的正气，邪魔自当退避三舍，鬼葫芦里的没耻丸又怎取作祟呢？"

益甫叹道："足下的理论十分精辟，果然孽由自作。邪魔不会无因而至，即如鄙人这番被鬼魂作祟，也是自己操守不正，所以邪魔乘之而入。若非足下光临，休想再有命活。现在得庆更生，决计改行为善，再也不敢走那邪僻的道路了……"

席散以后，稚川依旧回到书房里去安睡，一觉醒来，陡见眼前红光照耀，似乎宅里有火警一般，不觉大惊，忙不迭地披衣下床。开了书房门，探头看时，却见内室失火，蛇舌般的火焰正在四处撩动。猛听得令娴在房中哭喊道："不好了，房里失火了，谁救我爹爹出险，快来快来。"

原来房门正在炎炎地烧着，令娴抱着益甫不得出来，只是连连哭喊。

稚川到这地步，便起了赴汤蹈火的决心，冒着危险，从窗子里跳将进去。

令娴喊道："先生，快把我爹爹援救出险。"

稚川更不停留，便挟着益甫，重又跳窗而出，把益甫安顿在庭心里，转身再去援救令娴。说时迟，那时快，窗上已着了火，令娴出来不得。稚川又冒着火焰，跳身进去，抱住令娴，正待觅路逃生，不料一股浓烟，把两人一齐熏倒。火焰直逼，两人的衣服已烧将起来。

　　稚川喊一声："吾命休矣。"这时节无情烈火，怕不把他们化为灰烬。

　　欲知后事，且阅下文。

第十六回

烈火燎原良缘暗订
斯文扫地奇疾难除

这一场轰轰烈烈的无情火，把益甫这间卧室烧得和火焰山一般。房里的稚川、令娴除非是入火不爇的金刚百炼身，才能保全性命，要不然，休想再有命活。

益甫在庭心里目睹情形，方寸宛如刀割，痛这一对青年同时倒地，火光熊熊，烧成一片。火神菩萨，哪有情理可讲，眼见一个仗义少年、一个孝顺女儿，到这时候，不免同为灰烬。天道茫茫，不分皂白。他们俩既为着救我而死，我又何颜活在人世？想到这里，便不向外面逃走，反而迎着火焰，折回自己房里。蹒跚着脚步，正在走到房门左近，火焰迎面扑来，休想站立得稳，他便顺势卧倒在地，由着火焰烧到身上，他只闭着眼睛，准备烧死。在先觉得身上烘烘地热，似乎上下衣服都着了火，形销骨化，只在顷刻间工夫，似这般的烈火把全家烧个干净，绝非难事。只是害着稚川同葬火窟，端的于心不安。

益甫卧在地上，心头潮涌，隔了良久，这烈火竟没有烧到皮肉上来，而且身上已不似方才烘烘地热。两眼虽然紧闭，眼前觉得黑魆魆的，不似方才闭目时隔着眼皮，兀自瞧得见烈火的光彩。心中老大奇怪，不觉微微地睁开眼睛，唤一声诧异，莫非在这里做梦吗？一场大火完全消灭，自己睡倒在房门外面。房屋依然，门窗如故，哪里寻得出一些火烧痕迹。房门上的帘子，依旧好好地垂着，门帘缝中，窥得见房内的灯光，知道电灯还没有熄灭，当下便挣扎起身，扶墙摸壁地走入房里。唉，奇极怪极，方才这房间烧得和火焰山一般，多分已成灰烬了。现在呢，这房间竟是纹风不动，床帐依旧是床帐，箱笼依旧是箱笼，只是两扇窗洞洞地开着。

稚川兀自抱着令娴，倒在靠窗的地板上面，彼此都闭着目，似睡非睡，身上衣服也没有一些烧痕。

益甫正待唤叫，稚川和令娴听得房中有步履声音，彼此睁开眼睛。但见烟消火灭，完全没有这么一回事，他连忙扶着令娴，同时站起，心中好生惊讶，似乎梦醒一般。

令娴见她老子好好地站在房里，飞也似的跑到益甫身边，惊喜交集地问道："爹爹，这场大火是什么时候熄灭的？怎么房中一切什物毫无被烧痕迹，爹爹又好端端地站在这里？"

益甫道："女儿不须问我，我正要问你咧，这场大火是什么时候熄灭的？方才你和稚川先生明明跌倒在火焰里面，浑身都着了火，怎么烈火烧身，竟会不受损伤呢？"

稚川恍然大悟道："赵老先生，这场大火，起得诧异，灭得奇怪。据小子看来，是幻火不是真火，多分快活神仙在那里游戏三昧。方才小子冒着火焰，要把令爱救援出险，不料竟跌倒在烈火里面，自分此身休矣，骨化形销，和孝女同成灰烬。谁知入火不爇，依旧好好地活着。小子既没有反风灭火的本领，又不是金刚不坏的躯体，若不是老神仙和我们开玩笑，怎么会绝处逢生，死中得活？"

益甫沉吟了半晌，仿佛有悟道："老神仙的用意，我知之矣。若没有这场轰轰烈烈的火，再也不能显出足下的义侠举动当世无二，方才火发时，足下救了鄙人，再救小女，赴汤蹈火，毫无难色。似这般的义侠少年，要是真个葬身火窟，还有什么天道呢？"

稚川道："我也猜出神仙的用意了，若没有这场轰轰烈烈的火，再也不能显出令爱的纯孝品性当世无二。方才火发时，令爱舍身救父，甘拼一死。小子第一次跳窗入内，令爱但求救父，不谋自全，似这般天性淳厚的女郎，要是真个葬身火窟，天公太不分皂白了。第二次跳窗入内，完全被令爱孝心所感动，无论怎么样，总得把孝女援救出险，万无坐视之理。即使援救不得，便和孝女同死在烈火里面也是甘心。"

令娴在旁听得稚川这般说，又是感激，又是羞惭。勇少年奋不顾身，跳窗相救，当然可感，但是危急的当儿，被他紧紧抱住，跌倒在地板上面，成什么模样儿。想到这里，觉得越了旧礼教的范围，煞是可羞。

在这当儿，头顶上忽然发出一种狂笑的声音，"咦咦咦，哈哈哈"笑个不住。父女俩举头四顾，但闻笑声，不见人影，未免惊慌失措。

稚川忙道："不用慌张，这便是老神仙来也，我们快快跪倒，敬听仙人训话。"当下三个人同时跪倒在地。

笑声完毕，但听得空中念念有词道：

> 休用客套，请起请起。不须怀疑，不须惊异。山人有言，你们牢记。两次玩笑，岂有此理。床榻之畔，何来鬼戏。房屋之中，何由火起。都是山人，小试其技。双方撮合，便成伉俪。两姓姻缘，朱丝暗系。也算谢媒，叩头伏地。

说罢这几句，又是一阵大笑，"咦咦咦，哈哈哈"，笑声越窗而出，相去愈远，笑声渐微，直至寂然无闻，才知老神仙业已去远了。

那时大家都已站起，羞得令娴女士俯首至臆，不则一声。

益甫笑向令娴说道："你是读过《左传》的，应记得钟建负我的一段故事，方才仙人的训话便是这层意思。"

令娴听了，羞得返身逃避，自回卧室。

那时，益甫挽着稚川的手，并坐讲话道："这位老神仙端的神通广大，竟把鄙人的心思完全猜个透彻。不瞒足下说，鄙人自和足下相见，更钦佩足下少年老成，胸襟不凡，很愿意把小女的终身相托，只为未得小女的同意，所以迟迟不曾出口。谁料老神仙先得我心，两番戏弄神通，竟在暗地里朱丝互系。若不是鄙人受了鬼祟，足下便不会下榻斯间，若不是房中失火，足下便不会冒着钟建负女的嫌疑。可见这两次变异，不是仙人恶作剧，竟是仙人在那里做月下老人，撮合足下和小女姻缘。足下既不曾定亲，小女又是深闺待字，看来这段姻缘不由人力，竟是天作之合了……"

稚川听罢，回想到石屋里初次遇仙，说我出山以后，便有美满姻缘，现在可应着这句话了。当下毫不迟疑地答道："承蒙老先生不弃葑菲，以令爱终身相托，小子得配这位才德兼全的淑女，此愿已足，尚有何求？容俟禀明二老，择日前来下聘，绝不敢违拗盛意。"

益甫听说大喜，当下又谈论些经史文艺，越谈越有兴致。

稚川因时已深夜，益甫病体才愈，又受了一场虚惊，便劝他早早安寝，自己径回到书房里去歇宿。待到来朝，佣妇们都不知昨夜有这一场轰轰烈烈的幻火，但向令娴问道："昨夜睡梦初醒，尚听得老爷和张少爷在房中谈话，究竟谈些什么事？"

令娴笑道："只为张少爷今天要走了，老爷不忍和他分离，因此昨夜和他在房里畅谈肺腑，谈到深夜方休。"

佣妇听了深信不疑，按下不表。

稚川为着逐鬼而来，竟玉成了这段亲事，心中得意，自不待言。当下别了益甫，回到范宅，和公任父子谈及这三天中的经过。

公任父子连连拍掌道："原来鬼使神差，玉成你们一段良缘。快活神仙便是月下老人，实在可喜之至。"于是催促稚川快修家禀，把这段事禀明二老，一俟得了二老的同意，公任愿做冰上人，替稚川早早下聘。

稚川诺诺连声，写好家书，快邮寄往黄山，向张晴川那边去请示。

过了几天，公任收拾行装，准备和稚川同到上海，仗着神仙的助力，好叫江素芬早早恢复本性，改革她的放浪行为。

正待动身时，忽然门役来报道："南京蒋金门老爷来了。"

公任听得故人登门，好生欢喜，忙不迭地去迎接。但见来的不止金门一人，尚有两个二十多岁的少年，见着公任都唤老伯。公任认得是蒋玉麒、蒋玉麟兄弟两人，都是金门的侄儿，曾在南京见过几面。当下迎入客厅，分宾坐定。公任道："老哥，盼望你来杭多时了，难得光降，便在舍间下榻，盘桓几天。兄弟本想到上海去一走，既然老哥到来，自当展缓行期，陪着老哥到六桥三竺饱游一番。"

金门道："兄弟来杭，不是游湖，却是来求医。"

公任道："老哥有什么贵恙？"

金门道："兄弟并无病恙，害病的便是两个舍侄。他们所害的病很是奇怪，南京的名医都已访遍，大家认为棘手难治。没奈何，只得带着舍侄，来到杭州，央恳老友可能看着友谊分上，多少给他们几粒仙丹，使他们霍然病愈。"

公任大笑道："老哥取笑了，你是知道小弟不会行医的，哪里有什么仙丹，可使令侄病愈？"

金门道："你不用学那谦谦君子，你的本领真大呢。你在南京时，不是把那已死的人都救活了吗？"

公任道："这是快活神仙的神通，和我有什么相干？现在老神仙又不在这里，叫我从何处觅取仙丹呢？"

说时，向着玉麒、玉麟注视一下，见他们面貌清秀，器宇开展，都是很漂亮很活泼的青年，再三细看，毫无病容，正不知病从何起。

金门央告道："只需你应允了，少不得自有仙人来帮助。"

公任道："应允是很容易的，但是老神仙和令侄有缘无缘，能否助我一臂之力，实在没有把握。而且细看令侄的风采很好，不像害什么病症，叫我何从着手？"

金门叹道："老友，说来也可笑，你若但瞧他们的外表，果然没有什么病象，但是他们的病根已深，专从外表上看是看不见的。这病既不是内症，又不是外症，或者是漂亮少年的时行病，也未可知。"

公任笑道："老哥谈了良久，依旧不曾说出他们的病症。"

金门道："我若说得出他们的病症，便有办法了。无奈经过了许多医生，都是含混其词，只说害的是奇病，不能指出害的是什么病。他们的病症时发时愈。病未发时，完全和常人无异，一经发作，便失了常度，似醉似痴，不可理喻。这番从南京到杭州，路上的笑话闹得不少，我陪着他们同行，真个受累无穷。家兄海门只有这两个儿子，好容易抚养长大，彼此又各有了职业。玉麒在小学校充校长，玉麟在书局里当编辑，只指望成家立业，谁料都害了奇病，职业歇退，赋闲在家。好好的青年成了废物，而且一天到晚，总得发一回病。病发时不知人事，干出种种可笑的勾当，糊糊涂涂，没有情理可讲。若要掘去他们的病根，除却神仙援手，再也没有旁的方法。"

公任道："这也奇了。我瞧他们都是态度暇豫，精神活泼，不愧英俊少年，再也瞧不出什么糊涂模样。"

金门道："老友有所不知，他们外表漂亮，心地糊涂。一天总得糊涂一次，糊涂时，端的十分厉害，我且把他们在火车中闹出的笑话，讲给老友知晓……"

金门正待启齿，玉麒忽然面对着书房，舒头探脑，不禁哈哈大笑道："可口的东西来了。"倏地离了座，三脚两步闯入书房。

那时，稚川正坐在书房里看书。玉麒不问情由，劈手抢去这本书，撕下几页，捏个纸团儿，纳入嘴里便吃。稚川莫名其妙，只是发怔。但见他吃了又撕，撕了又吃，一边吃，一边说："可口可口。"好好的一本书，无多时刻，被他狼吞虎咽，吃剩了一半。

那时金门追踪到书房里喝道："休得无理，这是范老伯府上，不比自己家中。"当下拉住玉麒，待要抢回这本残书，叵耐玉麒坚决不肯放。彼此推推搡搡，扭作一团。

公任、振业、稚川都看得呆了，不知玉麒害的什么馋痨病，怎么抢着书本便吃，吃得这般津津有味？猛又听得当的一声，旁边一个白铜痰盂被他们互扭时碰倒在地，痰盂里清水和痰液都淌在地板上。说时迟，那时快，书房里又闯进一个漂亮少年，见了痰液，便唤着："好东西好东西。"也不顾自己体面，忙不迭地趴在地板上，狗伸着舌头般地把地板上很肮脏的很黏腻的浓痰，一股脑儿都呷在舌尖，咽入肚里，兀自舔嘴呷舌，觉得异常好吃。原来那少年便是曾充书局编辑的蒋玉麟。

金门跌足道："你们不争气，同时发这奇病，一个吃字纸，一个吃浓痰，怎么是好？"又向公任央告道，"老友，你瞧他们可怜不可怜，快快发个慈悲心，铲除他们的病根子，才是道理。"

公任见那一对少年如痴如醉，和方才进门时大换了样子，只得帮着金门，把玉麟从地上扶起。隔了一会儿，兄弟俩方才清醒。

公任问："他们为什么变了常态，兄弟俩完全都不省忆？"再问金山，"他们的奇病害了多少时候？"

金门道："已害了三个月，说是馋痨病，又不是馋痨病。说是羊癫风，又不是羊癫风。玉麒仿佛是蠹鱼转世，见了字纸，总是馋涎欲滴，不论什么重要物件，时时攫去当点心吃。玉麟发病，比玉麒相差一个月，病发时，最喜在痰盂中撩取浓痰鼻涕，纳入嘴里，不怕肮脏，总是吃得舔嘴呷舌。他们害了这般的奇病，人人传作笑话讲。在家时格外防备，软禁在室中，不许自由行动。这番带着他们出外就医，真个受累无穷，从南京乘沪宁车到上海，又转沪杭车到贵处，一路闹出的笑话不计其数。三张火车票，偶不防备，被玉麒攫去吃了，累我补票罚金。搭客嘴里唾弃的甘蔗渣儿、陈皮梅核儿，玉麟又当作美味看待，拾取在手，便放在嘴里咀嚼。引得同车的人狂笑不已，都笑这很体面的少年，瞧不出却是一对疯子。其实他们只是一时糊涂，待到清醒了，向他们提起方才闹的一回事，他们都是手掩着脸蛋，似乎羞惭无地。"

公任听了，频频嗟叹。兄弟俩又连连向公任作揖道歉说："方才的举动，端的一时昏迷，不由自己主张，有了这奇病，一天发一回，受累无穷，要是病根不除，此生休矣，永远做人不得。务望老伯垂怜，搭救小侄。"

公任道："你们的病症，实在不可思议。瞧你们现在的模样，确是彬彬有礼的少年，举止又端重，态度又安详，谁也瞧不出害着这般不顾体面的奇病。我既不懂什么医理，除却老神仙到来，再也没有除病之法。也罢，暂请在舍间住这几天，待我祷告神仙，再定办法。"

当下吩咐仆人，打扫房屋，铺设床帐，供他们叔侄三个住宿，一面办着筵席，替他们洗尘。公任父子和雅川都来陪坐。席上谈谈说说，感情很是融洽。

公任偶问金门道："贵同居朱娘子现在怎么样了？"

金门道："朱娘子自从烧香中计，被淫僧玷污了清白，痛定思痛，便存了一个决心，无论什么庵观寺院，绝足不去烧香，以为出家人都不是好人，深恐又落了圈套。她又劝丈夫另娶一个妻子，自己成了白圭之玷，不能长侍君子，拼着静室自修，做一个带发的在家尼僧。朱秋槎听了，竭力劝阻，叫她别存这消极的念头，说什么白圭之玷，又不是自己失节，完全受了暗算才遭这意外的羞辱。好在这桩事外面人并不知晓，名誉上不生影响。现在恶僧业已伏诛，总算仇已报了，何必介于心呢？秋槎虽然这么说，但是朱娘子总是郁郁不乐，当作终身莫大的耻辱。"

公任叹道："现在的世界，新旧各走极端，所以越闹越坏。朱娘子确是一个正经妇人，只是头脑太旧了。她的贞操并不是自己破坏的，本无觅死的必要。不幸那天落了恶僧的圈套，受这玷辱，回家以后，便该想个计较，惩治恶僧，才是道理。为什么忍气吞声，悬梁自尽呢？要没有快活神仙相救，她便死得不明不白，岂不是便宜了这个设计害人的恶僧吗？旧式妇女既有这般褊狭的见解，物极必反，自有现在那班新到极点的自由女郎。朱娘子看得贞操太重，明明受着暴力的侵犯，完全不由自己做主，她竟无颜对丈夫，不是觅死，定是要做尼僧。现在新到极点的妇女便不然了，看得贞操太轻，似乎贞操没有保守的必要，进一层说，似乎贞操不早早打破，便不成其为新到极点的妇女。据我看来，贞操两个字，毕竟不是腐败名词。贞操宛比清洁人的肌肤，当然以清洁为重。除是丧心病狂，断然不会污秽着肌肤，当作无上的光荣。也有受着职业的驱使、生活的要求不能保持她们的清洁，宛比担粪汉子、开矿工人，为着特殊的原因，身上清洁不得，人家见了，当然有几分原谅。至于生性爱清洁的，无端受了暴力的侵犯，身上沾染了污秽，这是一时的不幸，并不是不名誉。朱娘子把不幸的事当作不名誉的事，完全误解，以致轻生。现在新到极点的妇女，并没有人强迫她们打破贞操，她们却自动地打破，而且逢人夸张，把自己打破贞操算作很得意的成绩，这和丧心病狂的人涂着污秽，当作无上光荣，有什么两样呢？"

公任这一篇议论，暗暗指着江素芬而言，在座的只有稚川、振亚知晓。金门叔侄并不知其中情由，只道公任愤激之谈，不免疾世太深。席散以后，公任陪着他们去游览名胜。

这一夜，金门叔侄便在范宅过宿。到了来朝，公任担着大大的心事，只为对于玉麒、玉麟的疗病方法，依旧一筹莫展。半空中既不闻"咦咦咦，哈哈哈"的笑声，耳朵边也没有神仙来指示。虽曾祷告过快活神仙，求他老人家速来搭救，只恨毫无消息，多分老神仙和他们兄弟俩无缘，所以不肯前来援手。

但是金门路远迢迢地赶来求医，我竟爱莫能助，未免辜负了良友。从前花生米会幻化仙丹，现在却没有这机缘。眼看两个有用青年变作无用废物，叫我怎么过意得去。想到这里，不免长吁短叹，闷闷不乐。

陆氏道："你昏闷也没有用，若要搭救这两个青年，还得出外去访问快活神仙。你躲在家里长叹短吁，算什么呢？"

公任没法可想，只得独自出门，向湖滨去游玩。记得上次在葛岭遇仙，所以今天也往葛岭一带去散步，看可有缘法，和那位老神仙相逢。要是遇见了仙人，定须央恳他同到家中，搭救那两位害着奇病的少年。要是仙人不肯同行，也须向他讨取几粒仙丹，使那失神落魄的青年重返本性。

且说蒋金门和他两个侄儿在公任家中住了一天，眼巴巴地盼望公任取得仙丹救治奇疾。等候了良久，却不见公任出来，只有振亚、稚川陪着他们在书房中谈话。

金门问道："老神仙究竟来不来呢？"

振亚道："这桩事却不可预料，说他肯来，等他一年半载，也不见他来。说他不来，转瞬间他便到来，也未可知。"

金门皱眉道："那便难了，两个舍侄，每天总得发一回病。要是仙人不来，耽搁日久，他们天天在这里发病，怎么是好？玉麒在家时，第一次发这奇病，便偷开着家中的铁箱，把里面存放的公司股单、银行存折，一股脑儿撕得粉碎，抓在嘴里当点心吃。所有一切关系信用的东西，完全被他吞噬净尽。家兄为着这件事受累无穷，一面登报声明遗失要件，一面向原处挂失，被他这一闹，便费着许多手续。从此家中有什么重要文件，只是秘密存放，再不能被他知晓。至于玉麟所干的事，益发荒谬了，听得人家喉咙口痰声咯咯，他便和馋嘴的猫一般，任凭吐痰的是龌龊老头儿、邋遢老婆子，只需浓痰出口，他便抢着去吃。要是没有人吐痰，他见人家吐下的瓜子壳、抛弃的纸烟屁股，也得抓在嘴里，囫囵吞下。似这般的奇病，倘在家里发作，还可预先防范；现在暂寓尊府，须不比在自己家里，要是天天胡闹，叫我怎么过意得去？"

振亚道："家严为着这件事，很是代为忧虑，躲在家里没有法想，今天便

139

清早出门，四处寻访老神仙，不知老神仙和两位世兄，究竟有没有这缘分……"

"老神仙和两位世兄怎说没有缘分？今天特地把仙丹交给我，替他们治这奇病。"说话的便是公任，众人见了，个个大喜。

公任既这般说，两个少年合该有救了。

欲知后事，且阅下文。

第十七回

登徒子轻弃鸳盟
著作家专工懒祭

金门见了公任已进了书房，满怀欢喜，便道："老友觅得仙丹，两个孩子合该有救，你从哪里遇见了快活神仙带这仙丹回来？"

公任道："你别问我快活神仙在哪里，我便是快活神仙的代表。我带来的仙丹，不但可以搭救令侄，并且可以搭救那迷着本性的江素芬。"当下从怀里取出六份仙丹，把两份交给振亚说，"你且藏着，这是疗治江素芬的仙丹，日后到了上海，自有妙用。"又把四份分作两起，预备疗治这害着奇病的玉麒、玉麟。

公任向着两个少年说道："你们害的病，虽然十分奇怪，但是疾病不会无因而至，一定有了受病的根由，那病遂乘隙而入。吾先问玉麒，你扪心自问，生平可有不可告人的事？你要药到病除，须得把自己的隐匿和盘托出，使我知道了病原所在，那么对症下药，自有奇效。"

玉麒道："小侄自从服务教育界中，实事求是，毫无虚伪，待人接物，总以信义为重，事无不可对人言，并没有什么隐匿。"

公任点了点头，又问玉麟道："你哥哥既这么说，你呢？"

玉麟道："小侄在书局里职司编辑，办事勤奋，公余之暇，笔墨消遣，常在各报各杂志中投稿。自问生平所干的都是文字生涯，也没有什么不可告人的事。"

公任拱手道："你们俩都没有不可告人的事，可敬可敬，真不愧很有志气的青年，但是你们既这般光明正大，为什么害着那般离奇怪诞的病呢？敢是病魔误认了人，或者你们本没有病，却推托说有病？我既瞧不出你们的病根所在，虽有仙丹，叫我从何处下手？只好谨谢不敏，听其自然吧。"

金门听了着慌，便催促兄弟俩赶快把生平隐匿从实宣布，好叫范老伯对

141

症下药，疗治他们的痼疾。但是两个少年竭力剖白，口口声声，只说委实没有隐匿。

公任道："也罢，这里的仙丹本有两种：一是真实丹，吃了下去，本人倘有隐匿，不打自招，便会披露；一是洗心丹，吃了下去，把方寸中的邪恶荡涤净尽，包管病根全除。现在先给他们各吃一服真实丹，再做计较。"说罢，把真实丹两服分给兄弟俩，叫他们用开水冲服。

两个少年得了仙丹，都有些犹豫不决，未敢立即服用。

公任道："不用怀疑，快快喝入肚里，你们既没有隐匿，怕什么出乖露丑，道破真情？"

两个少年没奈何，彼此都喝了一口。

公任又催迫他们喝个净尽。等喝尽以后，真实水在肚里东奔西窜、南冲北突，任凭胸有严密的城府，也被真实水攻破，开得直洞洞的，满肚皮不可告人的事再也不能在城府中躲藏，霎时间撞破喉关，尽情宣布。

玉麒先服真实丹，药性发动得较早，当众宣布道："玉麒的假面具，今天自行撕破了。玉麒枉算是小学校长，然而所作所为，委实是个反复无常的小人，全不像教育界中人物。玉麒每逢向小学生训话，今天讲诚实，明天讲信义，讲得十二分动听、十二分透彻，从表面上看来，宛然一个循循善诱的良师。有时讲得起劲时，提起粉笔，在黑板上绘着一个人、一只狼，向小学生耳提面命道：'小子小子，凡是知道诚实信义的便是人，不知道诚实信义的便是狼。你们愿做人吗？愿做狼吗？'小学生一片声地嚷道：'我们愿做人，我们愿做人。'玉麒含笑说道：'我也知道你们愿做人，诚实和信义，便是做人的要素，抛却这四个字，便是取消人格，甘与鸟兽同群。所以不诚不实不信不义的人，简直不是个人，面虽人面，心已狼心，万劫不复，永远做个衣冠禽兽，辱没祖先，贻笑社会。你们仔细想想可怜不可怜呢？'小学生听了玉麒这番训话，果然个个动容。恰有一位视学员，在课堂里面旁听，不禁连连点头，十分嘉许，说玉麒是不可多得的良教员，他的视察评语说什么'该教员品端学粹，教导有方，对于诚实信义四个字，体会真确，发挥透彻，理应特别奖励，以为一班良教师劝'。其实呢，玉麒这一番训话，叫作石乌龟喝水——口不应心。不瞒诸位说，玉麒便是一个不诚不实不信不义的少年，生平失信的事，不知凡几。谁是人面狼心，玉麒便是人面狼心。谁是衣冠禽兽，玉麒便是衣冠禽兽。若要盘问我的隐匿，我便拣一桩负心的事当众宣布。玉麒在南京城里，和一位张姓女教员很是投契。玉麒充当校长，既然博得视学员的良好评语，张女士的视察眼光也和这位视学员一般，把玉麒认为品端学粹的良教师。从此友谊上面，又加着一重保障，渐渐和玉麒发生了恋爱。此往彼来的情书，叠在案头，足有尺许的高度。张女士确是个多情种子，全副爱情都倾注在玉麒身上。玉麒在先和她搅得火炭一般热，誓海盟山，指天画地，什么话不曾说过？别说今生愿做夫妇，便是世世生生，也要成为有情眷属。'在天愿为比翼鸟，在地愿作连理枝'这两句唐诗，在玉麒嘴里，至少也念过三万六千遍。谁料后来玉麒又和李女士发生了恋爱，为着李女士是资本家的女儿，不比张女士是一个穷教员，娶了她没有丰盛嫁妆赔贴。这贫富阶级上计较，不由玉麒不弃旧怜新，把从前和张女士的信誓旦旦当作过眼云烟，完全不放在心上。张女士见玉麒中途变卦，懊恨欲绝，几次写信给玉麒，严词诘责。玉麒在先得了她的信札，未曾启封，便和信札连连接吻；自从和李女士有了爱情，见了张女士的信札，便存个憎恶之心，封都不启，立时付之丙丁。张女士屡次上门来找我，只是托词拒绝，匿不见面。可怜张女士无处申诉，含泪而返。后来她告诉玉麒，说为了我弃信背约，中途变卦，她便存了绝望，准备祝发空门，在那晨钟暮鼓中度这可怜日月。玉麒听了，毫不打动心坎，只是付之一笑，暗暗自念道：'你没有嫁妆，本不配做我的妻子，我和你的关系业已断绝。由着你做尼姑，干我甚事。'玉麒的心肠这般狠辣，已成了反复无常的小人。这便是我不可告人的隐匿……"

"你的话讲得够了，待我来宣布吧。我憋着满肚皮的说话待要宣布，却被你抢一个先，累我喉咙口痒了多时，再不宣布，我的肚皮都要胀破了。"说话的便是蒋玉麟，他喝了真实水，药性已发作了多时，只碍着他哥哥宣布历史未完，没有插话的机会。现在玉麒的供状已告一段落，玉麟再也忍耐不住，因此催着要宣布。

公任笑道："你哥哥的说话果然讲得够了，你来讲吧。"

玉麟更不敢迟延，便滔滔不绝地宣布自己的历史道："不瞒范老伯说，玉麟在书局里充当一名编辑员。编辑些什么，只是东抄西袭，敷衍成篇，完全没有自出心裁的作品。玉麟家藏的断简残编，以及种种色色的报纸杂志，很是丰富，只费着几天整理的工夫，分门别类，陈列在书房里面，便可以供给我一生抄袭不尽。表面上算是编书，其实只在故纸堆中，做那鸡鸣狗盗的勾当。有时不惜脚步，到各处冷摊上物色旧书。要是觅得几本不曾刊版的书籍，无论是文稿、诗稿、杂著、笔记，玉麟便老实不客气，当作逆产办理，完全都没收了，换上了自己的名字，便算自己的著作。可怜古人费了许多心血，把生平刻意经营的文字，蝇头细楷抄录成书，指望有尊重先人手泽的儿孙，替他刊布传世，好叫文苑传中分得片席。谁料儿孙不争气，丢在字纸篓里，总算收字纸的尚有几分怜才之意，不曾付之一炬。到后来流落在冷摊上面，和那破鞋破帽陈列在一起。却便宜了我蒋玉麟，张冠李戴，掠为己有，而且讳莫如深，见了人总说是自己的著作，绝对不肯承认为抄袭家。从此以后，别说冷摊旁边玉麟不肯轻易走过，便是遇见了挑字纸担的，玉麟也当作了宝藏之窟，多少总得给他几个铜圆，央告他暂时歇上纸担，容我搜寻一遍，看里面可有什么供我抄袭的资料。后来挑字纸担的把玉麟当作老主顾看待，远远望见了玉麟，不待央告，早把字纸担歇下，容我在里面讨寻生活。有时搜得一鳞一爪，不成片断的文字，玉麟也当作奇货可居，便投到报馆里去骗钱。果然文字有灵，被我沾上了许多油水。有时被人告发，说是抄袭成作。好在玉麟的别号是很多的，这个别号失了风，再来一个，又换上了一个别号。从前的别号，譬如昨日死，现在的别号，譬如今日生。果然又发生了效力，横竖都不用本名，人家哪里知道玉麟是一个大抄袭家。记得某杂志上登载着一条启事，说本杂志取缔抄袭，采用严格主义，如发现有抄袭的作品蒙混入选，请同文随时举报，自当把抄袭家应得的稿费移赠告发抄袭的人。玉麟读了这段启事，不禁满怀欢喜，这里面有生财秘诀，我的幸运来了。当下便抄袭着二十年前出版的小说，投到该杂志编辑部里，署着一个化名。要是编辑先生不注意，竟把这篇小说登载了，待到该杂志出版日期，玉麟便抢先去购买，瞧见了这篇文字，玉麟便立时写信去告发抄袭，连同这篇文字的原本一并寄去。编辑先生对于玉麟很是感激，果然取消了抄袭家的酬金，全数移赠玉麟，又通函向玉麟道谢，说：'以后本杂志里面再有抄袭文字的发现，尚望先生不吝指教，据实纠发。'玉麟这一喜非同小可，便时时利用这手段骗取酬金，有抄袭家之实，而无抄袭家之名。外面一班舆论都说蒋玉麟年龄虽轻，却是无书不览，记忆力很强，抄袭家无论抄袭什么文字，都逃不过他的眼光。他有了这副本领，无怪著作界中，他的名誉蒸蒸日上咧。谁知道玉麟又做师娘又做鬼，又做捕快又做贼，抄袭者是我，举发者也是我。抄袭时用我的化名，举发时用我的真名，从这里面讨寻生活，自己可以一字不作，专把别人的著作骗取金钱，又有名，又有利，何乐而不为呢？偷窃金钱叫作贼，偷窃文字不是贼，叫作抄袭家。而且偷窃得合宜，连抄袭家三个字也可免除，人家不唤他抄袭家，反而恭维他一声博学强记的大文豪，一般也可以在著作界中自命风雅，大出风头。玉麟交了这幸运，独居私念，现在伏案绞脑汁的文人，大半都是呆鸟。须知成就文学家，不必绞自己的脑汁，只需把前人业已绞出的脑汁蘸在我的笔尖上，一般可以下笔千言，顷刻立就。造就文学家的要素，只费些目力和腕力，至于脑力两个字，完全用不着的。要仗着脑力上成就一个文学家，纵然成名，不免牺牲得太大，得不偿失，只好算是呆鸟式的文学家。如我这般，可以唤作卫生式的文学家，任凭每天撰述数万言，绝不会耗费一点半点的脑汁，卫生之道，莫大乎是。古人懂得我的秘诀，李长吉也不会呕出心肝，谢宣城也不会语不惊人死不休。自古至今，许多呆鸟式的文学家完全做我卫生式的文学家的奴隶，他们绞出的脑汁完全供我蒋玉麟挥洒之用，天下便宜的事被我占尽，这是我历年心得的秘诀，不肯轻易告诉人家。今天喝了真实水，我的秘密竟被真实水冲动，浮到喉咙口，再也按捺不住，只得倾筐倒篋地说了出来，句句都是实情，待要掩饰，也不由我掩饰了。"

公任大笑道："我说这两个少年的奇病不会无因而至，现在果然道出了隐情。我的所料何如？"

金门很惊异地说道："不料老友遇见了仙人，窥人如见肺肝，学得这般出神入化的本领。这两个舍侄都是胸有城府的人，他们怀藏的念头父母都猜测不出，何况叔父？玉麟侄儿未发病前，曾经央媒向李姓求亲，婚约行将成就，不料发了奇病，被李姓知晓了，这亲事便功败垂成。我们很替他抱憾，只道是姻缘无分，所以半途生出这挫折。至于他和张女士早有誓约的事，我们做家长的完全都不知晓。要不是今天当众宣布，我们还被他瞒得铁桶一般呢。玉麟这孩子，天资是很平常的，幼年时偷懒成癖，不肯用功地读书，但是充当了书局编辑，他的声誉便蒸蒸日上，著作又异常丰富，各报纸各杂志又都有他的名字，只道他近年努力用功，所以得有这般良好的成绩。自从他害了奇病，著作上大受打击，我们很替他可惜，好好的一个文学家，蓦地被那病魔断送了。要不是他今天当众宣布，我们怎知他是一个拾人唾余的抄袭家呢？"

公任道："他们的隐衷，仗着真实丹的效力，一一完全宣布了。可见病非无因而至，他们的病，都是他们自己招来的。玉麟有了弃信背约的病根，所以病发的时候，遇着关系信用的文件，玉麟便馋涎欲滴，都要抓来当点心吃，实行一句食言而肥的古话。玉麟有了东抄西袭的病根，所以病发的时候，专喜拾人唾余，奉为至宝，无论浓痰鼻涕，都当作可口的东西，不顾羞耻，在大庭广众中舔取人家的排泄物。唉，很有希望的青年，害了这不可救药的病，叫我也没法可以搭救啊。"

金门忙问道："老友不是说还有两服洗心丹吗？吃了洗心丹，病根自会除掉，怎说没法可以搭救呢？"

公任摇头道："难难难，悔悟的心可以洗，怙过的心不可洗。他们方才讳莫如深，咬定牙关都说没有什么不可告人的事，要不是喝了真实水，怎肯把自己的隐匿当众宣布？可见他们兀自怙过不悛，并没有痛自悔悟的念头。虽有神仙的洗心丹，也不能涤去旧染之污，使他们重返本性……"

两个少年听得清楚，不觉汗流浃背，方才喝了真实水，怎么把生平不可告人的事——一当众宣布了？现在隐衷既已说出，病根兀自未除，这便怎么是好？他们一时惶急，便跪伏在公任面前，苦苦哀求，都愿痛自悔悟，不蹈故辙，但求病根早早铲除，重返本性。

公任道："求人不如求己，若要病好，须得抱定宗旨，革除自己的弊病，只怕一时糊涂，旧病重发，那便没得救了。"道言未毕，玉麒的旧病立时发作，直瞪着双眼，嗖地从地上站起，东张西望，可有什么关系信用的文件，供给他大嚼一顿。那时金门生怕玉麒又闹乱子，早把他拦腰抱住，不放他手脚活动。相隔不多时，玉麟也从地上爬起，待要去抢那痰盂中的东西吃，振亚、稚川也把他左右手握住，不放他去吃这肮脏的东西。两个少年竭力挣扎，只是挣扎不脱。玉麒大喊道："范老伯，救我则个，多少给我些可口的东西，救我的馋痨病。"

公任道："你想吃什么东西？"

玉麒道："最好吃最有滋味的是婚书，其他如契约、兰谱、银行存据、毕业文凭，凡是关系信用的东西，都可救我的馋痨病，再不然给我几本旧账簿，也可暂时充饥。"

公任笑道："你要吞噬信用文件，再也休想。今天由着你叫喊，没法解你的馋痨病。"

玉麟又接着喊道："范老伯，快快行个方便吧，痰盂里的东西是我生活的源流。我的馋痨病发得厉害，吃一块浓痰胜比琼浆，吃一滴鼻涕胜比玉液。倘没有浓痰和鼻涕，便是刮下的牙垢、漱口时吐出的水、醉汉呕出的酒饭，都可以充我的饥肠。我实在饿得慌咧。"

公任笑道："由着你挨饿，你是攫取人家唾余的东西，当作自己的食料，再也休想。"

两个少年狂喊了多时，面红颈赤，额头上绿豆般的汗点子滴溜溜地滚下，他们挣扎了一会儿，渐渐平复。待到神志清醒以后，金门告诉他们方才发病的情形。玉麒、玉麟又是掩着面皮，十分愧恨，依旧跪倒在公任面前，央求他早施妙药，铲除病根。

公任道："若要铲除病根，须得痛自悔改。玉麒听着，我把你的病治好以后，回到南京，快快向张女士负荆请罪，恢复昔日的爱情，择日成亲，早践誓约，那么病根尽去，永不再发。要是结婚以后，依旧用情不专，得陇望蜀，你的病不免重发，而且还得加倍厉害，此生休矣，再休想有霍然病愈的日子。"

玉麒连连叩头道："范老伯医好了我的奇病，即日动身回南京，向张女士恢复爱情。玉麒干了弃信背约的事，实在病由自召，并非外至。现在彻底悔悟，绝不敢再蹈故辙。"

公任道："玉麒已悔悟了，玉麟呢?"

玉麟伏地谢罪道："范老伯在上，玉麟到这地步，羞愧无从自容，知道抄袭生涯，绝非君子所为，拾人唾余，占为己有，合该犯这专喜吃人浓痰鼻涕的奇病。范老伯医好玉麟的病症，玉麟绝不敢重萌故态。从此竭力奋斗，把自己的脑力博金钱，再也不敢在著作林里做一个偷偷摸摸的文贼。"

公任点头道："你们都已悔悟了，便有洗心的可能，服下洗心丹，自会发生效力，在腔子里大洒扫铲除你们的病根。"

当下唤两个少年都站起来了，各给他们一服洗心丹，用开水冲服。说也稀奇，洗心丹一经下肚，腔子里好生难过。两个少年都捧着胸口，连叫："不得了，不得了。"

公任笑道："你们不用着慌，腔子里的龌龊观念，全仗着这服洗心丹洗个一干二净。正气和邪气在方寸之间交战，当然要发生一种刺激，觉得胸口异常难过。幸亏你们都已彻底悔悟了，邪气已馁，待到最后五分钟，毕竟正气得了胜利。待到正气战胜了邪气，包管天君泰然，四肢安适，有说不出的快乐。我在先不把洗心丹给你们服下，只为你们腔子里的邪念正盛，悔悟之心尚未发动。要是早吃了洗心丹，腔子里的邪正交战，不易解决，那便够你们受用了。现在正气已有胜利的可能，你们忍耐一下子，便见分晓。"

两个少年听了，极力忍耐，只是忍耐不得，仿佛千军万马在腔子里十决十荡，互相扑战。大家都变作了捧心的西子，愁眉苦脸，连连哼个不住，觉得心窝里决战，比死还要难过。约莫五分钟光景，胸次渐松。那时节邪气已吃了败仗，节节溃退，直向大肠里觅路而逃。

公任瞧见这两个少年的面色，知道满肚皮的邪气都要突围而出了，忙盼咐众人都掩着鼻子。话没说完，两个少年的后宰门都放着一个起身炮，满肚皮的邪气，已在那炮响声中化为乌有。亏得众人都掩着鼻关，这两股浊气弥漫空中，半晌始散。

玉麒、玉麟都向公任连连道谢说："范老伯这一番搭救，分明把我们从畜生道中拔升做人类。此恩此德，一辈子感激不尽。"

在这当儿，振亚拉着稚川，走到书房门外，窃窃私语道："家严方才出去得一会儿，怎么便学得这许多神通？看他疗治这兄弟俩从容不迫，很有把握，敢是快活神仙传授了他的仙术不成？"

稚川道："我也在那里奇怪，今天的范老伯，确乎改变了一个样子。出言吐语，都有些神秘气味，他老人家学得了仙法，料想不秘为己有，我们求他指授指授，学得些神通，替社会解除苦厄，多么是好。"

振亚点头道："家严素性慷慨，得了仙法，一定可以公开的。大约快活神仙的秘诀很是简单。要不然，家严怎会顷刻之间学得这许多神通呢？我和你别错过了机会，快快进去，向他老人家学习些不可思议的仙法。"

两个人回到里面，正待启齿，公任忽指着振亚道："你别误认人，我不是你的老子，要见你的老子，回头去看。"

众人都很诧异，忙向门外望去，果见公任没精打采地走入书房。再行回头，已不见了方才医治奇病的公任，但听得半空中起着"咦咦咦，哈哈哈"的笑声。原来在先的公任，又是快活神仙的化身。

欲知后事，且阅下文。

第十八回

愆佳期老娘担忧虑
阅秘籍小婢起猜疑

蒋金门哪里知道在先的公任是假，后来的公任是真，他竟率领着两个侄儿，迎着后来的公任拜倒在地，慌得公任答拜不迭。

金门且拜且说道："老友老友，你真个成了仙人吗？你竟学得身外化身的仙法吗？怎么一转眼间，不见了书房中的老友，却来了书房外的老友。你简直是一位活神仙了。方才我正奇怪着，你的治病妙法为什么这般出神入化，原来你已成了仙人。你既成了仙人，不该守着秘密主义，昨天兀自向我说不会行医。老友老友，任凭天医星下凡，也没有你这么大的本领。你不会行医，谁会行医，你的话滑稽不滑稽呢？"

彼此拜罢起身，公任听了这许多话，如堕十重云雾中，瞠目直视，连呼奇怪道："老哥你说的什么话，句句都有些神秘意味，真叫作玄之又玄，几乎玄煞了。兄弟并没有替令侄治病，怎说书房中一个我，书房外又是一个我？"

振亚道："金门未悉缘由。"便报告道，"方才治病的不是家严，却是快活神仙的化身。现在进来的才是家严呢。"

金门兀自不信。公任听了，也有些不明不白。稚川、振亚争把方才的情形述了一遍。

公任笑向玉麒、玉麟说道："老神仙的举动，端的滑稽之至，他竟幻化着我，来治你们的病。不但你们信以为真，便是小儿也瞧不破真相，竟尔谓他人父，端的是绝大笑话。我今天起了一个清早，便到葛岭，指望寻觅他的仙踪，寻来寻去，哪里有一毫影响。我只道仙人和你们无缘，不肯赐给仙丹，辜负了你们远道求医，徒劳往返，因此心头异常懊丧，快快地归来。不料老神仙专喜和人开玩笑，幻化作我，先到这里来治病，而且留下两服仙丹给小儿，还可以救治那堕入迷网的江素芬。老神仙的神通真大，我不但替你们兄弟俩喜欢，也替江素芬女士快活。"

蒋金门叔侄三人到这时恍然大悟，快活神仙的本领果然不小。大家重又跪伏在地，拜谢那位治人痼疾的快活神仙。拜谢已毕，金门便向公任告别说："两个舍侄都已病好，便想赶回南京，好使他们的父母早早宽慰。再者玉麒对于张女士既有负心的事，现在彻底悔悟了，便该早日去道歉，免得失恋的张女士一时气愤，真个去做什么尼姑。"

公任道："难得赴杭，本该作平原十日之饮，但是既有这两层关系，兄弟也不敢屈留，明天兄弟本想到上海去，可以和你们同行，何妨暂住一宵，来日同赴上海。"

金门却不过公任的盛意，便耽搁了一宵。待到来日，公任向振亚取了两服仙丹。纸包上写得明明白白：一服真实丹，服了可吐露真情；一服洗心丹，服了可涤去邪念。但是真实丹的纸包上，注着一行小字道："业已吐露真情者，服之无效。"洗心丹的纸包上，也注着一行小字道："不曾彻底悔悟者，服之有害。"

公任看过以后，在怀中藏好了，便挈带稚川，连同金门叔侄一干人，搭车赴沪。到了上海，金门叔侄便和公任、稚川作别，自回南京，按下慢提。

且说公任带着稚川，径往英租界，访问他的亲家江景双。提起江景双的家事，编书的也有一番补叙。

且说江景双也是杭州籍贯，自幼便和范公任同学，十分投契。景双的旧学，颇有根底，后来弃儒习贾，在上海经营企业，很是得意，便永做了海上寓公。除却春秋祭扫，不大回里。长女素娟嫁给范振亚为妻，琴瑟谐好，佳偶天成。次女素芬在附近女学校里读书，尚没有定亲。景双又爱怜少女，指望择一个女婿，强过了振亚数倍，常向他夫人江太太说道："阿芬的眼界和阿娟不同，阿娟嫁了一个稍有财产的读书种子，便已心满意足；阿芬的夫婿，那就很不容易了。小妮子的志愿，真大得了不得，依着她理想中的夫婿，一要拥有绝大财产，二要很漂亮的小白脸，三要负有盛名的西洋大学毕业生。这不是石崇、潘安、曹植合而为一人吗？月老姻缘簿上，怎能打这如意算盘，我替她物色经年，总无一个全美的郎君可中雀屏之选，这便怎么是好？"

江太太笑道："你也太不耐烦了，担这心事做什么？旧法择婿，是老子娘做主的，选择得好，女儿不见得向老子娘道谢，选择得不好，女儿便一生抱怨着老子娘。所以旧法择婿，做老子娘的很负着重大责任。现在呢，这个困难可以解免了，青年男女择配，都要自己放出正确的眼光来。第一步彼此订为朋友。第二步从朋友订为夫妇，双方情愿，并没有第三者参与其间。选得好，自己的眼光果然正确。选择得不好，只好自己抱怨着自己，也不能怨及老子娘。阿芬既是一个有学问有见识的女郎，择婿一桩事，关系她的终身荣枯，她自己会得注意，要我们着急做甚？"

景双连摇着头道："你也是诗礼人家的女儿，《闺门女训》《女孝经》都曾读过，怎说女孩儿家可以结交男友，可以自由恋爱？我是个秀才出身，虽在商界中混了多年，还没有脱却书生本色。婚姻是人生的大事，父母之命、媒妁之言，毕竟是天经地义，一些儿缺少不得。"

江太太道："你的脑筋也太旧了，现在是什么时代，可是《闺门女训》《列女传》的时代？怎好顽固到底，不图变通？"

景双冷笑道："你在上海住了多年，也沾染了女界习气，动不动便骂人顽固。老实向你说，我深恶痛绝的，便是顽固两个字，顽固者知其一而不知其二，可与言经而不可与言权。我何尝是个顽固党呢，要是顽固党，便天天捧着破烂书本，在杭州城里做冬烘先生，怎会取得现在的地位？我也知世界潮流，可利导而不可力御，所以两个女儿都许她们入校读书，并不拘守什么女子无才便是德的老话。凡是可以变通的所在，我总许她们酌量变通。不比同乡赵益甫先生，挂着道学先生的牌子，拘守着女子不出中闺的古训，强迫他女儿令娴中途退学，到后来假道学的黑幕揭破，闹出种种笑话。"

江太太道："你既不愿顽固到底，为什么女儿的亲事不放她自己选择？"

景双道："这要看事办事，不能一概而论。譬如女儿要读书，我许她读书；女儿不愿裹足，我许她不裹足；女儿要剪发髻，我许她剪去发髻。这便是我格外通融，不拘成见。要是真个老顽固，那便不肯通融了。至于婚姻一层，断乎自由不得。阿芬的眼光，怎及我们有年纪人的老练？要是由她自己择配，外面甜嘴蜜舌的小滑头很多，只怕一时不慎，变作终身之憾。所以般般都可通融，唯有父母之命、媒妁之言两句话，自古至今，颠扑不破，万万通融不得。"

夫妇俩各执一词，谈了良久，依旧没个解决。

江太太悄问女儿道："你的亲事，我许你自由择配，你爹爹却拘守旧法，定要堂上父母做主。他是这么说，我是那么说，你想谁的理由充足。"

素芬沉吟半晌道："女儿也不晓得谁的理由充足，只觉得提起了婚姻，异常触耳，很不愿意听的。女儿正在求学时代，并不急于解决这个婚姻问题。来日正长，请爹爹妈妈从容选择。今年选不中，尚有来年，来年选不中，尚有后年。便是一辈子选不中，也没妨碍，女儿只知道努力读书，旁的事都不暇兼顾。"

江太太笑道："有是父必有是女，你既不着急，我着急它做啥。没的皇帝不急死，反而急死了太监，只好由着你爹爹慢慢儿选择便了。"

素芬平日住在学校里，非逢星期六散课，不肯轻易回家。回家以后，依旧忙不迭地预备功课。她是很有好胜心的，各种学问都喜抢在人前头，要是有一科落后，她便满肚皮不快活，定须整昼整夜地预备，直到占了先着才休。

景双见了，说不尽胸中得意，笑向江太太说道："你瞧这小妮子，何等有志，除却学问以外，什么事都不关心，将来倒可以成就一个女文学家呢。配亲一层尽可慢慢儿选择，现在便提议亲事，岂不分去了她的向学志愿。"

江太太道："女儿的亲事没有定，做老子娘的总担着绝大的心事。我在先主张女儿自由结婚，便是减轻我们的担负。现在这副重担子依旧挑在我们身上。过于严格地选择，当选的一定很难，要是蹉跎又蹉跎，长久没有人当选，岂不辜负了女儿的如花美眷似水流年？"

素芬在旁边听得，便道："爹爹妈妈又要提议什么亲事了，这些话听在耳朵里，很麻烦的。女儿只知道努力求学，便是一百年不谈亲事，也不会怨及爹妈。学问便是女儿的恋人、女儿的身体，自愿嫁给许多书籍，学圃中培植的灿烂之花便是女儿的宁馨儿。"

景双大笑道："小妮子又说痴话了，男大须婚，女大须嫁，凭你是圣贤，也打不破这个公例。没的做了女学生，便是一辈子守着独身主义。"

素芬道："女儿并不抱定什么独身主义，但是夫婿不如人意，还不如没有夫婿的好。女儿理想中的夫婿，业已告诉爹妈知晓，爹妈找得到这般夫婿，女儿便肯出嫁。找不到这般夫婿，女儿只有一辈子抱着书本，做我唯一无二的恋人。"

江太太向丈夫瞅了一眼道："你可懂得阿芬的意思吗？题目由她出，文章却须我们作的。要是平平正正的题目，我们总可以敷衍完卷，可她所出的却是绝顶的难题，委实不容易交卷，约略迁就一些，她又不答应。我那天劝你不要接受这个题目，我的意思便是题目由她出，文章也得由她去作。偏是你不识好歹，定要告什么奋勇，把题目接受在手。看你可有本领，照着她的题目，作出一篇异常卖力的好文字来？"

景双微笑道："你别小看了我，题目虽难，总有本领可以完卷，做了秀才，什么难题都做过。或者因难见巧，作出一篇斟酌饱满的文章来，也未可知。"

　　景双择婿经年，素芬的理想丈夫依旧归于理想。景双虽然着急，但是素芬不催促他交卷，觉得期限甚宽，尚有从容选择的余地。

　　江太太又悄向丈夫说道："女儿的年龄一年比一年大，你接受了题目，经久不交卷，女儿人大心大，上海又是繁华的地方，风气很坏，拆白少年到处皆是，万一做出什么不名誉的事，怎生是好？"

　　景双拍着胸脯道："你怕阿芬做出不名誉的事吗？我可以写着包票，阿芬是一个志趣高尚的女子。上海风气虽坏，人人都可以沾染，却不会沾到阿芬的身上。她不愧是个诗礼人家的女儿，旁的女学生情窦初开，便喜看艳情小说。阿芬在书房里，除却正经书籍以外，淫词艳曲，概不寓目，什么风情月意，一些儿不放在心上。虽没有挂着道学家的牌子，但看她的举止行动，简直是很纯粹的学者气象。你防她沾染习气，这叫作以小人之心度君子之腹了。知女莫如父，我家的阿芬，无论在什么不良的环境里面，她总可以守身如玉，不辱没我们的家风。"

　　景双很信任着女儿，自以为独具只眼。谁料这位很高尚的女郎在景双赞美声中倏地改变了态度，接连有两三个星期没有回家。景双只道女儿在学校里努力用功，无暇回来，倒也不放在心上。倒是江太太抱着怀疑态度，接二连三地催促景双去问那位女校长，端的为着什么事不放阿芬回家。

　　景双笑道："这便多此一举了，总是学校里功课忙碌，阿芬不得回来，问她做甚？"

　　江太太道："果然这么样，那便好了。我在这几天内，时时心惊肉跳，似乎阿芬在外面干了什么不名誉的事，你放心得下，我却放心不下。你不去问，我总得去问个明白。"

　　景双大笑道："你这个人惯会多忧多虑，忧其所不当忧，是谓空忧，虑其所不当虑，是谓妄虑。也罢，你既不放心，我便去走一趟。走便走了，据我看来，和校长相见以后，校长没有旁的话说，只说令爱好好地在敝校肄业，每逢星期休假，总是目不窥园，请贵家长高枕以卧，放下这条心吧。"

　　江太太道："捣你的鬼，你还没有和校长相见，怎知道校长这般说？"

　　景双笑道："做了男子汉，总比妇人家的眼光远大，这些料事之明还没有，成什么须眉丈夫呢？你若不信，伸只手来，和你拍一下手掌，可好不好？"

　　江太太果然伸手过去，给景双拍了一下手掌，倒惹得旁边十五岁的婢女怜香咯咯地笑个不住。

景双出门以后，江太太悄问怜香道："我且问你，二小姐的房间和你的房间只隔着一重板壁，上月二小姐回来，在房里可有什么动静？"

怜香道："二小姐过去归家，总在书房里用功读书，不到深夜，不肯归房安卧。独有上月礼拜六，二小姐从学堂里回来，不到书房里去读书。晚饭以后，便回房里，手捧着一本书，躺在沙发上，看得格外起劲。我不识字，不知道二小姐看的是什么书，但觉二小姐这夜看书，比往日还要认真十倍。我送给二小姐一杯香茗，她懒洋洋地接取在手，一边喝茶，一边兀自手不释卷。喝完了茶，把空杯放在桌子上，她的两道眼光兀自射在这本书上，手离着桌子尚有三四寸，她以为便是桌子了，陡把茶杯放下，忽听得当的一声，茶杯落地，打作了三四块。太太，这本书有什么好看？难道里面有活狮子出现不成？二小姐竟看得这般出神，可笑不可笑呢？"

太太道："端的好笑，她竟变作一个女书呆子了。便是忙着预备功课，也不该痴迷到这般地步。后来怎么样呢？"

怜香道："后来我把碗片打扫干净了，便问二小姐可有什么使唤，连问了两三声她才觉察，便道：'你自去睡吧，我这里不用你伺候。'说完两句，眼光又移到书本上面。我瞧见二小姐脸上微微地泛起红云，两眼水汪汪，另换了一个模样。她又不曾饮酒，怎么变作了酒醉的面孔？也许她身子不大好，面上升着虚火，但是身子不大好，便该早睡。为什么捧着这劳什子，兀自看个不歇呢？"

江太太点头道："我知道了，她看的书本定是什么很费脑子的算学课本。她一边看书，一边兀自绞脑汁，一个人用心过度，面上很容易升火。唉，小妮子这般努力，忒煞认真了。后来又怎么样呢？"

怜香道："后来我回房去睡，二小姐兀自在房里看书。隔了良久，忽听得二小姐喃喃自语道：'我一向没有知晓，原来这里面有许多趣味，要不是看了这本妙书，怎会学得这许多知识。'"

江太太又连连点头道："果然被我猜着了，这本书定是算学课本。凡是研究算学的，遇见了什么不易明白的难题，在先昏昏沉沉，猜不出其中的奥妙，直到研究明白，便觉津津有味。因此，她说一声这里面有许多趣味。说到这句话，她的难题解决了，是不是便上床安睡？"

怜香摇头道："太太猜得不对，二小姐道完了这句话，再也不肯上床安睡，连连地唉声叹气，独自在房里打转，皮鞋走得咯噔咯噔地响。走路也没好相，仿佛在戏台上小旦走的浪步一般。隔了一会子，听得二小姐在地板上把脚乱踏，接着扑的一声，似乎仰翻在床上，口中微微道一句：'我要死了。'我隔着板壁听得清楚，几乎吓了一跳，敢是二小姐害了什么急病不成？连忙高声唤道：'二小姐，你做什么，敢是身子有些不舒服？现在外面时疫很多，耽误不得，可要延请医生？可要替你提痧，吃一瓶痧水？'问了几遍，才听得二小姐喃喃骂道：'小鬼丫头，你敢是疯了，在这里赤口白舌地骂人。谁要请什么医生？谁要提什么痧，吃什么痧药水？我吩咐你早睡，你只躺你的尸罢了，不用管什么闲事，你再多嘴，明天撕下你的嘴来。'我忍气吞声，挨了二小姐一顿臭骂，后来我便上床睡了。但是一觉醒来，依旧听得二小姐手拍床沿，足有数十遍，在床上翻来覆去，不知她为什么睡不稳。我防着二小姐发脾气，再也不敢多问，讨这没趣。"

江太太沉吟了片晌道："你是个蠢丫头，怎懂得其中的道理。二小姐唉声叹气，并不为着什么事，只因一个算学难题解决了，又有一个算学难题，思索再三，很不容易解决，她脚踏着楼板，为的是算学题目没有算出，手拍着床沿，为的也是算学题目没有算出。她是一个很用功的女学生，为着学问，拼命地和人争胜。不比你们乡下大姑娘，蠢得和猪猡一般，日图三餐，夜图一觉，旁的事都不放在心上。"

怜香扁着嘴道："算学算学，只怕不是吧，要是算学题目没有算出，不该嘴里说什么死的活的。二小姐用功读书，不是那夜开头，为什么旁的日子不听得她唤什么死的活的呢？"

江太太发嗔道："没怪二小姐要骂你小鬼丫头，你原来狗嘴里吐不出象牙。人家规规矩矩地研究学问，到了你嘴里，装头装尾，便说得不堪入耳。你服侍了二小姐多年，还没有知道二小姐的性情吗？她把学问当作生命一般，遇着什么难题，一时解决不得，常常自己咒骂着自己，所以一时愤恨，便道出什么死的活的。"

怜香听得这般说，便不再和江太太辩论，自去做她的工作不提。

江太太转自担着许多的心事，暗暗思想道："我也觉得阿芬那天回家，有些改变了态度。往日她在书房里用功，琅琅书声须到深夜才罢。那天吃过晚饭，看她急急忙忙径到房里，我很有些怀疑，曾到她书房里去谈话，她正在那里看书。见我进来，便把书掩藏了，和我谈话又有些神色不定。我当时便觉诧异，只是不曾向她盘问根由。现在据着怜香的报告，便知阿芬所看的书绝不是正经书籍了。我防着怜香在外面乱讲，有碍阿芬的名誉，因此替她竭力辩护，只说她看的是算学课本。其实哪里是什么算学课本呢？我听得近年有一般导淫的著作家，放着旁的学问不去研究，专去研究什么男女的秘密，把那床席间的动作绘影绘声，曲曲写出。其实种种科学都用得着教科书，唯有男女的秘密，不须用什么教科书，待到成熟时期，自会知晓。偏是他们多事，定要污辱了这支笔，写个淋漓酣畅。男女尚没有达到成熟时期，天真烂漫，正好用功勤读。自从有了这种诲淫的教科书，凡是情窦将开未开的青年男女见了，立时鼓动他们的肉欲观念，学问上、道德上、卫生上都受着绝大的打击。冥冥之中，不知断送了多少青年。这辈导淫著作家，和青年有什么仇恨，忍心下这般的毒手，其害不在洪水猛兽之下。阿芬平日不喜看无益的书，我很放心托胆。现在盘问怜香，才知那夜阿芬所看的书定是淫书无疑。而且这本书的魔力一定是很大的，要不然阿芬为什么翻来覆去地睡不稳呢？哎呀，她真个爱看这类的书，那么两三个星期不回家，其中便有些不妙了。这几天心惊肉跳，绝非好兆。阿芬真个干了丑事，叫我有什么面目见人呢？"江太太愈想愈疑，心头忐忑不定。但愿丈夫回来，阿芬应着她老子的话，真个目不窥园，在学校中攻读，那便谢天谢地谢祖宗了。我情愿受着丈夫的奚落，说我多忧多虑，说我以小人之心度君子之腹，说我妇人见识比不上须眉男子，我总俯首无词。只需阿芬不玷污清白便够了。

隔了一会儿，景双怒气冲冲地从外面回来，连唤着："可恶可恶！"

江太太猛吃一惊，颤巍巍地问道："你你见了校长没有？校校长怎样向你说？"

景双气急败坏地回答："不要说起，不要说起！"

欲知后事，且阅下文。

第十九回

整校风斥退女学生
谈战况欢迎大记者

凡人遇着失意的事，总是向人说不要说起，果然从此不说起，倒是个旷达之人，抛撇得失于度外，岂不是好？叵耐道了一句不要说起，不肯戛然而止，偏把满肚皮的牢骚倾筐倒箧尽情宣布。但看景双坐定以后，揉一揉肚子，依旧把方才的经过一一向他夫人报告道："我特地到学校里去探问情形，女校长见了我，不待我启齿，便道：'江先生来得正好，鄙人正有一桩要事报告先生。'我顿吃一惊，忙问有什么要事。女校长道：'令爱向日在校谨守校规，努力求学，不肯轻易请假。谁料最近三星期中动辄请假，只上得三小时的功课。据她请假条上，说是母病沉重，须得回家侍奉汤药。'"

江太太诧异道："我没有病，她怎么咒我害着重病？"

景双道："你别恼，她的荒谬之处不止这一端咧。女校长向我说：'令爱推托母病，屡屡请假，鄙人在先并不疑惑，只为令爱向来不曾说过谎话，母病沉重，不得不牺牲学问，回家侍疾。不料，昨天有两个学生前来告密，说令爱每夜并没有回家，总是在旅馆里开房间，男女混杂，物议沸腾。诸同学羞与为伍，要求鄙人把她开除学名，去此害群之马。鄙人听了老大诧异，以为令爱品学兼优，断然不会干这无耻的勾当。或者同学嫉妒，进这蜚斐贝锦之词，也未可知。趁着令爱那时不曾离校，便把她唤进校长室中，遣开了旁人，秘密问话。鄙人毕竟抱着怀疑态度，不敢贸然直斥其非，但问令爱在校和诸同学感情如何。令爱答称感情都是很好的。鄙人道：'可有人和你结下仇隙？'令爱连摇头答称：'没有。'鄙人又道：'这又奇了，你既和人无仇，怎么有人前来告密，说你近来在外面行检有亏，和学校前途很有妨碍呢？'令爱听了，茫然不解，便向鄙人诘问：'怎样地行检有亏？'鄙人道：'你不须问我，你只扪心自问，可曾做过什么不端的事？'令爱愤愤地答道：'我不做贼，怎有不端的事?'鄙人道:'人家说你的不端,比做贼还坏。'令爱道:'难道有人冤我做强盗吗?'鄙人道:'强盗虽可恶,却也直截爽快,这件事比做强盗还要丢脸。'令爱忙问:'究竟是什么事?'鄙人道:'人言可畏,不知是虚是实,说你每夜约着年轻男子,在旅馆中歇宿。这桩事须不是女学生干的,只怕人家造谣吧?'鄙人嘴里这么说,眼光直射到令爱的面上,以为虚虚实实,只需看令爱的面色。要是果有其事,一定面红颈赤,羞得置身无地;要是凭空受污,也得痛哭流涕,自诉冤枉。谁料令爱在先还有些悻悻之色,听得鄙人这般说,反而笑逐颜开,消灭了满腔怒意,很从容地说道:'学生见校长装腔作势,以为有什么惊天动地的事,原来小题大做,只说些平淡无奇的话。须知约着男子同住旅馆,是男女性交上的实验功夫,光明磊落,不用瞒人。学生只为校长头脑太旧,虽在二十世纪办女学,兀自守着十七八世纪的习惯,因此连天和男子同住旅馆,没有向校长忠实报告。现在既已发觉了,尽可直认不讳。校长校长,自有天地,即有性交,倘无性交,乾坤亦几乎寂寞,还成什么世界呢?许多不开通的妇女,对于性交两个字讳莫如深,这是绝大的谬误。《易经》上便说男女构精,万物化生。古圣人对于这么一回事,曾经赤裸裸地宣布,何尝含有神秘意味。学生在这两三星期内确守经训,对于《易经》上的这两句话下一番切实体验功夫,自问此心可对圣贤、可质天日,并没有什么不名誉之处。校长这般大惊小怪,敢是所见不广吧。'鄙人见令爱侃侃而谈,旁若无人,几乎气个半死,不信青年气质变化得这般地快。她既愿入下流,我也没法挽救,便召集了众教员,开一次联席会议,都说除却斥退,没有旁的办法。因此今日鄙人下一个决心,把令爱开除了学籍,正待报告家长知晓,难得江先生惠临,便可省却书面通告的手续。这位女学生委实不可教训,请江先生自行设法,把她严加管束吧。"

江太太听到这里,宛似害了疟疾,遍体抖个不止。一边抖,一边说道:"这这个不不肖女儿,可可曾同来?待待我教教训她。"

景双摇头道:"她不知跑到哪里去了。女校长说,她一听得开除了学籍,拍手大笑,以为恢复了她的神圣自由,大踏步便出校门,遣人找她,哪里找得着。她现在不能在学校里停留,迟早总得回家。待到回家后,不但你教训她,我也得大大地惩戒她一番。不信小妮子聪明一世,懵懂一时,会得干出这般丑事。女校长虽然说得凿凿可据,毕竟是片面的说话,未可深信,或者其中另有别情吧。"

江太太垂泪道:"事到其间,你还相信这个好女儿,你枉做了须眉男子。

你的见识，还不及我孤陋寡闻的妇人家。我当时怎样向你说的？你早听着我言，给她早早配亲，或者由她自己选择一个如意的夫婿，嫁给了人家，再也不会这般地出丑。便是出丑，她已进了人家的门，好好歹歹，都不和我们相干。俗语道得好，嫁出的女儿泼出的水。这是夫家的门风不好，不是娘家的家教不严。现在她尚没有定亲，便出了这个丑名。上海地方，宣传力是很大的，许多小报馆记者专以宣传女学界丑史为天职。要是被他们采作材料，在报纸上百般挖苦起来，那么丑声四播，阿芬的亲事再休想有人来说合。我们的面皮不是都被阿芬削尽了吗？"又凑着景双的耳朵，把方才怜香的说话约略述了一遍。

景双连连搓掌，想不出什么对策来。忽听得房门外有人唱着不今不古的歌调道：

男女间的秘密，如今可被我参透了。不诚实的爹妈，你们都是过来人，为什么不早早讲给女儿知晓？却要我自己钻研，自己参考，自己实地试验，自己搜寻奥妙。

爹妈爹妈，你们恁般地狠辣啊，把人生第一乐趣，故意瞒掉，还要天天和我谈那虚伪的礼教。

我从此对于爹妈，要投那不信任的票，我从此对于爹妈，要投那不信任的票。

景双怒唤道："阿芬，你嘴里啰啰唆唆，唱些什么？你今天被校长开除了学籍，累我面上无光，你兀自嬉笑自若，一些儿不知罪吗？快快进来，听我教训一下子！"

素芬挺身上前道："你配教训我吗？我先得把你教训一下子。"

景双气得不可开交，满肚皮的圣经贤传都堵塞在喉间，一时开口不得，只有瞪着双目，静听女儿教训。却听得素芬很松脆的声音，指摘爹妈的不是道："你们做了家长，负有责任，教导子女。教导须从大处落墨，穿衣吃饭，当然是要教导的。但是生活的元素，有比穿衣吃饭加倍重要的，你们为什么绝口不提呢？你们好残忍啊！把人生第一乐趣，深深地藏在肚里，不肯赤裸裸讲给我知道，只是口口声声说什么男大须婚，女大须嫁。至于男女为什么有婚嫁的必要，以及婚嫁以后，有什么异乎寻常的趣味，你们都是过来人，不好推托不知晓啊。我虽然预料婚嫁以后，免不掉有这么一回事，但是不能彻底明白，又不敢向你们动问。所以我自从开了情窦，对于这么一回事若明若昧，不能引动我的兴趣，只是努力读书，不起他念，把人生第一乐趣蹉跎过去。春来秋往，虚度韶光，直到今年二十芳龄，兀自捧着劳什子的教科书，甘做那枯燥无味的女学究。你们这种愚民政策实在厉害，比着秦始皇焚书坑儒，罪加十倍。要是你们早把婚嫁以后的这么一回事，给我讲一个彻底明白，那么我在三五年前，便须向你们索取一个丈夫受用，也不会把那甜蜜似的光阴蹉跎过去。你们为什么不肯直说呢？要是在三五年前，我已实行这么一回事，屈指计算，人生的第一乐趣，已被我享受了不少，也不会直到现在，才领略这么一回事的趣味。你们做了爹娘，便是这么一回事的前辈先生。孟夫子说，先知觉后知，先觉觉后觉。伊尹对于人民，尚且不惮谆谆教诲，你们枉算我的嫡嫡亲亲的爹娘，枉算是这么一回事的先知先觉者，竟抱着袖手旁观的态度，由着我不识不知，徒然把青春辜负了。三五年来的这么一回事，牺牲了不少，分明剥夺我的快乐自由权。这笔损失，合该向你们索取赔偿。须知我是你们的亲生女儿，大凡爹娘对于子女，总须痛痒相关，视若一体。有什么好衣好食，爹娘绝不可能顾着自用，多少总得给子女们分享受其惠，才是道理。独有这么一回事，你们享受了数十年，其中怎样的趣味，完全不给我知晓。妈妈还在我面前说假话，说什么出嫁以后，有多少的不自由，远不如处女时代的快活。我当时信以为真，因此提起婚姻，总觉异常地不堪入耳，直到现在实验以后，才知妈的说话完全是假惺惺作态，诳骗我这风月场的门外婆。妈妈的居心实在不可问了。要是处女时代真个比出嫁时代快活，妈妈又何必嫁到我家来呢？总而言之，你们的存心太不诚实，分明不把我当自家骨肉看待，误我青春，牺牲我乐趣，剥夺我天赋自由权。我要教训你们，千言万语都说不尽，你们有什么理由可以教训我呢？嘿，岂有此理！嘿，岂有此理！"

景双气得脸都青了，搜索枯肠，想把女儿的说话痛驳一番，只是方寸已乱，一时又想不出什么驳倒女儿的话，由她说得嘴响，滔滔汩汩，向爹妈严厉教训。

景双隔了一会儿，才喝一声："阿芬，休得胡言，你的说话，都是强词夺理，待为父细细地开导你。"

江太太道："你开导谁呢？"

景双道："我开导阿芬。"

江太太道："你睁眼瞧瞧，阿芬可在这里？"

景双停睛看时，果然不见了面前的女儿，忙问道："阿芬在哪里呢？"

江太太道："阿芬说罢这一席话，转身便向外跑，你倒垂着头，装作不见，怎么反来问我？"

景双道："我只是俯首沉吟，预备一篇正论把她驳倒。好容易想出许多圣经贤传上的格言，可以纠正她的迷惑，怎么一转眼间她又不见了？唉，你也太糊涂了，眼见她转身便跑，合该扯住她，做什么由她出门去呢？"

江太太叹道："这个女儿，只怕没法把她约束了，你看她指手画脚地教训爹娘，何等理直气壮，怎容我们插入一言半语？她讲个不休，我只是抖个不住，等她教训完毕，转身便跑。我只好眼睁睁地瞧她出门，这两只胳膊，抖得抬举不起，我哪有力气把她扭住？便算把她扭住，也是没用，不过再受她一番教训罢了。我进你的门时，翁姑早已亡过了，数十年来，只有我去训人，没有人来训我。万不料把阿芬养了这么大，旁的好处没有享受，只享受了她的一顿恶骂。难道现在的学校里新出了什么骂父骂母的教科书，要不然，她的理由怎么会这般充足呢？她既丧心病狂到这般地步，你还引什么圣经贤传去驳倒她，这真是对牛弹琴，你也太不识相了。我劝你把圣经贤传搁起了吧。似这般的女儿，不在面前，倒也眼不见为净，强似忍气吞声受她的排揎，况且我和你都是半百年龄。现在的世界，要和女孩儿讲什么贞节，这是徒劳无功，枉憋着满肚恶气，只好看破一些，好好歹歹，由着她去干。她只是肮脏着自己的身体，须肮脏不到我们的身上。百年倏忽，人生几何，犯不上动什么真气，揉揉肚子，只算没有这桩事吧。"

景双摇头道："不是这般说，我们扶持名教，逢着旁人的子女尚且谆谆劝诫，不惮词烦，断无自己的儿女坐视她堕入下流，不加援手的道理。"

江太太道："阿芬这张利口，我们万万说不过她，除却神仙下凡，再也不能使她回头。"

这句话却提醒了景双，忙道："要请神仙，须得去求范公任。那一天阿娟书来，便提及公任遇仙的事，且说仙人已到了杭州，济危扶困，干了多少快心的事。我们不妨写信给阿娟，叫她央恳公任，替我们聘请仙人，把阿芬的病根除去。你道可好不好？"

江太太恍然大悟道："阿弥陀佛，有这位快活神仙施展神通，我们阿芬合该有救了。"

于是即日写信给素娟，把这事很切实地述了一遍。素娟得信以后，异常惊讶，不信她妹妹果有这般举动，赶紧写了一封忠告的信寄给素芬。谁知复书到来，把素娟一场辱骂。素娟事到其间，只得央求公公，把仙人邀请到上海来。这事在本书十二回中业已叙明，不须赘述。

且说江景双得了素娟来信，知道仙人已肯前来援救，只是时间未到。素芬须挨受了一个月的魔障，才有救星临门，心中稍稍安慰。

在这一个月中，素芬益发逾闲荡检，肆无忌惮，每夜总约着滑头少年在外面歇宿，不曾在家住过一夜，而且人尽可夫，品类不一，女学生的声价扫地已尽。本埠小报记者争载她的艳史，认作绝好的材料，词句轻薄，内容猥亵，一续再续，絮絮不休。有人送给景双过目，景双看了几行，不忍再看，把报纸扯得粉碎，连连长吁短叹。谁知父女俩性情各别，臭味不同，景双以为辱，素芬却以为荣。凡是猥亵的记载，素芬见了，快活得了不得，以为无上的光荣，一定要觅到这份报纸，剪裁下来，贴在一本册子上，封面题签用着泥金笺，写着"侬之艳史"四个字，放在案头备览。要是有客来访，她便捧着这本册子，笑嘻嘻地说道："可要广广眼界，瞧瞧'侬之艳史'？"不管人家看了肉麻，她只扬扬自得，以为这是性交上的大好成绩，光明正大，尽可公开。有时小报里面把这位性交大家江素芬女士的艳史记载得不大详尽，她见了生嗔，便写信去诘问，说："贵记者对于鄙人性交上的成绩，写得不实不尽，很有许多出奇制胜的材料不曾采入其中，因此模糊影响，不能表见鄙人性交上的特长。鄙人对于两性的快乐问题，素主公开，推倒三千年来虚伪的礼教，打破男女两性严守秘密的恶习。贵记者与其向壁虚造，不如实地写生。今夜十二时，鄙人与汽车夫长腿金生在近西旅馆二十四号房间订神圣的性交，贵记者公余之暇，尽可前来参观，鄙人当按照观战员战地观战办法，竭诚款待。"

这封信送到报馆以后，赢得几位小报大记者笑不可抑。有的捧着肚子说："笑得肚子都痛。"有的托着下颏说："下颏都几乎笑掉了。"大家狂笑了一阵，便起着一个好奇心，组织了报馆记者观战团，待到夜间十二时，便须同赴近西旅馆去观战。

谁料双方交战团体对于报馆记者观战团，意见竟不一致。欢迎的当然便是素芬，拒绝的却是长腿金生。素芬把招待报馆记者的事告诉了金生。金生道："江小姐，你太会闹笑话了。这是什么事，只好你知我知，怎能招引不相干的人在旁边瞧这把戏？"

素芬冷笑道："嘿，亏你是个男子，这般地不开通，该出风头的所在，却不肯出风头。我和你费着许多力气，干这唯一无二的伟大事业，实验这男女两性很正常的快乐，要是没有人从旁记录，岂不埋没了我们的大好成绩吗？难得今宵有观战团到来，理合欢迎，断无拒绝。我和你先去视察了阵线，饱餐战饭，实行开火吧。"

金生连连摇头道："江小姐，这个使不得，凡是有名誉的事，可以尽人参观。这般偷偷摸摸的事只有躲在房里去干，万万不能给外面人知道。"

素芬怒道："你说的什么话？我枉认识了你，原来你这般不长进，把人生唯一无二的伟大事业当作把戏，当作偷偷摸摸，实在岂有此理。你又不做贼，说什么偷偷摸摸，分明自贬了人格。你道房里干的事情便告诉不得人吗？越是房里干的事情，越是可以彰明显著地给人家观看。古称立德立功立言，叫作三不朽，其实这三样哪里可以算什么不朽。论到不朽的事业，唯有男女两性的动作，才是真正的不朽。试想数千年前的蒙昧时代，传到今日，为什么人类繁衍，知识进步，变成了花花世界呢？推原其故，都是这么一回事的绝大效力。要没有这么一回事，敢怕踏破五大洲，再也寻不出一个人类，空空洞洞的乾坤，怎能够支撑到五千余年？你把这么一回事，比作贼徒的偷偷摸摸，未免看轻了神圣的动作，比着毁谤圣贤辱骂佛菩萨还得罪加十倍呢。来来来，和你到阵线上去布防，实行决战吧。"

长腿金生没有什么辩驳，但说："江小姐，算我错了，你的理由充足，我说不过你，横竖都是一篇大道理。但恨这个道理，目今世界尚不能通行。要我当着众人，和你干这么一回事，实在不能效劳。并不是我害什么羞，我的面皮也是打炼过的，和钢板一般模样。我所怕的，只怕登在小报上面，把这件事传扬出去，和我的饭碗问题很有妨碍。小姐肯招待观战团，我只有竭力拒绝，由着小姐一个人宣战，一个人开火吧。"

素芬没奈何，只得又去信给小报馆，取消前约，停止派员来观战。她又瞅了金生一眼，恨恨地说道："你这般地挟制我，端的可恶，我本待和你决裂，只因舍不得牺牲这一夜的快乐，才勉强从了你的主张。但是从这一点上，我便受了大大的感触。唉，国民的程度端的太浅了。男国民的程度，比着女国民尤其幼稚。无论什么卑鄙龌龊的事，当着千人百眼，对着光天化日，件件般般都做得出。独有这桩男女合作的伟大事业，一定要避了人眼，不许第三者在旁边观参，这算作什么道理呢？"

说时连连长叹了几声，又指着房里安设的铁床道："这便是光明的舞台，比着圣庙礼拜堂还得十倍庄严。无论什么惊天动地的人物，都发生在这舞台上面，你想舞台上的动作伟大不伟大呢？唉，可敬的光明舞台，是建筑国家的基础，是铸造人民的洪炉，是造就英雄豪杰的发源地。我们今夜抖擞精神，干一番轰轰烈烈的大事业，差不多为国宣劳，为民族扩张声势，为全世界延长运命。可惜被你这不长进的男子误会了宗旨，当作偷偷摸摸的把戏，深闭固拒，不肯给人家参观，埋没了我们的成绩，真叫人越想越气恼呢。"

金生搭讪着敷衍了几句，也就携手同上光明舞台，不须细表。

且说小报馆记者得了素芬取消前约的书信，顿把一团兴致化为乌有，但是依旧舍不得这异样出色的材料失诸交臂。待到来日，有一位姓乌的访员径赴近西旅馆，访问这位战事当局江素芬女士，求她报告战况。虽不能亲临战地，实行观战，但是从那战事当局口中发表的战况一定有声有色，如火如荼，可以增高记载上的价值。

那时已在下午，长腿金生不在旅馆里，只有素芬很殷勤地招待，把乌先生引入房里，亲送了一杯茶，又敬了一支香烟，动问何事见访。

乌先生吸了几口烟，便道："昨日承蒙女士折柬相招，敝报同人便组织了一个报馆记者观战团，正待出发，又接女士来信，取消了前约。可惜这般温柔旖旎的动作，不能给同人饱享眼福，未免老大失望。今天奉访，便是为着探访战事消息而来，不知女士肯把昨夜的状况一一宣布吗？"

素芬笑道："贵报同人组织的观战团，鄙人本是极端欢迎，叵耐观战须取得双方交战团体的同意，此方赞成，彼方反对。因彼方太不开通，狃于积习，不明白作战的功用何等重大，只是鬼鬼祟祟，要躲避旁人的眼睛。因此取消前约，辜负了贵记者的一片盛意。现在既蒙见访，自当把昨夜的战地状况一一宣布。贵记者虽没有目睹其事，但是听了鄙人的一番演讲，便和身临战地无异。贵记者得了这详细报告，便该在贵报上特辟一栏，尽量登载，要把双方的作战方法很热烈地描写一番才是好呢。"

乌先生听得出神，扯开了嘴，只是嘻嘻地笑个不停，冷不防肌肤上受了一种苦痛，慌得手拍着大腿，连唤啊呀。

欲知后事，且阅下文。

第二十回

打访员旅馆起风潮
遇凶徒家庭生变幻

素芬见乌先生手拍大腿，连唤啊呀，忙不迭地站起娇躯，伸着柔荑也似的手，在乌先生大腿上打了几下。打灭了有形的火，又引起了无形的火，倒惹得乌先生又痛又痒，肌肤上起着不可思议的感觉。这是什么道理呢？

原来素芬准备宣布昨夜的作战状况，乌先生听得出神，手指里夹着的半段纸烟落在身上也没有觉察。纸烟上的余火便侵入了第一道防线，把乌先生的半新不旧的呢袍子烧了一个窟窿，乌先生依旧没有觉察。待到侵入了第二道防线，把夹裤也烧了一个窟窿。接着第三道防线便是里面的衬裤，火星侵入第三道防线，乌先生的大腿上便受了切肤之痛，因此唤着啊呀，连连地拍着大腿。手忙脚乱的当儿，火星兀自未灭。亏得素芬轻舒粉腕，替他打了几下，才把余火打灭了。

乌先生觉得肌肤上在先是痛，后来是痒，打灭了有形的火，却勾起了无形的火，涎着脸向素芬傻笑，最好请她再打几下。

素芬道："亏得打灭得快，要不然，焰焰地烧将起来，只怕皮肤都要灼伤。先生你瞧这个窟窿，不是从外面直穿到里面吗？"

乌先生低头看时，三道防线烧得洞洞地穿，从呢袍外面隐隐瞧得见大腿上的一块肉，很有些不好意思，忙把手来遮蔽了。

素芬笑道："我的战事状况还没有报告，先生身上早着了火。亏是纸烟屁股，不过灼伤些表皮，要是无情枪弹，先生的尊腿怕不打个前后洞穿。可见到战地来探问消息，是很危险的。"

乌先生道："男女性交的战场，和南北争锋的战场毕竟不同。在枪林弹雨中探问消息，当然是很危险的。但是这里的战场，不比旁的战场，休说皮肤上小小吃些痛苦没关紧要，便是把我浑身都烧化了，也都情愿。女士女士，昨夜究竟怎么一回事，请你快快宣布。要是果有出神入化的战略，在下也愿抛弃了报馆生涯，加入前线作战，做一个投笔从戎的班定远。只求女士把战场上的经验讲个明白透彻，不许说些空套话，也不许讳败夸胜，变乱战事的真相。"

素芬正色说道："乌先生休得小看了鄙人，须知我这战事当局，不比旁的战事当局。胜不必夸，败不必讳，决计把战场上的真实状况，绘声绘影地宣布出来。我常见现在的战事当局，逢着报馆记者来访问，往往搭足架子，不肯亲自延接，只委托什么参谋长、秘书长做代表。见了报馆记者，又不肯说真话，只用着一种圆滑手段，说几句不关痛痒的话，敷衍塞责。甚至颠倒黑白，混淆是非，明明打了败仗，只说是改变战略，缩短阵线。另有一种制胜的方法，战事前途绝可抱着乐观，把这许多话掩饰他弃甲曳兵的丑态。这般的战事当局，我实在瞧他们不起。他们的作战和我们的作战不同。他们的作战，是杀人的作战；我们的作战，是生人的作战。他们的作战，是荼毒生灵的作战；我们的作战，是制造国民的作战。两两比较，才知道我们的作战是光荣的，是正大的，是有功于社会的。无论胜败，都可以当众宣布，用不着说什么假话，也用不着捏造战报，讳败为胜。今天承蒙贵记者来访问，我并不会搭什么架子，委托参谋长、秘书长来接见，只是亲自出马，向贵记者宣布真相。贵记者尽可取出铅笔日记簿，把我宣布的真相一一抄录。我只慢慢地讲，贵记者却要快快地写，万不要把其间的精彩漏掉了。"

乌先生听了，满怀欢喜，果然取出了铅笔和日记簿，预备记录。

素芬思索了片晌，便道："乌先生，我把昨夜的战况，先在脑海中整理一下，做个有系统的报告。先分四段讲：第一我的战事经验；第二我的战斗力；第三对方的战事经验；第四对方的战斗力。再分作四段讲：第一对垒时的状况；第二肉搏时的状况；第三再接再厉时的状况；第四鼓衰力竭时的状况。最后又有一篇结论，对于出奇制胜的方法有一番很深切的研究，可以导引青年同上那人生唯一快活的轨道，可以把有益于社会国家世界的福音给大众知晓，可以发明数千年来人人知其当然而不知其所以然的秘密，可以……"

素芬待要再说几句可以，但是这很长的字句，乌先生记录时很是费力，连连摇手道："女士，请你把啰啰唆唆的可以怎么长、可以怎么短，少说几句吧。你提出几个子目，并不曾把内容披露，宛似看了戏目没有看得戏，见得菜单没有吃得菜，令人肠痒难搔，馋涎欲滴。女士女士，要说快说，别把人捉弄吧。"

素芬笑道："谁来捉弄你，列了子目，当然要把内容披露，要是很直率地说了出来，便不能表示我们的特色。因此先把头绪弄清了，才好有条不紊地依次演讲。但看政治舞台上的登台角色，总有一篇这么长那么短的大政方针宣言书，表面上看来，果然头头是道，其实呢，不过提出几个很好看的子目骗人民罢了。提出了子目，何尝按照着子目，一桩桩地办去，能言而不能行，便失去了大政方针的价值。他的大政方针，怎比得上我的大战方针。我是知行合一的大哲学家，非但能言，而且能行，光明舞台上的人物，比着政治舞台上的人物，声价高出十倍。古人云：'可行也，弗可言，君子弗行也。可言也，弗可行，君子弗言也。'我今天向贵记者报告的战略，都是实验之谈，一扫能言而不能行的积习。按着报告的次序，第一桩便该说到我的战事经验。不瞒乌先生说，我在两个月前，是一个浑浑噩噩的女郎，军事上的知识简直一些也没有。我的爹妈都是老军事家，但是对于军事却严守着秘密，不肯传给我知晓。我又常听得他们高谈非战的论调，觉得战事一经发生，却是很危险的。因此我对于战事，存着栗栗畏惧的心，但愿一辈子不上战场，倒是很自由的。我既受着爹妈的蒙蔽，辜负了大好春光，约莫有四五年。幸而天不亏人，无意中被我觅得一部战术学校教科书，著述这部书的先生不比等闲之辈，竟是一位菩萨心肠的大慈善家。这部书拢总不满三百页，但是功德无量，比着起造三十级浮屠的功德还大。"

乌先生停着笔道："女士，请你讲得简捷一些。你这句话，足足有四十个字，实在是太长了，叫我一时哪里来得及记录。"

素芬笑道："这般的句法并不算长，我近日写一封书信，其中有一长句，写满了两张八行笺，还只写得半句。你道这句法奇呢不奇？"

乌先生道："莫说闲话，言归正传吧，四十字的长句，我已经写好了。后来便怎么呢？"

素芬道："近代文的句法，愈长愈妙，这是我的得意之句。你回去载在报上，可不许一字减削。"

乌先生点了点头。

素芬又道："似这般的战术学教科书，确是天地间有数文字。我不看便罢，看了怎肯释手。天地间第一等妙笔描写天地间第一等妙事，我看得没多几页，便觉得这颗心仿佛在酒坛里浸了一个透。忽然婢女怜香来唤我去吃晚饭，我百般地不起劲。看了这部奇书，吃什么晚饭？待要不吃，又怕爹妈误会我生病，只得勉强去聚餐。嘴里吃饭，心头只记挂着书里的这么一回事。

那夜吃的是什么饭菜，完全都不知晓，勉强吃了一碗，抹一抹脸，便向房里跑，又捧着这部书看个仔细。看得津津有味，舌底的馋涎，泉水般地涌将出来。"

"咦，这也奇怪，怎么乌先生的馋涎也流了出来呢？"原来乌先生扯开了嘴，听素芬讲到这里，不知不觉地把涎沫流了下来。现在被素芬道破了，乌先生取出手巾抹一抹嘴，觉得有些不好意思。又听得素芬讲道："我还没有讲到本题，你已是馋涎欲滴。这也怪不得你。我当时和你一个样子，两道馋涎几乎把书都打湿了，而且不但是流涎……"

乌先生见素芬讲到这句，忽然做停顿，一时忍不住，忙凑到素芬身边，涎着脸说道："可爱的江素芬妹妹，你不但是流馋涎，流些是……"话只说得半句，下半句打入肚里去了。

猛听得很松脆的一下嘴巴，打得乌先生头昏眼暗，耳朵里隐隐地作响。接着骂道："混账东西，江素芬三个字配你唤吗？你鬼鬼祟祟跑到这里来，不怀着好意，你原来是人面兽心，你还不快滚吗！"

乌先生挨了这一痛打，怎敢支吾半句。三十六着，走为上着，掇转屁股，便向外跑。口角边依旧有馋涎流下，把手一抹，原来不是馋涎，却是牙缝里的鲜血。可见这一下打得很厉害呢。也算乌先生倒霉，访问战况未得端倪，红肿着半片面皮，没精打采地回到报馆里去。按下慢提。

诸位，这五支雪茄是谁赠给乌先生的？别认作是江素芬下的辣手，要是江素芬肯惩戒这登徒子，也不会约汽车夫在旅馆里干这丑事。况且乌先生是个色中饿鬼，方才素芬打了他几下大腿，兀自骨节作痒，起着不可思议的快感。要是素芬亲自打了他一下嘴巴，他便要遍体酥麻，化作一堆，也不会掇转屁股，便向外跑。

素芬毕竟是个女子，没有多大的力气，也不会一个嘴巴打得他牙缝迸血。这一个嘴巴既不是素芬打的，究竟是谁打的呢？且待编书的报告明白。

原来素芬正讲到不但流涎这一句，便听得房门声响，眼梢一瞧，进来的便是长腿金生，暗想他进来做什么。素芬心有所思，演讲时便有了停顿。

乌先生听得出神，扯开着嘴，只向素芬呆瞧，全不觉有人走进房来。他一时色胆如天，见素芬沉吟不语，便想趁着这个机会，和素芬兜搭，也好加入战团。冷不防这一下嘴巴，打醒了他迷信武力的痴梦。

乌先生走后，素芬嗔怪金生道："这是我的宾客，和你有什么相干，谁要你动手打人？"

金生指着素芬骂道："你这贱人，好没廉耻。我出去没多时，你便拉着男子在房里调情，见我进来，你兀自不肯服罪，似这般水性杨花的妇人，我实在瞧不上眼，非得着力地痛打一顿不可！"

素芬大怒道："你配骂我吗，你是雇用性质的走狗，由着我呼来喝去，用着你时唤你进房，用不着你时便撵你出门。我这身子是绝对自由的，父母师长都不能侵犯我的自由，何况是你。没得人吃饭，狗做主，你不要想痴了心！"

金生喝道："贱人休得逞强，你既伴着我眠，你便是我的小老婆。我不来管你，谁来管你？贱人，你且跪下，听我审问。你和这混账男子，究竟在干什么暧昧的事？"

素芬自出母胎，从没有受着这般的侮辱，连连唤道："反了反了，你是受我豢养的狗，今天竟反噬主人了。怪道世上多倒戈的人，你也敢倒戈吗？"

金生圆睁着眼睛道："倒戈便怎样？"一边说，一边扭住素芬，便想挥拳。

素芬虽然嘴硬，但是哪有金生的蛮力，房里又没有一个解劝的人，只怕金生动起手来，不免吃着眼前的亏。她平日很赞成金生的气力伟大，但是挨打的时候，又怕金生用力太大，不堪饱受这一顿老拳。况且金生劈手一巴掌，便把乌先生打出血来，就是个前车之鉴。因此想到临之以威，不如动之以情，金生倘有一线天良，一定是受我感动，顿变他的强暴行为。当下把怒容改作了笑容，向金生丢了一个媚眼道："金生哥哥，你怎么这般地狠心？你全不记这一个月来，我待你的情义很不错。我的交战团体不止你一个，但是你总得着优先权，我也把你当作最优国看待，而且我虽没有战败，却已费去了许多赔款。你知道我爹爹是在金铺子里营业的，每逢交战一次，你便向我索取赔款，所有赤金戒指，我已送过你十余只。便是昨夜一场鏖战，我也出着相当高的代价，今天起身便把一副赤金纽子送给你。我待你的情义厚不厚，你不该忘恩负义，就此变心。"

金生圆睁着双目道："谁稀罕你这臭婊子的东西，你舍不得出钱贴汉，我便还了你吧。"说时，从怀里掏出这一包金纽子，原封未动，掷还了素芬，转身便向外跑。

素芬这一气非同小可，拾起这包金纽子，气得这只手抖个不住。转念一想，我可痴了，天下何处无健壮男子，我何必恋恋这个汽车夫。我这般姿色，又有金饰做赔款，怕没有鱼儿来上钩？自己安慰了一下，倒也心平气和，只是在旅馆里没精打采，还不如返家一走，再去拣些贵重东西，作为临时赔款。

自古道，重赏之下，必有勇夫。或者觅得一个比着金生强过十倍的健壮男子，也未可知。于是离了旅馆，乘着电车，自回家里。

走入门来，见里面来了两位客人。一位是认识的，是素娟的公公范公任，一位少年却不相识。看他风采英俊，器宇轩昂，表面上倒是很漂亮的，不知内容如何，可是个银样镴枪头？

江景双见女儿回来，忙唤道："阿芬，快来见见这位范老伯，他今天从杭州到来，携带仙丹，专来替你治病。方才四处找你，没有找到，难得你自己回家，也是你魔难已满，合当有救。"

素芬道："爹说的话，女儿完全不明白，我又不害病，谁要范老伯替我医治？"

江太太道："阿芬，你别假作痴呆，你害的不名誉病端的厉害。我们的面皮都被你削尽了。你老子为着这桩事，日夜长吁短叹。他每顿要吃三碗饭，自从你害了不名誉的病，你老子饭食顿减，每顿只吃一碗饭，身子也消瘦了许多。阿芬阿芬，你快快请范老伯诊治，把你不名誉的病医好了，也好使你爹心境宽舒，恢复原状。"

素芬道："妈说的话益发奇怪了，既说爹爹饭食顿减，身子消瘦，这是爹有病，不是我有病。我每天饭食健旺，嘻天哈地，比什么人都健康。今天范老伯到来，合该替爹治病，不该替我治病。"

江太太皱着眉道："阿芬，不要强辩，你的病不会好，你爹的病也不会好。今天范老伯带得仙丹来，这是你天大的造化，快不要讳疾忌医，早早向范老伯讨仙丹吃吧。"

公任也劝道："江女士，你不要执迷，名誉是第二生命，名誉有亏，和生命受着危险一般。鄙人得遇异人，授给两服仙丹，专替女士治那不名誉的病。"

素芬冷笑道："范老伯，你也沾染着道学气，开口一声不名誉，闭口一声不名誉，这桩事可算是不名誉的吗？据我看来，倒是很有名誉的，唯有你们这辈满面道学气的老先生，现在却有些不名誉了。这两服仙丹还是留给范老伯自己吃的好。"

公任见素芬态度强硬，知道她怙过饰非，不肯服罪，合该给她一服真实丹，待她服下以后，吐露真情，不再说那欺人的话。当下从怀里取出仙丹，笑向素芬说道："江女士，你不服我的仙丹，怎肯把几月的暧昧的事完全宣布？这是真实丹，你服了下去，自肯披露隐情。这服仙丹，在你身上是很有益的。"

素芬大笑道："范老伯又来了，我并不抵赖，问我什么，便说什么，要吃什么真实丹？"

公任道："你自称干的都是有名誉的事，这便是你遮饰之谈，你怕丑声给我知晓，因此假扮正经，希图抵赖。"

素芬道："你说得不明不白，什么叫作丑声？"

公任厉声道："外面人都道你人尽可夫，我知道你一定花言巧语，不肯承认。"公任说这话，注视着素芬，料定她必然面有愧色。

谁料素芬且笑且说道："范老伯又来了，'人尽可夫'四个字，是我一身的荣誉，比着'节烈可风''松筠贞操'等野蛮批评价值万倍。我为什么不肯承认呢？我非但肯承认，并且可以彻底宣布，我今天正预备着一篇作战宣言书，叵耐演讲时发生阻碍，不能够尽情披露。你既提起人尽可夫的问题，我便上不瞒天，下不瞒地，对内不瞒爹娘，对外不瞒你范老伯和这位年轻的很漂亮的不识姓名的哥哥。"说时向稚川抛了一个媚眼，慌得稚川低着头，不敢向她平视。

素芬滔滔汩汩，从那夜私看淫书勾动春情说起，直说到选择面首，研究战术，种种不可告人的秘戏。一边说，一边兀自向稚川丢眼色。

稚川被她看得不好意思，转有些坐立不安。

景双连连踏脚道："败坏门风的贱人，休得逞口乱谈，讨人家笑话。"

江太太道："阿芬，算了吧，你虽不羞，我却羞得无地自容。"门外窥探的怜香在先忍着不笑，后来笑得嘻嘻哈哈，半晌直不起腰来。

烧火老妈子也在后面窃听，听得没多几句，便掩着耳逃入厨房，喃喃自语道："我活了六十岁，从没有见第二个人和我家二小姐的面皮一般厚……"

素芬见爹妈喝住她，睬都不睬，依旧旁若无人，谈个无休无歇。

景双道："你再不住口，我要被你气死了。"

江太太道："你多讲一句，娘的面皮便被你多刮去一层，快快住口吧。"

素芬道："这都不干你们的事，范老伯疑我不肯直说，我是光明磊落的女子，不会鬼鬼祟祟。要我宣布，便宣布个淋漓爽快。"

公任到这当儿，也有些不堪领教，没好气地说道："佩服佩服，你确是个光明磊落的女子。以下的话不须谈吧，我已领教得多了。"

素芬道："我这一篇精辟之论，本来不值得讲给时代落伍者知晓。你不喜听，自有旁人爱听。"当下上前几步，手拍着稚川的肩道，"你不是时代落伍者，你是出色当行的新少年，一定欢迎我的性交大写真。我可以请那时代落伍者退席，专把性交的经验讲给你听。你究竟爱听吗？"

这几句说得稚川脸都红了，低着头只是不睬。

素芬笑道："你害羞吗？二十世纪新词典上，找寻不到一个羞字，你怯于回答，便把头儿点这一点也无妨。"

说时，竟伸着手去摸稚川的脸蛋。稚川忍无可忍，倏地从座位上站起，倒退了几步，满面怒容，连唤着："岂有此理！我和你初次识面，嫌疑攸关，怎么这般地轻薄！我懊悔来到这里，听这不干不净的话，累我要跑到海滨去洗耳。你讲的经验，屁都不值，谁喜欢你絮聒！"

素芬讨了没趣，狠狠地说道："你原来虚有其表，是一个绣花枕头，一个银样镴枪头。"

公任忙向景双道别，说："令爱病根已深，无法挽回，只索告别。"

景双拖住公任，怎肯放他回去，忙道："亲家，这里望眼都穿，盼望亲家来治病，怎么到了这里，仙丹都没有给她吃下，便即要回去？"

公任摇头道："快活神仙的仙丹，都没有效。一服真实丹，须得不肯吐露真情的，吃了才有效验。现在令爱的真情，未经盘问，早已倾筐倒箧地说了，吃什么真实丹呢？一服洗心丹，须得自知愧悔的，吃了才有效验。现在令爱把暧昧的事认作光明的事，把大不名誉的事认作大有名誉的事，习非胜是，毫无愧悔的意思，吃什么洗心丹呢？兄弟既然虚此一行，只得暂且告别，且待回到杭州，见了快活神仙的面，另求两服仙丹，再来治病。"

景双哪里肯放，只是拦住，请公任小住数天，商议治病方法。

素芬却下着逐客令道："由着他去吧，我的神圣自由，谁要他来干涉？"

话没说完，只听得外面有人喊将进来道："贱人，我在旅馆里找你不见，原来躲在这里。你这水性杨花的妇人，怎能放你活在世上，我今天特地来和你算账。"

素芬见冤家路狭，来的又是长腿金生，看他举着手枪，满面都是杀气。素芬便唤道："不好。"一溜烟逃入房里，紧闭上房门，又加上了门闩，只是索索地抖。猛听得枪声两响，接着扑的倒地的声音，不知金生打死了谁，可是爹妈给他打死了？

欲知后事，且阅下文。

第二十一回

归正改邪江小姐生悔
热嘲冷骂乌先生寻仇

　　素芬听得枪声两响，每响一声，便听得有人扑地倒地。毕竟关系天性，猛想到这凶徒毫无人道，不知可曾把我爹妈打死了。天哪，但愿打死的不是爹妈才好。转念又想到不是爹妈被害，定是杭州来的两位客人被那凶徒打死了。死的是范公任，这是他自取其咎，谁叫他气吁吁跑来干涉我们的家事，死了也不足惜。尚有其他一位不知姓名的漂亮少年，虽然不懂得风情雨意，但是和他相处长久以后，慢慢儿地感化他，送一部战术学教科书给他看，或者可以开通他的知识，做我的交战团体。天哪，但愿枪弹有情，不要打中那漂亮少年才是好呢。

　　素芬躲在房里，一颗心只是风车般地打转，猛听得脚步声渐渐逼近，接着一阵打门声。素芬吓得魂不附体，又听得门外的凶徒喝道："贱人，你休想活命，你的老子娘都被我打死了。他们治家不严，生出你这水性杨花的妇人，合该受这恶报。尚有几个人，都被我紧紧缚住，嘴里都塞着棉絮，你休想再有人来救你。贱人，你倘想活命，快把所有的贵重首饰一股脑儿取将出来，开着房门，跪献到我面前，还可以饶你这条狗命。我的勇力，你是领教过的，薄薄的两扇房门，不是铜墙铁壁，我在拳头上略用些力，便可把门儿打开。现在且留你一些余地，给你一点钟期限，你自己去思寻。还是把首饰买命的好，还是待我打开了门，给你吃一颗卫生丸的好？我守在房门外，等候你解决。要是一点钟不得解决，宽限你一点钟，两点钟不得解决，我打进门来，你的性命不保，你的贵重首饰也是我囊中的物，你想可值得吗？"

　　素芬在房里十分悲愤，平日利口善辩，到这时竟作声不得。她素知道金生的膂力壮强，薄薄的两扇房门，也不消他两三下拳头便可打破。她选择面首时，注重着强壮少年，却不料气力强壮了，性情便这般凶暴。她又悲痛着惨遭横祸的爹娘，这分明是为着女儿而死，方寸间起着悔恨，便在房里呜呜咽泣。

金生隔着房门骂道："不要脸的贱妇，你哭死也没用，你不早早定计，便是自己讨死。我老实向你说了吧，我和你姘识，专为着金钱两个字，你今天只给我一副金纽扣，我已老大不快活。你兀自口口声声说给我许多好处，我才赌气掷还了你，可恨你不肯服罪，竟收回了金纽扣，自回家里，我到旅馆里找你不见，才跑来向你寻仇。我知道你的首饰是很多的，什么宝石、金刚钻都有。你要性命，还是趁这机会，把值钱的东西收拾在一起，便算你的造化。"

素芬猛想到这一包金纽扣现在还藏在衣袋里，凶徒这般相逼，看来我的性命难保，与其死在凶徒手里，不如把这五粒金纽子吞入肚里，寻个自尽。天哪，但愿在这一两点钟时间使我早早毙命，也好跟着爹妈在黄泉路上做伴。素芬想到这里，便抱着一个决心，从怀里摸出这包金纽子，把纸包打开，不暇细看，一股脑儿都纳入嘴里。说也奇怪，到了嘴里，便会融化，轻轻一咽，便已咽入肚里。素芬暗暗诧异道：分明是黄澄澄的五粒纽子，怎会到了嘴里便融化，敢怕不是金纽子吧？看这包裹的纸，却有细字数行，细如秋毫一般。拭目细看，写的是一首歌谣：

> 五粒生悔丸，却有大功效。指示迷惑途，凿破灵明窍。一朝生愧悔，回头苦不早。从前快心事，至今成烦恼。烦恼何由起，无非己所召。历历上胸来，方寸痛如绞。始知一着误，满盘都错了。赢得世外人，拍手哈哈笑。

素芬读完这几句，陡觉得一阵心痛，有些站立不住，便倒翻在床上，痛得眼目昏花，冷汗遍体，在床上滚来滚去，没个停顿。痛了一阵，便涌起一重心事。她想父母把我抚养到二十岁，良言劝导，历历都在心头，不该看了淫书，把往日的家教付之流水。想到这里，这颗心宛似在沸油里煎。等痛定，又想到娟姊来书相劝，分明是忠告之言，不该写着长函，把她一场辱骂。想到这里，这颗心又似被麻绳在里面绞动。痛定后，又想到我是好人家的女儿，不该自轻自贱，甘趋下流。想到这里，这颗心又似在磨盘里碾。痛定后，又想到发生恋爱，也须择个门当户对的人物，不该失身匪人，自贬身价，到今朝受了凶徒的挟制，只落得这般结束。想到这里，这颗心又似被利刃在里面

174

剐割。痛定后，又想到堂上父母被人惨杀，这都是女儿不肖，累他们死于非命。想到这里，万箭攒心，可怜的素芬早晕厥在床上。隔了许多时，悠悠苏醒，却听得有人在旁边哭喊着："阿芬醒来，阿芬醒来。"睁眼看时，却是景双夫妇在床前哭喊。

素芬哭道："原来爹妈果然在黄泉路上等候，这是女儿不孝，误交凶徒，累你们得这惨祸。"

景双道："阿芬说的什么话，听了令人难解。"

江太太道："这是她神经紊乱，因此说这不伦不类的话。待她休息一会儿，便可以神志清楚。"

素芬听她爹妈的话，不像是身遭横死的冤鬼。自己又好好地睡在床上，电灯雪亮，陈设依然，分明是自己的闺房。她想，难道我没有死吗？我没有死，或者被人搭救，也未可知，怎么爹妈都没有死呢？方才的凶徒怎么不见了，敢是被人捉住了吗？当下低声问道："爹爹妈妈，方才的凶徒捉住了没有？要是捉住了报告捕房，转解中国法庭，办他一个强盗抢劫的罪。"

景双摇头道："你的话我都听不懂，谁是凶手？谁是强盗呢？"

江太太道："你不须盘问她，须知她恰才苏醒，尚没有恢复原状，因此口出胡言，令人难解。"

素芬益发诧异道："爹爹妈妈都不曾被凶徒打死？方才打死的又是谁呢？"

景双大笑道："你敢是疯了，我们好好地活着，谁来打死我们？你方才瞧见些什么？"

江太太道："快不要盘问她，待她清醒了再说。怜香快替二小姐揉揉胸脯。"

怜香便给素芬揉胸，一边揉，一边轻轻地说道："二小姐，快合着眼，休养一会儿，不要多话劳神。"

素芬哪里肯依，撇开了怜香的手，勉强支撑起身，扯住了她妈，问道："爹妈怎么没有被害？杀人的凶徒逃向哪里去了？"

江太太喃喃自语道："这便好呢，女儿虽然苏醒，但是成了疯子，心地这般糊涂，所说的都是呓语。方才通电话去请医生，到这时还没有到来。怜香，你再去通一次电话，催那王医生快快到来。"

素芬着急道："女儿现在已清醒了，心地并没有糊涂。糊涂的是从前的女儿，不是现在的女儿。"

江太太道："你怎说不糊涂呢？方才你和范老伯讲话时，口讲手画，何等精神充足，怎么回到房里，另换了一个样子，说出话来总是离奇恍惚？好女儿，你且瞑目凝神，不用胡言乱语。"

素芬道："女儿方才把言语冲撞范老伯，简直岂有此理，女儿现在已自知过失，从前做的丑事历历都在胸头，万分惭愧，万分懊悔。"

江太太点头道："这几句却道得不错，你果然清醒了？"

素芬道："女儿胸头作祟，比死还苦，现在虽然痛苦已定，但是羞悔无地，没颜见人，不如给凶徒一枪打死，倒也死得干净。"

江太太乱摇头道："你又说浑话了，毕竟神志还没有清醒，不经医生的手，怎会恢复原状。"

素芬急得跺脚道："妈妈，我和你说正经话，你只是假作痴呆。长腿金生在哪里？你叫他把我一枪打死了，免得我精神苦痛。"

江太太听了愕然，没话回答。

景双道："外面只有范公任先生和一位少年张稚川先生，什么长腿金生、短腿金生，我们都没有见，你敢是见着鬼吗？"

素芬大惊道："怎么不见呢？要不是为着他寻仇，我怎会逃入房里来呢？"

江太太道："你又胡说了，方才你和范老伯在外面抢白，忽然面色惨变，转身逃入里面，我们只道是你一时愧愤躲到房间里去，闭门思过。后来候了良久，却不见你出来，才觉得诧异，叩你房门，又不听得你答应，我们才着了慌，只怕你寻了自尽。赶快打开了房门，果见你晕厥在床上，失了知觉。当下手忙脚乱，替你揉胸掐人中，才见悠悠苏醒。好女儿，你究竟怎样地晕厥在床上？"

素芬知道事有诧异，便把长腿金生怎样地在旅馆里吃醋；怎样地掷还我五粒金纽子；怎样地上门来寻仇；怎样地枪声两响，有两人应声倒地；怎样地在房门外宣言打死了双亲；怎样地索诈，自己的痛不欲生；怎样地五粒金纽子变作了五颗生悔丸；怎样地药性发作，晕倒在床上。

景双拍手道："我知道了，掷还你金纽子的，定是快活神仙的变相。他幻化了长腿金生，借着还你金饰，便不知不觉地把五颗生悔丸赠给予你。后来上门寻仇，也是快活神仙的游戏神通，逼得你无路可走，才想着吞金自尽。你不知不觉地把五颗生悔丸都吃在肚里，药性既发，悔心便萌，你现在自怨自艾，这便是生悔丸的效力。"

素芬听了，疑信参半，便道："爹爹，你怎么知道方才的长腿金生便是快活神仙的变相？"

景双道："这是范公任先生向我说的。说这位老神仙援救世人，总是幻化着形状，不给人识破真相，直到事后方才明白。要不然，这长腿金生又不是鬼魔，怎么你瞧见他，我们却瞧不见他呢?"

素芬听了，恍然醒悟，想到平日的长腿金生很肯听我指挥，并不是横凶霸道的人物。本来诧异他为什么改了常态，却不知便是快活神仙的游戏神通，前来点醒我的。方才范老伯因我不肯悔悟，不把仙丹给我吃，现在我已悔悟了，合该去向范老伯赔罪，讨取仙丹，救我这不名誉的病。当下把这层意思告诉了景双夫妇，景双夫妇听了当然赞成，便吩咐怜香扶着二小姐出外，向范老爷道歉。

那时公任、稚川同坐在书房里，都是愁眉不展，唉声叹气。公任道："我们这一趟跑到上海来，好没趣味，既不曾把素芬的病治好，反而激恼了她，跑回房里，希图自尽。要是素芬果然死了，亲家面上须不好看。他请我来治病，不是唤我来做催命无常。懊悔方才几句话说得太爽直了，素芬无地自容，才有这番的变端。"

稚川道："这不干老伯的事，老伯是素芬的长亲，教训几句不成问题。小侄和素芬素昧平生，今天不能忍耐着这口气，把她辱骂了一顿，她觉得十分难堪，便负气回房，寻这短见。要是素芬死了，我虽未杀伯仁，伯仁由我而死，便是景双先生不向小侄理论，小侄良心裁判，也觉不安。唉，素芬的说话，虽然不堪入耳，我便忍耐一下，就没事了。千不该，万不该，和她当面抢白，激得她恼羞成怒，起这变端……"

"范老伯，恕我无理，我现在已懊悔莫及了，请你老人家大发慈悲，总得救我一救。"素芬道这几句时，跪伏在地，连连磕头。

公任不知道其中底细，见她前倨后恭，好生惊异。一面扶她站起，一面向景双夫妇动问情由。他们便把方才的经过述了一遍。

公任拍手道："原来老神仙又弄这玩意儿，玩得很有趣。我正着急这两服仙丹不生效力。现在江女士已起了悔心，当然容易医治。这服真实丹不必吃了，女士的真实，早已自己公布，不必乞灵于仙丹，待我留在身边，将来或有用处。那服洗心丹，现在恰用得着了。女士虽吃了生悔丸，悔心已萌，但是境过情迁，还恐悔心不坚，须得吃一服洗心丹，把方寸里的邪念洗个一干二净。洗心丹的效用，已经医治过两个堕落的青年，服了仙丹以后，立时变换气质，改邪归正。女士要我援手，快把洗心丹用开水冲服，自有奇效。"

素芬听了，欢喜不迭，接过这洗心丹，如法冲服。腔子里邪正交战，当然有一番难过，好在悔心正坚，正气占着优势，邪气吃了败仗，渐渐地败将下来，噗的一声，所有素芬抱定的多夫主义、光明舞台上酣战主义，早被那一个夹屎屁，轰到不知哪里去了。又向公任磕了三个头，转过身来，向稚川赔了一个罪，方才站起。从此以后，素芬又恢复到半载以前的学者态度，努力读书，不谈风月。这是后语，表过不提。

且说公任、稚川在景双家中盘桓了数天，眼见上海的风俗日趋荒淫，可惜快活神仙的洗心丹只有这一服，不能洗尽这许多龌龊的人心。景双陪着公任、稚川，天天坐着汽车到各处去游玩。公任玩得腻烦，要和景双作别，景双哪里肯放，定要他们屈留一月半月。

公任道："洋场风景，不过尔尔，我想换一个地方玩玩。"

景双道："明天和你去游城隍庙，你可高兴吗？"

公任道："这倒很好，洋场虽然繁华，但是处于外人管辖之下，触目惊心，精神上总觉得不大舒服。还是城隍庙一带地方，依然是旧时风俗，湖心亭子里泡一壶茶，倒也别有风味。"

大家商议既定，到了来朝，景双陪着公任、稚川，在家中吃过午饭，便尽着半日之闲，同坐汽车，到城隍庙去游玩。车抵方浜路庙门附近，大家都下了车，同进庙门，在那里徘徊瞻眺。

稚川初次赴沪，他理想中的上海，只道是上海的风气比什么地方都开通，一切神道设教早已打得虚空粉碎。现在瞧见城隍庙里的香客，潮水也似的拥将进来，香火鼎盛，无有其比。便向景双问道："今天可是城隍神诞日？为什么香客这般热闹？"

景双道："这里面进香的人天天都是这般。"

稚川暗暗嗟叹，原来中国最开通的地方，便是中国最迷信的地方。抬头看时，这气象堂皇的大殿便在眼前，纯用水门汀装饰，工程浩大，尚没落成。

景双道："近年来城隍庙两遭火灾，每遭一次回禄，重新建造，一定胜过了旧时宫殿。你看这大殿多么讲究，完全是水门汀的洋式房屋，从此一劳永逸，再也不怕什么火灾。"

稚川道："既是威灵显赫的神道，和火神该有交情，为什么数年以内两番失火？"

景双想了一想道："据我看来，火神一定得了城隍的同意，方才蓬蓬勃勃地烧将起来。须知上海的城隍，不比内地的城隍可以马马虎虎，住几间因陋就简的房屋，便算了事。上海是华洋杂处的地方，一切官厅，总比内地的规制崇隆一些，阴阳都是一例。上海的城隍庙，合该起造高大的洋房，才是道理。城隍老爷嫌着原有的庙宇不足以壮观瞻，因此照会火神菩萨，把原有大殿烧个一干二净，以便革故鼎新，重建这合宜的殿宇。"

公任笑道："亲家说得活灵活现，仿佛城隍送给火神的照会是你亲眼瞧见的一般。"

景双正色说道："亲家不是这般讲，人的心理，便是神的心理。你不记得天视自我民视，天听自我民听吗？"

公任默然不答。依着公任向日的性情，便须和景双辩驳一回。但是现在的公任，时时做那快活神仙的代表，自己也是迷信史中的主要人物，要是叫景双破除迷信，万难自圆其说。眼看现在的万恶世界，亏得迷信未破，人心尚有几分忌惮。该做万恶的，做到九千九百桩，或者缩手不干了，所以杀人不眨眼的魔王，也会延请高僧，替他忏悔。奸淫掳掠的军队，遇着庙宇所在，不敢恣行非礼，这便是迷信没有打破的好处。公任正在感想的当儿，举目看时，却不见了景双，忙问稚川道："他呢？"

稚川道："他已办着香烛，到后殿烧香去了，吩咐小侄在这里少待。"

公任因后殿人头拥挤，便不高兴上殿，和稚川立在庭中，专候景双下殿。候了良久，才见景双下来，向公任拱着手道："劳你久待了，方才我在殿上觅一个拜垫下拜，谁想拜垫有限，下拜的却是很多，一个站起，一个又跪伏了，因此耽搁了许多时候。"

公任道："亲家为着什么事要到这里来烧香？"

景双道："我在先只是朔望烧香，后来为着阿芬犯了这不名誉的病，便时时到这里来祷告城隍，但求小女回心转意，走那正经的道路，我便愿在神前捐助一对方供、全年灯油。现在鬼使神差，把亲家请到舍间，小女果然改邪归正了。因此感激着这位威灵显赫的城隍老爷，特地上殿去磕几个头，预备择吉日把方供和灯油献上，还得替城隍老爷上一方有求必应的匾额。"

公任道："这是快活神仙的神通，和城隍有什么相干？"

景双道："若不是城隍老爷在冥冥中指导，快活神仙怎会跑到舍间来？自古道，饮水思源，怎敢忘却城隍老爷一段好意。"

公任暗暗好笑，俗语说的吃了对门谢隔壁，原来世上果有其事，便不再和景双辩论。随着他上那水门汀的九曲桥，转入湖心亭，三个人同在宛在轩中品茗。倚栏四望，百货杂陈，游人穿梭也似的在那九曲桥上走动。远望一座洋楼，旗子招展，打着"小世界"三个字号。

公任道："上海世界太多了，什么大世界、新世界、神仙世界，现在这里还有小世界。"

景双笑道："亲家便是神仙世界中人，他们的神仙是假的，你的神仙是真。"

公任忙向景双丢了一个眼色道："你别和我开玩笑，人家听了，便要引起误会，你不见连日小报上面把我挖苦吗?"

原来公任替素芬治病，已被那位乌先生探悉情由。他本利用着荒淫放纵的素芬，替他小报上制造材料。那天侦探战史，不得结果，徒然在衣服上留着一个烧疤，面皮上印着五条掴痕。他兀自痴心不断，以为素芬的战史材料层出不穷，这天不得结果，自有下回分解。谁料从此以后，素芬竟改邪归正，不肯轻易和轻薄少年见面，便是见了面，也只表示那端庄稳重的态度，比着从前，竟另换了一个样子。乌先生满怀诧异，知道其中必有缘故，不惜脚步，设法访问，竟被他访得大略。说是范公任有仙丹，专替人家治那不可救药的病，素芬吃了他的仙丹，立时改变了气质，战史材料从此中断。乌先生恨恨地说道："范公任太没分晓，这几服仙丹，分明和我们的饭碗作对。我们小报主笔是靠着龌龊社会生活的。要是荒淫邪僻的人，个个都吃了范公任的仙丹，个个都是改邪归正，那便完了，我们小报主笔只好饿死了。"乌先生因此把范公任恨得牙痒痒的，他吃了一下嘴巴，倒不觉得恨，小报主笔挨一顿打，稀什么罕。唯有范公任败坏他的战史材料，影响着小报的营业，他不得不视为切肤之痛。虽奈何公任不得，但是小报上由着他热嘲冷骂，他把范公任竟形容得和妖道一般。

公任见了，付之一笑，不值得和这辈无赖文人计较。但是久留在上海，不免惹起社会的惊怪，准备早日回杭。叵耐景双殷勤挽留，今天看戏，明天吃大菜，盘桓了三五日，觉得有些厌烦了。这天游了城隍庙，来日便须束装返里，再三叮嘱景双，说："见了外人，不要说我便是替令爱治病的范公任，免得人家少见多怪，当作新闻材料。"不防景双在茶寮中竟道出一句"你的神仙是真"。公任忙向他丢了眼色，把他的说话打断了。

谁料，事又凑巧，隔座恰有一位少年在那里静听。那少年的夹呢袍子上还留着一个烧痕。公任等三人不知少年是谁，但是阅者诸君早知那少年便是小报主笔乌先生。

景双的说话既被公任打断，便不敢提起神仙，只找些没关紧要的话，和公任闲谈。

乌先生把公任偷瞧了几眼，暗想我正要找你，却不料在这里狭路相逢，今天怎能把你放过。事不宜迟，趁着你还没有走，我不如付了茶钱，到外面去找几个白相朋友，候在出口处，和这妖言惑众的老头儿为难。想罢，便付了茶钱，径出茶寮。走不到三五步，却听得背后有人唤道："乌先生，你在这里吗？"

　　乌先生听得声音很熟，回头一看，不觉大惊，便一溜烟地跑了。

　　欲知后事，且阅下文。

第二十二回

衅由己开乌先生挨打
变生不测赵女士失踪

乌先生见了来人，为什么要逃走呢？原来那人便是长腿金生，乌先生已经领教过了。轻轻一巴掌，打得满嘴都是血，好容易将息了三五天，颊上指痕方才渐渐平复。今天忽然撞见了他，只怕又来寻仇，因此不敢迟延，拔腿便走。叵耐金生催动了这两条长腿，赶上三五步，早把乌先生的衣襟拖住道："乌先生，我和你并无怨仇，怎么见了我的面，你便转身逃走？"

乌先生道："你的手段，我已领教过了，轻轻一巴掌，累我痛了三天。"

金生道："你敢是说梦话，我在哪里打过你来？"

乌先生道："那天我和江女士在旅馆里谈话，你跑来寻仇，相隔没多天，难道你便忘怀了。"

金生奇怪道："乌先生愈说愈奇了，我哪有这桩事，你若不信，我和你到城隍老爷面前去赌誓。"

乌先生见金生发急，猛然想到这天的一下巴掌打得奇怪，莫非又是姓范的在那里作祟，给我尝尝这一下仙人掌？便道："金生哥，你既没有打我，这事益发奇怪了。此间不便谈话，和你走过九曲桥，到那得意楼上去泡一壶茶，细谈衷曲，可好不好？"

金生点头赞成，于是两个人急匆匆地过了九曲桥，同上得意楼，在沿窗泡茶坐定。

乌先生道："金生哥，你可知江女士家里到了什么快活神仙，专和我们寻仇，把江小姐的风流病医治好了。从此报纸里觅不到这般的风流材料，便觉异常减色。"

金生道："不谈起江小姐便罢，谈起了很是奇怪，她和我自从有了花头，夜夜离不了我。不料那一天在旅馆里分别以后，江小姐另变了一个人。我写信给她，她置之不复。我上门访她，她匿不见面。我只道她喜新弃旧，另有了情人，要不是你说起，哪里知道这底细。乌先生，你可告诉我，这快活神仙究竟在哪里？待我撞见了他，给他吃些痛苦，他要做快活神仙，我偏叫他做苦鬼。"

乌先生凑着金生耳朵，轻轻说道："你别大呼小喊，这妖人便在湖心亭吃茶。他唤作范公任，很有些妖术，专会剪纸为人，撒豆成兵，一切旁门左道，他都理会得。他捏造什么快活神仙，其实只是他在暗地里弄些幻术，骗取人家的财物。他今天被我撞着了，待要捉弄他，没个帮手，一时奈何他不得。可巧遇见了你金生哥，你是圈子里的人，到处都有弟兄们，快快想个法儿，把那姓范的摆布一下子，也可发泄我们的胸头恶气。"

金生道："这是他合该倒霉，既在湖心亭吃茶，乌先生且到那边去监视他，待我招呼弟兄们，候在九曲桥左右，待他出来时要他的好看。"乌先生只在湖心亭一带打转，暗暗监视着公任。金生便到流氓茶会去找寻同志，找到了两个弟兄，也在湖心亭前打了一个回合。乌先生悄悄地说道："那个穿铁机缎马褂哔叽袍子的便是范公任，你们注意着，别放他逃走。"

于是金生等三人只在附近散步，准备公任出来时上前寻找，把他打个七荤八素。

那时，公任、稚川正在湖心亭里和景双谈得热闹，再也猜不出有人要来寻仇。隔了一会子，公任起身，待要小解。景双向着外面一指道："尿池便在那边，但是这里的尿池，须得捷足先登的，你要小解，快到外面去候补吧。"

公任离了茶座，走到外面，果见尿池旁边很是拥挤，围个半圆形，足有八九个人，把尿池包围起来。也顾不得阿摩尼亚的气味，只为有求于尿池，无论什么龌龊的所在，不得不站立一会儿，便是孤芳自赏的范公任，到了那时，也只得静候在尿池旁边，不敢走开。

乌先生向金生歪歪嘴，金生会意，便约着两个流氓，挤到尿池旁边，在范公任身旁站立。

公任急于小解，却见挤在前面的个个捷足先登，一个上，一个下，再也轮不到自己去小解，心中很有些着急。他想尿池旁边，不是从容礼让的所在，倘然一味谦逊，立到来朝，也没有小解的机会。在这当儿，恰有人小解完毕。公任诗兴勃然，再也按捺不住，便用力挤到前面，才踏上水门汀，便解开锦囊，淋淋漓漓地挥洒这首长歌。古人云：诗清只为饭茶多。公任在湖心亭中多喝了几杯茶，所以这首诗益发材料丰富，挥洒不尽。

蓦然间左边有人唤道："你怎么这般地拆烂污，撒尿撒到我身上来了。"

公任道："对不起。"把身子向右一偏，右边又有人唤道："你不生眼睛吗？撒尿撒到我身上来了。"

原来公任踏上水门汀，那两个流氓也随着踏上去，夹在公任两旁。公任挥洒这首长歌，宛如泉泻三峡，可发而不可止。两个流氓站在左右，有意寻仇，趁着公任诗源滚滚、书声琅琅的当儿，都把身子挤将过去。

公任不及躲避，让一个沾湿了鞋袜，一个打潮了衣襟，都是声势汹汹，预作寻仇的地步。公任须不比宋代的潘邠老，吟了一句"满城风雨近重阳"，一经催租人到来，立时败兴。公任所作的一首长歌，不作便罢，既已淋淋漓漓地作了出来，非得自首至尾地完全结束不可，他明知左右有流氓要寻仇，但是旁的著作品，都可暂时搁笔，唯有这首一气呵成的长歌，竟无搁笔的可能性，任凭事大如天，也只有待到诗兴完毕以后，再行设法。

金生监视在后面，喃喃地骂道："哪里跑来的猪头三，撒尿都不会，弄脏了旁人的衣服，累人家倒霉。他们肯马马虎虎，老子却不肯马马虎虎，猪头三，你不要走，和你讲个理去。"一边说，一边把公任的衣襟扭住。公任没奈何，只得草草把这篇长歌当哭的文章结束了，忙道："对不起，对不起，这是我一时不注意，出于无心。"说罢，把手一拱，表示道歉。

乌先生挨到金生旁边，凑着耳朵说道："你不用和他理论，老大的耳刮子打他一个不亦乐乎，叫他知道我们的手腕厉害。快打，快打。"乌先生道完了这几句，便退立在一旁，态度闲静，若无所事，把手擦拭着眼睛，看这一场打架。

"任凭姓范的厉害，今天总不免眼前吃亏。"

金生经乌先生这般怂恿，便提起了无名恶火，不由分说，举起着手腕，向公任迎面打来。

公任待要抵架，却被左右两个流氓握住了手腕，动弹不得，只有把那头颅左一偏右一偏地避这辣手。可头颅偏到左，右颊便挨打，头颅偏到右，那左颊便挨打，一口气打了十余下耳刮子，不但被压迫得痛苦难熬，便是伸手打人的金生也很觉得手掌上有些疼痛。

九曲桥上既没有警察前来干涉，只有来往的人都挤在一隅，瞧这热闹，宛在轩中的茶客也都向窗外舒头探脑，看这把戏。

自有好事的上前排解道："有话好说，为什么这般毒打？"

金生不瞅不睬，只指挥着两个流氓道："我打得手掌都痛了，你们快帮着

184

我结实地打。"那两个流氓果然左一下右一下地打个不停。一连打了二三十下，打得鼻破颊肿的，满嘴满脸都是血。

旁人见了不服气，都道："反了反了，三个人攒打一个人，是什么道理？你们和那少年有什么不好解的冤仇，忍心下这辣手？快唤警察来，要不然，闹出人命来了。"众人七张八嘴的当儿，长腿金生陡起了老大的疑惑，他想方才被我掌颊的是范老头子，不是什么少年，难道众人都瞎了眼睛吗？他便凑上前去，停睛细瞧，那人血染着一张脸，一时瞧不出是谁，但是绝非范老头子。方才所遇的范公任，上唇留着半寸长的髭须，现在的人嘴唇上只有淋漓的鲜血，并无半根髭须。金生又疑惑起来，难道方才下手太辣，把范老头子的髭须打掉了吗？然而范老头子的髭须又不是糨糊的，怎会被我打掉？想到这里，便觉其势不妙，休要误打了旁人，把范老头子放走了，闹出了绝大的笑话。当下喝住了两个流氓，且莫动手。果不其然，挨打的不是范公任，也不是旁人，却是方才撺掇金生快打快打的乌先生。不觉失声惊怪道："咦，你不是乌先生吗？怎么我们一时失手误打了自家人？范老头子躲到哪里去了？"

可怜乌先生宛似梦魇一般，心头了了，只是不能开口。

金生向他盘问，他只是圆睁着双眼。众人哈哈大笑道："奇怪奇怪，要想打倒他人，却不料打倒了自家人。"

金生觉得不好意思，把乌先生扶入宛在轩，唤堂倌舀一盆面水，洗去了乌先生面上的血渍。但是，血渍洗去了，左颊上的五条指痕却越洗越显，而且螺纹毕现，面颊上竟挂了仙人掌的招牌。为什么说是仙人掌呢？原来这五条指痕并不是今天才打的，却是那天的旧痕。

那天快活神仙幻化作金生，把乌先生打了一下嘴巴，回家去便发现这五条指痕过了一天两天，指痕依旧历历可数。

乌先生十分懊恼，躲在家里，不敢见人。乌老娘向来不以儿子的所作为然，便乘隙教训儿子道："你一向不肯听我说话，专在外面敲人家竹杠，合该受这报应。你要指痕消灭，须得痛改前非，老娘便替你在观音菩萨莲座下苦苦哀求，消灭你面上的五条指痕。"

乌先生道："你果然有方法消灭我面上的五条指痕，我从今以后，一定痛改前非。"这是乌先生随口敷衍他老娘。但是乌老娘信以为真，便到观音庵里去烧香，替儿子喃喃祷告，代忏前非。

过了一天，乌先生面上的指痕果然平复。乌老娘大喜道："这是菩萨的灵验，有求必应，你既许下个愿，从今以后，快痛改前非吧。"

乌先生要是听了老娘的话，便没有今天这一回事，无奈他抱定着主见，以为面上的指痕到了第三天本要平复，和老娘烧香祝告的事毫没关系，老娘不过适逢其会罢了。

谁料今天阴差阳错，被人家打了一顿，打破了鼻子不关紧要，只是旧时的五条指痕重又发现在左颊上，走到人前，望而知为被批颊者，乌先生心头怎不着急。

金生又再三盘问道："乌先生，这件事委实愈弄愈不得明白，我们方才殴打的分明是范老头子，怎么误打了你乌先生？你既误被我们殴打，为什么不早早声明？你又不是哑巴，不该忍气吞声，挨受这一顿屈打。"

乌先生那时觉得喉间作痒，吐去了一块顽痰，才能说话。他说道："我方才退立一旁，袖手旁观，但见你高举着手打那范老头子。我正暗暗地快活，猛不料打了一个寒噤，不由自主地挺身而前，这一下巴掌，却在我面皮上打一个正着。眼见范老头子，整一整衣襟，很从容地走了。我暗暗发急道：'你打错人咧。'但是心里这般想，嘴里却不能这般说，以后左一下右一下的巴掌都是我个人挨受。若没有旁人劝阻，只怕活活地被你们打死咧。"

金生伸一伸舌头道："姓范的这么厉害，他略弄些玩意儿，把我们几个人闹得落花流水。打人的宛似没有了眼睛，挨打的宛似没有了嘴巴。一场混打，只打的自家人，你乌先生身受的痛苦尤其厉害，总得想一个报仇方法，把姓范的捉住了，狠狠地痛打一顿。"

乌先生摸着颊上的指痕，连连摇头道："我现在不敢定什么主张，且待消灭了颊上的指痕，再做计较。要是颊上指痕不消灭，叫我怎有颜面见人。"

金生听得乌先生这般说，心中也有些害怕，不敢再向范公任寻仇。一场风波就此平静。他们出那城隍庙时，乌先生把衣袖蔽着左颊，生怕被人瞧见了，当作笑话讲。他和金生一干人作别后，便急忙唤一辆黄包车代步。他的住宅在城中一条弄堂里，离着城隍庙不远，尽可以步行回去，但因面上印着仙人掌，这便是吃耳光的招牌，觉得旁观不雅，不如躲在车里，下了车篷，还可以遮遮掩掩，不被人家瞧破这丑态。等到了门前下车，一只手付钱，一只手依旧遮蔽着左颊，返身入内，见了老娘不禁放声大哭。

老娘问他哭什么，便手指着自己的面皮道："这吃耳光的招牌又挂了，怎么是好？"

老娘见了大惊，忙问："你可曾干什么不端的事？"

乌先生不能抵赖，便把方才的经过一一说了。

老娘骂道："你怎么这般不信实！你既痛改前非，便不该再向人家寻仇，这是菩萨怒你口不应心，把你警戒一下。你老娘为着你诚心改过，因此在菩萨座前磕了无数的响头。菩萨瞧着老娘的分上，冥冥中执着杨枝，在你面上拂这一拂，因此你面上的指痕都消灭了。现在你重蹈覆辙，不知悔悟，菩萨又执着杨枝，在你面上一拂，前日的伤痕当然发现出来，这都是你自己不好，怨不得他人。"

乌先生央恳他老娘再去烧香，替自己忏悔过失。老娘道："我再也不上你的当了，我在菩萨面前已失信过一次，要是再去烧香，便磕破了头皮，也是没有用。你不听老娘之言，这叫作木匠戴枷，自作自受。老娘也管不得了许多了。"

乌先生见老娘这般说，不免失望。但是他不信面上的五条指痕可以永远存在，大约过了三五天，便可以恢复原状。但是三五天忽忽地过去了，面上的五条指痕依旧历历不爽。他以为过了半个月，便可以恢复原状，但是半个月忽忽地过去了，面上的五条指痕依旧罗罗清疏。他的职业是小报馆特约访员，天天躲在家里，访不出什么新闻。没奈何，只得贴一个膏药在左颊上，推托是害了外症，以便瞒过众人，遮饰他的丑态，依旧出去采访新闻，干他的访员生涯。

谁料出门没多片刻，这膏药里面宛比有千百条蛆虫在里面活动。乌先生觉得奇痒难熬，忙不迭地揭去了膏药，一阵乱搔乱抓，方才平复。但是从此以后，再也不能贴上膏药，丑媳妇难免见公婆，依旧捎着吃耳光的招牌，去做那小报馆的特约访员。上海滩上的小报，往往同行嫉妒，互相取笑。乌先生的面皮上留着这五条指痕，人家便替他取了一个诨号，唤作五指先生，而且仿着《五柳先生传》的论调，在一种小报唤作《鸡零狗碎》的上面发表，道的是：

> 先生不知何许人也，亦不详其姓氏，颊上有五指痕，因以为号焉。喜造谣言，不顾廉耻，刺探消息，不求正确。每有记载，辄颠倒黑白，敲竹杠，其意在乎必得，同业知其如此，乃相与鄙弃之。记载不实，被人掌颊，挨打而返，曾不觉其可羞。日积月累，指痕不退，耳光招牌，挂于左颊，可怪也。常著文章自娱，专谈性欲，坏人名节，不计其数。赞曰：昔人有言，生不用封万户侯，但愿挨打五分头，其言兹若人之俦乎，指头五个，印于面皮，无赖氏之民

软，拆白氏之民欤。

这篇取笑的文章在《鸡零狗碎》上发表以后，"五指先生"四个字被社会上叫得怪响。经过了许多日子，乌先生面上的五条指痕不但没有消灭，而且色彩渐渐地浓厚起来。在先这五条指痕是淡淡的红色，后来由红转赤，由赤转紫，由紫转黑。乌先生面上有了这个黑手印，便成了终身莫大之玷，走到人前，惹人嗤笑，不须通名报姓，远远地在数十步外，便望见这块耳光招牌，知道五指先生到了。只为这块耳光招牌是乌先生的专有品，可算得只此一家，别无分出的了。

乌先生平日喜和电影女明星开玩笑，作品里面大半是女明星的风流史，狗嘴里吐不出象牙，当然没有好话说出。女明星恨得手痒痒的，恨不得捉住了这个无赖文人，绰拍绰拍，把他的面皮打得和猪肺一般颜色。现在乌先生面上有了"只此一家别无分出"的耳光招牌，直把女明星笑得嘻天哈地，都说孽报孽报。更有促狭的央托了摄影师，候着乌先生出门，出其不意用快镜摄取他的尊容，制在影戏片中，以博观众一笑。这是后话，表过不提。

且说那天范公任被流氓捉住了手腕，暗暗唤声不妙，这眼前亏管叫吃定了。忽听得耳畔有人轻轻嘱咐道："范居士不须惊慌，你转一个身便没事了。"

公任大喜，知道快活神仙便在这里，一定可以逢凶化吉，便依着仙人的嘱咐，嗖地转了身躯，果然两条手腕都恢复了自由。走不上三步路，却听得绰拍绰拍的声音打得怪响。回头看时，却见方才的流氓正在那里打一个少年，心头奇怪，不知那少年是谁，为什么李代桃僵，替我挨打？

耳边又听得仙人嘱咐道："你道他是谁？天天在小报上挖苦你的便是他。今天他定下了计较，约着几个流氓，希图打倒你。山人小弄神通，使他作法自毙，即以其人之道，还治其人之身。你现在难关已过，早日回杭去吧。"

景双、稚川坐在湖心亭里，久待公任不来，听得外面人声喧闹，好像打架。他们便走到外面去探望，正遇着公任脱身回来。景双忙问公任："外面何事喧闹？"

公任道："现在不便报告，且待回去后和你细谈吧。"

当下三个人离却湖心亭，出了庙门，依旧坐着汽车回去。一宿无话，待到来日，公任急于回家，便向景双辞别。

景双挽留不住，亲送到南站，和公任、稚川分别时，很有些依依不舍。按下慢提。

且说范振亚住在杭州，闭户读书，不与外事，他的挚友刘子荆病体已愈，这天特来访问振亚，一室谈心，很是莫逆。

子荆道："尊公到了上海，可有回来的消息？"

振亚道："家严回杭，只在早晚，昨天来信，道及江素芬害的不名誉病业已霍然。那位快活神仙，端的有无上神通。他救济群生，总是神出鬼没，出于人家意料之外。这回江素芬山穷水尽，预备自杀，谁料快活神仙的仙丹早已不知不觉地吞入肚里。家严有一篇《江女遇救记》详载其事，附在家信中寄来。这篇的内容很是离奇怪异，你可要一读吗？"

子荆便向振亚讨着这篇文字，细读一遍，连连拊掌道："快活神仙救人，实在救得彻底，也亏尊公这支妙笔，写得异常生动，和从前那篇《仙袂旅行记》一般云谲波诡，使人捉摸不定，要不是身历其境的，谁也不肯相信是忠实记载。唉，现在的世界，越闹越不是了。无论什么所在，总是妖雾重重，遮蔽了青天白日，若要打倒那些妖魔，除非央求这位快活神仙。我也是经着仙人的援救，才能够起死回生。这位老神仙便是我的救命恩人，可惜受了他的大恩，没有和他见过一面。"

振亚道："便是家严和张稚川，有好多次和老神仙见面，只是老神仙究竟怎生模样，他们也不能知晓，好像这位老神仙在那若有若无之中。说也奇怪，说他是有，却是无影无踪，没法去找他。说他是无，他又明明在社会上救济群生，呼之欲出，似乎确有其人。"

子荆点头道："不错不错，这'若有若无'四个字，可抵得一篇《快活神仙传赞》。"

正在闲谈的当儿，忽见外面跑来一个仆人，汗淋满面，气喘吁吁，且喘且说道："不好了，不好了，我家小姐昨夜好端端地在家中，到了今天，忽然失踪不见。老爷知晓了，气得旧病发作，卧倒在床，特来邀请张稚川少爷前去商议。"

振亚奇怪道："你这人好生鲁莽，小姐是谁？老爷又是谁？为什么说得不明不白？"

那仆人揩了揩头上汗点道："我是赵益甫老爷那边来的，失踪的小姐便是令娴小姐。她每天起身是很早的，今天十点钟还没有起身。仆妇推她的房门，却是虚掩的。原来小姐早已夤夜逃走，所有金珠首饰卷取一空。查勘踪迹，后门也是虚掩着，可见小姐是从后门逃出的。老爷得了这消息，几乎气个半死。"

振亚连连摇头道："岂有此理，岂有此理，幽娴贞静的赵令娴断不会窃物私奔，其间怕有别情吧。"

欲知后事，且阅下文。

第二十三回

赴吴郡沿途寻淑女
走阊门到处轧神仙

幽娴贞静的赵令娴会得黄夜私奔吗？别说振亚不信，就是子荆也不信。别说振亚、子荆不信，就是著者也不信，读者也不信。但那个仆人言之凿凿，并非虚伪，而且瞧他一副气急败坏的情形，益发可以证明确有其事。子荆道："振亚，这桩事来得蹊跷，用得着两句老话，叫作'理之所必无，事之所或有'。尊公所撰的《仙袖旅行记》，便述及没耻丸的厉害，任凭什么幽娴贞静的女子，一吃了没耻丸，曹大家也变了武则天。"振亚兀自乱摇着头，向那仆人说道："你的报告只是口说无凭，我总不信有这么一回事。"那仆人道："凭据在这里。"便从怀中取出一封书信道："这是老爷写给张少爷的，只因一时匆忙没有取出。"振亚接取这封信，并没封口，抽出看时，上写道："稚川足下，寒家忽起剧变，小女失踪，席卷所有，去如黄鹤。事出意外，殊觉惭对足下。然足下义侠少年也，且与小女有白头之约，悯其沉沦，援而出之于苦海，一举手一投足之劳耳。幸速惠临，无胜盼切之至。益甫谨白。旧历三月四日。"

振亚读罢来书，依旧纳入信封，急得连连搓手道："赵姓出了这变端，稚川又没有回来，这件事竟没有办法。"那仆人道："我家老爷盼望张少爷立刻便去，好把小姐早日救出苦海。"振亚道："你家小姐既不知去向，便是张少爷回来也没有办法，怎能把她救出苦海？"那仆人道："要是张少爷到了我家，便有希望了。他和老神仙认识，他到哪里，老神仙也跟他到哪里。他不能救小姐出险，老神仙一定能救小姐出险。"振亚点了点头道："你去回复你家主人，说张少爷早晚便回。待他到了这里，就立刻叮嘱他到府上来便是了。"仆人去后，振亚和子荆讨论这件事，依旧怀着疑团，不得解决。子荆以为令娴误吃了妖魔的没耻丸，以致变更常态，不顾羞耻。振亚不以为然，说意志不坚的女子，吃了没耻丸，不免变易常态，不顾羞耻。唯有这位赵令娴女士，桃李其貌，冰雪其心，断然不会误吃没耻丸，便是稚川也是这般向我说的。那天父女闲谈，益甫谈及现在的女子，往往误吃了妖魔葫芦里的没耻丸，叫令娴须随时注意。令娴怒形于色说：'妖不自兴，一定自家起了邪念，才会误吃鬼葫芦里的没耻丸。要是心地清净，邪念不生，鬼葫芦里的没耻丸便不能发生效力。'令娴这段议论确是至理名言，不但稚川听了赞成，便是我也佩服她的见解高超。昨天的变端一定另有别情，可惜我不是福尔摩斯。"子荆笑道："你不是福尔摩斯，谁是福尔摩斯？不说得叶少少替你上的徽号吗？"振亚笑道："你也太促狭了，还提起这桩事。现在不是取笑的时候，快快商议一个良策才是道理。"

子荆道："据我看来，这个问题很难解决，非得乞求神仙不可。神仙不在这里，当然要借重尊公代为央恳这位快活神仙快来援手。"振亚叹道："这儿要央求神仙，那儿又要央求神仙，妖魔太多，神仙太少，神仙可以打倒妖魔，打倒了一个，起来了十个百个。神仙神仙，如此妖魔何？"

正在嗟叹的当儿，忽听得平空中歌声呖呖，唱的是："神仙神仙，如此妖魔何？打倒了一个妖魔，又来了十个百个妖魔，我做了神仙也唤没奈何。"

振亚肃然起立道："原来老神仙便在这里，赵令娴合该有救了。请问仙人，究竟赵令娴怎样地失踪，现在藏身在什么地方，可能一一指示吗？"又听得空中唱道："失踪失踪，何尝失踪。不知者以为失踪，知之者以为不曾失踪。道是失踪，果然失踪。道是不曾失踪，果然不曾失踪。报告失踪，有书信一封，报告不曾失踪，也有书信一封。咦，那边来了一位老翁，你瞧一瞧是不是来了尊公？"

唱到这里，歌声便渐渐地远了，但是一阵步履声却愈走愈近。回头看时，正是范公任和张稚川从上海回来了，又有许多行李东西，由仆人搬入里面。子荆和公任相见，正在那里互道寒暄。振亚见了老子，只是呆呆注视。公任笑道："你注视我做甚？难道替我相面吗？"振亚道："我瞧瞧你老人家，究竟是不是我的爹爹？"公任大笑道："不是你的爹爹，是谁的爹爹？"振亚道："只为老神仙惯会游戏神通，上次神仙幻化了爹爹，迷离惝恍，真假难辨，恰应了'谓他人父，亦莫我顾'两句话。今天见了爹爹，不得不审查一下。"公任且笑且说道："审查老子，可谓千古奇闻，你为什么不开一个老子审查会呢？"说到这里，又转变着论调道，"要是开一个老子审查会，也算得应时势之要求，只为目今的人，往往容易误认他的老子。崇拜金钱的，便认金钱做父，崇拜势力的，便认势力做父。唉，世人眼光中的老子，实在太多了，更有不长进的，认贼做父，认盗做父，认外人做父。照此看来，老子审查会，确有成立的必要……且住，振儿，我要问你，自我出门以后，可有什么特别事件发生？"振亚道："今天便有一桩怪事。听说赵令娴黄夜私奔，不知下落。"

话没说完，早恼煞了张稚川，正色说道："振亚兄说什么话？自古道：'朋友妻，不可欺。'你把小弟挖苦，任你挖苦，但不可诬蔑我的未婚妻。"振亚道："谁来挖苦你，令岳父的书信现在，你自去看来。"说时，便把方才的来信送给稚川过目。稚川取出信笺，看得没多几行，面色也变了，手腕也颤了，但是一纸看完，又看一纸，渐渐地恢复了常态，向空中连连作揖道："承蒙仙人指示，小子没齿不忘。"振亚见了，好生奇怪，方才信封内只有一纸信笺，怎么现在又多了一纸？忙向稚川讨取看时，果然写得龙蛇飞舞，确是快活神仙的手笔，写的是一首歌谣："上巳良辰，失却佳人。非关丧志，另有别因。不在山陬，不在海滨。姑苏台下，西子负薪。玉不含玷，花不染尘。虽经挫折，终成婚姻。"

稚川道："仙人这一纸歌谣，分明替令娴辩诬，可见上巳失踪，其中另有别因，并不是黄夜私奔。中有'姑苏台下，西子负薪'二语，倘到苏州去访问，料想定有下落。只是苏州并无熟人，如何是好？"子荆道："稚兄要到苏州去，兄弟可以奉陪。今年春假后，兄弟已接受苏州大学的聘书，不日便须动身，所任的职务系教务主任。稚川兄倘须久住苏州，不必另觅寓所，学校里便可下榻。"稚川道："得和子荆兄同住一处，非常荣幸。但是兄弟不任教科，怎好久住在贵校里面？"子荆道："这也不妨，好在稚川兄才高学博，只需在国学项下担任几点钟功课，那么便可久住在校中了。"公任道："这个办法很好，稚川不须客气，便帮着子荆到苏州去办学，以便随时寻找令娴的踪迹，好在仙人已指导稚川，暂时挫折，将来自有团圆的希望。而且'玉不含玷，花不染尘'，可见这位令娴女士虽在颠沛之中，依旧可以保守贞洁。不比上海江素芬，虽已洗心涤虑，力改前非，但是身子已经污辱了，真叫作一失足成千古恨呢！"当下吩咐振亚陪着子荆稚川，自己径到里面，和夫人、媳妇等见面，报告在上海经过的情形。

再说稚川既和子荆约定同往苏州，事不宜迟，翌日便想动身，又把仙人所写的信笺仔细审视，见旁边印着"公任用笺"四个篆文，不禁啧啧称异道："这不是范老伯所用的信笺吗？"振亚审视，果无错误。忙到内书房去检查信笺，但见书案上砚墨未干，一支长锋羊毫，毫端尚有墨汁，原匣的信笺已开了封。可见振亚和子荆在外面谈话，那位仙人却在里面写字。原来范宅的书房判分内外，外书房接待来宾，内书房是公任读书写字的所在。公任今日才回，内书房的砚台上何来余墨？不是快活神仙在这里写字，还有谁呢？于是振亚、子荆同声嗟叹："方才仙人便在里面，我们却是失之交臂，岂不可惜。"稚川那时已接到他老子的来信，对于订婚赵氏很表赞成，正待择日行聘，不料又遭了这个挫折，行踪才定，便藏着仙人所写的信笺，急急去访他的泰山赵益甫。一者调查令娴失踪的情形，二者仙人已指示了端倪，便可安慰益甫，叫他休得悲伤，且静待那合浦珠还的日子。

苏州大学是苏州最高的学府，规模阔大，生徒足有一千余人。刘子荆充当了教务长，循循善诱，生徒们人人悦服。张稚川熟于史学，便担任了每周一二时的史学功课，上课以外，很有余闲，只是在城中大街小巷，四处寻觅，总觅不到赵令娴的行踪。他到了苏州约莫一个月，只因消息杳然，不禁长吁短叹。子荆道："仙人有了预言，迟早总须见面，何必频频叹息。"稚川道："我天天在城中奔跑，四处访问，又登了报端广告，要是令娴果在苏州，断无不相见之理。看来她不在苏州吧。"子荆道："仙人的说话，怎有错误。你只息心静气，四处探访，最好觅到了这位老神仙，央恳他指导你路径，和令娴女士相见。"稚川道："这位老神仙，说远便在天边，说近便在眼前，他肯和我相见，转瞬便至，他不肯和我相见，踏遍天涯也没处寻。"子荆道："你不须心急，仙人总会前来援手，这位老神仙惯弄神通，他要来援手，也不肯直截爽快地出来援手。这其间定有许多波折，你心焦也徒然，拭着眼瞧吧。"

话说四月十四日的一天，稚川正在城内闲行，忽听得三三两两的人都道："轧神仙去，轧神仙去。"稚川生长黄山，不知苏州的习俗。这轧神仙三个字做何解释，不易了解，但知今天是吕仙的诞日，大概吕仙庙里自有一番热闹。吕仙是古代的仙人，快活神仙是现代的仙人，古代的仙人和现代的仙人大概总有交谊吧，我不如随着众人到吕仙庙里去走走，遇不着古代仙人，或者遇得着现代仙人，也未可知。主意已定，便随着游人径向阊门而去。

果然越走越热闹，游人纷纷，都说到神仙庙里去买神仙老爷和神仙乌龟。稚川暗暗诧异，怎么神仙庙里有神仙出卖？既有神仙老爷，又有神仙乌龟，这名目倒也奇怪，不知道老爷和乌龟究竟是一是二。自古道，耳闻不如目见，须得到了神仙庙，才能知晓。

离着神仙庙尚有一条巷，两旁铺户都做着一种投机的买卖，便是向无锡惠山贩了许多泥人要货，陈列在门前。有英雄，有美人，有飞禽，有走兽，五花八门，不可尽述。但见往来的游客，多少总得买几个泥人回去，可称利市三倍。还有许多小孩子都央告着父兄，要买一个神仙老爷回去，有些买了一个美人，有些买了一个鬼怪，都是笑吟吟地捧在手里，唤一声神仙老爷。

稚川暗暗奇怪道："原来他们所称的老爷都是泥塑的人儿，唉，泥人也算是老爷，老爷太无价值了。"又走了几步，但见两个小孩子在那里买神仙老爷，所买的不是泥人，却是泥塑的牛、泥塑的狗。稚川又不禁暗暗地好笑起来，泥牛泥狗都称为老爷，可见世上的老爷都是泥塑的牛、泥塑的狗。又走了几步，路旁摆设的花草摊不计其数，大约都是虎丘山下的花佣，趁着今天神仙生日，在这里摆设几个花草摊，赶做这神仙生意，只为来游神仙庙的多少总得买些神仙花，执在手里，仿佛便是轧神仙的证据。所以那些花佣见着游人经过，都高唤着："阿要买神仙花啊。"吴侬软语出于卖花女郎口中，益发婀娜动听。

稚川肚里寻思，神仙生日，般般都有了仙气，有了神仙老爷，又有神仙花，可见中国人善于投机，只需发生一桩事，便有许多投机分子混在里面摇旗呐喊，不是神仙，也是神仙，似这般地混闹，未免失却了神仙价值。要是被那快活神仙知晓了，又要"咦咦咦，哈哈哈"，笑个无休无歇。一壁想，一壁走，随着众人，已到了神仙庙的门口。这其间好不热闹，红男绿女纷纷地挤入里面，比着上海城隍庙益发香火鼎盛，打不破的神道设教，世局只管更新，迷信依然如故。军阀可以打倒，劣绅土豪可以打倒，唯有泥塑木雕打不倒。

稚川向来也是破除迷信的人，今天为着寻访老神仙，也跟在迷信队里，依着迷信的轨道进行。稚川挤入了庙门，里面便是一片广场，但见人头济济，都在那里攒动。其中的神仙益发多了，满坑满谷，都是神仙，排列的食物摊有神仙糕、神仙糖、神仙豆、神仙果子。其间有一个乡下姑娘，拼命地在那里咀嚼神仙豆。豆是制造臭屁的万应丸，乡下姑娘吃得起劲的当儿，不提防放了一个响屁，旁边有人取笑道："大姑娘吃了神仙豆，放起神仙屁来了。"这一句俏皮话，引得旁人大笑。又见一处拥挤着许多人，都在那里看神仙乌龟。今天乌龟出风头，居然加上了神仙的头衔，但见竹筐里面盛着大大小小的乌龟，不计其数。也有克蛇乌龟，也有绿毛乌龟，这两种都是乌龟社会里的优秀分子。最名贵的叫作金钱乌龟，龟体不过金钱般大小，越小越是名贵，都贮养在水碗中，旁边插着纸标，写明价目，不是十元，定是五元，加上了神仙两个字，遂使乌龟的声价陡增十倍。稚川见了，觉得又是可笑，又是可叹。在这当儿，稚川鼻边嗅得一种又香又臭的味儿，香是粉香，臭是汗臭，香臭混杂，其味不可思议，接着有五六个小家碧玉在人丛中挤过，都是粉汗盈盈，笑声咯咯。一个道："我们挤到那边去，或者有神仙相逢。听说吕洞宾难得下凡，都是李铁拐做代表。那边有十余个跷脚花子站在一块儿，不知道李铁拐可在里面？"一个道："管他在里面不在里面，我们去布施些钱钞，结结善缘吧。"

稚川自言自语道："他们要觅李铁拐，我要觅快活神仙，究竟谁的仙缘好，谁有福气得遇神仙。"

稚川忍俊不禁，在嘴里嚼念着神仙，却被前面一个剪发女郎听得了。回头看时，恰和稚川打个照面，那女郎俊俏的眼波连连地丢将过去。稚川转有些不好意思，低着头儿不敢平视，但听得那女郎笑与同伴说道："这个少年郎生得很漂亮的。记得化缘老道士说我和八洞神仙中的韩湘子有缘，他敢是韩湘子下凡吗？你听他口中喃喃地道着神仙神仙，其中定有道理。"稚川听了好生着急，只怕女郎误认他是神仙，不免横生枝节，便侧着身向斜刺里跑，好在人丛中容易藏躲，回转头去，已不见了方才的女郎，一颗跳动的心方才熨帖，自思在这里挤来挤去，没甚好玩，不如到大殿上瞻仰一番，看可有仙缘，和这位老神仙相见，要是见了老神仙，一定可以指示赵令娴的踪迹。上得大殿，又是挤得不可开交。男男女女都在那里替神仙拜寿，拜的是吕祖师塑像，口中却念着佛号："南无阿弥陀佛，南无观世音菩萨。"随口乱嘈，闹得七荤八素。又有跪倒在蒲团上，手捧着签筒，壳秃壳秃，在那里求神仙签的，香烟人气，氤氲得不分明。

稚川不耐久立，便转到殿后空旷处散步，冷不防背后有人唤道："先生，先生，把这纸签诀读给我听听。"稚川回头看时，是一个白发飘飘的老婆子，手持着一纸签诀，喘吁吁地追在后面，稚川便迎将上去，接取她手中签诀，读给她听。这支签是二十八签，上载着一句故事，叫作姑苏台西子负薪，读了这故事，便回想到老神仙的字帖上有"姑苏台下西子负薪"的语句，怎么和签诀上的说话相同？想到这里，心弦上便弹起乱弹腔来。当下按一按，再读那签诀上的四句诗道："红颜薄命是前因，西子今朝竟负薪。雁杳鱼沉香已去，吴门愁煞少年人。"

稚川好生奇怪，这四句诗分明是替着我作的，天下哪有这般凑巧的事，难道这老婆子便是快活神仙的化身？当下把老婆子上下打量了一遍，究竟是仙是人，一时不容易看出。那老婆子嗔怪道："老身请先生详签，不是请先生相面，怎么不把签诀解释，只把老身呆看？"稚川笑道："老神仙不须游戏吧，小子读了签诀，便知道你是神仙化身，要不然怎么签诀上的说话句句都道着小子呢？"老婆子道："先生，你说谁是神仙？"稚川道："你便是神仙，你便是快活神仙的化身，有意前来试试小子的目力。"老婆子向稚川瞟了一个白眼道："你面貌很漂亮，心地却是很糊涂的，信口开河，说我是快活神仙的化身，这句话敢是笑我，还是骂我？老身活了六十多岁，命运一天不如一天，惨凄凄苦不胜言，愁眉泪眼地坐那阳间地狱，便是苦鬼也没有这般苦，怎说我是快活神仙？"说时频频拭泪。

稚川暗想这老神仙倒会装腔作势，今天休被他瞒过，休要失之交臂。当下笑着说道："仙人仙人，别开玩笑吧。小子为着令娴的踪迹不明，赶到苏州，四处寻访，只是没有下落。忽忽地春天已过，又是夏季了。签诀上说的'雁杳鱼沉春已去，吴门愁煞少年人'实在是替小子写照。仙人仙人，签诀上既这般说，请问那负薪的西子究竟是凶是吉？"老婆子听了，劈手把那纸签诀抢去了，愤愤地说道："算我瞎了眼睛，请你详解这签诀。不料你是个糊涂小子，擀面杖做吹火筒——一窍也不通。这是我求的签诀，不是你求的签诀，怎么签诀上的四句诗不应着我的事，反而应着你的事呢？这是我求你详签，不是你求我详签。怎么我没有问你是凶是吉，反而你问起我是凶是吉来呢？似这般的糊涂小子，委实罕有，聪明面孔笨肚肠，你这个人，真可以上得谱呢！"说罢，转过身躯，蹒跚行走，另去央求一位老先生替她解释这四句诗。按下慢提。

且说稚川见这光景，很有些犹豫不决，自恨凡夫肉眼，瞧不出这老婆子是仙是人，老婆子骂我糊涂小子，我简直是糊涂小子，读了这签诀，揣测不出是什么道理。难道是无意巧合，这老婆子并不是神仙化身？也罢，横竖闲着无事，不妨跟在她背后，看她有什么举动，是神仙不是神仙，在她举动上一定可以看出。想定主意，便跟在老婆子后面，不敢走散。瞧见老婆子停了脚步，稚川也停了脚步，瞧见老婆子把签诀央恳一位老先生参详，稚川便闪在一旁，看那老先生做何解释。

但见老先生接取了签诀，不即阅看，从袋里摸出眼镜，架上了鼻梁，然后很从容地把签诀看了一遍，点了点头儿，两道眼光从眼镜框子上面射出，瞧着老婆子问道："你求签是为着什么事？"老婆子道："我要寻觅一个人，不知可寻得到吗？"老先生道："这支签是下签，只怕难以寻到，但不知你所寻的是男是女?"老婆子道:"你在签诀上参详,便知我所寻的是男是女。"老先生道:"就这签诀上看,走失的定是一位小姐。她走到哪里去呢? 她躲在苏州的西面,她怎样走失的呢? 她受了黉夜卷逃的嫌疑,人家都说她在那三更时分,带了资财逃走的,其实却是冤枉她⋯⋯"

稚川暗暗大惊道:"这又分明道着失踪的令娴,照此看来,老婆子不是神仙,老先生才是神仙咧。这个好机会,万万不可以错过。"于是抢步上前,向那老先生深深一揖,尊一声"仙翁在上,小子拜揖"。

欲知后事,且阅下文。

第二十四回

看纸扇洞知心事
挥素巾移转眼光

老先生见稚川向他作揖，连忙答礼道："足下贵姓，怎么认识老夫，唤我一声仙翁？你认识我仙翁，我仙翁却不认识你。"稚川正待答话，却被那老婆子指着骂道："糊涂小子，你又来干什么？我正要听这位先生详签，你偏来打断我们的说话，这是什么道理？"稚川不理那老婆子，只是拖住了老先生的衣袖道："仙翁仙翁，今天可被小子觅着了，你总得大发慈悲……"

话没说完，老先生发嗔道："足下是谁，我和你向不相识，拖住我做甚？"稚川央告道："仙翁鉴念小子的痛苦，莫再游戏。"老先生喝道："谁和你游戏，你究竟姓甚名谁？"稚川道："你是仙翁，哪会不知道小子的姓名？"老先生摇头道："胡闹，人家见了我，不是唤我一声仙翁，定是唤我一声老仙。那些人也有和我熟识的，也有不相识的，我上了些年纪，记忆力又不好，怎能一一知道他们的姓名？"老婆子插嘴道："先生，你别和这糊涂小子讲话，他有些呆头呆脑的，看他的面貌很是漂亮，其实痰迷了心窍，说出话来有些不伦不类，什么叫作人家的事，什么叫作自己的事，他都有些弄不明白。老身求得的签诀，央求他参详一下，他却缠误了，把人家求得的签诀当作自己求得的签诀，反而问起老身来，说签诀上的话究竟是凶是吉。老身听了，又好气又好笑，天下有这般糊涂的人吗？先生，别睬他，快替我详签。"

稚川益发惶急，连唤着："仙翁仙翁，莫再游戏，垂念小子则个。"老先生道："你和我厮缠，究竟为些什么事？"稚川道："仙翁，你所说的失踪女子，受了卷逃的嫌疑，躲在苏州的西面，你可引领我去和她一见吗？"老先生摇头道："这是人家求得的签诀，和你有什么相干？我也没有法儿引领你去和那女子相见。"稚川道："你的神通是很大的，怎说没有法儿？"老先生哈哈大笑道："你真是个糊涂小子，我张仙舟又不是张天师，怎配说神通广大？便是

199

张天师，现在也没有了神通，逃下龙虎山，早已不知去向的了。"稚川道："你老人家莫打诳语，你没有神通，怎会知道失踪的是个女子？怎会知道那女子躲在苏州的西面？怎会知道女子出走时，很受着黄夜卷逃的嫌疑？"老先生瞪了稚川一眼道："看你像个念书人，谁知你是个草包，肚皮上要贴着'风干日燥火烛小心'的警告。"又将一将额下的须髯道，"我张仙舟教了三十多年的蒙馆，逢着讲解一层，讲得井井有条、头头是道。这纸签诀上面便写着'姑苏台西子负薪'一句话。小子，我讲给你听，第一个是姑娘的姑，我因此知道找寻的是一位小姑娘。再看下面'苏台西'三个字，便知这小姑娘是躲在苏州的西面，但是这个台字，究竟怎么解，我不敢说定，也许是台基的台吧。还有'子负薪'三个字，意思是很深奥的，须得胸有宿学的儒生才能够解释明白。子者子时也，亦即半夜三更之谓也，负是背负，薪是薪水，亦即银钱之别名，可见这位小姑娘是在半夜时分背负着银钱逃走的。这便叫作'姑苏台西子负薪'啊！亏得我是个宿学先生，所以参详得这般精透，你是个绣花枕头，你是个空好看的花木瓜，怪不得那位老太太骂你糊涂小子，你竟是朽木不可雕也，粪土之墙不可圬也……"

老先生把稚川一顿臭骂，稚川才知道老先生并不是快活神仙，不知哪里跑出来的村学究。他别号唤作仙舟，因此人家不称他仙翁，定称他老仙，我误认他是快活神仙，自己想想，也觉好笑。当下向老先生道了一声冒昧，转身便走。

他和老先生谈话时，自有许多人围着瞧热闹，瞧见稚川受了张仙舟的一场训斥，没精打采地走了，大家都拍手好笑，瞧不出这个眉清目秀的小伙子却是一个一窍不通的草包。这真叫作颜良之丑啊！稚川受了众人的挖苦，只好掩耳而逃，自己抱怨自己不该多疑，见了老婆子，疑是快活神仙，见了老头子，又疑是快活神仙，咎由自取，合该挨这两顿臭骂。那时心灰意懒，料想这里觅不到神仙，何必气呼呼地在人丛中挤来挤去。

稚川正待出那神仙庙，忽听得人丛中一派啰唪道："神仙在那边，我们上前去。"稚川暗自惊异，又来了什么神仙，是不是快活神仙，须去看个分明，便又折回了，跟着众人，挤入团团的"人打墙"里面，跐起脚尖，定睛细观。哪有什么神仙，只是十余个跷脚乞丐，一跷一拐，在人圈子里面打转，都是乱发蓬松，须毛如猬，拐杖上挂着一个葫芦，不知道葫芦里卖些什么药。环而观者，都在那里交头接耳，窃窃私议。有的说："这跷脚乞丐共有一十三人，个个都像李铁拐，不知哪一位是真正的铁拐仙人？"有的说："李铁拐会得化身，这一十三位仙人，大约都是李铁拐的化身。"有的说："葫芦里的药，定是仙丹，治病是很灵验的，我们休得错过了机会，多少买几粒回去，行行方便。"有的说："他有很灵的仙丹，为什么不把自己的瘸腿医好了呢?"

人丛中有一个妇人，问那花子道："葫芦里的药，可以医治痨病吗?"十三个花子把头乱点，七张八嘴地答道："痨病也医得好。"那妇人便从怀里摸出一个双毫银圆，要买葫芦里的药。说也稀奇，那妇人面前陡然来了十三只手掌，都想接取这两毛钱，弄得妇人没有了主张，这两毛钱放在哪一只仙人掌里才好。好容易起了一个急智，把这双毫银圆向着地上一撩，银圆落地，二十六条手腕都在地上乱摸。众乞丐扭作一团，分明是鄷都城里放出的老鬼，哪里像什么神仙下凡?稚川叹了一口气，转身便走。

行不到三五步路，又是莺莺燕燕来了许多女郎。稚川眼快，瞧见方才疑他是韩湘子下凡的那个剪发女郎恰又迎面走来。稚川怕生枝节，便把手执的一柄折扇障在面前，假作遮蔽日光的模样，急匆匆地在人丛里乱挤。但听得众人呐一声喊道："神仙在这里了。"蓦然间，把张稚川围在垓心，休想挨挤得出。那个剪发女郎道："我道他是韩湘子下凡，你们不信，现在怎么样，他不是自己承认了韩湘子下凡吗?"稚川怒道："谁造的谣言，我何尝承认是韩湘子下凡?"众人大笑道："神仙的招牌已挂了，怎说不是韩湘子下凡?"稚川着急道："招牌挂在哪里?"众人道："你瞧瞧自己手里的折扇，便知分晓。"稚川把手里的折扇一瞧，不禁老大奇怪。这柄折扇是公任送给他的，一面是吴老缶写的石铭文，一面是钱化佛画的佛像，现在却不然了，画的一面画着神仙韩湘子，而且和稚川一般无二，字的一面写着"韩湘子下凡"五个大字，而且稚川细辨这扇骨，依然是自己的故物，只换了一页扇面。谁弄这玄虚?除是快活神仙，谁也没有这神通。到这时一惊一喜，惊的是挂了神仙招牌向众人分辩不清，难免横生枝节，喜的是快活神仙已到了苏州，有他老人家在暗地里帮助，一定可以觅到踪迹不明的赵令娴。

稚川正在肚里思量，众人却立时啰唣起来，一片声的神仙神仙，叫个不休。那个剪发女郎不顾地上肮脏，竟直撅撅地跪在稚川面前，喃喃倾诉道："神仙老爷，果然被我寻见了。那天化缘道士向我说的：'你要访寻你姊姊，除非央恳韩湘子独自下凡，在神仙庙里游行，你要见他，他自会挂起神仙招牌。'现在可应着老道士的话了，神仙老爷，请你怜念我一片诚心，指示我一条道路，好使我去访寻那失踪的芳芸姊姊。"稚川道："你错过机会了，我不是神仙，那位化缘老道士才是神仙呢。化缘道士在哪里，你快快去找他。"那女郎道："老道士只见了一面，以后不知去向。"稚川连连跌足道："你怎么放他走呢？你怎么不询明他的住址呢？这位老道士非同小可，他是黄山中的快活神仙，他在南京上海杭州一带，替世人干了许多快心的事。现在他到苏州来了，这是你们的绝大幸福。你们遇见了他，无论什么失望的事，有他老人家相助，一定可以逢凶化吉，转否为泰。但是可惜，不知他的下落，不瞒你们说，我在这里挤出挤入，也是为着寻访这位老神仙咧。"那女郎又央告道："神仙老爷，休得作难，你是上八洞的神仙，难得下凡游戏，究竟我那芳芸姊姊躲在哪里，请你指示。"说时，连磕了几个头。稚川见女郎跪地哀求，十分过意不去，便道："请起请起，有话站起来说，你要寻觅你姊姊，我可以指示你一条道路。"那女郎谢了仙人，盈盈地站立起来，专候稚川发言。

稚川窘得了不得，暗暗抱怨那快活神仙太会恶作剧，他是神仙，偏不肯露脸，我不是神仙，偏替我挂着神仙招牌，受这许多人的包围。我自己要寻访未婚妻，尚没有把握，人家失去的姊姊，我怎会知晓呢？女郎见稚川沉吟不语，重又央告道："神仙老爷，你不指示我寻觅姊姊的道路，我又要长跪了。"稚川被她催逼得没有了主张，呆瞧着手里的折扇，不则一声。

说也怪，纸扇上隐隐露出一行字迹道："要觅苏州谢芳芸，须向灵岩山下寻。"这十四个字，宛比电影中的字幕，一现以后，便即消灭。稚川知道又是快活神仙弄的玩意儿，一有了倚傍，顿觉心宽胆壮，很从容地向那女郎说道："你不用着急，我来指导你便是了，你不是姓谢吗？"那女郎吐了吐舌尖，便道："神仙老爷，你简直未卜先知，我真个姓谢。"稚川道："你的姊姊芳芸好好地住在灵岩山下，你去寻觅她便是了。"那女郎道："请问神仙老爷，我姊姊住在谁姓家里，离着灵岩山有多少路程？"这一问，又把稚川问得呆了。他是抄袭式的神仙，全仗这柄折扇做蓝本。他听得女郎这般问，他的眼光便射到纸扇上面，宛比学生逢着考试时，暗地里偷看夹带一般。幸而扇面上又发现字迹道："且把吾言告翠频，不须絮絮问原因。灵岩山下无多路，指日相逢骨肉亲。"稚川瞧见了这二十八字，沉着脸向女郎说道："谢翠频你且听着。"翠频奇怪道："这位神仙老爷，既知我姓，又知我名，果然名不虚传，确是上界韩湘子下凡。"稚川道："谢翠频，你不须絮絮多问，你只依我的话，到灵岩山下去访问你姊姊。你们姊妹俩暂时分别，不久便可骨肉相逢。"翠频满怀欢喜，正待回去，忽然同伴中有一个叫作李家新嫂嫂的，抢上几步，向稚川扑地跪下，稚川惊问道："你又是为着什么事呢？"嘴里这般问，眼光又注射到扇面，果然又有字迹发现道："有李吉林，经商去，音信沉，婚三月，守孤衾，三年别，伤厥心。"就这二十二字，新嫂嫂的遭遇，已见一斑。稚川假作不知，仍问她为着何事下拜。翠频在旁插嘴道："新嫂嫂，快些说吧。神仙老爷问你咧。"新嫂嫂道："我问神仙老爷，这三年在外的行人，可有回来消息？"稚川笑道："你问李吉林吗？他简直是个薄幸郎，结婚三月，便即出门。商人重利轻离别，古今一例，这还可以原谅他，只是出门以后，不该雁杳鱼沉，两三年不通消息。"新嫂嫂连连磕头道："神仙老爷，你仿佛在我们家里，把我们的家事调查得清清楚楚。经商三载的李吉林果然是个薄幸郎。出门以后，休说没有家用寄来，便是空信也没有一封，亏得我有娘家可靠，要不然，这三年来，叫我怎生度日。"说时眼泪滴溜溜地滚下。围观的众人越看越有精神，都说这位韩湘子简直是爱克司眼光，人家肚里的事都被他看一个彻底。稚川道："李娘子，且请站起，有话站起后再说。"新嫂嫂从地上站起时，稚川两道眼光又注射在这柄纸扇上。旁人互相私语道："这位活神仙仿佛舞台上的诸葛亮，眼光常常注射在扇子上面，不过一个用的是羽扇，一个用的是纸扇罢了。"新嫂嫂又问道："负心人三年不返，我想和他离婚，只是我双亲不许，请问神仙老爷，他果然从此不返吗？"稚川又瞧见了纸扇上的字迹道："恋外妇，留汉滨。忘故剑，春后春。妇心变，适他人。贪欢报，有凤因。天良现，悔厥身。觅故剑，来延津。始相弃，终相亲。仙诞日，是良辰。"有了这四十八字的蓝本，稚川益发有恃无恐了，当下轻摇纸扇，从容不迫地说道："李娘子，莫说这消极的话，待我讲给你听。尊夫留恋在汉口，早已别有所欢，贪了露水之缘，忘却了家中琴瑟之好。这便是他三年不返的原因。"新嫂嫂听了，不禁撩动了醋兴，愤愤地说道："原来这天杀的果然改变了良心，弃旧怜新，全不想我在苏州受苦。也罢，他既在汉口，我便赶到他那边，和他拼了命吧。"说时，擎着鼻涕，便想回去预备行装。翠频拖住了新嫂嫂，劝她休想着恼，万事须听神仙老爷吩咐。稚川冷笑道："李娘子，火气太重了，我的说话还没有完毕咧。尊夫恋恋这个荡妇，以为天长地久，可以永做夫妻。谁料那荡妇竟是水性杨花，又爱上了别一个男子，撇却尊夫，竟跟随她情人逃走了。尊夫这一气非同小可，清夜扪心自怨自悔，自己怜新弃旧，那荡妇也是怜新弃旧，这真叫作一报还一报咧。"新嫂嫂听到这里，立时破涕为笑道："原来他也有这一日，谁叫他坏了良心，自怨自悔也没用了。请问活神仙，他现在怎么样呢？荡妇走后，他可曾另有了恋人？"稚川道："恋人是有的。"新嫂嫂喃喃骂道："杀他的千刀，他竟另有了恋人，偷食猫儿性不改，我一定要赶到汉口，和他拼命。"稚川道："才说你火气太重，你现在火气又发作了，我的话还没有说完咧。尊夫的恋人，你道是谁？"新嫂嫂道："还有谁呢？一定是那恶浊不堪的臭婊子。"稚川摇头道："非也，他的恋人，便是眼前的你。他和你的感情本来不恶，只因出门以后，爱上了旁的妇人，贪恋野鹜，忘却家里，便和你爱情上发生了障碍。现在那荡妇和尊夫脱离了关系，尊夫良心发现，很对不起结婚三月的爱妻，于是久经障碍的爱情渐渐地恢复了原状。尊夫觉得自己太荒唐了，将来回到南边，也无颜和爱妻相见。他几番抱着自杀的念头，想做那自刎乌江的楚霸王，又想做那抱石投江的屈大夫……"

这几句话，扇面上并未表现，是稚川添出来的。但是新嫂嫂听到这里，便不骂天杀的和杀千刀了，转是眼泪汪汪地向稚川央告道："神仙老爷，快快保佑我丈夫，叫他休存这短见。他原来还有良心，他要回苏州，尽可早日回来，夫妻依旧是夫妻，我绝不记他的前仇，说什么无颜和我相见。"稚川道："你莫着急，尊夫并没有自尽，特地从汉口赶回苏州，向你负荆请罪。现在他已彻底悔悟了，你须格外谅解，重为夫妻如初，别和他寻气恼。"新嫂嫂笑逐颜开地说道："原来那冤家回来了，不知道哪一天可以到苏州？"稚川高声说道："李娘子，今天神仙诞日，便是你们夫妻重逢的好日子……"

这句话出口，观众个个惊异，都抱着怀疑态度，三年不通消息的丈夫，今天果会重逢吗？正在奇怪的当儿，忽有一个老娘气吁吁地挤入人丛，瞧见了新嫂嫂，便唤着女儿快快回去，三年不通消息的女婿今天回来了。新嫂嫂大喜道："妈，真个他回来了吗？神仙老爷真灵验。"她一壁说，一壁随着她娘回去。翠频和几个女伴也随着她们同去。四围观众个个欢呼起来："今天真个神仙下凡，仙人的说话，多么灵验啊！""他便是八洞神仙中的韩湘子，他和吕洞宾李铁拐都是朋友啊……""韩仙人，你有仙丹吗？我不是希望成仙，我只求给我几粒仙丹，除掉我的鸦片烟瘾……""韩仙人，你会点石成金吗？吕祖师有这副本领，你也该有这副本领，可能替我变化些黄金，我实在穷得不得了啊……"

这一片啰唣声，闹得不亦乐乎。稚川暗暗地唤声苦也，众人把我这般包围，一个个纠缠不清，如何是了，快活神仙不该恶作剧，解铃全仗系铃人。老神仙须得替我想个脱身之计。好了好了，扇面上又有字迹发现了，上写道："欲脱身抛素巾。"稚川恍然有悟，便把袖中的一方素巾向着空际一抛。说也稀奇，那方素巾凌空直上，离地足有三四丈高，在空中打了几个回旋，变了一只白鹤，忽上忽下，忽左忽右，引得广场中许多观众昂着头儿，目光跟着白鹤，转移不定。稚川乘这机会，悄悄地从人丛中挤出，更不停留。出了这座神仙庙，不敢在人多处行走，只是拣着小巷取路而回，离开神仙庙远了，才停了脚步，略做休息。待要拭抹头上的汗，这方素巾已化了白鹤飞去。待要摇动纸扇，又恐怕行人见了韩湘子下凡五个字，再把他围在垓心。他这时站在一家门前，用衣袖抹一抹汗，凝神自思，今天所遇的事仿佛做了一场奇梦，一时被人家唾骂，说我是糊涂小子，一时受人家崇拜，说我是上界神仙，可见社会上的毁誉，毫无标准。毁也是盲从的毁，誉也是不可思议的誉。唉，这位快活神仙太狡猾了。他老人家怕人包围，只躲在云端里冷眼相看，却叫我给众人围在垓心。若没有这扇面通无线电报，我今天险些儿没法下台。但是老神仙到了苏州，我那失踪的未婚妻依旧没有下落，转不如谢翠频、李娘子两人。她们渴想见面的人都有了下落，姊妹可以相会，夫妇可以重逢。老神仙差遣我做翻译，各给她们一个好消息，只是我的好消息依旧没有，我可以算得"舍其田而芸人之田"了。正在思想的当儿，忽听得有许多人声，向着这条巷里而来，七张八嘴，都在那里说神仙。

"今天我的神仙生意很好，葫芦里的药，卖得一干二净……"

"我的丸药都是烂泥搓成的，你的丸药用的是什么原料……"

"我的丸药，六成是泥土，二成是身上的汗垢，二成是脚趾缝里的……"

"不要说了，防人家听见了，断绝了下一年的主顾……"

稚川怕他们生疑，别转了头，装作不见。待到他们走过了，望一望他们的背影，几乎扑哧地笑将出来，原来便是方才假扮拐仙的乞丐。他们是神仙诞日的投机分子，在庙里装作一跷一拐，到了这条巷里，一个个步履轻松，把拐杖在手中舞弄，欢天喜地地回去。稚川暗暗叹息，社会上哪有正确的眼光，只是随声附和，分明吃了花子脚趾缝里的垢腻，兀自扬扬得意，以为得了铁拐仙人的仙丹。

呀的一声，背后的门儿开放了。稚川回头看时，却是方才在庙里相逢的老先生。在先疑他是快活神仙的化身，后来见他详签，才知是教书先生张仙舟。方才挨了他一顿臭骂，却不料现在恰立在他门前，赶快走吧，别再挨他第二顿臭骂。稚川正待下阶，却被张仙舟一把扯住道："你这空好看的花木瓜又来了。"稚川忙问："老先生扯住我做什么？"张仙舟道："小朋友，你到里面坐坐，我有一桩奇事告诉你听。你方才误认我是神仙，你说我神通广大，我张仙舟并没有神通，神通广大的神仙另有其人，你爱听吗？我把神仙所在的地方讲给你听。"稚川只道仙舟指点他去寻访快活神仙，很高兴地随着他进门。仙舟把大门掩上了，引着稚川道："今天敝馆里放假一天，唤作神仙假。因此生从们都不在这里，横竖无事，和足下谈谈这位灵验非常的活神仙，咦，足下怎么不坐？自古道，立客难当，坐了和你细谈。"稚川正待坐下，忽见后面跑出一个妇人，向着稚川，纳头便拜。

欲知后事，且阅下文。

第二十五回

备筵席款待活神仙
拾葫芦访问怪博士

　　稚川认得那妇人便是李娘子，不料出了神仙宿又在这里相逢，忙道："请起，请起，这便是府上吗？方才从庙里回来，可曾遇见了三年久别的尊夫？"李娘子拜罢起身道："活神仙听禀，这里便是我的娘家，我夫家姓李，娘家却姓张，方才我和妈妈从庙里回来，丈夫已候在这里，见了我只是连连赔罪，活神仙的预言果然毫无错误。我把庙里遇仙的事告诉了丈夫，他也很以为奇，问明了活神仙怎样的面貌、怎样的打扮，他便赶到庙里寻找你这位活神仙。你现在光降舍间，可是我丈夫请你进来的吗？"稚川道："不是不是，我到府上是仙舟先生把我引进的。"李娘子问张仙舟道："爹爹，你怎么认得这位活神仙，特地从外面欢迎进来？"仙舟道："你说的是哪一位仙人？"李娘子道："哪有第二位，眼前站着的便是神仙庙里的活神仙。"张仙舟晃着冬烘脑袋沉吟了片晌，忽地伸起手来把自己打了一下嘴巴，喃喃地骂道："张仙舟有眼无珠，怎么把上界神仙当作糊涂小子？张仙舟，张仙舟，你真叫作朽木不可雕也，粪土之墙不可圬也。"又向稚川深深一揖道，"活神仙，你恕我方才出言无状，我上了些年纪，说话七颠八倒，你不糊涂，糊涂的是我。"稚川笑道："仙舟先生说什么话，彼此都是游戏，当不得真。"仙舟把稚川细细地相了一遍，忽又点头拨脑道："活神仙，我方才很有些奇怪，你和我素昧平生，怎么开口便唤我仙翁，似乎预知我的表字一般，而且活神仙的风采清秀之中带些仙风道骨，若不是上界神仙下凡，怎有这般的仪容。"说时，把他教书时所坐的一张太师椅拖在中间，说，"活神仙，请上坐，待下界凡夫俗子张仙舟拜见你上界八洞神仙韩湘子。"稚川哪里肯受拜，忙道："老先生休得这般拘泥，彼此坐了方好谈话，要是这般，只好告别。"仙舟没奈何，拖一张骨牌式凳子在下面，请稚川坐了太师椅，他恭恭敬敬地在下面奉陪，兀自向稚川问道：

"活神仙，这一回贵同志吕祖师仙诞，他老人家可曾下凡，还是在海外避寿？"稚川笑道："老先生绝大误会，小子张稚川籍贯安徽，侨寓苏州，并不是上界神仙韩湘子。"李娘子道："原来仙人和我娘家同姓，既是姓张，为什么说是韩湘子下凡？"又搔了搔鬃发道："我可知道了。韩湘子忽然姓张，一定做了张果老的螟蛉子。"这句话引得稚川也笑了。李娘子道："活神仙既和我娘家同姓，我没有亲哥哥，我便认你做神仙哥哥，不知可好？"稚川的眼光又偷射到自己的扇面上，但见有字迹道："莫拒绝，且和调，认兄妹，机缘巧。"皱了皱眉头，暗思：神仙又和我开玩笑，怎么无缘无故认起兄妹来？我正急于物色我的未婚妻，谁有闲工夫在这里兜搭？心里这般想，目光又射到扇面上，另换着两行字道："谁和你开玩笑！你要访，尊阃赵，一月内，愿可了，李娘子，为先导。"稚川恍然大悟，原来要寻觅赵令娴，须仗着李娘子做先导，这机会却不能错过，便含笑答道："李娘子，你要是从此不把我当作神仙看待，我便和你认个兄妹倒也无妨。李娘子可知，我和你们同是凡胎俗骨，要是把我当作上界神仙，那便错得太远了。"李娘子大喜道："你肯做我的哥哥，这是万千之幸，将来传授我仙法，我便是仙妹了，但是你见了我爹妈怎样呼唤？"稚川道："照着辈分，应唤伯父伯母。"仙舟忙道："尊称不敢，这叫作乡下人不识熏田鸡，炙杀了小人。"稚川道："伯父休得谦让，小侄身在客地，正少个亲切之人，有你老人家认为同宗，再好也没有。"仙舟笑道："仙人云游四海，到处为家，怕什么客地无亲？"稚川道："小侄并非仙人，现在苏州大学充当教授，老伯如不信，尽可前去探听。"仙舟道："你不是仙人，怎会未卜先知？"稚川道："说也惶恐，怎样未卜先知，小侄自己也莫名其妙，大概有神仙在暗地里指示吧。"仙舟道："可是吕洞宾仙师？"稚川道："不是不是，这位仙人是别开生面的仙人，翻遍一部神仙传找不出他老人家，若有若无，不可捉摸。他唤作快活神仙，他的神通很大，几番幻化，谁也瞧不出他是神仙。方才我在庙中便是访寻这位老神仙，只为他幻化无常，忽男忽女，因此我见了求签的老太太，疑是神仙化身，见了老伯，又疑是神仙化身。"仙舟听了这话，疑信参半，隔了片响，又道："活神仙这话当真吗？"稚川道："哪有不真之理，小侄声明在先，现在小侄和令爱认了兄妹，老伯对于小侄只可以幼辈相看，唤一声稚川便是了，万不宜再以神仙相呼，要是依旧唤小侄为神仙，小侄只可告别。"李娘子道："神仙哥哥别瞒我，你既不是神仙，怎么扇面上写着韩湘子下凡五个字？"稚川道："这是快活神仙和我开玩笑，他在冥冥中小弄神通，把我的扇面换去了，换上了这块神仙招牌。"仙舟道：

"这五个字既是仙笔，倒要请教请教。"稚川揭开了扇面，把五个字给仙舟赏鉴。仙舟赞不绝口说："这是仙人笔墨，毕竟比众不同，笔笔起脱，不染人间烟火之气，咦，怎么这五个字竟活动起来呢……"

仙舟赏鉴的当儿，这五个字竟在扇面上浮动起来，不但仙舟连呼奇怪，便是稚川也惊异不置。霎时间，这"韩湘子下凡"五个字竟脱离了扇面，渐渐向空中飞腾，宛比焚了炉香，那篆烟在空中缭绕一阵，然而炉烟所成的篆文是想象的篆文，不是正确的篆文，唯有这"韩湘子下凡"五个字在空际飞扬，依然笔画整齐，结构一丝不乱。众人昂着头，个个称异，等飘扬到檐下，忽来一阵东风，把笔画吹得七零八落才认不出这"韩湘子下凡"五个字，渐渐似浮烟般地吹散天空，不留一丝半缕，那时稚川手中的扇面也变成了空白。仙舟道："扇面上的字会得离纸飞去，真是见所未见。"稚川道："钟繇画龙会得破壁飞去，那么快活神仙书扇，当然也会离纸飞去。"

在这当儿，外面来了一个五十多岁的妇人，一壁走一壁喃喃自语道："巴巴地盼了三年才盼见女婿回来，若不是神仙默佑，怎会夫妇重逢？咦，秀金，女婿哪里去了？这位先生是谁呢？"李娘子见她妈妈进来，便即迎上前去，向她妈妈咬了一会子耳朵。张老太赶紧拭了拭眼睛向稚川上下注视。稚川慌忙离座唤了一声伯母，张老太忙不迭地福了两个福，回头向她丈夫道："我可要向仙人跪下磕头吗？"仙舟道："论理要跪下磕头，但是秀金已认了神仙哥哥，这位活神仙……"稚川道："老伯又要唤我神仙了，就此告别。"说罢，起身要走，慌得仙舟连连道歉说："从此唤你稚川就是了，请坐请坐。"稚川方才坐下。李娘子道："哥哥你有这许多本领，为什么不自称神仙，但看高师巷里的朱仙人、瓦片弄里的许仙人，老着脸儿自称神仙，一些仙气也没有，我从前为着丈夫没有音信，特地去问朱仙人，他说我丈夫有牢狱之灾，后来又去问许仙人，他说我丈夫失足落水死在长江里面，我当时听了很着急。现在丈夫回来了，才知他们俩的说话完全没有灵验，休说不像神仙的话，并且不如神仙的屁。"稚川听到这里，回想方才乡下姑娘放的神仙屁，不觉暗暗好笑。张老太道："我恰才向正源馆里定了一席菜，准备款待女婿，正恨没有陪宾，难得神仙……"话没说完，仙舟连忙摇手道："别唤神仙，唤一声稚川吧。"张老太道："什么竖穿横穿，又不是穿什么针孔，这个名字怪难听的，我不会唤，自己叨长一些，我便唤他一声佺少爷吧。"又接着说，"佺少爷难得来，在这里水酒一杯，千万不要推却。"稚川眼光又射到纸扇上，要推却不要推却，自己也不能做主，要听老神仙发落。纸扇上现出的字迹道："这席酒辞不了，你何妨凑热闹。"忙道："伯母既这么说，小侄合该奉陪，但不可太破费了。"

"神仙来了吗？哪位便是神仙？"一个二十多岁的少年从外面喊将进来。李娘子道："快不要大呼小唤神仙两个字，不许叫了，我已认了他哥哥，你也该唤他一声哥哥。"于是稚川和李吉林叙了年龄，吉林比稚川大三岁，论理该是吉林做哥哥，李娘子道："我已认他做哥哥，无论怎么样，你也得唤他一声哥哥。"吉林笑道："现在女权膨胀得了不得，做丈夫的理该服从闺人命令，年龄大小不成问题，我便依着你唤他一声哥哥便是了。"稚川细看吉林五官端正，举动漂亮，确是个体面的商人，便道："足下方才从外面来，口呼着仙人在里面吗，这句话很有些突兀。"吉林道："哥哥，你听我说，方才贱内谈及神仙庙巧遇神仙，我本来很有好奇心的，马上便到庙里去寻访，遍问游人，都说神仙是有的，但已化了白鹤不知飞到哪里去了，我自叹没有仙缘，快快地回去。行到庙门口，忽遇一个化缘道士向我打着问讯，说有一包东西要托我带回送给神仙收纳，我问他：'哪一位是神仙？'道士道：'便是你所寻访的神仙。'我道：'我正在这里寻访神仙，但不知神仙住在什么地方。'道士道：'便在你家里，你回去便可相见。'当下授给我一个小小纸包，说一声后会有期，就此分别。我进门后望见里面有客，因此高唤着神仙来了吗，后来贪着和哥哥谈话，竟把这包东西忘怀了。"说时，探手在怀取出纸包。稚川接受在手。打开看时，是一方擦手布和一个扇面。这擦手布便是方才幻化白鹤的，这扇面便是原有的扇面，写的吴老缶的字，绘的钱化佛的画。稚川连连嗟叹道："可惜可惜，又是失之交臂，我所寻访的快活神仙，他已两度幻化缘道士，前一度和谢翠频相见，这一度又和吉兄相见，偏是我遇不见他，可惜，可惜。"吉林道："哥哥怎知他便是快活神仙？他把擦手布和扇面赠给你又是什么用意？"

稚川便把手巾幻化扇面变换，一桩桩地详细说了。李娘子道："怪道哥哥和我们说话时，时时瞧着扇面，原来有这玩意儿，你且瞧瞧扇面可再有什么字迹发现。"稚川又揭开手中的白纸扇，却看见了字迹："白纸扇，是至宝，守秘密，莫乱道，自家事，自家晓。"李娘子道："你手中依旧是一柄白纸扇，并无半个字迹。"稚川瞧见扇面上又换了字迹道："世俗眼，真堪笑，闷葫芦，难明了，一任他，生疑窍，休说与，他知道。"稚川道："诸位都瞧不见扇面上有字吗？"众人都说明明是一柄白纸扇，哪有半个字迹。稚川道："这也奇了，怎么这柄不可思议的纸扇到这时失了效力呢？"一边说一边搔头摸耳做出失望的模样，好使众人见了不疑。所有神仙交还他的手巾和扇面，他都藏在身边。坐了一会子，天色渐晚，菜馆中已送菜来，仙舟定要让稚川坐首席。稚川哪里肯依，说道："席是老伯款待，小侄只可末席奉陪。"推逊了良久，吉林坐了首席，其次便是稚川，其次张老夫妇和李娘子。各各坐了，传杯弄盏，彼此畅谈，自有白发小丫头在旁边送酒上菜。

且住，只有白发老婢，哪有白发小丫头？原来这丫头呱呱坠地时已堆着满头白雪，不但头发白，眉毛也白。到了长大时，人家见了她，都说这孩子是社日生的，其实却是冤枉她。这女孩子坠地的日子，恰是"六月六狗溆浴"的一天，并不是社日生的，又有人说，白发白眉的孩子大都是社日得胎，这句话却是一个难解决的问题。小丫头的老子，是一个乡间阿木林，马马虎虎地制造了这个白发小丫头。究竟这胞胎是什么日子生效的，阿木林提不起这支笔，不会在日记簿上记一下子，和袁子才说的某道学家一般，把"昨夜和老婆敦伦一次"也写上了日记册子。所以这得胎问题是不是在社日发生效力，著者也无从考证，不能够强下断语。且说小丫头坠地以后，她的老子阿木林道："今天是狗溆浴的日子，那丫头的名字便叫作阿狗也好。"阿狗从小命苦，十三岁年纪，早已父母双亡，她的哥嫂不肯给她吃死饭，把来抵押在张仙舟家里充婢女，得洋四十元，言明三年取赎。老太见阿狗白发白眉，便替她取个名字，唤作白狗。忽忽已满了三年，她的哥嫂尚没有来取赎，这便是白狗的来历。表过不提。

席上谈谈说说，很是热闹。稚川只谈些快活神仙的仙迹，众人听了都是称异不置。吉林道："早知方才的化缘道士便是快活神仙，我便下死劲地拖住了他，怎肯当面错过？"李娘子道："住在天库前的谢翠频也曾遇见过化缘道士，方才哥哥说起翠频遇见的道士也是快活神仙，照此看来，我们要寻访快活神仙，只需在城乡内外寻访化缘道士，哪怕不和神仙相逢？"仙舟点头拨脑道："不错，明天老夫再放一天学，陪着贤婿在城圈子里面四处寻访，看可有仙缘，和这位老神仙相逢。"吉林道："我要是遇见了老神仙，一定要央求他赏给几服仙丹，带到汉口，救济众生。"稚川笑问道："你向神仙讨什么仙丹？"吉林道："哥哥试猜一下。"稚川道："人心不同如其面，我哪里猜得中呢？"嘴里这般说，眼光又射到扇面上。吉林笑道："哥哥又在那里偷看天书了。"连忙凑过头去，瞧这扇面上的字迹，不是方才的三字经论调，又变换了千字文写的，叫作："有鬼一车，张牙露爪。葫芦中药，随处乱倒。江湖汤汤，羞耻打倒。何以救之？特别药料。全副羞耻，加工制造。"当下很从容地说道："吉兄的心思是不是央求这位老神仙给你几服'全副羞耻加工制造'的仙丹？"这句话喜得吉林连连拍掌说："哥哥的眼光照见人家肺腑，谁说不是神仙？小弟对于这魔鬼葫芦里的没耻丸实在深恶痛绝。"稚川问道："你怎么知道魔鬼葫芦里有没耻丸？"吉林道："不瞒哥哥说，兄弟这几年来经商在外，不耐客中寂寞，拈花惹草，不免另有所眷。兄弟所恋的妇人，也是好人家女儿，姿首既佳，性情也是很好，因此身在客边，有这一个知心贴意的人陪伴左右，小家庭另有趣味，做梦也不想回来。"李娘子瞅了她丈夫一眼道："狠心的男子，你不想回来，叫我怎么样呢？"吉林笑道："现在我已回来了，你不用着急咧。"大家干了杯中的酒，白狗见着空杯便筛。稚川道："吉兄的话没有说完，后来怎么样呢？"吉林道："兄弟和意中人在汉口住了两年三个月，彼此相怜相爱，谁也瞧不出是露水夫妻，但乐极生悲，汉阳地方忽然发生了一桩怪事。有几名小工在矿山里工作，忽然掘得一个铁葫芦，摇之有声，开之无盖，猜不出里面藏的是什么东西。铁葫芦上面刻着两行字，非篆非隶又非钟鼎文字，经了许多人研究，也猜不出是本国字是外国字。监工的职员见了诧异，立时珍重收藏，以待好古家赏鉴。谁料接连半个月里面，掘得同式的铁葫芦约有三五百个，都是八九寸长，铁色斑斓，分明经了很长久的年代。物以稀而见其珍，天天掘得铁葫芦，有什么稀罕？既不能盛酒，又不能盛醋，便抛掷在路旁，没人顾盼。也是合当有事。这一天龟山附近来了三五名外国人，都是猫儿眼、鹰嘴鼻、长大身躯，手持着司的克，在这里游山玩水，嘴里叽里咕噜，不知道什么话，既不是法文，也不是英文德文。他们瞧见了路旁的铁葫芦，个个失声狂笑。笑了一会子，都把司的克打那铁葫芦。说也稀奇，外国人手中的司的克宛似那铁葫芦的钥匙，司的克敲动铁葫芦，那葫芦的盖便一一地开了。经他们噼噼啪啪地一阵乱打，那三五百个铁葫芦完全打破了秘密。那时往来的人见了诧异，堵墙也似的围了起来。自有好事的向那外国人动问：'你们打破了闷葫芦，做什么？'外国人叽里咕噜了一会儿，众人听了光张着眼睛向他们呆看，简直莫名其天主教堂。外国人便拾起铁葫芦，从里面倒出许多深黑色的丸药，托在掌心，向着嘴里乱塞。无多时刻，每个外国人各各吃尽了一葫芦的丸药，丢去葫芦，一阵哈哈大笑，排开众人，突围而出，转瞬之间，早已不知去向。众人不知道他们是魔鬼，都以为他们是神仙，不知道葫芦里藏的是魔药，都以为葫芦里藏的是仙丹，霎时间三五百个铁葫芦被众人抢一个尽，宛比白娘娘盗取仙草回来，得意扬扬当作什么长生不老的妙药。但是带回家里，大家都不敢尝试，只为不认识铁葫芦上面的文字，有些疑疑惑惑，猜不出这丸药医治些什么毛病。其时附近有一位特别古怪的人物，姓卢名撒，大家都唤他一声卢撒博士。据他向人夸张，曾经遍游地球三次，熟悉各国文字，无论什么不容易了解的奇怪文字，经他审查可以一目了然。自有好事的先生捧着这铁葫芦去访问那位卢撒博士，葫芦上面的文字究竟做何解释。卢撒博士呆视了半晌，也猜不出是哪一国的文字。好在卢撒博士家里的字典足有三五十种，大字典也有，小字典也有，文明国字典也有，半开化国字典也有，野蛮国字典也有，翻来翻去，总翻不出这铁葫芦上的文字，究竟做何解释。卢撒博士不禁耳红面赤，额上汗点子滴溜溜地滚下。他以为熟悉各国文字的招牌，今天不免被人家打倒。因此异常着急，好容易翻到一部没有面皮的字典……"

稚川大笑道："吉兄胡闹了，没有面皮的人世上尽多，没有面皮的字典却是闻所未闻。"吉林道："兄弟说得起劲，把皮面两个字弄颠倒了，兄弟要说没有皮面的字典，一时错误把皮面唤作了面皮。原来卢撒博士所翻的字典破烂不堪，原有的全脊皮面已不知抛到哪里去了。赤裸裸没有包裹，和模特儿一般模样。卢撒博士翻到这部赤裸裸的字典方才面有喜色，便道：'有了，有了，待我来翻译一下子。'当下拔出一支自来墨水笔，落纸嗖嗖把葫芦上的奇怪文字完全译了汉文，叫作'打破魔障增进健康扶助快乐的女界宝'。铁葫芦上的文字译出以后，轰动了武汉一带的妇女界，不惜重资，都来购买这铁葫芦里的女界宝，只为女界宝的效用妇女们人人欢迎，'打破魔障增进健康扶助快乐'这十二个字，妇女们听了早已十二分情愿，所以拾得铁葫芦里丸药的很做些投机事业，大大地赚了一注横财。妇女们买得这女界宝，个个喜逐颜开，仿佛得了仙丹一般。"张老太听得起劲，便问吉林道："姑爷这番回来可曾带得女界宝？不瞒姑爷说，做岳母的近来身子很不济了，一个月内总有几天被病魔缠绕，时时筋骨疼痛，胸头又是很烦闷的。你说女界宝可以打破魔障增进健康扶助快乐，这般的医方恰和老身的病症匹配。对症服药，定有非常的效验。你要是带得女界宝回来，请你给我几服，我便要一口气吞下，好使我病体轻松。"吉林那时正含着一口酒，熬不住要失笑，赶紧转过了头，把一口酒完全喷在地上。张老太诧异道："姑爷笑什么？敢是笑老身贪心不足，受了你的礼物又要硬向你索取女界宝吗？"吉林抹了抹嘴，且笑且说："岳母怎么向我索取女界宝呢？这女界宝不是岳母吃的。岳母吃了女界宝，管叫岳父不答应，要向我大起交涉。"

欲知后事，且阅下文。

第二十六回

入庙烧香口念噜苏咒
游行结队心醉净光王

仙舟瞅了吉林一眼道："你这句话太离奇了，我们老夫妇的感情是很好的，她害了病痛，我当然希望她早早打破魔障，以便增进健康，扶助快乐。哪有老妻得了良药，我却从中反对，向你起什么交涉？难道我存了歹心，不指望老妻病好吗？"李娘子道："爹爹，待他讲完了，再下批评也不迟。宛如说书先生说到紧要关子，最怕另生枝节。"

吉林继续说道："铁葫芦里的女界宝既然利市三倍，远远近近的妇女争先恐后都来购买这深黑色的丸药，居然市价不同，逐天增长。在先，每粒价洋一元，后来求多于供，增高了价值，一步步地涨价，五元一粒，十元一粒，二十元一粒，最后出了二三十元的代价也没处去购买，只为铁葫芦里的女界宝到这时销售一空，旧货销完，没有新货续到，只有行情没有货色，气呼呼跑来购药的妇女，大家都跑一个空。那些开矿的工人哪一个不想发些横财，天天在山中开掘，只指望有第二批铁葫芦发现。但是掘到今日，依旧希望全空。"张老太道："可惜可惜，铁葫芦只有三五百个，第一批的仙丹完了，第二批的仙丹竟寻觅不到。可见买得仙丹，须和神仙有缘，我们的福命太薄了。眼看人家有仙丹吃，自己却没有这幸福。"吉林道："岳母不是这般说，铁葫芦里的女界宝只有一批，没有二批，才是女界的幸福。要不然，铁葫芦里的丸药取之无尽，用之不竭，那么益发不成世界了。我那时正和这个女人在汉口组织小家庭，她听得有这铁葫芦里的女界宝，可以增进女界的健康和快乐，便逼着我去购买。我对于她的使命，怎敢丝毫违抗？亏得这时的市价还没有到最高的价格，便出了一百块钱，购了十粒女界宝，分作五次，给她吞服，十粒丸药都吃尽了，也没有什么特殊的效验。不知哪里来的一种童谣叫作

'吃了女界宝，去拜噜苏庙。噜苏菩萨圣诞日，便是二月一十七，噜苏菩萨大解脱，妇女年纪活一百'。妇女们听得这童谣，谁不想百年长寿，都要打听那噜苏庙在什么地方，好去烧香拜佛，以便益寿延年。在这当儿，路上有三三两两的行人争相传说，说什么龟山附近发现一所奇怪的庙宇，里面的塑像都是外国赤佬模样，庙门上一方匾额，七曲八弯地写了几个外国字，大家都不知晓是什么庙宇。后来又有人去请教卢撒博士，又在没有面皮的字典上检查一下子，才知道这庙宇唤作噜苏庙，里面的神圣唤作噜苏神圣。二月十七日是噜苏神圣的诞日，凡是吃过铁葫芦里丸药的妇女们，只需在神圣面前烧一回香，包管可以延年益寿，享受无穷的幸福。……街头巷口的议论，渐渐传到我那女人的耳朵里面，她又逼着我陪她过江烧香，我又诺诺地答应不迭。到了二月十七日，噜苏庙里的烧香妇女，老的少的、村的俏的，足有一千多人。我也陪着女人同去。但是入庙烧香的妇女们，十人中间倒有六七人跟跄逃出，都是涨红了脸，垂倒了头，一边走一边懊悔不迭，只为神圣的塑像都是赤条条不挂一丝，所有男性的特征都是很光明很磊落地表现出来，妇女们见了害羞，返身逃出，不敢在神圣前烧香，十停里面，走去了大半。唯有百炼面皮的文明太太、文明姨太太、文明少奶奶、文明大小姐，纷纷跪伏在赤体神圣的胯下，口中喃喃地念着噜苏咒，叽里咕噜不知念些什么，但记得内中有几句，叫作'噜噜苏苏，噜里噜苏，一塌糊，一塌涂，糊里涂，涂里糊，噜苏僧，噜苏佛，噜苏净光王菩萨'。我那女人的面皮虽非百炼，却已千锤，她见了裸体神圣，一些儿不觉得羞耻，先向那翘然突出的小神圣行一个接吻礼，然后盈盈地跪将下去，嘴里也是叽里咕噜地念起噜苏经来，念了几遍，才从裸体神圣的胯下爬将起来。那时三百多名的妇女忽地彻底大悟，在神圣前手舞足蹈，腹中的女界宝到这时发生效力，一阵暖气从丹田直向上攻，渐渐地回复到赤子时代，无拘无束，无牵无碍，一霎时竟大光明大解脱起来。"张老太听到这里，笑逐颜开，口念着阿弥陀佛，只道："这三百多名妇女，个个西方接引，都成了活佛。"仙舟也在那里点头拨脑，口念着："大人者不失其赤子之心者也。这三百多名妇女恢复到赤子时代，一定和那赤子之心的圣贤不相上下。"唯有稚川心里明白，这情形和范公任《仙袂旅行记》中所载的狗头神圣一般，可见当年的梦境现在已成了实事。快活神仙说的"历历梦境，都是句句真话"这句话委实颠扑不破。

吉林道："我那女人也混在三百多名妇女中间，一样地大光明大解脱起

215

来。但听得左边鼓响，右边钟鸣，三百多名妇女都是喃喃地念起解衣咒来，念的是："揭谛揭谛，剥去衣，剥去衣，请大护法，剥去小马甲，剥去小马甲，噜苏僧，噜苏佛，脱离一切裤，脱离一切裤。噜苏净光王菩萨，有趣煞。'解衣咒念诵完毕，大殿上又是一阵钟鼓齐鸣，三百多名的妇女一壁脱衣，一壁高喊着几句口号，喊的是：'打倒衣服阶级。''铲除小马甲政策。''反对抹胸主义。''解放被压迫的新剥鸡头肉。''打破裤子裆里的秘密。''拥护噜苏净光王菩萨。'几句口号喊毕，三百多名妇女都剥得赤条条不挂一丝。我那女人向来是很规矩，到了这时，也是赤条条地加入裸体们，混在众人里面，毫不知耻。我见了奇骇，赶前相阻，劝她早早回去，又把她脱下的衣服替她重新披上。她宛比吃了狂药似的，不知哪里来的蛮力，把衣服撕得片片碎裂。我要阻挡，她把我当胸一拳，打倒在地。我晕厥了良久，方才悠悠转醒。"李娘子听了，骂一声："泼辣的婆娘，下得这般毒手，你可曾把她当场捉住？"吉林说道："我不曾被她打死，还是绝大的幸运咧。这一天，三百多名裸体妇女结队游行，每逢热闹市场，高呼口号，演出种种把戏，和《野叟曝言》所载的李又全家中姬妾一般。事后发生了谋杀亲夫案二百一十六起，我不曾被那女人谋死，仅仅和我脱离了关系，还算绝大的运气。"张老太道："哎呀，真正不得了，谋杀亲夫是要杀六刀的，我们苏州地方从来没有这般狠毒的妇人，怎么你说的所在，一闹便闹了二百一十六起谋杀亲夫案？后来怎么样？那二百一十六名狠毒妇人可曾一一捉住，绑赴教场，演那刁刘氏骑木驴的故事？"吉林连连摇头道："不成问题，不成问题。这许多死鬼丈夫都是命尽禄绝，合该死于这个劫数以内，这个劫数叫作丈夫瘟，凡是识相的丈夫，由着他妻子在那热闹市场赤条条来去无牵挂，那么便可相安无事。要是狃于积习，以为妇人家赤身露体不能出门行走，这便是绝大的谬误，似这般的男子，便被他娘子打倒，也是合该打倒。我受了那女人一拳，只是忍气吞声，不敢和她计较。现在的裸体妇人仿佛是天之骄女，打死几个男人，有什么大不了事。"张老太道："照这么说，铁葫芦里的丸药简直是害人的东西，亏得姑爷没有带回来，要是我也吃了这丸药，还成什么人呢？"仙舟笑道："你吃了丸药，只怕谋杀亲夫案又要发生第二百一十七起。"这句话引得满座皆笑了。

　　谈了一会子，时候不早，稚川不待终席，离座告别。吉林夫妇挽留不住，相送出门，再三叮嘱，天天到这里来小坐。稚川诺诺连声，就此告别，回到

216

学校里，把这离离奇奇的事实一一向子荆报告。子荆道："今夜久待你不见回来，怪寂寞的，不料你有这般遭遇。你游了神仙庙，仿佛游了十洲三岛，居然名列仙班，人家把你当作韩湘子看待。"稚川道："旧式的神仙现在已不适用，该在打倒之列，什么八洞神仙，都是齐东野语，两千年来积习相沿，谈到神仙，总是崇拜这八位仙人，差不多成了一种仙阀，所有许多仙迹无非信口开河。年年在神仙庙里走动，几曾见过真正的仙人，反而便宜了许多臭叫花子，利用时机，把身上的汗垢当作仙丹出卖。世俗迷信，一至于此，真叫作又是可笑，又是可怜。"子荆笑道："你既不信神仙，为什么要访问这位老神仙呢？"稚川道："我访寻的这位老神仙和旧式神仙不同。凡是旧式神仙，都会腾云驾雾，都有道童伺候。各处仙山，都有同志的仙侣，不是往访蟠桃会上的王母娘娘，定是去谒八卦炉边的李老君。唯有我们这位老神仙，和旧式神仙绝对不同，说有便有，说无便无。他干的许多事，爽快绝伦，都是民众心理上愿做的事。所以这位快活神仙简直可唤作'民众心理之神'。"子荆道："你有了这柄白纸扇，便是民众心理之神的代表，有什么犹豫不决的事，便可以取决于这柄神仙扇。我现在恰有一桩心事，好几天犹豫不决，请你瞧一瞧神仙扇，合该怎样解决？"稚川道："你的心事可以告诉我吗？"子荆道："不用告诉你，只需你瞧一瞧扇面，便会明白。"稚川揭开扇面，发现了一首七言绝句，叫作"雪虐风饕恨不休，步华虚掷水东流。娲皇欲补情天缺，记取今年八月秋"。子荆凑头去看，只是一柄没字扇，亏得稚川一句句地读给他听，子荆伸了伸舌头道："这'雪虐风饕'四个字异常确切，委实是仙人之笔。这位快活神仙好不灵验，真个如在其上，如在其左右了。"稚川道："究竟什么一回事，可讲给我知晓？"子荆道："现在须得暂守秘密，待到必要时，再向你披露。"稚川笑道："你不肯披露，我会向扇面上看，试问你这秘密守得成吗？"连忙看那神仙扇，又换了四句五言诗，叫作"且管自家事，莫饶旁人舌，待到八月中，再和你细说"。当下笑了一笑，不再盘诘。一宿无话。

自从稚川认识了李吉林夫妇，遇着无事，总到修仙巷张宅去访问李姓夫妇。原来李吉林从汉口返苏以后，和李娘子恢复爱情，异常莫逆。张仙舟家里本有余屋可赁，李吉林便和他丈人同居。这一天，稚川去访问吉林，他是遵着快活神仙的嘱咐，须从这条线索上访得赵令娴的踪迹。他进了门，却见了李娘子笑逐颜开地说道："哥哥，给你一个喜信，你要寻访的快活神仙现在已有了着落，他在元妙观里卖药，听说很有效验，轰动了城厢内外多少人。

217

你为什么不去访他？"稚川道："怎见得那人便是快活神仙？"李娘子道："那天谢翠频妹妹遇见的仙人是化缘道士打扮，后来我丈夫遇见的仙人也是化缘道士打扮。快活神仙既然两度化身都是化缘道士打扮，那么要访问仙人，我们只需在化缘道士里面去搜寻便了。"吉林听得稚川到来，忙道："我正要到学校里来访你，现在你既来了，可和我们回到元妙观里，去访这位快活神仙。"稚川道："元妙观里的快活神仙，你可曾和他会面？"吉林道："我虽没有和他会面，但是据人传说，这化缘道士的本领很大，定是快活神仙无疑。不瞒哥哥说，我自从在神仙庙遇见化缘道士，知道是快活神仙的化身，这几天在城厢内外遍访化缘道士，自己物色还不算，又广托亲友，随时注意着往来的化缘道士，看里面可有这神通广大的快活神仙。现在可好了，三三五五的人都说元妙观里到了快活神仙，是一个化缘道士装束，替人治病，异常灵验，我得了这消息，快活得了不得。哥哥，快向元妙观里去一走，切莫错过了机会。"李娘子道："你们去，我也要同去。"张老太道："这几天筋骨疼痛，我也要去向老神仙讨一粒仙丹。"张仙舟道："我也要去，这几天咳嗽很厉害咧。"白狗道："我也要去，我也要去。"仙舟道："你去做什么？"白狗道："我要向仙人讨一种仙水，把我的白发白眉毛一股脑儿都染黑了，才是好呢。"李吉林道："不行不行，大家都出去，谁来看守门户？这几天的元妙观是很拥挤的，岳父岳母也不须同去，要是遇见了仙人，我可以代你们乞取仙丹。"白狗道："老爷太太不去，我可以去的，任凭人多，我不怕挤。"于是稚川、吉林、李娘子、白狗四人一同出门，张老夫妇再三叮嘱，遇见了仙人，万万不要忘却了仙丹。稚川一干人才离了修仙巷，但见道上行人纷纷地都向元妙观进行，街谈巷议，无非谈论这快活神仙。有的说驼子吃了快活神仙的仙丹，都变了直背；有的说哑子吃了快活神仙的仙丹，都会讲话。白狗听了，喜不自禁，脚底抹油似的，抢在前面行走。李娘子喝道："白狗，你出什么风头？"白狗道："这位神仙了不得，残疾都医得好，快快赶到那边，把我的头发医好了，免得被人家指指点点，说我是社日生的。"原来白狗经过的所在，有人指指点点地说道："这小娘儿白得可怕，白发白眉毛，面无一点血色，多分是社日生的……"

等进了元妙观的山门，听得旁人说道："这几天来，元妙观里的快活神仙实在太多了，不知哪一个是真，哪一个是假。"稚川听了奇怪，忙问那人道："请问先生，元妙观里有几位快活神仙？"那人扳着指头道："三清殿露台上一个，机房殿大门口一个，财神殿对面一个，共有三个，都是化缘道士打扮，都是自称快活神仙，不知哪一个是真，哪一个是假。"稚川道："怎么有这许多快活神仙？"那人说道："做了神仙，依旧打不破名利两个字。在先元妙观里只有一位仙人，听说替人治病很有些效验，收入的医金药资不在少数。被那旁的仙人见了，不免馋涎欲滴，也在这里挂起神仙招牌，隔得三五天，元妙观里的仙人从一个增至三个，而且每个仙人的招牌上，都写着'真正黄山来的快活神仙'字样，都说我的神仙是真，旁的神仙是假，这真算得新鲜活把戏咧！"稚川听了生疑，究竟是真是假，看了神仙扇便知分晓。他见扇面上的字样道："世上果有神仙，哪一个神仙不是真？世上果没有神仙，哪一个神仙不是假？是真是假，你去看吧，咦咦咦哈哈哈，神仙说这模棱话，合该打倒骑墙派。"暗想这老神仙太滑稽了，说出模棱两可的话，依旧不得要领。于是，先向机房殿那边去参观，但见门前圈圈围着许多人挨到里面，果有一位羽士，年在四旬左右，手执着拂尘，在那边卖药。旁边插着布制的招牌，上写着"黄山快活神仙"六个大字，另有两行小字道："本神仙遨游五湖四海，专替有缘人治病，医金药费，随缘乐助，只此一身，并无分出，赐顾诸君，认明牌号，庶不致误。"稚川暗暗好笑，天下哪有这般市侩气的神仙。但是白狗迫不及待，抢步上前，扯住了神仙的衣袖，唤一声："神仙老爷可怜我，自出娘胎，便是白发白眉毛，你老可有什么仙水染黑我的头发和眉毛？"那神仙瞅了白狗一眼，便道："容易容易，贫道自有良方，可以染黑你的眉毛和头发，但不知你带来多少香金？"白狗道："你是神仙，要香金做什么？"那神仙大笑道："做了神仙，怎说不要金钱？也罢，你伸手过来，瞧瞧你可有仙缘，要是有缘，便可以不取医金，把你的毛病治好。"白狗欣然伸手过去，那神仙瞧了瞧掌纹，换过一只手，也都瞧了，点了点头，并不说什么，却叫白狗把衣纽解开。白狗道："羞人答答的，怎好把衣纽解开？"那神仙摇头道："不把衣纽解开，便没法替你治好毛病。"李娘子笑道："白狗，你怕什么？解开了衣纽，有什么打紧？"那神仙道："奶奶的说话不错，在现在的时代中，还怕什么羞耻？"白狗没奈何，只得把衣襟打开，只留着一套贴肉短衫裤。那神仙在白狗身上揣摩了一会儿，忽然取出一支钢针，在白狗背上打了一针，针尖入肉三四分，不即拔出，说道："这一针唤作神仙针，打入皮肤，只需二十四点钟，包管浑身毛发可以返白为黑，但是最少需送五块钱的香金，才有效验。我神仙虽不贪金钱，但是医好了一个人，须得在祖师面前，替那受恩者烧香还愿，快快取出五块钱，五块钱。"白狗发急道："我哪里有五块钱，我也不想医好我的白发白眉毛，脊上这支针快快替我拔去了。"那神仙冷笑了一声道："打针容易拔针难，若要拔针，快快取出五块钱，五块钱。"吉林见这情形，十分恼怒，天下断无这般敲竹杠的神仙，况且那人油头滑脑，和仙诞日遇见的化缘道士完全不同，一定是江湖上的无赖冒称神仙，在这里敛钱。吉林愤愤不平，正待发作，忽见白狗一壁披衣一壁自言自语道："好了好了，背上这支针拔去了。"那神仙忽地跪在白狗面前道："小姑娘，恕我有眼无珠，冒犯了你，我向你下个全礼，请你高抬贵手，别和我为难吧。"白狗睁圆了双目，不出一声。四围的观众同唤诧异，怎么神仙反向凡人屈膝下跪呢？难道这白发白眉毛的小丫头是上界的仙人下凡？

　　阅者诸君，切莫误会这眼前的白狗小丫头是快活神仙的化身。原来白狗依旧是白狗，她不知道背上这支钢针怎生地拔去，她也不知道那化缘道士为什么向她下跪。她觉得突如其来，因此睁圆了双目，不能回答一语。但是那神仙益发惶急了，跪伏在地上，连呼饶命饶命。众人十分奇怪，问那神仙："为什么哀哀求饶？"那神仙道："哎呀，这事真不得了，方才打在小姑娘背上的这支钢针转瞬之间却会飞到我背脊上来，而且愈刺愈深，痛入骨髓。一定是小姑娘道法高妙，把我惩戒一下，我知罪了，再不取出这支针，我的性命不保了。"众人仔细看时，果见那神仙背上隐隐地露出二三分光景的钢针屁股，又见那神仙痛哭流涕，快活神仙变作了苦神仙，又是可笑，又是可怜。白狗啐了一口道："你这人敢是痴了，我不是神仙，向我哀求做甚？"说罢，返身便走，蓦地里四围观众都喊一声奇怪，那神仙早从地上爬了起来，收拾着药囊包裹，捎着快活神仙的招牌，一溜烟地走了。

　　试问观众为什么喊起奇怪来，只为白狗返身欲走的时候，半空中忽然飞下一只燕子，躲在那神仙背上，很灵便地衔出了这支钢针，向着地上一摆，重又扑翅飞去。不知这只燕子奉了谁的使命，来替那化缘道士解围，众人见所未见，怎不喊起一声奇怪呢？道士走了，众人也都散去。稚川等四个人依旧想去物色真仙。李娘子："这道士冒称快活神仙，合该当众出丑，但是白狗背上的针怎会飞将过去？那只燕子又很作怪，谁使唤它来拔取钢针？"稚川笑答道："今天的事情很是奇怪，任凭神仙也猜不出其中的奥妙。"

　　稚川说这话不过掩人耳目，其实呢，那化缘道士受这苦痛，都是稚川在暗地里玩弄把戏。方才的道士替白狗打了一针，希图敲一下竹杠，稚川见了，怎不恼怒，忙看神仙扇，可有什么方法惩戒那个江湖无赖。扇面上写的是"向白狗纸扇三摇，默默地念一个飞字"。稚川如法炮制，摇动纸扇，默念着一个飞字。在这当儿，白狗身上的钢针果然飞上了道士的背脊，深入肌肉，痛彻心肝，那道士才知遇见了劲敌，忙即跪地求饶。稚川又起了恻隐之心，再看扇面，另换了一行字叫作"纸扇向空中摇动，默念一个飞字"。稚川又如法炮制，把白纸扇向空中招展，暗念一个飞字。这只燕子便受了纸扇的吸引，陡然飞落在道士背上，衔去这支钢针。众人不知缘故，只有连唤奇怪，谁也猜不出有稚川在暗地里玩弄把戏。

欲知后事，且阅下文。

第二十七回

拜假仙亲娘屈膝
讨劣父儿子挥拳

　　苏州城中的元妙观是唯一无二的道院，里面有弥罗宝阁，有三清殿，两旁又有火神庙、斗姆宫、雷祖殿、机房殿、褰衣真人殿等种种道院。地方广大，香烟繁盛。庙中的道士足有三四百名，属于一个官僚式道士唤作道纪司的管辖。原来僧有僧官，道有道官，僧官唤作僧纲司，道官唤作道纪司，元妙观中的道纪司，收入很是不薄。广场上百货推陈，一切茶铺子点心铺子，应有尽有。四方走江湖的，一到苏州，都在元妙观中卖技。道纪司便是元妙观中的大地主，一年收入很是可观。还加着四方远近的善男信女都来元妙观中进香，应纳的香金也是道纪司的大宗收款。可惜这座高与云齐的弥罗宝阁，在那十余年前被付之一炬。直到如今，依旧不能恢复原状。元妙观中少却一座庄严灿烂的楼阁，风景上陡然减色，一班观看遗址的不免长吁短叹道几声："劫数劫数。"

　　闲文剪断，且说稚川在机房殿那边遇见的道士既是冒牌的快活神仙，他想一个是假，其余的两个也未必是真。举一隅不以三隅反，谁有闲工夫和那江湖无赖兜搭，忙向吉林说道："这里没有真神仙，我们回去吧。"吉林夫妇都不肯回去，都说横竖没事，在这里碰碰机缘，或者有真正的神仙相逢。白狗也玩得起劲，说第一个神仙会得向我磕头，一支钢针飞来飞去，这般的玩意儿委实罕有，我们快去找第二个神仙。稚川打定主意，究竟去不去，须在神仙扇上讨取下落，但见扇面上的字样道："破工夫，去瞧瞧，把戏愈演愈巧妙。"仙人既是这般说，稚川便陪着三个人，又到三清殿露台上去瞧瞧热闹。那边的观众比着机房殿益发热闹。当下挨入人圈子里看个仔细，里面的道士约莫四十左右年纪，但是满面烟容，瘦得和象牙猢狲一般，也矗起着一条布制的招牌，写着"快活神仙就是我"。旁边又有几行小字道："快活神仙，便是在下。年龄几何，三十有几。认明正身，四箕六斗。出身黄山，面黄肌瘦。善治百病，春回妙手。善判吉凶，乾坤在袖。不远千里，出山访友。快活仙方，悬诸肘后。句句实言，并无虚谬。"稚川点了点头儿，这几句通俗的韵文倒也不恶，可惜他的模样太不行了，三分像人，七分像鬼，分明是个鸦片烟鬼，怎配唤作活神仙。

那神仙席地而坐，打了几个呵欠，伸手在衣袋里摸出几粒梧桐子般大小的丸药，托在掌心，向着嘴上一按，又在身旁拾起一柄很肮脏的紫砂壶，咕嘟咕嘟地连喝了几口茶。放下茶壶，抹一抹嘴巴道："诸位朋友，贫道便是黄山来的快活神仙，一生抱着快活主义，吃的是快活饭，睡的是快活床，走的是快活道，呼吸的是快活空气，结交的是快活朋友。这叫作一快活百快活，要是不快活，便非善知人。"稚川暗暗好笑，这一派胡言，倒也亏他编出。那神仙向四下里望了望道："贫道不远千里来到贵地，要向红尘世界超度几位快活朋友，不论善男人、善女子，只需和贫道有缘，便可以传授你们许多快活方法，画几道快活符，吃几粒快活丸，包管你们稳稳地享受一辈子快活。"

说时，打开一个黄布包袱，里面有几百个小的纸包，打开一个小纸包，里面有豌豆粗的丸药三粒。那神仙站起身来，手托着三粒丸药，在那观众面前环行一周道："这三粒快活丸善治百病，哑巴吃了会得开口，瘫子吃了会翻筋斗，驼子吃了挺起着肚皮而走，瞎子吃了瞧得见亲戚朋友……"说到这里，人群中挤出一个十五六龄的童子，唤一声："快活神仙，你的说话可真?"那神仙道："千真万确，谁来骗你? 要是不信，可以当场试验。"童子自言自语道："这里没有残疾的人，由着你说得嘴响。"旁边一个白发老人道："怎说没有，老夫恰才从三清殿后面走来，见一个瞽目老乞婆坐在那边讨钱，你要试验他的丸药灵不灵，不妨把那瞽目老乞婆搀到这里来，看他可有本领使那老乞婆瞽目重明，才信他是真正的快活神仙。要不然，打他几下神仙嘴巴，翻他几下神仙筋斗，滚他的神仙蛋，走他的神仙路。"众人听了，一齐大笑，无多时刻，那童子搀着瞽目老乞婆挤入圈子里面。众人见那老乞婆约莫六十岁，一手握着竹竿，一手扶在童子肩上，口中喃喃自语道："哪里来的游方道士，和我开什么玩笑? 我在十四岁上双目不明，直到今年六十四岁，足足瞎了五十年，哪里再有重见天日的希望。道士先生，你可怜我是个乞丐妇人，别和我开玩笑吧。"那神仙发嗔道："谁和你开玩笑，这是你天大的幸运! 今天和我神仙相逢，俗语道得好，佛度有缘，你既有缘，我便施给你三粒快活丸，不要你分文酬报，好使你瞎眼五十年的老乞婆拨开云雾重见青天，你道可好不好?"老乞婆听了,毫不感激,把手里的竹竿打着地皮,且打且骂道:"你这促狭鬼,专和我打趣,端的可恶!只恨我瞧不见了,我要是瞧见了,打你一个没头没脸,才泄我心头之恨。"众人见那老乞婆不近人情,把神仙的好意当作恶意,心中愤愤不平。那个白发老人指着老乞婆,骂道:"天下有你这般不识好歹的东西,他有丸药治好你的瞎眼,这是你万千之幸。你不该破口骂他,你这老乞婆,真叫作人你不做,鬼气直溜。"老乞婆道:"他果真医得好我的瞎眼,我可以向他磕头,向他谢罪,他便是我的重生父母、再世爹娘。只是天下哪里有这般的活神仙,明明是老娘倒霉,遇见这嚼舌头的促狭鬼和老娘打趣。"白发老人道:"你别管他打趣不打趣,你只叫他医治瞎眼,医得好,是你运气,医不好,你依然是瞎子,也无损失。"旁边的童子扬着拳头道:"要是医不好,打倒他的快活神仙。"那神仙不慌不忙地把三粒快活丸融化在一只杯子里面,据他说快活丸用着仙水融化,涂在眼皮上,便有不可思议的神效。但见杯子里调和的丸药已像泥浆一般,神仙用指头蘸着,涂在老乞婆的眼皮上。老乞婆的面部本来不清不白,经这一涂,益发和鬼魅相似,旁人见了,拍手大笑。隔了一会子,老乞婆连嚷着痛痛,人家问她什么痛,她说:"两眼宛似刀剑一般,痛得很厉害啊!"那神仙骈着两个指头,向空中画了一道快活符,喝一声:"咄,五十年昏天黑地,今日重见天日,才信我这快活神仙,自有不可思议的法术。"又把指头在老乞婆眼皮上摩擦了几下问道:"现在可痛吗?"老乞婆道:"现在痛止了,转觉得在些眼目清凉了。"那神仙道:"好了,好了,五十年的沉闷生涯,今日完全脱离了,我奉太上老君急急如律令敕……"念到"敕"字,老乞婆忽地张开眼睛,向神仙注视了片刻,双膝跪地,连连谢罪道:"神仙老爷,你把我的瞎眼救好了,你是我的重生父母、再世爹娘……"

许多观众中间,大部分喊起活神仙来。在这当儿,那神仙的面前跪着两个白发女人,一个是白发老乞婆,一个是白发小丫头。小丫头是谁,不问而知,便是方才的白狗了。她见道士医好了瞽目的老乞婆,分明是上界神仙下凡,和方才的滑头神仙不同。这个好机会怎肯错过?她见老乞婆向神仙下跪,便即跪在一旁,向神仙央告道:"神仙老爷,你可以使瞽目复明,你一定可以使白发返黑。"说时磕头不迭。神仙见了,动问情由,白狗央求神仙把她的白发白眉毛变为黑色,永远感恩不尽。神仙道:"医得医不得,贫道不能预决,小姑娘伸手过来,瞧了瞧掌纹,再做商议。"白狗忙从地上爬起,伸手给神仙细瞧,在这当儿,吉林向稚川附耳说道:"这神仙恐怕又是滑头,他的面貌和方才的老头子、跪地的老乞婆、搀瞎子的童子都有几分相似，可见他们多是一家人在这里串演鬼戏，叫人受愚……"

吉林话没说完，但见方才搀瞎子的童子忽地转到神仙背后，出其不意，猛力向前一推，神仙站立不稳，一个筋斗，跌了一个狗吃屎。那童子一脚踏住了神仙脊梁，伸着拳头，拼命乱打，打得神仙在地上乱叫乱骂。白狗好生失望，便退到旁边待着。那个跪在地上的老乞婆见这情形，忙从地上爬起，拉住了童子喝一声，"小兔子，你可疯了，他是你的什么人，竟敢伸手便打，反了反了，儿子打起老子来了。"小兔子冷笑道："我是他的儿子，你是他的什么呢？嘿，你做了老娘，当着众人竟向儿子跪拜，这也叫作反了反了，亲娘拜起儿子来了。你做了他的亲娘，既然向着儿子磕了头，我做了他的儿子，当然可以向着老子挥拳。"于是观众都拍手大笑道："原来都是一家人，在这里串演鬼戏。"小兔子指着脚下的老子道："他并不是神仙，他是神仙庙前摆地摊的测字先生。这老头子是我的祖父，老婆子是我的祖母。只为他听得人家传说，苏州到了一个奇人，便是赫赫有名的黄山快活神仙，常常扮着化缘道士，替世人指示迷途，很有人四处访问这位神仙，只是访问不着。他得了这个消息，便引起了投机思想，向神仙庙道士借得一身破旧道装，扮作快活神仙在这里装腔作势，出卖假药，又串通了家里的人，叫老祖父和我挤在人圈子里面瞧热闹，叫老祖母扮了一个瞽目老乞婆，这都是他预先定下的计，以便吸引他人，入这圈套。他叫老祖母向他跪拜，我见了有些不服气，自古道：'忤逆要天打，一代还一代。'他贪着金钱，提倡这非孝主义，老祖母跪在他面前，他动都不动，他的良心已黑了，我今天打他几下，便是替我老祖母复仇。"一壁说一壁提着拳头，在他老子背上奋力地打。那测字先生见事已破露了，喃喃地骂道："小畜生，你敢打我吗？我是你的生身老子，自从你三岁上死了母亲，我把你抚养到今朝，不知耗费了几许精力、几许金钱，便是今天串演这鬼戏，也是为着要养活你们一家老小。小畜生，你不知天高地厚，竟打起老子来了，世界上竟有这般的枭子。"小兔子破口骂道："混账东西，你也配骂我枭子吗？有了你这枭子，才有我这枭子，你是老牌枭子，我是新牌枭子，你是第一重枭子，我是第二重枭子。"又向观众拱一拱手道："诸位，今天儿子打老子，并不是什么新鲜把戏，也不是什么大逆不道。我把那测字先生的历史向诸位披露一下，便知今天儿子打老子，实在是恪守家训，实在是善体亲心。"又指着脚底下的老子道，"他在少年时便不是个好东西，我祖父是个教书先生，辛辛苦苦地把他培养成人。我祖母待他更是恩德如天，拣着可口的给他吃，拣着轻暖的给他穿，自己只是吃淡饭穿破衣，巴巴地盼望他在中学校毕业后，可以成家立业。谁料他毕业以后，只做得一年小学校教员，为着私吸鸦片被人告发，因此不能在教育界中生活。穷极无聊，只在阊门神仙庙附近摆个地摊，做那测字生活，他的生意又不佳，每逢囊底钱空，便回来向老夫妻俩要钱。可怜我祖父靠着训蒙为生，六十四岁的人依旧要自己挣钱活命。祖母和祖父同岁，这一把年纪兀自替人家浆洗衣服，做些穷苦生涯。我小兔子早早死了母亲，若没有老夫妻俩抚养，早已随着死鬼亲娘去了。"说时提起右脚，在老子背脊上重重地踹了一下。众人见了都替那测字先生不平，正待上前劝阻，小兔子摇手道："诸位且慢上前，莫替那劣父不平，待我把劣父的罪状一一讲给诸位知晓。我祖父是一个教书匠，没有闲钱供儿子浪用，他便发起兽性，到厨下取了菜刀，对着他生身老子面门劈下。诸位倘不信，但看我祖父面颊上一条刀痕，便是他持刀杀父的证据，若没有我在旁边扯住劣父的手腕，早已闹出事来，做了张欣生第二。我祖母见了不服气，说了他几句，他又咆哮起来，老大的巴掌打将过去，打得她满口是血。诸位倘不信，祖母便在这里，可以当面问她……"

众人瞧那老头子面颊上果有刀痕，问那老婆子道："儿子要打你吗？"老婆子含泪说道："这是我命该如此，并非是儿子不孝。"小兔子脚下的劣父仰着头儿，希望旁人来解劝，蓦然间人群中飞下一口唾沫，不偏不倚恰恰吐在他的面上。说时迟，那时快，有一个妇人喃喃地骂道："你这混账东西，合该被儿子殴打，这叫作天有眼睛咧。你老子靠着训蒙度日，教书匠的生涯最是清苦，红纸包里的东西，买酒也不醉，买饭也不饱。你做了儿子，没有什么孝敬老子娘，道理上已说不过去，胆敢持刀寻仇，目无尊长，这还了得吗。"说罢又浓浓地吐了几口唾沫。

说话的便是李娘子。她的老子张仙舟也是靠着训蒙生活的，她知道教书匠的生涯异常清苦，眼见那老头子面有创痕，她便代抱不平，浓浓地吐了几口唾沫，想要淹死这伏在地上的枭子。李吉林劝道："你不必生什么气，现在的世界正是打倒道理，提倡枭子主义的时代，你还和他讲道理，真叫作对牛弹琴咧。"小兔子又提着拳头，擂鼓也似的打了几下，打得劣父狂喊道："小畜生，你真个要打死老子吗？"众人本将上前劝阻，听得小兔子这般宣布，大家裹足不前，都说枭子打枭子，干我们鸟事？转是那个白发龙钟的教书匠，见了好生不安，扯住了小兔子，叫他休打："你要打死你老子，不如打死你老祖母。"那个老婆子在旁边哭道："小兔子，你好忍心呀！你打一下，我的心窝里便疼一下呀……"

张稚川暗自忖念道："玩得够了，饶了他吧。"便扯开折扇，遥对着小兔子扇了三下，蓦然间小兔子向后便倒，老夫妻见了狂骇，一个去扶儿子，一个去扶孙儿。那假扮神仙的测字先生一扶便起，唯有小兔子隔了片晌，吐出了一口顽痰，方才清醒。等站起以后，众人问他为什么要敲打老子，他完全没有知晓。测字先生道："孽报孽报。"便收拾起招牌包裹，一家四个人没精打采地走了。他们走后，众人也都散了，李娘子私问着稚川道："哥哥，方才的小兔子似遇着邪祟一般，但看他殴打老子时，满面都是杀气，后来跌了一跤筋斗，便又恢复了常态，这是什么道理呢？"稚川笑道："我也猜不出是什么道理，大概不遇着邪祟，也不会实行非孝，他们的枭子行为无非受着邪祟的包围，今日天网恢恢，当众破露，这也是一桩快心的事。"

其实这桩快心的事，都是神仙扇的效用，原来方才的假神仙替那老乞婆治瞎眼，稚川也觉得事有可疑，目光便注射到神仙扇上。但见扇上显出的字迹道："密念现形咒，便见真相。咒曰：实行非孝，灭绝人伦。伊何人，伊何人，丧心氏之民，病狂氏之民，咄，枭子现形，枭子现形。即以其人之道，还治其人之身。"稚川如法炮制，便秘密念动真言，念到"即以其人之道，还治其人之身"，小兔子打了一个寒噤，立时改变了状态，怒从心上起，恶向胆边生，把老子打倒在地。后来稚川见那鸦片烟鬼被儿子打得够了，老夫妻在旁边求饶，煞是可怜，又看神仙扇可有什么解救的方法。扇面的字迹道："向小兔子连扇三下，纠纷自解。"稚川依言连扇三下，小兔子果然倒地，才解除了这个纠纷。白狗连唤倒霉，两次寻访神仙，两次受骗，看来头发和眉毛永远没有返白为黑的日子了。李娘子道："你别灰心，还有一位神仙呢。"吉林道："我们站立了多时，有些疲倦了，不如到三万昌去坐坐，歇息一会儿，再做计较。"大家都表赞成，于是四个人都到三万昌去小憩。三万昌是元妙观山门里面的茶肆，苏州人遨游元妙观，常有两句俗语，叫作"吃茶三万昌，撒尿牛角浜"。可见这家茶寮的牌子是很老的了。等泡茶坐定，但听得旁坐的茶客都纷纷地议论快活神仙，也有信仰的，也有怀疑的，论调不同，莫衷一是。吉林听了良久，依旧不得要领，喃喃自语道："今日访仙不遇，未免虚此一行。"稚川笑道："怎说虚此一行，今天虽不曾遇见神仙，但是方才的两幕趣剧很有一看的价值。第一幕'害人便是害己'，但看他把一支钢针钉在人家背上，借此可以向人家索诈，倘不依他，便不肯把钢针拔去，谁料这支钢针会得飞到自己背上来。作法自毙，古今一辙，现在的军阀大都是这一类的人物。

第二幕，'忤逆要天打，一代还一代'。那个测字先生可以代表现在的非孝先生，自己要打倒劣父，他的儿子也跟着背后打倒劣父。三幕趣剧只看了前两幕，还有后一幕不曾看过，一定愈演愈妙，可以博得全场喝彩。且别论神仙是假是真，这几幕好戏却不可不看。在这当儿，有一个走茶寮的小贩，颈里挂着糖果盘儿上前来兜售，听得稚川提起神仙，笑嘻嘻地说道："元妙观里来了三位快活神仙，三位里面只有一位是真正黄山来的快活神仙。"白狗忙问道："哪一位神仙是真？"小贩道："做成了我的生意，便原原本本告诉你们，这里有牛奶糖、可可糖、陈皮梅、杏子脯，你们要吗？"吉林笑道："原来是你的生意经，借着神仙，便可招徕你的主顾。"当下买了一匣陈皮梅，拆开纸匣，在各人面前放了几个，作为消闲果子吃。小贩道："黄山来的快活神仙很是特别，走路时一跃一跳。人家问他跳什么，他说这便叫作仙人跳啊。仙人的两只手益发奇怪，宛似做了三年染坊司务，手背手掌完全是靛青颜色，这便叫作仙人掌，和那花盆里种的仙人掌一般无二。"白狗奇怪道："仙人的手是青色，仙人的面孔是什么颜色？"吉林道："你别听他混说，什么仙人跳仙人掌，都是打趣的话，当不得真。"那小贩子笑了一笑，又到旁坐兜揽生意去了。吉林道："小贩嘴里的话没有研究的价值。虎丘山上的小贩，逢着游客，便讲虎丘古迹，也是信口开河，没有着落。"稚川道："虎丘离这里有多少路？"吉林道："出了阊门，经过七里塘，便是虎丘，过了一天，可以奉陪哥哥同游。"四个人在茶寮里休息了半小时，李娘子心里急于要看后一幕的好戏，便道："坐在这里喝茶没有趣味，听说财神殿也有一位神仙，三位神仙只有这位是真，我们快去访问，休得错过了机会。"白狗含糊着说道："姑奶奶，我们走吧。"吉林道："蠢丫头嘴里含着陈皮梅，还要插嘴。"当下又喝了一开的茶。付去茶钱，正待动身，白狗唤道："张少爷，你的陈皮梅忘记在桌上咧。"原来稚川面前的陈皮梅只吃了一个，尚放着一个没有吃，经那白狗呼唤以后，稚川随手取了陈皮梅向衣袋里一塞，出了三万昌，又到财神殿那边去探访神仙。

到了财神殿门首，但见人头济济，比方才益发热闹。等挨入里面，却见一位少年神仙，年龄不过二十左右，也是道家装束，趺坐在地上，身旁也张着一方布制招牌，上写着七个大字叫作："快活神仙张稚川。"稚川暗暗惊怪道："怎么和我同姓同名？"

欲知后事，且阅下文。

第二十八回

造谣言出卖锁魂丸
楊便宜偷尝辟谷水

稚川见那道士和他同姓同名，不禁暗自诧异，他冒了快活神仙的名兀自不够，还冒着我的姓名，委实可恶。便想上前去盘诘，转念一想，休得鲁莽，还是看了神仙扇再做计较。揭开扇面，但见上面的字迹道："姓名是人的符号，同符号的不知有多少，你只付之一笑，何用计较，到后来总有分晓。"稚川看了神仙扇，果然付之一笑，不和那年轻的道人理论。但是李吉林见了"张稚川"三字招牌，很有些不服气，便问那道人道："你是哪里来的张稚川？"道人哈哈大笑道："先生这句话问得可笑，除却打从黄山来的张稚川，哪有第二个张稚川？区区便是张稚川，货真价实，哪有半句欺人之谈。"吉林道："听说快活神仙是不留姓名的，怎说快活神仙有姓有名？"道人道："神仙人人会做，各有巧妙不同，无姓无名的神仙都是假，有姓有名的神仙才是真。须知隐居黄山的快活神仙，神通异常广大，存心要救济世人，只恨一个身体不够支配，于是拔出一把青光慧业剑，吩咐道童接了这把剑，向着神仙迎面劈下。但听得一声响亮，从总门直剖到尾阁，整个的神仙分为左右各半个，左半个就地一滚，变了范公任，右半个就地一滚，变了张稚川，分道扬镳，各做各的事业。范公任在杭州上海一带，干了许多奇奇怪怪的事，他有两篇记事文章都发表在报纸上面，一篇《仙袂旅行记》，一篇《荡女洗心记》，都作得恤恍迷离，引人入胜。他在文字上虽说自己不懂仙术，所有种种变化都是快活神仙的游戏神通，其实呢，这部是欺人之谈，他便是快活神仙，快活神仙便是他，分得出什么家呢？至于右半个化身，行不更姓，坐不更名，便是区区张稚川。"吉林道："一个身体，分劈为两，这句话太离奇了。"那道人道："有什么离奇，从前孔二先生也有这般化身的本领，他把整个身体截为三段，就地一滚，分为三个身体：一个是子夏，一个是子游，一个是子张。《孟子》说：'昔者子夏、子游、子张，皆有圣人之一体。'这便是孔二先生把整个身体化为三人的证据，从来三教同源，孔二先生会得化身为子夏、子游、子张，快活神仙当然也会化身为范公任、张稚川……"

人群中有个老秀才，听那道人背诵《孟子》，便道："还有'冉牛、闵子、颜渊则具体而微'咧。孔二先生会得变化作六个人，比着仙家的本领还高三倍。"那道人道："本领的大小，不在化身的多少，快活神仙既然分身为二，范公任是左派，区区便是右派。区区和杭州赵令娴该有婚姻之分，曾经在赵宅捉鬼，救得赵益甫性命，益甫感激涕零，便把女儿许配了区区。"吉林向稚川轻轻说道："这人真该死，竟把哥哥的未婚妻据为己有，老大的巴掌打他几下。"稚川也是怒火上升，预备发作，但是依旧取决于神仙扇。扇面上的字迹道："不用恼，不用恼，是真是假，容易分晓，由他冒认便是了。"当下心平气和地答道："由他假冒，我们不必和他去辩论。"那道人隐隐听得假冒两个字，便向观众郑重声明道："诸位，凡事有真必有假，有了真张稚川，便有假张稚川，鱼目可以混珠，珷玞可以乱玉，劝诸君认明本神仙的牌号，切莫受愚。"吉林道："你既是张稚川，来到这里做甚？"那道人道："只为赵令娴好好地在闺中做针黹，蓦地里刮起一阵怪风，把赵女士摄去。赵益甫知晓了，异常着急，央托区区探听赵女士的下落。区区袖里阴阳，能知过去未来，当下掐指一算，知道赵女士被一个恶魔摄往山洞，欲图无礼，亏得赵女士很有烈性，恶魔不敢近前，只把她幽囚在洞里，禁止出入。那恶魔也很有些神通，便幻化了区区的形状，自称姓张名稚川，希图赵女士见了不疑，坠入他的圈套。谁料赵女士聪明无比，见了那个假张稚川，只盘问得三五句话，那个假张稚川言语支吾，丑相尽露，不敢在山洞里逗留，却跑到苏州来，自称是上界韩湘子下凡，妖言惑众，希图从中取利。可怜那没有眼珠子的愚夫愚妇，把他当作上宾看待。但看他表面上很是漂亮，说话又容易动听，以为他一定是快活神仙的化身，谁料他是深山里面的一条蟒蛇精。他在苏州鬼混，希图在许多青年男女里面摄取四千九百个魂灵，一个个吞在肚里，他便可以未卜先知，出神入化，无论什么人，再也瞧不出他是蟒蛇变相的神仙，他便可以进那山洞，哄骗赵令娴，和她成为夫妻。诸位，这假张稚川的手段凶恶不凶恶呢？"

观众里面，很有一部分人信以为真，都说蟒蛇精果然在苏州吗，他要来摄取魂灵，可有什么预防方法？那道人道："区区到苏州来，专为着救护青年男女而来，葫芦里藏有锁魂丸。诸位吃了这锁魂丸，魂灵儿便不会自由行动，任凭妖魔来摄取，那魂灵儿只是坐守老营，不越雷池一步。妖魔没有灵魂可吃，便不能蛊惑区区的未婚妻，到了那时，区区便可以计擒妖魔，救出我的未婚妻赵令娴女士……"

稚川心头大怒，暗想令娴是我的未婚妻，他竟据为己有，希图讨什么嘴上便宜，贯彻他的公妻主张，老大的巴掌，不打他打谁呢？虽然摩拳擦掌，要发泄这口恶气，但是眼光向扇面上注射，又有字迹发现道："劝君莫烦恼，君又烦恼了，不见与不闻，由他去胡闹。"因此，稚川又把炎炎的怒火强压下去。李娘子听了，暗自惊异，难道陪我同来的张稚川哥哥不是真张稚川，却是蟒蛇精的变相不成？忙问那道人道："真张稚川和假张稚川，究竟怎样的分别？"那道人道："容易容易，吃烟火食的是假张稚川，不吃烟火食的才是真张稚川。不瞒你小娘子说，区区真张稚川已得了辟谷仙方，只需喝些玉露金液，一月半月便可以忘却饥饿。不比那蟒蛇精变相的假张稚川，日间要吃烟火食，夜间要向城厢内外摄取青年男女的魂灵，抓了一把向着嘴里乱塞。"李娘子听了益发惊异不已。她想陪我同来的张稚川，果然不能断绝人间的烟火食。仙诞日，稚川在我家里吃酒，什么东西都吃，这便是一个绝大的证据，但不知到了夜间，他可要四处去唉人的魂灵？要是真个蟒蛇精变的，我们夫妇俩和他接近，倒很有些危险咧。想到这里，偷眼瞧一瞧稚川，只因心理上起着怀疑，似乎稚川的面上带着一分二分的妖气。

那时道人取出一个朱漆葫芦，又取出一叠已经裁成小方块的纸张。从葫芦里倒出丸药，每服三粒，用小方纸包了，高唤着："诸位诸位，这是千载难逢的机会，吃了这三粒锁魂丸，任凭蟒蛇精怎样凶恶，再也不能吞唉你们的魂灵。每服只卖两毛钱，这三粒锁魂丸须在夜间临睡时吞服，每夜吞一粒，分三夜吞尽。诸位诸位，出了两毛钱，替魂灵保险。区区的一个葫芦，便是魂灵保险公司，不要错过这好机会啊。"李娘子赶紧在手提皮夹里取出四毛钱来，买了两服锁魂丸，一服自己藏了，一服转给吉林，白狗也央求李娘子代她买了一服。大凡在人群中购买东西，也含着催眠术的作用，只要有几个人抢先购买了，站在旁边的人自会受这无形的吸引，伸手在袋里摸钱。何况那道人的锁魂丸价值低廉，效用却是很大。所以李娘子购了两服，旁人都伸手在衣袋摸钱，无多时刻，那道人的锁魂丸售去了三五十服，要算利市三倍。有人问道："要是没有蟒蛇精来吞唉魂灵，这锁魂丸可另有什么效用？"那道人笑道："效用正多咧，爱嫖的吃了我的锁魂丸，便不怕妓女来唉他的魂灵，爱赌的吃了我锁魂丸，便不怕赌神来唉他的魂灵……"

话没说完，有一个半老徐娘自言自语地道："我那没良心的见了那娼妇，总是失魂落魄，现在买一服锁魂丸，可以锁住他的魂灵，不被那娼妇吞去。"又有一个老婆子为着儿子爱赌，只需骨牌一响，魂灵儿便不在身上，也来买一服锁魂丸，锁住他的魂灵，不要被赌神菩萨吞了去。如是这般，那道人葫芦里的仙丸，又售去十余服。吉林道："你既会辟谷，又是快活神仙的化身，要这银钱何用？"那道人道："这银钱并不是我自己用的，预备放在身边，遇着急难之人，随时布施，结些善缘。"吉林道："做了神仙，当然会得点石成金，不用把那卖药的钱布施贫人。"那道人大笑道："点石成金，这是吕纯阳的游戏神通，谈起吕纯阳，真是仙界的败类，他把石子幻化作金子，犯了诈欺取财的嫌疑。世上一切卖假珠宝假古董的，都是效学吕纯阳的点石成金，把那不值钱的东西当作宝贝骗人。现在仙界大革命，打倒恶神劣仙，吕纯阳已在打倒之列。所有点石为金的方法，我们仙界同志鄙弃不用，所以区区要救济贫民，全要仗着卖药的钱，不肯效法吕纯阳诈欺取财，以伪乱真。"吉林听了，觉得那道人的话很有理由，一时无词可驳。在这当儿，那道人又取出一个黑漆葫芦、一只玻璃杯，把葫芦摇了摇，笑向观众说道："这葫芦里的东西，足够我一生饭食。我的厨房，便在葫芦里面。"说时葫芦口凑了玻璃杯，倒出半杯金黄色的仙水，一口气喝尽了，把空杯放在一边，又向观众说道，"只消半杯黄金液，便可抵得半年饭食。区区在去年十一月份，喝过一次，维持了六个月的饱度，今天又喝一次，又可以半年不知饥饿。仙家饮食，事事简便，可笑世上凡人，为这饭食问题，早夜三餐，忙个不了。开门七件事，只需一件缺乏，便使那英雄丧气，壮士无颜。"说时取着空杯，瞧了瞧，见杯里面，倘有些余沥，便道，"诸位，杯里面的余沥虽然不多，但是论它的效力，抵得三十顿饭。"人群中有人问道："什么叫作三十顿饭？"那道人道："一个人每天吃饭三顿，那么三十顿饭便是十天的饭食。须知制造厂的机器，论多少马力；电力厂的电灯，论多少烛光；区区快活神仙的辟谷灵宝水，须论多少顿饭。方才我喝了半杯，有一千零八十顿饭的饱度，可以一年不饥。要是把葫芦里的辟谷灵宝水完全喝了，足有三万二千四百顿饭的饱度，可以三十年不饥……"

　　道人演说辟谷灵宝水的效力，众人听了都有些馋涎欲滴，那个白发小丫头眼光注射着玻璃杯里的余沥。等道人放下空杯，白狗乘着道人不意，把空杯抢取在手，伸出舌头，左一撩右一撩地舔取杯里的余沥。道人道："可惜可惜，这三十顿饭被你卷个净尽。须赔偿我的损失，两块钱。"白狗道："我没有吃什么东西，怎说便要两块钱？"道人道："两块钱的代价，还是最低限度。三十顿饭卖你两块钱，每顿饭只卖银洋六分六毫六厘六丝六忽，再要便宜也没有。快快取出两块钱便休，要不然，只需我念动咒语，那一滴辟谷灵宝水便可以化作三十顿饭，每顿饭以三碗计算，你的肚皮里满满地盛着三三得九十碗饭，哪里容得下，立时可以破肠裂肚而死。你休懊悔。"白狗听了急得要哭，口喊着"姑奶奶救我一救，快把两块钱赎我一命"。李娘子恭恭敬敬地走上几步，向那道人再三道歉说："白狗是无知无识的小丫头，贪嘴偷吃了神仙老爷一滴辟谷灵宝水，全不顾自己破腹裂肠的痛苦，谁叫她贪嘴，合该受这重刑。但是上天有好生之德，可怜她是穷人家的女儿，父母双亡，押给人家做使女。我愿代她交纳一块钱，请你饶恕了她吧。"那道人沉吟了片晌，便道："也罢，看你分上，便宜了她吧。"当下接受了李娘子的一块钱，纳入衣袋。又把白狗注视了片晌，忙道："不得了，不得了，那个白发白眉毛的婢女是披麻星转世，在家克父母；出嫁克翁姑，克丈夫；在人家做使女，克主人，克主母。你们雇用披麻星做婢女，便要祸生不测，在这一年中，先死主人，后亡主母。"李娘子吓得面色如土，忙问道人："可有什么补救方法？"那道人道："若要逢凶化吉，须把那披麻星的毛发变作黑眉黑鬈。"白狗听得这般说，便跪伏在地上，央求神仙老爷染黑她的白眉白鬈。那道人道："只要你们肯花费十块钱，包管在三天以内，小丫头的毛发完全变为黑色。"李娘子犹豫不决，便和丈夫商量。吉林道："这桩事须得取决于稚川才好。"李娘子附着吉林的耳，轻轻地说道："你还要提到那人吗，防他是蟒蛇精变相，不怀着好意。倘和他商议，一定要阻挡的，还不如自己早早决断的好。"吉林觉得十块钱的价值太昂，和道人再三磋商，减为五块钱。道人勉强应允了，叫白狗跪在一旁，口中喃喃有词，伸手在白狗头上不住地摩挲。隔了良久，才唤白狗起立，说好了好了，不出三天，白狗的毛发可以完全变为黑色。吉林付给那道人一纸五元钞票，心中兀自怀疑，便道："过了三天，要是白狗依旧白发白眉毛，这事怎么办法？"那道人哈哈大笑道："区区每天在这里救济生灵，并不迁移地点。要是过了三天，白狗的毛发不能返白为黑，尽可十倍论罚。"

稚川在旁边守着冷静态度，不则一声，目光只注射着手中这柄神仙扇。忽见扇面上又换了字迹道："遥向白狗连扇三下，口中秘密念咒，即说咒曰：'黑黑白白，白白黑黑，黑白颠倒，颠倒黑白。'"诵此咒语至第三遍，自有观众暴雷也似的喝起彩来："咦，奇怪奇怪，怎么白的变了黑的，黑的变了白的……""咦，奇怪奇怪，这白发白眉毛的小丫头变了黑发黑眉毛……"

"咦，奇怪奇怪，这黑发黑眉毛的道人变了白发白眉毛……""咦，奇怪奇怪，这小丫头是梳着横向丝髻的，现在却变了鸭尾式……""咦，奇怪奇怪，这道人是剪发的，现在脑后却多着一个雪一般的横向丝髻……"

观众又是奇怪，又是好笑。白狗觉得脑后很轻松的，伸手摸时，那个横向丝髻果然不翼而飞。仔细一看，却飞在那道人的头上。她便急急地向李娘子讨了一面怀中小镜，照一照自己面貌，喜得扯开了嘴，半晌合不拢来。自己皮肤洁白，还加着眉目如画，发光似漆，宛比美人模样，怎不喜出望外。举眼瞧那少年神仙，竟似舞台上扮的老旦一般，双眉抹着白粉，脑后拖着假髻，只少一根拐杖，否则便要错认了杨老令婆。

话分先后，书却平行。白狗对影自怜的当儿，那道人的神情却是异常懊丧。听得众人这般喧呼，知道起了变幻，自己头上觉得很累赘地添了东西，伸手一摸，却是个发髻。待要扯下，又是连根生的，和头皮发生了关系，怎能扯得下来。当下讨着白狗手里的小镜，照一照面庞，雪满头，霜满眉，变幻得这般迅速。"高堂明镜悲白发，朝如青丝暮成雪。"李太白诗中的话并不浪漫，果然成了事实。那道人吃这一惊，不觉浑身发抖，扑的一声，竟把手里的小镜掉在地上。白狗赶快拾起，已有了一条裂纹。

吉林问那道人道："你说白狗的毛发三天后才能变换，怎么现在便变换了呢？"那道人垂头丧气，不说什么，收拾了东西，唤一声倒霉，分开人丛，一溜烟地走了。众人议论纷纷，有的说："方才的快活神仙绝不是真。既是快活神仙，为什么这般愁眉苦脸？"有的说："那道人本有些不伦不类，既是道家装束，为什么头上又不蓄发？现在倒便宜了他，有了这一头白发，扮一个鹤发童颜的仙人，倒也神气活现。"有的说："那道人也太贪心了，为着五块钱，便把青丝换了白发，可见心计太工的人，头上容易生那白发……"

稚川向着吉林夫妇作别，说时候不早，要回校去了。李娘子仔细瞧稚川的面，依旧是个漂亮少年，并没有一分半分的妖气。原来她见方才的道人失败逃去，便知道第三个神仙又是滑头，什么蟒蛇精出世，都是他信口开河，没有可信的价值。她既存了这般的成见，便疑稚川是蟒蛇精幻化，所以很亲热地唤了一声："哥哥，方才的妖道端的可恶。他既冒充了哥哥，又捏造谣言，毁人名誉。亏得天有眼睛，当着大众使他丢脸，不但丢脸，把他头上的毛发都去了。料想又是老神仙在暗中摆弄他。哥哥，老神仙究竟在哪里？你和他有缘，可能引导我们和老神仙相见？横竖时候尚早，你略迟一些回校也不妨。"

路上的闲人听得老神仙三个字，又停住了脚，忙问道："谁是老神仙？"稚川向李娘子丢了一个眼色，便道："明天再会吧。"转身便走，一路思量，今天的遭遇五花八门，无奇不有。老神仙连次弄这玩意儿，果然有趣，但是我此次来苏，专为访问令娴而来，究竟令娴住在哪里，是凶是吉，我都没有知晓。这几天，杭州赵老先生常有快信给我，询问他女儿的下落，要没有好消息报告他老人家，只怕他又要增病。又暗暗地默祝道："仙人仙人，请你大发慈心，给我一条寻觅未婚妻的路吧。"祝毕，看那扇面，但见上面的字迹道："稚川稚川，汝毋忧煎。赵女无恙，托佑于天。始离终合，吉莫大焉。听吾指导，红丝暗牵。静以俟之，余言不宣。"稚川没奈何，只得静待时机。回到学校，偶在衣袋里摸着一包东西，在先以为是方才纳在袋里的陈皮梅。等摸出一看，唤一声惭愧，枉在元妙观中寻觅神仙，觅来觅去都是假，唯有茶寮里卖陈皮梅的小贩却是快活神仙的化身，恨自己有眼无珠，又是失之交臂。

原来稚川摸出衣袋里的东西，不是陈皮梅，竟是一包丸药，拆开看时，约莫有一二百粒丸药，芝麻般大小，异香扑鼻，粒粒都是黄色。纸包上写着"快活神仙万应丸"。旁边注着"善治疑难杂症，服法时检视扇面，自有字迹披露"。那时刘子荆进来，见了神仙万应丸，便问稚川从哪里得来，稚川把方才的一切经过完全说了。子荆拍手道："有趣有趣，你一游神仙庙，再游元妙观，竟有这许多奇奇怪怪的见见闻闻。幸而我深信你是不说谎的人，要不然，无论讲给谁听，总说你撒着弥天的谎，分明开讲《封神榜》，演说《西游记》，纵然说得有声有色，总免不掉乱话三千。现在你得了两件宝贝，一是神仙扇，宛比九天玄女娘娘所赐的天书一般，可以预知未来；一是神仙丸，任何疑难杂症都可治愈。有了这两件宝贝，你便是快活神仙的代表。明天我替你在报纸上登一个封面广告，也好使你普济世人，不负老神仙委托你做代表的一片盛意。"稚川连连摇手道："不行不行，我便要普济世人，也只好在暗地里着力，万不能出头露面，招人妒忌。一经宣传，便容易引起反动。但看范老伯救了江素芬，险些儿挨着一顿痛打，前车可鉴，还不如守着秘密的好。"子荆听了点头称是。稚川把这一包神仙丸收拾好了。到了来日，稚川恰才起身，门役进来报告说外面来了一位白发少年，登门访问张先生。稚川诧异道："什么叫作白发少年？"门役道："来宾的年龄不过二十左右，但是头发和眉毛都和雪一般。"稚川心里明白，来宾定是那道人，上门访我，只怕不怀着好意。当下吩咐门役，只说张先生不在校中，把来宾拒绝不见，免得发生纠葛。门役出去不多时，忽见刘子荆搀着白发少年的手，径入稚川的卧室，稚川猛吃一惊。

欲知后事，且阅下文。

第二十九回

途穷日暮少年幻化白头人
鸟语花香浪子偷窥红粉女

　　稚川猛吃一惊，只为他没有提防那白发少年会得闯入卧室。待要躲避，无可躲避；待要对付，少不得在神仙扇上讨寻对付方法。赶快取着这柄扇，揭开看时，依旧是个空白扇面，哪有一些字迹，不觉惶急起来，想不出什么对付方法。子荆指着那白发少年道："稚川兄，你可知道他是谁？"稚川道："他是冒着兄弟的姓名，在元妙观卖假药的道人。"子荆道："稚川兄，你可知道那道人是谁，原来不是别人，便是舍弟子楚。我知道了其中的情由，便领着舍弟登门谢罪。稚川兄，你饶恕了他吧。"子楚向稚川深深一揖，连称"张先生大度宽容，饶恕了小子吧"。接着双膝跪下，苦苦哀求。稚川听了，异常突兀，口称"请起请起"，眼光只注射着扇面，看扇面上可有什么字样。但是作怪，依旧是个空白扇面，没有一些字迹。子荆央告道："稚川兄，你看了天书，究竟怎样说法？"稚川把扇面向子荆一扬道："有字没字，你自去看来。"子荆笑道："我瞧得见上面的字，也不来央求你了。稚川兄，不要作难，究竟用什么方法，可以使白发白眉换作黑发黑眉？"稚川道："黑发黑眉换作白发白眉是很容易的，白发白眉换作黑发黑眉，那就没有办法了。"子荆道："这话怎么讲？"稚川道："黑发黑眉换作白发白眉，这是人生必经的阶段，到了那时自会变换，不过迟早间的问题罢了。白发白眉换作黑发黑眉，是万万办不到的。要是办得到，世上还寻得出老年的人吗？皓首老人一眨眼变了黑头少年，白发婆婆猛回头变了青发佳人。子荆兄，你想有这道理吗？"

　　跪在地上的子楚连连叩头道："快活神仙的代表啊，我知罪了，请你饶恕了我吧。你既会念着咒语，把小丫头的毛发和我的毛发变换，你当然也会念着咒语，把白的毛发还着小丫头，黑的头发还着我。"稚川道："你别胡说，我既不是神仙，也不会念什么咒语，你听了谁的话，向我厮缠不休？"子楚道："这是哥哥向我说的，我这番到苏州，行踪很是秘密，哥哥并没知晓。只因昨天在元妙观中卖药欺人，冒犯了神仙代表，竟和我开玩笑，把我的毛发都变换了，叫我二十岁的少年堆着满头白发、两道白眉，人不像人，鬼不像鬼。我快快地回到旅馆里，情知这人丛里面，定有神仙冷眼旁观，暗暗地把我摆布，不过哪一位是神仙，我这凡夫俗子怎会知晓，一时着了慌，只有请我哥哥到来，商议方法。好在我哥哥和神仙很有些交情。神仙看了我哥哥分上，一定可以饶恕我，因此当夜写了一封信，遣人送到学校里，约我哥哥速到东吴旅馆，有要事面议。隔了一会儿，我哥哥便来了，见了我竟不相识，问道：'老先生，请问贵姓?'"

稚川听到这里，不禁失笑，把子楚扶了起来，叫他坐着说话。子楚道："哥哥不认识我，我是认识哥哥的，拉着哥哥的手，含泪相告，说今天的祸殃都是我自己不好，出门时是黑头少年，回来时变了皓首老人。不但你哥哥见面不相识，便是旅馆里茶房见了我也很诧异，不许我开房门。亏得发毛虽变，声音还没有改，好容易经我再三声明，茶房才明白情由，不把我当闭门羹相待。我哥哥把我上下估量了一下，便道：'这事竟有些线索，你莫非假扮了道人，冒着张稚川三字姓名，在元妙观大言欺人，以致触怒了稚川，念着颠倒黑白咒，把你惩戒一下子?'我听了奇怪，忙问：'哥哥怎会知晓?'我哥哥不慌不忙，便说怎样看扇面，怎样念咒语，都是从张稚川那边得到这般消息，当时但知是惩戒一个化缘道士，现在见你白发白眉，便疑到元妙观中的少年道士便是你弄的狡狯，所以作法自毙，受这颠倒黑白的苦痛。我便央求着哥哥，可能挈带我到学校里和这位快活神仙代表张稚川先生相见。自古道，解铃便是系铃人，我拼向张先生磕首请罪，可能把各人的毛发各还了原主。我哥哥说：'今夜时候不早，张先生已安睡了，要去明日去，起个清早，向张先生负荆请罪，要是张先生不肯见你，我可以领你到里面，替你向张先生说情。'当下没奈何，便依着哥哥的话，挨过了一宵，起个清早，直到这里。张先生，稚川先生，快活神仙的代表先生，我刘子楚已彻底悔悟了，不该存着野心，冒你张先生的大名，在元妙观中妖言惑众。我再向你下个全礼吧。"说时，又扑地跪下。稚川忙道："不用跪，你且坐着，待我从长计议。"

于是稚川手执着纸扇，这面一看，那面一看，扇面翻来覆去，只是不见字迹。子荆催促道："稚川兄，我知道你是个直爽少年，不会故意留难，你看我分上，直截爽快地念几句咒语，恢复了舍弟的原有毛发，我便一辈子感激不尽。"稚川道："不是我不肯想法，实在这神仙扇失了效用。子荆兄，你知

238

道我是没有神通的，单仗着这柄纸扇做我的参谋总长，纸扇失了效力，我便想替令弟效劳也是枉然。但是无论如何，瞧着子荆兄分上，只要可以尽力，没有不替令弟尽力的。暂且静待时机，待到纸扇上有了字迹，再做计较。"子荆没奈何，也只得应允了。

稚川又问子楚："为什么在元妙观里冒着我的姓名，自称真张稚川？为什么破坏我的名誉，说在苏州的张稚川是蟒蛇精幻化的假张稚川？你究竟是什么用意，何妨告我知晓。"子楚低头不语，隔了良久，才说道："张先生不须盘问，这都是我的不是，现在已彻底悔改了。"稚川见子楚不肯披露，便问子荆道："令弟深闭固拒，不肯直说，请你代说了吧。"

子荆道："不瞒你说，我昨夜在旅馆里，也曾向舍弟再三盘诘，为什么秘密到苏州，事前不肯给我一个信息？为什么鬼鬼祟祟做这勾当，破坏张稚川的名誉？为什么捏造妖言，出卖假药，向着民众敛钱？须得一桩桩开诚布公地向我说了，才好替你向稚川说情，要不然，稚川向我盘诘起来，叫我何词以答。我如是这般地向他开导，他只是俯首无词。我道：'你不肯真说，万一稚川为这分上拒绝我们的请求，那么你便没有恢复毛发的机会了。'他道：'张先生和哥哥很有交情，断不忍拒绝哥哥的请求，要是张先生为这分上，一定不肯把颠倒黑白咒念转，恢复我的毛发，那么拼着一辈子白发白眉，也叫作没法了。我的秘密，无论刀加我的颈，枪指我的胸，我总不能披露。'稚川兄，舍弟既这么说，定有许多难言之隐，劝你不须穷诘吧。"

稚川忽然想着一桩事，便道："有了有了，我真善忘，几乎忘却了一种妙药，也是令弟合该有救，今日里才和我相逢。"子荆拍手道："我也想着了。昨天仙人给你的神仙万应丸，善治疑难杂症，你尚没有用过。定是施用这种妙药，使舍弟的毛发由白返黑。不过丸药的服法载在神仙扇上，稚川兄，丸药怎样服法，扇面上可曾写明白吗？"稚川笑了一笑，不说什么，当下吩咐子楚自回旅馆，说："待到傍晚，我和令兄同来望你，顺便试验这种妙药，管叫于你有益。"子楚再三称谢，离座告别。子荆送他出去，再三劝诫，说："受了一种苦痛，便是得了一种教训。待到毛发恢复以后，你须努力走那正当的轨道，一切邪僻行为合该痛首改革，要不然第二次闹出事来，又要毛发一时尽白，那就没有救了。岳武穆说的：'莫等闲，白了少年头，空悲切。'兄弟须把这两句写在座右，不要忘怀了。"子楚道："哥哥金玉之言，兄弟自当永远地记着。"

苏州大学里的学生，见子荆向着一个白发的客人谆谆告诫，大家诧为异事。就中有一个学生前来询问子荆道："刘先生，你方才送一个白发老人出门，你说一句，那老人总是诺诺连声，你唤他兄弟，他却唤你哥哥。刘先生，你只不过二十多岁，怎么有这白头人唤你哥哥？"子荆笑道："你瞧方才出去的白头人有多少年纪？"那学生道："看他的头发如雪，年龄断然不小，便是最低限度，也须花甲以外。你不见他的眉毛都白了吗？他定是个老顽固，银丝般的头发还不肯剪去，依旧盘在顶心，或者还希望到天津去，觐见那位蒙尘在外的皇帝，唤几声万岁爷爷。"子荆大笑道："那么你完全误会了，方才的白头人，年龄不满二十岁，也许比着你的年龄还轻。你别唤他老顽固，他也是二十世纪的新少年咧。"那学生奇怪道："他也是个少年，怎么便白了头？敢是社日生的，一坠地便白了头？"子荆道："他并不是从小白头，他的头发和眉毛是昨天才白的。"那学生笑道："刘先生别取笑，哪有一天工夫便会白头的道理？过昭关的伍子胥，编《千字文》的周兴嗣，虽有一夜须眉尽白的话，但是他们都是有须的人，年龄绝不止二十岁，一夜须眉尽白，或者有之。方才那位青年，既然不满二十岁，无论受了什么忧患和恐怖，断不会一霎时白了毛发。"子荆道："不是这般讲。青年和白头，并非在年龄上分别。明明是青年，但走着灭亡的路，做那日暮途穷的行为，那么青年便是白头。明明是白头，但走着觉悟的路，做那急起直追的事，那么白头便是青年。所以青年和白头，是在意志上分别，不在年龄上分别。方才出去的青年，只因误走了道路，便成了钟鸣漏尽的老朽。老在他的意志，不在他的年龄，你们少年人合该始终奋斗，才不蹈那个白头少年的覆辙。"那学生莫名其妙，好像听了哲学博士的谈论，又似可解，又似不可解，只得唯唯而退。

到了晚间，子荆稚川两人，便同到旅馆里去访子楚，喜得子楚心花怒放，把两人迎进房里，送茶送烟，异常恭敬。稚川道："仙丹我已带在身边，要一碗开水，以便融化后一口气喝个净尽。"子楚便吩咐茶房取一碗开水来，待到开水送来后，稚川吩咐把房门掩着，且在里面锁上了。那时房中除却稚川和子荆兄弟，并无第四人。稚川道："这桩事须守秘密，不能给外面人知晓。仙丹已融化了，快快吞服，莫留一些渣滓。"子楚怎敢怠慢，仰着喉咙，把这一碗开水喝个一干二净。不喝时，他的秘密任凭刀加颈上，枪逼胸口，他只绝对不肯披露。一喝了这服药，分明吞一个钥匙在肚里，开动他的秘密箱。待到秘密箱开动以后，所有的秘密竟会自己披露，一是一，二是二，倾筐倒箧，更无余剩，足足报告了三点钟光景，才把这疑团打破。

原来稚川给子楚吃的药，并不是新得的快活神仙万应丸，却是旧有的真实丹。阅者诸君合该记得，范公任替江素芬治病，曾带着一服真实丹、一服洗心丹，以便对症下药。后来因为江素芬打破羞耻，所有一切风流史并不瞒人，不必吃什么真实丹，早已吐露真实。公任带在身边的真实丹完全失了效用，后来回到杭州，这一服真实丹依旧在公任身边。听说稚川要到苏州去寻访赵令娴的下落，公任便把这服真实丹交付稚川，说道："这服仙丹留在我身边没有用，你且带到苏州去，遇着人家不肯吐露秘密时，便可把这服真实丹开动他的秘密箱。"稚川接受了这服真实丹，一向没有用过，只为日间刘子楚斩钉截铁般地坚决，不肯披露他的秘密，稚川恍然有悟，我这服真实丹真用得着了。待要取出真实丹，给子楚吞服，又想不妙不妙，学校里耳目很多，不大稳便，不如挨到傍晚时分，到旅馆里去访他，乘便给他药吃，待那药性发作，吐露真情，便把房门锁上了，那便不愁给外面人知晓秘密。又恐预先向子楚说明了，子楚断然不肯服药，因此含糊其词，不说明是什么药。子荆问他可是快活神仙万应丸，稚川也只含笑不语。

　　子楚被真实丹开动了秘密箱，一片片诚实公司出品的秘密留声片放上了唱机，连续不断地发声。稚川和子荆屏息静听，一会儿皱眉，一会儿怒目，一会儿搔首向天，一会儿唉声叹气。究竟子楚怎样地披露秘密，要是依着他的报告次序，一句句地真实记录，觉得太琐碎了，编书的不得不变更战略，缩短了阵线，砚台上异军特起，使阅者诸君易寻线索。话说那一天，春色满园，恰是红杏出墙的时节，湖滨公园里的游人，柳下花前，往来如织，个个态度暇豫，眉宇间含着几分喜色，只为春光之神是欢愉的、活泼的，所以游人受着明媚春光的照耀，自有一种特殊的色彩。枝头好鸟，雌雄相感，都在那里互斗春声。但见翡翠褥子般的草场上面，常有西装少年挽着裲裆女郎的臂，在那好鸟声中，一对对地娱情散步。裲裆本是古名，现在却唤作长马甲，或者唤作旗袍马甲，裲裆女郎大半都剪去了发髻。女子爱美，从前以长发为美，现在以短发为美，有剪成甜心式的，有剪成双钩式的，有剪成轻云覆额式的，有剪成春色平分式的。那些少见多怪的男人，在背后指指点点，唤一声鸭屁股女郎。这鸭屁股三字很不雅，未免侮辱女性，信口雌黄，编书的老大不以为然。

　　园的东南隅叠成嵌空玲珑的假山，麂眼篱畔，有小小的螺髻亭。这其间很是僻静，游人踪迹难得到此，却有一双姊妹坐在亭中唧唧絮语，一个二十芳春，一个十八妙龄。一个梳着新时行的扇子髻，一个发已剪去，剪成一个平箭式，都是穿着称体的裲裆，绮年玉貌，相映生辉。在满园游女里面，要是评论姿色，这姊妹俩算得一时瑜亮。人家游春，只拣着游人多处行走，唯有姊妹俩羞逐游女队里，和那庸脂俗粉做伴，故意只拣着游人少处行走。茅亭里静悄悄地别无闲人，尽够她们谈话。只因地方清静，所以语语清晰，历历可辨。亭子后面便是一棵合抱的榆树，亭亭如盖。树下有一块四四方方的青石，要是有人坐在青石上窃听消息，包管句句可以入耳。

"娟姊，你和那老神仙会过面吗？""没有会过面，但是公公和外子都和老神仙会过面的。""娟姊，那位老神仙果然是很慈悲的，他自从出山以来，干了多少快心的事。要没有他，爹爹哪有病愈的希望；要没有他，杨德麟怎会当着众人自己痛打嘴巴；要没有他，小报上诬蔑振亚先生和妹子的名誉，怎会洗刷得不留痕迹；要没有他……""令妹妹倒也好笑，这一个要没有他，怎么缩住不说了？我替你代说了吧。要没有他，怎会和张稚川先生缔成百年之好。令妹妹，我这句话猜得可对吗？你们这一对夫妇，在婚姻史上别开生面，可以唤作火里鸳鸯。老神仙的神通实在不可思议，轰轰烈烈的一场幻灭，玉成了张赵两姓的姻缘……"

阅者诸君，茅亭里的说话，要是没有人听得，便不会发生什么问题。偏偏合当有事，一个二十左右年纪的少年坐在树下青石上，一会儿舒头探脑，一会儿搔首抓腮，听到这里，那少年连连点首，默默思量。他想这一个江素娟，我曾在嫂嫂那边见过一面的，那一个年龄比素娟还轻，姿色比素娟还胜。身材短小玲珑，面庞儿不肥不瘦，点漆般的双瞳，虽不向我看，我已销魂。说话时微微一笑，粉颊上便起着浅窝，虽不向我笑，我也动魄。方才我追随了良久，不知她是谁家女郎，现在听出口音来了，原来她便是张稚川的未婚妻。张稚川在赵益甫家里捉鬼，玉成了一段姻缘，哥哥曾经告诉我听，当时以为赵令娴不过一个平头整脸的女子罢了，今日相逢，才知她是一个妙人儿，是一个玉人儿，是一个可意人儿。且住，馋涎都流下来了，恨不得伸出一条长胳膊，把赵令娴捉将过来，一口气吞入肚里。那少年取出白纱巾抹一抹口角馋涎，暗暗地唤着自己姓名道："刘子楚，刘子楚，人家有这艳福，你怎么没有呢？且住，她们讲得起劲，我且侧着耳朵听一个饱……"

令娴道："娟姊，听说范老伯亲到上海，替令妹素芬医病，现在可曾医好了没有？"素娟道："公公信来，说素芬所犯的病现已完全除去了，大约公公在上海略有勾留，过了三五天，便须和张稚川先生同回杭州，待到回来后，便须吃你的喜酒咧。"令娴笑了一笑，粉颊上又起着浅窝。潜身树后的刘子楚偷眼瞧见，又是心旌动摇，良久方止。令娴道："范老伯回来后，料想老神仙也要同来，不知可有缘法和他相见一面。"素娟笑道："他做了你的撮合人，把才子佳人成就了眷属，你合该谢谢他。从来只听得有缝了口的撮合人，不听得有匿着面的撮合人。现在老神仙不肯露脸，待到你们结婚的一天，介绍人当然列席。我想老神仙一定来的，你且拭着眼瞧吧。"坐在青石上的刘子楚听到这里，暗暗骂一声没有眼睛的青天，没有脑子的混账神仙，要是青天有眼睛，为什么不把这欢喜冤家成就了我的百年佳偶？要是神仙有脑子，为什么不把这欢喜冤家和我撮合成夫妇？哎呀，我越想越气恼了。赵令娴是杭州女子，合该嫁给杭州少年，为什么不嫁杭州少年，反而便宜了这个走江湖的小滑头？张稚川张稚川，你好生大胆，竟敢施展拆白手段，诳骗我们杭州的闺秀。张稚川张稚川，你好生大胆，竟敢利用妖术，夺取我的欢喜冤家。

"娟姊，夕阳已在树梢头了，我们回去吧。"刘子楚停住了胡思乱想，赶紧舒头探脑，要瞧一瞧她的临去秋波，早已不及。但觉她牵着素娟的手，向着假山那边行走。太湖石遮蔽了亭亭倩影，渐渐地不见了。子楚又把老子娘喃喃毒骂，为什么当年老子和那死鬼母亲制造我的身体时，不替我制造一双特别加长的手腕，要是有了特别加长的手腕，无论那小妮子跑得怎么远，我便可以伸手过去，把她拥抱回来。

赵令娴果然被我拥抱回来，咦，妙啊，妙极了，那么我的艳福胜过了哥哥子荆。子荆娶的庞玉秀，虽然有七八分姿色，可惜瘦了一些，不免骨重肉轻。我的艳福，又胜过了范振亚，振亚娶的江素娟，虽有八九分姿色，可惜肥了一些，不免肉重骨轻。唯有那妙人儿，那可意人儿，不肥不瘦，恰到好处。咦，妙啊，妙极了……且住，待我闭一闭眼，把方才瞧见的俏容颜、娇模样，在心坎里温这一温，在脑膜上制造一方永不磨灭的珂罗板。咦，妙啊，妙极了。赵令娴，赵令娴，我唤你几声欢喜冤家，你且放心着，有我怜香惜玉的刘子楚看上了你，绝不使你嫁给小拆白、小江湖、小滑头……

子楚正在那里自言自语，蓦然间眼前一暗，觉得有两条手腕从脑后伸来，掩住了他的眼睛，不知哪一个朋友恶作剧，又瞧不出是谁，便道："谁和我恶作剧，放下手来。"那人逼紧着喉咙，装出不自然的妇女声音道："怜香惜玉的刘子楚哥哥，怎么不认识我呢？我便是你的妙人儿啊，我便是你的可意人儿啊。"子楚笑道:"别打扯,我听得出是男子声音,你究竟是谁?"那人又装着泼皮的声音道:"你问我是谁?我便是小拆白、小江湖、小滑头啊!"子楚听这声音,似乎陌生,又似乎熟人,心中烦闷,便用力去扯那人的手腕。但那人很有些腕力,休想扯得动,又换着一种唱老生的声调道:"唤一声,刘子楚,静听我言,我便是,黄山的,快活神仙。"子楚听了,不觉猛吃一惊。

欲知后事,且阅下文。

第三十回

谈密话小流氓骂雀
遣闲情老道士吹牛

　　刘子楚猛吃一惊，惊得那位神通广大的快活神仙便躲在自己背后，被他掩住了双目，怎么是好？待要挣扎，浑身没有了力气，战战兢兢地央告道："老神仙，饶了小子吧！小子不该窥人闺阃，陡起淫心，说这不伦不类的话。现在已满腔懊悔，求你老神仙高抬贵手，别和小子为难。"嘴里这般说，身子只是抖个不住。

　　那人且笑且唱道："刘子楚，你懊悔已嫌迟了！我把你眼珠儿一齐挖掉，免得你一双色眼，似火把一般地照耀。"这几句话，吓得刘子楚屁滚尿流，拔脚便跑。走不上三五步，但听得背后那人拍手大笑道："刘老老，你是个乖人，今天也上了当，真叫作'乖乖乖，蜒蚰吃百脚'。"子楚听得是熟人的口音，回头看时，哪里是快活神仙，只是他的赌友"起码诸葛亮"沈发祥。

　　沈发祥本是邵大麻子的羽翼，曾向范振亚索诈，只为小报上的插图另换了两副面孔，沈发祥索诈不成，反而拱手谢罪。他后来认识了刘子楚，成了朋友。这一天，发祥恰在公园里散步，他见游女如云的里面有一位女郎，仿佛曾经识面，只是一时想不起是谁，他便远远地尾随着那女郎，定要探听一个明白。蓦然间，斜刺里跑出一个刘子楚，也是尾随着那女郎不肯放松。女郎走得快，子楚也快；女郎走得迟，子楚也迟。发祥暗暗好笑，原来子楚几天没有进赌场，却在这里吊膀子。那女郎和一位少妇同行，不知道子楚的眼光里看中了少妇，还是看中了女郎。待要唤住了子楚问个明白，转念一想，且住且住，现在暂弗声张，他既跟着两只寡老走，我便跟着他走，看他可有什么破绽落在我起码诸葛亮的眼里。但见少妇和女郎互携着手，只向僻静地方行走，可笑子楚像煞有介事，反背着手，慢慢儿行走，和她们的距离大概不出二三十步，而且左顾右盼，做出从容不迫的模样。便是撞着了熟人，也不疑他在那里盯人家的梢，吊人家的膀子，做人家的跟屁虫，只道他流连风景，在公园里搜索材料。有时前面的美人儿走得略远了，他便向左右望了望，见左右无人，他便脚底开着快车，一路地出蹩头。待到和方才的距离差不多了，他又放慢着脚步，又是左顾右盼，做出从容不迫的模样。发祥见了暗暗好笑，笑子楚只防着左右，不防着背后，有人于是便尾随着子楚，相距也在二三十步光景。螳螂捕蝉，黄雀又在后面，子楚只知道尾随他人，怎知道自己背后也有人紧紧相随。等素娟和令娴坐定在茅亭里面，子楚怎敢怠慢，连忙穿假山，走曲径，抄到茅亭后面，坐在榆树下的青石上，侧着耳朵静听茅亭里面的喁喁谈话。谁料发祥也是如法炮制，穿假山，走曲径，抄到榆树后面，躲在篱笆背后，侧着耳朵，细听茅亭中谈话，顺便可以监视子楚的行动。听了一会儿，令娴和素娟都已走了，子楚兀自失神落魄，痴向着夕阳光中的茅亭，喃喃自语，被发祥听个清楚，便蹑手蹑脚地走上几步，出其不意，轻舒着双腕，掩住了子楚的眼睛，故意和他开玩笑，一会儿装女子，一会儿装男子，一会儿装快活神仙，使他惝恍迷离，莫名其妙。

子楚到这时候才知是发祥和他开玩笑，迎上前一把扭住，说："你这促狭鬼，不该躲在暗里把人捉弄。"发祥笑道："我是促狭鬼，你是什么鬼？"子楚道："我是光明正大的男子汉大丈夫，不比你鬼鬼祟祟，专在那里说鬼话、使诡计。"发祥连打了几个恶心，道："你是男子汉大夫，累我听了几乎呕出隔夜饭，但看你方才的情形，分明是色中饿鬼，这一副鬼脸便召集了十四名画师也描摹不出。"子楚道："你使了促狭，还把我挖苦，我定不和你甘休。"说时，声势汹汹，便将用武。发祥道："快不要这般，我和你还有正事商量。你果然看中了赵令娴吗？事不宜迟，趁那张稚川在上海没有回来，快快发展手段，把令娴弄到你家里，郎才女貌，做一对儿，免得便宜那小拆白、小江湖、小滑头，岂不是好？"子楚道："你说得太容易了，有什么方法可以把那妙人儿弄到我家里来呢？"发祥道："你只需请教我起码诸葛亮沈发祥，便会有妙计。这叫作'计就月中擒玉兔，谋成海内锁金鳌'啊。"子楚大喜，便把发祥放松了，唤一声："发祥哥，你果然有这锦囊妙计，我便一辈子感激你起码诸葛亮。"发祥笑道："言重言重，我是促狭鬼，不过说说鬼话，使使诡计罢了。"子楚连连拱手，道："我的发祥哥，快不要这般说，你是仙，你是佛，你是救命王菩萨。我刘子楚自从遇见了那妙人儿，一颗心早已不在胸腔子里了，失魂落魄，七颠八倒。方才得罪了你，这都是我的不是，发祥哥，我在这里赔罪了。"说罢，又唱了一个肥喏。发祥道："你且坐下，和你细谈。"于是，两人并坐在青石上面。这时候，游人散归，很是静悄悄的。发祥兀自不放心，叮嘱子楚略待一下子，自己便在四周检查一遍，并无一人，在这里商量秘密再也不会泄露风声了。发祥又回到榆树下，在青石上坐定，笑说道："榆树下，青石上，便是我的中军帐。"子楚道："别说笑话，快议正事。"

发祥道："方才我在园里看见那女郎，觉得面庞很熟，只是记不起是谁，因此尾随着她，定要探听她的姓名，现在知道她便是赵令娴，她的照片我曾见过，因此觉得面熟。为了她的一张照片，我太倒霉了，她的照片曾起变化，在先照片上是她，印上了小报又不是她，变了濮小妹。我向范振亚敲竹杠，反被他一顿呵斥，我没话可说，只得连连谢罪。后来探听情由，才知道这是快活神仙弄的神通。我听了很是沉闷，恨自己没有仙术，不能和快活神仙斗法。但是这神仙跟着范公任同到杭州，我们不能摆布神仙，却能摆布公任。好在这时温公馆里闹狐仙，时时失去银洋，料想公任那边的神仙一定是兴妖作怪的狐狸精。我便去找叶少少，说：'我们何不假公济私，把快活神仙的走狗范公任打倒。那么快活神仙失却凭依，便不敢在这里多事了。'叶少少道：'我本想打倒范公任，只恨没个机会。昨天和杨德麟在酒铺子里饮酒，跑堂的告诉我们，说温公馆里的狐仙越闹越厉害了，谁也不能驱逐它。我们听在耳朵里，立时计上心来，借着纵狐害人扰乱治安的题目，正好把范氏父子一齐打倒。计划已定，便往赵益甫那边征求同意。益甫十分赞成，准备向官方告发，捉拿范氏父子到案。在那没有告发的时候，我们该严守秘密，免得范氏父子闻风远逃捕捉时扑一个空。你要打倒范公任，何妨加入我们的团体里面？你想可好不好？'我道：'很好，很好，到那时一定加入。'

"后来赵益甫等把范氏父子告到官厅，我也在里面摇旗呐喊，果然把范氏父子捉将官里去，可以发泄我们这口恶气。谁料快活神仙又在里面恶作剧，温厅长捉妖不成，反而把妻女的丑史完全披露。温厅长气极发狂，不久便死了。范氏父子从中运动，法庭上宣告无罪。赵益甫、叶少少、杨德麟都定了诬告的罪名，我也被他们牵连在内，判了三个月的牢监，还算从轻发落。仔细思量，这祸端都是从令娴而起。要不是赵令娴照片变形，我便不会受范振亚的斥骂；要不是我受范振亚的斥骂，我便不会和叶少少合谋告发；要不是我和叶少少合谋告发，我便不会吃官司，罚金赎罪。我天天怀恨在心，此仇不报，便不成了起码诸葛亮。趁着快活神仙不在杭州，何妨运用我的妙计，把赵令娴摆布一番？"

子楚忙问道："你要怎样地摆布她？"发祥便凑着子楚的耳朵，如是这般说了一遍。子楚摇头道："不行，不行，这计划很危险，万一闹出了乱子，伤害了我的意中人，这便怎么是好？"发祥道："你别着急，这事万稳万妥，绝无危险。但是做成了你怎样地酬报我？"子楚道："送一份很丰盛的媒人钱做酬劳。你要多少，只需我办得到，无不从命。"发祥笑道："不是我小看你，乌龟背上有多少毛雀？你两个肩扛一张嘴，自己都靠着人生活，怎有很丰盛的媒人钱送给我？况且我先图发泄这口恶气，并不希冀什么媒人钱。这桩事办妥了，待你这么那么以后，我们还有生财的好法子。"这句话子楚不懂了，忙问："怎么讲？"发祥又凑着子楚的耳朵叽咕了一会儿，子楚又乱摇着头道："这事须行不得。她既然做了我的浑家，怎有这忍心叫她堕入烟花？况且我刘子楚虽然整脚，多少总有几分骨气，怎肯吞声忍气地做那开眼乌龟？"发祥冷笑道："好一个很有骨气的刘子楚！失敬，失敬，方才和你计议的事完全作罢。赵令娴本来不是你的浑家，我也不值得替你做这媒人，累你做什么'开眼乌龟''闭眼乌龟'。刘老老，你也犯不着和我们这般没有骨气的小人做伴。后会有期，失陪了。"说罢，返身便走。慌得子楚追上前去，双手一张，拦住去路，苦苦地央告道："发祥哥，和你开玩笑，怎便认真起来？你发下的命令，我刘子楚绝对服从，只需把妙人儿弄到家里，和我这么长那么短，享了一个月的优先权，从此以后，决计开放，实行公妻主义。'开眼乌龟'也好，'闭眼乌龟'也好，悉听你的指挥，断无异言。"发祥方才返嗔为喜，和子楚约定了聚会的地点，然后同出公园，临走的时候，兀自防着有人窃听，四下里检查一遍，无论假山洞、大树背后、篱笆里面，都已走到，见没有一个人影，方才放下这条心。偶然仰起头来，但见枝上躲着的小雀侧着头儿，把那鸟眼瞰人。发祥骂道："小鬼头，你也在这里窥探我们的秘密吗？人来窥探是要提防的，鸟来窥探，何用提防？雀啊，雀啊，你总不会扑翅飞去，把我们商议的话飞到人前去告密。"子楚笑道："发祥哥，你可是痴了吗？喃喃讷讷和枝头的小鸟谈话。时候不早，快快出园吧。"发祥且走且说道："凡事大意不得，总是谨慎一些的好，只因快活神仙的花样层出不穷，我们不知不觉，往往着了他的道儿。现在他和范公任赴上海尚没回来，要不然，我要疑惑这枝上的小雀便是他的化身，只为这小雀的头左一侧右一侧，不住地把那两只亮晶晶的小眼睛替换瞧人。"

发祥和子楚去得远了。枝上的小雀伸着鸟颈，在叶缝里窥窥探探，望不见了两人的背影，便落叶似的飞下了枝头，落到地上，便幻化了一个道人，手执拂尘，口唱着"咦咦咦，哈哈哈"的歌调。

且住，小雀幻化了道人，这是谁瞧见的？既不是发祥、子楚瞧见的，也不是园丁瞧见的，又不是作者瞧见的，只是想当然罢了。唱的歌调道："咦咦咦，刘老二无药可医。第一问题，不想别的，只指望人家的妻，和你这么长那么短，好把你的馋痨病医。你是一只癞蛤蟆，只合一辈子在青草池塘里栖，只合一辈子在青草池塘里栖，想什么天上的鹅儿天上的鸡。哈哈哈，沈发祥倒也作怪，吃了三个月的官司，兀自不怕，起码诸葛亮又在那里使什么奸诈。你既然知道这雀儿是我的化身，你合该把满肚奸谋一齐做罢。你不肯悬崖勒马，你不肯悬崖勒马，管叫你一个筋斗跌作百碎的瓦，这便是你逆风点火，灾殃自惹。"

　　那一天，刘子楚、沈发祥同往乡间去访一位性道人，参与破天荒的性教育会。发祥曾拜性道人为师，子楚经发祥的介绍，也在性道人门下做一名弟子，只是尚没有谒师。性道人向来是住在城市的，后来研究性学功夫便搬到乡村去居住。据说地方僻静便容易明心见性。这个乡村在先叫作"辛家村"，自从性道人在这里讲学，大家便改称了"性家村"。门前一个小小池塘，四周围着石栏，建一方石碑，镌着"性海"两个字。大门上挂着两扇铜招牌，一是"性学研究社"，一是"性教育会"。门楣上架着一方匾额，斗大的四个金字叫作"性天风月"。上款"性道人老师鉴"，下款"门下性弟子某某等敬献"。进了大门，里面便是一片广场，中间一条道路，是用瓷片铺成的"皆大欢乐图"，这条道路唤作"性的道路"。沈发祥是常到这里来的，这条性的道路早已走熟。子楚还是破题儿第一遭，只觉得这条道路与众不同，拼成一对对男女合作的模特儿，奇形怪态，种种不同。子楚一壁走，一壁低着头瞧那地上的怪模怪样。发祥道："刘老二，做什么？你低头慢慢儿走，敢是在地上寻找绣花针？"子楚道："这条性的道路很是特别，我见了便意动心摇，我一壁走一壁研究这奇形怪态，因此走不快。"发祥笑道："你怎么这般少见多怪？里面好玩的东西正多咧，快快走吧！"两人依着性的道路约莫走了三五十步，迎面便是一个洞门，发祥道："快快钻进去吧！"子楚停住了脚，只是不动。发祥道："你硬着头皮钻进去，休得耽耽搁搁，误了时刻。俗语道得好：'乌龟扒门栏，全在此一番。'刘老二，快快努力！快快努力！"子楚摸一摸头颅，正待撞将进去，但是走近洞门口，又倒退了几步，却没有这勇气撞将进去。究竟这重门户是什么门户呢？譬如一个人要希圣希贤，当然要撞进这圣城贤关，撞不进圣城贤关，便不能够希圣希贤了。性道人收录性的弟子，也仿照着圣城贤关的建筑方法，设立这一重门户，命名唤作"性的门户"。因甚唤作性的门户？只为形而上者谓之道，形而下者谓之器。这重性的门户像的是女性，像的是形而下者的女性。子楚虽是个无赖少年，却还有几分羞恶之心，向发祥摇了摇头，道："这般的门户很觉难看，要是钻狗洞似的钻将进去，端的辱没煞人。发祥哥，我要去拜见这位性老师，情愿走旁的门户，不愿钻这令人难堪的门户。"发祥连连冷笑道："刘老二，亏你说出这般不长进的话来。你既然踏着性的道路巴巴地前来拜见这位性老师，怎么到了性的门口，却又退缩不前呢？要知道研究性的问题，非得钻进这重性的门户不可。进了这重门户，才能够得着性道人的真传。得了性道人的真传，才能够吃性的饭，穿性的衣，发性的财，种种权利一辈子享用不尽。你要是爱惜这个头颅，不肯钻性的门户，那么你永远做那性的门外汉，休想吃性的饭，穿性的衣，发性的财。徒然把许多权利牺牲了，岂不可惜？"子楚道："我也想硬着头皮钻得进去，但是这般很卑鄙、很龌龊的门户，实在难以钻入。要是钻了进去，岂不笑死了杭州城厢内外盈千累万的人？"发祥正色道："刘老二，你莫小看了这重性的门户。从古以来的圣贤豪杰、王公卿相，哪一个不从性的门户里钻出来的？既然可以钻出来，当然可以钻进去。性的门户也叫作人道之门。这重门中很光明又很正大，比着北京的正大光明殿还要百倍光明，百倍正大。来来来，你不敢钻，我便钻给你看。"说时，举着右手骈着五个指头，向着头脑上左一削右一削，做一个削尖头颅的手势，口中喃喃念道："吃什么饭，钻什么门。要吃性的饭，便钻性的门。又正大，又光明，削尖了头颅，撞入这人道之门。"

念到末一句，做一个杨老令公碰碑的姿势，说时迟，那时快，咋的一声，沈发祥早已不知去向了。

子楚忙喊着："发祥哥，你在哪里？怎么瞧你不见？"发祥在里面答道："刘老二，我已撞进了这重性的门户，专在这里等你。切莫蹉跎，快快努力！"经他再三诱引，子楚利欲熏心，便顾不得肮脏了头颅，猛力一撞，居然也撞进了这重门户，却见发祥果在里面守候。又同行了数十步，经了性圃，越了性丘，过了性桥，但见有许多不挂一丝的男男女女，你瞧着我的性，我瞧着你的性，捉对儿地四目相看，看个不休。子楚见了不禁好笑，问发祥道："这许多男女简直不知羞耻，男瞧着女的性，女瞧着男的性，有什么好瞧呢？"发祥道："你又少见多怪了。这许多男男女女都住在老师的家里，彼此都是同居，从来同居的第一要件，便是彼此识性。俗语道得好，识性可以同居，因此男瞧着女的性，女瞧着男的性，看个无休无歇。"子楚奇怪道："性家村的

250

风景都是这般吗？"发祥道："都是这般的。离这里不远，有一家旅馆唤作'性的饭店'，里面的旅客，男男女女足有二三百人，个个实行那'识性可以同居'的一句老话，无论认识不认识，每天总在大礼堂上开一个无遮大会，男瞧着女的性，女瞧着男的性，约莫总须一点钟光景，方才宣布散会。"

两人且谈且走，依着性的回廊，扶着性的栏杆，向着养性轩而走，一路眺赏风景，仿佛遨游性世界。墙壁上悬挂的图画都是性的图画，房屋里陈设的器具都是性的器具。走近养性轩，但听得里面发出一种"裤带裤带"的声音。

子楚道："可是吹动洋喇叭吗？"发祥轻轻地说道："这是老师吹动一种特别擅长的乐器，其名唤作'牛卑子'。"子楚道："什么叫作牛卑？委实闻所未闻。中国的乐器有琴、瑟、箫、管，外国的乐器有批霞娜、梵哑铃，无论中乐西乐，却不曾听得有什么牛卑。"发祥笑道："你真是个曲死，连那吹牛卑都不知晓吗？"子楚道："俗语说的吹牛卑不过说说罢了，只有这句话，没有这桩事。老师吹动的牛卑，难道是真的牛卑吗？"发祥道："谁说不是真的牛卑？老师吹动的乐器，是在许多母牛里面挑选一头肥壮的母牛，把那头母牛硕大无朋的性具剜取下来，挂在通风的地方，经了七七四十九天，把牛卑风干了，然后雇着漆匠刷上了几重漆，刷得光滑可爱，毛发可鉴，和那脚踏车上的坐垫一般大小。老师每逢高兴的时候，捧着牛卑，先把舌头在牛卑的孔穴里面舔了几舔，然后高高低低地吹将起来，吹得异常好听。这是老师的一种绝技，旁的人哪里学得到呢？我们暂时不要进去，且站在这里听一个饱。待到老师吹罢了牛卑以后再去禀见不迟。"于是两人站立在养性轩外，静听那吹牛卑的声调。吹得高，宛如鬼哭与神号；吹得低，宛如雨冷与风凄；吹得急，宛如害了腹泻疾；吹得慢，宛如瘌子挑粪担。吹了一会儿，里面又唱起歌来，且吹且唱道："裤带裤带，一辈子赤条条，快快解放这条裤带。裤带裤带，一辈子赤条条，快快拒绝这条裤带。裤带裤带……"吹到第三次的"裤带裤带"，猛听得啪的一声，似乎牛卑已起了裂缝。接着，听得性道人吩咐左右道："你们快到外面去瞧瞧谁躲在门外窃听。牛卑起了裂缝，便是有人窃听的预兆。"

发祥在外面唤道："老师恕罪，站在门外的便是弟子沈发祥，同一个新进门下的刘子楚。只为走到门口，听得老师在里面奏乐，不敢冒昧闯入，站在外面候命。"性道人道："原来是你们。不须站在外面，且到里面来讲话。"于是发祥引领着子楚同到里面去谒见。但见一位四旬左右年纪的道人趺坐在蒲团上，头戴一顶九梁道冠，冠上钉着一个玉琢的男子性具，穿一件绣花道袍，袍上绣的都是唐宫秘戏图。侍立的童男童女，一个手执拂尘，那拂尘的柄便是男子性具的模型；一个手捧着花瓶，那花瓶的口便是女子性具的模型。发祥、子楚见了性道人，一齐拜伏在地，口称老师。性道人瞧了子楚一眼，道："刘子楚，你可是诚心拜我为师吗？"子楚道："这是弟子的一片诚心。"性道人道："既是一片诚心，今天便叫你受那性的洗礼，你愿意不愿意呢？"子楚道："愿意。"于是性道人便吩咐子楚仰卧在地上，合着双眼，听凭一位性婆婆来行洗礼。子楚连称遵命，便直僵僵地仰卧在地上，合着双眼，听凭来洗礼。

欲知后事，且阅下文。

第三十一回

涤虑洗心小试甘露味
喜新厌旧大打吗啡针

子楚睁眼一看，顿起恐怖，喊一声"哎呀不好"，还没有喊完，这一道温泉竟向着他的嘴上直浇，汨汨而来，不可抵御。赶快闭着嘴，早已有好几口咽入肚里。但听得道人念念有词道："浇得好，浇得好，醍醐般的性水浇得你没头没脑。你要吃性的饭，穿性的衣，发性的财，且先把性婆婆的性水喝一个饱。"原来性婆婆是一个很丑陋的婆娘，模样很像逃荒的凤阳婆，光着下半截，皮肤上重重叠叠的宿垢不知有好几层。性道人唤她出来行那洗礼，她便跨在子楚身上，喷出一道水，直向子楚的面部射来。子楚闭着眼睛，不知这水是哪里来的，射在皮肤上很有些热气，只是奇臭难闻，因此睁眼偷看。他一惊非同小可，赶快叫喊，愈喊愈不是了，扯开这张嘴分明接受，不如闭嘴的好。子楚只得忍气吞声，紧闭着这张嘴，待到洗礼完毕以后，方才吐一口气。但是略略启唇，面上的水余沥兀自滴溜溜地滚入牙关。那时性婆婆便站立起来，自到里面去了。子楚摸出擦面布，要把面上的余沥擦去，性道人道："休得无礼！你既诚意来拜我为师，怎么给你行一个洗礼，你便这般倔强？本道人收录的弟子，男男女女足有五六百人。凡是男弟子，都是性婆婆给他行洗礼；凡是女弟子，都是性公公给她行洗礼。所有受洗礼的弟子，个个循规蹈矩，动都不动，响也不响，闭目凝神，听凭醍醐灌顶，才算得是我门下的嫡派弟子。"子楚那时已从地上爬了起来，哭丧着脸儿，向性道人声诉道："老师，并不是弟子不守规矩，不听教诲，实在这性的洗礼难以承教。名曰洗礼，其实相反，不受这洗礼，倒还干干净净，一受这洗礼，却愈洗愈不得干净了。恰似堕入粪窖子里一般，真个奇臭难闻。"性道人道："刘子楚，你好糊涂。既然向着性的道路进行，要在性里面讨寻生活，便不该厌恶洗礼不干不净。来来来，你嫌肮脏，我来替你念几句解秽咒，你且听着：走性的路，入性的门，喝性的水，知性的味。性水性水，是什么水？是芙蓉水，是蔷薇水，是桃花水，是豆蔻水。伏维太上老面皮天尊，太上赤精子天君，异香扑鼻，扑鼻异香，急急如律令。"倒也稀奇，性道人念到"异香扑鼻""扑鼻异香"时，顿有阵阵香风在子楚面前飘飘拂拂，仿佛走入了著名的化妆公司。方才很秽恶的东西陡然变化气质，和上品的香精水一般。子楚不觉伸出了舌尖在嘴边左一撩右一撩，要把方才的余沥一齐舔入肚里。性道人喝道："刘子楚！你既嫌这东西奇臭难闻，怎么伸出舌尖舔取余沥，咂嘴咂舌地吃入肚里呢？"子楚拜伏在地道："弟子觉悟了。弟子在先觉得性婆婆的洗礼很有些尿臊臭，弟子这张嘴又不是溺器，因此觉得奇臭难闻。经我师念了一遍解秽咒，真个异香扑鼻，扑鼻异香。性婆婆浇出的尿何尝是尿，简直是甘露琼浆，弟子情愿一辈子做那性婆婆的溺器，绝无异言。"性道人摇头道："你太贪心了。性婆婆的洗礼要灌溉着本道人门下的许多男弟子，怎能供给你一人受用？你且站起，且在座位中坐定，本道人有话问你。"子楚谢了性道人，便在旁边座位和发祥并肩坐了。性道人道："刘子楚，你初入门户，对于这个'性'字，可有什么贡献呢？本道人收录弟子，抱着严格主义，无论什么人，须得在性的教育上有极大的发明，才好算是我的高足弟子。要是入了门户，对于工作完全没有成绩，便要在学册上削除他的名字，把他逐出门户，罚他一辈子做那门外汉。"子楚正待启齿，却被发祥抢着说道："好叫老师得知，弟子介绍刘子楚进那教育会，实在可以帮助教育的进步。只为我们提倡了性教育，赞成的果然很多，反对的却也不少，尤其是一辈迷信旧礼教的男女深闭固拒，极端排斥我们的学说，把我们正大光明的议论当作卑鄙龌龊。性教育不发达的原因，全是这辈腐化分子在里面横施阻力。老师常向我说：'性教育的第一魔障便是旧礼教。若要性教育普遍全国，须把几个迷信旧礼教的青年男女一齐变化了，才能够永无阻碍。'杭州城里的顽固女子，最著名的便是赵令娴，她住在家里，深居简出，不脱十八世纪的闺秀模样，她见了年轻男子，便存一个瓜田李下的嫌疑，不肯相亲相近。有时年轻男子和她调情，她便冰冷着面孔，令人难堪；有时年轻男子乘她不备，黄夜闯入她的房间，她便大哭小喊，抢着剪刀，向着自己咽喉便刺。这般不开通的女子分明中着旧礼教的毒。要是杭州的女子人人都学了她，我们主张的性教育可以根本推翻，再休想吃性的饭，穿的性衣，发性的财。现在这位新入性籍的刘子楚抱定一个决心，情愿打破赵令娴的顽固，破坏赵令娴的贞洁，消减赵令娴的礼教观念。他拼着一个月的工夫，不分昼夜地把赵令娴训练成一位顶呱呱的性交大家，替性教育会努力工作，将来一定有很好的结果。老师，你道好不好？"性道人听了，连声道好。子楚起立道："弟子要把赵令娴劫取出来易如反掌，但是令娴出来以后，须得借重老师的夺性金丹一用，好把她另变一个样子。"性道人道："你怎么知道我有夺性金丹？"子楚指着发祥道："这是他告诉我的，他说师父的夺性金丹很有奇效。他说夺性金丹的别名叫作'贞女一扫光'，又叫作'烈妇一扫光'，又叫作'妓女素'，又叫作'娼妇的根苗'。老师多少给我几服，好叫令娴吃了，在淫业上努力工作。"性道人点头道："不错不错，我的夺性金丹果有这般的效验，但是药料贵重，制法不易，不能多给你，只给你一服便够了。"当下吩咐旁立的童女从那花瓶口里取出一服夺性金丹，交给了子楚。子楚谢过性道人，重回原座。

隔了片刻，性道人门下的新弟子又来了几个。男的都做性婆婆的马桶，女的都做性公公的便壶，一一行过了洗礼。性道人又一一念了解秽咒。那些受过洗礼的男女个个咂嘴咂舌，赞美这洗礼色香味三者兼备。

待到晌午时分，一阵铃声，大家都到性堂上去会餐。子楚便随众弟子同上性堂。但见性堂上开着十余桌饭菜，众弟子挨挨挤挤，聚集在檐下，不敢就座。发祥轻轻向子楚说道："这里上饭堂的规矩有一种祷告式，叫作'先拜性后吃饭'。等到摇动第二遍铃声，性公公、性婆婆同上饭堂，我们须在性公公、性婆婆面前三跪九叩首，表示对于男女的性具绝对崇拜，拜罢才能……"话没说完，又是一阵丁零零，早摇动第二遍铃声，性公公和性婆婆赤条条来上膳堂。堂的中央有一座高台，两旁有七八级踏步。性公公和性婆婆男左女右拾级而升。一时堂下许多性的男弟子、性的女弟子纷纷跪拜，叩头如捣蒜，口中喃喃地念着"性的佛，性的菩萨"。拜罢起身，性公公和性婆婆都下了台，大家才敢就座吃饭。性的饭碗都画着男女的性具，分明是叫他们每饭不忘的意思。

饭罢，大家随意散步。发祥又引着子楚到各处去参观，里面有性的图书馆、性的科学仪器、性的编辑所、性的报馆……五花八门，一时哪里参观得尽。子楚道："我们去瞧瞧性的报馆。""也好，"发祥道，"这里报馆足有二三十家，你去瞧哪一家报馆？"子楚奇怪道："怎么有这许多报馆？哪里来这许多开办费呢？"发祥道："这里办报是很容易的，只需良心一横，顷刻便成了一种横报。"子楚道："这些报纸叫什么名字呢？"发祥道："名字很多，一时记忆不清，只记得几种最著名的。有的叫作'骚形怪状'，有的叫作'入你的妈'，有的叫作'混账东西'，有的叫作'不要面皮'。"子楚道："这许多

255

话很觉得不雅。"发祥道："他们赚钱都赚在这不雅上面。世界上的雅人一天天地减少，越是不雅，越是受人欢迎。就我所说的四种报纸销量都不错。尤其是《入你的妈》和《混账东西》，得着性家村上多数青年的欢迎。每日早晨，报贩子挟着一叠横报在那性家村上唤卖，高喊道：'《入你的妈》要吗？《混账东西》要吗？'喊声未毕，有许多青年男女迎上前去，争喊道：'要的，要的。'"子楚道："这不是给报贩子占了便宜去吗？"发祥道："青年男女贪看横报，管什么被卖报人占了便宜去？"子楚道："他们贪看横报，看了可有什么益处？"发祥道："益处是很多的，不过被旁人得了去，青年的本身却是有害无利。这在性家村拢总不过五里周围，向来做医生的只有三个，药店只有一家，棺材店也只有一家。自从性的横报流行到性家村上，旁的效验没有见，医生却增添了八人，都在本村悬壶行道，专治杨梅大疮、五淋白浊等症。药店新开五家，寄售的六〇六尤其畅销。棺材店添设了三家，棺材店老板个个面团团做富家翁。这便是性的横报的效验。"两人且行且走，打从性的报馆门前经过，木牌上贴着当日的《混账东西》，一份正贴，一份反贴。正贴的一面专载着性的工作，子楚读了一遍，觉得有些站立不稳，连忙移转目光读那反面的广告。横报的地位不广，所有长行短行的广告不过十三条。就那性质区别，六条是毒门医生的广告，四条是新到德国六〇六的广告，三条是棺材店广告，旁的性质的广告一条都没有。子楚奇怪道："怎么刊登的广告只有这几种呢？"发祥道："这便是个报施之道。只为有了横报，无形地替毒门医生、药店、棺材店拉拢生意，他们感激涕零，便在横报上登着常年广告，暗暗表示酬劳的意思。"子楚笑道："照这么说，现在盛行的种种横报，可以算得毒门医生的宣传工作，药店、棺材店的跑街野鸡了。"发祥道："可不是呢，横报的编辑人，每逢三节常向毒门医生、药店、棺材店收取节规。他们送节规的，都是很情愿地送给编辑人，而且再三叮嘱道：'此后贵报所载的描写性欲文字最好热烈一些，务使青年男女见了永远印在脑膜上，如法炮制，努力工作，那么敝业便受益匪浅了。'"

当当当的钟声响了三下，发祥便不再讲下去，催着子楚同赴性教育会，休得迟误。性教育会设在见性堂上，凡是性道人的门下弟子，都是性教育会的会员，大家按着性的座位挨次坐下。性道人做了主席，走上讲台，开宗明义第一章，拉下了裤腰，披露他的性具，这便叫作"见性章第一"。于是男弟子、女弟子向着性道人的性具喃喃地念道："性的佛，性的菩萨。"念了又念，念到七七四十九遍才告终止。那时，性道人已拉上了裤腰，按着顺序提议性教育会的议案。第一桩，衣服问题，论到赤裸裸表现真的美，本无身穿衣服的必要，但是废止了衣服，又恐不能抵御风寒。究竟这个衣服问题做何解决，请会员公议。当下有人建议"裸体制"和"衣服制"不妨并行不悖，规定每年夏季三伏作为裸体时期，四五月和七八月作为半裸体时期，旁的时期都作为衣服时期。又有人建议，以为衣服时期把曲线美完全掩蔽，未免埋没了真的美，最好在这时期，无论男女大家都穿着无裆的裤。性道人把那几种建议都付表决，便议定一年中分裸体、半裸体、衣服三个时期。裸体时期，赤条条在道上行走；半裸体时期，不穿裤子，只穿上半截衣服，不许掩蔽到脐腹以下。

　　第二桩，便是婚嫁问题。性家村的婚嫁绝对自由，不成问题。现在所提议的问题便是婚嫁的工作究竟公开不公开，婚嫁的时期究竟永久不永久，请全体会员细细讨论。有人起立道："婚嫁最大的目的便是两性的工作，世俗结婚对于表面上的仪式是公开的，对于精神上的工作是不公开的。新郎新妇结婚以后，实行他们精神上的工作，直要待到酒阑席散来宾完全去了，然后闭了房门，熄了灯火，下了罗帐，掩了锦被，暗中摸索实行他们精神上的工作，这未免太神秘了。本人的主张：对于两性的工作完全公开，打倒闭门熄灯主义！打倒下帐掩帐主义！"又有人起立道："新郎新妇两性的工作当然公开，本人绝端赞成，但是工作的时间宜白昼不宜黑夜，最好结婚完毕，送入洞房，趁着众人闹房的当儿，向着来宾在新床上演一出拿手好戏，岂不是好？"又有人起立道："这个方法本人以为不甚周密，新房的面积能有几何？全体来宾拥在一间房里，一定实不能容。床上搬演着拿手好戏，只有高子看得见，矮子便吃亏了，应了'高子看戏，矮子吃屁'的两句俗语，这不是苦乐不均吗？本人的主张：婚堂上面该搭起一座高台，新郎新妇结婚完毕，便由司仪员引上高台，喝着'新郎新妇解放了上下衣服，实行性的工作'。那么许多观礼的来宾一定满意。"又有人起立道："两性的工作固然要绝对公开，但是婚姻的时期不宜过于永久。无论男女，大抵都是喜新厌旧，好曲儿不唱三遍，两性的工作三次五次以后，便觉得平淡无奇了。本人的主张：指定婚姻的有效时期最多不过三个月，满了三个月，便须改组，实行一种易性的主张，只为新婚时代是人生最快乐的时代，要是一度结婚以后便没有第二度结婚，那么人生的快乐便有了限止，算不得真正的快乐。所以婚姻的时期以三个月为适当办法，庶几男女双方的快乐永远存在，经了三个月，打一次快乐的吗啡针，宛如出了三个月的杂志，出一本特刊，精神上便可以兴奋一下子。"又有人起立道："三个月一换的婚姻制度果然可以增加快乐，但是有受孕不受孕的关系，把那已受孕的新娘去换那没有受孕的新娘，敢怕不大合算吧？"又有人起立道："这个问题容易解决，三个月一换的婚姻制度有时吃亏，有时便宜。譬如这一回把已受孕的新娘去换那没有受孕的新娘，似乎吃了亏，但是下一回也可把没有受孕的新娘去换那行将临盆的新娘，那便占着便宜了。好在性家村上已打破了血统观念，小孩生产在谁的家里，便是谁的子女，不必拘泥着谁人下的种子。这便叫作'前人下种后人收'啊！"又有人起立道："短期夫妻，年轻人赞成的多，年长的完全反对，要是少年夫妻三个月一换，老年夫妻只是维持现状，绝不更张，那么性家村上的婚姻制度便不能归于一致。本人的主张：性家村上的男女无论老少，满了三个月都有更换的必要，绝对不许留恋。"又有人起立道："性家村上的父权母权现在已完全打倒，所有老年人的婚嫁问题，合该听着他们的子女做主。从前子女的婚姻听命于父母，这叫作'父母之命'。现在父母的婚姻不妨听命于子女，这便叫作'子女之命'。我们性家村上可以定着两条规律：一条是'老子之娶也子命之'；一条是'老娘之嫁也女命之'。有了这两条规律，老年人的婚嫁也是三个月一换，责成他们的子女有主持婚姻的全权。要是老年人不肯服从，做子女的便可以告到官府，控告那顽父劣母不受子女教训，便是犯了大逆不道的罪名。"第二桩议案经这许多讨论，便付众表决：凡是新婚夫妇，有当众性交的必要；性交的地方适用婚堂上所搭的高台，新婚夫妇性交的次序悉听司仪员的指挥；实行三月易性的规定，无论男女老少均适用之；少年人的婚嫁绝对自由，老年人的婚姻须受子女的支配，老年人违抗子女命令，便是大逆不道。以上提出的条件完全通过了，性道人吩咐散会。霎时间，满座的会员个个都离了座次，伏在地上。子楚也随众伏在地，忽听得一阵犬吠的声音振屋瓦。哪里来这许多狗，竟成了一犬吠影，百犬吠声，原来不是真的犬，只是全体会员伏在地上，仿效那犬吠罢了。性教育会的会场规则，每逢通过了议案，总是这般地效学犬吠，表示热烈的欢迎。

刘子楚自经沈发祥的勾引做了性教育会的会员，性家村中常常去走动，他只是鬼鬼祟祟不肯告诉人知晓，他也知性道人的学说荒谬绝伦，绝不容于青天白日之下。但是他看中了赵令娴，发生单恋，要借重性道人的夺性金丹把贞女化作了淫妇，才遂了他的心愿。可怜赵令娴如在梦中，一些没有觉察，她在家侍奉老父不大出门。那一天遨游公园，是应着素娟的约，不敢拒绝朋友的美意，因此在公园里露脸。谁料合该有事，碰见了色中饿鬼刘子楚，竟在背后暗算，在这最短时间，竟要舒展他的辣手，效学那昆仑奴盗红绡的故事，这是令娴做梦也不会知晓。她那夜侍奉益甫吃罢了夜饭，谈谈故事，博那老父开颜。益甫横在烟榻上，一壁抽烟，一壁听他女儿谈话，便放下烟枪，笑嘻嘻地说道：“江素芬的不名誉病果然经快活神仙医好了。稚川不日便要回杭州，他已得了堂上的同意，准在杭州就亲，那么你的吉期便不远了。”令娴垂头不应。益甫笑道：“这是你的终身大事，何用怕羞？现在的闺女谈及自己的亲事，往往侃侃而谈，旁若无人，这‘羞人答答’四个字目今可用不着的了。好女儿，抬起头来，为父的和你商议喜事的办法。”益甫这么说，令娴益发低垂了头，仿佛打盹一般。益甫道：“咦？痴妮子，做什么？便是害羞也不会……”话没说完，陡听得砰的一声，令娴竟扑翻在地。益甫大惊，待要伸手去拉，忽有一阵异香氤氤氲氲地直攻鼻孔，不觉唤声不好，糊糊涂涂地仰翻在床上。恍惚有人越窗而入，抱了令娴便走。

欲知后事，且阅下文。

第三十二回

戤柜台勾引小白脸
送花圈遮掩大肚皮

"爹爹醒来，爹爹醒来……"站在榻前的赵令娴手撼着她老子，频频呼唤，唤醒了益甫的幻梦。拭了拭眼睛，问着令娴道："你没有被人劫去吗？"令娴笑道："好端端地在这里，谁来劫我？"益甫转惊为喜道："谢天谢地，原来不是真的。女儿，我这颗心兀自跳个不止，你按按我胸头。"令娴按着老子的胸头，果然扑扑扑地跳，忙问道："爹爹，你恰才合眼，怎么便会梦魇起来？梦中大呼小喊，为着甚事？"益甫道："说也稀奇，我听你谈故事，听得蒙眬欲睡，自己不知道已入了睡乡，只道尚和你在床头谈话。我向你谈及亲事，你只低头不语，忽地一跤扑翻在地，我正待伸手来搀扶，鼻孔里忽来一阵异香，我唤声不好，多分是江湖上朋友燃点的闷香。哎呀！我女休矣！想到这里，便糊糊涂涂地仰翻在榻上。陡见窗儿外黑影一闪，跳进一个莽男子把你拦腰抱住，越窗而出。我待要救护，只是挣扎不得，心头说不出的着急。要不是你频频呼唤，我兀自梦魇未醒，唉！这场幻梦吓得我可够了。"令娴道："这都是爹爹爱听故事，听出来的惊慌。这场幻梦并不是无因而至，记得三天以前爹爹吩咐我把古人的笔记读几遍，以助消遣。我读的一篇记一个绿汉，换了一身夜行衣，跳入粉墙，效学昆仑奴盗红绡的故事，仗着飞檐走壁，身轻如燕，他便悄没声息地伏在纱窗外面。他偷眼向纱窗里瞧，那时小姐尚没有安睡，手支着粉颊在灯前默默思量。他想，此时不动手，等待何时？便从怀里取出一只银制的小鹤，鹤肚里燃着迷魂香，把鹤嘴在窗上一啄，啄破了窗上的碧纱，氤氤氲氲透进一缕迷魂香，直扑小姐的粉鼻，小姐一个头晕，跌倒在地板上面。窗外的好汉运一运手腕的功夫，向纱窗上轻拍一下，里面的搭纽已脱去鸡骨，便把小银鹤藏在怀里，拉开了纱窗，翻身进来，解下丝绦，把小姐缚在他背上，跳窗而出。临走时把纱窗随手一合，搭纽依然套在鸡骨上面，这便是江湖上一种绝技。爹爹听了这段故事，脑膜上留了一个刻痕，因此今夜梦魇便把这段故事搬演到女儿身上。"益甫道："或者是这个道理也未可知。但是那夜你读这篇笔记时，我只随意听听，并没有很深的激刺，听过便忘了，怎么会构成今夜的梦境？端的奇怪，不可思议！"令娴道："梦境迷离，不可以常理论，天天记挂在心的，到了夜间未必入梦，偏偏有意无意地听得一句话，却会搬演入梦境中来。总而言之，境由心造，要是空空洞洞并没有半些影像，便是断不会发生奇梦。那夜女儿所读的一段盗匪记，爹爹听了，虽没有很深的激刺，但是爹爹的脑膜上多少总留些影像，不知不觉地便构成了今夜的幻境。"益甫道："有了这个怪梦，我倒提起心事来了。女儿，现在是恶人世界，人心变幻，防不胜防。闭门家里坐，祸从天上来的幻梦，难保不成为事实。但愿张稚川早早归来，和你成了百年佳偶，那么我便了却向平之愿，免得担惊受吓，生怕应了这妖梦。"令娴道："爹爹别说这不祥的话。梦境无凭，不用过虑。别说没有这么一回事，便是有了，女儿也不怕，拼着玉碎，不求瓦全。强盗抢了女儿去，也是徒然，断不会像《红楼梦》中的妙玉惹人家笑话。爹爹，无论什么困难的事，只需拼着一死，便易解决。历史上许多遗臭的人物，无非误于贪生怕死。女儿抱定不怕死主义，从前杨德麟黍夜也奈何女儿不得。只需这颗心摆正了，怕什么恶魔来侵犯？"益甫听了，点头嗟叹，知道令娴不是口出大言，她是说得到做得到的。

沈发祥家里置酒小酌，在座的有沈发祥、刘子楚，一主一宾以外又有白蹄髈和小蹄髈。列位，这白蹄髈和小蹄髈并不是席上的菜肴，却是沈发祥的一妻一女。白蹄髈略有三分姿色，只为白了一些，便变作六分姿色。从来一白遮三丑，白了一些，分数当然可以提高一倍。"白蹄髈"三字诨名已有了十年的历史，她在十四岁时候，坐在白家小酒店柜台里面，分明挂了一扇活招牌，酒店生意带起了不少，在先取得这个诨名，不过一个老酒客偶然打趣，谁知竟叫出了名。那时老酒客戥在柜台上吃酒，俗语唤作吃"戥柜台酒"，老酒客吃酒，在酒不在菜，一粒炒豆便可下酒半斤。有人从酒店门前经过，见老酒客没有下酒东西，笑说道："你又在这里吃苦酒吗？一点下酒物都没有，亏你一杯一杯地灌下。"老酒客笑嘻嘻地说道："谁说没有下酒物？这里有白蹄髈呢。"那人诧异道："你敢是说梦话，蹄髈在哪里呢？"老酒鬼不作声，只把嘴儿向柜台里努这一努，柜台里坐着酒店老板的女儿，小名唤作金男，垂倒了头做针线。老酒客努嘴时，金男没有看见，但是旁的酒客见了，暗暗好笑，佩服老酒客的比喻比得不错。十四岁的金男又白又肥又嫩，分明是一碗新出锅的白蹄髈，只可惜瞧得见吃不着罢了。从此互相传布"白蹄髈"三个字诨名，叫得异发响亮。每日傍晚时分，吃戤柜台酒的很多，白蹄髈天天在柜台里坐，酒客瞧瞧这块肥肉，也可多喝半斤酒，这真叫作"过屠门而大嚼，虽不得肉，亦且快意"了。五年以前，沈发祥也是天天去吃戤柜台酒，手执着酒杯，眼瞧着白蹄髈，醉翁之意不在酒而在肉，这便显出"蹩脚诸葛亮"的本领高大了。吃酒的一天到晚不知多少，对于白蹄髈，只是可望而不可即，唯有沈发祥的吊膀手段实在高强，借着吃戤柜台酒，希望和白蹄髈接近，果然相亲相近水中鸥，遂了他的目的。白蹄髈见了旁的酒客理都不理，只需沈发祥进了酒店。她便扭股糖儿似的扭到店堂里坐定，和沈发祥只隔得一只柜台。男的戤在柜台上喝酒，女的坐在柜台里做针线，有说有笑，异常莫逆。旁的酒客手托着酒杯，眼瞧着沈发祥和白蹄髈调情，忽地杯子里的酒变换了性质，喝在嘴里酸气直冲，不是喝的绍兴酒，竟是喝的镇江醋，大家对于沈发祥虽然含着醋意，只是奈何他不得。有几个神经敏捷的，窃窃私议说："这碗白蹄髈，迟早要变作了'笋烧肉'，只为柜台外面放着笋，柜台里面放着蹄髈，相距不远，迟早不免放在一锅里烧，变成一碗笋烧肉。"所说的"笋"，便是指着发祥，"沈"字和"笋"字好在声音相近。语云"理想为事实之母"，酒客们说的"笋烧肉"在先不过揣测之词，谁料不上一年，竟完全成了事实。白蹄髈的肚皮渐渐地发酵，不知谁下的酵药，敢是小"笋"在里面作怪吗？有人说："发祥和白蹄髈虽然搅得火一般热，但是彼此调情都有柜台为限，阴电阳电完全隔离，无论怎么样，柜台里做针线的白蹄髈和那柜台外面喝酒的沈发祥没有受孕的可能。况且白蹄髈的老娘把女儿看守得紧，从来没有放女儿在外面住宿过一夜，总是母女同床而眠，益发没有受孕的机会。

　　偏偏白蹄髈竟一天天地乳房加工，放大肚皮譬如为山，攒眉怕吃白米饭，开胃爱尝酸青梅。那老娘在先以为女儿害的膨胀病，后来愈看愈不是，加着左邻右舍在背后指指点点，当作新闻传布。那老娘气得不可开交，颤巍巍的手拉着白蹄髈，拉到秘密所在，左一把鼻涕，右一把眼泪，且哭且问道："金男，你是个黄花闺女，外面说亲的人很多，我只为惜爱着你，还没有把你许给人家。你怎么这几个月来肚凸臀翘，全不像闺女模样？我在先道你是害病，后来趁你熟睡的当儿，手按在你肚皮上，觉得里面一霍一霍地动。金男，你老实讲，你可是真个怀过了吗？"白蹄髈垂倒了头，不作声。那老娘又道："看来不是吧。你每夜和孤孀老娘同睡在一张床上，你便想怀也没有怀的机会。好女儿，你可老实讲。"白蹄髈犹自低着头，不则一声。那老娘搔头摸耳一会儿，忽地若有所悟道："哦，我可想起一桩事来了。记得十年前，旧乡邻张家三婆婆向我讲过一桩故事。她说规规矩矩的黄花闺女也会受孕，受的是怪胎，不是人胎。每逢夏季起阵风，霎时节昏天黑地，居家的第一要把改在露天的马桶搬到屋子里去。要是不然，乌云里的孽龙作祟，从龙身上淋淋漓漓地沥下一些肮脏东西，沥在别处也罢了，万一沥在马桶里，妇女们没有觉察，便去上马桶，受着龙气的感触，便容易得龙胎。从前有一位大人家的千金小姐，平日不出闺门，偶然出门也是坐着轿儿，下着轿帘，从来不肯抛头露面，人人都称赞她知书达礼，不愧是大家闺秀。谁料这位小姐在雄苍蝇飞不到的闺房里面也会怀孕起来，十月满足居然临盆，产生的不是人，却是一条小龙，堕地时向地上打一个转，立刻张牙舞爪，身体暴长起来，霎时间昏天黑地，雷电交加，那条小龙破壁飞去，不知所向。千金小姐受这惊吓，竟吓死在床上。后来调查小姐受孕的缘故，那一天雷声隐隐，天空里乌云密布，偏是小丫头贪懒，把小姐常用的一个雕花金漆马桶放在园子里，没有搬到里面。后来阵头吹散了，小丫头才掇着马桶进房。那天小姐上马桶，便觉得精神上有些说不出话不出的光景，曾和家人讲及，家人也没有注意，从此以后，便一天天地肚腹膨胀，都是这个露天马桶作祟。可见夏天把马桶放在露天过夜是很危险的。金男，我知道你是个实性孩子，绝不会瞒着老娘和人家干这真戏。你见着男子不过说说笑笑罢了，说说笑笑绝不会受着身孕，你受的孕敢是怪胎吧。金男，我又想起一桩事来了。四月三十夜三更时分，我一觉醒来，雷电交加，快要下雨了，我便催着你下床，把天井里的马桶掇入屋子里。你嘴里答应着，只不下床。后来被我催逼得紧，你没好气地下床，拖着鞋子，把马桶掇进房里，哗啦啦的便是一场尿。我说露天掇进来的马桶防有毒气，怎么不稍等一会儿，立刻便上马桶呢？你便嫌我唠唠叨叨，骂我见什么鬼。哎呀！你的毛病便出在那一夜了，一定是马桶里有了孽龙的肮脏东西，你不知不觉便受着怪龙胎。好在只有三五个月的身孕，我便去延请打胎的医生到来，把肚里的孽种打去了，免得将来吓人。女儿，你道可好？"白蹄骹依旧不理不睬。那老娘道："事不宜迟，要请医生还是早请的好。你守着店，待我去跑一趟。"说罢，转身要走。白蹄骹骂道："你又要见你的鬼了。明明是人胎，怎说是怪胎？"又指着自己的肚皮道，"里面藏着的是人家的亲骨血，你不怕罪过？说什么打胎打胎，你好毒心啊！得来很不容易，绝无打去的道理。"

那老娘一气非同小可，颤巍巍地问道："你真个怀过了吗？肚里的东西是谁的种子？"白蹄骹道："上不瞒天，下不瞒地。除却吃'戤柜台酒'的沈家哥哥，还有哪个？"

那老娘诧异道："便是沈发祥这小鬼吗？这小鬼油嘴滑舌，我早知道他不是个好东西。但是你们在什么地方干的真戏，我实在不明白。快说快说！"白蹄髈道："只要你知道我肚皮里的种子是沈家哥哥的亲骨血便是了，怎样干的真戏，你问它做甚？"

那老娘怒道："沈家的小鬼敢欺侮我女儿，我定要拉着他到县里去叫喊，强奸闺女该当何罪？"白蹄髈道："呸！你又不曾亲眼瞧见，你怎会知道是他强还是我强？"她那老娘把指头戳到白蹄髈的面上道："不要你的面皮，亏你说得出！全不像闺女的行径！"白蹄髈道："我本来就不是闺女。天下没有肚里包馅的闺女。我有什么说不出呢？这叫作'说得出，做得出，养的儿子抱得出'。你算上了些年纪，板板六十四，像煞有介事。你做闺女时也曾偷过汉，养过私男。你若要抵赖，我可以提出见证，你那年养的私男，下地时便丢在马桶里闷死，后来央托周麻子把死孩装入蒲包，拎到外面去埋葬。周麻子活口现在，我可以唤他来做证，你可要嘴硬吗？"

那老娘摇手道："三十年前的旧事提起做甚？我不怪你别的，只怪你没有眼睛，你便要怀，也须拣个体面的郎君，似这般的小流氓有什么出息？白白地肮脏了自身的身体。"白蹄髈道："情人眼里出西施，你说他不好，我看他件件都好。你要是识相，快快地央媒说合，择日成亲，那么你有女儿、有女婿、有外孙，管叫你不寂寞。要是你不答应，我便不客气，背地里跟着情人逃走，从此母女俩永无见面之期，问你凄凉不凄凉呢？"

那老娘又是搔头摸耳的一会子，忙道："金男，你的话很有见识，我只依着你的话行事便是了。你现在有了身孕，凡事要留神，重箱子不要搬上掇下，饭簏箕不要高挂在梁上，脚桶里的齷龊不要自己掇到外面去倾弃，闪动了胎气，须不是耍。你有什么粗重的工役，你只唤我便是了。"

过了几天，沈发祥和白蹄髈果然订了婚姻，催促男宅快些拣吉期送日子，以便早日成亲。沈发祥怎敢怠慢，忙去请教盲目先生，拣选合婚吉日。盲目先生把天干地支从头一算，本月拣不通，下月也拣不通，最近须在来年三月初三。发祥摇头道："太迟太迟。"盲目先生瞧不见他摇头，但听得他说"太迟太迟"，只好迁就一些，提早两个月，发祥兀自不答应。盲目先生益发迁就了，又提早了两个月，附带声明一句："再要提早便不是生意经了。"发祥没奈何，只得应允，掐指算来，吉期距着现在还有两个半月，白蹄髈怀孕五个月，待到出嫁，肚里的婴孩不过七个半月，未必呱呱坠地，只需采用新法结婚，免却跪拜，便不会闪动胎气，在红毡单上当场出彩。

送过吉期以后，白蹄髈的肚皮一天高比一天。那老娘天天捏着一把汗，摩挲着女儿的肚皮，喃喃地祝告道："肚子里的孩子啊！你耐着性子多在娘肚子里耽搁几天，待过了吉期，你再出世不迟。"又吩咐女儿做一块束肚布，把肚皮紧紧束住，再也不能高了，要是不然，新娘子进门，肚皮挺起老高，岂不是要惹人家笑话？

时光荏苒，吉期快到了。好在是冬天，衣服穿得多。白蹄髈的小姊妹代为策划说："姊姊的肚皮还不算高，去年小金铃出嫁时，她的肚皮比姊姊还要高起一半，扮了新娘，一些也看不出。听说结婚的时候肚皮上套着一个井阑圈，因此人家不觉得她的肚皮高。姊姊结婚，也只消效法小金铃，把井阑圈套着肚皮，这个掩眼法比什么法子都好。"白蹄髈啐了一声道："阿珠姊，你枉算是我的好姊妹，在这当儿还把我挖苦。井阑圈怎好套着肚皮？怕不把肚皮都压破了吗？"阿珠姊道："谁把你挖苦？我是一片好意咧！我说的井阑圈不是真的井阑圈，怎会压破肚皮？你别着慌。"白蹄髈道："不是真的井阑圈是什么？"阿珠姊道："只不过模样和井阑圈相仿，其实是一个花圈。人家新法结婚，新娘的手里总握着一束花。小金铃为着自己的肚皮高，握着一束花放在肚皮上益发不好看，宛比土墩上种着桃花，成什么模样？后来有人替她想法子，扎了一个大大的花圈，叫她双手捧了，恰好这个花圈套在她的肚皮上，人家只见周围的花花叶叶，却不见中间一个高高的肚皮。她采用了这个方法，男家来娶亲时她便抱着花圈上轿，待到举行婚礼夫妇相对鞠躬，谁也瞧不出新娘子有了七八个月的身孕。"白蹄髈喜道："原来有这个好法子，我也可以照这么办。阿珠姊，拜托了你吧。你去和卖花的接洽，扎一个遮羞圈，掩护我的大肚皮，价钱贵一些也不要紧，只要扎得好。"阿珠姊道："我本要送你添妆礼，这个花圈由我去承办，便算了我的添妆之敬吧。"说时向白蹄髈讨了一个线板，抽下一条很长的棉纱线，丈量地皮般地把白蹄髈凸起的肚皮周围量了一下子，便道："有了尺寸，那花圈做得不大不小，恰恰罩住你的肚皮，方才合用。这便叫作'量了屁股做尿布'咧！"

十一月初八是周堂吉期，杭州城厢内外的旅馆处处都有人家办喜事。沈发祥和白蹄髈也在一家旅馆里结婚，男女家凭着一家旅馆省却迎亲、回门的烦琐仪式，这是一种很经济的办法。阿珠姊送的遮羞圈果然不大不小，掩护着肚皮，很是相宜。礼堂上奉请新娘，白蹄髈变作红蹄髈了，穿的是粉红的袄，粉红的裙，粉红的手套，粉红的鞋袜。两个垂髫女郎捧着白蹄髈款款盈盈地出堂行礼，牢抱着遮羞圈，外面又披着蝉翼纱，花花绿绿地把大家的视线转移，除是知道她肚里有馅的，谁也瞧不出这花枝招展的"何仙姑"便是肚腹膨胀的"汉钟离"。新法结婚仪式简单，司仪员喝着："鞠躬。"新娘只略略点头罢了，却不肯轻易折腰，直挺挺地站着，仿佛吃了撑腰糕一般。新娘只指望司仪员喝一声："新郎新娘退。"早早渡过这个难关，只为肚里的东西活动得了不得，很有些难以支持。谁料司仪员兀自喝着"用印""奏乐"。风琴上铿锵有声，肚皮里叽叽咕咕，里面敢是个女胎吧，依着琴声一阵手舞足蹈，将来长成后一定是个舞蹈名家。好容易琴声停止了，又喝着什么"来宾颂词"。偏有一位不识相的来宾先生，隔夜费了工夫，在应酬大全里面抄了一篇很长的颂词。他是个近视眼外加一个口吃病。他取出这篇颂词，凑近着眼睛合成一丝的缝，瞧了片刻才瞧见第一句，期期艾艾地念道"伏伏以以诗诗咏咏关关睢睢"六个字念作十二个字，兀自咯咯不吐，读出一个字比急水滩上拉纤还吃力数倍。在这当儿，新娘子的两条腿已抖个不住，玉容失色，疼痛难熬，牙缝里微微地迸出哎呀呀的声音。花圈也抛去了，双手捧着肚子，痛得立足不牢。那不识相的来宾兀自没有觉察，又念那"君君子子有有好好逑逑"。

观礼的人早啰唣起来，齐喊着："不好不好！新娘子要跌倒了！快快扶着她进房！"

"好好的新娘子，一霎时害了膨胀痛，实在少见少闻。"

"红毡单上湿了一大块，这是什么缘故？敢是新娘子撒了尿吗？"

"不是的，不是的，这是胞浆水。"

众人七嘴八舌闹作一团，读颂词的先生也读不成了。沈发祥连忙遣人去唤稳婆。白蹄髈不及回房，哇的一声，肚里的跳舞专家早已落在裤裆里。栈房里的老板唤一声："倒霉！礼堂上养起小儿来，真个不是生意经。"茶房喃喃地说道："时来运来，讨个浑家带肚来，一重喜变作两重喜，须得问喜事人家讨取加倍的喜钱。"

千好万好，好在女宾中间有现成的稳婆，惯做积祖收生的洪老娘也在男宅吃喜酒，瞧见发祥东奔西跑忙作一团，唤一声："新官人，忙什么？接生的便在这里咧！"发祥兜头一揖道："我真昏了，放着干娘在这里，慌它做什么？"洪老娘道："小孩已落在裤裆里，待我收了生，再把产母抱入房中休息。"白蹄髈老实不客气，竟在红毯单上临盆。许多观礼的来宾围得和肉屏风一般，看那洪老娘施展手术，先替新娘子松了裙，又替新娘子脱了裤。有人见这光景，把司仪员一把扭住，责备他放弃职权。

欲知后事，且阅下文。

第三十三回

除公敌打倒贞操
回娘家躲避邪气

那人拉住了司礼员道："走不得，走不得，你是司礼员，怎么放弃职权，转身便走？"司礼员道："拉住我做甚？我的事完了。"那人道："你喝到'来宾致颂词'，还有许多礼节你没有喝，怎便跑呢？"司礼员笑道："新娘子临盆了，喝什么呢？"那人笑道："新娘子在礼堂上的一举一动须听着司礼员的指挥。司礼员喝着'卸裙'，新娘子才能卸裙；司礼员喝着'脱裤'，新娘子才能脱裤。"这几句话引得旁人哈哈大笑。

洪老娘毕竟手段敏捷，无多时刻早把裤裆里的婴儿包扎停当。仓促间没有什么东西包扎，便把新娘所披的纱暂时应急。众人齐声问道："男呢女呢？"洪老娘道："是个男宝贝啊。"发祥道："干娘错了，这是个女孩子啊。"洪老娘瞅了发祥一眼道："好官人，你的本领倒不小，先行交易，择吉期开张。结婚是在这一天，产儿也在这一天，好算得'烧香望和尚，一事两勾当'。但是你的门槛还不够精。我说的男宝贝，下文便是个女字。你想男的宝贝不是女是什么呢？生了一个男宝贝，下胎定是个女宝贝。先开花，后结子，今天若不是我在这里吃喜酒，一个措手不及，只怕已弄出事来，现在大小平安，真是天大的运气。好官人，你把产母抱入房里，戤在床上，切莫平卧。天气很冷。这孩子叫佣妇窝在怀里，切莫受寒，待我吃罢了喜酒，再向你索取老娘钱。"

这一天，礼堂上新娘临盆，也是少见少闻的事，一经登上报纸，早惹起了社会上的注意。还有一种卖画报的，把礼堂产子画成了图画，当作新闻招牌，插在领圈里，手执着一叠印刷品，沿途唤卖新闻。

后来给沈发祥夫妇知晓了，不以为耻，而以为荣，也去买了一份画报，贴在房门上，当作新婚纪念。

这件事交代明白以后，掉转笔锋，回到本文。

刘子楚在"起码诸葛亮"家中饮酒，一张方桌，各据一面。朝外坐的是子楚，朝内坐的是发祥，白蹄髈和小蹄髈恰恰分坐两旁。那夜时候已不早了，子楚道："李成贵去了良久，业该回来。我们等人心急，越等越不见他回来，怎不焦急？"发祥道："你别着慌，包你在这下半夜可以和你的意中人同床共枕。我袖里的阴阳早已算定，你且畅饮三杯，等候佳报。"子楚没奈何，正待举杯饮酒，当的一声，酒杯落地，打成了几片。白蹄髈骂道："你这惹厌的，又不会喝酒，怎么把酒杯放在手里玩弄？快快滚下去吧！"白蹄髈不是骂子楚，子楚的酒杯也没有碎，打碎的是小蹄髈手里的酒杯。小蹄髈受了娘骂，扯开蹄髈嘴，哇地哭将起来。发祥忙把小蹄髈搂在怀里，替她揩眼泪，叫她不要哭。白蹄髈收拾地上的碎瓷片，子楚夹着一筷肉喂那小蹄髈，发祥摇摇头儿，向子楚做个眼色，子楚看那小蹄髈已睡着在爷怀里了。发祥又向白蹄髈歪了一歪嘴，白蹄髈会意，赶快把小蹄髈抱了去，自回房里替小蹄髈宽卸衣服。子楚见他们母女俩不在旁边，笑向发祥问道："发祥哥，我有话问你。听说你们这位嫂嫂嫁来的时候，一重喜变作两重喜，新郎新娘鞠躬礼毕，接着便是新娘临盆。但是这件事是件疑案。听说你们嫂嫂在娘家的时候，夜夜伴着老娘睡，日间又开着酒店，出出入入的耳目很多。请问你这块小蹄髈是什么时候制造的？"发祥笑道："亏你还记得这五年前的事。若问我们怎样制造这块小蹄髈，这是我们的秘密，怎肯轻易告人？"子楚道："又不是枫泾的猪蹄，制造的方法严守秘密，只怕他人抢生意。现在你们制造的沈蹄，尽可把制造的方法公开，不见得有人学了样子去，抢你们的生意。"发祥道："这件事，除却一个朋友瞒不过他，现在那朋友已死了。此外断无第二个可以侦探我们的秘密。"子楚道："你说的朋友是谁？"发祥道："说起来你也认识的，便是那年吃官司的叶少少，他的别号很多，叫作'裤子档里福尔摩斯'，又叫作'被头缝里福尔摩斯'。他的手段很是厉害，无论男女两性偷偷摸摸的事，他总有方法侦探出来。那么我们制造这块小蹄髈的方法虽然秘密，总逃不脱他的侦探眼光。可是，他在上月亡过了。风流案的侦探专家现在没有继起的人，我们制造小蹄髈的秘方谁也不能侦探出来。"刘子楚道："发祥哥，我们都是自家人，说说何妨？况且你我又都做了性道人的弟子。性交公开是性教育会章程上第一节的说话。发祥哥，若要是秘而不宣，便违反了性教育会第一条第一节的原理。"发祥笑道："老弟，你太老实了。'性交公开'四个字，是对他的，不是对己的。人家的性交是要鼓吹公开的，越是公开越见得文明。唯有自己的性交不在公开之列，是要除外的。不瞒老弟说，我做了性教育会的会员，天天奔走社会，大声疾呼。见了女界竭力劝她们打倒羞耻，打倒贞节，打倒吃人的旧礼教，打倒熄灯下帐的性交方法。但是对于自己的妻房，又另换着一种态度，但愿妻子三从四德，守着'一马配一鞍'的主义，抱定贞操，断绝野心。且住，外面有叩门声。叩了三下，又叩了两下，这是我们同帮的记号，敢是李成贵回来了吗？"

发祥放下酒杯，忙去应门，无多时刻便和李成贵同到里面。白蹄骻也出来问讯："干的事可曾得手？"李成贵连连摇首。子楚惊问道："敢是带去的闷香没有效验吗？"成贵道："说来话长，坐了再谈。"白蹄骻便去添了一只酒杯。四个人同坐饮酒，成贵便把方才的经过一一报告道："我约了几个弟兄同到赵益甫那边偷盗美人。弟兄们伏在隐蔽处，我独自越墙而入，身边随带着闷香，准备把赵姓全家闷倒了，然后开着大门招呼弟兄们进去，把令娴劫取出来，还可以顺手牵羊，盗些银钱首饰，大家沾些油水。那时我躲在益甫的房外，待到夜深，仆妇等都睡了，唯有父女俩兀自在房里喁喁谈话。我想这时不动手，等待何时？从百宝囊里取出闷香，准备燃点。谁料益甫在房里忽然梦魇起来，令娴把她的老子唤醒了，问他因甚大惊小怪。益甫道：'我见你被一个莽男子用闷香闷倒了，把你盗将出去，因此大惊小怪。'父女俩的问答，我在窗儿外听得清楚，暗想这也奇怪，我正待用闷香，却被赵老头儿梦中道破，看来这桩事有些棘手，万万不可冒昧从事。又在窗儿外窃听了多时，听那令娴侃侃谈论抱定不怕死的主义，宁甘玉碎，耻作瓦全。我把舌儿伸了又伸，看来这个女子是很倔强的，我们便把她盗了出来也是枉然。万一拼着性命把这事闹翻了，便怎么样？因此不敢冒昧下手，回来了和你们细细商量再定办法。"

子楚听了，很是失望，便埋怨成贵道："你也太把细了，似这般畏首畏尾，不像江湖上朋友的行径。你只把她闷倒了劫取出来，她要做贞女，我们有'贞女一扫光'，她要做烈妇，我们有'烈妇一扫光'，不怕她倔强不从。"

成贵不作声，连喝了几杯酒，方才发话道："你懂些什么？江湖上的行径，须得思前想后，通盘打算，才能够成事。要是你这般的冒失鬼，但顾眼前，不顾日后，试想夺性金丹有多大的效力，过了十二小时，药性便退了。那女子着了我们的道儿，待到药性退了一定羞愤交集，痛不欲生，我们防不胜防，难免不出乱子。说得好，她背着我们寻了短见，我们依旧不能靠着她发财；说得不好，她乘我们不备跑出大门去叫喊，那么闹出祸殃，不但我们性命难保，就是老师性道人也要被民众打倒，我们办的性教育会也要立时解散。刘老二，你怎么口出狂言，也不管这事干得干不得，只是勉强着我们去干！"

子楚听了，呆呆的一会子，忽然泪随声下，且哭且说道："那么我的相思病害得成了。"发祥大笑道："你想人家，人家不想你，是单相思病，不是相思病。相思病有药医，单思病没有药医。"

子楚不作声，离了座，跑到发祥那边，扑的一声。发祥忙道："刘老二，做什么？怎么眼睛一眨，你竟缩短半截，变作了矮人？"子楚道："发祥哥，你是诸葛军师，你的锦囊中妙计正多，我的发祥哥，我的军师爷爷，你总得救我一救！"

白蹄躬见这光景，掩着嘴笑得直不起腰来。子楚膝行几步，又跪在白蹄躬那边，连唤道："我的嫂嫂，我的军师娘娘，你总得替我央求发祥哥成全这一桩美事。"

发祥笑道："魔鬼，你要魇死了！快起来，有话慢慢儿商量。"子楚道："你答应了我的请求才能够起立，要不然一辈子跪在地上。"

白蹄躬凑着发祥耳朵轻轻地说道："你瞧他这般极形极状，一味地哀求，和你当年白昼闯入我房里一个样子。"发祥忙向老婆做个眼色，也凑着白蹄躬的耳朵轻轻地说道："你注意一些，不要说得高兴，把那秘制小蹄躬的方法都说了出来。"

子楚兀自直僵僵跪在地上，不知道他们夫妇俩商量些什么。

发祥笑道："刘老二，起来吧。你嫂嫂见你可怜，向我说情，我已经应允了。"子楚忙磕了几个头，然后归座。发祥道："若要破坏寻常妇女的贞节，这一服夺性金丹早已够用，只为妇女们见自己的清白已玷污了，当然忍气吞声，悉听我们的支配。要是不听，把手枪一扬，她们早已魂飞魄散，完全软化了。唯有赵令娴这女子敢怕和寻常女流不同，即便把夺性金丹迷了她的本性，但是药力消化了，她一定不肯和我们甘休。好在老师性道人那边的灵药不止这一种。到了明天，我们再到性家村去拜谒老师，向他求乞一种烈性至宝丹。只要师父应许，那么便不怕赵令娴倔强了。无论什么斩钉截铁的烈性女子，只要服了半厘重的烈性至宝丹，便变作了害着色情狂的妇女，天理灭绝，人欲横流，一辈子操着淫业，至死方休。"

子楚奇怪道："不信烈性至宝丹的药力竟有这般厉害。服了半厘便成了终身的淫妇。要是服了一分，便怎么样？服一钱，又怎么样？"发祥道："你别

271

小看了烈性至宝丹，这样东西比新发明的镭锭还要名贵，全世界的镭锭虽然不多，但是大规模的医院里面毕竟还觅得到少许。唯有这烈性至宝丹，合着全球计算，不满一分，只有九厘。听说老师性道人那边只有三厘，其他六厘不在本国，却在外洋。"子楚道："照这么说，老师那边的热性至宝丹已占了全世界所有的三分之一，可以算得无价之宝。我们向老师乞取这灵药，要是老师拒绝不应，怎么是好？"发祥道："但请放心，老师绝不拒绝，只为老师的主张，若要性道流行，无远弗届，必须把目前最贞洁的女子变换性质，成了一个其淫无比的淫妇，那么旁的妇女迎刃而解，当然在性教育的范围里面努力工作，发展我们的性主义，推广我们的性生活，决计不会发生什么障碍了。赵令娴这女子确是我们性教育里的公敌，不把赵令娴打倒，性教育会的基础便不能坚固。从来贞淫不两立，世上多一贞女，是我性教育的奇耻；世上多一烈妇，是我们性教育的大辱。性道人的烈性至宝丹虽然名贵，但是要把赵令娴打倒，不得不有重大的牺牲，所以向老师乞取灵药，老师绝不吝惜，我可以打得包票。今夜已不及了，到了来朝，我和你到性家村上去走一遭，管叫你不失望。"子楚听了大喜，李成贵也很赞成。白蹄髈问道："烈性至宝丹是什么样子的？取了回来总得给我一瞧，以便长长见识。"发祥道："这话休谈，到了来日，请你回到娘家去，过了三五天，我们的事办妥了，你回家便没妨碍，我便可以接取你回来。"白蹄髈惊道："怎么憎厌着我，逼我回娘家去？"发祥道："不但你要远避，便是小蹄髈也该随着你避到外婆家去。这几天内，万万不可在家里住，只为这烈性至宝丹实在是春药里面的无敌大元帅，休说吃了半厘，了都了不得，便是嗅着药味也可以叫一般女界七颠八倒，个个沉沦在欲海里面，永远不得抬头。所以你须预先躲避，不但瞧都不能瞧，便是嗅也不能嗅。"白蹄髈把嘴一瘪道："少要嚼蛆吧！不信一些些的药有这绝大的魔力，明朝你赶我走，我偏不走，定要长长见识。待到药来了，吃虽不要吃，但是这般稀奇古怪的东西须得瞧一个饱，嗅一个畅。"发祥发急道："瞧也瞧不得，嗅也嗅不得，一瞧一嗅，我的背脊上只好驮那一辈子的石碑。好人，别和我为难，你不肯回娘家，我便不敢向老师那边去乞药，没的拉了墙砖压痛自己的脚。"成贵也向白蹄髈央告道："嫂嫂，不是耍，赶快躲避的好。沈大哥的说话句句确实，并不哄骗你，老师那边的烈性至宝丹确是瞧不得、嗅不得的。老师曾经讲给我听，这灵药须得放在玻璃瓶里，把软木塞住了瓶口，外加火漆严密封固。有一天，瓶口上的火漆偶然剥落了一小块，老师恐防灵药泄了气，给女性的嗅了去，须不是耍，待要取了火在瓶口补上一块火漆，在这当儿，恰有一只雌猫打从旁边经过，把鼻子在火漆的缺处嗅了一嗅。谁料不嗅犹可，嗅了时，那雌猫呜的一声顿然改变了态度，撅起着屁股跑到这边，跑到那边，一壁跑一壁呜呜地叫，可是不巧，左邻右舍只有雌猫无雄猫，那只发狂也似的雌猫叫破喉咙也没有雄猫来应募，很热烈的兽欲无从发泄，跑到后来，跑得气喘吁吁，那畜生大叫一声，立时死在庭心里面。嫂嫂，你想这药力猛烈不猛烈呢？"白蹄髈听了才有些惧怕，便应允到了来朝挈带小蹄髈自往娘家酒店里去，暂避数天。

一宵无话。来日起身，这一干人都按照着预定的计划行事。白蹄髈挈带小蹄髈先回了娘家；发祥独告着奋勇，自往性家村代子楚向性道人乞取灵药；子楚替发祥看守门户；李成贵也在发祥家里听候消息，一俟蹩脚诸葛亮从性家村回来，请他登台发令，擒拿赵令娴到来，打倒性教育会的反动分子。子楚又忙忙地布置新房，他和发祥有约，令娴来了，当夜便草草结婚，他向发祥预租一间余屋作为藏娇的所在，昨天空候了半宵没有达到目的，今夜总不会失望的了。因此大起忙头，把房里打扫清洁，床里面熏着芸香，被褥上沥着香水，口中默默通诚："但愿好姻缘不生磨折，把那可意人抢到这里。她虽然贞洁自守，我却是打倒贞洁的急先锋，管叫来朝到老师那边去献功，把功劳写上性交册子，我便是性教育会的实行家，我便是性教育会的中坚分子。"

约莫晌午时分，发祥从性家村回来，扬扬得意，满面笑容。子楚迎上前问道："发祥哥，灵药取了来吗？"发祥点了点头儿，说："一来一往，足足有十四五里，跑得肚子都饿了。可惜今天贱内不在家，没有人主持中馈。"子楚道："兄弟已吩咐馆子里送菜来，酒店里送酒来。酒已来了，专等菜来，我们便可以畅饮几杯。这几天的酒饭都由兄弟承值便是了。"发祥笑道："我们成就你这段姻缘，合该浇浇梅根。今夜你的意中人一定可以陪着你眠。"又向成贵道："今夜你去盗取赵令娴，不费什么吹灰之力，老师有一件法宝借给你一用，便可以省却许多周折，一不须焚烧闷香，二不须纠集同党，赵令娴自会服服帖帖跟着你走。你只需引领她到这里来便是了。"成贵忙问："什么法宝？"发祥未及回答，菜馆里已送菜来了。发祥道："我们吃酒时再谈吧，话正长咧！"于是忙着点洋油炉，烫起酒来。子楚帮着放杯箸，定座位。发祥第一位，成贵第二位，子楚只坐在下首奉陪。

酒过了三巡，发祥便把独往性家村的情形述了一遍。他说："今天求见性道人，相见以后，老师问明了来意，很慷慨地说道：'本道人的烈性至宝丹确是人间极有之宝，不逢特别要事，不肯轻易浪用。赵令娴既是性教育会的公敌，要把她打倒，非得牺牲这稀有之宝不可。况且赵令娴的背后又有一个快活神仙。我们的主义和快活神仙的主义绝对不同。我们的主义是混世主义，快活神仙的主义是救世主义；我们的主义是灭种主义，快活神仙的主义是强种主义。有了快活神仙，便没有了我性道人。现着趁着快活神仙停留海上，没有回到杭州，我们先把赵令娴打倒了，便和打倒快活神仙一般无二。赵令娴一吃了烈性至宝丹，从此朝秦暮楚，贱骨难医，任凭快活神仙用什么生悔丸、洗心丹，总不能恢复她的本性。但是事不宜迟，须得早早下手，免得快活神仙到来，又生周折。'我向老师说：'今夜便遣李成贵约同众弟兄，随带闷香，把赵令娴闷倒了，然后劫取出来。'老师摇着头儿说：'不须兴师动众，只叫李成贵一个人前去便可成事。'我说：'一个人前去，这桩事只怕办不了。'老师哈哈大笑，返身入内，取出两件东西：一件便是烈性至宝丹，计重半厘，已牺牲老师所有的六分之一，重重包裹，严密加封；一件唤作夜半勾魂香，也是老师的无价之宝。"成贵听到这里，拍手大笑道："好了，好了。有了老师的夜半勾魂香，今夜前去盗取赵令娴，真个不费什么吹灰之力。"说时向子楚恭贺一杯酒，贺他天缘凑巧，有老师从中撮合。

子楚忙问："夜半勾魂香的效力可和闷香一般？"成贵道："相去得很远咧！闷香的效力不过把人闷倒罢了。至于闷倒以后，那人已失知觉，若要把他盗取出来，或抱或驮很是费力，路上撞见了警察，容易发生障碍。我所以不敢一个人前往，定要约了弟兄互相接应，便是这个道理。现在有了夜半勾魂香，那便省力万倍了。听得老师说，这夜半勾魂香是采取海外的雌雄相思草合制而成的，每粒只有梧桐子般的大小，有雄丸雌丸的分别。假如男子要去勾引一个女子到来，悄悄地把雄丸藏在自己身边，却把雌丸捻成细末沥在女子的枕边，那女子临睡的时候闻着一种异香，便不觉魂灵飘荡，定要觅一个男子做对。在这当儿，那藏有雄丸的男子只需在门外轻轻地唤一声'随我来'，那女子仿佛受了催眠术，自会随着出门。男子走得快，她也走得快；男子走得慢，她也走得慢。路上有人盘问，男子怎么答，她也怎么答，绝不会露出破绽。假如女子要去勾引男子，也可如法炮制……"

在他说的时候，发祥已从怀里摸出两个小纸包，一是烈性至宝丹，交给子楚藏好了，待到令娴来时，给她服下；一是勾魂香，打开纸包，果然两粒梧桐子般的丸药。一是金色，是雄丸；一是银色，是雌丸。最奇怪的，金丸和银丸彼此都有吸引性，把来分摆在两处，中隔五六寸的距离，才一转瞬，雄丸和雌丸重又联合在一处，和磁性的雌雄针相似，但是吸引力比雌雄针大过数千倍。

子楚见了不禁啧啧称异。成贵道："这不算奇，还有奇怪的玩意儿咧！刘老二，你试取一粒金色的勾魂香放在贴肉短衫的衣袋里，便有把戏可看。"子楚道："看什么把戏呢？"成贵道："你休多问，且把一粒藏起了再做理喻。"子楚真个取了一粒雄丸，藏在贴肉衣袋里。隔了一会子，没有什么变化，便问成贵道："你说有把戏看，把戏在哪里呢？"成贵道："刘老二，你瞧那粒银色的勾魂香却到哪里去了？"子楚不觉惊异道："我只取得金色的一粒，那银色的一粒依旧留在桌子上，怎么转眼便不见了呢？"成贵道："你摸摸衣袋里便知分晓。"子楚探手袋里，摸出两粒勾魂香，一雌一雄联合在一起，连称："奇怪！怎么取得一粒变了两粒？"成贵道："那雄丸放在男子身边，得了热气，雌丸无论相距多么远，自会飞到男子身边，和雄丸联合在一起，这便叫'雌赶雄'。要是把雌丸放在女子身边，那雄丸也会照样地飞去，这便叫作'雄赶雌'。今夜三更时分，我把雌丸散布在赵令娴枕边，把雄丸放在自己贴肉衣袋里，赵令娴哪怕不跟着我跑？"一壁说一壁接受了子楚手里的勾魂香，包叠好了，把来藏在怀里。子楚忽地手拍着桌子，唤声："不好！"惊得发祥、成贵都呆了。

欲知后事，且阅下文。

第三十四回

勾魂香惊魂动魄
烈性丹易性移情

子楚拍着桌子道："不好不好！这勾魂香不是好东西，快去还了老师，再做计较。"发祥道："刘老二，你痴了吗？老师天大的面子，把法宝借给我们使用，怎么要去还他？敢是不受人抬举吗？"子楚道："有了这法宝，徒然给人家占了便宜去，我只是落后。"发祥道："这话怎么讲？"子楚道："雄丸藏在成贵身边，雌丸沥在令娴枕畔，令娴闻着异香魂灵飘荡，便跟着成贵逃走。成贵这么长，她也这么长，成贵那么短，她也那么短。成贵又不是吃素的，可不是把我的心上人去孝敬他吗？便算过了几夜把令娴还我，但是他已占了先去，叫我怎肯甘心！"成贵笑道："刘老二，休得多虑，老李绝不揩你的油。你要是不信，到了夜间，你尽可和我同去。到了赵姓门前，你不会翻墙越壁，你只在后门口等候着。我翻墙越壁，发展手段，把勾魂香沥在令娴枕畔，不怕令娴不跟着我走，待到把令娴引出了后门，我从怀里摸出这颗雄丸交付于你，那时令娴便会听你的命令。你要这么长，她也这么长，你要那么短，她也那么短。可好不好？"子楚听了，方才放下这条心，不须细表。

躺在烟榻上的赵益甫越到深更，越是精神饱满。赵令娴道："爹爹爱听的故事，总带些神话性质，再不然便是飞檐走壁的侠盗、吐气如虹的剑仙。什么《济公传》，什么《七剑十三侠》，吾已一一读给你听了。这一类的小说，多听了乏味，不如换一种读读。"益甫道："你喜读新小说，我听了很不赞成。没头没脑的，说来不知是什么一回事，哪里有旧小说的章法周密。旧小说开口便有根据，话说什么朝代，什么地方，有一位宦家子弟，姓什么，叫什么，年方多少岁，总是交代得明明白白。"令娴道："旧小说也有几部很著名的，只是可看的实在不多，扭扭捏捏的唱本书，无非千金小姐游花园，落难的公子中状元。休说爹爹不喜听，便是我也不喜看。至于那些平话演义，看来看去也只是窠臼未除，不是打擂台，便是劫法场；不是反武场，定是小结义。看到后来，总是登坛拜将，出征蛮邦，打得落花流水，便有妖人助逆，披发仗剑，喝声道疾，飞沙走石，地黑天昏，直待仙人下山帮助天朝元帅战胜蛮邦，然后论功行赏，钦哉谢恩。旧小说里面只有这些材料搬来搬去，有什么好看？"益甫呼呼地抽完了一筒烟，喝了一口茶，合目凝神一会子，然后回答他女儿道："旧小说果然有窠臼，新小说也是半斤和八两。那些翻译的小说逃不脱什么伯爵夫人、子爵夫人，男的是亨利，女的是玛利，不是两男争一女，定是两女争一男，搬来搬去，有什么好看？"令娴道："新小说也不可以一概抹杀，宛比范振亚作的几篇小说很有价值，从前爹爹读过以后，也很赞成。"益甫道："新小说的作者个个都像了范振亚，那就好了。可惜近来振亚不大作小说，现在作小说的，旁的话不谈，只谈些男女猥亵不堪的事。这些书简直淫得不可思议，休说你们做闺女的读不得，便是为父的有了这一把年纪，看了这些描写性欲的书，也不免神魂飘荡。可见近来小说的风气很不好，这些不正常的小说还是少看为妙。"令娴道："爹爹放心，这些书女儿绝不过目，便是放在女儿眼前，见了也生气，定要投入烈火，烧个一干二净。只是文人的一支笔，何处不可谋生活？为什么定要弄脏了这支笔，去拣很龌龊的事热烈描写，戕贼那许多青年的读者呢？"益甫笑道："现在的文人全仗着弄脏了这支笔才有饭吃。要是清洁自好，去把这支笔提倡风雅，那便穷得粥都没有，再休想有饭吃了，宛比粪窖子里的蛆，全仗着在粪里面活动，才能够吃得肥头胖耳，要是把粪蛆放在清水里面，那便失其凭依，不得生活了。"令娴叹道："若要根本铲除，须得把许多粪窖子一律填平了，那么一切因以为利的粪蛆便失却了活动的根据地。文人里面良莠不齐，须得用着清党的手段，大大地澄清一下子。女儿说得到，办不到，除非快活神仙到来，或者有个根本铲除的方法。"益甫道："范公任和张稚川在这两三天内可以回杭，他们来了，快活神仙一定同来。若要救济这个万恶世界，除却老神仙，谁有这力量呢？"

壁上的时辰钟当当地连敲了十一下。益甫道："不知不觉又是十一点钟了，你是要早起的，快回房去安睡吧。"令娴打了一个呵欠，果然有些倦意，便辞别起身。益甫道："女儿，你进了房间，把房门紧紧地闭着，窗上的搭纽须得一一搭上了，万弗疏忽。实在昨夜的梦做得可怕，想起了兀自忐忑不定。"令娴笑道："乱梦无凭，放在心上做甚？爹爹，你夜半吃的八宝粥已放在八卦炉上，糖在碗里。女儿先去睡了。"说罢，便出了房门，把房门掩上了。

回到自己房里，暗笑父亲迷信着这个怪梦，兀自切切于心。但是关门闭窗当然要谨慎一些才好。先把门关上了，再把六扇窗儿一一上了搭纽。猛想到当年杨德麟私匿在床后，几乎闹出事来，现在却不可不防，临睡以前，须得在床后检查一下才能放心。想到这里，便转到床背后，见里面空空如也，便放下了这条心。打从床头经过，鼻观里微微感受着一种异香，觉得腔子里这颗心扑扑地跳动。令娴觉得奇怪，这是哪里来的香气？敢莫爹爹的怪梦要应了？张目四顾，并不见有氤氤氲氲的烟气，而且自己依旧站立得稳，料想不是闷香，只是这颗心荡漾无定，便在沿窗一张椅子上坐定。今夜这颗心为什么改了常度？自己也莫名其妙。一时思潮起伏，奔赴胸头，想到我爹爹方才说的，时下作品都是描写性欲，说得猥亵不堪，究竟怎样的猥亵不堪，我却没有见过，可惜我这里找不出一部描写性欲的书，要是找得出，趁这夜深人静，不妨细读一遍，长长见识。哎呀！怎么这颗心益发捉摸不定了？哎呀！怎么愈想愈荒谬了？在先想找一部性书读读，后来又想可有什么秘戏图看看，后来又想我的稚川可能够早早回来，和我便成眷属。指望他明天便来，他若是明天到来，今夜冷清清怎么消磨？我的稚川，你今夜便来吧！他若是今夜便来，那么……胡说！我赵令娴不是这般下贱的女子。方才在爹爹面前尚且深恶痛绝这辈海淫小说家，怎么回到房里便发生了邪念？我凝一凝神，清一清心，料想方才闻得的香气是什么妖异的香果，是妖异的香，我赵令娴须得抱定我原有的宗旨，维持我向来的道德，正能克邪，怕它做甚？

说也奇怪，令娴想到这里，不觉天君泰然，七上八下的思潮顿扫平靖。静坐了一会儿，壁上的挂钟打了十二下，不觉睡思沉沉，卸下了套裙，折叠完毕，行过了方便，洗手完毕，取一只象牙梳压住了短发，揭起衾窝。哎呀！什么香？敢是被底打翻了香水瓶不是？敢是枕边打翻了檀香粉不是？哎呀！这颗心不由自己做主了！哎呀！我赵令娴是爱道德爱名誉的人，怎么现在变了相呢？快把野心赶掉了！快把邪念消灭了！哎呀！不好了！野心赶掉不得！邪念消灭不得！管什么道德，管什么名誉，完全牺牲了吧！

小霸王李成贵在窗眼里瞧得清清楚楚，瞧见赵令娴媚眼生辉，娇容中酒，恰和春困的美人一般模样。这时不施展手段，等待何时？忙从怀里摸出这丸雄性的勾魂香，紧握在掌中，嘴里喃喃有词道："赵令娴，赵令娴，快把金珠钻石一切值钱的东西拾拾掇掇打一个小小的包裹。"那时，赵令娴完全中了催眠术，成贵怎样吩咐，她便怎样料理。待到收拾已毕，成贵轻轻说道："赵令娴，你手提着包裹，悄悄地开了房门跟着我走。不许开口，不许东张西望。"

吩咐完毕，令娴已开了房门，紧随在成贵背后。成贵手执着电筒，照到厨房后面，开了后门，向令娴把手招招，令娴悄没声息地出了后门。成贵随手把后门掩上了，引着令娴走了十余步，子楚预伏在那里，月光下看见李成贵果然引领了意中人鬼鬼祟祟从后门里出来，这一喜非同小可。瞧了瞧左右无人，不觉色胆如天，乘着令娴不备，抱一个软玉温香，口唤着："赵小姐，赵小姐，相思病险些儿害杀我也……"

"刘老二，别胡闹！你睁着眼瞧瞧我是谁！"这几句话是李成贵说的。子楚睁眼看时，果然抱住的是李成贵，不是赵令娴，连忙放下双手，再想去抱令娴，却不见了令娴踪迹。这一吓又非同小可。成贵连连埋怨道："没见世面的小子，前后早晚总是你的人，不该这般情急，把她吓跑了。亏得勾魂香在我手里，任凭她跑到天涯海角，也可以唤她回来。"当下手弄着勾魂香，喃喃地念道："不用跑，不用跑，跑到天涯海角也是跋涉徒劳……"

话没说完，忽见旁边弄堂里闪出一条黑影，不是赵令娴是谁？子楚方才笃定，忙向成贵讨了这丸雄性的勾魂香，牢握在手里，轻轻地说道："我爱，随我来。"令娴果然紧随着子楚亦步亦趋，相距总不过三五步光景。子楚这时归心似箭，恨不得一步便跨到蹩脚军师家里，和赵令娴草草不工地相对三鞠躬，马上携手入洞房，解带宽衣，成其美事。子楚既这般想，两腿便开足快车，紧握着勾魂香，喃喃地念着："快快随我来！快快随我来！"说也稀奇，子楚无论跑得怎样快，回转头来，总见令娴和他相距着三五步。

成贵这时倒落了后，暗暗笑那子楚极态横生，极形可掬，端的是无所不用其极了。

一到了发祥的门口，把大门擂鼓般地打个不休。发祥忙问："是谁？"子楚道："发祥哥，是我咧！快快开门，你的弟妇也来了，莫错过了吉日良辰。"发祥忙开了门，把两人迎入里面。子楚忙道："快行礼吧，你是证婚人，成贵是介绍人。"发祥道："介绍人在哪里呢？"子楚回头不见成贵，便道："他在我们后面，停一会子便要来。发祥哥，我们先结起婚来，待到介绍人来了，补行一个鞠躬礼也是不妨的，免得守候他回来错过了时刻。"发祥笑道："你真是个馋嘴猫儿，迟早总是你的食料，发什么猴急？"嘴里这般说，眼睛却注射在令娴身上，但见她低垂着粉颈，悄立在子楚背后，短发上搁着一只象牙梳，裙儿已卸去，很不像新娘装束，不禁哈哈大笑道："刘老二，你瞧瞧，新娘子裙儿都没有穿，怎好结婚？"子楚道："发祥哥，别管她穿裙不穿裙，马马虎虎就是了。"发祥道："无论怎么样，裙儿总须穿一条，不比性家村里的新夫妇，提倡着性交公开。"子楚道："一时哪里有裙子？没奈何向嫂嫂借一条吧。"发祥道："你嫂嫂回娘家去了，好的裙子她已带去，床栏上搁着一条半新不旧的华丝葛套裙，待我去取来。"说罢，返身入房。

子楚见左右无人，回转身来，又把令娴抱一个软玉温香，顺便接一个配合无间的香吻。恰巧发祥取了裙子出来，干咳着一声嗽道："阿罕，停一会子便要送入洞房了，何必偷偷摸摸做这勾当？"子楚道："你便是前辈老先生，偷偷摸摸便是你的拿手好戏啊！"大家说笑了一回，那时令娴已穿好了裙子，和子楚并肩站立。又听得一阵打门声，发祥道："想是介绍人来了。"忙去应门。

进来的果是李成贵，指着子楚笑道："亏你一口气跑这许多路，恨不得多生了两条腿。人家匍匐奔丧，你却是匍匐奔婚。"子楚道："别取笑，我们要结婚了。"于是发祥证婚，成贵介绍，新郎新娘草草结婚。这时的令娴婉转随人，毫不倔强。子楚鞠躬，她也鞠躬，谁也瞧不出是抢来的闺秀在这里强逼成亲。结婚完毕，送入洞房。发祥、成贵都说道："闹房，闹房。"便一同混入房里，预备闹房。子楚左打一个躬，右作一个揖，央告道："两位老哥，饶了小弟吧！要闹房，明天可闹，今夜时候可不早了。"发祥见他可怜，便应允道："明天再闹，但你身边藏着的烈性至宝丹须得趁这机会给新娘吞服。再者，你手里握着的雄性勾魂香现在可用不着了，可交给了我，以便明日缴还老师。"子楚怎敢怠慢，先把勾魂香授给发祥，再从怀里摸出这包烈性至宝丹来，拆卸着重重叠叠的纸裹。子楚越是性急，越是拆个不休。约莫拆卸了三五十重的纸裹，但见纸包上写着："旁有女性，急须退避。"发祥道："你尽拆不妨，你的嫂嫂已躲往娘家去了。"子楚又拆了几重，渐渐地发泄着一种荡人心魄的气味，男性闻了不觉得什么，独有那位才入洞房的新人，感触了这种气味，连把琼瑶小鼻子嗅了几嗅，打了三个喷嚏，忽地从子楚手里抢了这残余的纸包，她不及把包封拆开，只把这小纸包纳入樱唇里面，不用咀嚼，囫囵吞枣般地吞入肚里。成贵拍手笑道："赵令娴，赵令娴，那便够了你受用也。你平日自负高尚纯洁，知诗达礼，现在吃了这东西，看你还能够假惺惺谈什么道德和人格！"话没说完，房里的新娘子忽地和发狂相似，竟把上下衣脱得赤条条，一丝不挂，牢抱着子楚，全不懂什么叫作羞耻。子楚道："两位老哥请退，休误了我的千金一刻。"发祥道："你们工作，我们尽可参观，实行那性教育会的决议案，有何不可？"子楚道："我们主张的性交公开，是公开人家的性交，不是公开自己的性交。发祥哥，别和我为难，明天会吧。"发祥、成贵笑了一笑，转身出房，才跨出门槛，猛听得砰的一声，房门闭上，已落了闩。成贵自言自语道："这新郎急天急地，真个急得透了。亏得我已跨出了房门，要不然险些儿把我的左脚都轧断了。"发祥凑着成贵的耳朵道："我们只躲在这里，休得离开。刘老二拒绝我们参观，却不能拒绝我们听。"成贵点了点头儿，便和发祥悄没声息地躲在那里窃听。听了一会子，听得异常满意。究竟怎样的满意，在下这支笔却不能淋淋漓漓地写出，只好置诸不论不议。发祥生了耳朵也是闻所未闻，但有一桩缺点，却不听得令娴和子楚讲话。子楚连唤着心肝宝贝，令娴总不作声。发祥暗暗奇怪道："这女子既然淫荡到这般地步，为什么工作的时候除却娇喘吁吁，不听得有一句说话？难道变了哑子吗？"

正在怀疑的当儿，却听得大门敲得震天价响，发祥转有些慌张起来。夜半敲门，为着何事？莫非那赵益甫那边发觉了劫美一案，特地前来捉人吗？便不敢去开门，只躲在大门里窃听外面动静。但听得门外人声很喧闹的，约莫有三五个人。有人道："决计在里面，我们敲门便是了。"有人道："敲了良久，怎么不听得里面答应？敢是那人不在里面？"有人道："不在里面，那事便糟了，她是有丈夫的，明天登门来索人，那便不容易对付了。"有人道："无论在里面不在里面，我们总得打开了门，再做计较。"那时砰砰砰的打门声益发厉害。发祥唤声不妙，真个赵益甫派人来搜检了。搜出了令娴，我们便逃不了个抢闺女的罪名。还是通知那性舞台上的新人物，早早停锣息鼓，向后门外暂时躲避片刻，然后开直了大门，由他们进来搜检，怕他们怎的？发祥想定主意，正待返身入内，又听得门外人说道："好了，好了，白太太也来了。我们没法打开这两扇门，白太太，你自己去唤门。"发祥听到"白太太"三个字，胸头扑地一跳，但听得那个白太太在门外唤道："发祥，快快开门。"发祥不由得在门内答道："原来是岳母，待我来开门。"说时已把门儿开放，正待动问白太太的来意，白太太手提着灯笼，左一照右一照的，似乎在这里寻觅失物。发祥道："岳母，寻什么？"白太太道："金男怎么躲在里面，不来见我老娘？"发祥诧异道："岳母说什么话？金男今日回娘家，怎么寻到这里来了？"白太太道："哎呀！金男到了哪里去了？哎呀！急煞我了！"发祥忙问道："难道她没有回娘家吗？"白太太道："是回来了。上半夜她带着小孩和我同睡在一张床上，一觉醒来，床上只有小孩，没有了小孩的娘。我疑她下床小解，等了半晌不见上床，连唤金男，都不答应。我又疑她坐在马桶上打盹，她从小便有这个脾气，十多岁的时候，每坐马桶，总得挨磨着一点钟半点钟，拜佛般地坐在臭马桶上打盹，有一天连人带马桶扑翻在地，身上这件马甲变作了黄金锁子甲，累我洗了一天，兀自洗不干净……"发祥急道："岳母别说闲话，究竟后来怎么样？"白太太道："后来我下床开了电灯，房里只有我，没有她。房门开得直洞洞的，我笑金男贪玩耍，对门赵和尚家里做生日，整夜地宣那浴阳宝卷，她听了半夜，兀自不够，假意儿陪我上床，待我睡着了，她又悄悄下床，独自去听宣卷。她只是贪玩耍，门户也不管了，倘有贼人偷入里面，把酒店里的生财家伙都偷去了，叫我明天怎样开店？"发祥听得不耐烦，忙道："她可在赵和尚家里听宣卷？"白太太摇头道："她果然在赵和尚家里宣卷，我也不寻到这里来了，只为她不在那里，我才慌了。我又不曾和女儿口角，为什么半夜三更赌气回夫家去？赵和尚见这光景，劝我不须着急，究竟金男可曾回到夫家去，不妨前去问问看。我道：'现在已有一点钟了，路上断绝行人，你们可能陪着我同到沈家去问问？'赵和尚和几位邻人都肯陪着我跑一趟，因此同到这里来。待到将近你府上，我已跑得气喘吁吁，便请他们赶紧上前敲门，我随后慢慢儿到来。"发祥忙道："金男可是真个失踪了吗？我这里没有来过。"门外的赵和尚催促道："白太太，回去吧，令爱既不在这里，且到明天再寻。你这爿酒店只有一个小徒弟看门，不要一波未平，一波又起，闯入了偷儿，须不是耍。"白太太向女婿瞅了一眼，道："你是诡计多端，人称'蹩脚诸葛亮'，不要藏着金男，和我开玩笑。须得让我搜检一下子，才肯相信。"发祥把手一拦道："谁骗你来？真个不在里面。"说话时神色很是慌张，一者为着白蹄髈失踪，心中着急；二者刘老二和赵令娴正在房里成亲，要是被他们搜着了，刘老二不打紧，赵令娴怎好露面？一经传布，这事便要破露。因此张着两手，不放白太太进去，越是不放，越使那白太太疑疑惑惑，便招着赵和尚一干人一拥而入，定要四处抄查。发祥哪里遮拦得住，早被赵和尚一干人闯入里面，四处查遍。查到刘子楚住的房间，门外紧闭，但听得里面的床榻吱吱咯咯地作响。众人叩门，里面置之不睬。白太太道："这里面恐有毛病。快把房门打开了，自然水落石出。"发祥拦住道："这里面住着一个朋友，别去惊扰他。"白太太哪里肯听，瞧着房门有一条很宽的缝，从门缝里瞧见里面灯火未熄，床前放着两双鞋子，一双仿佛是女儿所穿的，更是疑惑，认定女儿躲在里面。伸手在髻上拔一只挖耳，在缝里挑挑拨拨，啪的一声，门闩儿挑落在地。白太太首先入房，不问情由，便去揭开帐儿，但见一个赤裸裸的妇人拉住了白太太，顺手便是几个嘴巴。白太太喊道："反了，反了，女儿打娘了！"发祥站在房门口，恨恨地说道："老太婆瞎了眼睛，合该挨打。"但听得那妇人喊道："你也是瞎了眼睛，硬把自己的浑家陪人家住宿。"这声音不是令娴，竟是白蹄髈。发祥兀自不信，跑到床前细看，里面两个模特儿，雄性的是刘老二，雌性的便是白蹄髈，一时羞愤交集，手足无措。白太太把灯笼照着发祥的面皮，喃喃骂道："我照照你的面皮可曾脱落了没有！金男是好人家女儿，你不该逼她做妓女，叫她在房里接客。难道你甘做开眼乌龟，一辈子驮那石碑吗?"发祥听了，气得无话可答。

欲知后事，且阅下文。

第三十五回

吃春药赔贴夫人
施敬礼欢迎女士

白太太骂女婿，白蹄髈也在那骂亲娘："你这老婆子，早晚要做棺材里的馅，还要管什么闲事。嫁出的女儿泼出的水，我便偷汉，自有姓沈的驮石碑，须不干你姓白的事。现在的世界亲夫也不能捉妻子的奸，你来敲门打户做什么？你敢是敲我的竹杠，你敢是想吃我的元宝？"沈发祥急得跳脚道："刘老二，你的眼睛敢是瞎了，和你同床的也不瞧瞧是谁，瞎猫拖了死老鼠，马马虎虎随随便便地便干了。自古道'朋友妻，不可欺'，你为什么吃不着黄狼便吃鸡？"子楚在床上答道："发祥哥，冤枉煞我咧！和我同床的明明是我的意中人，只因你们把房门敲得紧，敲一下房门，意中人的模样便改变一下子，房门外敲个不停，床里面变个不停，等你们拥入房中，那意中人竟完全变成了意想以外的人。唉，不要说你发祥哥，倒霉便是我也倒霉。我本有些疑惑，和我同床的不是个守礼谨严的处女，却是个阅人甚多的荡妇，和她说话一句也不答，直待你们拥入房中，不言不语的意中人陡变了会说会话的嫂嫂，我早知是嫂嫂，便要退避三舍，怎敢和她同床共枕？现在亲已做了，欢已成了，懊悔也嫌迟了。发祥哥，这是你把嫂嫂改头换面嫁给我，这是你欺我，不是我欺你。"

赵和尚一干人催着白太太回去，说："失踪的人已有了着落，你的干系脱卸了，偷汉不偷汉，这是姓沈的面子，和你老娘不相干，你快回去吧。"

白太太也觉得在这里挨骂没甚趣味，提着灯笼和赵和尚等一同回去，不在话下。

发祥闭上了大门，又去盘诘李成贵："你带着勾魂香可曾勾错了人？"成贵指天画地说："没有勾错，勾引的确是赵令娴，怎么陡然变了你们嫂嫂，我怎么知道？你盘诘我不如盘诘嫂嫂。"发祥没奈何，又回到房间问白蹄髈，只听得子楚在那里讨饶道："嫂嫂，饶了我吧，我是缴械的兵，完全失却战斗力了。"白蹄髈道："你方才的勇气我很是佩服的，来来来，再和你决战一下子。"子楚道："方才阴差阳错，把自己人当作了敌人，混战了一阵。现在弄明白了，你是沈家嫂嫂，你是发祥哥的交战团体，你要开火，自去向发祥哥投递战书，别和我厮缠。"

发祥听了，实在不好意思，唤一声："金男，随我回自己房里去，方才的事我不怪你糊糊涂涂，只算是做了一场怪梦。现在梦已醒了，你的真面目已破露了，刘家叔叔和你很客气的，你怎好睡在他的床上，要睡睡到自己的床上去。"白蹄髈怒道："你来干涉我做什么？你天天提倡公妻，现在实行了，再好也没有。"发祥道："公妻只公别人的妻，自己的妻万万公不得，你别作难，跟着我回房间吧。"

那时候，子楚已穿了衣服逃下床来，却被白蹄髈一把拉住，定要办他一个临阵脱逃的罪名。发祥见他的浑家依旧赤条条一丝不挂，忙道："金男，你的衣服也好穿上了，你又不是痴子，怎么裸着身子见人？刘家叔叔、李家叔叔都在这里，你难道不怕羞耻吗？"白蹄髈道："啐！你配说羞耻吗？你曾向我说，中国妇女不进化，都为着'怕羞'两个字，不把羞耻打破，女界便没有进步。我现在实行你这句话，羞耻心打破了，不进化的妇女变为进化的妇女……呸，你要逃到哪里去，你逃上天，我追到你凌霄宝殿，你逃下地，我追到你十八层地狱。"原来，白蹄髈和发祥讲话，子楚乘他不备摔手便跑了，白蹄髈哪里肯舍，便光着身子追将出来，一壁追一壁嘴里这般说着。

发祥没有法子，便想到方才子楚交给他的勾魂香藏在身边，不妨用一下，当下摸出了勾魂香，口中念着："随我来，随我来。"白蹄髈方才撇却子楚，跟着她丈夫进房。子楚和成贵都是异常懊丧，自去安息。

白蹄髈跟着丈夫进房，比平日淫荡十倍，抱住了丈夫，一定要这个要那个。发祥觉得她的肌肤发烧一般，明知这是吃了烈性至宝丹，提高了全身的欲火，以至改变了常度。听得老师说："妇女吃了烈性至宝丹，每夜须得三度作战才能降伏这火性，要不然，竟会自动地放出火来，把自己身子烧成了灰烬。"因此白蹄髈挑战，发祥不敢拒绝，只好奋斗一下了。他预备今夜敷衍过去，到了来日须到性家村向老师性道人讨取解药，把她肚里的烈性丹解去了才是道理。奋斗完毕，便另换一头睡了，实在是作战疲劳，不得不调回后方休息。恰才蒙眬入睡，又觉得大腿上一阵疼痛，连唤着："哟哟哟，金男你做什么，我方才合眼，你却恶狠狠地掐我大腿。"白蹄髈骂道："懒驴子牵磨——不打不走，又要上工了。"发祥没奈何，只得勉强从命，宛比喘息未止的败兵又要开赴前线，心头怎不着急，吃了烈性丹的白蹄筋宛比吃了狂药的军阀，黩武穷兵总不肯抛弃他。

迷信武力的主张好容易到了，白太太遣人把小蹄筋送来，说从此要和女儿断绝关系。她做她的妓女，我开我的酒店，我既没有她这个女儿，她也没有我这个老娘。白蹄筋笑道："要断绝便断绝，谁稀罕你这个老娘，没有了老娘可以度日子，没有了男子却不能度日子。女人家小的时候要娘，大的时候要郎，我又不是三岁五岁，要你这老娘做什么？"说罢，便搀着小蹄筋自到里面去了。那人回去，把这话传给白老娘听，把白老娘气得半死，睡了三天才能起床，不在话下。

但是好好住在娘家的白蹄筋为什么夜半脱逃，桃僵李代地和刘子楚做起亲来？趁这空闲当然要补叙明白。原来那一夜白蹄筋一觉醒来，但听得房门外剥啄有音，轻轻地唤着："开门。"听这口音，仿佛是赵和尚的老婆，便问道："你可是赵家嫂嫂？你来做什么？"门外人道："我便是你的对门乡邻，特地请你去听宣卷。"白蹄筋披衣下床，一壁走一壁说道："赵家嫂嫂，你怎样会到这里来的？难道我们的大门没有关闭吗？"门外人忽又不作声，白蹄筋便开了门，预备看个仔细。谁料不开犹可，一开了门房，陡见房门外伸入一条手腕，骈着两个指头儿，向着白蹄筋的鼻孔上一抹，便有一阵异香嗖地钻入鼻孔。白蹄筋定睛看时，已不见房外的人，只是这阵异香仿佛性欲的兴奋剂，她哪里打熬得过，便把大门开了，预备逃回家里叫发祥打灭她的欲火。谁料走到半途忽见一女郎，手提着小包裹，迎面而来。白蹄筋和她撞了个满怀，一眨眼，那女郎又不见了。正在奇怪的当儿，忽听得有人念道："不用跑，不用跑，跑到天涯海角也是徒劳。"这声音好像是李成贵，不知不觉地迎上去，果然是成贵和子楚。白蹄筋待要询问他们，鬼鬼祟祟地在这里做什么，可恨开口不得，变了哑巴。又见子楚向他连连招手道："我爱，随我来。"白蹄筋又好气又好笑，刘老二的眼睛敢是瞎子，怎么唤起我爱来？可是肚子里这般想，嘴唇上依旧贴着封皮，作声不得，嘴唇上贴着封皮倒也罢了，偏偏两条腿又缚着甲马，宛比李铁牛跟着戴院长拔脚飞跑，两条腿哪里收拾得住，有人在背后推的相似，脚不点地，只管跟着子楚走。

等到了自己的家里，白蹄筋暗暗好笑，怎么丈夫的眼睛也瞎了，见了自己妻子也不相识，反向刘老二说道："这新娘子迟早总是你的食料，发什么猴急。"后来益发好了，他竟做起证婚人来了。白蹄筋很想诘问发祥："你可是真的不认识我吗？可是真个把我嫁给刘老二？刘老二比你年轻，脸蛋儿也比你漂亮，你把我嫁给他，我很愿意，只怕你不是真心。你可是真的做证婚人吗？"这些问话只在肚皮里打回旋，只是不能出口。待到结婚已毕，送入洞房，子楚给她吃烈性至宝丹，白蹄骿也知药性很烈，待要拒绝不吃，但嗅着了烈性丹的气息，不禁馋涎欲滴，喉咙里几乎要钻出馋虫来，当时身不由己，抢来便吃，烈性丹吃入肚里，霎时间性交的观念异常地热烈起来，她便成了一个热烈的性交家，简言之，她便成了一个烈性妇人。不过目今的烈性妇人和古代的烈性妇人不同。古代的烈性妇人烈在性质，目今的烈性妇人烈在性具；古代的烈性妇人拼着自己的命拒绝异性的侵犯，目今的烈性妇人拼着自己的命欢迎异性的进攻。白蹄骿到这地步，一切都不管，只求满足她的性欲上的要求，因此赤条条地抱着子楚，竟顾不得什么羞耻。白老娘闯进房间，正是男女俩难分难解的当儿，白老娘太不识相，揭开帐门，惹得白蹄骿怒从心上起，恶向胆边生，不问情由，便是两下嘴巴。可也作怪，白蹄骿良久开不得口，自从打了亲娘，反而说得嘴响，大家都识破了她的本来面目，好不惊异。

后来发祥盘问她那一夜好好地住在娘家，为什么黄夜出门，闹出这般的乱子，白蹄骿便把那一夜的经过一一说了。发祥肚里明白，这定是快活神仙弄的把戏，救了令娴，却把我的老婆幻化了令娴，代她吃这烈性至宝丹。我要害人，却害了自己。他想昨夜驮了一回石碑，偶然驮驮还不妨，若要常驮，哪里支撑得住。金男吃了烈性至宝丹，每夜非得有三个精壮少年不可，叫我一辈子驮石碑，任凭硬脊梁也要压成粉碎，他没法可想，只得到性家村去走一趟。

他见了性道人，先把雄性勾魂香缴还了老师，然后把赵令娴半途脱逃，自己的老婆李代桃僵，误吃了烈性至宝丹，性欲异常发达，自己很有些效劳不周，特来恳求老师赐一服清心寡欲的灵药，好把老婆的邪火打灭，做一个规矩妇人。性道人点了点头儿，口中念念有词道："人体之中也有火山，火山爆发，烧将起来，烧得红，烧得红，这是提倡性教育的功。"

发祥叩头道："老师这话怎么讲？"性道人道："恭喜，恭喜你，不枉提倡着性教育，尊夫人居然受了性的化，成了一位女教育家。我们性的学校里正要延聘一位女教员，尊夫人既是性理专家，便请到性家村来做女教师，一定可以培植出多数性交科的人才。"发祥道："老师，请你打灭我老婆的邪火，我也不想她做什么性理专家，只为老婆做了性理专家，丈夫的脊梁上担不起这许多重量。"性道人笑道："沈发祥，你别痴心妄想吧，吃了本道人的烈性至宝丹，一年三百六十五夜，每夜总是炎炎地提高着欲火，任凭你走遍天涯，总寻不到解药的方法。你要打灭老婆的邪火，除却准许她卖淫，更无别法，旁的娼妓每夜接一个客便够了，吃了烈性丹的娼妓，每夜非得接三个客不可，你央求我也没用。须知我们性教育会的唯一主义，便是鼓吹肉欲，断无清心寡欲的道理，清心寡欲便是性教育的反动派。"发祥见老师这般说，只得怏怏地告辞回家。

恐怕老婆欲火自焚，只得硬着头皮戴那绿头巾，四处替老婆拉拢嫖客，每夜总得预备着三个。一个落差，一个上差，和站岗的警察一般，从此丑声四播，白蹄髈做了咸肉，邻舍笑骂，大家都瞧她不起。但是白蹄髈住在自己家里，当然挨受笑骂，但想到可到性家村去走走，那又非常荣耀了。

性家村得信，便开着一个欢迎会，欢迎这位性教育大家，拣着空旷的地方，搭一座演说台，台上张着一条布制的横额，写道："欢迎努力性交工作的大烈性家沈白女士。"台前还搭着一座彩牌楼，上面四字匾额，叫作"女界之光"。街头巷尾遍贴着许多标语，略计算共有十种：第一，打倒不偷汉的顽固分子；第二，主张门户开放主义；第三，铲除三贞九烈的肉化分子；第四，旌表人尽可夫的倚门娼妓；第五，提高娼妓的地位；第六，崇拜赤裸裸的外国圣人；第七，鼓吹百善淫为先的学说；第八，继续古代面首三十八人的权利；第九，拥护努力性交工作的沈白女士；第十，欢迎破天荒的大烈性家沈白女士。

且说白蹄髈听得性家村中的妇女欢迎她去演说，暗暗欢喜。她想："我本来闷得慌，天天挨受人家的笑骂，骂我臭婊子，骂我贱骨难医，骂我咸肉，骂我露天尿壶。我听了异常恼恨，特地向妇女协会去奔走，一者想在会里充当一名会员，二者想由妇女协会出面禁止大家笑骂。谁料妇女协会拒绝我入会，说我行检有污，够不上会员资格，说会中的宗旨是解放妇女身受的束缚，不是指导妇女任意地荒淫，凡是荒淫的妇女，会中一律严格拒绝。我倒霉，怏怏地回去。明知做了娼妓，人格便堕落了，但是每夜没有三个男子做伴，实在不能过去，人家笑骂，只好由他笑骂了。我只道做了娼妓只好一辈子挨骂，谁料性家村中的姊姊妹妹居然备了请柬，请我去登台演说，我为什么不去呢？昏闷了多天，今日里才能吐一口气，越是不正经越是受大家欢迎，我白蹄髈很可以大大地出一回风头咧。"当下打扮一新，径往性家村去演说。

初出门的时候，邻居左右都在背后指指点点，白蹄髈料想他们不说好话，低着头，紧着脚步，只算没有听得一般，渐渐地走得远了，往来的人都不认识她，白蹄髈渐渐地趾高气扬，不可一世。出了中华里，过了民国路，迎面便是一座石桥，唤作"化外桥"，过了化外桥约莫数十步路，这地方便是性家村了。白蹄髈整一整衣裙，大模大样地走入这乡村，村里的欢迎员约莫有三五百名妇女，手执着"欢迎大烈性家"的旗帜，远远地瞧见了白蹄髈，大家都呐喊着三声："不要你的面皮，破天荒的淫妇，多夫主义的娼妓。"白蹄髈唤声倒霉，为着出风头来到性家村，却不料又在这里挨骂。当下垂头丧气，转身便走。走了十多步，听得有人在后面唤道："沈白女士，暂停步。"白蹄髈停步看时，见来的也是一位手执旗帜的欢迎者，当下问她："为什么把我唤回？"那欢迎员笑道："我们性家村的女同胞久仰沈白女士大名，如大旱之望云霓，今天难得光临，恰似黑暗地狱中来了一颗光芒万道的明星。鄙人率领着全体欢迎员，正在那里举行最隆重的敬礼，不料女士返身便走，同人等不胜惶恐，因此追上前来，向女士挽驾。"白蹄髈连连摇头道："不去不去，我又不痴，又不呆，为什么气吁吁跑来挨骂？"那欢迎员笑道："女士说哪里话，我们欢迎员都一致热烈地欢迎，对于女士只有歌功颂德，绝不敢信口雌黄，怎说气吁吁地挨骂呢？"白蹄髈怒道："说什么好听的话，骂也被你们骂够了。"那欢迎员益发惶恐道："女士是数一数二的英雄，断没有人敢肆口侮骂，莫非女士听错了吗？"白蹄髈道："怎会听错，你们合着伙儿把我辱骂，骂我'破天荒的淫妇'，骂我'多夫主义的娼妓'，这般辱骂，骂得恶毒极了，还算是欢迎我吗？"那欢迎员大笑道："这是女士误会了，敝村的情形与外面不同。外面的女界都打不破'羞耻'两个字，处处都要顾着脸面攸关，唯有敝村第一等的女界把羞耻完全打破，实行不要面皮的主义，所以敝村的风俗，见了女界须得恭恭敬敬地祝颂一句'不要你的面皮'，便是最隆重的敬礼。至于淫妇两个字，野蛮时代以为是骂人名词，敝村的女界既公认淫为美德，又公认'百善淫为先'是个颠扑不破的格言，现在见了女士尊一声'破天荒的淫妇'，也是最隆重的敬礼。至于妇人们的'多夫主义'，尤其是敝村极端崇拜的事，要是一个妇女只嫁着一个丈夫，那么人格便堕落了，敝村有两百首童谣，便是拥护着这种主义。第一首云：'丈夫有一千，妇女们流芳百年；丈夫有一个，妇女们遗臭千古。'第二首云：'若要做女豪杰，讨几个发眉妾；若要做女英雄，讨几个小老公；若要做女军事家，讨几个姨公爷。'可见'多夫主义'是一桩很有荣誉的事。再者，敝村中娼妓算是妇女中的第一流人物，实行提高着娼妓的地位，比什么妇女的地位尊贵十倍，现在见了女士，尊一声'多夫主义的娼妓'，也是最隆重的敬礼。"

白蹄髈经她说明以后，方才恍然大悟，原来这里的习惯和外面的不同，便笑向那欢迎员说道："只道是诸位把我辱骂，现在说明了，才知道是最隆重的敬礼，但有一说，这里颂扬人家的话是这般颂扬的，这里辱骂人的话又是怎样的辱骂呢？"那欢迎员吞吞吐吐，不敢直说。白蹄髈问她为什么欲言又止，那欢迎员道："承蒙女士动问，怎敢不老实奉告，只是敝村骂人的名词，实在骂得很恶毒、很污秽、很卑鄙不堪。女士是我们的贵宾，今天当了贵宾，怎好说这下流的话？一者恐怕污了女士的耳，二者恐怕污了我们的口。"白蹄髈道："不妨，多少告诉我几句便是了，要是秘而不宣，我依旧要回去，不敢冒昧入村，只为进了贵村，人家祝颂我，我只道是骂我，人家骂我，我只道是祝颂我，那就弄不明白了。"

那欢迎员愁眉苦脸，万分不愿意，只是白蹄髈以去就相要挟，那便不得不依实奉告了，于是轻轻地道："说便说了，女士莫嫌污耳，这里的骂人名词专拣最不名誉的事当作骂人的材料，见了女界，骂一句'你是知书达礼的女郎'，无论怎样好性子的听了也要发怒，只为知书达礼的女郎便是受了野蛮化的女郎，这是女界一定不肯承认的。再有许多很龌龊的骂人名词，什么'女道学家'，什么'从一而终的妇人'，什么'守贞不嫁的处女'，什么'终身守节的孀妇'，什么'孝女'，什么'烈女'，什么'言笑不苟的闺阁千金'……"说到这里，那欢迎员连打了几个恶心，飞也似的向河滩那边跑去。白蹄髈好生惊异，敢是她有神经病的，一时病发，要去投河不成？

原来非也。那欢迎员跑到河滩，蹲倒着身躯，把小旗放在一边，伸手在河里掬水，掬向口中，连连地漱口，漱了一会儿，执着旗重又回来，请白蹄髈也到那边去洗耳。白蹄髈诧异道："洗什么耳？"那欢迎员道："我把很龌龊的骂人名词一一说了，污了我的口，我该漱口，污了女士的耳，也该洗耳。"白蹄髈笑道："这倒可以不必，我和你在这里讲话，那边许多女同志守候良久了，我和你同到村里去吧。"那欢迎员道："女士暂停片刻，待我吩咐同人等，重行那最隆重的敬礼。"

当下把小旗乱舞，口喝道："全体欢迎员听着，破天荒的大烈性家到了，你们快行那最隆重的敬礼，一、二、三……"喝到"三"字，但见三五百名的欢迎员重又齐声呐喊起来："……不要你的面皮，破天荒的淫妇，多夫主义的娼妓……"白蹄髈不再误会了，含笑点头，领受她们的热烈欢呼。

那欢迎员吩咐备轿伺候。无多时刻，四名轿夫抬来了一乘轩轿，请沈白女士上轿。白蹄髈看了这乘古怪的轩轿，有些退退缩缩，不敢上轿。这乘轿和赛会时城隍土地所坐的轿一般大小，不过赛会中的轩轿上面遮阳，挂着排须，下面踏脚是木刻金装的狮子。现在这乘轩轿上面也有遮阳，挂的不是排须，仿佛十二支手枪，不是手枪，却是男子性具的模型，小炮不是小炮，却是男子性具的放大标本。白蹄髈虽是个荡妇，但是见了这般奇形怪状的轩轿，觉得太不雅观，因此退退缩缩不敢上轩轿。

欲知后事，且阅下文。

第三十六回

圣母庙击鼓鸣钟
性育场挂灯结彩

　　白蹄骹面皮虽老，到这时竟似丈二长的豆芽，忽地老嫩起来，退退缩缩，不好意思上轿。然而怎由她自己做主，早被那些欢迎员拉拉扯扯推入轿内。轿役们一声吆喝，前后都上了肩，四名轿役早把这位大烈性家沈白女士四平八稳地抬将起来，三五百名欢迎员手执着纸旗簇拥着大烈性家，一对对地在轿前轿后行走。纸旗上的字样五花八门，标新立异，除却上文表过的那十种标语以外，还有许多离离奇奇的口号：什么"淫为美德"，什么"淫妇万岁"，什么"提倡浪漫化的性交人才"，什么"踏着淫的道路，积极行进"，什么"新发明的圣经贤传便是性交大全"，什么"何谓真教育，便是诲淫"，什么"推广神圣的自由的光明正大的卖淫事业"。这许多纸旗以外还夹着"欢迎大烈性家沈白女士"的横额，欢迎员一面摇旗，一面呐喊，表示最隆重的敬礼，不到十余步，但听得两旁砰砰砰的声响一时并作。

　　白蹄骹认道鸣炮致敬，但是这声音很不像鸣炮，回眸看时，鸣炮果然鸣炮，致敬确是致敬，这种炮的名目倒很新鲜的，可以唤作"红衣绿气炮"，"红衣"是炮的色彩，"绿气"是炮的气息。原来是两旁人家的妇女不住手地砰砰砰，拼命地碰那红马桶盖罢了。白蹄骹掩着鼻子，很有些难以为情，知道这马桶声音是人家替她助威，越是助威，越是觉得其臭熏天，转念一想，也许是性家村欢迎上宾，合该放这"红衣绿气炮"，休得辜负了她们，她们的盛意我只含笑点头便了。当下端坐在轿内，左顾右盼，只向两旁炮手含笑点头，领受她们的盛意。

　　又行了数十步，猛听得一声"擎枪致敬"，便有两旁妇女手擎着淋淋漓漓的马枪，同时立正，向着大烈性家致敬。白蹄骹向左看时，马枪上的水点从左面洒来，向右看时，马枪上的水点从右面洒来，马枪便是马桶豁洗，洒来的水点便是马桶里的积水。白蹄髈唇边口角早沾受了桂花滋味，任凭她的胃口好，也不免连打了几个恶心，一霎时柳眉倒竖，杏眼圆睁，把一双镂花的皮鞋在那踏脚的车轮小炮上乱跳，口喝着："停轿！停轿！似这般地糟蹋我，片刻难留，我要回去了！"轿役们怎敢怠慢，便停着脚步。欢迎员好生诧异，又派着代表到轿前询问大烈性家沈白女士："人家竭诚欢迎，为什么又要回去？"白蹄髈怒道："你们这般地欢迎我，比着打我骂我还要难受，很肮脏的洗马桶水洒得我满头满脸，这算是什么道理？"那代表恭恭敬敬地答道："女士，这是我们性家村上最隆重的敬礼，叫作'香花供奉'，说什么肮脏难堪？"白蹄髈道："胡说！洗马桶的臭水淋在面上，算是'香花供奉'，那么臭马桶套在头上，也要算最隆重的敬礼了？"那代表道："怎说不是最隆重的敬礼？这叫作'加冕礼'，除却我们祖师性道人曾经受过这种荣典，其他没有第二人戴过这种又高又大的帽子。女士的名望虽然大，但是比起祖师相差还远，只可受香花供奉，没有红马桶套头的资格。若要红马桶套头，须得对于性的工作努力进行，在里面得有最新发明，做一个性世界顶天立地的淫妇人，到了那时，当然也有加冕的希望。现在只得暂屈一下子，把甘露水奉敬女士，这种典礼也是款待上宾的。女士万万藐视不得。"白蹄髈道："我不信，欢迎上宾只把洗马桶的臭水淋面，敢是你们愚弄我吧？"那代表合着掌道："南无净光王菩萨，罪过煞。沈白女士，你敢小看这马桶里的余沥，委实罪过罪过！老实向你说了吧，这芬芳扑鼻红马桶里的香液，唤作'第四种水'，是我们祖师性道人的饮料，谁也不得偷尝余沥。"

　　白蹄髈听了，奇怪道："什么叫作'第四种水'？生了耳朵后，直到如今还是第一次听得。"那代表道："女士既没有听得，当然要发生误会了。我们中国的科学，旁的没有长进，独有水的科学却是非常进步。从前品评泉水的，分什么'天下第一泉''第二泉''第三泉'，这是无机化学的水，还容易辨别。现在更进一步，便是有机化学的水也要分出什么'第一种水''第二种水''第三种水'。'第一种水'最普通，'第二种水'也是屡见不鲜的。'第三种水'最名贵，我们祖师性道人便是靠着'第三种水'活命的，他有一个别号，叫作'活泼泼性海的鱼'，他既做了性海的鱼，当然要靠着'第三种水'活命，失水便要身死。他清晨起身，须得一口气喝尽四磅重的'第三种水'一大瓶，才能够维持他的生命。可是他老人家需要的'第三种水'一时哪里有这许多，求多于供，遂形缺乏，他老人家续又发明色香味三般兼全的'第四种水'，便是马桶豁洗上的余沥。我们祖师每天派着两名徒弟在性家村一带募化'第四种水'，每人托着一个大葫芦，挨家沿户，把马桶豁洗上的余沥滴在葫芦里面，这个马桶须得纯粹女性所坐的，那么便有功效，要是男性坐过，便没效了。好在祖师所派的两名徒弟，嗅觉很是敏捷，先在豁洗上嗅这一嗅，夹杂男性的'第四种水'一嗅便知，立时不顾而去。要是纯粹女性坐过的马桶，那么豁洗上的余沥自有一种特别香味，当下提取精华，每个马桶里提取十滴香液，滴在葫芦里，仿佛十滴药水一般，积少成多，足足盛满了两葫芦，献给祖师，可以替代四磅重的'第三种水'。祖师饮了这香液，如饮琼浆玉露，精神抖擞，风采焕发，对于性的工作上又可以立书著说，造就许多有志研究性学的男女青年。所以性家村上纯粹女性坐的马桶，都是我们祖师的专有品，旁人休想可以染指。今天为着女士分上，很宝贵的'第四种水'牺牲了不少，似这般芬芳扑鼻的甘露水，女士却口口声声唤作臭水，南无净光王菩萨，罪过煞，罪过煞！"白蹄髈失声惊呼道："哎呀，你们都没有鼻子的呀，洗马桶的臭水，你们却唤作香液，简直是香臭不分的了。"

那代表正色答道："现在的世界件件这般，都是颠之倒之，从前以为是的，现在都以为非，从前以为美的，现在都以为丑。那么从前以为芬芳扑鼻的，现在便是其臭熏天了，从前以为其臭熏天的，现在便是芬芳扑鼻了。我们祖师常常说的：'臭不异香，香不异臭，臭即是香，香即是臭。'女士怎么理会不得？"白蹄髈听到这几句，居然福至心灵，在那香臭问题得了一个彻底的解决，把这几句"臭不异香，香不异臭，臭即是香，香即是臭"颠来倒去念了好几遍，说也稀奇，心理一改变，香臭立即易位，方才溅面的洗马桶水不但一点也不觉得臭，反而有些檀香滋味，便把舌尖伸出，左一撩右一撩，把方才溅在面上的残点一齐舔入嘴里，含笑向那代表说道："原来如此，我错怪你了。这'第四种水'的气息，端的异香扑鼻，不是人间所有。"于是轿役依旧向前进行。前前后后的欢迎员依旧摇旗呐喊。白蹄髈兀自左顾右盼，指望再有人举起着马枪，洒她一个满头满脸，但是两旁的人只乱放着"红衣绿气炮"，再也没有人擎起马枪牺牲这香液，浇灌大烈性家的热吻。

又行了百余步，道经一所很高大的庙宇，斗大三个金字，唤作"四圣庙"。轿役停步，把这乘大轿歇在大门外，欢迎员的代表敦请沈白女士入庙拈香。白蹄髈道："这座四圣庙供奉的是观音大士还是财神菩萨？"那代表道："女士有所不知，这里本是'四烈祠'，供奉的是野蛮时代四个节烈妇女，一是柏舟自矢的卫共姜，二是哭塌长城的孟姜女，三是引斧断臂的李氏妇，四是身遭蚊害的露筋女。那时候，敝村的人民知识愚昧，见闻孤陋，尤其是一

294

班三从四德的妇女，对于'四烈'百般崇拜，当作女界的模范人物，春秋祭祀不绝。自从性道人到了我们村里，实行性的教育，打破虚伪的、残忍的三贞九烈，我们妇女界恍然大悟，个个都受了性的洗礼，掮起'打倒节烈'的旗帜，一路吆吆喝喝，拥入四烈祠，把那泥塑木雕的卫共姜、孟姜女、李氏妇、露筋女打得粉碎，另行集着巨款，塑了四位宜古宜今的女圣人，做我们全村妇女的模范。这座四烈祠便变成四圣庙，每逢朔望，烧香的络绎不绝，女士难得到这里来，合该进去拈香，瞻仰这宜古宜今的四位女圣人。似女士这般人格，很有女圣人的气象，将来我们四圣庙里可以添设女士的长生禄位，四圣庙便变作五圣庙，也未可知。"

白蹄髈是爱戴高帽子的，人家恭维她做女圣人，怎不欢喜，忙问这里面供奉的女圣人端的是谁。那代表道："女士何妨猜一猜。"白蹄髈幼年在私塾里，也曾读过几年《女诫》和《女论语》，想了一想，便道："这四位女圣人，我可猜中了一半，其间有一位是著《女诫》的曹大家，又有一位是著《女论语》的宋若昭，猜得对不对呢？"那代表笑道："女士猜得不错，曹大家也有的，宋若昭也有的，只不在堂上高坐罢了。"白蹄髈不便多问，便请那代表引导，同进这座四圣庙，果然气象崇隆，规模阔大，好一座金碧辉煌的庙宇！上了大殿，但见蓝地金字的匾额上面四个栲栳般的大字，叫作"大宋四圣"。白蹄髈满肚搜索，想不出宋朝时代女界中有什么宜古宜今的圣人，当下很恭敬地上了大殿，但见朱漆飞金的神龛里面，一字并肩地坐着四位圣母娘娘，都是妖妖娆娆，全不见半点庄严模样。第一位圣母娘娘手执着大红绣鞋，在那里占鬼卦；第二位圣母娘娘罗衫半褪，露出那大红抹胸；第三位圣母娘娘口咬着罗衫的袖，荡态可掬；第四位圣母娘娘手插入裙腰，浪容毕露。好在每位圣母娘娘面前都供着一个蓝地金字的牌位。白蹄髈挨着次序，一一地读道："第一位，武姓淫妇潘氏金莲圣母娘娘之神位；第二位，杨姓淫妇潘氏巧云圣母娘娘之神位；第三位，宋姓淫妇阎氏婆惜圣母娘娘之神位；第四位，卢姓淫妇贾氏圣母娘娘之神位。"白蹄髈读罢恍然，自言自语道："原来四位女圣人便是《水浒传》里的四淫妇，在这里享受香火，把孟姜女等四位节烈妇女都赶跑了。性家村的风俗，端的比众不同，今天叫我在四淫妇面前屈膝，这便如何是好呢？"

白蹄髈虽然是一个偷汉专家，但是表面上像煞有介事，逢着人便说自家规矩，不肯把偷汉的账簿翻给人看。现在当着四位圣母娘娘，要她低头屈膝，心上万分不愿意，怎禁得大殿上鸣钟击鼓，庙祝捧着香烛，请沈白女士在神前拈香。白蹄髈道："这里的规矩，我完全不知晓，可是和外面的烧香拜佛一般模样？"庙祝说："小庙拈香的方法和外面绝对不同。外面跪拜是面对着神龛，这里跪拜是屁股对着神龛，一切规矩，自有非礼生前来指导。"白蹄髈道："什么叫作非礼生？"庙祝道："从前四烈祠拈香，行礼时有礼生来指导，现在四圣庙拈香，行非礼时自有非礼生来指导……"

正在谈话的当儿，便有两名非礼生从外面赶到，入门时倒也衣冠齐整，像个礼生模样，到了庭心，便把浑身衣服冠履脱卸得光光如也，宛比进了澡堂一般。白蹄髈惊问："这算做什么？"庙祝道："非礼生剥得赤条条，这便叫作'欲行非礼'啊。"白蹄髈暗暗好笑起来："别处唤作'行礼'，这里却唤作'行非礼'，既到了这里，免不得依着这里的风俗，他们行非礼，我也只得跟着他们行非礼了。"其时两名剥光猪猡似的非礼生都上了圣殿，在白蹄髈的左右站定，庙祝点着香烛，先把香烛在两名非礼生的胯下打了一个转，然后插上神前的方供香炉。非礼生嘱咐沈白女士屁股对着神圣，一起一伏地三跪九叩首，口喝着："初献爵……亚献爵……三献爵。"白蹄髈肚里寻思："这里的祭礼也和外面差不多，外面上祭，要献爵三次，这里上祭，也要献爵三次，可惜背对着神座，不知所献的爵可和外面一般模样？"她趁着站立的当儿，回转头来，偷瞧那所献的爵，几乎笑将出来。原来礼生所献的爵和非礼生所献的爵绝对不同，礼生所献的爵，是托在盘里的爵，非礼生所献的爵是挂在胯下的，每逢献爵一次，两名非礼生各捧着自己随带在身的天然爵，向着四位圣母娘娘举这一举，白蹄髈见了，怎不暗暗好笑呢？好容易跪拜了一会子，两名非礼生喝着："非礼行毕。"然后走下大殿，自去穿衣着裤，按下不提。

且说那代表笑向白蹄髈道："今天祭拜四圣庙，算得一时盛举，可惜非礼上面不免欠缺一些。"白蹄髈忙问何故，那代表道："有了献爵，便有献蛤，非礼生献爵三次，女士也该献蛤三次。"白蹄髈道："人家上祭，只听得献爵，没听得献蛤。"那代表道："爵是阳性，蛤是阴性，日令说得好：'爵入大水为蛤。'王断山说得更好：'爵入大蛤为水。'可见爵和蛤有密切的关系。非礼生在那里初献爵、亚献爵、三献爵，女士便该解放裤带，高耸尊臀，在神圣前初献蛤、亚献蛤、三献蛤，这么一来，才不愧今天祭拜四圣庙的特别盛典。"白蹄髈笑道："羞人答答的，在大殿上脱裤，成什么模样？"

那代表道："大殿上脱裤也有典故的。从前有一个灯谜，叫作'大成殿上脱裤'，可以打四书一句。要是正面向大成殿上脱裤，打的一句四书便是'阳货欲见孔子'。要是背面向大成殿上脱裤子，打的一句四书便是'馈孔子豚'，

'豚'便是'臀'的谐音。方才非礼生面向着神座三献爵，可以打一句'阳货欲见圣母'，可惜女士不曾背向着神座三献蛤，不能够打一句'馈圣母臀'。"白蹄骿笑道："什么'阳货欲见圣母'，什么'馈圣母臀'，难道四书上也有这两句吗？"那代表道："四书上没有，五书上总该有的。"彼此笑了一笑，走下大殿，到各处去随喜，但见大香炉左右，直直地跪着两个妇女铁像。白蹄骿见了奇怪，又不是岳王坟，怎么有跪倒的铁像？走近了仔细看时，两个妇女像的胸前各有一行字迹，一个标明是"著《女诫》的曹大家"，一个标明是"著《女论语》的宋若昭"。那代表道："女士既到了这里，快快摩拳擦掌，把铁像痛打几下，宛比上岳王坟的，不打秦桧夫妇是不吉利的。"白蹄骿将起衣袖，举起胳膊，准备结实地打几下，但是转念一想，重又缩手。那代表道："女士为什么虚张声势，缩手不打？"白蹄骿道："我本想打她们几下，忽然想到幼年在私塾里读书，第一本读的是《女诫》，第二本读的是《女论语》。私塾老先生讲给我听，说曹大家、宋若昭的品行和学问实在好得了不得。她们都是女中的圣贤，流芳百世，永远不朽，你们做女子的，总得效法两位女圣人，才是道理。私塾老先生的说话对不对且不理论，但是我自从幼年读了她们的书，得了一些知识，到了现在，却要伸手打倒她们，委实于心不安，算了吧，横竖我不再崇拜她们便是了。"那代表摇了摇头儿，表示不赞成，又滔滔不绝地说道："沈白女士，不是这般讲，新潮流中的人物，越是身受教育，越是要把教育推翻，以怨报德成了一种风气，新时行的童谣，叫作'受恩愈多，打得愈苦，受恩愈重，打得愈痛'。做青年的，吃了爹娘的饭不妨打倒爹娘，受了师长的教育不妨打倒师长。'天地君亲师'五个字休说现在不能成立，便是从前也不过虚有其名。旧式童谣唱得好：'天地君亲师，海蜇萝卜丝。'那么天地君亲师的价值，不过和海蜇萝卜丝一般，稀什么罕呢？女士你不见打倒孔老二的旗帜吗？不识字的农工们揞着这般旗帜，还有可说，偏生揞着'打倒孔老二'的旗帜的不是目不识丁的劳农劳工，却是读过'子曰子曰'的先生们。那些曾读诗书的知识界先生，道德上学问都曾得了孔子的许多帮助，平日间开口'至圣先师'、闭口'至圣先师'，推尊他老人家'道冠古今''德参天地'，而且自负不凡，说是孔门的忠实信徒，逢着孔子的名讳，不敢读本音，还要把缺笔字恭代。逢着春秋二祭，便加入丁祭执事，鸣钟击鼓，直着嗓子哼几声'大哉孔子'，什么'乐奏迎神之章'，什么'乐奏送神之章'，指手画脚，忙乱了一会儿，然后喜洋洋捧着祭罢的胙肉，以为非常荣宠。似这般的孔门忠实信徒，合该一辈子的'至尊先师''大哉孔子'

了。然而遇着潮流汹涌时代，为了一己的饭碗问题，管什么'至尊先师''大哉孔子''至圣后师''小哉孔子'，唯有揭着'打倒孔老二'的旗帜，挤在人群里呐喊几声，表明自己的思想不曾落后，并不是落伍者。女士，你看识时务的俊杰，都是以怨报德，你便把曹大家、宋若昭的铁像责打几下，又有什么妨碍呢?"

白蹄髈听了这一席话，立时心地光明，恍若大梦初醒，瞅了铁像一眼，无名火提高了三千丈，举起双手，左右开弓似的，在那铁像的嘴巴上恶狠狠地打了十几下。铁像不觉得痛，把自己的手掌打疼了，口中哟哟连声，原来手腕太辣了，结果也是自己吃苦。

不多一会子，白蹄髈出了四圣庙重又上轿，欢迎员前后簇拥，径往公共性育场去，受那性家村全体女界的欢迎。那时性育场里面热闹得了不得，七纵八横悬挂着许多灯彩，有三十六盏唐宫秘戏灯，男女神态栩栩欲活，这叫作"三十六灯都是春"，其他还有马桶灯、便壶灯、子宫灯、卵巢灯、鱼口灯、杨梅灯，名目繁多，不可计数。会场门口的招待员远远地望见纸旗飞扬，一路呐喊而来，便知道沈白女士到了，霎时间噼啪噼啪响成一片，发出全体欢迎员的股掌声响。什么叫作"股掌"，不是平民错误，把"鼓掌"的"鼓"字排了"股"字，原来性家村的风俗和外面大不相同。外面开欢迎会，无非鼓掌，这里开欢迎会不用鼓掌，而用股掌，把两只手掌在自己屁股上拍得怪响，股掌相碰，这种声音便唤作"股掌"声音。性家村的妇女，性欲越是发达，臀部越是膨胀，所以股掌相碰的声音，比着鼓掌声特别洪大。鼓掌是单调，以掌击掌，击一下子，不过啪的一声，股掌是复调，以双掌击双股，击一下子，便是噼啪的两声。这时股掌相碰的妇女约莫一千人左右，便有两千只手掌和两千只屁股相碰，声势何等雄厚。妇女们自己拍自己的屁股倒也罢了，最可笑的是，白蹄髈才下了轿，便有两个善拍马屁的招待员跟在白蹄髈后面，一路拍着白蹄髈的屁股直到会场以内。

那时周围股掌的声音益发响亮，呐喊着种种口号："淫妇到了……不要面皮的淫妇到了……其骚无比其浪不可思议的淫妇到了……请看娼妓式的淫妇……请看皮肉生涯的淫妇……请看朝秦暮楚人尽可夫的淫妇……"白蹄髈已知晓了这里的风俗，听了这种种口号，不再误会是骂人名词，淫妇长淫妇短都是人家善颂善祷，都是人家替她上那至恭且敬的称号，当下满面春风，向两旁微笑点头，跨上讲坛。

欲知后事，且阅下文。

第三十七回

卖弄风姿挑选精壮男子
取消淫妇嘉封贞烈夫人

白蹄骦大踏步跨上讲坛，又是一阵很热烈的大拍屁股，待到股掌声停，白蹄骦揣摩着大众的心理，滔滔不绝地演讲道："诸位姊姊妹妹，我们妇女界最高的道德是什么？便是赤裸裸不挂一丝。最大的权利是什么？便是每个女子的丈夫，最少限度也须有一百二十一人（众大拍屁股）。有了多妻时代，便该有多夫时代。从前多妻时代的皇帝，除却皇后以外，又有三夫人、九嫔、二十七世妇、八十一御妻；现在多夫时代的英雄，也该有三良人、九夫、二十七外子、八十一当家的。男子既该有一百二十一妻子，当然女子也该有一百二十一个丈夫（众大拍屁股，高喊着'拥护一妻多夫制度'）。从前男子把女子当作玩物看待，现在呢，反其道而行之，女子便该把男子当玩物看待，遇着没事没趣时，不妨唤几个姨老爷来陶情作乐，嗅嗅摸摸，搂搂抱抱，也可以发泄我们几千年来被压迫的一股怨气（众人打屁股，高喊着'女子有广纳姨老爷的权利'）。做女子的权利正多呢，不是纳几个姨老爷便可以满足她们生理上的欲望，除却姨老爷以外，还得到窑子里去嫖妓，嫖的不是花姑娘，却是花哥儿，我们呱呱叫的女青年（且说且竖起大拇指）倘不左拥着姨老爷，右抱着花哥儿，便叫作'虚生人世'（众大打屁股，高喊着'赞成大烈性家左拥右抱的政策'）。至于男女两性的界限，合该打得虚空粉碎，不但男校和女校可以归并，便是男厕所和女厕所、男浴堂和女浴堂，也都有归并的必要。所有性交的成绩一一编成分数，张挂在公共性育场，以便大众观览（众大打屁股）。贵处性教育会通过的议案，一年分两个时期，叫作裸体时期，这般办法依旧不彻底，据我看来，若要裸体，便该长年裸体，半裸体已不彻底，何况还要穿上了衣服。衣服是压迫人身的，我们须得努力铲除，逢着春暖夏热，固然适宜裸体，逢着秋寒冬冷，也该不避风雪，奋发热烈的精神，努力裸体一下子，燥燥自己的脾胃。万不宜整日穿了衣服，埋没自己的曲线美，无论春夏秋冬，总得想个方法，当着众人，尤其是当着年富力强的漂亮男子，把浑身上下的曲线美赤裸裸地披露。那么相形之下，也好使一班直线丑的男子自惭形秽，甘拜下风。（众大打屁股，高喊着'打倒直线丑的男子'。）"

白蹄髈演讲未毕，忽地打了一个呵欠，没精打采地说道："今天承蒙诸位姊姊妹妹开会欢迎，沈白异常感激，但是会场里面还觉得有些美中不足。偌大一个会场，只有女性，没有男性，只听得姊姊妹妹大股掌，没听得哥哥弟弟大股掌，这里又不是女儿国，为什么只做筒子一色？沈白的私见，认为这是今天开会的绝大缺点。"那时公共性育场的场长唤作蓝湖女士的，起立报告道："女士有所不知，今天欢迎你这位大烈性家，女界男界都表同情。不过开会的次序，一是女界，二是男界欢迎，先女后男，含有'提倡女权'的意思，并不是专做筒子清一色，拒绝男子加入，女士不要误会了。"白蹄髈笑道："原来如此。沈白向来演说，欢喜对着男子开讲，男子宛比钥匙，可以开动我锁闭的话匣，听讲的男子越多，我的演说越讲越精彩。据我看来，你们的欢迎会何必一番生活两番做呢？尽不妨开一个两性联合欢迎会，女也有，男也有，大家热闹一会子，岂不是好？"蓝湖女士诺诺连声，暂请沈白女士退席，赶紧遣人四出，催促男界的欢迎员快前来加入团体。约莫一点钟，男界欢迎员果然到了不少，和女界恰是旗鼓相当，然后敦请沈白女士再行登坛演讲。白蹄髈上了演说坛，宛比吃了一点兴奋剂，演讲时益发口若悬河，滔滔不绝，她提着十二分的精神讲道："沈白方才的一席话是讲给女同胞听的，只为男同胞迟迟不来，沈白不能够借助电力，演说遂告了中止。现在场上加入了许多男同胞，沈白受了电力的吸引，便有一番说话脱口而出，奉告会场上的一班男同胞，尤其是年轻力壮的好哥哥、好弟弟……"说时闪着媚眼，一个个的眼色向那精壮的少年丢去。场中男子大打屁股，高喊着"欢迎大烈性家的俏媚眼"。"好哥哥、好弟弟，我有几句新发明的理论，要和诸位商议，不知道诸位赞成不赞成。但是无论诸位赞成不赞成，我的意见总要向诸位发表，诸位男同胞，尤其是年轻力壮的好哥哥、亲哥哥、好弟弟、亲弟弟……"说时把手帕掩着嘴咯咯咯地好笑，场中男子大打屁股，高喊着"欢迎大烈性家的勾魂一笑"。"沈白方才说过的，从前男子以女子为玩物，现在女子便该以男子为玩物，遇见了眉清目秀的男子，无论认识不认识，尽可以搂在怀里，和晴雯的嫂子搂住了宝玉一般，女子要怎样，男子只有依着她干，只有依着她干……"说时声音益发柔媚，而且带些颤动。场中男子大打屁股，高喊着

"欢迎骚声浪气的性交大家"。"性家村中不是有一座四圣庙吗？庙中第一位圣母娘娘，便是曾经戏叔的潘金莲，她发明把男子做玩物，不愧是女界的圣人，可愧武二这死囚不能够领受她的美意。沈白是崇拜金莲圣母的，但愿诸位男同胞，尤其是年轻力壮的好哥哥、亲哥哥、好弟弟、亲弟弟，你们都该领受沈白的美意，大家都做西门庆，不要做武二，沈白便是潘金莲的化身。"说时在讲坛上跑了几回急步。场中男子大打屁股，高喊着"欢迎走浪步的大烈性家金莲圣母的化身"。"诸位诸位，你们肯做沈白的玩物吗？赞成的快快举手……"全场男子一致举手。"你们既赞成做沈白的玩物，沈白便要从许多玩物里面挑选几名姨老爷，你们答应我挑选吗？赞成的快快举手……"全场男子一致举手，白蹄骹便老实不客气，实行挑选姨老爷演说。

白蹄骹吩咐全场男子一齐站立起来，竟在众人里面挑选面首，选中了一百多名。白蹄骹道："从前山阴公主挑选汉子，选中了面首三十人，其实挑选男子，不能够专重面首，面首虽然漂亮，但是虚有其表，成了银样镴枪头，这便没趣了。沈白挑选姨老爷，看了面首看膀背，看了膀背看腰脚。现在面首试验告竣，便要举行膀背试验，凡是取中面首试的少年，各各袒着上半截，听候挑选。"这一百多名少年果然袒了上半截，听候挑选。又选中了六十多名，吩咐举行腰脚试，各各裸着下半截，听候考选，又选中了三十二名。

开了名单，认定这三十二名少年面首漂亮、膀背结实、腰脚强健，般般合了姨老爷的资格，旁的男子一齐落第。又吩咐这三十二名姨老爷一一都穿了衣服，预备带回自己家里，听候使用。这一声吩咐，惹动了女界方面的一片哭声："我的天呀，这便怎么是好呀！""我的天呀，叫我怎样过日子呀？"尤其是那个公共性育场的场长蓝湖女士哭得一佛出世，二佛升天。

白蹄骹见这情形，莫名其妙，想到性家村的风俗，事事和外面相反，也许欢迎会里照例有这一场痛哭，便是欢天喜地的表现。待要和她们对哭一场，仓促间哪里找得出这副急泪，也罢，她们大哭，我便大笑，横竖哭不异笑，笑不异哭，哭即是笑，笑即是哭。想定了主意，便在讲坛上嘻嘻哈哈，笑得腰都弯了。蓝湖女士擎着眼泪，问道："请问沈白女士，我们在这里举哀，女士为什么幸灾乐祸，哈哈大笑？"白蹄骹道："你们个个放声大哭，好没来由，我猜不出你们是真哭是假哭，没有方法止住你们的哭声，只好付之一笑。"蓝湖女士道："怎说是假哭呢？我们性家村遭此打劫，须得二三十年才能够恢复元气，痛定思痛，叫人家怎不伤心？"说时又呜呜咽咽地哭个不止。白蹄骹奇怪道："你敢是疯了，好好的性家村，又没有强盗来掳掠，怎说遭了打劫？"

蓝湖女士哭道："怎说没有强盗，你便是绿林好婆，把我们性家村里头儿脑儿尖儿顶儿的男子都掳了去，叫我们怎样活命？"白蹄髈道："性家村里的男子至少也有一二千人，我只选得三十二人，有什么妨碍？"蓝湖女士道："这三十二人，都是我们公共性育场中的选手，今年大闹性育运动会，召集男子青年，一队队的野鸳鸯扑地飞舞，竞争的结果，优胜者得有银盾、银杯、银牌等奖品，十项运动前三名，得有金盾、金杯、金牌的奖品。这些是性育选手，都被女士选了去，将来我们开性育运动会，人才便感缺乏。性家村的男子虽多，但是精华都被女士拔去了，只剩男子的渣、男子的糟粕、男子的残余，从此性家村遭了男子荒，不经二三十年，怎么可以恢复原状？想到这里，兀的不痛煞人也。"说罢，又是放声大哭。

白蹄髈到这地步，有些进退两难。待要把姨老爷带回去，她们如丧考妣，怎肯罢休。待要把姨老爷留在这里，又舍不得这三十二名面首、膀背、腰脚件件合格的人物。仔细思量，拼和她们破了面，选定的姨老爷万万不可收回成命。当下沉着脸发话道："你们这般痛哭，真是胡闹，这'绿林好婆'四个字下得荒谬，沈白绝对不能承认。我又不是女强盗，是你们请来的，备着束子，抬着大轿，前呼后拥，欢声雷动，天下有这般的绿林好婆？"有一个女欢迎员且哭且说道："我们欢迎你到来，只道是你有本领替我们性家村女界推广权利，谁料你一到性家村，完全把我们的权利剥夺去，你不是绿林好婆，谁是绿林好婆？"白蹄髈道："胡说，我所选中的姨老爷，都是他们心悦诚服，举手赞成，不比绿林好汉，看中了人家妇女，明火执仗，闹入人家，把妇女抢上山头，持刀威逼，做他的压寨夫人。"蓝湖女士道："没刀子的强盗比着有刀子的强盗尤其凶恶，她把三寸舌头当作唯一的武器，上场的当儿说得天花乱坠，把那甘言蜜语掩饰她打家劫舍的行径。可怜我们性家村的女界不知道死在目前，兀自受着她的蛊惑，热烈欢迎，把自己的两片屁股几乎打烂。待到权利被夺，懊悔早已不及，才知道文明强盗的掳掠手段，比着野蛮强盗尤其可怕，她不用什么武力，早已把我们性家村中能征惯战的男子完全都夺了去，做那绿林好婆的压寨老爷。哎呀，绿林好婆啊，我们早知你这般存心，便不来欢迎你啊，你嘴里说出糖来，肚里挖出刀来，你简直是个笑面的老虎，不操戈矛的大盗啊。"

蓝湖女士左一把鼻涕，右一把眼泪，说到后来，竟是声嘶泪竭，哭不成声。众妇女上前相劝，都说："徒哭无益，总得想一个挽救方法，先礼后兵，我们不妨向沈白女士苦苦哀求。"于是全场妇女个个跪伏在地，众口一声：

"请沈白女士格外垂怜，留下这三十二名性育场中的选手，旁的男子任凭沈白女士拣选，我们绝不吝惜。"白蹄髇睬都不睬，只吩咐这三十二名姨老爷拥护着自己，离开这公共性育场。

众妇女见哀求无效，不由得怒从心上起，恶向胆边生，嗖地从地上爬起，喝一句新口号："打倒野心勃勃的大烈性家！"这三十二名姨老爷都被众妇拦腰抱住，不放他们逃出会场。白蹄髇待要脱逃，早被众妇女围在垓心，慌得手足无措。众妇女七张八嘴，议论不一。有主张把沈白宣布死刑的，有主张把沈白驱逐出境的。蓝湖女士是女界的领袖，便向众妇女宣言道："沈白女士是为着我们特地欢迎而来，论理不该把她侮辱的，但是她的手段太辣了，她把我们的性育选手夺了去，便妨碍了我们性的工作。祖师性道人常说道：'凡是帮助你们性的工作的，便是你们的恩人；凡是妨碍你们性的工作的，便是你们的仇敌。'又说道：'成全你们性之所好，是你们的重生父母；夺取你们性之所好，是你们的七世冤家。'现在沈白女士罪名太重了，妨碍了我们性的工作，又夺取了我们性之所好，便把她绑赴四圣庙前，一刀两段，也不为过。但是她到这里，既是我们请来的，开门揖盗，我们也得担着不是，若把她宣布死刑，似乎说不过去。她的丈夫沈发祥又是性教育会的同志，也须顾着几分面子。若把她驱逐出境，又太便宜了她，现在定一个不宽不严的办法，不妨把她羞辱一番，使她名誉上大受打击，精神上也受着异常的苦痛，从此以后，再也不敢在这里来走动。"

众妇女道："怎样地把她羞辱？"蓝湖女士道："今天把她暂时拘留一宵，到了来朝，押着她游街，这个方法好不好？"众妇女大打屁股，一致赞成。白蹄髇听了，慌得什么似的，忙道："把我拘留在这里，我不着急，但是我曾经吃过性道人的烈性至宝丹，每夜非得有三个精壮的男子伴宿不可，要是不然，欲火焚身，不免化为灰烬。你们肯替我预备着三个伴宿男子，休说拘留一宵，便是十宵百宵也不妨。倘叫我孤眠独宿，不如早早把我一刀两段，须知独眠的况味比杀头还得苦痛十倍。"蓝湖女士也知道烈性至宝丹的药力非同小可，便替她预备三个男子，陪她过夜。这一宵把白蹄髇软禁在公共性育场的事务室里，三十二名考取的姨老爷资格的宣告解散，不在话下。

时光忽忽，已过一宵，白蹄髇很担着心事，不知道他们葫芦里卖什么药。昨日身为座上客，今朝变作阶下囚，想到游街示众，一定令人难堪，不知可要锁着铁链子，猢狲般地牵往村中，另有人捅着犯由牌，敲着小锣，从村头到村尾行一周。要是这般办法，我便糟了，现在被人监视着，无法脱逃，伸头一刀，缩头也是一刀，也只好听凭他们摆布了。

白蹄髈垂头丧气地坐在事务室里，但听得外面人声嘈杂，男男女女不知有多少人，都是来看游街的。人声愈多，白蹄髈心头愈慌，上天无路，入地无门，今日里难免出丑，要是他们恶作剧，演一出刁刘氏骑木驴，沿途强迫唱小调，这便怎么是好？白蹄髈焦急的当儿，但见蓝湖女士走入里面，冷笑了两三声，接着说道："沈白女士，你别见怪，你的手段太辣了，我们不得不取严酷的方法来对付你。今天的游街，比着杀你剐你还得严酷十倍，这是你自取其咎，怨不得我们。"白蹄髈问道："怎样的严酷方法？"蓝湖女士道："你自己去猜吧。"白蹄髈道："敢是把我当作淫妇刁刘氏看待，骑木驴游街，还得沿途唱着小调，被人家当面唾骂？"蓝湖女士冷笑道："你休痴心妄想吧，'淫妇'两字的称号再也挨不到你身上，刁刘氏骑木驴出风头，流芳千古，你有何德何能，希图和刁刘氏一般？"白蹄髈道："骑木驴游街以外，再有什么严酷的办法？我实在猜想不出，得饶人处且饶人，劝你们放松一二。"蓝湖女士乱摇着头道："饶你不得，饶你不得！昨天你选择姨老爷时，为什么不放松一二？沈白，老实向你说了吧，今天的游街，惨不胜言，把旧礼教做绳索，牢牢地把你捆着，休想有丝毫活动，把许多其臭无比的名词加在你的身上，使你遗臭万年，永远不能洗涤你的丑名。"白蹄髈听了发怔，料想今天的游街一定是绳插索绑，脖子上还插着斩条，敢怕游街以后，依旧一刀两段。想到这里，不禁浑身颤动。猛听得外面一阵奏乐的声音，箫管悠扬，音调很是庄严。

蓝湖女士道："沈白听着，从今日起，你的淫妇职称也已削夺，'大烈性家'的荣誉也是连带取消，我们把龌龊的名词加在你的身上，唤你一声'贞烈夫人'，今天的游街，便是'贞烈夫人游街'。请你端坐在绿呢大轿里面，眼观、鼻观、心观都不能一动，不比你昨天坐轿来，可以东西顾盼。少顷有女嫔替你更换衣服，有礼生请你坐轿出巡，这便是把旧礼教做绳索，牢牢地缚住你，休想再有人高唤你几声淫妇，再休想有人颂扬你不要面皮，休想再有人放着红衣绿气炮，休想再有人把第四种仙液给你受用。"蓝湖女士说罢，返身便走。

相距不多时，便有两名女嫔捧着珠冠霞帔、红袍玉带来替贞烈夫人装扮。白蹄髈诧异道："我又不是旧式的新娘子，为什么把我这般装扮？"女嫔笑道："这套衣服是从前四烈祠里的东西，自从四烈祠打倒，改建了四圣庙，神龛里四位圣母娘娘都是袒胸露臂，花样一新，所有封建时代的珠冠霞帔、红袍玉

304

带完全都不适用。人家见了，当作不祥东西，谁肯穿着在身上，只为你昨天闯下了滔天大祸，动了我们女界的公愤，才想出这个恶毒方法，把旧式的礼服披在你身上，还有旧式的仪仗、旧式的大轿、旧式的音乐，簇拥着你去游街，人人唾弃的贞烈夫人做了你的称号。从此以后，你的淫妇资格完全消灭，这都是你自己不好，才受着这严酷的处分。"白蹄髈道："一时哪里有这许多旧式仪仗？"女嫔道："都是从前四烈祠的旧有仪仗，便是这乘大轿，从前孟姜女赛会时曾经坐过，今天却把你当作孟姜女看待，你的人格就此要扫地了。"白蹄髈暗自思量："原来如此。这里崇拜淫妇，当然唾弃贞烈，但是外面的风俗和这里截然不同，这里唾弃的，外面却绝对信仰，我权在这里做一回贞烈夫人，又有什么妨碍呢？"想到这里，心头安慰了许多。

又听得外面鸣金喝道："号炮隆隆。"自有身穿礼服、头插金花的礼生口唱着："礼节奉请贞烈夫人升登宝车。"那女嫔轻轻嘱咐道："你受了旧礼教的束缚，不能够一请便出，须待三请以后，才能够升坐宝车。"白蹄髈点了点头，打着偏袖，动都不敢一动，直待乐奏了三通，礼生请过三遍，那两名女嫔才扶着白蹄髈上轿，行路时裙风不动，只听得环佩叮咚。这乘大轿又宽又大，旁边有两名古装打扮的侍女，手执着日月宫扇，分站在大轿左右。白蹄髈在轿中坐定，那女嫔捧上紫坛如意，叫白蹄髈托在手里，又轻轻地嘱咐道："两旁民众咒你骂你，只可忍气吞声，不得动怒。须知你昨天做淫妇，民众既然竭力欢迎，今天做贞烈夫人，民众当然肆口唾骂。"白蹄髈也准备着众口唾骂，很静默地坐在车上，有十六名轿夫抬着行走，只听得远远地鸣金喝道，料想这仪仗是很盛大的，可惜白蹄髈身坐车中，瞧不见这许多仪仗。编书的约略补叙，有"肃静回避"牌，有"飞虎清道"旗，有一对对金牌，金锣一下下地敲动，赢得全村民众挨肩叠背，站在两旁瞧热闹。一对对提炉香档、宫灯掌扇过去后，便是黄罗大伞撑在大轿前面。两旁民众见贞烈夫人来了，个个合掌膜拜，口中喃喃地念着："冰清玉洁的贞烈夫人，知诗达礼的贞烈夫人，贞烈千秋！贞烈万岁！"白蹄髈听在耳朵里，好生纳罕，他们何尝向我唾骂，反而百般地颂扬我，似这般地游街，多么显赫！多么体面！比着昨天高喊淫妇，高喊不要面皮，相去得很远咧。性家村事事颠倒，道是恭敬，反而辱骂，道是辱骂，反而恭敬，与其受他们的欢迎，淫妇喊得应天价响，不如尽着他们唾骂，左一声"冰清玉洁"，右一声"知诗达礼"。而且两旁居户，门前都摆着香案，一阵阵的檀香味透入鼻观，与其受他们碰马桶式的欢迎，不如受他们摆香案式的驱逐。好了好了，他们越是把我羞辱，越是替我装场面，待到回去后，向人们夸张，由着我说得嘴响。

白蹄骹满怀得意，肉麻当作有趣，猛然间一阵旋风吹得昏天黑地、沙飞石走，那些仪仗人等抱头鼠窜，没命奔跑，抬轿的把轿儿丢在街心，返身便走。白蹄骹待要脱逃，怎禁得又是一阵旋风，把她卷到半空中去。

欲知后事，且阅下文。

第三十八回

求荣反辱媚猪现原形
谈古论今乌龟说大话

　　白蹄髈被风卷去，飘飘荡荡，不知行了多少路，在先还喊着救命，后来昏昏沉沉、糊糊涂涂、恍恍惚惚，似有人在耳边喃喃讷讷地说道："贱妇人，你回去吧，臭不异香，香不异臭，臭即是香，香即是臭。请你登桂花堂，请你卧青石床，你自去做那朝秦暮楚的青楼女子，何必冒充什么三贞九烈的孟姜女？咦咦咦，哈哈哈。"在这当儿，她在半空里翻筋斗，急转直下，跌入一个所在，两眼一眨，人事不知，她竟跌闷了……

　　沈发祥自从承袭了封建时代的元绪公，丑声四播，总觉得脸上无光，好在性家村另有特殊风俗，崇拜淫妇，攘斥贞姬，发祥便怂恿他妻子游历性家村，去受那村民的热烈欢迎，也好吐一吐胸头的闷气。一宵不见他妻子回来，料想物以类聚，已做了性家村的上宾，从此安排到性家村去卜居，谁也不敢道我们的不是。发祥打定了主见，把小蹄髈托老妈子照管，准备到性家村去走一遭，探听他妻子怎样地受人家优待。他出了门，一壁走一壁自言自语道："这里的邻居，脑筋太旧，眼界又太小，把卖淫妇看得一钱不值。到了性家村，卖淫妇便是无冕的女王，名贵得了不得，我靠着卖淫妇，便可博得许多荣宠。性家村的口号叫作'妻子房中姘头多，才是人间大丈夫'。这十四个字很有意思，只为做男子的，人人想做顶天立地的大丈夫。'大丈夫'这三个字不是容易取得的，必须娶了老婆，才算是丈夫，必须老婆有了许多姘头，才算是大丈夫。这个'大'字须从比较上发生，男子不幸娶了一个规规矩矩的老婆，不省得偷汉，那么只好做那一辈子的丈夫，再休想加上一个'大'字。一定有了副总统，才有大总统；有了少将、中将，才有大将；有了小丈夫、中丈夫，才有大丈夫。也算金男争气，夜夜卖淫，那些临时大丈夫只好叫作小丈夫，至多也不过加一个中丈夫衔，万万够不上叫作大丈夫，呱呱叫的大丈夫只有我沈发祥一个。"说时跷起大拇指，自鸣得意。

"发祥哥，你到哪里去？跷起着大拇指，敢是和人猜拳，豁一个'一心敬收'？"发祥笑道："刘老二，又要说死话了，我今天到性家村去，你肯和我同去吗？"子楚连摇着头道："不去不去！我这几天心绪如麻，四处打听赵令娴的下落，只是音信杳然。听说张稚川也回来了，知道他的未婚妻失踪，他便赶到苏州去寻访，要是被他访着了，我的心计都付流水。我想稚川那边是有快活神仙指示的，他到苏州访妻，一定有些把握，趁他尚没有珠还合浦，我也想赶到苏州去走一遭，试看谁有艳福，觅得到这天上安琪儿。"发祥道："你要寻觅赵令娴，也得去见见老师，央求老师指点方向，才有珠还合浦的希望。你想张稚川背后有快活神仙，你的背后尚没有性道人帮助，只怕徒劳无功。"子楚道："去便去走一遭，但是老师见了我，不知可有什么方法帮助我去寻觅意中人。"发祥道："包在我身上，老师一定肯帮你的忙，让老师和快活神仙做尽了对头。要是那夜没有快活神仙在暗幕里作梗，赵令娴早和你成了交颈鸳鸯，快活神仙破坏你的好事，便是破坏老师的计划，老师见了你，决计传授你好方法，遂你的心愿。"子楚听了大喜，便和发祥做同伴，到性家村去参见性道人。

发祥抓了子楚的手，且行且说道："刘老二，你可知我方才为什么竖起大拇指呢？只为贱内卖淫，这里人瞧她不起，连我做丈夫的也觉得面上无光。要是到了性家村卖淫，便是神圣职业，妻子做了神圣，男子便是磊磊落落的大丈夫，这个大拇指，不由我不高高地竖起。"子楚笑道："照这么说，你为什么不搬家到性家村呢？"发祥道："不瞒你说，我正有这个意思，只见这里少见多怪，每每在我背后，把五个指头做手势，一扭一扭，扮作乌龟的头脚，分明嘲我是一只臭乌龟。嘿，莫笑我是臭乌龟，一到了性家村，我便是阔乡绅，我便是社会上重要人物，我便是磊磊落落的大丈夫。"发祥说得起劲，声调便提高了起来，惹那往来行人向他注目。发祥自觉不好意思，只得默然不语，待那行人过去以后，然后轻轻地说道："在这里说话，简直说嘴不响，待到出了中华里，过了民国路，一上这座化外桥，那么便是我的世界了。礼、义、廉、耻，洗涤得干干净净，越是做乌龟，越是说得嘴响，大模大样地在人群中演讲，谁不掇我乌龟的臀，捧我乌龟的屁。"子楚道："听说嫂嫂也到性家村演讲去了，不知他们怎样地款待？"发祥道："贱内到了性家村，他们当作女皇看待，听说筹备欢迎，派了许多专员，街头巷尾都是旗幡招展，昨天一宵没有回来，料想再有多天耽搁。我今天到性家村，一者探望我贱内，二者物色房屋，预备作搬家之计。"子楚笑道："发祥哥，这顶绿帽子是小弟替你首先戴上的，你做了大丈夫，怎样地报酬小弟？"发祥道："容易，容易。待你觅到了你的意中人，成就了夫妇，我也首先替你戴上一顶绿帽子，作为交换条件，可好不好？"两个人彼此嘲笑了一回。

发祥道："好了好了，化外桥便在眼前了，过了化外桥，便是我们的世界，尽不妨高视阔步，堂堂皇皇做乌龟，不用现在这般地鬼鬼祟祟，蝎蝎螫螫。"当下大大地吐了一口气，准备吐气扬眉，走过那座化外桥。谁料子楚忽然嚷着肚疼，要紧去登坑，叫发祥略等片刻。发祥皱眉道："这叫作'临时上阵马撒尿'。你且熬一下子，过了化外桥，到性家村去登坑，你可以享受许多艳福。性家村的风俗，极端欢迎异性的排泄物，大约青年男女逢着内急，做男子的可以任意闯到不相识的妇女房中去登坑，妇女便忙着掇马桶伺候。做女子的也可以任意闯到不相识的男子房中去登坑，男子便捧着洗手盆，在旁边伺候。刘老二，熬一下子，快快走过化外桥，便是性家村，我来指点你一个所在，里面有两朵千娇百媚的姊妹花，你只不问情由，一口气跑入里面，嚷着掇马桶，两朵姊妹花一定掇着马桶在旁边伺候你，你便可坐在马桶上看花，多么有趣！"子楚摇手道："不行不行，黄大将军已下了动员令，后宰门异常吃紧，我只得在这里寻一个厕所，暂时救急。"说时，弯着腰，捧着肚子，头也不回，自去找寻厕所了。发祥自言自语道："刘老二毕竟福薄，相差只在这座化外桥。过了化外桥登坑，有美人做伴，没有过桥，只可觅个寻常厕所，尿屎狼藉，奇臭熏天，只可和偷屎的雌狗做伴，再休想有美人相陪。"

过了片晌，子楚提着裤儿，慌慌张张地跑来说道："发祥哥，奇怪奇怪，我和你去瞧一个厕所里的模特儿。"发祥道："你休胡说，厕所里哪有模特儿？"子楚道："说也奇怪，厕所里青石板上伏着一个女性模特儿，吾不待登坑完毕，便草草地告一段落，前来告诉你知晓。这女性模特儿很有些奇怪，多分是你家的嫂嫂，虽然伏在青石板上，瞧不出面目，但是屁股上有一搭黑记，这是嫂嫂的特别记号。那一夜和嫂嫂做亲，被我瞧得清清楚楚，认明商标，庶不致误。发祥哥要是不信，自己去瞧来。"发祥听说大惊，便跟着子楚，同入厕所，伏在青石板上睡着的不是自己浑家白蹄髈是谁？连忙把她扶起，隔了片晌，方才悠悠梦醒。

白蹄髈瞧见自己身上赤裸裸不挂一丝，唤一声："奇怪，我的珠冠霞帔、红袍玉带都到哪里去了？"又瞧见厕所里尿屎狼藉、奇臭熏天，连忙握着鼻子，待要逃出，却被发祥拦住道："出去不得，你赤裸裸怎好见人？"白蹄髈道："赤裸裸行走有什么妨碍？性家村的风俗是绝端崇拜裸体，不比外面人浅见薄识，见着裸体妇人，当作奇事。"发祥道："你又来了，这里果是性家村，便由着你裸体行走，做丈夫的也面上生光，可惜隔着一座化外桥，这里的风俗和化外不同，你只得暂躲在这里，出头露面不得。"白蹄髈惊道："这里不是性家村吗？一阵大风把我刮到哪里去了？怎么身上的衣服都被大风刮去了呢？这又是快活神仙弄的神通，害得我好苦！"发祥道："你在性家村受人欢迎，怎会跑到这厕所里来的？你又怎么知道是快活神仙弄的神通？"白蹄髈只得把性家村欢迎的情形一一报告直说，到妇女们为着姨老爷吃醋，把我游街惩戒，强唤我贞烈夫人，排齐仪仗，赛会般地在村中巡行，他们虽然惩戒我，但我觉得很有体面，挨街沿户陈设着香案，两旁人民合着掌，喃喃礼拜，便是城隍太太出巡也不过尔尔。我正扬扬得意时，不料一阵大风会把我刮到这里来，听这"嘻嘻嘻哈哈哈"的歌调，便知道又是快活神仙弄的神通……

话没说完，又有人来登坑，才进厕所，瞧见里面有两男一女，鬼鬼祟祟，不知干的什么。那人喝道："没廉耻心的男女，竟敢在坑棚里干鬼戏，赤条条一丝不挂，这淫妇益发不要面皮了，青天白日，容不得你们这一辈禽兽。你们要干没廉耻的事，快快滚过这座化外桥，那边昏天黑地，都是许多人面兽心的干些不要面皮的事，一座化外桥，便是人禽之界，快快滚吧！"果然只差得一座化外桥，要是过了化外桥，那人的一场毒骂便是最隆重的敬礼。白蹄髈合该报以一笑，现在却为难了，笑又不是，哭又不是，只少个地窖容身。幸而发祥、子楚向那人说明了原委，那人才没别话，只嘱发祥快替她穿好衣服，以便回去，要不然知晓的人愈多了，纷纷传说，便要激动公愤，捉将官里去，办一个败坏风化的罪名。

发祥寻觅白蹄髈的衣服，影踪全无，没奈何只得卸下自己的长袍，给白蹄髈穿了，又把一条衬裤脱下，吩咐白蹄髈暂时遮羞。好在脚上的鞋袜没有被大风刮去，走出厕所，依然是一个身穿旗袍的时髦妇人。发祥也没暇到性家村去了，只吩咐子楚道："你自己去求见性道人，声诉快活神仙种种恶作剧，请老师替我们报仇雪恨。"子楚答应不迭，自上化外桥，到性家村去走一遭，按下慢提。

且说发祥伴着白蹄髈，垂头丧气，同回家里，换了衣服。发祥埋怨着浑家道："这件事都被你弄糟了，如今住在这里，被人家瞧不起，搬到性家村，她们又把你当公敌看待，竭力拒绝，只落得进退两难，怎生是好？你的手段也太狠辣了。她们掮着欢迎旗，竭诚款待你，你合该迎合她们的心，做几桩大快人心的事，不该一口吸尽西江水，把许多精壮男子据为己有，只求满足个人的欲望，全不管性家村的妇女每食不饱，日久要害着性痨。"白蹄髈道："这都是你不好，你向着性道人乞取烈性至宝丹，希图陷害赵令娴，不料害人不成，却害了自己妻子。我不吃烈性至宝丹，只有你一个丈夫，已经适用，全不想吃什么野食，自从把烈性至宝丹一口吞下，我的性欲增高，每夜非有三个男子不能过我的性瘾。后来性瘾愈大，三个寻常男子兀自不能满足我的性欲，宛比吸纸烟的朋友，在先吸一匣的，到后来继续增高，一匣半、两匣、两匣半，逐步地增长上去。我到性家村，旁的不注意，只注意会场中的精壮少年，趁他们高喊口号的当儿，我便略施手段，挑选这三十二名姨老爷，他们都是心悦诚服，肯跟我走。似这般的便宜货，我怎肯轻易放过，宛比吸纸烟的朋友，到上海走一趟，瞧见租界上不贴印花的便宜纸烟，多少总得偷带些回来，预备不时之需。谁料被检查员搜出，纸烟充公，还须科罚，这是命运使然，没法可想。"

那时发祥正口吸着纸烟，听得浑家这般说，带笑带嗔地说道："你没什么比喻，又来挖苦我吸纸烟了，毕竟吸纸烟不比吸鸦片，是没有瘾的，立志戒烟便戒绝了。"白蹄髈道："亏你不羞，你立志戒烟已三次了，每逢戒烟一次，你的烟量便增加一次。戒烟的当儿，把蜜蜡烟嘴撩在火里，当天立誓：'永远不购买纸烟！'言犹在耳，你的鼻孔里又喷出两股青烟。你的戒烟宛比我立誓不再卖淫，都是狗和坑缸赌咒，当不得真。"发祥道："你方才伏在坑缸旁边，可是在那里赌咒吗？"一对无耻男女彼此耻笑，恬不为怪。

到了傍晚，发祥便担着忧虑，白蹄髈催促道："你们吸纸烟的，镀镍烟匣里断了粮，便觉得舌头上又糙又腻，百般地不自在，瞧见人家口衔烟卷，鼻孔里吐出青烟，益发忍俊不禁，烟虫都要钻出，将上比下，都是一般。我昨天在性家村过夜，只吸得三支蹩脚烟，不但一吸便完，而且烟味很劣，气息又恶，真叫人百般不快，今夜须得舒舒服服解我的馋痨，你去购买纸烟，不能把低货充数，要没有上等的本国货，便是外国货也不妨。"发祥奉了这个使命，怎不满怀忧虑？凡是做嫖客的，都抱着武力统一的志愿，卧榻旁边绝不容他人鼾睡，现在白蹄髈招来嫖客，每夜须有三人，拢总只有一张床，怎能够鼎足三分？要是按照警察站岗，轮班替换，手续也太麻烦；要是按照交战法，正面和左右翼同时工作，实行宣布总攻击，白蹄髈只有一身，也不能任凭三面进攻。为着这种种妨碍，一般嫖客都不肯到白蹄髈那边来问津，与其合偷一头牛，不如独偷一条狗，同是寻花问柳，到别家去，总可以武力统一，唯我独尊，若到白蹄髂家，只有三分之一的地盘，是偏安不是正统，做不成整个的嫖客，谁高兴去呢？发祥虽会拉拢，可是人家敷衍了一二回，便觉得效劳不周，没奈何只得选就一些把白蹄髂当作非卖品，每夜奉送三位，这位一钱不费的嫖客，人家当然肯来榻便宜。维持了半个月，便宜货榻不进了，所有一钱不费的嫖客个个花了重价，在花柳医生处打了六〇六，也有医治无效，工具上大受影响，断绝了传宗接代的希望，便宜即是吃亏，人家又不敢来。白蹄髂那边问津，发祥又发生了恐慌，没奈何只得再选就一些，有人光顾，非但奉送三位，而且可以摸彩，大彩可得生殖灵三打，小彩可得风流如意袋一组，赔了夫人又折兵。自有一班摸彩迷的嫖客，贪图小利，到白蹄髂那边来住宿，每夜三人，总算没有缺乏，但是发祥天天赔贴彩物，耗费不在少数。人家都说白蹄髂的卖淫分为三个时期：第一时期是有代价的卖淫；第二时期是无代价的卖淫；第三时期是倒贴金钱的卖淫。到了后来，任凭倒贴金钱，也是顾客寥寥，发祥没奈何，只得四处拉夫，无论曲死瘪三，也都拉来充数，不但可以摸彩，而且有现金奉赠，这损失愈大了。发祥向来很有些积蓄，为着替妻子出钱买汉，把金钱渐渐消磨，白蹄髂的欲壑无穷，发祥的金钱有限，看来难以维持，因此想搬入性家村，解救这目前的困难。有许多发祥的朋友见发祥垂头丧气，便再三地劝他："何必四处拉人，由着那女人偷汉便了，世上做乌龟的，都想在女人身上发财，人穷志短，马瘦毛长，权把绿头巾戴上，也好喝几口元宝汤。你发祥哥既不靠着女人生活，任那女人偷汉，你不捉奸，已是极端让步，断没有做了丈夫，反而赔贴金钱，替女人招募奸夫。出了极大的代价，捐一个乌龟头衔，有什么值得呢？发祥哥，你是个漂亮人物，不该干这不长进的勾当。"发祥受了人家奚落，颇觉得惭愧无地，但是他号称"蹩脚诸葛亮"，不肯在人前示弱，当下沉吟了片响，微微地冷笑道："诸君错了，一个人要做乌龟，须做赔钱的乌龟，莫做赚钱的乌龟，这是什么缘故呢？赚钱的乌龟，靠着女人度日子，喝着元宝汤维持生活，这便是没出息的乌龟，合该受人家的唾骂。至于赔钱的乌龟，非富即贵，定是呱呱叫的大人物，唐明皇是一代的皇帝，任凭杨贵妃偷汉，花了金银给安禄山洗澡，好算得历史上一只赫赫有名赔钱的乌龟，这是我举一个例，历史上这般人物实在很多，大约非富即贵，绝不是寻常人物。若照现在而论，凡是赫赫有名的大好老，公馆里总有一打两打的老婆，粥多僧少，供过于求，免不了偷汉。军阀的老婆，偷马弁、偷卫队、偷副官，把军阀的黄白物做偷汉的资本；财阀的老婆，偷俊汉、偷豪奴、偷汽车夫，也把财阀的黄白物做偷

312

汉的资本。这般的乌龟，便叫作赔钱的乌龟。但就表面上看，他们都是社会上的重要人物，声势浩大，神气活现，谁也瞧不出他们是赔钱的乌龟，而且一辈马屁鬼儿见着他们百般奉承，掇臀捧屁，无所不至，愿做乌龟的奴隶，愿听乌龟的指挥。男子汉要做乌龟，该做赔钱的乌龟，不该做赚钱的乌龟。出了极大的代价，替女人招募奸夫，捐一个乌龟头衔，古今来的大人物往往如此，你们何必少见多怪呢？"

发祥在人前依然嘴硬，骨子里早已叫苦连天，思来想去，只怨快活神仙恶作剧，女人卖淫，男子赔钱，人财两失，终究不是个了局。他怂恿刘子楚去见性道人，央求什么好方法，把快活神仙打倒了，替子楚报仇雪恨，便是替自己报仇雪恨。

过了一天，子楚来见发祥，说昨天到性家村，进了性的门户，谒见老师性道人。老师不待我启齿，已知道了我的来意，他道："你想物色你的意中人，须得赶快向苏州去走一遭，要是迟延，赵令娴便要被张稚川觅去，你成了情场落伍者，一辈子抱着绝望。你此番到苏州，不妨冒着张稚川的名义到元妙观里去卖药，说你便是真正的张稚川，你便是快活神仙的化身，另有假张稚川是山中蟒蛇精幻形，他把赵令娴摄入山洞，被赵小姐识破他是妖魔幻形，他的丑态毕露，不敢在山洞里逗留，便跑到苏州来，自称'上界韩湘子下凡'，仗着妖言惑众，希图从中取利摄取四千九百个青年魂灵。只需如是这般，张稚川的名誉一落千丈，快活神仙的神通完全打破，你便干些投机事业，出卖你的锁魂丸，借此可以敛钱，又可以在地方上结些善缘。只需把张稚川逼走了，然后再想方法，物色令娴和你成就亲事，岂不是好？"我道："承蒙老师指授方法，不胜感激，但是张稚川背后尚有快活神仙，他老人家神通广大，要是和我开玩笑，怎样地抵制他？"老师道："你只放胆前去，休得害怕，要是快活神仙和你为难，你只跑到性的门户里来报告我，我便助你一臂之力。"发祥拍手道："好好好！有了老师做后盾，事无不成之理，要去便去，休得错过机会，又生风波。"于是子楚辞别了发祥，打扮作小道士模样，也不向老子说知，径往苏州去了。

到了苏州，便在元妙观里卖锁魂丸，假冒张稚川，又假冒快活神仙。不料事有凑巧，竟被真张稚川摇动神仙扇，霎时间颠倒黑白，变换了头发和眉毛，后来央求他哥哥刘子荆向稚川求情，恢复他的黑头发、黑眉毛。稚川盘问他："为什么要破坏本人的名誉？"子楚怎肯把这黑幕中情形和盘托出，稚川见这光景，益发生疑，猛想到尚有用剩的一服真实丹给他吞下，不怕他不倾筐倒箧，详细地向我报告，因此和子荆同往旅馆中访问子楚，借着真实丹的效力，开动了子楚的话箱，把这件事原原本本背书般地背将出来。报告完毕，子楚便神思昏昏地倒在床上便睡，待到醒后，稚川问他方才所说的话，子楚直瞪着双目，一些没有记得。那一夜，稚川和子荆都在旅馆里住宿，稚川翻来覆去，哪里睡得安稳，炯炯双目，看着东方发亮。原来子楚的一席话，从晚饭后讲起，直讲到下半夜才告结束。看官，从本书二十九回起，直到三十八回，编书的写了六万余言，只写的子楚的报告，试想这一席话长呢不长？可笑子楚说得舌敝唇焦，只受着真实丹的驱使，都是机械作用，出于不知不觉，来朝起身，兀自口燥欲裂，咕嘟嘟地喝尽了一壶茶，方才解了这奇渴，他不知昨夜吃的是真实丹，只道是稚川果有妙药，使他头发和眉毛都恢复了原状，忙不迭地走到洗面台旁，从插镜里认一认自己容颜。谁料不认犹可，认了时忽然失声狂呼起来。

　　欲知后事，且阅下文。

第三十九回

瘟元帅造人间名册
鬼军师平地下风波

刘子楚在插镜里自认容颜，满拟恢复原状，白发白眉变换了黑发黑眉，谁料竟是大大的不然，镜里容颜，昨夜今朝大不同，变作了赤发鬼再世、赤眉贼重生。当下失声狂呼道："不得了！不得了！我怎么变作了赤发赤眉呢？"子荆、稚川都从睡梦里惊醒，忙问何事大惊小怪。子楚道："稚川先生，你不该这般恶作剧，你昨天给我吃了一服仙丹，只道可以返本还原，谁料愈弄愈糟了，白发白眉变了赤发赤眉，叫我怎好出头露面？"稚川听说不信，揭帐看时，果见子楚头发和眉毛都似血一般红，忙道："这不干我的事，我给你吃的是真实丹，不过把你肺腑中的真实话当着我们倾筐倒箧地宣布罢了。至于你的毛发，也已和白狗交换了，除却快活神仙，谁也不能使你返本还原。"子楚道："你休骗我。昨夜我糊糊涂涂地睡了，哪里有什么真实话向你披露？"子荆那时也下了床，见兄弟赤化了毛发，又是好笑又是好气，便道："兄弟，我劝你从此痛自悔过吧，你的鬼蜮行为都给我们知晓了。你是诗礼人家的子弟，不该狎比匪人，去受什么性教育会的洗礼，希图用了妖法破坏赵女士的贞洁。亏得老神仙暗中搭救赵女士，没有遭你们的毒手，你兀自不肯觉悟，潜来苏州，干这鬼鬼祟祟的勾当，今天起身，你毛发都变了赤色，这是老神仙小施手段，看你沾染了赤的色彩，怎好出头露面，和社会相见！"

子楚恍然大悟道："我正奇怪，为什么今朝起身口干舌燥，原来昨夜不惮烦劳，絮絮叨叨，把自己的秘密都披露了。事已至此，没奈何，只得央求稚川先生，可有什么灵药洗涤这赤色的毛发？"稚川正色说道："我有灵药，绝不吝惜，你行事虽然荒谬，但是不看僧面看佛面，看了子荆兄分上，总得替你想法。只不过一时没有这般灵药，叫我怎样救你？"子楚道："稚川兄，我自知干错了事，想你大度宽容，绝不与我为难。"稚川道："我虽不和你为难，但是你的手段太狠辣了，你怎么行使这龌龊计谋，破坏人家的贞操呢？要知道妇女贞淫，自古不同，生性是淫的，不能化而为贞，生性是贞的，也不能化而为淫。孔子云：'唯上智与下愚不移。'世上大多数的妇女均在可贞可淫之列，有人提倡贞操，女贞妇便应运而生，有人提倡淫风，淫妇便接踵而起，可见中材的妇女，全跟着风气为转移。自从这辈没廉耻的妖孽提倡着性的教育，于是大多数中材妇女个个反对贞操，只研究着新流行的性交论。仅仅研究些理论倒也罢了，但她们绝不肯托诸空言，一定要见诸实事。于是男女之间成为泛滥的性交。古代洪水横流泛滥中国，这是历史上的滔天大祸，男女的性交要是也似洪水般地泛滥起来，那么无形的洪水比着有形的害加十倍，轰的一声，把礼教的堤岸冲决了，推山倒海般的大浪把廉耻的城墙淹没，把血系的道路攻破，性不一交，交不一性，性交泛滥的结果，结的是什么果呢？结了许多杨梅果子。所生的子女肌系混淆，辨不出谁的嫡亲骨血，知有母而不知有父，与禽兽何异？而且禽兽的性交尚有时节气候的限止，不比人的性交，漫无限止，无日不可以交，无时不可以交，所以禽兽没有梅毒流传，而人独有之。提倡性交，便是推广梅毒的宣传员，旁的毒症只害一身，唯有梅毒辗转流传，贻害无穷，不至灭尽种族不止。所以鼓吹性交，便是鼓吹灭种。破坏妇女贞操，其罪尚小，灭绝国民种子，其罪至大。老神仙见你执迷不悟，不得不小小地惩戒一番，你换了赤发赤眉，便觉得难以为情，难道你主张的赤条条的学说，便不觉得难以为情吗？同是一赤，赤发赤眉是小赤，赤着身体是大赤，你勇于大赤，怯于小赤，这真叫着'养其一指而失其肩背'了。"

子楚道："稚川先生，你肯教训我，小子情愿永远奉教。小子主张'赤条条'的学说，不过人云亦云，妄出风头，现在痛改前非，努力反赤，拥护衣冠制度，打倒赤体分子，向着'礼、义、廉、耻'四条大路进行。沈发祥、李成贵一流人物，从即日起，和他们断绝交情，永远脱离性教育会，不做性道人的门徒，不去听他的吹牛声调，不再硬着头皮钻向性的门户里去。对于赵令娴女士，不敢再萌妄想，情愿帮稚川先生到四处去寻访，以便珠还合浦，早结良缘。这都是小子从心坎里掏出的真话，上有天，下有地，半语虚诬，不得好死！稚川先生啊，可怜见小子一心悔过，你瞧见家兄分上，总得救我一救。"

子荆也从旁央求道："舍弟悔罪，出于真诚，稚川兄，你有神仙万应丸，种种疑难杂症都可解救。你把舍弟的毛发恢复了吧。昨天白发白眉，尚可见人，今天赤发赤眉，见不得人，被人家认作鬼物，怎么是好？"说时侍役阿林入房送面水，见着子楚毛发易色，吓得返身便走。子荆硬要替他兄弟拉面子，便拉住了侍役，叫他不用大惊小怪，说："子楚是电影社里的演剧员，时时化妆，不算什么一回事。"阿林口上答应，心头兀自奇怪，化妆的演剧员见过了多多少少，却不曾见过这般的化妆，黑的变了白的，白的又变了赤的，分明和人生的一般，怎说是化妆呢？

稚川却不过子荆的情面，无论如何，总得把子楚搭救，救得救不得，可有什么把握，但看稚川把握中的东西便知分晓。什么叫作把握中的东西？又要请教那柄不离把握的神仙扇了，神仙扇上有好几次不见字迹，但是这一番却又字迹赫然，写满了扇面，写的是："尔发尔眉，曷为而白也，曷为而赤？以己之黑，易人之白，于是乎白者黑而黑者白；以己之白，易人之赤，于是乎赤者白而白者赤。而欲由赤返白乎，须考察赤眉赤发之所由出，考察既得，双方吞得神仙万应丸一粒，于是乎赤者赤而白者白。尔欲由白返黑乎，须考察白发白眉之所由出，考察既得，双方各吞神仙万应丸一粒，于是乎白者白而黑者黑。"

子荆见稚川瞧着纸扇，沉吟不语，便问道："神仙扇上有了字迹吗？说些什么来？"稚川把上文的字样诵了一遍，子荆忙唤子楚向空跪拜快谢这位快活神仙。稚川道："且慢拜谢，这件事依旧没有办法。要是子楚的毛发白而不赤，这便容易解救，只为白的毛发是属于白狗的，不待调查，早已得实，只需双方各吞一粒万应丸，便可黑白分明，物归原主。可惜只差得一宵工夫，子楚的毛发又由白而赤了，白的原主易寻，赤的原主难觅，虽有灵药，也是徒然，这便没有办法了。"子荆道："我们不妨遣人到四处去打听，可有赤发赤眉的人一夜工夫变作了白发白眉，待到探听确实，便可以双方各吞神仙万应丸一粒，物归原主了。"

稚川连连摇头道："谈何容易，便是四处寻访，哪里找得出赤发赤眉的失主？除非渡了重洋，到红毛国去访问，才能访出这位失主咧。"子荆道："你不妨瞧瞧神仙扇，便可知晓这位失主的姓名。稚川看那神仙扇又有字迹发现道："静待数日，自见分晓，不用访问，少安毋躁。祸福无门，唯人自召，激发天良，灾殃自少。"

稚川又把扇上字样诵给他们知晓。子楚没奈何，只得假装卧病，不敢出门，把手帕紧紧捆在头额上，掩住了赤发赤眉，以为遮人耳目之计。然而越是遮掩，越使那个茶房阿林惊疑不止，按下慢提。

且说这时恰值五月天气，赤日炎炎，四无云翳。苏州一带一月没有下雨，城里居民个个谈虎色变，三三两两的传说，不但市中心有虎，家中也有虎，不但白日有虎，黑夜也有虎，为虎添翼，飞而食肉，一天到晚，总有好几个死于虎口的冤鬼。各处医院里大有人满为患之势，人满不足患，鬼满大足患。医院里的病人不久也化作了鬼，黄泉路上的新鬼扶老携幼，十分热闹，便宜了酆都城里的二房东，大做其投机生意，挨家沿户，贴着"欢迎死于虎列拉的新鬼"。这一场大瘟疫，据说是近十年来所罕有，只落得人人掉胆，个个惊心，唯有棺材店老板笑逐颜开，坐在店堂里一五一十地数那钞票，求过于供，利市三倍，烂木头卖了好价钱，说什么是上等的婺源血心，实则是特别的黑漆良心。还有附带关系的和尚、道士一切人等，生意经大忙特忙，摇动铜铃，敲动木鱼，人家倒霉，他们却是生意兴隆。

卫生家提起警告，街头巷尾遍贴着卫生标语，无非是"扑灭苍蝇""注重清洁"以及"节欲慎食""早早注射预防针"。但是医学博士的理论怎及得齐东野语的价值，人民对于鬼神上的信仰，比着对于医学上的信仰，至少也要增加千倍。当时有两种谰言很引起社会上的注意，一种谰言道的是："瘟元帅府里昼夜加工，赶造遭瘟的花名册子，不论男女，无分老少，一共是十万八千名。"这个消息何从知晓呢？

据称夜夜露宿的叫花阿四，有一夜露宿在瘟元帅庙门前面，三更半夜，似睡非睡，猛听得啾啾唧唧的鬼叫，睁眼看时，但见两扇庙门洞洞开放，一片绿油油的灯光，从大门仪门一直照到大殿上面，不觉毛发都竖，心胆俱寒。叫花阿四忽然起了一个好奇心，偷偷摸摸溜到里面，一步一挨，直挨到大殿前的阶石，偷眼向窗格子里一瞧，直吓得魂不附体。原来瘟元帅高坐堂皇，监督着六房书吏，在那里赶造瘟册。一本本的簿子叠在两旁，叠得城墙般高。但听得瘟头瘟脑的瘟元帅开瘟口："宣瘟旨：吩咐承办瘟册的，赶紧编造，须在半个月内造齐花名、性别、住址、年岁的一览表，送到森罗宝殿阎罗天子驾前执行。"有一名鬼吏上前禀告道："回大元帅话，限期逼迫，花名繁多，要是一家家详细调查，哪一个命尽禄绝，哪一个合该遭殃，十万八千名的瘟册，哪里赶办得及。要是马马虎虎，任意填写，未免皂白不分，把人命当作儿戏。"瘟元帅拍了一下惊堂木道："胡说！你的说话，全不像瘟部人员的口气，须知瘟部里面本来没有皂白可分，分了皂白，便不叫作瘟部了。本大元帅推广瘟的主义，全仗不分皂白四个字做我唯一的政策。现在阳世的大小军阀，大半是瘟部人员转世，每到一处，总是不分皂白，把人民性命当作儿戏。你们赶造瘟册，尽可以马马虎虎，随意填写，不论男女，不分老少，写上笔尖，便是命尽禄绝，填上表册，便是合该遭殃。总而言之，瘟部办事，愈瘟愈妙，你们须得牢牢地记着。"鬼吏听了，诺诺答应，领了大元帅的瘟旨，自去办公，个个都是运笔如飞，一页页的表册写个不停。

叫花阿四跷起着脚尖，要想偷看表册上的名字，端的是哪个遭瘟。不料已被殿上的瘟元帅知晓，喝一声："大胆匹夫，怎敢窥探本大元帅的秘密！鬼卒们，快快把这叫花阿四抓来见我！"叫花阿四唤声不妙，准备逃走，不料脚乱步忙，在门槛上绊跌一跤，跌出了一身冷汗，跌破了一个怪梦。醒来讲给人听，一传十，十传百，只落得人人恐怖，个个惊慌。

又有一种谰言，说的是苏州城里有六七万阴兵盘踞不去，只为频年战争伤亡的士卒动辄盈千累万，走无常的王小二向人吐露冥界的消息。他说近来冥界的民众大大不安宁，酆都城里有许多鬼兵造反，阎罗天子得了警报，立派判官，去往酆都城里做宣慰使。但是鬼兵恃众抵抗，天不怕，地不怕，阎罗天子也不怕。大家起一声呐喊："冲出酆都城，直到森罗宝殿，把阎罗天子围在垓心！"那时惊动了阎王驾前的两位侍从武官，一是牛头，一是马面，彼此手执着钢叉，率领卫队，待和叛兵厮杀一场，无奈手里的旧式武器怎抵得上新式的快枪，一霎时乒乒乓乓，枪弹如雨，牛头变作头破血流，马面变作面如土色，渐渐败下阵来。拥着阎罗天子，待想夺路逃走，但叛卒们紧紧追赶，口喝着："阴曹大革命！"总算判官有主意，想出一个缓兵之计，高喝着："诸位兄弟，休得无礼！你们到了冥界，阎罗天子特别垂青，安插你们在酆都城居住，每日给应没有亏缺，似这般天高地厚之恩你们忘怀了，反而恩将仇报，闹这般地下风波！"叛卒们举出代表，向判官交涉说："我们不幸在军阀那边当兵，连遭挫败，死于非命，阎王见我们生前受苦，合该格外垂怜，把我们的灵魂送到天堂去享福，为什么把我们降入酆都城里，惨无天日，和地狱一般黑暗？现在我们大反阴曹，揭起革命旗号，也是出于无奈。若要我们退兵，除却把我们送上天堂去享福，再没别法！"判官沉吟片刻，假托着阎王的意思，下一道冥国命令，说："所有安插在酆都城的阴兵十五万名，均着送往天堂暂住，以昭体恤，此令。"这道旨意宣布后，鬼兵们欢声雷动，立时解了重围，自去候旨出发。鬼兵们解散以后，阎罗天子痛骂判官，说不该大拆烂污，没有天帝的御旨，怎好把叛卒十五万名送上天堂安插？判官奏道："好叫陛下得知，这是权宜之计，并非真个把他们送上天堂。俗语道得好，上有天堂，下有苏杭。只需把阴兵十五万名一半送往苏州，一半送往杭州，那便没有问题了。"阎罗天子大喜，依计行事。现在第一批鬼兵五万名也已浩浩荡荡从阴曹开到苏州，他们生前属于旧军阀麾下，军纪本是很坏的，做了鬼兵，本性兀自不改，沿途拉夫，到处捉船，以及强住民房，霸占妇女的恶习，比生前益发凶恶。走无常的王小二把阴曹消息探听确实，向人间吐露风声。

那时一班居民有了叫花阿四的先入之言，赶造十万八千名的瘟册，克日便要造齐，大家都战栗畏惧，只怕名字也在瘟册里面。现在又有王小二的阴曹报告，五万阴兵不日要开往苏州，怎不把苏州人的苦胆都吓碎了呢？大家没有法想，便在门前布防所有防御鬼兵的工作。说来真是好笑，用石灰布作阵线，又把石灰在门上作画，或画八卦，或画刀枪剑戟，也有在街心画两把交互的钢叉。他们的心理，以为石灰是打破鬼兵的唯一武器，鬼怕石灰，宛比人怕绿气炮。阴兵虽然厉害，但是望见了石灰，定要退避三舍。照这么说，石灰店里便不该有死人了，为什么虎疫猖獗时代，苏州有一家石灰店连死了四五个人呢？

闲话休提，且说石灰武器依旧打不退猖獗的虎列拉。叫花阿四和走阴差王小二的报告益发活灵活现，骇人听闻，众人没奈何，想到解铃便是系铃人，还是到瘟庙里去烧香，求求这位瘟大元帅吧。于是附近一带的香烛元宝铺子又大做其投机生意，沿街呼唤，招揽主顾。瘟元帅庙里香烟缭绕，拜倒蒲团的人七上八下，做庙祝的忙着焚香点烛，收取烛钱，只望钱桶里去丢钱，桶里的钱声铿铿锵锵，煞是好听。庙祝笑逐颜开，从来没有做过这般的生意，自朝至晚，忙个不停，出了好几身臭汗，到了晚间方才清静。倒钱桶，摊钱板，一包包的铜板封裹完毕，居然赚了六十四千文的点烛钱，藏起六十千，把这四千文上酒店去买醉。又因叫花阿四造谣言，便宜了庙祝，因此约他同去饮酒，吃得他舔唇咂舌，醉醺醺地出了酒肆，到炒面馆里吃虾仁炒面。这炒面太道地了，白虾仁里面有黑虾仁。庙祝便不敢下筷，叫花阿四管什么呢？无论白虾仁、黑虾仁，到口便吞。早有三四个虎列拉的敢死军吞入腹里，便是自愿牺牲的金纸苍蝇。吃罢炒面，又吃了几杯顶呱呱的冰激凌。待到回去，只隔得一夜工夫，那个叫花阿四便直僵僵地死在露天。人家知道了，便说叫花阿四走漏了赶造瘟册的消息，所以受这冥谴。

过了几天，虎疫有增无减，大家没有法想，便想到抬着瘟元帅的前部先锋的神像巡行境内。瘟元帅的前部先锋唤作崔老爷，另有一所庙宇，在城门外野鸡堂子对门。每逢时疫横行，照例便该先请崔老爷出巡，要是没有效验，再请大元帅出巡，要是再没有效验，那便要抬出百无禁忌的姜太公出庙巡行了。苏城非逢大瘟疫，不得出姜太公会。现在还没有到姜太公出会的时候，所以第一步先请崔老爷出庙巡行。出巡的前五天，崔庙里的庙祝唤作小江北的，清早在大殿上打扫，只为神像出巡在即，须得打扫干净，以壮观瞻。

扫地完毕，又执了抹布到处拭抹，抹到神龛旁边，小江北偶尔抬头，便大惊小怪起来，连唤着："奇事！奇事！"住持老和尚还没起身，在床上高声问道："小江北，为什么大呼小叫?"小江北道："老和尚，奇哉怪哉！怎么一夜工夫，崔老爷的头发和眉毛都白了?"

欲知后事，且阅下回。

第四十回

闹私塾学子骂书神
收夜市商家拒鬼卒

　　老和尚得了这报告，怎肯相信，骂道："你这江北猪猡嘈些什么？崔老爷怎会毛发都白？"庙祝道："老和尚你不信，自己来看，有一句话说谎，拔去我的舌头。"老和尚半疑半信，趿拉着拖鞋，自到殿上去瞻仰。

　　哎呀一声，老和尚变作了暑天的狗，半个舌头撩在唇外，良久缩不进去。原来崔老爷的塑像狰狞可怕，靛青也似的面孔，赤发赤眉，颔下一部火焰般的赤须，现在只有胡须依旧是赤，头发和眉毛已变作雪一般白了。老和尚主持香火二三十年，从来没有遇见这般的奇事，怎不目瞪口呆，惊骇欲绝呢？这个消息传到外面，崔庙里的阶石几乎被来人踹破，一队进一队出，街谈巷议，沸沸扬扬。都说不好了，不好了，崔老爷忽然变了相，这是阴兵声势浩大，崔老爷敌他们不过，因此急得头发眉毛都白了……消息传到刘子荆那边，不免大起惊讶，便和稚川商量。稚川道："这是老神仙弄的神通，把偶像上的毛发和子楚交换了。赤发赤眉的来历虽然知晓，但要返本还原，施行神仙扇上的方法那便为难了。偶像是不会吃东西的，试问这一粒神仙万应丸，怎能够吞入偶像腹中呢？"子荆叹道："这便如何是好？若不是为着舍弟的事，我早已回杭州去了。自从这里发现了虎疫，各学校恐防传染，提前放假，我尽可早日回家，和你到西湖上去避暑，偏偏遇着这桩事，归去不得，只得在校中借宿。眼见他沾染了赤的色彩，不加援手便无颜回去见我老父。"稚川道："我们横竖没事，何妨到崔庙里去参观参观，再做道理？"子荆点头赞成。于是两人同出城门，便听得路上三三两两都是道这奇闻。香烛摊沿街摆设，烧香的男男女女迤逦不绝。但见道上的人都是愁眉苦脸，仿佛大祸便在目前。有一个积世老婆婆自夸见多识广，说什么前清嘉庆年间，有一次大瘟疫，崔老爷的头发白了一半，道光年间有一次大瘟疫，崔老爷的头发白了两三茎。

苏州相传的歌谣道："崔老爷头发白，日死人一千，夜死人八百；崔老爷头发眉毛一齐白，日死人二千，夜死人一千六百；崔老爷头发眉毛胡须一齐白，日死人四千，夜死人三千二百。"现在还算运气，崔老爷的胡须没有白，要是也白了，一日一夜，须死人七千二百。一个半个月后，苏州还找得出一个人吗？旁人听了老婆婆的话，问她怎么知晓的。老婆婆道："济生坛上的判词，济公活佛这般说，便是走阴差的朱仙人也向我这般说，千真万确，没有半句错误。"稚川、子荆听了，暗暗好笑……

等到了崔老爷庙，进香的非常拥挤。庙中的地方不大，黑沉沉挤了许多人，吹气如雾，挥汗成雨。一班愚夫愚妇，乱七八糟，口口声声地念着阿弥陀佛、白衣观世音菩萨，也不管神龛里坐着的青面之神是阿弥不是阿弥，是观音不是观音。那时有一个剪发女郎，肌肤如雪，发光似漆，对着神像注视了半晌，忽地向同来的少妇说道："姑奶奶，好不奇怪，神道的头发和眉毛和我从前一般。"那少妇正待开口，稚川认得这一主一婢是李娘子和白狗，便挤上前去，和她们相见。李娘子好生欢喜，便道："听说今年提前暑假，只道哥哥回去了，原来没有回去，那便好极了。现在瘟疫盛行，外面的风声很不好，哥哥，你是仙山……"话没说完，稚川早向她示意，叫她且莫多谈，少停到府细谈。又吩咐白狗不许大惊小怪，要是大惊小怪，我有法子恢复你原来的毛发。白狗连称不敢。稚川笑了一笑，悄向子荆说道："这丫头的一头黑发、八字秀眉，都是令弟的原物，只恨没法可以取回。"子荆向白狗瞅了几眼，暗暗嗟叹，不在话下。

稚川、子荆不耐挤轧，匆匆同出庙门，便和子荆分路，叮嘱子荆自去安慰子楚，静候机会。稚川却进城去访问张仙舟和李吉林，这几天为着子楚的事，长久不到他们那边去走动。记得神仙扇曾经表示道："你要访，尊阃赵，一月内，愿可了，李娘子，是先导。"现在一月将近，赵小姐的消息依旧杳然，我尚不向李娘子那边走动走动，怎能访出未婚妻的踪迹呢？

到了修仙巷，才踏进大门，便听得里面的小孩子一片呼声道："嗳唷……华唷……掮台子，掮台子……"稚川老大奇怪，小孩子邪许声声，在里面做什么苦工呢？敢是里面开了木器家什的铺子？小孩子嗳唷华唷，同掮台子，这般工作，劳苦可知。想到这里，便不敢冒昧闯入，进了大门，伸头探脑，向里面偷看，依旧是张仙舟开的子曰店，并不是什么木器家生的铺子。但是三五个小孩子兀自高着嗓子喊道："嗳唷……华唷……掮台子，掮台子……"张仙舟口衔着长旱烟筒，合着双目，在那里静听读书，陡然拍一下戒尺，声如春雷，不但儿童吃吓，便是稚川胸头也是扑地一跳。但听得仙舟呵喝道："你们读书，怎么不把心放在书上？"一个小孩子哭喊道："妈妈说的，心放在腔子里，不能取出来的。先生叫我把心放在书本上，这不是要了我的命吗？"这几句引得哄堂大笑，仙舟磕碰着戒尺道："读读读，休得胡言乱语。"于是"嗳唷……华唷……掮台子，掮台子……"又是闹成一片。

稚川忍俊不禁，闯入里面。孩子们欢天喜地，都说："客人来了，客人来了。"原来私塾里的学生最喜欢先生有客到，趁着先生和客谈话，便觉得全身二百多根骨头根根轻松，可以在书塾里自由活动。张仙舟见稚川来了，笑逐颜开地让座，唤一个小学生起立，仙舟坐在学生的椅子上，让出太师椅请稚川坐。稚川再三谦逊，仙舟道："你若不坐，我也不坐了。"有几个骨节轻松的小学生停着读书，看先生和客人攀谈，一时忍俊不禁，学嘴学舌地说道："你若不坐，我也不坐了。"仙舟回过头来，向小学生瞅了一眼，又恨恨地说道："少停我来问你，不读书，反而学嘴学舌，还当了得。"重又回过头去，请稚川坐了谈话。仙舟唤学生送过茶后，便道："俗称五月是毒月，果然不错。这几天来，瘟疫盛行，到了夜深，街上没人行走。一觉醒来，常听得鬼叫，浑身汗毛，根根都要竖起。今天女婿到上海去了，老妻到瘟元帅庙里去烧香，小女带了白狗出城门，到崔庙去烧香。听说赤发赤眉的崔老爷换了白发白眉，稚川，这不是天大的奇事吗？"稚川道："这些何足为奇？白的会变黑的，赤的当然也会变白的，请看今人的色彩，始终不变的能有几人？一班随波逐流的，色彩随时变换，昨天黑，今天白，明天又赤。小侄眼中见过了多多少少，何用惊怪？"仙舟道："你的议论，无非借题发荤……"这个"挥"字，老先生却读作"荤"字。稚川道："虽是借题发挥，其实天下的事都作如是观，见怪不怪，其怪自绝。"仙舟道："你的仙法很多，可有什么好方法，解这瘟疫之灾？"稚川正待回答，那几个小学生闹得不亦乐乎，大家的臀部都和椅子脱离关系，扮鬼脸的也有，伸手拍肚子的也有，连环豁虎跳的也有，提起一只脚作商羊跳舞的也有。仙舟怒喝道："青肚皮的猴子，教煞也灵。客人到了，发什么人来疯，好没规矩，端的可恶。"又回转头道："稚川，你有什么避疫方法？"稚川偷看神仙扇，见有一行字迹道："避疫良方，莫如居乡，虎迹不至，逢灾化祥。"忙答道："老伯要避疫，迁地为良。这里住不得。"仙舟道："这里住不得，住到哪里去？"稚川正待答复，蓦地里一片呼声，"嗳唷……华唷……掮台子，掮台子……"。小学生为什么要喧闹起来呢？只为仙舟骂学生青肚皮猴子，恼怒了一个学生。那学生年龄较大，常在小鸡队里做凤凰。全塾小孩子都听他的指挥，比听先生的教训还灵。方才仙舟骂一声青肚皮猴子，别人听了不生问题，唯有那学生大不谓然。他听得人家说，骂一声猴子，三年不长大。今天横被先生毒骂，心头怎不恼怒，暗暗骂一声老畜生，今天要你的好看。他见先生很注意地和客人谈话，认为报仇雪耻的绝好时机已到，立时做一个手势，这手势的效力比先生的戒尺还灵。他轻轻地反着这双手，把手掌向上耸了几耸，这便是知照同学高声读书的符号，耸得越是起劲，读得越是热闹。稚川所说的话完全被读书的声浪掩过，一句也不能入耳。仙舟骂道："小猴子，读书须把字音读准，又不是喊救命，谁要你们直着嗓子乱喊。"那学生又把手掌连耸了几耸，小孩子宛比发狂似的，益发拼命狂喊起来："嗳唷……华唷……掮台子，掮台子……"个个都是面红颈赤，头上的青筋根根暴露起来。仙舟只向小孩子怒目，倒弄得没有了主张。稚川正怀疑着小孩子哼的是什么，当下利用这段时机，离着座位，去调查他们所读的书本。一经调查得实，几乎笑不可抑，一个嗳唷，一个华唷，嗳唷华唷些什么？都在那里读《千字文》，一个读"爱育黎首"，只读上半句，乱哼着嗳唷嗳唷；一个读"都邑华夏"，只读下半句，高喊着华唷华唷。那狂呼掮台子口号的，尤其妙不可言。他是一个刁嘴学舌的小孩，见了娘舅唤杨柳，见了爷叔唤夜叉，见了先生唤天打，见了师母唤芝麻。他读一本《三字经》，上下书角卷得和拆字先生的字卷一般。他读一句"全在兹"，只为声带不清，咬音不准，宛比喊着掮台子、掮台子。仙舟见孩子读得兴高采烈，明知又是那年龄较大的学生在暗中指使，恶狠狠地瞅了那学生一眼，喝一声："你好!"那学生也瞅了先生一眼，比先生喝得更响，喝一句："活眚神了!"连喝了三五声。仙舟竟奈何他不得。稚川看那学生，不过十二三岁年纪，胆量倒不弱，竟和先生斗口，接二连三地喝着活眚神。等走到他面前，调查他的书本，又不禁失声大笑。原来他并非和先生斗口，他只是读那《论语·乡党篇》的小注。《乡党篇》："沽酒市脯不食"，下文的小注云："恐不精洁或伤人也。"他把"或伤人也"这一句读个不休，不是好好地读，竟效金圣叹所说"豺声读之"的方法，一壁向先生扮鬼脸，做出恶狠狠的样子，仿佛和先生斗口，"活眚神也""活眚神也"地骂不绝口。仙舟见这光景，连连叹气，除却提早放学，耳根怎得清净？便下一个解散令，说今天有客来，提早两点钟放学。学生们听得放学，如得了将军令，个个打书包，套书囊，辞别了先生，作鸟兽散。仙舟连连摇头道："猢狲王简直不好做，先生越老，学生越小，束脩越少，和他们混在一处，简直是不可雕的污木。"稚川暗暗嗟叹，做了三十年蒙馆先生，认字还没有正确。方才把"发挥"读作"发辇"，现在又把"朽木"读作"污木"……仙舟又道："方才正要问你，怎样地迁地为良，给那小猴子一闹，便听不明白了。稚川，你是有先知术的，究竟避到哪里，才能脱离这灾厄？"稚川道："城中住不得，合该搬到乡间去。"仙舟道："四乡八镇，哪一处最好？"稚川一时不能回答，目光注射神仙扇，见有十六个字显出："行踪何往，自有主张，不须问我，只问谢娘。"忙道："老伯不须多问，你的行踪，须请问姓谢的老娘……"

　　正在谈话时，李娘子带着白狗恰从外面进来，见了稚川很是欢喜。彼此坐定了，忙道："原来哥哥也来了，恰才在庙里，有许多话不便说。哥哥，你看崔老爷的毛发可是和从前的白狗一般？"稚川点了点头，笑道："妹妹，你可知道，崔老爷的毛发已引渡到那个小道士头上，白发白眉的小道士又变作赤发赤眉了。"李娘子笑道："天有眼睛咧。那妖道不是个好人，冒哥哥的名，妖言惑众，合该受这报应。"稚川道："小道士现在已悔悟了，他的哥哥又是我的好友，我不能袖手旁观，总得想个方法，恢复他的原有毛发。"李娘子道："哥哥用什么方法才能够恢复他的毛发？"稚川道："须分两种手续。第一，赤发赤眉还了崔老爷，白发白眉还了子楚；第二，黑发黑眉还了子楚，白发白眉还了白狗。"白狗跳将起来道："这个须使不得，张少爷请你另换一个方法吧。我恨爷娘不良，他们要陶情做乐，也不翻翻床头的日历，马马虎虎地生下了我，害得我白眉白发，和白无常一般，被人家指指点点，牵爷娘，动头皮，说许多不尴不尬的话。那天在元妙观中碰到了卖假药的小道士，亏得老神仙暗中保佑，把我的毛发给小道士交换了。我喜欢得了不得，走到人前，人人称赞，雪白的脸蛋，配上漆黑的头发和眉毛，人人都道我另换了一个人，长得很体面的。"李娘子笑道："少说几句吧，没的蛤蟆跳在秤盘里，自称自赞。便是长得体面，也是人家帮助你的，要没有小道士的一头黑发、两道秀眉，你会受人欢迎吗？你不该把租田当作自产，要想一辈子保守。"白狗道："无论怎么样，这黑发和黑眉，我便死也要带到棺材里去。"稚川道："你休着急，现在还谈不到交换毛发，你的毛发兀自生在崔老爷的头上咧。"当下又问李娘子道："尊夫到上海去，何时归来？"李娘子道："三五日便要回来的。哥哥，你是神仙的代表，你总有方法保全我们一家性命。外面的风声实在不好说，什么到了夜间都是阴兵世界，阴兵闯入了人家，那家便遭了瘟，不是死亡相继，便是疾病缠绵。有许多商店不敢在夜间做生意，只为阴兵上店买东西，店中人不知是赤老登门，只道来了好主顾，撮着笑脸相迎。那阴兵买了东西，取出通行的钞票，照价付钱，表面上很是文明，很是慷慨，谁料到了打烊收店时，盘点银钱，里面总杂有几纸锡箔。店铺里每天所受的损失实在不少，才知道上门买东西的主顾，定有赤老混在里面，使用什么障眼法，把锡箔化作钞票。这个消息传将出去，商店里都存着戒心，一到晚间不敢开市。据说青天白日之下，赤老不敢出头，待到日落西山，阴兵便混在人里面，鬼鬼祟祟，发展他们的鬼蜮伎俩。在这当儿，人鬼莫辨，你道他是人，他却是鬼，你道他是鬼，他却是人。收入的钞票明明是通行券，在电灯下左照右照，没有丝毫破绽，谁知相隔不多时，变成了一纸锡箔。商家枉费着许多血本，只换得几纸锡箔，因此公同集议，一到晚间，即行收市，免得人不人鬼不鬼三分像人七分像鬼的东西上门来缠绕不休。"稚川听了，暗暗好笑，苏州人的胆量真小，似这般捕风捉影之谈，却也信以为真，端的可笑。仙舟点头拨脑地说道："苏州城里阴兵到，已不止这一遭了。记得老辈说起，六十年前，苏州也到过许多阴兵，每夜上店买东西，店家也分不出是人是鬼，待到收市盘钱，钱柜内总发现许多冥钞。当时也起着惊慌，预备不做夜市。后来有人想出一个计较，很是便利，每到傍晚，商店里都备着一只水盆，凡有上门来买东西的，无论是人是鬼，总把收下的钱先行抛入水盆里试验一下，凡是真的银钱，抛入水盆，都沉水底，要是浮在水面，便知上柜买东西的是个赤老了。自从用了这个方法，必须试验以后，才肯卖给东西与他们，果有特别的功效，鬼卒们不敢再来尝试。"又瞧着李娘子道："这桩故事是你外祖父讲给我听的。他老人家虽有些呆头呆脑，但是一生不说谎，这桩故事却是千真万确。"李娘子道："这个方法现在不适用了。从前买东西，是使用现洋现钱的，可以借着水盆试验真假。现在是纸头世界，有钞票，有支票，有银角票，丢在水盆里，都是浮在水面的……"

说话的当儿，忽听得"侄少爷、侄少爷"的呼声从外面唤将进来，来的是五十多岁的老妇，手提着烧香的篮儿，摇手摆脚地走入里面。

欲知后事，且阅下文。

第四十一回

张老太谈离合姻缘
朱仙人识阴阳途径

稚川见来人便是张老太，起立相迎，唤一声："伯母烧香回来了吗?"

张老太道："正是烧香回来了。佴少爷，想念得我好苦，正有许多话要和你讲咧。秀金，倒给我一杯茶，跑得口渴了……白狗，你的眼睛是出气洞吗? 瞧见我跑得满头大汗，不倒给我一盆面水……黄包车夫敲竹杠，定要三角小洋，我不是没有脚的，居然也被我跑了回来……秀金的爷，为什么把学生都放了? 时候还早咧。"

这位老太夹七夹八说了许多话，李娘子倒了茶，白狗送了面水。

仙舟向他老伴报告道："稚川贤佴难得光顾，这辈小猴子大呼小喊，闹得人头疼，因此提早放学，耳根便清净了许多。"

张老太把香篮放在书案上，洗过了脸，便道："秀金的爷，你也来洗洗手。"仙舟奇怪道："为什么要洗手?"张老太道："你洗了手，好把我的香篮高高地挂起，你们男子的手是不干不净的。"仙舟真个洗了手，在手巾上拭抹干净，才把那只腰圆式的香篮高高挂起。

张老太道："佴少爷，你是我们的救命王菩萨。苏州地方遭了链条瘟，这条巷里哭皇天，那条巷里哭心肝，棺材司务日夜做工，帛纸钵头东一个西一个，和尚、道士这壁厢拼拼碰碰，那壁厢碰碰拼拼。唉，佴少爷，简直不成世界了，你是打从仙山下来的，总有方法……"话没说完，仙舟抢着说道："你不用着急，稚川已替我们想定办法了，若要躲避瘟疫，须得向乡间暂住，便可人口平安。"张老太道："乡间地方很多，避往哪一处呢?"仙舟道："稚川说的，要定我们的行踪，须问姓谢的老娘。"

张老太恍然有悟道："那么有些奇怪咧，恰才我从瘟元帅庙里出来，和黄包车夫赌气，偏生不坐他的车，苦了我的脚，省了我的车钱。行不到半条巷，猛有人背后喊道：'张师母到哪里去？'我回头看时，见是一个六十多岁的婆子，面貌很熟，叫不出是谁。那婆子笑道：'你不认得我，我却认得你咧。你便是秀金小姐的妈妈，你们老伯伯便是张仙舟先生。你们秀金小姐新认识一位仙人哥哥，是从仙山那边下来的，很有些仙气，未卜先知，料事如神，这话对不对呢？'我听了诧异，忙问婆子：'你怎么知晓得这般详细？'那婆子道：'你们秀金小姐，和我两个女儿熟识。'我道：'两位令爱是谁？'她道：'一个谢芳芸，一个谢翠频。那一天神仙生日，神仙庙里轧神仙，我却在大殿上求签，求得一支下下签，请你们老伯详解，只是解得不明不白，依旧没效。幸亏翠频和秀金小姐在人丛里挤来轧去，遇见了活神仙，那失踪的芳芸才从仙人嘴里得了下落，指点着灵岩山下，便是芳芸托迹所在。我们依着仙人的指引，径往木渎镇一带去访问，果然被我们访得了。'"

稚川忙问道："怎样访得的？"张老太道："佺少爷，我便是这般问她，她道：'说来话长，过一天和你细谈，其中情节，书也可以打成一部。'她又道：'苏州城里闹着瘟疫，木渎镇上却很太平，既没有赶造瘟册，也没有阴兵出现，倘要人口安宁，还是搬到木渎去暂住，待到瘟疫平定了，再行搬回不迟。'听得她在明后日，便要挈带着女儿，到木渎镇上去避疫。她又十分殷勤，约我们同去，说镇上房价低廉，一切鱼虾等物又新鲜，又便宜。到镇上暂住一月半月，花钱也不多。我道：'承你美意，待我回去和老头儿商议妥帖，再给你回音。好在你们两位千金和我们女儿很要好，住在乡间，倒是很亲热的。'她听了，便说明天来讨回音。现在佺少爷说起我们的行程须问姓谢的老娘，真个未卜先知，活灵活现。方才所遇的婆子，不是姓谢的老娘吗？佺少爷，你简直是一位活神仙。"稚川道："伯母又要取笑了，请问伯母，芳芸究竟是怎样访得的，她为什么要逃往木渎去呢？其间定有个道理。"

张老太道："谢太太在路上和我说，这桩事曲曲折折，说起来是很长很长的，书也可以打成一部，可以取一个名字，唤作《离合姻缘》，要是茶寮里挂着弹唱'离合姻缘'的牌子，一定可以弹唱三四个月，而且其间的关子很多，一定可以拉住游客的耳朵，天天上茶寮来听一回，听个不厌不倦。我说，谢太太不及细谈，便是讲个粗知大略给我听，也是好的。谢太太道，我便讲个粗知大略给你听。芳芸逃往木渎，为的是婚姻……"

砰砰砰，"稚川兄在里面吗……"这一阵敲门声，敲断了张老太的谈话，忙道："谁在外面敲门敲得这般紧急？这声音是一个陌生小伙子，带些杭州口气。白狗，你去看来。"

白狗答应着，正待去开门，却听得稚川说道："敲门的便是我的好友刘子荆，他的兄弟便是那天在元妙观里和白狗交换毛发的小道士。"

白狗听了着惊道："哎哟，我不去开门了。"说时，转身便想逃走。

张老太诧异道："装模装样的小丫头，客到不开门，躲往哪里去？"

白狗道："我向柴房里去躲一躲，太太，求你不要声张，客人进门，倘然问及我，只说不在这里，已经下乡去了，免得被他瞧见了，要向我索还黑发眉毛，交给他的兄弟小道士，那么我便倒霉了。"

众人听着都好笑。稚川道："白狗不去，待我去。"说时，急匆匆地去开门。白狗怎敢和子荆相见，便一口气逃入柴房里，把门紧闭着，搬两捆稻柴堵住了门户，双手捧着头发和眉毛，生怕不知不觉地把黑发变成白发，黑眉变成白眉。

子荆入门以后，拉住了稚川道："不好了，舍弟被人劫去了，稚川兄，快想个方法，援救舍弟一命。"

稚川大惊道："令弟好好地住在旅馆里，怎么被人家劫去？"

子荆附着稚川的耳朵，唧唧哝哝，说了许多话。稚川变色道："那么又生出枝节来了。"当下辞别着张老夫妇和李娘子，为着援救朋友，只得暂时分别。张老夫妇挽留不住。

李娘子道："哥哥既有贵干，不便强留，但是这里搬家不搬家，很指望哥哥替我们决断。谢太太约我们同赴木渎，毕竟去得去不得？"

稚川道："一定去得，待过三五天，我也要到木渎去走一遭，顺便可以奉访，但求预先给我一个地点便是了。"

李娘子道："我们到了木渎，立刻把所住的地点报告哥哥，而且预备着一间洁净的卧室，好叫哥哥到了乡镇，可以小做勾留。"

稚川连声道谢，于是匆匆作别，自和子荆回去，商议援救子楚的办法。毕竟子楚怎么被人家捉去，稚川已得了子荆的报告，当然洞悉。但是哝哝唧唧的耳语，只有稚川听得，阅者诸君却没有一句入耳，须得在下作一段补叙文章，打破这个闷葫芦。

且说刘子楚自从赤化了毛发，只为色彩太浓，躲在旅馆里不敢出头露面，长日把手帕扎在头额，推说有头痛的病，掩藏他赤的色彩，但是哪里掩藏得住？旅馆里的茶房阿林自从那天瞧见了他的色彩，早已满肚怀疑，时时窥探他的举动。深夜时，常听得房里有慨叹的声音，忙从隙缝里窥视，原来是子楚在房里引镜窥面，不知不觉地连声长叹。唉，这便怎么是好，白发白眉，

330

还可以见人，赤发赤眉，简直见人不得，一壁嗟叹，一壁把镜儿左照右照。那时没有裹着手帕，阿林窥见客人的发依旧是赤发鬼的发，客人的眉依旧是赤眉贼的眉，怎不十分骇怪。悄悄地去报告账房先生，说十三号房里的客人，究竟不知是人是怪。初来时黑发黑眉，过了几天，变作白发白眉，现在又是赤发赤眉，看来事有蹊跷，不如把他回绝了，免得留在这里害人。账房先生不答应，先把账簿翻阅，阅到第十三号客人刘子楚名下，房饭钱按期付清，并没拖欠，才向阿林笑说道："管他呢，我们是营业性质，只要房饭钱不拖欠，是人也好，是怪也好，管他白头发红头发、白眉毛红眉毛。"阿林才不敢多说，只是疑团未破，每到夜间总在板壁缝里偷窥，不在话下。

阿金娘是茶房阿林妍妇，专做洗衣裳生涯，常在旅馆里走动。她虽然是路柳墙花，抱着人尽可夫的宗旨，然而她对于上海滩上的模特儿，以及谣传的汉口妇女裸体游行队，却是十二分反对，常常骂她们不识羞，不识耻，简直和禽兽一般。我阿金娘可惜是个洗衣妇人，要是我做了官，定要出示严禁，把那些没廉耻的妇女捉到当堂，来一个打死一个，来一双打死一双。说时，把手里的捣衣棒槌一上一下地乱舞，咬牙切齿，恨不得把许多曲线美的妇女，一个个地捣烂在棒槌底下。同居的巧姐儿听了，异常赞成，她说："阿金娘的说话很不错，现在的世界真个是滑头世界，不论是男是女，都把头发剪得光跶跶。男也是滑头，女也是滑头，男的剪发还有可说，女的剪发，成什么模样呢？苏州人有两句俗语，叫作'眼睛一眨，老婆鸡变鸭'。在先只道没有这么一回事，现在却应了。鸭屁股太太也有，鸭屁股奶奶也有，鸭屁股小姐也有，剪得快，变得也快，真叫作'眼睛一眨，老婆鸡变鸭'了。我巧姐儿要是做了官，定要把这满街飞的鸭子捉到当堂，来一个打一个，来一双打一双，打得她们鸭屎臭。"

阿金娘点头道："现在的风俗端的太坏了，非得大大地整顿一下不可，可惜许多做官的人，只知升官发财，讨小老婆，一切民间风俗完全不管……"

"你们讲得起劲，讲些什么……"说话的便是同居赵妈妈，手拎着香篮，从外面进来。

阿金娘道："赵妈妈，烧香回来了。我和巧姐儿在这里大发议论，我要把捣衣棒槌打那没廉耻的模特儿。巧姐儿呢，她对于鸭屁股不赞成，要打得许多鸭屁股个个鸭屎臭。"

赵妈妈笑道："你们两个人总是这般说，一个骂模特儿，一个骂鸭屁股。初听时，像煞有介事，一篇大道理。其实呢，阿金娘只怕人人都做了模特儿，精赤条条，不用衣服，那么洗衣裳的没有衣裳洗，影响很大，所以把模特儿骂得猪狗不如。巧姐儿的'走梳头'生意，近来异常清淡，只为人家太太奶奶小姐们都剪去头发，弄得'走梳头'的没有了生路，真个应了一句'走头无路'，因此对于鸭屁股，恨得牙痒痒的。你们俩都怀着私心，说的并不是公道话。"

阿金娘道："赵妈妈，你来说句公道话。"

赵妈妈放下了香篮，解去了裙子，宽下了夏衫，只穿一件夏布背心，手摇着蕉扇，一壁摇，一壁说道："我说的话，你们俩是不赞成的。我想冷天做模特儿，定要冻死，现在这般天气，倒是做模特儿好。似我这件夏衫，今天烧香才穿上身，天气又热，跑的路又远，把背后的一块汗透了。黄霉时节的衣裳，全仗洗得勤紧，要是不洗，便起霉点，免不得少停又要洗衣裳，既费气力，又难为肥皂浆粉，真叫人麻烦。要是有人提倡夏天不穿衣裳，我赵妈妈便肯第一个赞成。你也赤条条，我也赤条条，只要大家通行，便没妨碍，省得天天洗衣裳，忙个不了。"

阿金娘笑道："你六十三岁的老太太兀自想做模特儿，怪不得人心大变，把羞耻都打破了。羞耻不羞耻，都和我有相干，只是我们洗衣服的，全仗着夏季是个旺月，天气越热，衣服越洗得勤紧。要是真个提倡夏天不穿衣服，却叫我们洗衣服的怎样度日？"

巧姐儿道："赵妈妈，你既爱做模特儿，你也爱做鸭屁股吗。"

赵妈妈道："怎说不爱，要是我三十岁年纪，早把头上的发髻剪去了。越是年轻，越是发多，做女人的不知前世造了什么孽，每日里横一梳竖一梳，清早起身便要了这头发债。到了夏天益发懒惰不得，天天梳头，还觉得头发臭，我这苦楚挨受了三四十年，直到现在头上光趷趷，已秃了大半个顶，脑后几茎短发容易梳拢，装上一个假髻，便算了事。一世的头发债，到今朝渐渐拔清，横竖梳头不费事，我便懒去剪了，要是三十岁年纪，绰搭一剪刀，比别人剪得更快。"

巧姐儿道："到底梳头的好看，剪去了发髻，僧不僧，俗不俗，成什么模样？"

赵妈妈道："你们走梳头的，自然说梳头的好看。有几家理发铺子里的青年理发匠，便口口声声地说剪发好看。玻璃窗上挂了许多剪发的图，什么甜心式呢、双钩式呢，我也记不清许多。总而言之，无非生意经。又加着地方洁净，装潢漂亮，史丹康、花露水色色完备，理发匠又个个是小白脸，那么太太、奶奶、小姐自然欢迎他们青年理发匠，不欢迎你这狗梳头了。"

巧姐儿且笑且骂道："老你的太婆，我没有踏痛你的尾巴，怎么出口伤人，唤我狗梳头、狗梳头。"

赵妈妈笑道："你不要见气，我落去了两只门牙，说话时有些漏风，明明说的是走梳头、走梳头，你却听作了狗梳头、狗梳头。"

阿金娘道："我也听你说的是狗梳头，我正奇怪，狗怎么梳头呢，不是成了怪吗？"

赵妈妈道："说起怪事，我恰想起一桩怪事来了。我今天到瘟庙里去烧香，得着一个奇怪消息。城门外的崔老爷是瘟元帅的前部先锋，崔老爷的面貌塑就青面獠牙，赤发赤眉赤胡须，忽然起了变化，赤发赤眉的崔老爷变作了白发白眉的崔老爷。幸而胡须没有变，要是胡须也变了，那么苏州城厢的人只怕十死八九，休说我不得活，便是你们也凶多吉少，只怕走梳头要变作鬼梳头，洗衣妇要变作洗衣鬼了。"

两人都惊讶道："怎么好端端的崔老爷会得变换毛发？怎说胡须变了，我们也不得活？"

赵妈妈道："你们不要性急，待我仔细地讲。我今天烧了瘟庙的香，本待回家，只因听见了这桩奇事，瘟庙烧香的人也到崔庙去烧香，我便随着同去。到了城外，路上沸沸扬扬，都讲这桩奇事，遇见了朱仙人，她向我说几句话，险些儿把我吓个半死。"

阿金娘道："哪一个朱仙人，可是住在高师巷里替人家看鬼的朱仙人？"

赵妈妈道："正是这个朱仙人，她是脚踏阴阳两界的活仙人。日里在阳世做事，夜间便在阴府当差。她有本领去翻查生死簿，知道今年的瘟疫十二分厉害，死的人盈千累万，她有本领向值殿判官嘴里探问消息，说这一回大疫，毕竟要死人多少。判官道：'那一天，济癫佛爷到敝殿来拜访阎王，相见之下，敝殿阎王动问佛爷道，这一回大疫，毕竟要死人多少？佛爷道，要知死人多少，但看崔先锋的面貌。崔先锋头发白，日死一千，夜死八百；崔先锋头发眉毛一齐白，日死二千，夜死一千六百；崔先锋头发眉毛胡须一齐白，日死四千，夜死三千二百。'"

巧姐儿道："朱仙人的说话，永无对证，我有些不相信。"

赵妈妈道："不信阴阳，但听雷响，朱仙人的说话怎说没对证，现在崔先锋的头发和眉毛都白了，只差胡须没有白。"

阿金娘道："赵妈妈，你到崔庙去烧香吗，崔老爷的毛发果然白了吗？"

赵妈妈道："我上了大殿，便去瞻仰崔老爷的金身，果然变了白眉白发。老和尚向我说，那一天夜间还是赤发赤眉，到了来朝，却变了白眉白发。"

阿金娘忽然叫将起来道："不妙不妙，定有妖人在暗地里偷天换日，要不然，怎么崔老爷的毛发是那一夜变换，姓刘的毛发也是那一夜变换？一个赤的变作白的，一个白的变作赤的。"

赵妈妈道："哪一个姓刘的？我听了不明白。"说话时，早有人推门进来，是一个四十多岁的妇人，手里也拎着香篮。赵妈妈离座相迎道："朱仙人来了，什么好风，吹你仙人到这里来，请坐请坐。这两位都是我们的同居，她是走梳头的巧姐儿，她是洗衣裳的阿金娘。"

朱仙人和她们一一招呼了，方才坐下。赵妈妈忙着去倒茶，朱仙人的两只眼睛骨溜骨溜，只在这一间客座里打转。阿金娘知道仙人的眼是净眼，骨溜骨溜地打转，这其间定有道理，忙道："朱仙人，你看我们房子里可有醒醒？"著者顺便注一笔，苏州人唤邪祟，叫作醒醒。朱仙人手接着赵妈妈的茶杯，冷冷地说道："现在的世界成了醒醒世界，哪一家没有醒醒？"

赵妈妈笑说道："朱仙人和我说的话，我正讲给她们听，不料说着仙人，仙人就到。"

朱仙人道："我烧香回来，便道经过府上，因此进来坐坐。赵妈妈，你是做媒婆的，认得的人很多，方才这一篇千真万确的话，请你逢人宣讲，功德无量。若要解免这祸殃，快请朱仙人出场，我自有方法，和许多恶鬼情商。"

赵妈妈道："见了恶鬼，还有什么商量呢？"

朱仙人道："赵妈妈，我讲给你听，我和你各走一条路，你做媒婆，仗着人缘熟，我做走阴差的，仗着鬼缘熟，无论什么穷凶极恶的鬼，我和他们都有交情。"

巧姐儿道："好好的人，去和鬼做伴，不觉得害怕吗？"

朱仙人道："有什么害怕，我是脚踏阴阳两界的，日间在人丛中往来，夜间在鬼淘里出入，人和鬼比较起来，觉得人的道德远不如鬼，情愿在阴间结交鬼朋友，不愿在阳间结交人朋友。黄泉路上的恶鬼还比阳世的善人胜过三分。"

赵妈妈笑道："这句话太过分了，不见得阴间恶鬼胜过了阳间善人。"

朱仙人道："赵妈妈有所不知，我在阴间出出入入，鬼的脾气都被我摸熟了，大约都是直心直肚肠，不比阳世的人刁钻促狭，生就七曲八弯的肚肠。间或有一二恶鬼，恶在面目狰狞，他们的心肠却也慈善。不比阳世的善人，生就一副慈善面目，见了人总是和颜悦色，说的话总是仁义道德，谁料都是假面目，他们的心肠却和蛇蝎一般毒。办赈的吞没赈款，办学的吞没学款，不过作弊的方法很巧，一时不容易破露。仗着这副假面目，骗人上当。人家受了他们的骗，兀自不悟，口口声声只唤他们是大慈善家、大教育家。似这般口是心非的人只有阳间出产，阴间是没有的。所以阴间恶鬼，还比阳间善人胜过三分。"

赵妈妈道："鬼便是人变的，难道刁钻促狭的人死了以后，也变作直心直肚肠的鬼吗？"

朱仙人道："这句话被你猜中了，无论什么万恶不赦的人，死到冥间，都会变作善良的鬼。要不然，从古以来的凶恶人物，如王莽、秦桧等，在世时怎样地势恶滔天，杀人如草，死到冥间，却是寂寂无声，不听得他们私通外邦，出卖祖国，也不听得他们屠城灭族，荼毒生灵。可见万恶的人到了地府，也会改行为善，不再兴风作浪。可见地府的道德，高出阳间万倍呢。"

阿金娘道："既然地府的道德高出阳间万倍，为什么现在有阴兵出现，吓得人人掉胆，个个惊心？况且我常听得人说，凡是不好的人都唤作鬼，什么刁钻刻薄鬼，将人比鬼，可见得鬼不如人。说诳话叫作说鬼话，干秘戏叫作干鬼戏，以及鬼鬼祟祟、鬼头鬼脑。凡是说到鬼字，总是骂人之谈。我不信鬼的道德，胜人万倍。"

朱仙人道："你没有到过冥间，难怪你这般说法，怎知道冥间的风俗，也和阳世一般。阳世将人比鬼，算是骂人之谈，阴间将鬼比人，也算是骂鬼之谈。只为人间的所作所为，鬼见了都瞧不起，所以地下群鬼相逢，切忌将鬼比人，要是说一句你的所作所为和世上的人一般，那么便是一句极恶毒的骂人之谈，无论怎样懦弱的鬼，也得跳将起来道，我和你无冤无仇，你怎么将鬼比人，侮辱我的鬼格。可见提起人字，鬼便当作奇辱。人的人格，万万赶不上鬼的鬼格。这番阴兵出现，把世上的人一个个捉去做鬼，这不是阴兵的狠毒，却是存着慈悲心肠，免得他们在阳世造恶无穷，超度他们到阴司去做善良的鬼，也是使他们改行为善的意思。可惜阳世的人贪生怕死，情愿做万恶的人，不愿做善良的鬼。听说今年大疫，大家都着了慌，平日不烧香，临时抱佛脚。但看方才崔庙里的情形，烧香的见崔先锋的毛发都白了，吓得遍体发颤，仿佛大祸便在目前。"

阿金娘道："朱仙人有所不知，崔老爷的毛发变色，是有妖人在暗地偷天换日。我知道这妖人姓刘。"

赵妈妈道："姓刘的是哪一个，方才我正要问你，恰值朱仙人进来，打断了话头。"

阿金娘正待开口，又有人推门进来，是一个三十多岁的男子。阿金娘忸忸怩怩地上前道："阿林哥来了，你好忍心，为什么多天没有到这里来？"

阿林道："我来报告一桩奇事，阿金娘，这里来。"

欲知后事，且阅下文。

第四十二回

定计划行台捉妖怪
冒牌号僻巷遇神仙

阿金娘陪着情人，同到房间里坐。朱仙人喜管闲事，忙问赵妈妈那人是谁。赵妈妈凑头过去，咬着朱仙人的耳朵道："阿金娘自称守寡，实则姘头很多。方才来的唤作阿林，是东吴旅馆的茶房，和她姘识，足有三个月了。"朱仙人点了点头儿，正待说话，阿金娘忽又慌慌张张地从房里出来道："朱仙人，这桩事千真万真，已有了证据。"朱仙人道："什么事千真万真？我不明白。"阿金娘道："便是我方才说的，崔老爷的毛发变色，定有妖人在里面偷天换日。我知道妖人姓刘，这是我猜度之词，现在果被我猜中了。那妖人叫作刘子楚，杭州人，住东吴旅馆十三号房间。他的妖法很多，在元妙观扮道士，黑眉黑发变了白眉白发。现在又弄神通，和崔老爷开玩笑，偷天换日，好生大胆，崔老爷变了白发白眉，刘子楚变了赤眉赤发。开开玩笑不打紧，只是害了苏州人，日死二千，夜死一千六百，那个烂污便拆得太大了。"朱仙人摇着头道："这个消息，只怕靠不住吧。"阿林早从房中走出，把东吴旅馆来的怪客怎么长那么短，详述一遍。又说我为着这客人来得古怪，时时窥探他的动静。他有一个哥哥，听说是大学堂里的教员先生，今天到旅馆里来看他，很有些神色仓皇，一进房间，便把房门掩上。我见了生疑，把耳朵凑着门上的锁眼，窃听一下。但听得他哥哥说道："兄弟不好了，你的毛发和崔老爷交换了。"我听了这句话吓得浑身是汗，这几天外面正闹着崔老爷变了相，苏州一定受灾殃，原来是姓刘的弄这神通。我正疑他，只恨没有真凭实据，现在可探听确实了。我因此来和阿金娘商议，可要向官府告发，办他一个重大的罪名？"朱仙人道："当真有这桩事？"阿林道："仙人不信，不妨到旅馆里去访他，他一定不见你，闯将进去，他一定把手帕扎着头额，连眉毛都掩住。你问他为什么扎着头额，他一定言语支吾。你要他解去手帕，他一定抵死不许。"朱仙人连连摇手道："你别絮絮叨叨，待我向阴司去走一遭，假假真真，立刻可以明白。"说时，双手向上，呵呵呵地伸了一个腰，双手下垂，两眼即闭。这位朱仙人已搭着阴界的电车，向黄泉路上去走一遭也。赵妈妈见仙人到阴曹去调查公案，吩咐众人暂时静默，候她还阳，休得大呼小喊，惊散了她的灵魂，须不是耍。

那时朱仙人坐在椅子上，瞑目凝神，动都不动，但是微微地听得鼻孔呼吸之声。阿林悄问阿金娘道："仙人既然死去，为什么尚有呼吸之声？"阿金娘道："这不是真死，不过到阴间去打一个转，因此呼吸不绝。"说时，恰有一个苍蝇飞上朱仙人的鼻头，朱仙人把头儿摇了一摇，苍蝇飞去了，偏又作怪，重又躲上朱仙人的嘴唇，朱仙人连把头儿摇了三四摇。阿林又起疑惑，悄悄地问赵妈妈道："朱仙人并没有到阴司去，你不见她在那里摇头吗？要是死去，怎么会摇头呢？"赵妈妈道："阿林哥，你有所不知，一个人有三魂六魄，朱仙人到阴司去，只有三魂离着躯壳，她的六魄依旧在这里看守身体，因此苍蝇去叮她面孔，她会得摇头驱逐苍蝇。"隔了良久，朱仙人又把两手一伸，打一个还阳呵欠，伸伸懒腰，擦擦眼睛，做出悠悠苏醒的样子，忙问赵妈妈："我死去了有多少时候？"赵妈妈道："大约只有半个钟头。"朱仙人向阿林点点头道："你的说话，果然不虚。我到阴司，向大肚皮判官探问消息，说阳世有个刘子楚，和崔老爷调换毛发，可是真的？那判官翻出簿子，揭开几页，上面写得明明白白，阳世有个妖人刘子楚，最会偷天换日，和人家交换毛发，先把黑的换白的，又把白的换赤的。也是苏州人合该遭瘟，崔老爷毛发都白，日间死人二千，夜间死人一千六百。"赵妈妈一干人听了都慌张起来，都问朱仙人可有什么解救方法。朱仙人道："我也问过大肚皮判官，可有解救方法。判官道：这姓刘的妖人神通广大，他既行使这个妖法，阎罗天子也奈何他不得。只得派遣勾魂鬼，按照日死二千、夜死一千六百的数目四处勾魂，每一昼夜，须制造三千六百名新鬼，一个也缺少不得。'"阿金娘道："朱仙人，被你说得汗毛直竖，背脊上宛似浇了冷水，究竟可有什么方法，逃出这个劫数？"朱仙人道："若要逃出这个劫，须和妖人不相识，凡是见过妖人一面的，总逃不出这个劫数。越是和妖人接近的，越是死得迅速。"阿金娘慌道："你这话当真不当真？"朱仙人道："谁骗你来，这也是大肚皮判官向我说的，你若不信，我可以陪你到阴司去走一遭，你亲自去问那大肚皮判官，可好不好？"阿金娘搔头摸耳一会子，忽地抱住阿林，放声大哭道："阿林哥，你是天天和那妖人接近的，算来你总逃不出这个劫数。"赵妈妈、巧姐儿都来相劝，说道："哭也徒然，不如央恳朱仙人再到黄泉路上去向大肚皮判官说情。好在朱仙人的鬼缘很好，判官断无不允之理。"朱仙人连连摇头道："不行不行，黄泉路上没人情做，判官们个个铁面无情，不比阳世的官长，口是心非，贪赃枉法。表面上说廉洁廉洁，实际上却是连劫连劫，和连次打劫的大盗一般。表面上说不要民间一文钱，实际上是不要一文钱，多于一文钱便要了，盈千累万，越多越要，他所不要的只有这一文钱罢了。"赵妈妈道："朱仙人休说闲话，还是早早想法的妙。判官那边既没情面可说，但是你的仙法很多，总有方法解救这瘟疫之灾。"朱仙人道："要解救这一方瘟疫之灾，除非把那妖人捉住，把他的赤发赤眉还了崔老爷，才可没事。"阿林道："他住在十三号房间里，捉住他是很容易的，但是要把他的赤发赤眉奉还崔老爷，只怕不大容易吧。"朱仙人道："只怕捉他不住，要是捉住了，便可强迫他把毛发归还原主。他既会摄取崔老爷的毛发，他当然也会归还崔老爷的毛发。"于是众人一致赞成，去捕捉姓刘的妖人，恐怕妖人得信脱逃，央托阿林快回旅馆，把他看住。阿林道："不妨不妨，这几天妖人躲在房里，并不出门，管叫瓮中捉鳖，不会脱逃。"朱仙人道："你别说得这般容易，他有妖术，使一个障眼法便可脱逃，我们须得破了他的法，才好把他擒住。"阿林道："请问朱仙人，怎样破他的妖法？"朱仙人道："你别盘问，届时自有道理。你且回到旅馆，不露声色，依旧做你的茶房，待到我们来捉人时，请你做个内应，绊住了他，莫放他脱逃。"阿林诺诺连声，自回旅馆，不在话下。

阿金娘催着朱仙人快去擒妖。朱仙人道："单是我们几个人，只怕擒他不得，好在我的鬼缘很熟，赵妈妈的人缘也很熟，我和赵妈妈分头办事，我向阴司去央恳鬼总领，派遣数十名得力的鬼兵，堵住了旅馆的前门后户，不放妖人隐形逃走。赵妈妈时时在富豪家庭贵人公馆里出出入入，也须央恳几位军界要人，派遣数十名得力的兵士，堵住了旅馆的前门后户，不放妖人逃走。"赵妈妈道："我的人缘虽熟，但是央恳他们派兵捉人，只怕做不到。"巧姐儿道："赵妈妈，你忘记了吗？那一天，你到陶公馆里去探望陶太太，这位太太听得瘟疫盛行，很担着心事。她说可惜我们陶大人只会杀人，不会杀鬼，要是他会杀鬼，我便唤他调齐麾下的兵士，和那害人的阴兵鏖战一场，把阴兵杀退了，也好解救全城瘟疫之灾。陶太太既这么说，可见她的心肠很热，你只需再往陶公馆走一趟，和陶太太秘密商议，若要解救全城瘟疫之灾，不须调动大兵和阴兵厮杀，只需派去一小队，到东吴旅馆里去捉拿变换毛发的妖人，着令妖人把赤发赤眉交还了崔老爷，便可驱瘟逐疫，救得全城人的生命。"赵妈妈大喜道："亏你提醒我，险些儿错过了好机会。这位陶太太和我是很亲热的，她嫁给陶大人，也是我做的媒人。在先是做姨太太，也是她的运气好，进了门不上一年，大太太倒还识相，一病呜呼，遗下这个正夫人的好缺，由着姨太太顶补。自从姨太太升作大太太，陶大人便交了好运，官也升得快，财也发得多，因此对于这位太太言听计从，无论大小的事，总得向太太请示。我把妖人作祟害人禀告了这位太太，派兵包围旅馆，一定可以办得到。要去便去，休得走漏风声，吃妖人脱身逃走。"

于是商量定妥，分头办事。毕竟赵妈妈吃了亏，跑得气喘吁吁，汗流满面，才把遣兵捕人的事运动成熟。朱仙人好不写意，轻轻地伸几个懒腰，打几个呵欠，早已向黄泉路上跑了一趟。据她告人，鬼统领得了她的报告，满口应充，立时选派五百名精细鬼兵，在冥冥中助战。妖人虽然厉害，若要脱逃，再也休想。

且说刘子楚在旅馆里包头束额，见人不得，又听得哥哥说起，白发白眉已生在崔老爷头上，徒有神仙万应丸，也不能纳入神像的腹中，看来第一步的恢复毛发很有些棘手，只要渡此难关，那第二步便迎刃而解了。子楚是闲散已惯的人，软禁在旅馆里，出头不得，心中好生纳闷，他的一线希望就此断绝，喃喃讷讷，只在房里痛骂快活神仙。他又回想从性家村出来时，性道人授我方法，叫我假扮道人，在玄妙观中卖药，临别时，他说遇有紧急，或是受人欺侮，他老人家肯出来相助。现在正值危急时代，他老人家为什么不来呢？唉，性道人，性道人，你既然广收弟子，提倡性的教育，合该对于门徒尽力保护，须知性的弟子在外面受辱，便是你性道人受辱。刘子楚失败，便是性的教育失败。性道人，性道人，你快快前来救我则个……

"刘先生，外面有一位老者，自称性道人，特来奉访，可要请他进来？"说话的便是旅馆侍役阿林，他在隔壁听得已久，听得子楚自言自语，盼望性道人来相救。那时朱仙人和几个婆婆妈妈正从外面进来，向阿林歪歪嘴。阿林上前相迎，悄问一切可曾预备没有。朱仙人道："阳兵在前后包围，阴兵在空中助战，一切都预备好了。那妖人可在房中没有？"阿林轻轻地说道："他一个人在房中自言自语，盼望什么性道人到来。"朱仙人顿生一计，便道："你去报告，说性道人特来奉访，便可以赚入房间，破他妖法。"阿林依计，因此向子楚报告，外面有一位老者，自称性道人，特来奉访。子楚听说性道人来了，这一喜非同小可，忙问："来人可是四旬左右年纪？"阿林道："正是。""可是头戴九梁道观，身穿绣花道袍？"阿林道："正是。"子楚拍手道：

"那么我的天外救星来了，快请进来，快请进来。"

这言未毕，来的却是三个妇人，并没有性道人在内。细认面目，都非熟识，又不是那天给他喝性水的性婆婆。子楚呆了半晌，正待动问姓名，冷不防有人把他的裹巾一扯，赤发赤眉完全显露。说时迟，那时快，头上一阵热烘烘，灌顶醍醐，淋淋漓漓地浇得满头满脑，不知是什么东西，只觉得血腥扑鼻。子楚只道是另有一个性婆婆给他行性的洗礼，也含有血腥，现在这敢怕不是性水是信水吧。闭着眼睛，不敢张开，口中只唤："我的师父性道人在哪里？弟子已受过洗礼了，为什么又令弟子受第二次洗礼？"朱仙人口中喃喃有词道："狗血淋面，狗血淋面，妖怪不会变。四下里的鬼兵，快快出现。"赵妈妈道："好了好了，妖法已破了，阿林哥，烦你招呼外面的兵士，快快进来捉拿妖人。"子楚才知中了计，待要睁眼，已被狗血黏住了眼皮，休想睁开。没奈何把手指拨开眼皮，在插镜里自认容颜，完全受了狗血化。不但发赤面赤，便是耳朵鼻子面颊下颏，没有一处不赤，忙喊着："老师救命，老师救命！"老师没有来，来了几个军人，喝道："大胆妖贼，你敢卖弄妖法，把崔老爷的毛发变得白了，害那城厢一带的居民日死二千，夜死一千六百。你的罪名太大了。识相的跟着我们走，要不然，扬着皮鞭，把你精皮肤一顿打，打得你皮肤和头发眉毛一般赤。"子楚怕吃眼前亏，只得随着他们走。朱仙人口中又喃喃有词道："妖人捉住了，妖人捉住了。鬼兵鬼将，团团围绕，休要放他跑，休要放他跑。"于是一小队兵士前后拥护，押着子楚便走。子楚怎敢倔强，一边走，一边念着老师救我、老师救我。朱仙人、赵妈妈、巧姐儿等许多婆娘，一路走，一路宣布妖人的罪状。道旁人听了，个个称快，也有摩拳擦掌，要把妖人刘子楚痛打一顿。但是听得朱仙人说，押解妖人的不但这一小队兵士，还有一大队阴兵，腾云驾雾，在空中监押着妖人，不放他隐形脱逃。因此大家存着恐惧心，不敢挨近子楚，生怕冲犯了阴兵，身受惨祸，只是远远地在后面呐喊，以壮声势。

等刘子荆得信，到旅馆里探问消息，那时子楚早已被捕出门，援救不及，但听得三三两两的人都说妖人捉住了，已禁闭在陶公馆里，明天崔老爷出庙巡行，那妖人便要锁在崔老爷轿后，游街示众，除非他把赤发赤眉还了崔老爷，才能够从轻释放。子荆听了，老大着急，除却张稚川，谁也救不得子楚性命。稚川又去访问张仙舟了，子荆只得寻到修仙巷，拉住了稚川，连说："不好了，舍弟被人劫去了。"稚川得了报告，只好随着子荆回去，商议援救子楚的办法。

子荆悄悄地说道："稚川兄，你瞧这柄神仙扇，可有什么表示？"稚川道："且待到了学校里，再做计议。"子荆央告道："我遭这变端，心乱如麻。舍弟被捕，有没有生命危险，须在神仙扇上面求个下落。横竖左右没人，你便在路上瞧瞧神仙扇，也好使我早早安慰。"稚川听说不错，好在这柄扇便在手头，当下前后瞧瞧，都没有人，打开这柄扇，正待看一个明白，冷不防一条横弄里钻出一位老道士，向着稚川打个问讯，唤一声张居士请了。稚川忙把纸扇折好，还礼不迭。细瞧这道人，四旬左右年纪，手里也握着一柄纸扇，只向稚川痴笑。

稚川道："小子和道长素昧平生，如何知道小子姓张？"老道士笑道："贫道不但知道居士姓氏，并且知道居士的来踪去迹。你来向张仙舟那边来，去向刘子荆那边去，猜得对吗？"稚川、子荆都吃一惊，暗想那人莫非快活神仙化身。依着稚川的初念，便想跪伏在地，唤他几声老神仙，转念一想，且慢，且慢。那天逛神仙庙，误认谢姓老娘为神仙，被她当面奚落。又误认张仙舟为神仙，被他教训一场。现在万万不可鲁莽，何妨试他一试，再做道理。

便唤一声："道长，你把小子踪迹果然猜得不错，但是你可知道小子有什么重大的心事？"老道士大笑道："你要试验贫道的本领，管叫你颠扑不破。你的心事，为着走肖。走肖走肖，而今走了。物色吴中，遨游仙庙。受人包围，伏地祷告。湘子下凡，来从仙岛。一柄折扇，便是广告。"稚川道："这几句猜得不错，以后便怎样？"老道士道："以后花样，益发奇妙。异姓兄妹，一堂言笑。有鬼一车，张牙露爪。葫芦中药，随处乱倒。卢撒博士，失声狂笑。增进健康，女界之宝。"

稚川道："这也确有其事，以后便怎样？"老道士道："三百妇女，同宣佛号。马甲政策，一齐打倒。丈夫遭瘟，死刑宣告。祸福无门，唯人自召。"

稚川道："这也是有的。道长，你且猜下去。"老道士道："同进元都，瞻仰古庙。快活神仙，虚名号召。几许滑头，假冒牌号。当场出丑，自取烦恼。有小道士，子楚其号。卖锁魂丸，心思灵巧。白狗多事，人前跪倒。变换毛发，滑稽可笑。白者黑矣，黑者白了。颠倒黑白，孽由自召。"

稚川道："你猜得都对，令人佩服。但是我们俩匆促行路，预备干些什么事，你可知晓？"

老道士道："你们心事，容易知晓。仓促之间，得了警报。子楚被捕，七颠八倒。狗血淋面，何等苦恼。众怒难犯，生命莫保。是吉是凶，委实难料。看神仙扇，再做计较。"

稚川见他料事如神，毫厘不爽，不是快活神仙还有哪个？忙向子荆说道："这位便是老神仙，我们快快跪倒。"说时已跪了下去，子荆也随着下跪，说："弟子承蒙仙翁赏给仙丹，才能够起死回生，天之大恩，至今未报。现在舍弟又遭奇祸，伏望仙翁见怜，搭救则个。"稚川又央求道："弟子的未婚妻赵氏，失踪已久，生死不知，伏望仙翁垂怜，指示则个。"

老道士哈哈大笑道："你们今天也来求我了，很好很好，且把神仙扇还我，再和你们从长计较。"稚川道："弟子承仙翁美意，赐给这柄神仙扇，每逢疑难，随时指示，当作稀世之珍，不忍释手。请仙师不用收回，永远舍给弟子吧。"老道士道："贫道随身法宝，有两柄折扇，一柄神圣扇，一柄神仙扇，都有不可思议的效力。不过两扇相比，神圣扇的效力尤其不可思议，你要寻觅赵令娴，非得借重这柄神圣扇不可。贫道玉成你们的好姻缘，因此收回神仙扇，另行赐给你一柄神圣扇，这是千载一时的机会，假使轻易错过了，将来懊悔莫及。"说时，把手中这柄折扇吹一口仙气，顿见金光闪闪，耀人眼帘，望而知为仙家的妙用。稚川怎不心动，忙把这柄神仙扇呈上，接受了老道士给予的神圣扇，重又拜了三拜。

老道士伸手向东一指道："这是谁啊？"稚川、子荆向着老道士指的所在望去，不见一人，再行回头，已失却老道士的踪迹。重又拜了三拜，方才起立。幸而这个所在是一条僻巷，悄悄并没有人来往。子荆道："恭喜你，老神仙特地现形，送你一柄神圣扇，这便是会亲的符篆。此去寻觅赵女士，一定成功。但不知舍弟的运命，可能借助在这柄神圣扇上？"

稚川揭开这柄神圣扇，看扇面上可有什么表示，谁料不看犹可，一看时吃惊不小。稚川唤声哎呀道："我只道方才的道长是我们心坎里的快活神仙，不料是我们的公敌性道人。懊悔自己鲁莽，扑扑地向他跪拜，竟把一柄快活神仙扇被那妖道赚去，却换给我一柄妖精扇子。子荆兄，你不见扇上画的是两个妖精打架吗？傻大姐拾得的绣春囊被他绘上了扇头，还题着一行字，叫作'神圣之图，性道人沐手谨绘'。哎，这般的东西，配说神圣吗？简直是没有廉耻的妖精。执在手中，也辱没煞人，合该投畀烈火，投畀粪土！"说时怒气冲冲，把折扇左一拂右一拂。嘿，这柄妖精打架的折扇可以扇动的吗？一经扇动，把纯洁的空气都变作了腥臜气息，直向两人鼻孔里钻入，待掩鼻门，早已不及，顿觉得这颗心在腔子里跳个不住。子荆道："这是什么气息，左右又没有咸鱼店，哪里来的腥臜气息？"

稚川道："我闻了这股气，我的心有些把握不住。"子荆道："不好不好，我这颗心活动得益发厉害，恨不得跑入性家村，剥去了衣服，和许多性姊姊性妹妹，在性育场跳舞一周。"稚川道："奇怪奇怪，我忽然起了一种感想，觉得做人不如做禽兽。人是虚伪的，禽兽是率真的。"子荆道："我和你表着同情，人之乐不如禽兽之乐。禽兽不受虚伪的礼教，不穿虚伪的衣冠，赤条条来去无牵挂，怎不逍遥自在？稚川稚川，我们大解脱了，从前做人，譬如昨日死，此后做禽兽，譬如今日生。放下屠刀，立地可以成佛。脱下衣服，立地可以成禽兽。我们快快做禽兽去。"说时，觉得满身狂热，不可按捺，向稚川讨取这柄神圣扇，重重地扇了几下。

稚川道："我也烦躁得很，一个人打扇两人凉，你也顺便扇几下。"于是子荆又着力地扇了几下。嘿，这柄妖精打架的折扇可以连连扇动的吗？扇一下，扇去了廉耻；扇两下，扇去了人格；扇三下，扇动了不可思议的神圣化。休说子荆、稚川两人如醉如痴，另换了一副性质，便是土地庙前的一对红狮子，却也兴妖作怪起来。

欲知后事，且阅下文。

第四十三回

妖风起处老妇怀春
魔扇摇时真容变态

这座土地庙，唤作古春申君庙。春申君上面加着一个"古"字，便见得是一座冷庙，香火一定寥落的了。原来苏沪一带的人民，为着疏通黄浦的功，大概崇奉楚相春申君黄歇。苏州的春申君庙，有新庙，有古庙。新庙门墙高大。每逢朔望，烧香的络绎不绝。旧庙却不然了，在一条冷巷里面，大门紧闭，进香无人。门前一对石狮子，你瞧着我，我瞧着你，冷清清地度这无聊岁月。同是春申君庙，为着新旧关系，便分出炎凉起来，可见世人对于泥塑木雕的东西，也不免存着炎凉之见。炎凉世界，到处皆然，真令人起着不尽的愤慨啊。

且说子荆、稚川两人正立在这座古春申君庙门前，子荆因身上狂热，便把这妖精扇扇个不休，自己的狂热没有减少，反而引起石狮子的狂热来了。说也奇怪，东西对峙的石狮子，本来铁石无情，到这时也受着妖精扇的余风扇动，彼此都在石座上晃了几晃，前腿一伸，骨碌碌、骨碌碌把脚底的球儿都撩往街心去了。石狮子本来扯开着嘴，现在嘴里流下了馋涎，只为这一对石狮子，一雌一雄，本来是个异性，现在经着妖精扇连连扇动，仿佛顽铁上受了磁气，同性相拒，异性当然相迎起来。

动了，舌动了，彼此都跳下石座来了，凑近了，妖精打架般地打作一圈了，交尾了，彼此和狗恋似的，拖下舌尖，由动而静了。

子荆、稚川见石狮子也会交尾，真个见所未见，不觉连呼奇怪。那时"测当测当"，来了一个肩挑糖担的江北小贩，担的前面安放着转盘，转盘上面粗粗细细贴着许多红条条，一个铜圆转一次。转得好，有泥人泥马到手；转得不好，也有一块小糖到口。这测当测当的小锣，有吸引儿童的魔力。锣声响处，果然有几个小孩子跟着糖担而来，连唤道："转糖的，歇下来。"那小贩正走到古春申君庙前，歇下了糖担，猛抬眼，便见这作怪的石狮子变作交尾的狗，两臂相接，中间发生了关系，连唤着："我的乖乖，不得了。两只石狮子在这块儿兴妖作怪。"这几个小孩子瞧见了道上的石球，正在诧异，经那卖糖的一喊，又赶过去看那交尾的石狮。胆小的转身便跑，胆大的伸手去摇那石狮，休想摇撼得动，依旧是无知无识的顽石，不过改变了状态，向来是左右分峙的，现在变作了雌雄合作。一霎时大惊小怪，都说不好了，不好了，春申君庙前的石狮变作了妖怪了。

这个消息传出去，便有许多人来瞧热闹。挑糖担的也忘记了做生意，在人群中拍手称奇。子荆正立在糖担附近，人多气盛，越觉得烘烘地热，又把手中的扇摇了几摇，不摇犹可，一摇时又起了变化。糖担上有几个泥制的人，受着妖精扇的摇动，立时栩栩欲活。吕洞宾抱住了白牡丹，连连接吻。铁拐李推倒了何仙姑，欲行非礼。众人又连连拍手道："奇怪奇怪，糖担上的泥人儿也活动起来了。"一时人声喧闹，冷巷变作了热巷。恰有一位六十多岁的沈寡妇，听说泥人活动，偏偏不肯相信，定要挨到糖担旁边，瞧个明白。沈寡妇的眼光很短，不到附近，瞧不仔细。她是念经吃素的，手执着一串牟尼珠，一壁走，一壁念佛，待要上前瞧个仔细，只是上了些年纪，哪里挤得动。幸亏熟人多，更兼沈寡妇素来规矩，待人接物又很客气，左邻右舍对于这位老太太有相当的敬佩，因此大家都肯出一把力，都说诸位让开些，吃长素的沈太太来了。都说沈太太这里来看，这两个泥人儿不是变了相吗？

沈寡妇自言自语道："阿弥陀佛，不信真个有这般的事。阿弥陀佛，苏州的新闻愈出愈奇了，崔老爷会得变换毛发，石狮子会得跑下石座，现在糖担上的泥人儿也会演起把戏来了。阿弥陀佛，好不奇怪。"沈寡妇正挤到子荆身旁，子荆无意中又摇动了妖精扇，一阵阵骚风正吹在沈寡妇干瘪枣儿般的脸上，沈寡妇喊声痒痒，可也作怪，痒到骨子里来了。

但见她把念佛珠向地下一撩，把一只近视眼挤成一线，扭头扭颈，似乎向人做媚眼，把弯腰曲背的身子装成风摆柳的姿态，口中不呼佛号，却唱着："情哥哥啊，奴家和你配了对。情哥哥啊，奴家和你一床儿睡。"

众人大笑道："奇怪奇怪，吃长素的沈太太发疯了，她唱起小调来了，跑起浪步来了。哎呀，这个媚眼做得很俏，我要呕咧。"众人七张八嘴的当儿，这位沈寡妇不知哪里来的助力，一口气跑出人群，碰见了一个卖酱牛肉的小贩，生得唇红齿白，恰似十八九岁的小白脸。老寡妇却也作怪，不问情由，一手勾住了小贩的头颈，一手去撕他提篮里的牛肉吃。众人嚷道："沈太太，使不得，你守了三十年的寡，吃了三十年的长素，怎么勾着小伙子的头颈，抢他的牛肉吃？"

沈寡妇啐了一声道："什么使不得使不得！现在的世界，天做地也使得，地做天也使得，人变狗也使得，狗变人也使得。老太太姘识小弟弟也使得，吃了三十年长素的撕一片牛肉尝尝也使得。"说时，又凑过头去，嗅那小贩的脸蛋。众人又哗笑道："老骚老骚，越老越骚。从头顶直骚到脚底，从皮肤直骚到全身血管，从肌肤直骚到二百多根骨头的骨髓里。"

卖酱牛肉的小贩又羞又愤，把沈寡妇一摔，骂一声："不要面皮的骚老太婆。"沈寡妇下死劲地扯住那小贩道："情哥哥啊，面皮是要不得的啊。要了面皮，不是挨冻，定是受饥。丢了面皮，嘴里吃的是肥肉，身上穿的是绸衣。你们要发财，发财教科书上的第一章叫作'不要面皮'。你们要做官，做官教科书上的第一章叫作'不要面皮'。你们要享受种种幸福，种种幸福教科书上的第一章叫作'不要面皮'。情哥哥啊，我和你丢了面皮，快快活活地干一次吧。"说时，伸手去解那小贩的裤子。小贩恨极了，用力一推，沈寡妇站立不稳，跌一个手足朝天。这叫作"驼子跌筋斗，两头弗着实"，只有背皮贴着地皮，在地上晃了几晃，好似摇椅一般的样子。一时男男女女，笑得嘻天哈地。

稚川见这光景，知道性道人授给的妖精扇很是厉害，他虽然觉得做人不如做禽兽，但是受了快活神仙的教训，纯洁的心地总留着一线光明。他悄悄地知照子荆，这里停顿不得，都是你扇动妖风，扇出了这许多丑剧，我和你快快离却这里，才是道理。子荆也觉得挤在人群里又闷又热，不如到那空旷所在，脱得赤条条，做一番禽兽生活。于是离却这条巷，寻拣空旷的地方，解解这胸头狂热。他的心里只记着人不如兽四个字，至于子楚被捕以后，怎样设法去解救，完全抛在九霄云外。稚川向子荆讨回这柄扇，恨恨地说道："可恶的性道人，赚去神仙扇，却把这柄妖精扇害人。方才你扇了几扇，扇得巍然不动的石狮子竟会雌雄交尾；扇得烂泥塑的玩具竟会搂抱寻欢；扇得三十年一口长素的老寡妇，竟会当着大众抢吃酱牛肉，调戏小伙子。这柄扇万万不能保留下，不如撕掉了吧。"于是把这柄扇撕作了诗谜条儿，丢在道旁，绝不回首，以为从此脱然无累了。谁料走了两三家门面，觉得袖子里多了一件东西，摸出看时，依旧是这柄妖精扇，依旧绘的妖精打架，落的性道人书款。扇面并没裂纹，方才明明扯掉了，怎么一转瞬间变作天衣无缝？

稚川发一个狠，定要把这柄妖精扇丢掉了方才罢休。恰从厕所旁边经过，稚川又把这柄妖精扇撩在坑缸里，以为从此破了法，不会贻害人间了。谁料走了四五家门面，觉得领圈里多了一件东西，拔下看时，依旧是这柄妖精扇，依旧绘的妖精打架，落的性道人书款，扇面并没污迹，方才明明丢入坑缸里去了，怎么一转瞬间依旧完好如新？

经了这两番抛撤，兀自抛撤不得。稚川知道性道人的妖法厉害，自己不是他的敌手，只得把妖精扇暂留在身边，以后再做道理。

子荆道："我们且觅个空旷之地，变换空气。但是城市地方，哪里找得出空旷所在？"稚川道："城里也有空旷所在，便是城南的南园。这个所在，便是从前吴越国王声势浩大的当儿，吩咐广陵王镇守吴中，圈入了多少民房，建筑一所大大的园林。到今朝沧海桑田，经了许多变幻，大好园林已归乌有。从前的重楼叠阁、华烛金钲，都付与蔓草荒烟。苏州城里只有这一处地方完全是乡村色彩，流水小桥，竹篱茅舍，两旁都是田亩，四周遍种桑麻。若要觅个空旷所在，不如到南园去走一趟。"

子荆道："苏州街道，我不大熟悉。你是常在外面走动的，比我熟悉得多，你说的南园，我没有走过，那边行人多吗？"

稚川道："这是城隅偏僻之区，除却村夫俗子，没有旁的行人。"子荆道："那便好了。老实向你说，我这胸头方寸地，仿佛做了两军奋战的战场。"稚川奇怪道："这话怎么讲？"

子荆道："方寸战场大鏖兵，双方战斗力倒也不弱。一方面是人，叫作人方；一方面是禽兽，叫作禽兽方。老实向你说，方才我摇动这柄妖精扇时，恨不得就地一滚，化作披毛戴角的禽兽，跳出那两扇限制自由束缚形骸的礼教之门。但见停止了这柄扇，一线天良重又发现，似乎人类降为禽兽，是大堕落，是大污辱。无论怎么样，总得挣扎一下，免叫堕入畜生道，骨化形销，万劫不复。"

稚川点头道："可不是呢，我所以要把妖精扇扯作纸条，投入坑缸，便为着这个道理。方才你把妖精扇摇得起劲，我也想剥得赤条条，做一次禽兽玩玩。这也是你我的根基坚固，还算有把握，不曾闹出笑话来。这柄妖精扇既然抛撤不得，暂时放在衣袖里，不再扯开，不再摇动，便不会兴风作浪了。"

子荆道："方才打扇时，你只挨受得没多几下，受毒尚浅，你的人格便容易恢复。我却不然，比你多摇了几扇，妖风侵入腔子里，直到现在，方寸战场大鏖兵，还没有宣告休战。就那人方兽方的局势而论，人方阵线不固，形势险恶；兽方再接再厉，乘隙而入，竟把人方的第一道防线攻破了。鏖兵的结果，只怕人方抵挡不住，不日便要总退却。到了那时，我的方寸之地完全要被兽方所占据，从此再没有一些人类的气味。"

两人一壁走，一壁闲谈，无多时刻，早已到了南园地方。果然尘嚣暂隔，空气一清。两人走了许多路，觉得气喘吁吁，在一棵槐树底下暂时小立，隐隐听得南园古寺里的钟声，顿觉心地光明。子荆一壁拭汗，一壁说道："我今天匆促出门，没有揣带纸扇。你袖子里的这柄妖精扇又不敢奉借，真叫人又热又闷。"稚川道："我每逢出门，神仙扇不离于手，摇动时便觉得心地清凉。现在失却神仙扇，换了妖精扇，丢又丢不掉，摇又摇不得。"子荆皱着眉道："无论怎样烦躁，只好暂时忍耐着，要是再扇几下，人方的败仗益发不可收拾了。"稚川道："子荆兄，你的方寸战场大鏖兵，现在打得怎么样了？人方和兽方，可曾定下了胜负？"子荆休息了片响，便道："亏得这里地方空旷，一阵阵的凉风吹来，把妖气吹散了不少。人方已夺回了原有的阵线，准备向兽方进攻。究竟谁胜谁负，待到最后五分钟，自见分晓。"稚川道："总算我们根基坚固，心灵受了蒙蔽，容易恢复光明。可惜古春申君庙前的一对干净石狮子，到今朝变作不清不白。还有那个吃长素的婆子，不幸沾染了妖风，当着众人演出这般的丑剧，不知以后可能够恢复原状？至于糖担上几个泥人儿作怪，关系还小，更不必说了。"子荆连连嗟叹，忽又忆及被捕的子楚，不知生命如何，便央求稚川替他设法。稚川道："我有什么法子可想呢？我的法子完全在这柄神仙扇上，宛比舞台上的诸葛军师，定要看了手中所执的羽扇，才能够想出计较。现在失却了神仙扇，我便和你一般，除却唉声叹气，还有什么法子可想呢？"

两人谈话时，信步而行，已走近南园古寺，绿树下一带黄墙，写着南无阿弥陀佛六个大字。稚川道："我们难得到这里来，何妨进去随喜随喜。"子荆道："我也跑得乏了，进去坐坐何妨。"

两人同进了山门，举目四顾，规模倒也不小，不愧是一座古刹。小沙弥见有客来，请到客堂里去奉茶，忙问："两位先生可是从施公馆里出来？"稚川摇头道："我们偶来南园散步，暂借宝刹休息片刻，并非从施公馆里出来。"

小沙弥笑道："那么是来看出殡的了。今天施公馆里三小姐大出丧，灵柩便寄在本寺的上等殡房里面。"又看了看壁钟，便道，"快要到了，快要到了，两位先生暂坐半点钟，那大出丧便要出到这里来。只要听得钟声敲动，马上跑出山门，管叫看个清清楚楚。听说施老爷丧了三小姐，非常哀痛，这番出殡，大约要花着三五千金。旁的不必说，但看停柩的房间装潢一新，前三日便有人到这里来布置，唤了裱糊匠糊房间，唤了电灯匠装电灯，唤了扎花匠扎锦屏风，把殡房装饰得像新房一般，好不气概。"

稚川笑了笑，不说什么，暗想我方才一路行来，见两旁站住了许多人，只道是看赛会，原来是看大出丧。

小沙弥敷衍了一会子，子荆给了他四角小洋做香金，他接在手中，念了一声阿弥陀佛，竟自去了。

稚川笑道："四角小洋博得一声阿弥陀佛，一角小洋一个字，价值还不算昂贵。"正在说笑的当儿，忽听得远远的锣声敲动，接着便是动地鼓声的军乐队，知道大出丧已到了南园。子荆叹道："我们本要觅个清静地方来坐坐，不料又来凑热闹，还是趁早走吧。"稚川道："由他们热闹，我们只在这里静坐，待到大出丧过后，再行回去不迟。要是这时便走，外面正有许多人瞧热闹，一定挤轧非常。"

子荆点了点头，闭目凝神，借此休息一阵子，觉得方寸战场的战况，人方连得胜仗，恢复已失的土地，渐渐把兽方压迫。兽方阵线动摇，军心不固，大有退出方寸战场的趋势。

小沙弥气喘吁吁地跑来说道："大出丧快到了，先生们快快去看啊！"子荆道："我们不欢喜看热闹，一动不如一静，只在这里坐坐。"小沙弥沉着脸道："那么先生们换一处地方坐坐吧。施公馆里送丧的老爷们太太们官人小姐们是很多很多的，这里便要摆茶盘咧。"又回头骂那香工道："猪猡，还不把茶盘摆出来！"一壁说，一壁晃着光头，自去干他的送迎生涯。子荆愤愤道："秃奴这般可恶，花了四角小洋，喝得三口清茶，便下逐客令。与其看那势利和尚的面，不如走吧。"

才出得山门，早望见两个晃头晃脑的开路神迎面而来。稚川道："那边挤不过去，我们暂在树底下站立片刻吧。"两人才立到树下，扑的一声，稚川袖子里落去了东西。子荆道："稚川兄，落去了纸扇。"稚川道："便是这柄害人的妖精扇，落去了倒也干净。"子荆道："不好不好，要是被人拾取在手，又要兴妖作怪。我们不如仿照孙叔敖埋蛇的故事，把害人的妖精扇埋藏了，岂不是好？"

子荆说话时，这把落地的妖精扇自己会得张开扇面，飘飘荡荡，风筝般地飞上了枝头，慌得子荆、稚川远远地躲避了，免得受了妖风，丧却人格。那时开路神摇摇摆摆，正打从树旁经过，可以作怪，这把纸扇自会向开路神打了几扇，开路神忽然两手活动起来，慌得两个替开路神推轮的人丢掉开路神，转身便逃。路上看出丧的个个目瞪口呆，但见开路神丢去了手里的开山大斧，把手指指点点，只指着瞧热闹的少年妇女，又把笆斗般的头颅不住地摇动，鹅卵般的眼珠向着妇女们一眨一眨，吓得妇女们玉容失色，几乎哭将出来。

作怪作怪，开路神把自己的头盔抛弃在地，又把身上的软甲解下了，战裙卸去了，上下剥得赤条条，似乎要打倒衣冠制度，发展他们的兽欲。但见剥去了衣服，里面空空如也，只有几根细竹竿扎成的躯干，心肝脾肺肾完全没有，再休提作战的性具了。到了这时，内容尽露，再也不能活动，那些瞧热闹的，在先惊得目瞪口呆，现在瞧见那魁梧奇伟的开路神，一经解甲，只剩得空空洞洞的一个架子，不觉失声狂笑。

开路神后面本有许多捐旗打伞的人，瞧见开路神活动，大家逃避一空。现在开路神不动了，大家重又跑回，都说作怪作怪，开路神会得自脱衣服，真是罕见罕闻。捐旗打伞的到了南园古寺的门前，放下旗伞，自去休息。后面还有音乐班、对子马、军乐队、大锣档、和尚道士尼姑，一起起地打从树旁经过。旁人不注意，稚川和子荆都是很注意的，注意着飞上枝头的妖精扇可在那里活动。

但见旁的仪仗经过树旁，那枝头的妖精扇并不摇动，待到七七四十九名和尚经过时，那枝头的妖精扇又向着许多和尚头连打了几扇。哎呀，真不得了，四十九名和尚个个兽性发作，自己剥得赤条条。接着便是一队尼姑在后面，众和尚转过身躯，实行倒戈主义，向着众尼姑进攻。众尼姑吓得四散奔跑，和尚们英雄无用武之地，有些抱着电杆木，有些抱着杨柳树，口口声声，唤着我的女菩萨，我的欢喜佛菩萨。这场活剧比着大出丧还好看，笑得两旁观众个个捧着肚皮，个个直不起腰来。不但旁人好笑，便是惊魂甫定的尼姑们，见和尚不来追赶了，也是远远地瞧着这一队僧侣，笑得嘻天哈地，险些儿把下颔都笑掉了。

众和尚倒戈不成，渐渐气馁，自有道士们出来调和，劝他们穿了衣服，还算不至于十二分出丑。闹了一会子，秩序方才恢复。有一对童男童女，手执着引魂幡，在施三小姐的真容亭前面行走。那施三小姐生前很有艳名，配给何师长的儿子，尚没成亲，忽而暴病身亡。这真容亭里的真容，很惹起众人的注目。还是放大的玉照，玉立亭亭，媚憨可掬。身穿巴黎缎的旗袍，足蹬镂花的跳舞鞋，手执一枝秋海棠。众人瞧那真容，真容也在那里瞧众人，这分明是一张很妖冶的美女月份牌，很不像真容亭里的亡者遗像。众人都在那里叹息，施三小姐花一般的年纪，不料忽然夭折，瞧这面貌，也不像是个

351

夭折的人。

众人这般说，子荆、稚川却注意着绿叶丛中的一柄纸扇可又要兴妖作怪。果不其然，真容亭打从树旁经过，那柄纸扇又打了几扇，哎呀，真不得了，两个打扮仙童仙女的孩子，各各丢去了引魂幡，彼此搂抱着，做尽种种丑态。这还不奇，最奇的真容亭里的施三小姐玉照一霎时也起了变化，上下衣服都卸在一旁，赤裸裸表示她的曲线美，却手执着一枝秋海棠，秋波送媚，杏面含春，委实是一幅很有价值的模特儿画。众人发狂也似的呐一声喊，围着真容亭，赏鉴那图中人的曲线美。

施姓送丧的人，觉得体面有关，取些白布，把镜架遮掩了。众人失去了目标，方才走散，那一对仙童仙女鬼混了一阵，欲念已过，也恢复了原状，后面的仪仗依旧一队队地经过。子荆、稚川都暗暗地担惊，只怕又闹出什么乱子，幸而绿叶丛中的纸扇不再向枝上摇动，私自侥幸，以为太平无事了。

谁料十六人抬着的施三小姐的灵柩，抬到树旁，那柄作怪兴妖的纸扇又连连打了六七扇，忽听得棺材里一阵猪猡喊叫的声音，直把十六名杠夫吓得丢去了棺材，向四下里奔逃。

欲知后事，且阅下文。

第四十四回

假出丧乡绅施鬼蜮
大劈棺闺女变猪猡

古今的奇事，往往无独有偶。晋文公出殡，道经绛都，棺材里有声如牛。施三小姐出殡，道经南园，棺材里有声如猪猡。晋文公是古代的英雄，身子死了，雄心不死，所以棺材里有声如牛。施三小姐是现代的英雌，身子死了，雌心不死，所以棺材里有声如猪猡。今天施三小姐出殡，怪现象不一而足。开路神解甲，这还不打紧；四十九名和尚倒戈，这还不打紧；一对仙童仙女春心荡漾，这还不打紧；最可耻的，唯有方才镜架里的真容化作模特儿。现在十六人扛抬的龙头凤尾的一具棺材，里面却是一阵阵的猪猡叫。猪猡越叫得起劲，扛棺材的越是远远地避去，不敢上前。那位痛丧掌珠的施四先生，面孔上起着赤化，羞得无地容身。施四先生是苏州城里数一数二的大绅士，生平最喜欢搭架子装体面。他有三个女儿，赛金、赛宝、赛珠，是有名的施家三美。赛金、赛宝都嫁给财主人家做媳妇，有财无势，也是一桩大缺憾，住在乡间，枉做绿林暴客的衣食父母。一次两次地前来定省，搬到城里，饱受左邻右舍的讥讽，博得一个"狗头财主"的荣号。

施四先生发一个狠，第三位千金赛珠小姐，定要嫁个有财有势的夫婿。论到有财有势，除却头戴蠹天长缨、腰佩曳地金刀的军阀，更有谁来？一向择婿很苛，轻易地怎能射中雀屏。后来要巴结这位柯大军阀，便把女儿配给他的儿子柯少帅柯二刁子。柯大军阀虽是业已退职的师长，然而他的潜势力还不小，赫赫炎炎，热可炙手。那柯二刁子在襁褓时，一班马屁鬼便是少帅长少帅短叫个不停。现在柯二刁子年已弱冠了，仗着他老子的声势，十六岁乳臭未干，便博得一个少校军职，十七岁升中校，十八岁升上校，十九岁升少将，他的官阶真个与年俱长，长一岁便升一阶。

北京陆军部里的历年档案详列这位柯上达的功绩。虽然是个将门之子，可惜他老子业已退职，要不然，柯二刁子今年二十岁了，循例便该由少将而升为中将了。其实柯二刁子有什么军功呢？年年提着笼子斗黄雀，托着瓦盆斗蟋蟀，他果然是个身临战地的总司令，这算他的军功吗？再不然，吞云吐雾，横在烟炕上试验烟枪，他也是很高兴的，这算是他的军功吗？

除却这两大战功以外，旁的功绩完全没有了。但是陆军部的档案上记载他的战功："某次战役，柯上达率领偏师，以少数夺取敌人枪械三千支，军火无算。""某次战役，柯上达肉搏接战，奋不顾身，卒能转败为胜，突破敌人第一道防线。"都是说得有声有色，如火如荼。也亏柯大军阀手下的秘书先生，海市蜃楼，凭空捏造，说这硕大无朋的谎话。有人说这不是完全说谎，也有几分可以根据的事实。

有一次，柯二刁子借着搜查党人为名，闯入商界巨子王老板的内室，倾箱倒箧，捕捉党人，仿佛党人躲在箱箧里面似的。结果被他搜去清膏两大缸、陈年老枪三支，他竟老实不客气，完全没收，留给自己享用，这也算得夺取敌人枪械和军火吗？又有一次，柯二刁子白日掩上了书房门，在里面肉搏接战，只是敌人方面并非正式军队，不过柯太太的两名贴身侍婢。正在再接再厉余勇可嘉的当儿，冷不防柯太太推门进来，便问儿子干什么。柯二刁子答道："我在这里摊土。"柯二刁子意思是说开火，嘴里却道的是摊土，只为从小刁嘴欠舌，和张仙舟家里那个喊捐台子的小学生一般，直到现在二十岁，兀自说嘴不清。

柯太太替儿子抱着忧虑，便竭力央人说合，觅一个正式的交战团体。也是合当有事，他在电影院里，蓦然见五百年风流孽冤，便是这位交际之花施三小姐。回家去见老娘，说除却施三小姐，我都不要。柯太太向柯老帅说知，老帅和施四先生本有一面之缘，便央人去说合，果然一说便成。

柯施两姓的姻缘，表面上总算成就，但是施三小姐心里老大地不愿意。她说情愿一辈子没有丈夫，谁愿意嫁这不成模样的小鬼。施四先生连连摇手道："赛珠，休得胡言乱语。他是赫赫有名的柯少帅。"赛珠道："什么少帅，我只唤他一声小鬼。你看他獐头鼠目，说话时叽里咕噜，半句都听不明白，和怪鸟的鸣声一般。我见了人千人万，几曾见过这般的人来？便算他是人，也是一个起码人。"施四先生道："快不要这般说。赛珠，人不可以貌相，只需有财有势，便是鬼魅一般的面孔，也要捧他做天上神仙。你瞧着权势分上，便委屈一下子，和少帅敷衍敷衍，休得使这性子，恼怒了少帅，把亲事决裂了，失却这座靠山，有许多不方便。"施三小姐噘起嘴，和老子斗气。后来施四先生赔着小心，舌敝唇焦，说了许多话，才博得女儿回嗔作喜，便不再厌恶柯二刁子生得丑陋。他们未婚夫妇居然同游花园，同上茶馆，同看电影，同坐马车，和新婚夫妇差不多，只欠着不曾同宿在一处。

柯二刁子涎脸说道："山鸡妹妹，我和你去摊黄蛋……"到了柯二刁子的嘴里，赛珠说不清，说的是山鸡；开房间说不清，说的是摊黄蛋。施三小姐听了，又好气又好笑，气在心头，笑在口角。

柯二刁子瞧见她的笑，瞧不见她的气，只道施三小姐应允了，馋涎欲滴，真个要和施三小姐去开房间。施三小姐按住了胸头怒火，只是笑逐颜开地说道："少帅，承你美意，我并非不受人抬举，只是万事当留余地。我和你的快乐已享受了六七分，所欠的三四分，不过没有在一个被窝里睡，这个须保留到两月以后，新婚宴尔，和你享受这未曾享受的乐趣。男女婚嫁，不比营业性质，可以先行交易择吉开张的。我常见那些害着色情狂的男女，定要把这三四分的乐趣在账目上预先支取，直到结婚时代，不过补行一个仪式罢了。新婚乐趣，乐在哪里？蜜月的蜜，已被那馋嘴蜂儿预先偷吃了，真个在蜜月期内，反觉得平淡无奇，和喝那白开水一般。我知道少帅的意思，不过和我开玩笑，顺便试试我贞洁不贞洁。我要是应允了，便见得我是个害着色情狂的女子，便见得我是个浪漫派的女子，便见得我贞洁方面定有十二分靠不住。我的少帅，我的恩哥哥情哥哥的少帅，我要向你说句真实话，我的身子是干净的，我定要保留我的干净身子，直到新婚的那一夜，由着你试验我毫无瑕玷的羊脂白玉。现在的趋势，对于女子的贞操不大注重，那些主张破坏的，甚至于要打倒女子的贞操。但是我的宗旨，未尝不可打倒，只不过打倒我的贞操，除却你少帅，更无第二个人。除却新婚宴尔的那一夜，更无第二个日子。我的少帅，我的恩哥哥情哥哥的少帅，甜的日子在后头，请你耐着性子等吧。"

这一席话使那馋涎欲滴的柯二刁子滴滴答答地把馋涎咽入肚里，宛比鱼儿挂在梁上，馋嘴猫儿瞧是瞧得见，吃却吃不成。没奈何却把那个择选日子的盲目先生，没头没脑地一顿臭骂，谁要你这瞎狗选什么六月十四日结婚，要是选了明日成亲，那么一夜工夫还容易打熬。偏是你不识相，选这相隔很久的日子，明明把我柯少帅戏弄，日长如小年，叫我怎样地挨磨过去？瞎狗瞎狗，不给你些厉害，我柯少帅怎肯甘休？当下一声喝打，带来的家丁不分皂白，把盲目先生打得叫苦连天。

柯二刁子天天盼望吉期到来，越盼得焦急，越是日子迟迟地过去。谁料红鸾未现，白虎先临。晴天里一个霹雳，说施三小姐沾染了时疫，不及医疗，便已香消玉殒。柯二刁子得了这个警报，哭喊着我要喜了，我要喜了。他心里要说死，嘴里却是说"喜"。

柯太太抱住了儿子道："乖乖，死不得的。你哥哥早年夭折了，柯氏门中只有你这一块肉，怎忍心道出这个死字？"柯二刁子哭道："山鸡喜了，我一定也要喜。"一壁说，一壁挂着鼻涕眼泪，定要赶到施四先生那边，伏尸大恸，和施三小姐一起儿死。

柯太太知道施三小姐是死于时疫的，恐怕传染，便不许儿子前去探丧。但是柯二刁子决意要去，捶胸痛哭，且哭且说道："不放我去看山鸡，我要寻喜。不在刁上喜，定在顶里喜！"柯二刁子说的"刁上喜"，便是"刀上死"，说的"顶里喜"，便是"井里死"。柯太太劝不住儿子，便请柯老帅来劝。

柯老帅见了儿子，便道："你不须去探丧吧。方才施四先生登门来和我商议，说赛珠没福，已做了泉下之人，少帅得了这消息，不免要前来抚尸一恸，这是万万不可的。小女死于瘟疫，传染可虞，少帅金玉之躯，将来的国家柱石，何等重要，有疫的人家，万万不宜走动。再者小女临死之际，有话叮嘱。她说身死以后，须得早早殡殓，未殓时，莫使少帅来临视。一者防传染，二者免伤心，寄语少帅，瞧我分上，总得把我的遗衬还回河西柯氏祖墓，生是柯姓的人，死是柯姓的鬼。将来埋葬以后，建一块青石碑，勒着'柯上达未婚妻施氏赛珠之墓'十二个大字，那么黄泉路上的赛珠也是满面光荣。再有一说，赛珠虽死，亲戚名义依然存在，寄语少帅，瞧我分上，看待我的父母须得和从前一般，那么赛珠在冥间，天天替少帅祝福，保佑我少帅重订良缘，娶一位如花如玉胜似赛珠百倍的新夫人，一辈子夫荣妻贵，偕老白头。赛珠自恨福薄，未到吉期便即夭折，从前不该十分固执，定要保全这个干净身体，辜负我少帅的一番美意，赛珠去了，请少帅为国自重，不要为着薄命人悲伤……"

柯老帅把施四先生的话报告完毕，柯二刁子益发哭得一佛出世、二佛涅槃，无论怎么样劝阻，他总是不理会，定要跑到尸灵旁边，看看"山鸡"的最后一面。柯老帅无可奈何，便请他亲家施四先生来商议，议了良久，才议定一个方法，先请医生给柯二刁子注射了时疫预防针，又在施三小姐停尸所在洒遍了消毒药水，只许柯二刁子离着施三小姐一丈以外，远远地望这一望，总算是最后的一面。但是一面以后，便须回去，不得在丧家逗留。柯二刁子没奈何，只得应允了。慰情聊胜于无，便挈带着两名家丁，骑着高头马，径往施公馆里去探丧。

下了马，踏进大门，便隐隐听得里面的哭声，不禁一阵心酸，泪如雨下。待走入内堂，施四先生擎着眼泪，来请少帅止步。便有两名婢女把青布孝幛高高揭起。柯二刁子拭着眼泪，望见千娇百媚的施赛珠女士偃卧在灵床上面，婢女揭去兜面巾，但见玉容如昔，只少着喉间一口气，不禁放声大恸。待要抢步上前，抚着遗骸，脸偎着脸儿，唤醒那离魂的倩女，但走上一步，却退后了三步。

为什么退后？是被两名家丁下死劲地把柯二刁子往后拖。施四先生且哭且说道："请少帅回去吧，最后一面已相见，少帅万金之躯，不宜在寒舍逗留，再会再会。"

柯二刁子哭喊着："山鸡山鸡，我的山鸡，我和你一起儿喜啊。"两名家丁不管主人哭喊，硬拖他出门，扶上马背，伺候他回去。柯二刁子骑在马上，掩面痛哭，连喊着："'山鸡山鸡，你喜了，我也要喜。"道旁行人传作笑谈，不在话下。

过了几天，施四先生又来安慰少帅，叫他不用悲伤，昨天三更，小女前来托梦，她说我本是瑶台的侍女，只因凡心偶动，堕落红尘。现在脱离躯壳，重列仙班，寄语少帅，不用悲伤过度。我的少帅是多情多义的，是侠心侠骨的。听得他已派人到江西本籍替我建筑坟墓，我对于此举异常感激，结草衔环，力图报答。我已禀告瑶台妃子知晓，即日通知月老那边的缱绻司，叫他在姻缘簿上早早注定少帅的百年佳偶，管叫璧合珠联，享受一辈子的荣华富贵。

柯二刁子听了，又是欢喜，又是悲伤，他竟信以为真，托人做一篇仙女墓碑，预备在苏州镌刻，刻竣以后，和施三小姐的灵柩同时运往江西祖墓。施四先生又竭力巴结这位东床，花着许多费用，替女儿治丧。七七四十九天以内，施公馆里总是香烟缭绕，铙钹喧天。施四先生又在报端刊着亡女赛珠节略，央恳四方大文豪宠以佳章，不吝重报。那些卖文谀墓的大文豪都是以金钱为前提的，只需价钱高，便来颂德歌功，哪怕死了一条狗、一口猪，他们也会运用这拍马屁的本领，甘心去拍狗屁、拍猪屁，说得这条狗竟是"解衣推食，慷慨好施"的仁义狗，说得这口猪竟是"天资颖悟，读书一目十行"的聪敏猪。

施四先生刊布了这条广告以后，果然琳琅密集，珠玉纷投。有诗歌，有词曲，有散文，有骈文，盈篇累幅，都是溢美之词。尤其是一班专作骈四俪六的先生们，认为好题目到了，差不多一部《列女传》里的许多贤姬淑媛，都搬运在这篇骈文里面，说得这位施三小姐竟是古往今来的唯一好女子。

唉，天下善于拍马屁的人物莫如文丐。文丐里面，莫如专撰骈文的文丐。只为其他的文章，不必尽为拍马屁而发，唯有骈文家的文章，除撰序、撰祭文，竟无旁的作用。所以旧笑话中说的阎罗大王偶然撒了一个夹屎屁，臭不可抑，那善作骈文的势利鬼，便颂扬一句"伏维大王"，又接着"高耸金臀，洪宣宝屁"八个字，何等声光并茂，音节铿锵，不是骈文作家，哪得有此好句。所以文丐里面，善拍马屁以至于拍狗屁拍猪屁，都是专撰骈体文章者的特长。

但看施三小姐的追悼录，骈文占其大半，便可想见骈文家的恭维本领了。这次施三小姐出殡，暂寄住南园古寺里面，待到埋葬有期，再由柯二刁子运往江西玉山县本籍安葬。

出殡的一天，柯二刁子也换了素服，骑了白马，一片至诚，前来执绋。万万想不到起这不可思议的变化，真容变了模特儿。柯二刁子已觉异常难堪，更不料灵柩里面会得发生怪音，和猪猡的叫喊一般。杠夫们四处逃避，把灵柩丢在槐树底下，棺材里面的猪猡声益发叫个不住。

柯二刁子下了马，拉住了施四先生，动问缘由。施四先生十分窘迫，恨没个地洞可入，只是信口支吾，说这猪猡的叫声并非在棺材中发出，大概南园附近的人家是做屠户的，磨刀霍霍，所以猪猡在那边叫喊。

柯二刁子怎肯相信，于是走近灵柩，察听里面的动静。柯二刁子越走得近，棺材里面的猪叫声越是响亮，而且还带着撑拒的声音。柯二刁子把手招招，分明叫施四先生走上前来，听一听棺材里的怪声。施四先生好生惭愧，却又不能不走近几步。柯二刁子道："地牌地牌。"施四先生呆了一呆，又不是打牌，怎么喊叫地牌地牌来？转念一想，便明白了，柯二刁子道的地牌地牌，便是奇怪奇怪，忙道："少帅，真个奇怪，棺材里卧着的确是小女，怎么发出这般怪声？"说时，额上汗点子滴溜溜地滚下。

柯二刁子的心思也和他的嘴一般刁。他见老施神色仓皇，仿佛干了什么亏心事似的，猛想起施赛珠暴病身亡，其中大有疑窦。为什么不许我走近赛珠的遗体？那天远远地望见赛珠偃卧在灵床上，面色如生，我正待上前看个仔细，可恨老施诡计多端，买通了我的家丁，算是隔离瘟疫，竟把我拖出大门，扶上马背，毕竟赛珠是真死是假死，至今没有明白。

当下越想越疑，拖住了老施，刁嘴欠舌地说道："喜天打，喜天打。"施四先生道："少帅，我和你翁婿名义依然存在，怎么不唤我一声岳父，却把四先生相称？"柯二刁子道："山鸡是真喜是假喜？要是真喜，我唤你岳父，要是假喜，我只好唤你喜天打、喜天打。"施四先生强笑道："少帅又来了。赛珠是我的女儿，要是没有死，怎能咒她死？赛珠又没有什么为难的事，绝无乔扮死人的道理。便是乔扮死人，放入棺材里，也就弄假成真，怎会活命？"

柯二刁子道："喜天打，放在半台里的一定不忌山鸡。"施四先生道："放在棺材里的，一定不是赛珠，却是哪个？"

说话时，棺材里又是一阵猪叫声。柯二刁子道："半台里放的忌子路，不忌山鸡。"施四先生有意打岔道："少帅，别和鄙人开玩笑。子路是圣门高弟，是数千年前的人物，怎么睡在小女的棺材里面？"柯二刁子怒道："喜天打，你忌聋鸡吗？我没有说子路子路，我说的忌鸡罗鸡罗。"施四先生正色答道："少帅，你和我的女儿是很亲爱的，她现在死了，你不该侮辱她的人格，把她比作猪猡。"

柯二刁子忽地跪在灵柩前面，喃喃祝告道："半台里忌山鸡，还忌鸡罗？要忌山鸡，快不要想；要忌鸡罗，想想想，只半想。"他的意思，要著者替他翻译。他问棺材里是人是猪，要是人，快不要响，要是猪，响响响，只管响。

那时瞧热闹的渐渐走将拢来，听得柯二刁子这般祝告，大家都表赞成，掌声如雷。稚川、子荆也暗暗地诧异，这把妖精扇真会作怪，扇出许多是非来。人家瞧热闹的，都瞧着柯二刁子。唯有稚川、子荆的视线只注视在绿叶丛中，看妖精扇有什么动静。柯二刁子说道，要忌鸡罗，想想想，只半想。柯二刁子这般祝告，绿叶丛中的纸扇又连摇了十多摇，棺材里的猪猡便连喊了十多声。

柯二刁子跳将起来，一把扭住了老施，问他为什么把鸡罗装在半台里骗人？老施竭力抵赖，说绝无此事，猪猡装入棺材也要闷死，何况经了七七四十九天之久，怎会叫喊？柯二刁子怎肯甘休，定要开棺检验，究竟棺材里是人是猪。老施道："无端开棺是有罪的，谁人承当？"柯二刁子拍着胸脯，自愿负责。许多瞧热闹的也怂恿着开棺，见一见里面的真相。杠棺材的杠夫都被柯二刁子唤来，每人赏洋十元，叫他们开棺。重赏之下，必有勇夫。无多时刻，早把龙头凤尾绣花材罩完全卸去了，赤裸裸地只有一口棺材。

杠夫向附近木匠作坊里借了两柄斧头，准备劈棺。施四先生伏在棺盖上，一定不许他们动手。旁人发话道："四先生，你不用心虚，由他们劈开便是了。横竖有姓柯的负责，怕他怎的？"

也是老施的人缘不好，平日为富不仁，剥人肥己，因此众人都是幸灾乐祸，怂恿柯二刁子早早动手。大家做好做歹，把老施拦在一旁，不许他走近棺材。杠夫便请柯二刁子动手劈棺，须待柯二刁子动手以后，众人方才着力，这便是叫柯二刁子负担完全责任的意思。

柯二刁子有什么力气，胡乱地向棺盖上碰了一下，那时许多送丧的男亲女戚待要上前拦阻，却被观众挡住，休想挤得进去。杠夫们见柯二刁子业已动手，大家都胆壮了，便是天坍，也有长人顶住。当下接了柯二刁子的斧头，选两个年轻力壮的杠夫用力劈棺。双斧并举，劈得没有几下，早把棺材盖儿劈破。最奇怪的，劈棺时里面仍不住地猪叫，待到材盖劈破两半，猪叫声陡然停止。

杠夫们把材盖撬去，内容暴露。大家呐一声喊，棺材里面盛着的果然是猪非人，但见绣花的锦衾只裹着一口肥猪。那个臭猪头还露在锦衾外面，面目虽然腐败，但见莲蓬嘴蒲扇耳朵仍依稀可辨。

观众立时闹将起来，原来负有艳名的施三小姐却是一只臭猪猡。众人喧闹犹可，柯二刁子早气得暴跳如雷，把施四先生的胸脯扭住，哭喊着："还我山鸡！要是不还，和你打官希去！"施四先生正没做理会，却听得高声唤道："爹爹，女儿来了。"

众人回头看时，却见那位负有艳名的施三小姐挽着南园古寺的法空和尚，打从山门里出来。大家不知她是人是鬼，吓得躲避不迭。

欲知后事，且阅下文。

第四十五回

即空即色和尚做新郎
有势有财丈人看女婿

施三小姐挽着法空和尚的手，呖呖莺声，连唤着爹爹，把施四先生唤得呆了。柯二刁子瞧见了赛珠，放下老施，忙不迭地唤"山鸡"。但是瞧见了赛珠所挽的和尚，又恶狠狠地骂着"笛笃堆喜"。

插一句注解，笛笃堆喜者，贼秃该死也。施三小姐露了面，倒可以测验观众的胆量。胆小的只道是僵尸作祟，转身便跑，气喘吁吁地念着："我奉太上老君急急如律令。"胆大的知道事有蹊跷，施三小姐没有死，便噼噼啪啪地鼓掌欢迎。

施三小姐笑逐颜开地向观众说道："诸位不用惊慌，我今天携带着和尚哥哥回娘家，诸位合该欢迎，不用逃避。"又瞧了瞧这许多仪仗，便道，"场面倒很好，大概是借着全副仪仗接我们新夫妇回门。我爹爹可曾用着大红请柬，刊着'婿女双归恭请见礼'的字样，请诸位吃一杯喜酒？"

众人听了，益发呵呵大笑。稚川、子荆也在人丛里观看，但是时时留意树枝上的动作，却见那柄妖精扇正向着施三小姐摇个不住。施三小姐瞟了老施一眼道："爹爹，你太客气了，借着全副仪仗迎接婿女双归，已使我们夫妇俩不安，又要偏劳你岳父大人上门亲迎，叫我们怎么过意得去？"

那时施太太和许多送丧的女亲都出了轿，瞧着赛珠当着大众出乖露丑。施太太尤其着急，远远地向女儿摇手。施三小姐道："妈妈，你也来欢迎我吗？不敢当，不敢当。"又瞧了瞧其他的妇女道："三婶婶也来了，二姑母也来了，四姊姊也来了，姨娘也来了，秋姊姊、菊妹妹、长春妹妹、吉云妹妹都来了，今天接回门的，多么热闹啊！"又回头向法空和尚说道："和尚哥哥，这都是你的面子大。我爹爹用着全副仪仗接你去上门，还不算数；岳父岳母亲自到寺院里来相请，这也不算数；许多亲戚也来登门相请，这边是男亲，

361

那边是女亲。白净面孔微微几根髭须的是二姑父，黑苍苍的瘦子是三叔叔，小胖子是二表兄，五短身材的是四表弟。"

那法空和尚竟是施三小姐的应声虫，施三小姐道一句三叔叔，他也跟着叫三叔叔。施三小姐道一句二姑父，他也跟着叫二姑父。柯二刁子的一腔怒火几乎冲破了天灵盖，连唤着："叠笃堆喜，叠笃堆喜。"

施三小姐指着那边停着的一顶魂轿道："这不是迎我回门的花轿吗？今天婿女双归，合该借着两顶花轿，为什么只有这一顶呢？也罢，横竖是一顶八人抬的绿呢大轿，轿里面很是宽绰，和尚哥哥，我和你同坐了吧。轿夫在哪里，快快伺候我们夫妇俩上轿。"

那八名轿夫不知道施三小姐是人是鬼，远远地站着。但是不多一会儿，轿夫们忽然抬着空轿，很起劲地迎上前来。众人都觉诧异，唯有稚川、子荆心里明白，只为树头那柄妖精扇又对着八名轿夫摇个不止，由此轿夫们不由自己做主，抬着空轿，前来伺候新郎新妇上轿。可见得妖精扇的魔力很大呢。

法空和尚和施三小姐老实不客气，竟同坐在这乘魂轿里面，把座椅上供着的"亡女施赛珠灵位"的青缎牌位抛在路旁。

施四先生觉得难以为情，想来拦阻。柯二刁子也是怒气冲冲，待和贼秃拼命。许多施姓亲族都喊道："反了反了，这贼秃非打倒他不可！"四十九名和尚、四十九名尼姑都动公愤，以为这是佛门之玷，非打倒他不可。四十九名道士幸灾乐祸，以为佛家子弟大都靠不住，远不及我们道教尊严。

那时一片声的喝打，闹得落花流水。天气又热，拥挤的人又多，把这乘魂轿包围着，待要打那贼秃，却见法空挽着施三小姐的手，一些也不恐慌。众人投鼠忌器，对着施三小姐不便真个挥拳，只是虚张声势，大声喊叫，额上汗点纷纷滚下，挥拳不成，变作挥汗。

在这当儿，忽听得噗噗之声，有许多单翅的大白蝴蝶纷纷地从树上飞下。什么大白蝴蝶，便是在树上作祟的妖精扇，忽而一化为二，二化为四，四化为八，八化为十六，霎时间五百柄妖精扇向人丛里飞来，宛比单生一翅的大白蝴蝶在空中飞舞。众人瞧得呆了，不去打和尚，反而赏识这空中飞扇的把戏。

那魔扇越飞越低，渐渐地飞到众人手边。俗语道得好，困懒送枕头来。现在呢，天热送扇子来。有这很凑手的扇子，岂有不捞摸一柄，解解烦躁？

说也稀奇，一人捞得一柄，再要公平也没有。唯有稚川、子荆知道魔扇的厉害，扇飞近身边，不去接受。那魔扇自己折叠好了，直向两人袖子里钻。

按下慢表，且说众人不知魔扇的厉害，执取在手，只轻轻地摇这几摇，大家都迷了本性。柯二刁子不再吃和尚的醋，反而在轿前连连拱手道："大鸡腐，屁精屁精。"

法空听了不懂，施三小姐做解释道："和尚哥哥，他是个刁嘴，难怪你不懂。他说大师父，费心费心咧。"法空忙向柯二刁子合掌道："少帅说哪里话来。出家人方便为门，慈悲为本，这桩事小僧合当效劳。"

施四先生也向法空和尚拱手，说："和尚贤婿，和我家赛珠恰似一对儿。"施太太道："丈母看女婿，越看越有趣。妙啊，又白又胖，我见犹怜，没怪小妮子和你分拆不开咧。"

那时三婶婶、二姑母、四姊姊、姨娘、菊姊姊、长春妹妹、吉云妹妹一队雌儿，都挤在魂轿前面，看那和尚新郎，都是赞不绝口。

施三小姐催着轿夫上肩，到施公馆里去回门，全副仪仗，快快鸣金喝道。不多片刻，这许多仪仗排得整整齐齐，除却开路神不用外，其他军乐队、对子马以及旗锣伞扇原班不动，簇拥着这乘魂轿上道。大出丧变作接回门，魂轿前的和尚尼姑捉对儿同行，恰恰四十九对，宛如打花鼓般地一路扭扭捏捏，偎偎抱抱，端的不成了样子。

但是旁观者清，当局者迷。只为手摇着魔扇，便似进了迷魂阵，如醉如痴，不知羞耻为何物，招摇过市。市上观众只道是回丧，瞧见了魂轿里坐的一男一女，才知道回丧变作了回门。最可笑的，柯二刁子在魂轿前面，骑着白马，摇着纸扇，一壁摇，一壁叽叽咕咕，逢人告诉道："轿里坐的，一个大鸡腐，一个头昏低。大鸡腐替我做新郎，是我的弗趣。"

旁人诧异道："这刁嘴嘈些甚什么？"施三小姐在轿里做解释道："他说轿里坐的，一个大师父，一个未婚妻。大师父替我做新郎，是我的福气。"

众人听了，都是笑不可抑，不信天下有这般没出息的男子，未婚妻另嫁了人，未婚夫沿路宣传，自称福气。

按下旁人的话，且说棺材里的尸骸怎会变作猪猡？施三小姐明明死了，怎会从南园古寺里面走出？方才没有交代清楚，趁这闲暇，自有补叙的必要。

施三小姐是一个浪漫人物，外好很多，南园古寺的法空和尚是她面首之一。施三小姐所选的面首不拘一格，有很漂亮的，有很强壮的，全以色艺两字为准。只唯有法空和尚，面貌白净，膂力刚强，色也超群，艺也超群。她自从结识了法空和尚，浪漫以后，一变而为贞操，把所有的面首一律遣散，缩短战线，集中在南园古寺。从此几家大旅馆里，施三小姐不去开房间，热闹场中，施三小姐也不大去走动。外间的议论，都说施三小姐近来很规矩了，收束野心，悬崖勒马，这也是难得的事啊。

其实施三小姐只是规规矩矩在南园古寺里参禅，她觉得佛法无边，果然比众不同。三世修来睡在佛身边，一切肮脏龌龊的男子都瞧不上眼，因此一股脑儿投递绝交书，守着从一而终的主义，永远不另有外遇。偏是施四先生要把她嫁给柯二才子，那就牵牛下井，违反了施三小姐的心理。她怎肯抛却了身边的双料佛，嫁给这个刁嘴欠舌的起码人？

施四先生再三央告道："女儿，你别憎厌他。你是嫁他的势，不是嫁他的人。现今世界，非势不行。柯少帅的面貌虽然不扬，但是势力却是很大的。女儿女儿，你瞧着势力上面，便委屈一下子，嫁给他吧，也好使你老子吐一口气。"

施三小姐听了，不觉芳心可可，回嗔作喜地说道："我的择婿方针，不是一定要面貌漂亮的。既然柯少帅的势力很大，便委屈一下子也不妨。我崇拜势力的心，不亚于崇拜面貌，但是口说无凭，爹爹怎见得柯少帅的势力很大呢？"

施四先生笑道："我做了老子，为着你的终身大事，绝不会信口开河，骗你上当。实在柯少帅的势力比着你两个姊夫不同。你两个姊夫有财无势，不但自己吃亏，便是你两个姊姊也感受许多不快。你是我最疼爱的，胜似你的两个姊姊。幸而碰着这个有财有势的郎君，怎肯当面错过。有财还容易，有势便难，有财而兼有势，益发难之又难了。"

施三小姐道："柯少帅的势力，比着法空大师父如何？"施四先生道："那便相去很远了。法空虽是一个方丈大和尚，有一部分的潜势力，但是比着柯少帅，那便小巫见大巫了。柯少帅的势力，至少要胜过法空和尚五百倍。"

施三小姐吃惊道："有这么大的势力，怕只说说罢了，我只不信。"施四先生道："你若不信，我可以引你去参观他的势力。"说时，扳着指头道，"再隔三天，有个机会，可以引你去参观柯姓的势力，包管你见了满意。"

施三小姐满怀欢喜，巴巴地盼到第三天，要去参观柯姓那边究竟有什么伟大的势力，便问着她老子道："我今天可以参观柯少帅的势力吗？"施四先生点头道："可以可以。"施三小姐道："我要变着服装，遮人的眼目吗？"施四先生道："你爱变换服装，变变也不妨。"

施三小姐回到自己房里，装束了一会子，竟打扮作一个西装少年。头戴便帽，足蹬革履，手持司的克，远远地望去，简直一个美男子，谁料是鸭屁股女郎的变相。

施四先生点了点头道："你又要乔扮男子了，乔扮了也好，走到外面，不知道的认作是父子同行，也好叫我没儿子的施少甫慰情聊胜于无呢。"说到这句，长长地抽了一口气，不问而知，是触动他无儿的感慨了。

施三小姐催道："要去便去，唉声叹气做什么？"

于是父女俩出了大门，不坐包车，只是慢步前行。施三小姐悄问她老子道："要瞧柯少帅的势力，待向哪里去瞧？"施四先生道："你别多问，随我来自会知晓。"施三小姐默默自思道："爹爹不向我明言，我知道这个所在，定是我意料中的所在。"

行了十余步，施三小姐又问道："爹爹所到的地方，我可以同去吗？"施四先生道："当然可以同去的。"施三小姐道："撞见了人，不妨碍吗？"施四先生道："有什么妨碍？你又换了装束，谁认得你来？"

施三小姐暗自快活道："幸而我换了男子装束，免却许多妨碍。听他老人家的口风，一定要把我领到我意想中的地方，足见我的所料非虚。"

又行了十余步，远远地望见了一盏灯笼。施三小姐自忖道："我的意想中地方便在目前。要是爹爹大踏步进去，我也跟着他大踏步进去。"但是经过了这个所在，施四先生头也不回，扬长过去。施三小姐也只得跟着他过去。

又行了一程路，远远望见粉墙上八个大字。施三小姐又忖道："那么爹爹一定进去无疑了。我便大摇大摆，跟着他进去，才不愧是磊磊落落的奇女子。"

但是经过了这个所在，施四先生又是头也不回，扬长过去。施三小姐也只得跟着他过去，心中好生纳闷："爹爹究竟把我领到什么地方去呢？"那时道路上常有达官贵人经过，武夫前呵，从者塞途。父女俩时时要驻足道旁，待他们过去了，才好行走。

施四先生且走且讲给女儿听道："方才经过的都是现在的大人物。看他们前呵后拥，多么气概，多么雄武。"

施三小姐愤愤地说道："爹爹做什么和我开玩笑？跑这大远的路，又是拥挤，又是受人家呵喝，要走也走不快。"

施四先生道："你不用性急，目的地快要到了，管叫你见了满意。"施三小姐只是噘起了嘴，勉强随着她老子走，越走越拥挤了，只为这许多达官贵人都到柯公馆里去拜寿。今天柯老师五旬华诞，满城文武官僚以及各界巨子，都到三元坊柯老大人面前去上寿。三元坊一带，车如流水马如龙，人山人海，益发拥挤异常。

施三小姐奇怪道："爹爹怎么跑到这热闹场中来？挤着这许多不尴不尬的人，汗臭熏天，活叫我受罪了。我这番来参观柯少帅的势力，不是来瞧热闹的。势力瞧不到，我便要回去了。"

施四先生凑着女儿耳朵道："女儿，你枉算聪明人，这一番却糊涂了。你不听得路上的人都说柯公馆里做寿吗？柯老帅的寿辰，可以使那苏州城里的文武官僚以及各界巨子一股脑儿都去上寿，你想他们的势力伟大不伟大呢？柯老帅的势力，便是柯少帅的势力，将来你做了少帅夫人，也是你的势力。今天我也要上门去拜寿，但是我一个人去，你不能瞧见他们的荣华富贵，所以特地引你到这里来瞻仰瞻仰，回去后，我便上轿到这里来上寿。女儿，柯姓的势力伟大，不是我骗你，见了这么的声势，你也该相信了。女儿，我和你回去吧。"

施三小姐恍然大悟，原来自己完全误解，气喘吁吁跑这一趟冤枉路，越想越不起劲。当下把头一扭，把眼一瞟，没好气地说道："我意想中的势力不是这般的势力，早知是这般的势力，一钱也不值，谁高兴来看呢？"

施四先生道："这般的势力，你还瞧不上眼吗？照你的意思，怎样的势力才能够得上你的眼呢？"

施三小姐置之不答，一转身便跑开了。迎面来了一辆空车，拉车的问道："大少爷，要车子吗？"施三小姐道："到南园古寺去，给你两毛钱。跑得快，给你四毛钱。"三元坊和南园相去不过一二里，车夫拼命要钱，拉着大少爷，拔开飞毛腿，径向南园而去。

施三小姐赴南园，当然去访问这位大势至菩萨的化身法空和尚。但是施三小姐意想中的势力究竟是怎样的势力，当然要交代个明白。

施三小姐也曾在女学校里混过多年，只是爱修饰，讲交际，博一个女学生头衔，于愿已足。至于学问两个字，看得似过眼云烟一般。她以为人生在世，只有少年是个快活时代，爱吃爱穿爱游玩，须得任情地乐这一乐。少年时不寻快活，蹉跎岁月，到老来懊悔嫌迟。唯有学问两个字，简直是我们少年的仇敌。一经受了学问的毒，少年的快活便受了绝大打击，春花秋月都把来世度了。捧着劳什子喃喃地读，最令人败兴。所以施三小姐在女学校里，除却吃饭睡觉开会旅行这几项，旁的事完全都不理会。好在校规很宽，校长又是崇拜金钱的。大资本家的女儿在学校里，仿佛天之骄女，欲如何便如何。爱上课，便上课；不爱上课，转身便向校外跑。十天八天不到校，校长大度宽容，绝不干涉。缺课簿上，也不敢记载施赛珠的名字。旁的学生不服气，来向校长饶舌。

校长道："施赛珠入校读书，和诸君的宗旨不同。诸君是来求学的，她是来博取一个头衔的，她的学生是名誉称呼，劝诸君不用认真。"于是施赛珠得了一个绰号，大家仿照名誉校长、名誉会长的成例，唤她一声名誉学生。施三小姐点头承认，便自命为名誉学生。其实她这学生是很不名誉的，跑出学校，便约着异性伴侣看戏吃大菜，回来旅馆开房间，已不止一朝一夕了。校长虽然得着旁人的报告，但是看那施四先生按年助大洋五百元的分上，便不敢开除施赛珠的学籍。

校长道："学生离了校门，无论干什么事，都和本校无涉。施赛珠一切的事，我都不问，只要她在学校里没有约着男子做鬼鬼祟祟的勾当，我始终认定她是一个好学生。"

施三小姐在学校里鬼混三年，居然毕业，各科分数都在九十分以上。有钱使得鬼推磨，自有人肯做她的枪手。监考的教员只是马马虎虎，听凭她们去舞弊。要是认真试验，简直门门都要交白卷。她的英文程度，二十六个字母认不完全，算学更不消说了。她说这个我们用不着，要算什么账，自有我们的账房先生，谁耐烦亲自去经管。

还是国文一课，幼年在家中，曾经延请西席教授。她虽然生性不喜学问，但是读了十年老法书，对折再打一个九扣，也有四五年国文程度，提起笔来，总算会写几页别字连篇的情书。这便是她的国文成绩了。后来进了学校，她在国文上面，除却懂得一个势字的解释，其他更无一些的长进。

有一天，女学校新到了一位国文男教员，恰是第一次上课。学校里的习惯，逢着新教员上课，学生总得预备几个难题，试验试验教员的程度。所以新教员上课，并不是上课，只算是受试验。几个同学姊妹，凭借着难题，和教员开玩笑。恰见施三小姐走来，便道："赛珠姊，你也来预备一个。"

施三小姐道："由着他吧。谁耐烦去翻书，和他为难。"

有一个同学道："我们五个人，预备着六个难题，每人问一个，只需五个便够了，还多一个，送给你吧，便可以省却你的翻书工夫。"

施三小姐道："不须我翻书，我当然可以加入你们的问难团。"

不一会儿，教室中上课。新教员才上讲台，便有学生一个个地来问难，亏得那教员富有根底，并没有被她们难倒。诸同学向施三小姐歪歪嘴儿，叫她继续问难。

施三小姐果然发言道："请问先生，汉朝司马迁所受的宫刑，究竟是什么刑罚？"

那教员道："宫刑是一种残酷的刑，列入古时五刑里面。"

施三小姐道："怎样叫作五刑？"

那教员在黑板上写着"墨劓剕宫大辟"，便道："这是古代的五刑。"

施三小姐道："请先生把五刑怎样分别详说一遍。"

这一问，很使那教员为难了，只得把墨刑、劓刑、剕刑、大辟刑详说了一遍。但是五刑只讲了四刑，讲到宫刑，便有些吞吞吐吐，闪闪烁烁。

他说："这种宫刑，比着杀头，当然轻一些；比着割鼻、割足便加重了。割鼻、割足，虽然成了残废，但是不会影响到嗣续问题。唯有受了宫刑的男子，五官无恙，四肢俱全，表面上是个男子，实际上已不成了男子，便是娶了妻房，也没有生男育女的希望。所以司马迁受宫刑，可以作谜面，打《琵琶记》两句'究竟是文章误我，我误妻房'。"

施三小姐听了，心中早已了了，但是装作不知，问那教员道："既然五官无恙，四肢俱全，怎说娶了妻房，不会生男育女？"

那教员皱了皱眉头，便道："割去了生男育女的要件，当然影响到嗣续问题。"

施三小姐道："什么要件呢？请先生直截痛快地说出，休得把这要件哽在喉咙里，叫我们听得不明不白。"

这几句引得许多女学生咯咯咯咯咯地好笑。那教员被他们笑得窘了，说明不好，不说明也不好，只得在黑板上写了"男子割势"四个字，便道："我已忠实地写了出来，你们大概明白，不用多问了。"

施三小姐心中本已了了，但是见了这个势字，反而糊涂起来呢。她只知道这个势字是势利的势，不知道势字有什么别解，当下请问教员："势字怎么解？"那教员被逼得益发着急了，只得再下注解道："势便是男子的要件，妇女们是没有的。"

施三小姐见那教员的唇上有一撮胡髭，便道："先生唇上的东西，可是叫作势吗？这髭须是男子的要件，妇女们没有的。"

先生连摇着头道："不对不对，男子的要件，不但是髭须，这要件是男子先天带来的特征，髭须不是先天，是后天的。"

施三小姐道："什么先天后天，越讲越不明白了。先生讲了良久，为什么只把这个势字含在嘴里，不肯吐出？使我们做学生的怀疑在胸，异常失望。

看来先生对于这个势字尚少研究，所以支吾其词，不能明白宣布，请先生回去研究一下子再来上课吧。"

施三小姐这么说，许多同学也是随声附和，那教员在四面楚歌之中，便不由他不明白宣布了。

欲知后事，且阅下文。

第四十六回

女弟子怒兴势力潮
老先生挨打神仙尺

　　施三小姐入校三年，只在国文上得到一些知识，便是这个"势"字的别解。旁的科学简直左耳朵里入，右耳朵里出，甚至左耳朵里不曾入，右耳朵里也不曾出，再休想在脑海里停留一时半刻。唯有"势"字的解释魔力异常伟大，一经映入脑膜，宛比泰山勒石似的，永远不会磨灭，而且还能够触类旁通，从这"势"字上面发生了许多新名词。她是惯说俏皮话的，遇见了于归有期的同学，便道："恭喜姊姊，不日便要得势了，万不可以倚势横行。"遇见了已赋桃夭的同学，又取笑道："请问姊姊，你受了姊夫的势力压迫，可有什么反动的方法？"遇见了文君新寡的同学，又取笑道："姊姊，你不能保存势力，只落得做了一个失势的妇人。"

　　有一天，她瞧见同学的作文课本上，教员批着"熟于大势"四个字，她便捧着肚皮，笑得前仰后合。那同学问她为什么好笑，她道："你忘却了男子割势的'势'字解释吗？教员批着四个字，分明讥笑你阅人甚多。要不是阅人甚多，怎会熟于大势呢？"那同学是个忠厚人，听得施三小姐这般说，怎不信以为真？便道是教员有意侮辱，赌气不上课，足足哭了三小时，哭得眼睛核桃般地肿起。校长莫名其妙，唤那学生至前，动问情由。她便哭诉其事，定要撤换教员，方才甘休。校长对于国文素欠研究，也就信以为真，和那教员大起交涉。教员有口难分，只得辞职而去。可怜好好的一只饭碗，竟打碎在"熟于大势"四字之下。

　　自从女学校里闹了大势风潮，传至外面，成为笑柄，不在话下。施四先生提起柯二刁子的势力很大，施三小姐暗暗自慰道："毕竟知女莫若父，知道我崇拜势力，才把势力作前提。他既投我所好，当然乐于从命了。"但是抱着怀疑态度，只恐老人家所言未确，这势力很大的奖语没有什么根据。后来施四先生定了日期，约她去参观势力，当然十二分赞成，又恐怕这个所在是女宾止步的所在，不能混入，因此改扮了男装，跟着施四先生出门。远远望见一盏灯笼，有"浴沂泉卫生盆汤"字样。她以为老子一定进去无疑了。谁料施四先生竟不顾而去。后来又望见粉墙上八个大字，写的是"特别改良白石浴堂"。她以为这个所在定是目的地了，谁料施四先生又是过门不入。除却这两个所在，哪里瞧得见柯二刁子的真势力？她愤怒极了，偏偏施四先生不识相，领她到柯公馆附近，参观那官厅上寿绅士祝寿的盛况，以为这便是柯少帅势力很大的表现。哪里知道施四先生的见解简直和他女儿背道而驰，没怪施三小姐转身便跑，跳上黄包车，头也不回，径向南园古寺访问那位真有势力的法空和尚去了。施四先生瞧不见女儿，知道她赌气走了。但是为什么要赌气，老先生实在猜测不出。他想："柯姓算是城中最有势力的人家了，女儿还不知足，以为不值不顾。小妮子的眼界未免太高了。"

过了一天，施四先生见女儿余愤未息，便道："赛珠，你为什么和我赌气呢？我替你配了这头亲。他们的势力可算是城中数一数二的了，你兀自嫌着他们的势力不大吗？"施三小姐噘着嘴道："似这般的势力，狗屁也不值。"施四先生道："师长的势力还不算大？难道要像北方的大军阀才算有势力？"施三小姐连摇着头道："无论大军阀的势力、小军阀的势力，总是狗屁也不值。"施四先生奇怪道："依着你的主见，怎样的势力才有价值呢？"施三小姐很慷慨地说道："我崇拜的势力，和他们的势力绝对不同。他们的势力，只会使人家畏惧，不会使人家愉快；只会戕贼人类的生命，不会造就人类的生命。而且他们的势力是很靠不住的。眼见大小军阀，气运长的三年五年，气运短的一年半年，所有势力完全可以消灭，绝不能维持数十年之久。所以这般的势力不是真势力，在我眼光中看来，简直狗屁也不值。独有我崇拜的势力，才是真势力。这般势力，是使人家愉快的，是造就人类生命的，是可以维持数十年的效力而不坏的。爹爹不该误会了我的意思，把假势力当作真势力，把我许配给这个刁嘴欠舌的起码人，我死也不肯嫁他。"施四先生恍然大悟，原来女儿崇拜的势力，和我崇拜的势力不同。但是木已成舟，既经许配柯少帅，怎便可以自由取消婚约？况且婚约取消以后，我和柯少帅的翁婿名义同时消灭，生平攀龙附凤的计划完全失败。屈从了女儿所爱的势力，便失却了我所爱的势力；保全了我所爱的势力，便断送了女儿所爱的势力。施四先生辗转思维，觉得进退维谷，便把这层意思讲给施太太知晓。施太太笑道："你有你的理由，我不怪你。女儿有女儿的理由，我也不怪女儿。你巴结的一种势力是很紧要的，倚仗了这种势力，人家怕你，你不怕人家。女儿巴结的一种势力，也是很紧要的。取得了那种势力，果然可以数十年不坏，一辈子受用无穷。你失却了你所爱的势力，不过面子上不大光鲜，没有什么大不了事。女儿断送了她所爱的势力，一辈子感受不快活，宛比我嫁了你，有许多说不出的苦痛。道我没有丈夫，你又好好地活着，道我有丈夫，你早已丧失了丈夫的资格，只把一个空名儿赚我。自来惺惺惜惺惺，女流只帮着女流。据我看来，还是保全女儿所爱的势力的好。"施四先生连摇着头道："那个不行，那个不行。我好容易配着这头亲事，柯老帅做我的亲家，柯少帅做我的女婿。走到人前，谁不奉承我？谁不惧怕我？无论怎么样，我绝不肯断绝这条有势力的门路。"

施太太搔头摸耳，想了良久，才想出一条两全之计，一者可以保全丈夫所爱的势力，二者可以成就女儿所爱的势力。只需事机秘密，外面没有风声，包管可以双方兼顾，有利无害。便凑着施四先生的耳朵如是如是、这般这般，传授了锦囊妙计。施四先生大喜，当然依计行事，不消细说。

后来，柯姓选了六月十四日的吉期，便要成婚。施三小姐怎肯嫁给起码人，好在吉期尚远，落得开开柯二刁子的心。未婚夫妇会面时，不断地少帅长少帅短，灌了许多迷汤，说了许多亲爱话，只不许他暗度陈仓，定要六月十四的一夜，才能够明修栈道。柯二刁子是个急巴儿，和施三小姐混在一起，不能够真的销魂，因此口中不住地唤山鸡，早已馋涎欲滴，只得一口口地咽入肚里。

好了好了，柯二刁子的吉期近了；坏了坏了，施三小姐的凶信到了。要是吉期不近，施三小姐的凶信也不会骤然发表。她是借死逃婚，假扮着尸灵，哄骗柯二刁子。因此，那天柯二刁子准备伏尸痛哭，施四先生硬令人把他拖开，表面上请少帅珍重身躯，不要沾染了疫气，实际上怕他抢步上前，抚着遗骸，脸偎着脸儿，那么西洋镜立刻拆破，便要闹出事来。

柯二刁子去后，施四先生买通了心腹，乘着深夜，悄悄地把女儿小殓。到了来朝，才是大殓。纷纷的吊客只道是棺材里盛着美貌女子，谁知是施三小姐的代表，不是正身。这个代表是谁，却和猪崽差不多。施四先生令人牵了一口母猪，代替施三小姐下棺。施三小姐本人也是乘着深夜，躲入法空和尚的禅室里，暂避众人耳目，准备过了几个月，和法空一齐变换了名字，双渡东洋，在日本做寓公。好在富有金钱，便一辈子做日本寓公，也没妨碍。

那边施四先生防人家看出破绽，越是弄的戏法，越是像煞有介事。替女儿办理丧事，格外铺张，格外热闹。出殡的一天，吊者纷纷，人家知道死的是大资本家的女儿、大军阀的媳妇，谁也都要去祭奠。有现任官长，有地方绅士，素车白马，极一时之盛。灵帏前四名礼生轮流唱礼："就位……叩首……叩首……三叩首……"只为祭奠的人很多，礼生的嗓子都喝得哑了。大家向着死猪猡磕头，还意气扬扬，逢人夸扬道："我今天从施公馆里祭奠回来，那边规模阔大，当道要人，没有一个不到。那位柯少帅的未婚夫人施赛珠女士，可以算得生荣死哀。"可哪里知道棺材里卧着的只是一口死猪。祭是祭死猪，拜是拜死猪。歌功颂德，歌的是死猪的功，颂的是死猪的德。大约这口死猪合该交这死运。在世时只在猪圈里住，死了后，身价顿增万倍，受了众人的祭拜不算数，还有柯二刁子为着死猪挥泪，为着死猪伤心，替死猪建筑坟墓，还要把死猪的棺木运往江西去安葬。一篇仙女墓碑文，是苏州一个老翰林的手笔，妃青俪白，琢句雕词，作得十二分认真。老翰林非常得意，以为这篇文字是其中仅有之作，准备刊入自己文集，以传不朽。后来知道这篇文字是替死猪作的，老翰林气得发抖，从此以后，把笔砚一齐焚毁，再也不肯替人家撰那谀墓文章。这是后话，表过不提。

且说棺材里的秘密忽然破露了，死猪猡抛弃在路旁，灵魂轿改作了新人轿，这是绝后空前的奇闻，传遍了城厢内外。猪猡出殡，变作婿女双归。翻遍古往今来的稗官野史，只怕这般稀奇古怪的事可称为独一无二的了。

那时候许多仪仗簇拥着和尚女婿和那活死人的新娘。而且人人手里都摇着妖精打架的扇儿，春色满面，仿佛是迎春归来，一边行走，一边唱歌。但听得捉对儿的和尚尼姑唱道："性海波涛万丈也么多，性和尚遇到了性尼姑。引得阿弥陀佛跳下莲台呵呵笑，要和那观音大士结丝萝。"一队队的和尚尼姑过去后，四十九名道士也在那里乱挥性扇，高唱性歌道："性海波涛万丈也么宽，我是性道人门下宣布淫风的性法官。引得太上老君捧着肚皮呵呵笑，八卦炉里炼出五鞭壮阳丸。"四十九名道士过去后，接着便是动地鼓声的军乐队了，也是兴高采烈地唱道："性海波涛万丈也么高，军乐队的咚咚铜鼓透云霄。我们不唱从军乐，唱一曲张生月下会多娇。"军乐队后面便是细吹细打的音乐班了，益发把那性的歌调唱得热闹道："性海波涛万丈也么深，吹吹打打度那甜甜蜜蜜的性光阴。唱得三岁孩童也在性里寻生活，唱得六十岁婆婆挂着性字招牌去卖淫。"

这许多奇奇怪怪的仪仗打从修仙巷里经过，有一位花白胡须教蒙馆的先生立在门前瞧热闹，冷不防众人手里的妖精扇扇动性风，扇到老先生胡须上来了。老先生打了一个寒噤，忽然打起嗓子哼起教书的声调道："人之初，性本善。性不近，也不远。苟不教，性乃迁。性之教，贵以专。昔淫母，择性处。性一发，不可止。猪头三，有异方。曰五鞭，可壮阳。阳不交，性之过。交不浓，性之惰。"老先生套着三字经的论调，念起性字经来，手舞足蹈，如醉如痴。旁边一个老妇人把他一把拖住道："你发了疯吗？嘴里瞎三话四，嘈些什么？"一边说，一边把他拖入里面，唤着："女儿快来！你爹爹中邪了！"李娘子听说，急急地跑来，见他老子张仙舟坐在太师椅里，瞪着双眼，兀自喃喃地念道："性也者，不可须臾离也，可离非窍也。"旁边一个学生道："先生读起别字经来了，'道也者'读作'性也者'，'可离非道也'读作'可离非窍也'。"仙舟拍着戒尺道："胡说，道即是性，性即是窍，你懂得什么？"张老太呵斥那学生道："你来做什么？今天已放学了，还不归家去好好读书？"那学生讨了没趣，自言自语道："先生发疯了，谁叫你骂青肚皮猢狲，这叫作现世报咧。"仙舟勃然大怒，扭住那学生定要打他的手心。李娘子道："爹爹别和他一般见识，撵他出去便是了，犯不上生气。"仙舟怎肯罢休，高提着戒尺，喝一声："性的叛徒，不给你些痛苦，我便不再姓张。"一戒尺正待打下，却被那学生劈手夺去，向着仙舟头上猛力一抛。仙舟吃了这当头棒，喊声哎呀，向后便倒。亏得李娘子双手抱住，没有倒在地上。张老太喝道："反了，反了！学生打起先生来了！"待要捉住那学生和他理论，那学生一溜烟地走了，张老太哪里追赶得上。李娘子喊道："妈，不要去赶他。我扶不住爹爹，快来助我一臂之力。"张老太便帮助女儿，把仙舟扶到太师椅上。

　　隔了片晌，仙舟如梦初醒，忙道："奇怪，奇怪，我站在门前瞧热闹，被一阵妖风吹得神魂颠倒，自己也做不得主，不知胡闹些什么。蓦然间一道金光迎面打来，头皮上吃了些痛苦，才觉得头脑清醒。你们可知道什么东西在我头脑上打了一下，我倒要感谢这打我的东西。"李娘子道："这是顽皮学生无礼，夺了你的戒尺抛掷，你的头颅被他掷一个着。戒尺落在地上，他便转身逃了。这又不是降魔杵，怎会发现金光？"仙舟瞧了瞧书案上的戒尺，依旧好好地放着，便道："这不是戒尺吗？何曾落到地上？"李娘子道："咦？这便奇怪了，书案上有戒尺，地上也有戒尺，无端多了一根戒尺。待我拾起来比这一比。"当下拾在手里，和书案上的戒尺相比，长短轻重都差不多，只是上面刻着三字篆文。李娘子不识篆文，授给仙舟看。仙舟只识得一半，好在案头有附刊篆文的字典，翻了片晌，方才明白，忙道："原来有这般的奇事，可喜极了。"当下离了座，披着一件夏布长衫，在面盆里洗了手，然后双手捧着方才拾起的这根戒尺，像道士执笏似的，恭恭敬敬，捧在张老太供奉的观音大士面前。仙舟取了拜垫，整一整衣襟，伏地叩头。

张老太奇怪道："老头儿又发疯了，怎么向着戒尺行起大礼来？我只听做官的要拜印，没听得做教书先生的要拜戒尺。"李娘子拉着她妈悄悄地说道："妈，不用惊慌，其中自有道理。爹爹绝不是发疯，和方才的情形不同。方才爹爹胡言乱语时，直瞪着眼睛，其形可怕，分明是神经错乱的现象。现在已恢复了原状，精神也清楚了。他向戒尺拜，定有道理。"母女俩附耳絮语时，仙舟已拜罢起身，忙向母女俩说道："你们也来拜拜这戒尺。这不是寻常的戒尺，上面的篆文刊着'神仙尺'三个字。方才向我抛戒尺的学生绝不是学生，定是老神仙的化身，迎头一下神仙尺打醒了我的痴迷。要不然，我便一辈子做那疯人了。"张老太也诧异起来，道："我本奇怪着，今天提早放学，学生都归去了，怎么旁边还留着一个学生呢？当时心绪如麻，没有向他盘问。现在一经说破，决计是老神仙无疑了。哎呀！我好糊涂，把老神仙当面呵斥。这还了得吗？阿弥陀佛的神仙，大慈大悲的神仙，救苦救难的神仙，待我穿上裙子，恭恭敬敬地多磕几个响头，才是好呢。"张老太正在那里寻裙，蓦然间那个白狗婢子急匆匆地跑来，两目直瞪，一言不发，跑到书案旁边，抱着案头的书撕了又撕。抱得快，撕得也快，把几本《大学》《中庸》《论语》《孟子》撕作一条条，抛掷满地，和电车站旁边丢下的车票一般。

仙舟喝道："白狗，做什么？这是我教书先生的生财家伙，被你撕破了，叫我拿什么书来教学生？"

白狗喃喃地骂道："你这不识时务的村学究，把这般的书教授学生，一百年也不会发迹。件件般般都要改良，你做教书匠，也该想个特别改良的方法。老顽固、老腐败，你伸长着长耳听着，你要发财，再休想靠着教书吃饭。你把所有陈腐的书都丢掉了，开一爿性的报馆，摆一个性的书摊。你把你的老婆子和女儿，做性的招牌，叫她们剥掉了衣服，肚皮上写着'贵客赐顾，认明性的图记，庶不致误'。你花些本钱，延请几位性的主笔、性的编辑员，你把几部《金瓶梅》《肉蒲团》《痴婆子传》《灯草和尚》做蓝本，改头换面，牵枝带叶，算是你们性的创作。你依着我的计划，管叫你立刻可以发财。你可以戴着翡翠的帽结，你可以披着玳瑁的马甲，你可以世袭元绪公，你可以在水晶宫里当差，你可以建造一所四灵堂，你可以认麒麟凤凰做哥哥，你可以唤四海龙王做老弟。"

白狗接二连三地可以长可以短，竟把老先生气得发昏。李娘子瞧着白狗的神气，也是中了邪魔似的，她从外面进来，莫非也被一阵妖风吹得神经错乱？猛想起方才一下神仙尺打醒了爹爹的头脑，我何妨如法炮制，打她一下神仙尺，看她清醒不清醒。便悄悄地在观音大士面前取了这根神仙尺，趁着白狗滔滔不绝地骂人，便把神仙尺迎面打来。说也稀奇，神仙尺打中了头脑，白狗也是如梦初醒，忙道："我好好地在巷口看热闹，受着一阵怪风，心里便模糊了，不知怎样地回家，回来后，讲了些什么话，完全没有知晓。"

李娘子便把方才的情形说了一遍，又道："没有老神仙这根神仙尺，只怕你胡说乱道，一辈子不得清醒。"

白狗很感激地说道："原来老神仙把我搭救。这般的恩，真个天高地厚，要没有老神仙的到来，我还成什么人呢？"

李娘子笑道："你本来不是人，是白狗啊。"

白狗笑道："我名字是狗的名字，我的心却是人的心。方才路上的和尚、道士、尼姑、军乐队、音乐班以及坐在魂灵轿中的一对无耻男女，明明是个人，其实他们的心，已变成了狗的心，仿佛一大帮子雄狗雌狗，在路上打混。"

"这里是张仙舟先生的府上吗？"

仙舟抬头看时，外面来了两个人，一个四十多岁，穿了半旧的拷绸衫裤，一个翩翩少年，穿着米通长衫。进门时便脱草帽，向仙舟问讯。

仙舟道："在下便是张仙舟。足下尊姓大名？何事见访？"

少年道："你便是仙舟先生？家母合该有救了。请问老先生，府上可有一根神仙尺吗？这根尺是性世界的当头棒，可以打醒痴迷人的头脑，特地登门告借，不知道老先生肯允许否？"

仙舟奇怪道："足下怎么知道舍下有神仙尺？何事前来商借？请道其详。"

那少年道："小子姓沈，贱字少卿，便在城中缎庄营业。家母今年六十二岁，自从三十八岁上守节抚孤，直到现在足有二十多年，而且一口长素，三十年不曾开荤。今天舍间附近古春申君庙前，忽然发生了绝大的奇事，一对不动不变的石狮子不知怎的，抛去石球，跳下石座，在门前活动起来，轰动邻近的人都去看热闹。家母正在家里念佛，听得这奇事，便放下了念佛珠，也到那边看一对石狮子兴妖作怪。不知道什么缘故，家母忽然瘐迷了心窍，和一个卖酱牛肉的小贩打混，又抢着他的酱牛肉，一块块囫囵吞下，破了她三十年守着的长素。亏得左邻右舍的人，见家母改变了常态，不是中邪定是发疯，便硬把家母扶入屋子里。只是家母昏迷不醒，一会子吵着要吃肉，一

376

会儿吵着要觅个小伙子做伴。邻舍人等没有办法可想，只得遣人到缎庄来，唤小子回家。小子到了家里，见家母这般光景，含泪唤一声：'妈，你是规规矩矩的老太太，怎么这般发狂?'家母依旧一派胡言，不堪入耳。小子没法可想只有出去延请医生，开一服清心去邪的药，或者还可以补救。正待出门延医，蓦然间粉墙上面映出了一个圆圈，仿佛开演影戏似的，圆圈里面映出几行碗杯大的字道：'若要清心去邪，须向修仙巷张仙舟家里告借神仙尺，只需当头打一下，便可恢复原状。'这字迹印在墙上，约有五分钟光景方才消灭。小子心中安慰，便依着神仙的指示特来奉访。"又指着同来的中年男子道，"他是古春申君庙里的庙祝，只为庙门前一双石狮子变换了常态，有碍观瞻。听说府上有神仙尺，便同着小子前来商借。老先生快把神仙尺借给我们一下，既可以打醒家母的痴迷，当然也可以打醒狮子的头脑。"

仙舟得了这报告，正待答话，外面又跑进四五个人来，都是汗流满面，形色慌张。

欲知后事，且阅下文。

第四十七回

清头脑孝子驱邪
变心肠财奴慢客

　　这四五个人都是跑得气喘吁吁，头上汗点子宛比雨打玻璃窗。小点子并作大点子，滴溜溜地滚下。少卿认得是左右的邻人，忙问："你们跑来做甚?"一个人道："尊堂痴得益发厉害了，赤条条不挂一丝，好几次要跑到街坊上去，都被我们阻住。"

　　一个道："尊堂痴得了不得，口口声声要去找寻那白净面皮的卖牛肉小贩。她说：'卖牛肉的心肝跑到天上去，我要追到凌霄宝殿；卖牛肉的宝贝跑到地下去，我也要追到十八层地狱。'"

　　一个道："尊堂越闹越不是了，她赤条条不挂一丝，左手提着一柄臭夜壶，右手折取三根马桶豁洗。她走到客堂中间，把佛龛子里供设的白瓷观音大士像抛在地上，跌作两段，却把臭夜壶供设在龛子里。她说：'这便是性天教主，明心见性的性道人仙师。'她又把三根马桶豁洗双手拈着，向着臭夜壶喃喃祷告，不知祷告些什么，便把三条马桶豁洗端端正正地插在香炉里面。她又跪伏在地上，磕了多少响头。待到站起身来，她又扭着腰肢，在客堂里口唱着私情小调，绕行一周，走一个风摆柳，引得众人呵呵大笑。"

　　少卿羞得面孔通红，连连地摇着手，叫众人不要报告了，回转头来，央恳仙舟，快快借给他这根神仙尺。老先生知道墙上的字幕是快活神仙弄的神通，指示他们到这里来取这打破痴迷的神仙尺，老神仙的旨意怎敢违背，便吩咐女儿把神仙尺交付与少卿，再三叮嘱："这是仙家法宝，用过以后，依旧前来交还，休得有误。"少卿接取了神仙尺，欢喜不迭，捧着至宝似的，辞别仙舟，便和一起人赶回家里。

　　道经古春申君庙前，黑压压地挤着许多人，在那里观看交尾的石狮。那个和少卿同行的庙祝道："沈先生，你手里的神仙尺有效无效，现在可以当场试验。你不妨在两只石狮头上痛打一下，要是打得醒石狮的头脑，便可以打醒尊堂的痴病。"

少卿点了点头儿，便唤道："诸位让开几步，待我把这不识羞耻的石狮痛打一下，叫畜生恢复原状，不再向人前出丑。"

众人听说，果然向两旁站开，看少卿有什么本领，可以使冥顽不灵的石狮懂得人间羞耻事。但见少卿高举着戒尺，跑到东面打一下石狮的头，跑到西面又打一下石狮的头。众人呆呆地瞧着，一些儿没有变化，便沸沸扬扬地议论起来："这少年敢是痴汉，戒尺打石狮子，便把戒尺打折了，石狮也不觉得痛。"

在那喧笑当儿，两只呆呆不动的石狮各把身子几摇，陡然活动起来，吓得众人到处躲藏。说时迟，那时快，交尾多时的石狮，立刻脱离了关系，一跳一蹦地向人群里走来。众人益发恐怖，转身便逃，都说："不好了，石狮子来吃人了。"其实石狮并不捉人，是来拾取方才抛在道旁的石球。拾取以后，各各跳上石座，牢捧着石球，恢复原状。众人见石狮并不追来，方敢回头，异口同声地唤起稀奇来："这少年很有本领，果然一戒尺打醒了石狮的头脑。石狮都打得醒，那些不知羞耻的男女也须叫他多打几下戒尺，以便打破淫风，留得一块干净土，不再搬演这般有伤风化的丑剧，岂不是好？"众人虽是这般说，但四下寻觅，已不见了方才的少年。

原来沈少卿见神仙尺果有奇效，怎敢在这里勾留，急急地奔回家里，要去疗治他的老娘。那庙祝和邻舍都陪着他去，到了自己家里，但见他的老娘依旧一丝不挂，提高嗓子，在那里唱着淫秽不堪的山歌。少卿却又停着脚步，不敢上前。庙祝道："你快快上前，一戒尺打醒她的头脑。"

少卿道："有了神仙尺也没用，做儿子的怎好伸手打老娘？"

庙祝道："有理打得太公，但打不妨。"

少卿便举起神仙尺，上前三步，却又倒退了两步。庙祝便夺着他手里的神仙尺道："你不便打，我来替你打吧。"抢步上前，把神仙尺在沈寡妇头上轻轻地打了一下。

沈寡妇打了一个寒噤，伸手擦一擦眼睛，见面前站了许多邻舍，忙问道："诸位高邻到来，可有什么贵干？"

有一个老乡邻笑道："老太太，你休问我们有什么贵干，你先瞧瞧自己的贵体。"

沈寡妇向自己身上一看，羞得置身无地，急急逃入房里，自去穿衣着裤。

少卿接了庙祝的神仙尺，待要供在堂上佛龛里，看见了这柄臭夜壶，不禁双眉紧皱，只得把神仙尺放在干净所在。然后撤去了臭夜壶，谢了众人，自向房中去见老娘。

沈寡妇呜呜地哭道："我可是做梦吗？好好地在庙前看石狮子，怎会失神落魄，脱去了衣裳见人？"

少卿道："妈的笑话正多咧。当着邻人报告，妈吃了三十年长斋，现在已开荤了。二十余年的守节抚孤，冰清玉洁，现在见了卖牛肉的小贩，便怎么长那么短了。"

沈寡妇听了又羞又愤，不由得捶胸痛哭道："天哪！我怎有面孔活在世上呀！三十年长斋，一切荤腥不入口，现在怎么抢人家的牛肉吃呀？二十多年立志守寡，奉着大总统给匾奖励，现在怎么说这许多丢脸的话呀？一向供奉在龛子里的白衣观世音像，现在怎么丧心病狂，抛作两段呀？我得罪了大慈大悲救苦救难的观世音菩萨，又得罪了黄泉路上的丈夫，叫我做人也惭愧，死了吧！死了吧！"沈寡妇踏着地板，只是絮絮叨叨地哭。

少卿见了，老大不忍，劝老娘别说这伤心的话。邻居叶妈妈也来相劝道，"沈太太，这不是你的过失，是你在外面遇见了邪祟，一时迷失了本性，才闹出许多笑话。休说是你，便是一对没有知觉的石狮子，今日里也会在人前出乖露丑。可见外面的邪祟正多咧，还是不要向外面走动的好。"

沈寡妇且哭且说道："叶妈妈呀，都是我自己不好呀，好好地在家里念佛，为什么要到外面去瞧热闹呀？我方才挤在人群里看石狮子，蓦然间有一阵又腥又臭的妖风扑面吹来，我方才迷了本性呀。这是哪里来的妖风，实在害人不浅呀。"

叶妈妈道："原来路上有妖风扑面，这益发不干你的事了。我正奇怪，怎么今天苏州城里的怪事接二连三地不断，石狮子出丑，泥人儿作怪，已是奇怪得了不得。后来还听得路上行人沸沸扬扬地传说：'开路神会得自己宽衣解带；真容亭会得变作模特儿；棺材里的施三小姐会得变成猪猡；大出丧会得变成接回门；魂轿会得变花轿；和尚新郎和那活死人施三小姐，会得相依相偎在一乘轿子里坐。'我活了六十九岁，似这般的异闻，委实生了耳朵，第一次听得……咦，大官人，地上很肮脏的，快快起来吧。"

少卿抹着眼泪说道："妈要觅死，我在这里跪求咧。"

叶妈妈道："大官人起来吧。沈太太，你瞧着大官人分上，快不要寻死觅活吧。"

沈寡妇含着痛泪，忙把儿子抱起道："好儿子，有你这般孝顺我，无论怎样，做娘的总得苟延这口残喘。"

说罢，母子俩相抱而哭。叶妈妈在旁，也挥洒了几点不相干的痛泪。待到邻舍都去了，沈寡妇连喝了几杯清水，说是今天误吃了牛肉，要洗洗这肠胃。又把跌断的观音像用胶水胶好了，依旧地供奉在堂中。又向这根神仙尺磕了几个头，拜谢老神仙指示之恩。依着少卿的心，便要把这根神仙尺送还张仙舟。沈寡妇道："天已晚了，明天清早送去，也见得你的诚心。"

少卿听了，当然诺诺答应。晚饭以后，和老娘灯下闲谈。沈寡妇道："我今天的事，也是自己不好。昨天我在门前小立，见卖牛肉的小贩面貌和你父亲少年时相像，当时不免胡思乱想。到了夜间，便梦见那小贩到来，恍恍惚惚，似乎便是你的父亲化身。我和他相偎相依，喁喁情话。蓦被那床下的老鼠打架，打醒了我的怪梦。梦醒以后，我自己责备着自己道：'我怎么起着妄想？六十多岁的人，持素念佛，一切少年的事，都看得似镜花水月一般，不该还做这不长远的梦。'当下念了几遍心经。待要扫除心中的妄念，但是思来想去，总撇不脱门前经过的那个卖牛肉小贩。谁料到了今天，便闹出这般出乖露丑的笑话。虽然是妖风吹得厉害，我迷了本性，但是苍蝇不叮无缝的蛋。春申君庙前挤着许多人，为什么别人无恙，独我中了邪魔？可见得是我的心不干净，所以引诱外魔，迷了我的本性。"

少卿道："妈不要这般说。不信那些看热闹的人，个个都是存心清澈的，独有妈一个人不干净。再者，庙前两只石狮子可算是无知无识，再也不会存着龌龊的心了，为什么今天也在人前出丑呢？"

沈寡妇想了片晌，道："我知道了，这两只石狮子也沾染了龌龊了。记得半个月前，汪小香家里捉奸，淫妇奸夫同时捉住，都赤着身子，锁在这一对石狮子旁边。石狮子本是干净的，但是沾染了这淫妇奸夫的气息，也变作了不干净，所以妖风吹着石狮子，也会在人前出乖露丑。"

少卿听了他妈的话，半疑半信。又谈了些外面疫气很盛，崔老爷会得白了胡须，可见世上不可思议的事很多，见怪不怪，其怪自止。只有心地清净，怕什么邪魔来缠绕呢。

沈寡妇道："好儿子，你的说话不错。做娘的为着你是很孝顺我，所以不肯便死。我虽然抚着你成人，但是还没有替你讨媳妇。做娘的责任未尽，死在泉下，也无颜见你父亲。"

少卿道："孩儿年岁尚轻，每月的薪水又很微薄，早娶了妻子，便添了家累，又要妈操心。且待过两三年，积蓄些银钱，先替妈竖了寿板，然后才能谈及孩儿的亲事。"

母子俩谈到更深，各各安寝，一宵无话。到了来朝，少卿便要去送还这根神仙尺。辞别了老娘，出门不到半条巷，迎面来了三个人，仿佛富家仆役的模样，见了少卿，其中有一个老仆喊将起来道："来的不是沈少爷吗？巧极巧极，在这里相逢了。"

少卿细视这老仆，很有些面熟，只是记不起是谁。老仆笑道："少爷不识得我吗？我便是施贵。少爷不记得那一年曾到我们公馆里来吗？少爷那时还不满二十岁。五年不见，少爷长得益发体面了。"

施贵提着这桩事，少卿的脑海中陡然涌现那五年前的一桩伤心事呢。原来少卿的老子唤作沈德卿，和施四先生是个患难之交。施四先生没有交运时，人家唤他一声"施老四"，也有唤他"旧货老四"的。他在识龙街摆一个荒货摊，垂头丧气地坐在人家阶石上，比乞丐差不多。沈德卿曾经在施老四手里买过几回旧铜器，因此便熟识了。德卿的眼光是很好的，知道施老四暂时落魄，将来定有翻身之日，便借给他五百块钱做资本。施老四得了资助，便不在地上摆摊了，租了一间门面，居然开着小小的一爿旧货店。施老四的口才很好，常在几个富绅的公馆里走动，不上三四年，旧货店变作双开间门面的古董店了。店面越开越大，财运愈走愈红。自古道，财多胆壮。他又向德卿借了一笔巨款，买进一票古董，才经转手，便销洋庄，除去还债，净赚了一万多块钱。从此长袖善舞，利市三倍，财神菩萨跟着施老四走，古董店外又开旅馆，又开戏馆，又开药房。无论经营什么行业，总是一帆风顺。施老四走了红运，沈德卿却走的是黑运，经营商业，没有一桩不失败，只落得遗下寡妻幼子，郁郁身亡。沈寡妇把少卿抚育长大，在中学堂里毕了业，无力继续读书，想叫他改习商业。这时施老四已成了施四先生，不但是商业巨子，而且是城中数一数二的富绅。提起施四先生，谁人不知，哪个不晓？"老四"两个字，久已没人提起。沈寡妇叮嘱少卿道："施四先生是你父亲的好友，仗着你父亲的力，才有今日之天。你现在中学毕业，弃儒习商，须得央求他老人家提拔提拔，才是道理。"

少卿道："施四先生虽是我的父执，但已多年没有来往。自古道，人在人情在，人亡人情亡。仰面求人，只怕未必有效。"

沈寡妇道："你没有去过，怎知道未必有效？施四先生看在你父亲分上，断然不会推诿。你放胆去便是了。"

少卿不忍违拗母命，只得到施公馆里拜望这位施四先生。等到了门前，门役传入少卿的卡片，隔了一会子，出来说："主人和你不相识，拒绝不见。"

少卿央告道："烦你再去通报，说我是沈德卿的儿子，特地登门拜望你家主人的。"

门役听得"沈德卿"三个字，笑嘻嘻地说道："你是沈老爷的少君？失敬，失敬！沈老爷在日，和主人交谊很深，可惜早年故世了。沈老爷的为人是慷慨的，毕竟天不亏人，有你这一位少爷，将来强爷胜祖，一定可以起家立业。少爷暂立片刻，待我再去通报，主人知道你是沈老爷的少君，一定欢喜得了不得，亲自出来相迎。"

那门役很高兴地进去通报，隔了一会子，那门役怏怏地说道："主人有客在里面，无暇相见，请少爷过一天再来吧。"

少卿没趣地回去，告知老娘："看来施四先生不见得会念旧交。第一次不肯见我，第二次去也徒然。"

沈寡妇道："他是贵人事忙。第一次没暇见你，第二次一定相见的。你若不去，岂非错过了机会？"

少卿没奈何，到了来朝，又去第二次登门。那门役道："沈少爷，可惜你来迟了一步，主人已出门应酬去了。明天早一些来吧。"

少卿依旧没趣地回去，告知老娘："施四先生是个势利人，走熟路不走冷路的。两次登门没有见面，看来是靠不住的了。"

沈寡妇道："休得胡说，你没有见他的面，怎知他是势利人？明天早一些去，别再错过了机会。"

少卿没奈何，又去第三次登门。那门役道："这一次便可以相见了，主人还没有起身。少爷请在门房里坐坐。"

少卿见那门役和蔼可亲，便在门房里坐下，和他攀谈，知道门役叫作施贵，是施四先生二十余年的老仆，所以沈德卿提拔施老四，原原本本，施贵肚里都有一篇细账。

施贵又问问少卿的家庭状况，少卿便把自己毕业中学校，无力继续攻书，预备弃而习商，以轻负担的事，述了一遍。施贵道："主人在商业场中安排几个人，费什么吹灰之力？火柴厂是他大股东，面粉厂的股份他又占其三分之一。只这几个位置，十个八个人，也只须主人轻轻一句话，何况只有少爷一个人。少爷放心，主人见了少爷，一定可以提拔。"

少卿听了，暗暗心头宽慰。又等了一会子，听说施四先生业已起身。施贵道："沈少爷暂待片刻，主人起身了。"说罢便去通报。隔了一会子，才请少卿到会客室，说："主人吃过点膳，便来相见。"

少卿坐在会客室里，足足候了两点钟。自古道，等人心焦。少卿一个人坐在里面，没瞅没睬，只有壁上的挂钟嘀嗒嘀嗒，伴他的寂寞。少卿深悔这一行枉费了许多黄金时刻。门房里坐了一点钟，这里又坐了两点钟，钟鸣十下不见他出来，钟鸣十一下也不见他出来。既已到这里，事在两难，去又不是，留又不是。只得候到十二点钟，要是再不出来，准备拂袖而去，不再来候那富翁了。没奈何，忍气吞声，瞧瞧墙上的字画，数数地下的方砖。偏偏作怪，挂钟上的长针平日转得极速，今天却成了慢性，等了好长的一会儿，看那长针只移动得一些儿。好容易等到十一点三刻光景，才听得履声橐橐、一声咳嗽，进来一位五旬年纪的绅士。

少卿连忙离座，恳恳切切地唤一声："老伯。"施四先生把少卿上下打量了一周，便道："足下是谁？我不相识啊。"

少卿道："小侄姓沈名少卿，先君讳德卿，生前和老伯友谊甚笃，可称金石之交。"

施四先生点了点头儿，道："你原来是沈德卿的儿子。德卿和我虽然认识，只是个泛泛之交。德卿是个忠厚人，可惜运气差一些，眼光也不好。他做的商业，般般都是失败。我也曾助过他几次，只恨他命运无济，无法补救，以致郁郁而亡。听得你在学校里读书，德卿只有你一个儿子，合该用功勤读，替老子出一口气。今天又不是礼拜日，跑到这里来做甚？"说着眼光直射着少卿，也不道一声请坐。

少卿道："老伯听禀。小侄在中学校里读书，暑假时已经毕业，只为家贫，不能继续读书，特来恳求老伯，瞧着先父分上，替小侄吹嘘吹嘘，以便经营商业，减轻家中的负担。"

施四先生笑道："少卿，你错了。商界人物须有商界的经验。你们念书人，只配一辈子在书卷中寻生活，不该起着弃儒学商的念头。你的老子只因没有经商的本领，以致一败涂地。回家读书去吧，我今天忙得很，陆道尹约我去赏菊，朱旅长又约我去游太平山，只可和你立谈片刻。你且去吧，休得误了我的要事。"说罢，道了一声再会，履声橐橐地进去了。

少卿登门三次，只受这一顿教训，而且辱及他的先人，这一气真不得了，要没有两个鼻孔，端的要被他气死。愤愤地出了会客堂，喃喃地念着："人情更比秋云薄，世路还输蜀道平。"

施贵迎上来问道:"沈少爷见了主人,讲些什么?"

少卿道:"有什么讲?只把我一顿埋怨,还把我先父无端毁谤。我受贵主人埋怨,算是我不识相,特地登门讨骂,和那'掀被头讨屁奥'一般。只是先父在日,并没有亏待了他,他现在身故二十多年,万不料尚有人牵他的头皮。"

施贵道:"少爷不要生气,从前主人发迹,全仗着沈老爷的帮助。不是我批驳主人,似这般恩将仇报,休说沈少爷不平,便是我施贵听了,也觉得怒气冲天。沈少爷,你有了本领,不怕没处吃饭,只须轰轰烈烈地做起人家来,敢怕到了那时,主人又要拍你的马屁咧。"

…………

这是五年以前的事,后来有人把少卿荐在缎庄里营业,克勤克俭,很得老板的信用,从此以后,发誓不再上施四先生的门,却不料在这里和施贵相逢。当下便问施贵道:"你见了我,为何连唤巧极巧极?"

施贵道:"小的奉老太太之命,特来奉请沈少爷到公馆里去。"

少卿道:"这又奇了,我和施公馆久绝来往,请我去做甚?"

施贵道:"不瞒少爷,昨天公馆里闹出大大的笑话,三小姐出殡,轰动了许多人瞧热闹,不料这么长那么短,小姐变猪猡,和尚做新郎,所有送丧的人都发了狂。小的幸亏是看门的,没有送殡,因此头脑还清醒。我家老爷益发痴狂得了不得,昨夜竟然大开筵宴,款待和尚女婿和那死而复活的三小姐。一切和尚尼姑等人,都在公馆里吃喜酒,闹了大半夜,笑话闹出千千万万,几乎把我家老太太气个半死。"

少卿道:"这些事和我不相干,请我去做甚?"

施贵道:"老太太的为人是很好的。每年施衣施米,救济穷人,是很慷慨的。她常说,我家的儿子也是贫苦出身,儿子发了财,不肯救济穷人,做老娘的替他积些阴德……"

少卿道:"对不起,我还有些要事,不及和你细谈,再会吧。"说毕,转身便走。

但是他被和施贵同来的两个人拦住了去路,都说:"沈少爷,去不得,须往公馆里走一遭。"

施贵追上几步,一把拉住了少卿的衣袖,觉得袖子里有很硬的东西,便道:"沈少爷,你衣袖里藏着法宝,这不是一根神仙尺吗?"

少卿惊问道:"你怎么晓得是神仙尺?"

施贵道："沈少爷暂停片刻，待小的讲给你听。昨夜老太太为着儿子媳妇孙女许多人都发了狂，知道祸起非常，着急得了不得，烧着整块的檀香，三更半夜跪伏在庭心里，磕头不迭，嘴里喃喃祝告道：'上天上天，今天降的祸殃，是儿子刻薄之报。念老妇人施门陆氏，一生勤俭，不敢为非作恶，伏乞上天垂怜，搭救我们。'可怜我们老太太，祝告了三五百遍，头皮上磕出了一个大疙瘩。忽然一道白光，从空中射到墙上，成了栲栳般的大圈，映出四句诗，道：'若求家室保安宁，须访姑苏沈少卿。当头痛打神仙尺，管叫气爽与神清。'这四句诗映在墙上，人人都见，经了十分钟，方才消灭。老太太传集家丁，询问沈少卿住在哪里。小的上前禀告说道：'这位沈少爷是德卿老爷的儿子，五年前曾到公馆里来，被老爷怎样地把他冷待，他才拂袖而去。'老主母听了便骂主人忘恩负义，以致受这恶报。因此吩咐小的起个清早，前来敦请沈少爷，搭救我们主人主母和三小姐。又怕沈少爷怀恨前事，不肯前来，因此约着两个同伴，同来敦请。"

欲知后事，请阅下文。

第四十八回

恶军阀嫉视衣冠
丑家庭大开筵宴

　　沈少爷被施公馆的仆役拦住，很有些进退两难。待要允许，记忆着五年前施四先生的刻薄情形，谁高兴去援手。待要拒绝，觉得施老太太焚香祷告，情形煞是可怜；再者施老太太与我无仇无怨，远近的口碑，都说施老太太是个慈善妇人。而且墙上的圆光，和昨天我们家中的情形相同，可见这一辈痴迷的人合该有救。我不援手，谁去援手？正在踌躇的当儿，施贵跪着央求道："沈少爷，看小的跪求分上，好歹总得去走一遭，公馆里的痴迷病，非得神仙尺痛打不可。沈少爷，你不答应，小的跪在地上一辈子不起来。"

　　少卿见施贵老大年纪，跪在当街，怎生过意得去，又听得那边马蹄声响，忙道："老人家，快起来，那边马来了。"

　　施贵道："沈少爷可肯随带神仙尺，打醒公馆里的痴男痴女？"

　　少卿连连地道："可以，可以。"一边说，一边把施贵拖起。

　　那时，有两个军人骑着高头马，飞也似的跑来，跑到将近施贵旁边，都扣住马。马上人同声唤道："你不是施公馆里的施贵吗？"

　　施贵抬头看时，认得是柯公馆里的两名当差马弁，忙道："原来是老帅那边的军官。"

　　那当先骑马的马弁道："施贵，我远远地瞧见你跪在当街，做什么？"

　　施贵道："昨天公馆里闹了绝大的笑话，七颠八倒，人人都和痴迷一般。特来央求这位沈少爷，把一根神仙尺打醒这许多痴男痴女。"

　　马弁问道："这沈少爷可是名唤少卿的吗？现在什么地方？"

　　施贵把少卿一指，道："他便是沈少爷，神仙尺便在他的袖里。"

　　马弁听说大喜，忙滚鞍下马，向少卿行礼道："我们奉了老帅的命令，特来央求沈少爷到公馆里一走，快请上马。"

少卿奇怪道："唤我去干什么？"

马弁道："我们少帅昨天送殡回来，也害了痴迷的病，跑回公馆，便把手里的一柄纸扇向人乱扇。这柄扇多么厉害，一经扇动，便有一阵阵腥膻的风直刺人的鼻孔，扇得公馆里上下人等个个如醉如痴，不识羞耻，闹出许多笑话。老帅得知，十分恼怒，今天派遣我们到施公馆探问情由，为什么少帅好好地送殡，回来时另换了样子。等到了施公馆，才知道施公馆也是这般地颠颠倒倒。亏得粉墙上发现了圆光，老太太遣发家丁来访沈少卿，央求他随带神仙尺，打醒痴男痴女。我们探得了信息，向老帅回话，老帅便立刻派遣我们，前来迎接你少爷。事不宜迟，请少爷快上马背，休得迟缓。"

施贵道："当差的，请你们禀复老帅，且待沈少爷把施公馆里的痴人打醒了，再到贵公馆去不迟。"

那马弁道："老帅那边等得焦急了，沈少爷须得先到我们公馆里去。"

施贵再待争执，马弁发怒道："你们主人把猪猡乔装死人，欺侮少帅，害得少帅发了痴迷病。老帅恨得牙痒痒的，正待和你们主人严行交涉。你若再把沈少爷拦住不放，老帅一定怒上加怒，立刻遣人把你们主人捉去问罪。"

施贵知道势力不敌，没奈何，只得叮嘱少卿："打醒了柯公馆里的痴人头脑，再来打我们的主人、主母和那死而复活的三小姐，万万不要失约。"少卿答应了，施贵一干人等方才回到自己公馆，向老太太报告情形，按下慢表。

且说少卿知道柯老帅的势焰熏天，违拗不得，只得勉强去走一遭。那马弁把少卿扶上马背。少卿叮嘱施贵道："你在公馆里等候，我到了柯公馆后，即刻便来，绝不失约。"那马弁在前引导，后面又有跟马，居然前呵后拥，径向柯公馆而去。早有许多家丁在公馆门前守候，马弁高唤着："救星来了，救星来了。"许多家丁便分站两旁，一个立正礼。少卿由马弁扶下马背，直进大门。

到了里面，马弁引着他在会客室里坐定，正待进去通报老帅，猛听得里面娇声呖呖，喝着"一、二、三"的口号。少卿暗暗奇怪道："这是女子的声音啊，敢是里面演习女子体操？"说时迟，那时快，早有三个不挂一丝的女将军，手托着上了刺刀的枪支，冲锋也似的冲到会客室门前。吓得少卿倒躲不迭，面如土色。那三个女将军在门外一排列着，把枪柄抵住了乳峰，声势汹汹，要向室中进攻。少卿益发恐慌，几乎喊起妈来，两腿抖个不停。

那马弁道："沈少爷，不用慌，正能克邪，快把神仙尺取出。"

这一句话提醒了少卿，便从袖中掏出那根神仙尺，右手执着向上一扬。

道也稀奇，神仙尺上似有金光射出，三个女将军都一齐打了个寒噤，丢弃了枪支，返身待要逃走，撅起着肥臀，只是走不快。

马弁道："沈少爷，快追上去，结实地打她们几下。"

少卿也胆壮了，抢上前去，向她们的后脑上，一个一下神仙尺。那三个女将军都揉了揉头脑，返转身来，宛如梦醒。瞧见了少卿，便问那马弁道："这少年是谁？"

马弁笑道："三位姨太太，且向自己身上瞧瞧，似这般模样，怎能见客？"

她们听说，都向自己身上望了望，都唤一声："了不得。"忙把双手掩着上面的女性特征，却露出了下面的女性特征，又把双手掩着下面的女性特征，却露出了上面的女性特征。到了这时，才恨爹娘替她们少生了一双手，不能够双方兼顾，没奈何扭转身躯，撅起着肥臀，逃向里面去了。

马弁见少卿打醒了姨太太的头脑，神仙尺果有奇效，好不欢喜，便请少卿略坐片刻，自去禀报老帅，去不多时，又匆匆地出来报告道："沈少爷，快到里面，我们老帅也发狂了。恰才少帅高擎着纸扇，逢人便扇，老帅待要躲避，只苦不及，鼻观里受着腥膻的风，便昧了本性，剥去衣服，自称光威大将军，说要挑选着三千裸体的军队，浩浩荡荡地杀将出来。"

话没说完，但听得赤脚走路的声音从里面奔将出来。马弁慌道："老帅出来了，待我暂躲一下子。"说罢，便向门背后躲。少卿也惧怕军阀的势力，不敢出头，躲入桌子底下，柯老帅赤身露体地在外面骂那马弁道："该死的奴才，还不出来受死吗？你怎敢当着本帅面前，身穿衣服，便是大逆不道。本帅奉着性天教主的法旨，扫除一切衣冠动物，组织裸体政府。无论军民人等，敢有穿着衣冠者，照谋反叛逆论罪；敢有制造衣冠者，照私造钞币论罪；敢有贩运衣冠者，照私贩军火论罪。你这马弁，胆敢藐视本帅的禁令，实属罪该万死。"

马弁偷向少卿做手势，叫他取出神仙尺，但是少卿慑于军阀的淫威，不敢出头。门外的裸体老帅见马弁躲着不出来，不禁勃然大怒，喝一声："裸体卫队在哪里？快把这躲在里面的衣冠动物抓下了！"

猛听得异口同声地道一句："遵老帅将令。"少卿知道不妙，朝桌子下偷眼看时，早见有四条无衣无裳的勇士抢步进门，宛如澡池里跑出的山东汉子一般，声势汹汹地闯入会客室，伸手便来捉人。角落里的马弁，桌子底下的来宾，都被他们捉住。才见老帅左顾右盼地走入会客室，虽然赤身露体，但是走路时依旧高视阔步，不失大帅的尊严。卫队们瞧见老帅进来，把手一举，行一个陆军敬礼。老帅点了点头儿，大马金刀般地坐在椅子上，喝道："把马弁推进来问话。"

马弁没奈何，只得直挺挺地跪在老帅座前。那时，不挂一丝的坐在上面，衣冠整齐的跪在下面；不挂一丝的吆吆喝喝，衣冠整齐的战战兢兢；不挂一丝的怒目而视，衣冠整齐的低首乞怜。

且说裸体老帅喝问道："你这大胆的马弁，可知道本帅禁令森严，志在打倒一切衣冠阶级，恢复草昧时代的裸体习惯？你是本帅麾下的马弁，不该违反禁令，衣冠整齐地到公馆里来当差，又不该领着衣冠整齐的少年来闯公馆，要是被太太姨太太们见了，成何体统？须知我们公馆里欢迎的男宾，定要赤条条似本帅一般，太太、姨太太见了才不恼怒。本帅最恨的人模人样，穿了衣服便失去了裸体动物的本相，有许多礼教的拘束、衣冠的羁绊，怎及赤条条来去无牵挂，直截爽快地做那禽模禽样、兽模兽样？本帅奉了性天教主的法旨，大兴禽兽之师，把人模人样的衣冠动物扫除干净，组织裸体的统一政府，拥戴性天教主做光祖露皇帝，国号大裸国，年号大光元年。本帅便可以执掌朝纲，封为光威大将军。叵耐你这大胆的马弁，竟敢违犯光祖露皇帝驾前光威大将军的将令，还当了得？卫队们，快把那厮剥去了衣服，绑往闹市中枪决。"

便有两个裸体卫队来剥马弁的衣服，马弁大呼："沈少爷，救我！"

少卿听那裸体老帅的训话，心中很觉恼怒，只为卫队拉住了他的手臂，不能自由活动，现在卫队忙着去剥马弁的衣服，他便趁着时机，从袖子里摸出神仙尺，向上一扬。毕竟正能克邪，老帅和卫队都变了色，慌作一团。少卿再不迟延，跑上去一个打一下，一连打了五个头颅。老帅和卫队都揉揉眼睛，恍然宛如梦醒，卫队们见自己赤身裸体，很觉惭愧，都一溜烟地逃去，自去穿着衣服。

老帅见马弁站在旁边，便问道："你回来了吗？沈少爷可曾找到？"

马弁指着少卿道："他便是沈少卿，他有神仙尺，可以打醒痴迷人的头脑。"

老帅向少卿拱了拱手，道："你便是沈先生？好极了，敝公馆里这两天闹得不成了样子。一经妖扇扇动，人人迷了本性，和那禽兽无异。人和禽兽，只差了几件衣服。大家剥得赤条条，便是愿做那不识羞耻的禽兽。亏得我和老妻根基坚固，不会沾染着妖气，更兼我曾做过几年师长，代理过几个月督军，相面的都说我是将星下凡，将来还有荣任巡阅使的希望，无论妖气怎样

390

厉害，总吹不上我的身来。所以大家发狂，我不会发狂。沈先生既有神仙尺，会有打醒痴人的头脑，快快施展法力，先把小儿打醒了，再把公馆里那些不识羞耻的禽兽一一打醒，使他们脱离禽兽，重新做人类。"

少卿暗暗好笑："这姓柯的口口声声骂禽兽，却不知自己先做了禽兽。"又不好向老帅说破，只把眼光注射着老帅的身子，看他觉察不觉察。

老帅心中奇怪："姓沈的注目在我身上，是什么用意？"忙把头低下，瞧瞧自己的身子，不瞧犹可，一瞧时自己也狂骇起来，便道："奇怪，奇怪。谁敢把我的衣服卸下？"

马弁上前回话，把方才情形一一说了。老帅好生惭愧，便唤马弁替他去取衣服，替他穿好了，才领着少卿到里面去施展法力。

恰好柯二刁子赤着身子跑将出来，嘴里叽叽呱呱地喊道："我去川半大难腐头昏低枪打。"他说的是我去参观大师父未婚妻子相打。

老帅喝道："吾儿休得执迷，现在有人来救你了。"

柯二刁子骂道："老特邦父。"他骂的是老贼放屁。

说时，张开着纸扇，待要向老帅打扇。老帅倒躲不迭，忙喊着："沈先生快来相救。"少卿怎敢迟延，提起神仙尺，当头一下。

老帅喊道："轻一些。"

少卿本待把柯二刁子痛打几下，只因老帅尚有舐犊之爱，便不敢再打。柯二刁子吃了痛苦，把手里的纸扇向地上一抛。

老师吩咐马弁："快把这柄兴妖作怪的纸扇撕毁了，免得留在这里害人。"

马弁答应着，待去取那纸扇，说也稀奇，这柄扇又成了单翅的大蝴蝶，一扑一扑地扑向里面去了。马弁眼看它飞去，只不敢道，恐防沾染了妖风，又要昏迷本性。柯二刁子摸摸头，揉揉眼睛，忽地如梦初醒，放声大哭道："我的地昏低啊！我的山鸡！你喜了，我也要喜啊！"

老帅连忙劝慰道："上达吾儿，快不要哭。你的未婚妻并没有死，依旧好好地活着。叵耐施老四这狗贼，实在可恶，放纵女儿妍和尚，却捏报病故，把猪猡来替死，乔出丧掩人耳目，笑倒了苏州城里盈千累万的人。"

柯二刁子听说，猛然想起昨天送丧的情形，定要出去和施老四拼命。柯老帅拦住道："你不必和施老四、贼秃拼命，我自有办法，包管替你出这口恶气。你瞧瞧自己身上，一丝不挂，怎好出去见人？快到里面去着衣服吧。"

柯二刁子瞧了瞧自己身体，喊一声哎呀，回转屁股，便向里面去了。

老帅向少卿连连道谢，说道："这根神仙尺很有奇效，不知从哪里得来？

我肯出几百块钱，你把它让给我吧。"

少卿道："这不是小子的东西。不瞒老帅说，昨天家母也沾染了妖风，犯着同样的病，幸亏仙人指点，向一位张老先生借得这根神仙尺，把家母打醒了。今天起个清早，特地送还神仙尺。不料半途遇见了施贵，央求小子到施公馆里去驱邪。正待动身，却不料老帅也派马弁唤小子去打退邪魔。现在总算侥幸，老帅、少帅以及姨太太、卫队一干人，都恢复了原状，施公馆里立待小子去驱邪，便请告退。"

老帅见沈少卿不肯把神仙尺出让，略有几分不快活，只向少卿点了点头，咐咐马弁："送沈先生出门，缓日再会。"

少卿正待动身，蓦地里跑出一个丫头，高喊道："老帅，不好了！太太好好地在房里梳头，忽地从窗外飞入一柄纸扇，不偏不邪，恰恰落在太太手里。太太接着纸扇，只轻轻地摇了几摇，不但太太发狂，连那梳头的姨娘也发狂了。两个人都剥得一丝不挂，太太在前，梳头姨娘在后，一口气跑到花厅上，在那里裸体跳舞。"

老帅听了这警报，忙把少卿拖住道："沈先生且慢出去，救了拙荆，再去不迟。"

少卿没奈何，只得随老帅同到里面。但是到了花厅，却又不得进去，只为两扇门儿被柯太太闩上了。老帅叩了几下，里面睬都不睬，只是悠悠扬扬唱那舞蹈的歌曲。太太和梳头姨娘同声合唱，倒也应该合节。唱的是："富莫富于军阀的妻，吃不尽八方珍品，穿不尽四季华衣。可怜那些百姓们啊，抽了筋又剥了皮。百姓一天一天地瘦，我们一天一天地肥。莫管他千家含泪，万户含凄，我只是呵奴喝婢，做那军阀的妻。贵莫贵于军阀的妻，住的是高楼大厦，戴的是钻石珠玑。可怜那些军人们啊，挨了冻又受了饥。军人一天一天地瘦，我们一天一天地肥。莫管他健儿乏食，壮士无衣，我只是高车驷马，做那军阀的妻。丑莫丑于军阀的妻，今日里出乖露丑，今日里解带宽衣……"

砰砰砰的一片声音，把两扇门儿打破，这是老帅听得怒火直冒，才吩咐家丁把门儿打破。众人一哄而入，里面的模特儿跳舞仍然没有停止。老帅催着少卿快打。少卿赶上前去，提起神仙尺，又是一个打一下。太太和梳头姨娘都清醒了，瞧见自己模样不好看，返身逃入里面，自去穿衣。太太手里的纸扇丢在地上。众人待要去取，那纸扇又向窗外飞去，无从捉摸，也只索罢了。少卿才辞了老帅，由马弁相送至门外。

那时，施贵已在门外守候，见了少卿，宛比得了宝贝似的，便道："沈少爷，我已候了多时。门前有车儿候着，快快上车吧。"那时少卿和施贵都上了车，更不停留，直向施公馆而去。

等到了施公馆门前，挂灯结彩，异常热闹。少卿忙问施贵："这是什么缘故？"

施贵道："说也笑话，从来丑事怕张扬，唯有我们主人七颠八倒，越是丑事，越是要人家知晓。昨天出殡变回门，主人便吩咐扎彩匠，连夜加工，赶扎灯彩，搬演那'和尚招亲'的一幕趣剧。"

少卿道："你说昨天已闹了大半夜，为什么今天又要开筵宴客？"

施贵道："主人说的，昨夜的宴会不是正式的，今天的宴会才是正式呢。女儿嫁了和尚是多么荣华的事，至少也要闹这三天五天，才不辜负了一番佳话。又不是养媳妇做亲，怎便可以草草了事？主人这么说，主母也是这么说。所以今天的排场益发比昨天热闹了。"

少卿听说，暗暗嗟叹不已。施贵又指着里面，悄悄地说道："沈少爷，看那些不识羞耻的秃奴都在里面混充招待员，嘻嘻哈哈，全失了出家人的本相。见了活叫人气死。"

少卿举目看时，果有许多和尚尼姑在里面大出风头，袈裟上都簪着一朵很鲜艳的玫瑰花，花下飘着半寸宽三寸长的红缎带，上写着"招待员"字样。看他们嬉皮笑脸，手里各执着一柄纸扇，凡有贺客进门，便向贺客兜头地扇这三扇。少卿在柯公馆里，已知道纸扇的魔力很大，一受了妖风，便要昧了本性。忙向施贵说道："我不进去了，这重大门进不得。兜头三扇，比铁扇公主的芭蕉扇还要厉害。没的冒昧入门，沾染了妖风，迷却本性，一世见不得人。"

施贵道："小的也不敢从大门出入，今天出入都走后门的。沈少爷，来来来，和你走后门进去，便可躲却这兜头三扇了。"

当下领了少卿，从一条小弄里，转到施公馆的后门前，轻轻叩了三下，便有一个园丁来开门。施贵陪着少卿入内，但见花木扶疏，亭室掩映，是绝好一座玲珑结构的园林。

施贵道："施公馆里，只有这里是一片干净土，老太太喜静，常在园里住，有几个怕染妖风的仆妇丫头都躲在这里，不敢到外面去凑热闹，免得昧了本性，和众人一样癫狂。"

当下领少卿到几间精舍里去坐定，自到里面通报老主母知晓。不多一会子，白发飘飘的施老太太扶着拐杖，来和少卿相见。坐定以后，老太太摩挲老眼，把少卿上下打量了一遍，便道："阿弥陀佛。毕竟天有眼睛，德卿先生心迹好，才生得你这位好郎君。我们老四仗着德卿先生的提拔，才有现在的日子。德卿先生过世后，老身常常问及老四道：'你的恩人身故了，遗下寡妇孤儿，你应该竭力帮助，才不愧报施之道。'老四捏着谎，说业已帮助他们五千金。若不是昨夜施贵把实情告我知晓，我还睡在梦中咧。老四这般昧良，才生出那般出丑的女儿。但是老身不曾作孽，留得这口残喘，总不愿家丑外扬。昨夜当天叩头，几乎把头颅磕破了，皇天见怜，才指引你这位先生来相救。"说到这里，老泪夺眶而出。

少卿见老太太头上有酒杯大的一个青块，心中好生不忍，便道："太伯母不须着急，有这根神仙尺在袖子里，可以打退邪魔。"

老太太便问神仙尺的作用，施贵在旁边，把少卿在柯公馆里驱邪的情形述了一遍。老太太又惊又喜，连唤着阿弥陀佛，便道："事不宜迟，快请沈先生出去驱邪，实在外面闹得不成样子了。"

于是施贵引着少卿，从后园转到前面。穿过几处庭院，才进外面厅堂。听得沸沸扬扬，人声异常热闹。施贵道："沈少爷，再穿过一进屋子，便是大厅了。小的怕外面妖风厉害，不敢奉陪了，沈少爷自己出去驱邪吧。"

少卿道："老人家不须奉陪，我袖子里有神仙尺，自会打退邪魔。"

便与施贵分别了，独自往外面行走。碰见了一个充当招待员的尼姑，向少卿招了招手道："来哟，来哟，外面快要坐席了。"一边说，一边连连地做着俏媚眼。

少卿暗暗地唤一声："痴迷众生，我第一个便打醒她。"忙向袖子里掏取那根神仙尺。但是伸手袖中，半晌伸不出来。哎呀，完了，怎么不见了呢？这根神仙尺到了哪里去呢？敢是方才和老太太谈话时，失落在后园中吗？想罢，正待到后园中去找寻那根神仙尺，却被尼姑追上来，挽住了手臂，唤一声："恩爱的禽兽哥哥，你到哪里去呢？快快去坐席。"少卿听了这称呼，将人比兽，怎不恼怒。待要摔去尼姑的手，但是再三摔不脱，只落得气喘吁吁，汗如雨下。

尼姑笑道："禽兽哥哥，你热极了。你出汗要出风流汗，似这般没相干的汗，出它做什么？你为什么不摇扇呢？你没有扇，我替你着力打扇。一口气打这十七八扇，管叫你汗点全无。"说时扯开纸扇，准备向少卿努力打扇。少卿吃这一惊，非同小可。

欲知后事，且阅下文。

第四十九回

文明人打倒野蛮壳
自由女议添交际员

　　"我不热，不用你打扇，我只跟你走便是了……"少卿慌慌张张地道这几句。他实在知道这妖精扇的厉害。打一扇便要化为禽兽，要是连打了十七八扇，那不是要化为禽兽的禽兽吗？

　　尼姑道："禽兽哥哥，你肯跟我走吗？来来来，这里来。"

　　少卿没奈何，只得承认是禽兽哥哥，被尼姑牵了手臂，直到外面。厅堂上人头济济，正待坐席，那尼姑道："有一位男宾，预备逃席，被牝尼捉将来也。"

　　尼姑该称贫尼，但是到施公馆里吃喜酒的尼姑，个个自称牝尼。要是不可信，可翻施公馆里的礼簿。凡是尼姑所送的礼物，她的称呼便是"牝尼某某拜贺"，好在"牝"与"贫"的字音相似，尼姑又是阴性的，尼姑自称牝尼，可算得切切不移。

　　施四先生见有客来，迎上几步，伸着右手竖起第三个指头儿，向着少卿的嘴唇，直点点地点上去。少卿见来势不好，把头一偏，施四先生的第三个指头儿才点了一个空。少卿好生恼怒，他想施老四好生无礼，我没有得罪他，为什么挺着中指把我侮辱？正待向施四先生发话，那边和尚招待员也引领着一位女宾入内。施四先生又迎上几步，竖起第三个指头儿直向那女宾点去。女宾笑嘻嘻地上前，含着他的指头儿，咂了几咂。其他的宾客都在那里窃窃私语说："这少年太不懂礼节。第一，不该逃席；第二，不该躲去主人的第三个指头。像方才进来的女宾，轻启樱唇，把指头儿咂了又咂，才不愧是知礼的女子呢。"

　　少卿这才明白，这里的礼节和外面大不相同，举起第三个指头算是主人敬客的礼节，真叫作丧心病狂，荒谬绝伦。可惜这根神仙尺落去了，要不然我便把他们痛打几下当头棒，也好打醒他们的头脑。

那时大家都坐了席，少卿没奈何，也只得勉强入席。同坐的交头接耳，一边说，一边瞧着少卿好笑。少卿益发闷闷不乐，偶然抬头，见厅堂上的彩额是"百兽率舞"四个字，旁边挂了许多喜幛，见了真要喷饭。喜幛上四个金字，不是"男盗女娼"，定是"奸盗邪淫"，不是"丑声四播"，定是"秽德昭彰"，上款都写着"克齐四老先生令爱出丑之喜"，下款都是那些佛门子弟具名。中间的一轴喜幛尤其特别，是金纸衬棉制就一双大乌龟，代替大喜幛上的大喜字。制得首尾完备，栩栩欲活，背上棋盘纹隆隆地叠起。座上的宾客瞻仰着这双大金龟，都是赞不绝口，说许多礼物，唯有这大金龟最是颂扬得宜，宜乎主人把来挂在居中。

施公馆的厅堂很大，排着二十五桌筵宴还绰绰有余。居中的一席是欢待这位和尚娇客法空大禅师。堂皇高座旁边，有两名和尚两名尼姑相陪，庭心中张着五彩天幔，灯担堂名，一齐奏乐。还有许多女宾，挨挨挤挤，把和尚女婿看一个饱。

法空老实不客气，当着众人开怀畅饮。饮过几杯，便有和尚招待员、尼姑招待员，一共三十二人，都到筵前来跳舞，向法空合着掌唤一声："大禅师吩咐我们怎样跳舞，我们便怎样跳舞。"

法空道："先舞一套'无阻碍'，再舞一套'皆大欢喜'。"

座上有客问道："请问大禅师，什么叫作'无阻碍'？什么叫作'皆大欢喜'？"

法空道："外面的跳舞，穿了舞衣舞裙，这是有阻碍的跳舞。小僧不喜看，小僧喜看的便是无阻碍。外面的跳舞，手儿相持，脸儿相偎，男女肌体上多少总有些接触。只是小接触，不是不接触。只是皆小欢喜，不是皆大欢喜。小僧不喜看皆小欢喜，却喜看皆大欢喜。"

"我也喜看无阻碍的跳舞，我也喜看皆大欢喜的跳舞。"

这几句话，却似呖呖莺声花外转，又俏又尖又飘荡又颤动。接着走出一位容光照人的新嫁娘，媚态可掬。挨到法空身边，坐在他膝上，一手还勾着法空的头颈。四座宾客，除却少卿，都喝一声彩。

于是和尚尼姑都在那里宽去袈裟，预备剥个无阻无碍，在筵前献技。法空见猎心喜，忙向施三小姐说道："我们也来一起跳舞，他们无阻碍，我们也是无阻碍；他们皆大欢喜，我们也是皆大欢喜。"

施三小姐喜道："和尚哥哥，你的心便是我的心。"

于是，法空和施三小姐也都离了座，宽衣解带，预备跳舞。那边施大小姐、施二小姐也都拉了自己的丈夫，准备加入。又听得施四先生喊道："且慢，且慢。我们主婚人也应该一起跳舞。"

施太太也喊道："老头儿，我来和你一对儿跳。"

座上的来宾提议道："今天的气候很热，他们无阻碍地跳舞，我们也该无阻碍地饮酒。"

一经提议，除却少卿，一齐赞成。于是许多男女宾争把衣服脱却。没有许多衣钩可挂，大家把它夹折叠好了，垫在屁股底下，做那临时的椅垫。都说解除了野蛮的束缚，顿觉头脑清醒，骨节轻松，文明的程度可以一跃万丈。但是许多裸虫里面，只有少卿一人独自穿了野蛮的衣服，不言不笑，危坐在席间。大家目光都向他注射。有些连连摇着头儿说道："这少年太不知自爱。大家都解放了，他独自甘心受那野蛮衣服的压迫，可见他贱骨难医。"

有些连连呵斥道："小孩子，你太没有规矩了。人人都露着清白身躯，何等规规矩矩。你偏偏不肯剥去这一层野蛮壳，实在肆无忌惮，怎叫人不生气？"

有些议论他心地糊涂，和呆子一般。人人都走美的道路，唯有他只拣着丑的道路走。穿了这一身丑衣服，丑模样，鬼也没有这般的丑。

有的指着少卿说道："少年，你太不知廉耻了。当着大庭广众，许多有礼节的裸体男女面前，竟敢这么地放肆吗？你再不把衣服脱卸，我们便认定你有意侮辱，绝不和你甘休。"

席上有一位《大光报》的记者笑向少卿说道："足下再不表露清白，明天便要把你不肯裸体的丑历史在新闻栏里披露。从此你的名誉堕落，再休想在兽社会里生活。"

又有一位《美化报》的编辑员也向少卿警告道："朋友，休得执迷到底。你甘心在大庭广众中出丑，便成就了我的小说资料。我现在编一部美化小说，唤作《玉彻冰清记》。其中的主角都是一丝不挂的美化人物，但是写美化，必须先写丑化，写了丑化，才能够烘托出美化。现在老实不客气，便要把足下拉入这部小说，把你的丑模丑样忠实描写，也好烘托书中的美化人物。"

少卿在楚歌四面之中，觉得芒刺在背，坐立不安。与其受着他们的嬉笑怒骂，倒不如脱去衣服，同他们同化了吧。但是转念一想，暗暗地唤道："不可，我此来为着何事？待要仗着神仙尺，打醒他们的头脑。没的随波逐流，和他们同受了禽兽化。"少卿转念的当儿，大厅上男的女的、老的少的、坐的立的，完全都剥掉了衣服。休说厅堂上，便是庭心里那些奏乐的乐工，也都解放了上下衣服。堂上跳舞，堂下奏乐，声行合节，煞是好看。

在先法空捧着施三小姐，施四先生捧着施太太，大小姐捧了大姑爷，二小姐捧了二姑爷，十六名和尚捧着十六名尼姑，按照着原定的配偶，跳舞不停。虽没有穿着舞衣舞裙，但是各人手里都执着一柄妖精扇，以助姿势。但见玉臂纵横，肥臀起伏，比着露西亚模特儿跳舞，尤其格外地彻底。少卿虽是个诚实少年，见了也不免心旌飘荡，索性把双眼紧闭了，不见可欲，使心不乱，也是一个克己复礼的办法。但是同席坐的又纷纷地讥笑他说："他徒然生了眼睛，见了这般高尚的艺术，不知看一个饱，却在那里装瞎子。"

少卿听了，索把双手掩住了耳朵，不但装瞎子，而且装聋子，以为不见不闻，可以免却许多烦恼。但是相隔不多时，觉得人声扰乱，似乎起了什么变故，不由得放下了手，张开了眼睛。但见这许多裸体动物，东避西躲，口中都喊道："不好了，不好了，老太太出来打人了。"

果然，那位白发飘飘的施太太一手扶着拐杖，一手执着神仙尺，颤巍巍地立在堂中，喃喃地骂道："你们这辈无耻男女，比着禽兽也不如。青天白日，大庭广众，干这不要面皮的事。我不打你，谁来打你？"

众人望见了这根神仙尺，个个变色，待要躲避，却又无处躲避，仿佛有人拦住他们似的，四下逃窜，总逃不出这厅堂和天井。

少卿离座上前唤一声："太伯母，这根神仙尺可是小子遗落在园中的？"

施老太太道："沈先生，这便是你遗落的神仙尺，老身从园里拾取的。待要送还你先生，只为外面妖气很厉害，丫头们都不敢到厅堂上来，只怕沾染了妖风，和他们一样地没廉耻。没奈何，只得老身亲自出来。才到厅堂，便见这许多男女如醉如痴，在那里做那禽兽行为，不由老身不着恼。好在先生的神仙尺被老身拾得，暂时借用一下子，待到打醒了他们，再行奉还。先生不知可使得吗？"

少卿道："有什么使不得？但是太伯母年纪高了，这里的痴男痴女又是很多。若要一个个地把他们打醒，只怕你老人家的腕力不济。还是让小子替太伯母代行惩戒的好。"

施老太太道："多谢先生美意，但是老身不亲自动手，怎能平这胸头的恶气？且待痛打了几下，打得手臂酸了，再求先生帮助。"

那时法空也着了慌，唤一声："列位男女同志，大事不妙了，快快举起纸扇，向老婆子连扇几下，扇得她动魄销魂，也和我们一个样子。"

398

众人听了淫僧的话，忽又胆壮起来，把老太太围在垓心。大家双手擎着扇，替老太太努力打扇。少卿暗暗着惊："老太太不是钻石人儿，哪里禁得起这妖风鼓荡？要是老太太也入了魔道，那么这里便和魔窟一般。我既进了魔窟，只怕不得脱身。"正在着急的当儿，猛然见金光万道，耀得人眼花缭乱。老太太手里这根神仙尺忽地飞向空中。一化二，二化四，四化八，八化十六。如是无穷的变化，把众人看得呆了，手里这柄妖精扇，再也扇不起来。猛然间，半空里的神仙尺一根根向众人头上降落，乒乒乓乓，敲个不停。可怜这许多裸虫，吃了痛苦，忙把双手捧头，妖精扇纷纷坠地。但是妖精扇一着了地，重又扑翅飞去。一柄柄的纸扇纷飞到庭中，从那天幔的空隙里飞往外边，不知飞到哪里去了。

少卿见这情形，觉得出神入化，不知是真是幻，但见许多神仙尺停在空中。施老太太把拐杖打着地皮，喃喃地骂道："畜生啊畜生，你们好好的人不要做，却要做禽兽。便做禽兽，也要做个彻底，禽兽是躲在深山穷谷中的，你们为什么不到深山穷谷中去生活，却要占据这人类所住的高楼大厦？禽兽是自会寻找食料，不需社会供养的。你们为什么做了禽兽，却要吃那人类吃的东西？禽兽是不会说话的，只会简单地叫这几声。你们为什么做了禽兽，却要说人类所说的话？畜生啊畜生，你们饮食、起居、言语都不肯效法禽兽，独有你们这颗心完全禽兽化了，赤身露体，全不知羞。试看牛马猪犬，虽然不懂得穿着衣服，但是臀部拖着一条长尾巴，尚懂得把羞掩遮住。独有你们这些下等畜生，竟敢舒腿伸脚，把两性完全暴露。畜生啊畜生，你们简直还不如牛马猪犬咧。老身这根神仙尺，不打你们打谁？"

老太太说罢，空中的神仙尺又乱打着众人的头颅。众人一迭声地喊着："老太太饶命！"

老太太把拐杖一扬，神仙尺又停止在空中。她又连连地把拐杖打着地皮道："你们诱惑青年男女，全仗着手里这俩妖精扇。以为一经扇动，可以扇得古佛怀春，可以扇得仙女思凡，可以扇得鲁男子变作了登徒好色，可以扇得孟姜女变作了河间淫妇，可以扇得未来的国民都成了私生子，可以扇得现代的青年个个都害了杨梅疮，可以扇得十年以后社会上无健全的人物，可以扇得三十年后中国有灭种的危险。但是你们错了，真金不怕火来烧，人人可以被你们扇动，却扇不动老身。只消老身一拐杖，把你们的妖精扇打得烟消火灭。"

老太太一顿教训，说得众人面面相觑，只有哀求饶命。就中施三小姐仗着祖母疼爱，且哭且辩道："好婆，你不要动怒，其间有个理由，待孙女剖诉。"

老太太拄着拐杖，怒声诘问道："这败坏家风的贱丫头，到这地步，你还有什么强辩？"

施三小姐揉了揉头颅，且哭且说道："好婆，你把我们这般责打，这是不应该的啊。你老人家躲在屋子里，除却烧香拜佛不出门，怎知道世界的潮流。旧式妇女已成了时代落伍者，她们读了狗屁不值的闺门女训，受着衣服的束缚，把这个赤裸裸的身体只供给丈夫一人欣赏。要是旁人瞧见了这天然的曲线美，便认为莫大的耻辱。这般褊狭迂执卑污愚陋的见解，实在是新世界的罪人。须知文明之世，件件般般都可公开，哪有身上冰清玉洁的皮肉反而守起秘密来呢？男有男的曲线美，女有女的曲线美，这是老天爷惨淡经营，用一种艺术的手腕，造就我们的男女两性。要是秘而不宣，便是暴殄天物。孙女当着大众，把上天给我的曲线美贡献有艺术的欣赏，自问光明正大，毫无私意。好婆，你不该下着毒手，把我们一顿屈打啊。"

老太太怒道："贱丫头，休得胡言。你们颠倒黑白，须知'男女有别'四个字是古今来颠扑不破的圣训。你们这些无耻男女，满口文明，实行野蛮的习惯，打破'男女有别'的圣训，赤身裸体，男女混杂，不打你们打谁？"

施三小姐独自不肯领教，道一声："好婆错了。我们的主张，恰是实行'男女有别'四个字。只为当今的世界，男女太没有分别了。从前男有男的衣服，女有女的衣服，一见便易分别。其中较难分别的便是和尚尼姑，只为和尚尼姑的外表是差不多的。和尚剃了光头，尼姑也是剃了光头。和尚戴的僧帽、穿的僧衣、着的僧鞋，尼姑也是戴的僧帽、穿的僧衣、着的僧鞋。骤见之下，便易发生误会，和尚认作了尼姑，尼姑认作了和尚，这便叫作男女无别。现在益发男女无别了，不但僧尼无别，便是普通的男女，也变作莫辨雌雄。男子剪发，女子也剪发，头上没有分别。男子不穿耳，女子也不穿耳，耳朵没有分别。男子不裹足，女子也不裹足，脚上没有分别。男子穿的是长袍，女子穿的也是长袍，衣服上没有分别。男子可以做官，可以当兵，女子也可以做官，可以当兵，职业上没有分别。唉，男女无别到这个地步，便不能不想一个彻底的办法。什么彻底的办法？便是提倡赤裸裸主义。男的表现着男性的特征，女的表现着女性的特征，无论走到哪里，一望而知这是男、那是女，再不会发生误会。这便是男女有别的彻底办法。好婆，你要是不信，我可以指给你看。"说着，指着十六名和尚、十六名尼姑道，"方才他们做招待员时，穿的是一色的僧衣，着的是一色的僧鞋，头上都有香疤，谁也不能立刻瞧出他们是僧是尼。后来他们剥光了衣服，捉对儿跳舞，谁是僧，谁是尼，很忠实地表现出来。好婆，你看，这不是和尚吗？那不是尼姑吗？要是他们都穿了衣服，好婆的目力不济，一定辨不出雌雄。现在你不用摩挲老眼，也不用戴着七十度的老光眼镜，立刻可以看出和尚、尼姑的真相，你的眼福多么好啊！好婆，你看这不是和尚的曲线美吗？那不是尼姑的曲线美吗？你老人家应该抱着研究艺术的态度，细细地欣赏一下子。为什么把木棒打人，做那煮鹤焚琴、大煞风景的事呢？"

施三小姐光着身子，发这一篇大论，指手画脚，旁若无人。其他许多裸虫经着神仙尺当头痛击，脑筋本已清醒，自顾赤身露体，无地可容。现在经那施三小姐一番演说，重又昏昏沉沉，觉得一丝不挂，确是正大光明的举动，把羞耻之心抛在九霄云外。

老太太拄着拐杖，在那里搜索枯肠，半晌不能说话。少卿也替老太太捏一把汗，只因施三小姐的歪理说得振振有词，一时不容易驳倒，老太太虽然厉害，只怕难以对付。在这当儿，忽见老太太放声大笑道："你这贱丫头，实属利口，险些儿把我难倒了。我且问你，既是上天给你们的曲线美，尽可光明正大地供人欣赏，要不然便违反了天意。据老身看来，只怕不是吧。上天安排人的五育百体，仿佛政府设官授职的制度。耳目口鼻，恰似亲民之官，安排在人的头部，尽可公开，尽可供人欣赏。要是上天准许你们把性官公开，便应把性官调任，或者搬移在前额办公，或者搬移在后脑办公。那么性官也成了亲民之官，尽可天天出头露面，没有深居简出的必要。为什么上天把性官安排在人家瞧不见的地方，不能和耳官、目官、口官、鼻官一般待遇呢？可见性官实在有深居简出的必要。性官不得和外界轻易接触，性官的驻在地只可驻在内城，不可驻在通商口岸。性官的职任，只可燮理阴阳，主持大计，不可滥收词讼，贪赃枉法。贱丫头，你主张性官公开，便是违反天意，你可知罪吗？"

施三小姐不肯服罪，侃侃地说道："好婆，你休得助天为虐。天公不把性官调任，便是天公的失着。耳官、目官、鼻官、口官的公署，都在交通便利的地点，唯有性官的衙门，交通很不便利，天公的手段，再要刻毒也没有。好婆反而赞美天意，不是助天为虐吗？据孙女的见解，天公也该应着世界的潮流，幡然觉悟，把性官的公署移设在通商口岸，交通便利的所在。那么休养生息，立刻可以人丁兴旺，比从前增加数倍。要是为着数千年积习相沿，一时不便更张，也应该在前额后脑添设性官的分署，或者添设一所办事处，派一员性的副官分任其事。遇有什么华洋交涉，便可就近办理，免得气吁吁地赶到内地去诉讼。"

老太太笑道："贱丫头，只怕能说不能行吧。若是真个给你添设一所性官驻扎头部的办公处，只怕你又不愿了。"

施三小姐直截了当地答道："好婆，你果有权力给我添设一所性官办公处，我可连喊一百二十个情愿。实在我的公署里公事积压，应接不暇，派一员副官分任其劳，再好也没有。"说时，拍着法空的肩道，"和尚哥哥，你赞成不赞成？"

法空光着身子答道："小僧情愿数着牟尼珠，念佛也似的连唤一百零八声赞成。小僧也觉得公事太忙，疲于奔命，最好也添设一所性官办公处，可以双方办事，不误要公。"

老太太听罢，陡然变色，把拐杖向上一指，陡然间，百十根神仙尺又在众人头上乱打，打得哭声一片，重又哀呼饶命。少卿见了不忍，待向老太太说情，但是定睛看时，已不见了方才的老太太，也不见了空中的神仙尺。

但听得一阵"咦咦咦，哈哈哈"的歌声，唱的是："咦咦咦，丢掉了面皮，要把性官的衙门搬移。二十世纪的事，真个愈出愈奇。哈哈哈，嘴唇要笑歪，天下事真个千奇百怪。一顿当头棒打，打醒痴迷方。"

少卿听罢，才知方才的施老太太便是神仙变相。曾听有一位快活神仙，专替人间扶危救困，度尽一切苦厄，料想这位神仙一定是快活神仙了。正在猜想间，忽听得法空和施三小姐彼此都唤了一声哎呀，少卿向他们瞧了一瞧，不觉失声好笑。

欲知后事，且阅下文。

第五十回

施小姐忏除己罪
沈少卿扑灭妖风

奇哉奇哉，会玩把戏的快活神仙玩了这一套把戏，也算遂了施三小姐和法空和尚的志愿。性官的办事处，彼此都添设了一所，而且很壮观瞻，都占着高高在上的地位，不偏不倚，不歪不斜，也没有测绘生测绘，也没有工程师打图样。两员性官，位置在前额的中间，眉的上面，发的下面，这是多么的美观啊！原来神仙尺迎头痛击的当儿，法空和施三小姐受创最深，彼此都觉得头额上添了东西。在先以为打出的大疙瘩，哪里知道快活神仙有心成全他们的志愿，替他们双方都添设了一员性官，也好叫作性官的助理员。有了性官的助理员，免得他们交通不便，情形隔膜；免得他们地位偏僻，不敷办公；免得他们深居简出，贻误要事；免得他们埋没真才，屈居下位。论理呢，性官的地位增高了，法空和施三小姐如愿以偿，合该欢欣鼓舞。然而，法空和施三小姐彼此瞧了一眼，只唤得一声哎呀，转身逃入里面。

厅堂上三十二名男僧女尼，在先兴冲冲地开什么无遮大会，玩什么无阻碍跳舞、皆大欢喜跳舞，但是经了神仙尺的打击，个个头脑清醒，宛如梦觉，羞耻之心油然而起，旁的不忙，只忙着抢了衣服，遮盖这无阻碍、皆大欢喜的身体。不但僧尼的头脑清醒了，还有施四先生、施太太、施大小姐、施二小姐以及大姑爷、二姑爷，一切男宾女客、男佣女仆，个个头脑都被神仙尺打醒，都觉得赤身露体的文明不是真的文明，还是拾几件野蛮壳遮住这文明身躯的好。

一时人多手忙脚乱，哪里找得到自己的原有衣服，只落得出家人穿了俗家人的衣服，俗家人反而穿了出家人的衣服，非驴非马，不尴不尬。最可笑的施四先生，找不到自己的野蛮壳，随手抢了一条女宾的套裙，掩盖着下半截身体。揉揉眼睛，见了厅堂上这般陈设，莫名其妙。抬头见着"百兽率舞"

的匾额、金纸糊的大乌龟、不伦不类的喜幛，益发诧异起来。回头见施太太披着一件法空和尚的袈裟，也是呆呆地在那里发怔。

施四先生问道："我们可是做梦吗？明明送赛珠女儿出殡，已到了南园古寺附近，怎么又身在自己家里呢？谁和我们开玩笑，挂着狗屁不通的匾额和喜幛？唉，气死我了！"

施太太搔头摸耳，一会子失声惊喊道："哎呀！不好了！我记得送出殡送到南园古寺附近，柯少帅听得棺材里猪叫，硬要劈棺，才破露了我们的黑幕。以后的事，我可糊糊涂涂不记得了。只记得飞来一柄纸扇，我接在手中，轻轻地摇得几摇，便觉得昏昏沉沉，行止不由自主。以后的事究竟是怎么样的，你可知道吗？"

施四先生忙道："不错，不错。我也是接受了纸扇，才迷着本性，以后的事完全不知晓。"

当下便问大女儿、二女儿、大女婿、二女婿，都说："我们也是接受了空中的纸扇，摇了几摇，便迷失了本性。"又问男佣，男佣都是这么说。又问女仆，女仆也是这般说。施四先生跺着脚道："难道大家都遇着了鬼吗？毕竟闹的什么一回事？怎么个个都是昏昏沉沉，和做梦一般？"

忽听得有人上前道："施老伯，大家做梦，小侄却不曾做梦。方才你们干这颠颠倒倒的事，小侄睁着醒眼，瞧你们许多梦里的人。"

施四先生瞧着那人好生面熟，便问："足下是谁？似乎在哪里会见一面？"

那人道："小侄沈少卿。记得那一年曾到府上，恭听老伯的教训。"

施四先生听了，好生惭愧，又问："足下怎么来到这里？"

少卿便把路遇施贵邀来驱邪的话，述了一遍。施四先生听了，微微摇头，似乎有些不大相信。少卿道："老伯不信，可问令堂太伯母和那看门的施贵。府上个个都是梦里人，唯有太伯母和施贵以及几个躲在花园里的仆妇丫鬟不曾入梦。"

施四先生忙遣人到里面去请老太太出来。不多一会子，后园里老太太随带着仆妇丫鬟来到厅堂，把施四先生一顿训斥。施四先生向来不听老娘的话，自经挨打了神仙尺，觉得老娘的话句句都是金言。但是转念一想，忽又喊声不妙。施老太太忙问："有何不妙？"施四先生道："我的头脑清醒以后，便勾起了许多心事。赛珠假死，本想瞒过柯少帅的，不料黑幕揭破，又有和尚招亲这一幕戏，闹得沸沸扬扬。柯老帅知晓了，怎肯甘休？要是兴那问罪之师，叫我如何对付？唉，神仙多事，打醒我做甚？我要是依旧昏昏沉沉，倒也罢

404

了，横竖和做梦一般，任凭他们把我怎样干，我迷了本性，省得什么？现在做了清醒的人，那便难了。丑声四播，无颜做人，还要防着柯老帅和我为难。可见昏迷的人易做，清醒的人难做。天哪，还是昏迷的好。”

施老太太道，“谁叫你把赛珠放纵到这般地步？便是柯老帅和你为难，也叫没法了。你现在打扮得这般男不男、女不女，成什么模样？”又指着施太太道：“你换衣服吧。和尚的袈裟，不是你穿的。”

于是，施四先生吩咐男宾女客分居两室，各把自己的衣服一一更正。方才是在昏迷时代，大家都是无阻碍，现在恢复了本性，男女有别，只得分在两处着衣。忙了一会子，才把各人的野蛮壳遮掩了文明身体。只多了一套僧服、一套女服没人承认。一经调查，便是法空和施三小姐的。施四先生想起这不肖女儿，好生愤恨，便同着老婆到里面去寻找赛珠。厅堂上，施老太太吩咐仆人把悬挂的匾额喜幛一齐撤去。所有的男僧女尼都掩着面出门。男宾女客也是满面含羞，分途归去。只留下少卿一人，陪伴老太太讲话。按下慢表。

且说施四先生夫妇走到赛珠房门附近，却听见女儿在里面嘤嘤哭泣。夫妇俩停了脚步，侧耳细听。

但听得赛珠哭道：“和尚哥哥，我和你从今以后再也见不得人了。额角上生得怪模怪样，照着镜子看，人不像人，鬼不像鬼。我变了三眼妖怪，你变了独角大王，只好一辈子躲在家里，不得出头。”

又听得法空道：“小姐，你们这位老太太煞是古怪，轻轻地拐杖一扬，便会显出大大的神通。小姐，解铃全仗系铃人，小僧和你到老太太那边去赔罪，请她老人家饶了我们吧。”

赛珠道：“你还道她是好婆吗？她是快活神仙的化身咧。这位快活神仙神通广大，曾在南京、杭州、上海一带干了许多出神入化的事，报纸上也曾登载过的。这‘咦咦咦，哈哈哈’的歌调，便是老神仙的特别符号。我早知老神仙前来点化我们，便已伏地请罪，怎敢和他抗辩？但我这肉眼瞧不出堂上的祖母便是老神仙化身，更兼我的好婆是旧式的妇女，开口旧道德、闭口旧道德，我听得厌烦了，时时不服气，和她辩论。我是出名的利口，她怎么辩得过我？往往驳得她哑口无言，只有吁气。方才老神仙把我训斥，我只道是好婆又要絮絮叨叨了，好婆的话我哪里听得入耳？便故意和她斗口。知道她的脑筋是陈旧的，便故意把我最新的议论，什么‘性官该有助理官’，什么‘头部上该有性官办公处’，这不过是说说罢了。五官百体，都有位置，万无

405

添设性官之理。明知说得到，办不到，不妨逞我胸臆，驳她一个淋漓尽致。哪里知道她便是老神仙呢？"

法空道："小僧头上吃了些痛苦，本来有些头脑清醒，深悔犯了色戒，败坏佛门清规。后来见小姐光着身子，和老太太百般辩论，小僧一时糊涂，便帮着小姐和老太太舌战。早知是老神仙化身，小僧早已一溜烟地跑了。现在照着镜子，眉毛之上，香疤之下，添了这一员性官，高坐堂皇地盘踞着。打又打不倒，赶又赶不掉。头部上面，用不着这骈指机关，这一员性官竟是小僧的附骨之疽。"隔了一会子，法空又喃喃自语道，"性官，性官！谁要你来上任？谁希望你替小僧办事？你越是高高在上，越是害得小僧走投无路。性官、性官！你害得小僧好苦啊！"

施四先生夫妇听了良久，宛似丈二长的和尚摸不着头脑，再也忍耐不住，便怒冲冲地推门进去。法空喊声不妙，夺门便走。施四先生夫妇本待上前把贼秃扭住，但是见了这怪模怪样，仿佛撞见了三头六臂的魔鬼，臂虽没有六条，头却确乎有三个，怎不吓得倒躲不迭？法空乘这当儿，逃到外面，拾了自己的僧服，赶紧穿着。好在有一顶毗罗帽掩盖在头上，便一溜烟地逃回南园古寺。

里面施三小姐虽已另换了衣服，但是头上这个怪东西却难以见人。没奈何，双手掩护着头额，见着爹妈，一言不发，只是淌泪。

施四先生骂道："贱人，你害得我够了，害得我丑名四播，被人唾骂，这还罢了，但是得罪了柯老帅，只怕祸生不测。他是旧军阀，很有潜势力。我给你定的这门亲事，本要仰仗这位阔亲家照顾一二，现在亲家变成了冤家，如何是好？"说时，又恨恨地骂了几声贱人。

施太太见女儿扶着头颅，只是淌泪，心中好生不忍，便埋怨着丈夫道："你把她辱骂得也够了。这都是那贼秃不好，怪不得她。你看她扶着头，哭得和泪人儿一般。俗语道，自肉自痛，你做了亲生老子，也该体恤女孩儿家。"

施四先生本是惧内的，受了内务部训斥，怎敢道个不字？施太太道："赛珠，你怎么扶着头脑？敢是挨了神仙尺一顿打，独自疼痛吗？好女儿，你的头疼，便是我的心疼。不要哭，待为娘的替你揉几下，包管你不疼。"

说时，便要替女儿揉。赛珠哭道："不要揉，女儿今世见不得人面了。"

施太太只道女儿打破了头额，但又不见有血淌下，硬要看她的创痕，她又不肯放手。施四先生便帮着老婆强把女儿的手腕拉下，彼此又吓得倒退了几步，都唤："不得了，不得了。"施三小姐没奈何，只得取一方手帕，把额上的羞处扎住了，益发号啕大哭，说今世见不得人了。

施四先生道："哭也无益。只得去求求老神仙，把你头上的东西除掉。"

施三小姐道："这都是女儿自己不好。当着老神仙，还强词夺理，难怪老神仙动怒，给我受这精神苦痛。现在懊悔嫌迟，老神仙又不知去向，叫女儿到哪里哀求呢？"

施四先生猛想起方才来的沈少卿，说是送神仙尺来的。此人很有些突如其来，不如去哀求他，或者有个解救之策。当下吩咐女儿："休得悲伤，待为父的替你设法。"说罢，便往外跑。碰见了施贵问："沈少爷可曾出去？"

施贵道："沈少爷没有去，在花厅上陪老太太谈话。"

施四先生便向花厅上跑，见了少卿，抢步上前，兜头便是一揖。慌得少卿别转了头，只向后退。老太太道："平时不烧香，急来抱佛脚，难怪沈先生要别转了头。"

少卿知道老太太误会了，便道："太伯母听禀了。小子回过头去，是为着方才施老伯伸着第三个指头，直向小子的嘴上搠来。不是闪得快，几乎把小子的嘴唇都搠破了。小子是惊弓之鸟，因此见施老伯跑来，忙不迭地把头颅别转过去。"

施四先生听了很茫然，便问道："这话怎讲？"少卿把方才大厅上的情形述了一遍。施四先生好生惭愧，便请少卿坐了，把里面瞧见的怪模怪样向少卿报告。

少卿道："不须老伯报告，这是我目睹情形的。令爱端的利口善辩，几乎把老神仙都驳倒了。要不是有出神入化的手段，敢怕是令爱的理长，神仙的理短。现在令爱的额头上添设了特别性官，这是她亲口请求的，也算如愿以偿了。"

施四先生再三央求道："足下是有来历的人。从前肉眼不识泰山，怠慢了足下，这是万分抱歉的。幸而足下大度宽容，奉着老神仙的命，前来驱逐邪魔。现在邪魔已走了，只是尚有两桩为难的事，要请足下替我们解围。一者，得罪了柯老帅，只怕老帅不肯和我们甘休。足下曾在柯公馆赶退邪魔，是有恩于柯老帅的，拜烦足下向老帅面前疏通一下，请他不要记念前仇，和平了事。二者，小女出言无状，得罪了老神仙，拜烦足下也向老神仙面前疏通一下，把小女额上的污点除去。"

少卿道："第一桩可以从命，第二桩却无法可想。"施四先生只道少卿有意为难，又是连连作揖。礼无不答，少卿正在答揖的当儿，扑的一声，袖子里坠下一件东西。施老太太道："沈先生，你的扇子落地了。"

少卿拾起这柄扇，暗自奇怪："我没有带扇子来，这是谁的扇子呢？"把扇子扯开，慌得施四先生忙向后退，喊道："足下注意，不要拾了妖精扇，又惹祸殃。"

但是少卿看了这柄扇，连连地点头。但见扇上一行行的字迹，道："快活神仙告沈少卿：这柄扇是神仙扇，是我交给张稚川的。不料被性道人赚了去，却放出许多妖精扇害人。要没有神仙尺打醒痴人头脑，这些人怎会恢复头脑？神仙尺的功力已着，我已收回去了。妖精扇虽然飞散，但是不久仍要飞来作祟，我因此把这柄神仙扇暂时给你掌管（转后面）。"

少卿见了"转后面"三个字，知道再有文章，便翻过扇面，接着上文道："遇着妖精扇兴妖作怪，便把神仙扇抵制，妖精扇便不能为害了。这柄扇是我从性道人手里夺来。过了三天张稚川自会上门找你，你便交还了张稚川。至嘱至嘱。施赛珠咎由自取，该留这污点。她要消灭这污点，须得每日在家朗诵《女孝经》以及《闺门女训》各五百遍，一年以后，自会消灭污点。但是稍有间断，不免污点重生。切戒切戒。"

施四先生诧异道："足下把这扇子翻来覆去地看，算什么呢？"

少卿暗自欢喜，藏了神仙扇，便道："令爱有救了。有一个妙法，不知道令爱肯依不肯依？"

施先生忙问什么妙法，少卿道："老神仙吩咐，日诵《女训》《女孝经》五百遍，每日不得欠缺一遍。满年以后，自会消灭污点。倘有欠缺，污点重生。这是老神仙救世的苦心。《女训》《女孝经》虽然不合潮流，但是医治浪漫生活的妇女，也算得一种以毒攻毒的良药。《女训》《女孝经》是旧式的毒，浪漫生活是新式的毒，把旧毒攻新毒，便叫作以毒攻毒。"

施四先生正待问他是怎样得着老神仙的妙方的，忽见施贵跑来禀告道："柯公馆里的差官来了。"说时，早见两名马弁随后进来。施四先生只道来捉人，忙向少卿下跪道："贤侄，救我一命。"

少卿不暇答拜，忙问来人道："你们跑来做甚？"两个马弁很慌张地答道："沈少爷，不好了……有百十柄妖精扇飞到咱们公馆里来……除却我们两个逃得快……所有公馆里上下人等完全发了狂……都在那里妖精打架了……"

少卿暗唤一声侥幸，他有了神仙扇，胆也壮了，更不停留，便和马弁同往柯公馆去，依旧跨上马背，纵马加鞭。幸亏跑得快，到了公馆门口，才下了马，早听得里面嘻天哈地，一队队的妖精打架，待要打将出来。少卿向内望时，男男女女都执着妖精扇，也有执着两三柄的，也有执着四五柄的，才知道施公馆里飞去的妖精扇又在柯公馆里作祟。一柄妖精扇尚且闹翻了柯公馆，何况骤添了百数十柄？一经扇动，早已腥臭熏天，慌得两个马弁掩着鼻，躲藏不迭。门前系着的两匹马也受了腥臭之气，乱嘶乱踢，顿失了常度。少卿要试验这扇儿灵也不灵，先向两匹马打这一扇，两只畜生立时复了常态，垂着头，似乎含羞一般。但是畜生的狂态停止了，人的狂态却没有停。回头看时，里面的男男女女实行裸体大游行，待要行出柯公馆的大门。少卿更不敢迟延，着力地打了一扇。众人都停止了脚步，但是昂然站着，毫无惭羞之容。少卿唤一声哎呀，畜生易度人难度，这一扇竟不能打动他们的羞耻之心。于是用尽平生之力，连打了二三十扇，才把他们手里的妖精扇打掉了，都化为单翅蝴蝶纷纷飞散。又打了一二十扇，这男男女女才掉转着身体，逃向里面去了。

两个马弁见了，好生欢喜，把少卿迎入会客室，再去通报主人。隔了一会子，柯老师方才整衣出见，向少卿连连道谢。宾主坐定后，老师问及怎样地逐退邪魔，少卿把神仙扇的功效述了一遍。老师讨那神仙扇，看见两面无字，没甚好看，便还了少卿。但是少卿接着，却见上面又有字迹道："柯某要把你拘留了，说你便是散放妖扇的主犯。"

少卿大笑道："老师太恶作剧了，救了你全家，却要把我当妖人惩办。"

老师红着脸道："没有这般事。"

少卿又注目到扇面，只见扇面上写道："你猜破了他的心事，他不敢害你。但是他要和老施为难，准备派着家丁把老施扭送官厅。"

少卿又笑道："这不干施四先生的事。冤家宜解不宜结，青竹掏坑缸，越掏越臭，还是息事宁人的好。"

老师吐着舌头，隔了片晌，才道："沈先生确是仙人，洞见人的心腹。我便不和施老四交涉，但是恐怕妖精扇又来害人，便怎么对付？"

少卿道："老师不用担忧，只需存心宽恕，妖精扇绝不再行飞来。"

当下，又谈了些闲话。少卿告别，老师吩咐准备着二百元奉赠，少卿坚不肯受。出了柯公馆，暗自思量："这百十柄妖精扇不知飞到哪里去了，留在人间，为害不浅，须得斩草除根才好。不知神仙扇上可有什么一劳永逸的方法。"但见扇面上写得明明白白地道："你要扫除妖精扇，赶快向西走。"

少卿怎敢怠慢，向西赶行二三里，才见许多妖精扇在空中飞舞，离地很远，路上行人都没有觉察。少卿依着飞行的方向尾追不休，追到一家铺户附近，却见妖精扇空中降落，一一飞入铺子里面。这家铺子叫作"悦性堂书坊"。少卿停了脚步，察看动静。但见妖精扇飞入插架里，一一都化了书册，皮面金字很是漂亮。书的标题叫作《悦性教科书》。少卿暗唤不妙，这般的性书都是妖精扇变相，流行人间，造孽不浅，还是赶紧扑灭的好。便扯开神仙扇，向店堂里打了三扇。许多悦性教科书受着仙风，又恢复了妖精扇的本相，夺门飞去。少卿怎肯放过，紧紧追赶。追到一个所在，有一队斯文朋友，文绉绉地执着扫帚，在路上扫马粪。少卿好生奇怪，不信斯文扫地，如今实有其事。正在沉吟的当儿，蓦见空中的妖精扇一柄柄都落在斯文朋友的头上。说也奇怪，落在头上，便即不见，仿佛被他们吸收入脑海似的。少卿暗暗吃惊道："这妖精扇胜于毒蛇猛兽，吸入文人脑海，还当了得？"正待向他们竭尽忠告，但见许多文人各各挟着扫帚，自言自语道："好了，好了，满肚皮都是性的资料了，赶快回去著书吧。"说毕，头也不回，径向附近一家屋子里去了。少卿抬头看那屋子，门前挂着一块"悦性编辑所"的铜牌，闪闪生光。待要闯将进去，又不敢造次，瞧一瞧神仙扇上有四字韵文道："茫茫脑海，毒浪千尺。群妖之源，众魔之穴。瞬息变化，须臾出没。扫之不清，驱之不出。无撄其锋，其锋难敌。无犯其毒，其毒入骨。且待稚川，共商良策。正本清源，俟诸异日。"少卿默然回家，静待张稚川到来，共商正本清源之策。

那时，施三小姐闭门不出，朗读那生平唾弃的《女训》《女孝经》。法空和尚逃回寺里，一时又羞又愤，拔着戒刀，忍着苦痛，把头上这员性官连根削去。当时血流如注，几乎晕去。后来伤痕平复，额上留着一个刀疤。痛定思痛，便遁往深山，结个茅庵，做一辈子的苦行僧。

《快活神仙传》暂时可告一段落。要知道张稚川夫妇重逢，赵令娴唤醒痴迷，快活神仙和性道人斗法，以及消灭妖精扇，铲除性家村，把那淫乱乾坤化作光明世界，种种奇闻逸事，且待续集告成，再向诸君布告。

图书在版编目（CIP）数据

快活神仙传 / 程瞻庐著 . — 北京 ：中国文史出版
社，2019.3
（民国通俗小说典藏文库·程瞻庐卷）
ISBN 978 - 7 - 5205 - 0905 - 3

Ⅰ．①快… Ⅱ．①程… Ⅲ．①长篇小说 – 中国 – 现代
Ⅳ．①I246.5

中国版本图书馆 CIP 数据核字（2018）第 272593 号

点　　校：孙　晖
责任编辑：牟国煜

出版发行：**中国文史出版社**
社　　址：北京市海淀区西八里庄 69 号院　邮编：100142
电　　话：010 - 81136606　81136602　81136603（发行部）
传　　真：010 - 81136655
印　　装：廊坊市海涛印刷有限公司
经　　销：全国新华书店
开　　本：720 × 1020　1/16
印　　张：26.75　　字数：446 千字
版　　次：2019 年 3 月第 1 版
印　　次：2019 年 3 月第 1 次印刷
定　　价：85.00 元